2017、2018年度 全国政法优秀新闻获奖作品选编

中央政法委宣传教育局 - 编

中国长安出版传媒有限公司

图书在版编目（CIP）数据

2017、2018年度全国政法优秀新闻获奖作品选编 / 中央政法委宣传教育局编. -- 北京：中国长安出版传媒有限公司，2020.9
ISBN 978-7-5107-1035-3

Ⅰ.①2… Ⅱ.①中… Ⅲ.①新闻-作品集-中国-当代 Ⅳ.①I253.1

中国版本图书馆CIP数据核字（2020）第173444号

2017、2018年度全国政法优秀新闻获奖作品选编

中央政法委宣传教育局　编

出版：中国长安出版传媒有限公司
社址：北京市东城区北池子大街14号（100006）
网址：http://www.ccapress.com
邮箱：capress@163.com
发行：中国长安出版传媒有限公司
电话：（010）66529988-1319
印刷：天津鑫旭阳印刷有限公司
开本：710mm×1000mm　16开
印张：35.5
字数：560千字
版本：2020年12月第1版　2020年12月第1次印刷

书号：ISBN 978-7-5107-1035-3
定价：92.00元

前•言

Preface

“全国政法优秀新闻作品”表彰项目，是目前全国法治类新闻宣传的唯一国家级大奖，是加强政法机关与新闻媒体良性互动的重要抓手，在全国新闻界有较大影响力。

1993年，经时任中央领导同志批准，中央社会治安综合治理委员会设立“综治好新闻奖”，由中央综治办负责每年组织评选。2010年，全国开展清理规范评比达标表彰工作时，将“综治好新闻奖”改为“全国社会治安综合治理优秀新闻作品”表彰项目，系中央综治办保留的评比达标表彰项目，并确定评选周期为2年。2012年，经原中央综治办申请，并经全国评比达标表彰工作协调小组同意，“全国社会治安综合治理优秀新闻作品”表彰项目更名为“全国政法综治优秀新闻作品”表彰项目，评选周期为每2年评选1次。2019年，为适应中央政法委机构改革后新的形势，更好发挥全国性新闻奖项评选的引导激励作用，经全国评比达标表彰工作协调小组同意，“全国政法综治优秀新闻作品”表彰项目更名为“全国政法优秀新闻作品”表彰项目，主办单位变更为中央政法委，评选周期变更为每年评选1次。27岁的“全国政法优秀新闻作品”奖，历经多次规范清理表彰评比工作，跟随着岁月变迁而变，伴随着政法事业的发展而不断调整完善。历届获奖作品始终坚持正确的政治方向、舆论导向、价值取向，用小故事反映大时代、用小切口反映大主题，讲好政法故事、弘扬法治精神，为推进平安中国、法治中国建设作出积极贡献。

为进一步宣传好以习近平同志为核心的党中央关于政法工作的决策部署，宣传好新时代政法工作的新经验新做法、取得的新进展新成效，充分发挥全国政法优秀新闻作品评选表彰作用，更好激发新闻媒体和新闻工作者宣传报道政法工作的积极性、主动性、创造性，促进政法宣传载体建设，我们编辑形成了《2017、2018年度全国政法优秀新闻获奖作品选编》。全书共收录了首届全国政法优秀新闻作品评选评出的2017年、2018年两个年度获奖作品209篇，这些作品向社会传播了平安中国、法治中国建设的新理念，传递了政法队伍的精气神、正能量，是正确舆论导向和新闻专业水准相结合的政法新闻精品力作，希望能为做好新时代政法宣传工作提供助益。

由于编辑水平有限，本书难免有错漏之处，敬请批评指正。

中央政法委宣传教育局

2020年12月

目·录

Contents

2017年度全国政法优秀新闻作品

一等奖作品

报刊类作品

广播类作品

电视类作品

网络类作品

摄影类作品

二等奖作品

报刊类作品

广播类作品

电视类作品

网络类作品

摄影类作品

三等奖作品

报刊类作品

广播类作品

电视类作品

网络类作品

摄影类作品

2018年度全国政法优秀新闻作品

一等奖作品

报刊类作品

广播类作品

电视类作品

网络新媒体类作品

摄影类作品

二等奖作品

报刊类作品

广播类作品

电视类作品

网络新媒体类作品

摄影类作品

三等奖作品

报刊类作品

广播类作品

电视类作品

网络新媒体类作品

摄影类作品

2017 年度
全国政法优秀新闻作品

一等奖
作品

First Prize Works

01

报刊类作品

高扬法治风帆，迈向伟大复兴

——从全国两会看十八大以来全面依法治国新征程

邹　伟　杨维汉　陈　菲

这是历史性一跃的关键节点——2017年，党的十九大召开之年，全面实施“十三五”规划的重要一年，推进供给侧结构性改革的深化之年。

这是新长征路上的固本基石——法治，治国理政不可或缺的重要手段，国家治理体系和治理能力现代化的重要依托。

党的十八大以来，在以习近平同志为核心的党中央坚强领导下，全面依法治国蹄疾步稳，法治风帆始终高扬，法治中国建设站上新的历史起点，助推矢志复兴的中华民族在实现“两个一百年”奋斗目标、实现中国梦的航程上浩荡前行。

为国家长治久安和人民安居乐业夯实制度基石

3月8日下午，人民大会堂。

璀璨星辉之下，中国法制史迎来一个值得铭记的时刻——

经过数年酝酿、反复修改的民法总则草案提请十二届全国人大五次会议审议。由此，中国社会生活的“总规矩”——民法典编纂工作迈出至关重要的一步。

全国两会是生动的窗口，传递出法治中国的强劲脉动——机遇与挑战、改革与发展、民主与民生……广纳法治箴言，广聚法治精思，广辟法治路径，无不蕴含法治之义、呼唤法治之力。

天下大治，起于法治。

强调“法治是治国理政的基本方式”，指出“凡属重大改革都要于法有据”，明确“市场经济应该是法治经济”……循着以习近平同志为核心的党中央规划的法治中国蓝图，各方面工作建章立制、次第展开，社会生活气象为之一新，改革发展呈现蓬勃生机——

立法法、慈善法、刑法修正案（九），废止劳动教养制度、调整完善生育政策……党的十八大以来，已制定直接涉及全面深化改革、全面依法治国等改革任务的法律16部，作出修改法律的决定33件、有关重大问题的决定决议12件。

2013年以来，已分9批审议通过取消和下放行政审批事项共618项，政府简政放权效果初步显现。《法治政府建设实施纲要（2015—2020年）》付诸实施，“职能科学、权责法定、执法严明、公开公正、廉洁高效、守法诚信的法治政府”愿景渐行渐近。

司法责任制改革全面铺开，以审判为中心的诉讼制度改革加快推进，检察机关提起公益诉讼制度的优越性逐步显现……司法体制改革大潮涌起，直指司法难点、痛点，给百姓带来实实在在的“获得感”。

民心是最大的政治，法治是强大的力量。

2月9日，最高检公布《关于聂树斌故意杀人、强奸妇女一案的检察意见》。一周后，聂树斌再审案宣判用的法槌、录像资料、判决书等被中国法院博物馆收藏，成为记录历史的文物。

历史是最好的老师。国家文明的演进，无不依赖于法治的完善。

回首来路，启示深刻——

全面推进依法治国，是深刻总结我国社会主义法治建设成功经验和深刻教训作出的重大抉择，是全面建成小康社会和全面深化改革开放的重要保障，是着眼于实现中华民族伟大复兴中国梦、实现党和国家长治久安的长远考虑。

放眼征程，抉择坚定——

“要推动我国经济社会持续健康发展，不断开拓中国特色社会主义事业更加广阔的发展前景，就必须全面推进社会主义法治国家建设，从法治上为解决这些问题提供制度化方案。”习近平总书记的重要论述高屋建瓴。

审视“五位一体”总体布局，法治作为一条红线贯穿始终。“以法治指导、规范、促进和保障经济、政治、文化、社会和生态文明建设，实现法治经济、法治政治、法治文化、法治社会、法治生态文明，进而实现法治中国整体目标。”全国政协委员、天津财经大学法学院教授侯欣一说。

纵览“四个全面”战略布局，可以清晰地看到，围绕国家治理体系和治理能力现代化，全面依法治国正在对各领域体制机制、法律法规进行系统设计和全面制度安排，致力于建立一套紧密相连、相互协调的国家制度。

践行“创新、协调、绿色、开放、共享”五大发展理念，中央强调“运用法治思维和法治方式推动发展”。当前的努力方向，就是将五大发展理念上升为管用管长远的制度安排，又以五大发展理念为指导完善现行各项制度，使之有机统一，发挥制度体系整体合力。

又是一个春天。山西太原，刚挂牌成立的山西省监察委员会，已在山西省纪委、山西省人民检察院同处的办公大楼展开工作。

北京、山西、浙江，国家监察体制改革试点落地有声，为制度层面筑牢反腐“堤坝”作出有益探索，更标注出法治中国建设的新亮点。

法治关乎国家，也关乎每一个个体。人民更加期待平等参与、平等发展，更加关注社会公正、自身尊严。

办事依法、遇事找法、解决问题用法、化解矛盾靠法……以法律和制度为遵循，一个令人向往的法治社会正在走来。

全面依法治国助推治国理政能力和水平实现新飞跃

立于潮头，方知风急浪高。登临险峰，才见前路艰辛。

筑梦之路绝非坦途。“中国号”巨轮面对的风险挑战、困难险阻前所未有。

任尔风吹浪打，我自岿然如山。

“推进国家治理体系和治理能力现代化，当然要高度重视法治问题，采取有力措施全面推进依法治国，建设社会主义法治国家，建设法治中国。在这点上，我们不会动摇。”习近平总书记的话语字字千钧。

党中央总揽全局、协调各方——

高扬宪法精神、维护宪法权威，是党中央治国理政的鲜明品格。完善以宪法为统帅的中国特色社会主义法律体系，健全宪法实施和监督制度，确保中央各项政令落地生根，确保各项事业在法治轨道上运行，确保党和国家建设各层次领域向着法治化不断推进。

应法之义，改革蹚过一个个“深水区”，啃下一块块“硬骨头”——

一系列改革在法治下破题、在法治下推进，从先行先试的探索试验，到走出一条可复制、可推广的法治化道路，夯基垒台、积厚成势，生发出源源动力。

循法而行，“小康路上一个都不能掉队”的承诺更加感召人心——

健全重大扶贫政策和重点项目的合法性审查；完善社会救助制度和法律救济途径；惩治扶贫领域职务犯罪，打通扶贫资金到达贫困户的“最后一公里”……脱贫攻坚深深的法治足印，践行着“言必信、行必果”的铿锵誓言。

持法为刃，铸就捍卫政权安全、制度安全的正义之剑——

制定国家安全法、反间谍法、反恐怖主义法、境外非政府组织境内活动管理法、网络安全法；依法惩处颠覆国家政权犯罪，以公开审判的方式正面回击西方反华势力对中国的图谋……

为了人民、依靠人民、造福人民、保护人民，这是法治中国无处不在的烙印，也是法治中国始终高扬的旗帜。

今年提请全国人民代表大会审议的两高报告中，两组数字引起了人们的关注：

深化人民监督员制度改革。新选任人民监督员15903名。改革以来，人民监督员已监督案件5474件。

全国22万名人民陪审员共参审案件306.3万件，占一审普通程序案件的77.2%。

“人民参与司法的渠道更加畅通、方式更加多样，让老百姓感到法治就在身边，这就是我们国家法治不断进步的体现。”全国人大代表、民盟上海市委专职副主委沈志刚深有感触地说。

“依法治国绘就‘法治中国’新蓝图，将极大提升中国共产党治国理政能力，提高法制体系透明度，确保法律法规实施。”欧洲智库“欧洲之友”政策主管莎达·伊斯兰如是评价。

中国特色社会主义法治道路开辟人类法治文明新天地

苏州，金鸡湖畔，春风又绿江南岸。

10个月前，“中国—中东欧国家最高法院院长会议”在此举行，13个国家的大法官齐聚一堂，共话“全球信息化时代的司法”。

习近平主席为会议致贺信并提出希望：深化司法交流合作，加强沟通互鉴，携手应对挑战，更加有效地打击犯罪、化解纠纷，共同营造规范有序的法治环境，为推进“一带一路”建设、实现中国与中东欧国家共同发展提供有力司法服务和保障。

法治，是人类共同的理想，也是融通中外的桥梁。

无论是访问英国议会，出席美国侨界欢迎招待会，还是在联合国日内瓦总部发表演讲，习近平主席都会向世界阐释中国全面依法治国的理念和实践，分享中国的法治之“道”。

中国特色的法治文明驶上“快车道”，令世界瞩目、惊叹。

“在地球的另一端，勤奋的中国同行已经对司法赋予了新的涵义。”拉脱维亚最高法院院长伊瓦尔斯·比奇克维奇斯说。

参与国际反腐败司法协作，参与打击环境犯罪、打击非法赌球等一系列国际性重大专项行动，成绩斐然；承担5年为各国培训2000名维和人员的重任……中国正以更加积极自信的姿态，站上世界法治舞台。

“东方欲晓，莫道君行早。踏遍青山人未老，风景这边独好。”

在世界经济踟蹰不前，不稳定不确定不安全因素增加的背景下，中国始终保持经济持续增长，对世界经济贡献率达30%以上，稳居全球第一，继续扮演全球经济“稳定之锚”的角色。

国外媒体普遍认为，中国经济将因法治水平的上升而获得更顺利、可持续的发展，进一步惠及世界。

“我们要坚持的中国特色社会主义法治道路，本质上是中国特色社会主义道路在法治领域的具体体现；我们要发展的中国特色社会主义法治理论，本质上是中国特色社会主义理论体系在法治问题上的理论成果；我们要建设的中国特色社会主义法治体系，本质上是中国特色社会主义制度的法律表现形式。”

习近平总书记的精辟阐述，标志着中国共产党对执政规律、社会主义建设规律、人类政治文明发展规律认识达到一个新的境界。

在世界东方，前行中的法治中国，正不断汇聚起澎湃的伟力。

这伟力，来自以习近平同志为核心的党中央高瞻远瞩、明辨大势的战略胸怀和久久为功、善作善成的执政风格——

坚持党的领导、人民当家作主、依法治国有机统一，是社会主义民主政治的特点和优势。

全面推进科学立法、严格执法、公正司法、全民守法，坚持依法治国、依法执政、依法行政共同推进，坚持法治国家、法治政府、法治社会一体建设。

无论是改革发展稳定，内政外交国防，还是治党治国治军，都以法治为框架、用法治作保障、由法治来贯彻……

这伟力，来自不断厚植的法治文化和法治信仰——

“法安天下，德润人心。”

2016年12月9日，中共中央政治局第三十七次集体学习上，习近平总书记这样阐释法治中国新图景。

中国特色社会主义法治道路的一个鲜明特点，就是坚持依法治国和以德治国相结合，强调法治和德治两手抓、两手都要硬。

24个字的社会主义核心价值观中，“法治”二字清晰呈现。“七五”普法规划作出部署：一切有接受教育能力的公民都要接受法治宣传教育。中办国办的指导意见要求，进一步把社会主义核心价值观融入法治建设。立法、执法、司法都要体现社会主义道德要求，使社会主义法治成为良法善治……

蓝图铺开，宏图已展。长风万里，斩涛破浪。

以习近平同志为核心的党中央，正引领中国开辟一条人类历史上前所未有的法治文明之路。沿着这条道路砥砺前进，中华民族一定能抵达伟大复兴的光辉彼岸！

（新华社刊载）

平安中国，暖心的国家名片

张 洋 倪 弋

“给中国的社会治安点赞！”前不久，一场关于“中国有多安全”的讨论引发关注，很多外国人对中国的治安环境竖起大拇指，他们纷纷表示，在中国工作和生活，很踏实很安心。

稳定是发展的基石。“要突出抓好政治安全、经济安全、国土安全、社会安全、网络安全等各方面安全工作。”习近平总书记对当前和今后一个时期的国家安全工作提出明确要求。全国公安机关深入贯彻国家总体安全观，着力推进平安中国建设，不断提升人民群众的安全感。

利剑出鞘，严厉打击各类违法犯罪

非法传销，严重扰乱经济社会秩序，严重侵犯群众财产安全。近年来，公安机关始终保持高压严打态势，揭开“金融互助”“爱心慈善”“虚拟货币”等一个个骗局。前不久，随着张天明等人被依法查处，所谓的“扶贫济困、均富共生”真相大白，公安机关再次提醒群众，提高防范意识，自觉抵制传销。

依法打击犯罪这只手，任何时候都不能软。近年来，百姓最痛恨什么犯罪，公安机关就严厉打击什么犯罪；百姓反映什么治安问题最突出，公安机关就集中整治什么问题。经济领域，先后开展打击非法集资、地下钱庄、证券期货、金融诈骗等专项行动；民生领域，持续打击以“盗抢骗”“黑拐枪”“黄赌毒”“食药环”为重点的违法犯罪……

随着国内外形势的深刻变化，暴力恐怖成为我国最大的现实威胁之一。按照中央部署，横向到边、纵向到底的反恐怖工作责任体系在全国范围内迅速建立，牢牢把握反恐怖斗争主动权，有力维护社会大局持续稳定。

互联网迅猛发展，传统犯罪“披上新装”，新型犯罪大量涌现。可是魔高一尺道高一丈，公安机关依法打击网络谣言、电信诈骗，深入整治侵犯公民个人信息，让网络空间清朗起来。

“更快地破大案、更多地破小案、更好地控发案，努力让老百姓居家更安心、出行更放心、生活更舒心。”公安机关集中力量开展破案攻坚。近5年来，8类严重暴力犯罪案件下降42.7%，命案下降30%。

天罗地网，社会治安防控凸显预警性

平安中国，贵在打防结合、标本兼治。2015年4月，中办、国办印发《关于加强社会治安防控体系建设的意见》。紧接着，社会面治安防控网、重点行业治安防控网、乡镇和村治安防控网……越来越多的“天罗地网”给广大群众提供全方位、多层次的安全防护。

前有视频探头，及时发现街面问题；后有指挥中心，快速指令处置警情；再通过大数据、云计算的深入应用，对治安形势进行阶段性分析……如今，社会治安防控迈向精细化、凸显预警性。许多一线民警表示，“按照传统模式，我们一般是接警再出警，违法犯罪可能已经造成损失。如今我们有了科技手段，越来越能做到对违法犯罪、安全隐患的预测预防预警，把问题消除在萌芽状态”。

如何加强网络社会治理，是公安机关面临的新课题。2015年，公安部部署全国公安机关普遍建立网警常态化公开巡查执法机制，自此，网警这一群体从幕后走向前台，全面提高网上“见警率”“管事率”，目前全国已建成“网安警务室”1116家。

一边是科技强警“新武器”，一边是深入基层“传家宝”。从深入推进消防安全责任制落实，持续开展高层建筑等火灾隐患排查整治，到深入开展城市交通秩序整治，大力整顿酒驾、醉驾、毒驾等违法行为，再到加强公园、景点、商场等人员密集场所治安管理，严防个人极端事件发生……查隐患、防事故、保安全，始终是公安工作的一项重头戏。近5年来，重特大火灾、道路交通事故数量年均分别下降18.3%和18.6%。

国际合作，为安全命运共同体贡献“中国力量”

今年6月5日至25日，10名中国警员出现在意大利4座城市的街头，协助意警方处理与中国游客、华侨、华人安全有关的问题；两个月前，北京八达岭长城上，中国与意大利警员联合巡逻的身影同样吸引了众多游客的目光。

这是一个全球化的世界。近年来，中国警方始终高举“合作共赢”大旗，全面推进与有关国家的务实合作，为构建人类命运共同体贡献“中国力量”。目前，我国警方已与113个国家和地区建立了务实高效的合作关系，向33个国家40个驻外使领馆派驻警务联络官68名。同时，向联合国9个任务区和联合国总部先后派遣维和警察2609人次，夯实世界和平的力量，展现了中国负责任的大国形象。

打击跨国犯罪的法网已经织就。在连续4年开展的“猎狐行动”中，通过国际执法合作，我国警方共从80余个国家和地区缉捕遣返外逃犯罪嫌疑人2730名。同时，我国与东南亚、非洲、欧洲的10余个国家深入开展打击电信诈骗合作，捣毁窝点上百个，抓获遣返犯罪嫌疑人近5000人。

维护海外安全利益的“合作舞步”闪亮国际舞台。2012年以来，公安部派出工作组40余个，足迹遍布5大洲20多个国家，配合当地警方打掉针对华人实施侵害的犯罪团伙数十个，追缴赃款上千万元。

全国公安机关攻坚克难，守护平安，我国成为世界上社会治安较好的国家之一。200万公安干警砥砺前行，牢固铸就维护国家安全、社会公共安全和人民群众生命财产安全的“铜墙铁壁”。

（《人民日报》刊载）

十大经验推动平安中国建设取得新成效

蔡长春

平安是老百姓解决温饱后的第一需求。社会治安综合治理，是提高人民群众安全感的重要途径。

党的十八大以来，以习近平同志为核心的党中央始终情系平安中国建设，对每次全国政法、综治工作会议，对事关全局的政法综治工作，总书记都作出重要指示，为综治工作指明了前进方向。

5年来，政法综治战线不折不扣地坚决贯彻落实习近平总书记重要指示精神，坚持围绕中心、服务大局，以破难题、补短板、防风险为重点，一手抓突出问题整治、一手抓体制机制创新，形成了“十大经验”，推动平安中国建设取得了新成效。

创新理念提高社会治理整体水平

“一纸书来只为墙，让他三尺又何妨。万里长城今犹在，不见当年秦始皇。”安徽桐城坚持古为今用、推陈出新，创造性地将倡导“六尺巷”典故所蕴含的礼让文化与辨法析理相结合，率先在法院系统应用于司法实践，通过“听、辩、劝、借、让、和”六步走法则，化解了大量矛盾纠纷。

创新是一个国家和民族发展的不竭动力。

——5年来，政法综治部门坚持与时俱进转变理念、创新体制，推动社会治理迈向更高水平。

各地围绕推进国家治理体系和治理能力现代化的新要求，坚持以变应变、以新应新，增强社会治理预见性、主动性；树立命运共同体意识，更加注重联动融合、开放共治，推动由党委和政府大包大揽的社会管理体系转型为党委领导、政府主导下各方参与的社会治理体系；倡导数据文化，不搞大呼隆、运动式治理，推动社会治安综合治理步入良性发展轨道。

近年来，暴力伤医、医闹等问题频发，不仅让医患关系高度紧张，也给社会稳定带来巨大隐患。针对“医闹”突出问题，上海、天津、浙江、湖北、江西等地出台医疗纠纷预防和处理条例或办法，探索用法治手段处理医疗纠纷。江西自条例实施以来，全省“医闹”问题基本遏制，再没有发生恶性伤害医务人员、严重扰乱医疗秩序的案件。

法治，是社会治理的最优模式，也是推进平安建设的根本保障。

——5年来，政法综治部门坚持全面落实依法治国基本方略，提高社会治理法治化水平。

各地注重运用法治思维和法治方式破解难题、推进工作，推动完善社会治理法律制度体系，加强实名制、信用管理等基础性制度建设，通过依法处理典型个案为社会成员划出法律底线，促进社会治理制度化、规范化、程序化。

针对不法分子利用网络借贷、网上理财等名义大肆进行非法集资等违法犯罪活动，影响金融稳定的情况，上海、山东、江苏等地成立金融安全防范打击工作领导小组，协同银监会等部门，建立立体化、社会化、信息化监测预警体系。从打击传销到整顿操纵证券期货市场，从打击金融诈骗到整顿地下钱庄，各地各部门合力整治，挽回经济损失2100余亿元。

——5年来，政法综治部门坚持把服务大局作为基本职责，促进经济社会持续健康发展。

树立和落实新发展理念，为深化供给侧结构性改革提供有力保障和服务；树立谦抑、审慎、文明执法办案理念，提高产权保护法治化水平；全力做好纪念抗战胜利70周年和上海亚信峰会、南京青奥会、北京APEC会议、G20杭州峰会、“一带一路”高峰论坛、金砖国家领导人会晤等安保工作……各地把社会治安综合治理放在经济社会发展全局中谋划，服务了党和国家工作大局。

“人防+技防”织密织牢公共安全网

“朝阳群众”“西城大妈”等群防群治力量，让老百姓感受到“远亲不如近邻”的亲切温暖，也让不法分子在“聚光灯”下无处藏身；“武林大妈”“西湖群众”“乌镇管家”等3.5万余个社会组织，组成230余万人的平安志愿者团队，共同参与了G20杭州峰会的维稳安保工作。

这只是各地充分调动社会力量积极性，多方参与共同治理推进平安中国建设的一个缩影。

人民群众是社会治理的力量源泉。

——5年来，政法综治部门坚持把群众路线作为重要法宝，努力构建全民共建共享的社会治理格局。

各地大力弘扬党的优秀传统，坚持专群结合、依靠群众，充分运用新技术新手段，探索组织发动群众的新途径新办法，开创群防群治新局面；深入推进基层自治，健全新型社区治理体系；创新协商民主机制，使公共决策尽可能兼顾各方利益。

基础不牢，地动山摇。社会治理的难点在基层，希望也在基层。

——5年来，政法综治部门坚持把工作重心放在基层，夯实平安中国建设的根基。

各地把社会治理的重心落在城乡社区，推进综治中心规范化和社区网格化建设，加强公安派出所、司法所和人民法庭、派驻检察室建设，把资源、服务、管理向基层一线汇聚，提高了基层基础工作水平。

大数据是社会治理现代化的大战略、大引擎，科学技术已成为破解社会治理难题的革命性力量。

贵州依托全省统一的“云上贵州”平台，对社会治理数据进行高度整合共享，把大数据与社区治理结合起来，打造出生态绿色、智慧管理的新型“云社区”。北京、广东、新疆等地构建起以人脸动态识别为核心技术的“视频云+大数据”平台，提升了预警防控能力。

——5年来，政法综治部门坚持把现代科技应用作为强大动能，提高社会治理智能化水平。

各地主动拥抱现代科技，积极运用互联网、物联网和大数据、云计算、人工智能等最新科技成果，加强对社会治安形势分析、研判，促进打防管控精准化、智能化，努力打造平安建设升级版。

——5年来，政法综治部门坚持以立体化、信息化社会治安防控体系建设为支撑，织密织牢公共安全网。

各地积极贯彻落实《关于加强社会治安防控体系建设的意见》，部署开展“雪亮工程”建设，建立健全社会面、重点行业、单位内部、城乡社区等治安防控网络，深入推进打黑除恶、治爆缉枪、禁毒扫黄、打击电信网络诈骗和侵犯公民个人信息犯罪等专项行动，持续加强道路交通、消防、易燃易爆等危化品安全隐患排查整治，维护了公共安全。

平安不平安，群众说了算。人民群众是平安建设的第一落脚点。

——5年来，政法综治部门坚持把增进人民福祉作为出发点和落脚点，提升人民群众安全感、满意度。

组织开展严打暴力恐怖、电信网络诈骗等专项打击整治；深化户籍、出入境、边防、道路交通、消防等管理制度改革；健全法律援助、司法救助、信访救助制度……各地以问题为导向，破解影响人民群众安全感的突出问题，不断推出便民利民措施，受到人民群众好评。

预测预警预防防范化解各类风险

当今世界已进入风险社会，只有不断提高预测预警预防能力，推动社会治安综合治理领域从“后置”变为“前置”，从“被动”转为“主动”，才能建设更高水平的平安中国，进一步增强人民群众的安全感。

——5年来，政法综治部门坚持立足于预测预警预防，有效防范化解管控各类风险。

各地积极应对政治安全风险，有效应对暴恐风险，主动防范化解互联网金融、寄递物流、网络约租车等新业态带来的风险，促进规范健康发展。

针对黑恶势力新动向，江苏、内蒙古等地依托涉黑涉恶情报研判体系，建立线索搜集、经营、打击、整治长效机制，健全对涉黑涉恶高危人员监管、防控机制，完善犯罪线索举报、移交制度，防止其坐大成势；针对共享单车乱停乱放较为突出，影响正常交通秩序并造成安全隐患的问题，北京市启用“电子围栏”，所有支持蓝牙模块的共享单车均可以与围栏技术对接，摩拜、ofo、小蓝车等主要共享单车品牌均可以将车停放在公共电子围栏区域内。

俗话说“远水救不了近火”，而浙江舟山依靠调解员和渔民群众自我化解矛盾，不仅“熄灭”了各类矛盾纠纷的苗头，还能当场调处损失数量小、情节较轻的事故，实现海上矛盾就地化解不上交，成功打造了“海上枫桥”。

四川、江苏、上海、黑龙江等地通过大力推进矛盾纠纷多元化解机制建设创新，在熟练运用人民调解等传统手段化解矛盾纠纷的基础上，通过融入科技、文化、心理等要素，不断提升矛盾纠纷化解能力，有效维护了社会和谐稳定。

——5年来，政法综治部门坚持维稳与维权相统一，提高预防化解社会矛盾的水平。

各地坚持和发展“枫桥经验”，完善落实重大决策社会稳定风险评估机制，建立健全社会矛盾排查预警机制，构建多元化纠纷解决体系，改革信访工作制度，推进涉法涉诉信访工作改革，筑牢社会和谐稳定的民心基础。

经过不懈努力，我国社会大局持续稳定，成为世界上命案发案率最低的国家之一；严重暴力犯罪案件比2012年下降43%，重特大道路交通事故下降56%；人民群众安全感不断增强，对社会治安满意度从2012年的87.55%上升到2016年的91.99%。

（《法治日报》刊载）

于欢故意伤害案系列报道

闫继勇　于　珈　法言平（蒋惠岭）

于欢案之一

于欢故意伤害案二审公开宣判

今天上午，山东省高级人民法院对上诉人于欢故意伤害一案二审公开宣判，以故意伤害罪改判于欢有期徒刑五年，维持原判附带民事部分。

聊城市人民检察院指控于欢犯故意伤害罪，向聊城市中级人民法院提起公诉，建议对于欢判处无期徒刑以上刑罚。今年2月17日，聊城中院作出一审判决，以故意伤害罪判处于欢无期徒刑，剥夺政治权利终身，并承担相应民事赔偿责任。宣判后，附带民事诉讼原告人杜洪章等和被告人于欢不服，分别提起上诉。3月24日，山东高院受理此案，并依法组成合议庭，5月20日召开庭前会议，5月27日公开开庭进行了审理。

山东高院二审查明：2014年7月至2015年11月，上诉人于欢的父母于西明、苏银霞两次向吴学占、赵荣荣借款共计135万元，双方口头约定月息10%，苏银霞先后偿还184.8万元。其间，因于西明、苏银霞未如约还款，吴学占、赵荣荣指使他人采取在苏银霞公司院内支锅做饭、强行入住于家住房等方式催债。2016年4月14日16时后，赵荣荣先后纠集郭彦刚、杜志浩等十余人到苏银霞公司讨债。21时53分，杜志浩等人在该公司接待室内以辱骂、弹烟头、裸露下体等方式侮辱苏银霞，并以拍打面颊、揪抓头发、按压肩部等肢体动作侵犯于欢人身权利。

当日22时22分，杜志浩等人阻拦欲随民警离开接待室的于欢、苏银霞，并采取卡于欢颈部等方式，将于欢推拉至接待室东南角。于欢持刃长15.3厘米的单刃尖刀捅刺杜志浩腹部、程学贺胸部、严建军腹部、郭彦刚背部各一刀，致杜志浩死亡，郭彦刚、严建军重伤，程学贺轻伤。

山东高院二审审理认为，上诉人于欢持刀捅刺杜志浩等四人，属于制止正在进行的不法侵害，其行为具有防卫性质；其防卫行为造成一人死亡、二人重伤、一人轻伤的严重后果，明显超过必要限度造成重大损害，构成故意伤害罪，依法应当负刑事责任。鉴于于欢的行为属于防卫过当，于欢归案后能够如实供述主要罪行，且被害方有侮辱于欢母亲的严重过错等情节，对于欢依法应当减轻处罚。于欢的犯罪行为给上诉人杜洪章等和原审附带民事诉讼原告人严建军、程学贺造成的物质损失，应当依法赔偿。原判认定于欢犯故意伤害罪正确，审判程序合法，但认定事实不全面，部分刑事判项适用法律错误，量刑过重，故依法作出上述改判。

于欢案之二

认真对待来之不易的“于欢案效应”

从于欢案一审之后的上诉到二审法院的开庭审理，一直到改判五年有期徒刑终审判决的发布，社会舆论一路跟踪至今。重新回味于欢案的每一个环节，我们发现这起刑事案件与其他一些影响性诉讼一道，体现了对法治进步的“于欢案效应”。

一是从全民“陪审团”转化为全民“公开课”。面对一起普遍关注的复杂案件，社会公众会有自己的看法，法律专家也禁不住各抒己见。虽然这不必然影响公正裁判，但法官受舆论不当影响的风险确实存在。在于欢案中，法院的精心审理和明智“公关”成功地将办案全过程变成了一堂全民共享的法治公开课，完成了一个实质性的变化。

二是从激昂的感性反应转化为从容的理性思考。那些与社会道德直接相关的案件往往为不同群体表达意见、宣泄情绪提供了机会，于欢案正是其中之一。但舆论、情绪毕竟是暂时性的，无法持续长久，而从容平和的理性思考终究会占据上风。于欢案在过去三个月里的“三季”变化确实让人对中国法治的健康环境感到欣慰。

三是从一次性处置转化为先例性规则。每一起引发社会舆论关注、炒作的案件，往往都有疑难的法律问题蕴含其中。现在的法院越来越能理智地利用这些资源，将其中的法律问题挖掘出来甚至将裁判贡献为先例判决，而不再只是采取“灭火”式的舆情应对，简单了事。

四是从大众道德评判转化为专业法律判断。感性反应、“全民陪审”中表达出的观点基本上是大众道德评判。尽管法官不会对此置之不理，但职业标准要求法官将这些观点通过“法律职业过滤网”之后，方可吸收、转化为法律专业判断。于欢案二审判决书中的说理部分便是法官这一使命的体现。

五是从普通官员保障转化为法官职业保障。法院在国家治理中注定处于社会矛盾的“风口浪尖”，因此法官依法独立、公正审理案件需要获得特别的职业保障。一个官员为避免被免职可以在作出决定前做一些民意测验，而法官的裁判只能依据事实、法律和良知作出。因此，为实现法治的使命，法官必须拥有更高程度的职业保障，包括于欢案一审合议庭中的法官。

六是从多头并立的“无解之局”转化为审判中心的司法终局。不论公安、检察院、当事人、社会舆论的意见分歧有多大，甚至不排除有的主体通过不当手段施加压力，但唯有法院才是“一锤定音”者。于欢案再一次成为建设审判中心主义诉讼制度的典范。尽管有些公众将最高人民检察院公开发表的诉讼意见误认为是司法部门的“定调”，但审判中心主义的客观规律还是把检察机关拉回到了诉讼主体一方的地位（其法律监督功能另论）。

七是从被动回应舆论到适当回应舆论。于欢案虽有详尽的裁判说理，但山东高院的负责人还是作了答记者问。这样做既有司法民主的政治原因，也有法律职业平民化的专业原因。今天已不再是贵族法官高高在上或者法律只属于律师的旧时代。中国司法的政治属性和“让人民群众在每一个司法案件中感受到公平正义”的根本要求，已经使司法与媒体（舆论）的关系有了适当调整。如果把回应社会关注当成是屈从媒体压力的“舆论审判”，那也未免过于简单了。

今天，于欢案将再一次成为中国法治道路上一个新的标志。这倒不见得是因为它对“正当防卫”法律规则新的解释，而是因为这起案件集中反映了法治进步所产生的这些效应。明天，或许还会有人坚持认为于欢案中舆论绑架了司法，或许还会有人认为量刑太重……这种情况实属正常。这或许也可以作为于欢案体现的另一个效应，那就是：法律永远是人民的！

于欢案之三

坚持依法裁判　维护公平正义

——山东高院负责人就于欢故意伤害案答记者问

2017年6月23日，山东省高级人民法院对上诉人于欢故意伤害案二审公开宣判，认定于欢构成故意伤害罪，但属于防卫过当，依法对其减轻处罚，将原审法院判处的无期徒刑，改判为有期徒刑五年，这一社会广泛关注的案件在法定审限内审结。为使社会公众全面了解案件的有关情况及二审裁判，记者就有关问题采访了山东高院负责人。

记者：山东高院在二审期间主要做了哪些工作？

山东高院负责人：我们高度重视于欢案件的二审审理工作。一是及时组成合议庭。3月24日，该案二审受理后，即确定了合议庭成员，并在高院官方媒体发布了相关信息。二是切实保障各方诉讼权利。合议庭迅即与案件当事人取得联系，告知其相关诉讼权利，并充分保障了相关人员庭前查阅、摘抄、复制卷宗材料以及庭审中陈述、质证、发表辩护、代理意见等权利。三是全面审查事实证据，认真梳理一审认定的事实证据及其存在的问题，提审于欢，实地查看了案发现场。四是召开庭前会议。解决了是否申请回避、是否公开开庭审理、庭审范围等程序性问题，并就事实证据、出庭证人名单等问题听取各方意见，为庭审的集中审理打下了基础。五是公开开庭审理。落实以审判为中心的改革要求，依法通知苏银霞、杜建岗出庭作证；通知当事人家属，邀请人大代表、政协委员、特邀监督员、专家学者、律师代表、媒体代表、基层群众代表共100余人旁听了庭审；采取“图文+阶段性视频播报”的方式，对案件庭审进行了长达15个小时的直播，最大程度地实现了庭审的公开透明。

记者：二审判决认定于欢的行为具有防卫性质的依据是什么？

山东高院负责人：于欢的行为是否具有防卫性质，是本案法律适用的焦点之一，也是诉讼各方争议、社会公众关注的核心。二审认定于欢的行为具有防卫性质，主要有以下考虑：一是案发时存在对于欢母子的不法侵害情形。杜志浩等人在较长时间里对于欢母子实施了限制人身自由的非法拘禁行为、侵害人格名誉的侮辱行为和对于欢间有推搡、拍打、卡颈部等肢体行为。二是不法侵害正在进行。当于欢母子欲随处警民警离开接待室时，杜志浩等人将二人拦下，并对于欢推拉、围堵，在于欢持刀警告时仍出言挑衅并步步逼近，对于欢的人身安全形成了威胁。三是于欢具有防卫意图。于欢在实施捅刺行为前进行了警告，在杜志浩言语挑衅并逼近时才实施捅刺行为，且仅对围在身边的人进行捅刺，可见其行为主要是为阻止对方实施侵害。四是防卫行为针对的是不法侵害人。被刺死的杜志浩和被刺伤的严建军、程学贺、郭彦刚均参与实施了限制于欢母子人身自由的不法侵害行为，杜志浩还直接实施了侮辱于欢母子等不法侵害行为。

不法侵害是指危害他人人身、财产以及其他合法权利的行为，既包括犯罪行为，也包括一般违法行为。不法侵害行为是违法还是犯罪，不影响正当防卫的成立，哪怕对一般违法行为也可以进行防卫，不能因为不法侵害没有达到犯罪程度，就否定行为的防卫性。

记者：二审认定于欢的行为超过必要限度的主要依据是什么？

山东高院负责人：根据刑法规定，对不法侵害行为人有权进行正当防卫，同时对正当防卫规定了限度条件，明显超过必要限度造成重大损害的，属于防卫过当。评判防卫行为是否过当，应当从不法侵害的性质、手段、紧迫程度和严重程度，防卫的条件、方式、强度和后果等情节综合判定。具体到本案，一是从不法侵害行为和防卫行为的强度看，杜志浩等人实施不法侵害的意图是给于欢母亲施加压力以催讨债务，在于欢实施防卫时，杜志浩等人此前进行的侮辱行为已经结束，此时只是对于欢有推拉、围堵等轻微暴力行为，而于欢实施的是致人死伤的防卫行为。二是从双方使用的手段看，杜志浩一方虽多人在现场但均未携带使用任何器械，而于欢持刃长15.3厘米的尖刀进行捅刺。三是从防卫的时机看，于欢是在民警已到达现场处警、警车在院内闪烁警灯的情形下实施防卫，公安机关已经介入事件处置，于欢当时面对的不法侵害并不十分紧迫和危险。四是从捅刺的对象看，杜志浩对于欢母子实施了侮辱、拘禁行为和对于欢间有的推搡、拍打等肢体行为，其他被害人未实施侮辱行为，而于欢在捅刺杜志浩之后又捅刺了另外三人，且其中一人即郭彦刚系被背后捅伤。五是从造成的后果看，于欢的防卫行为造成了一人死亡、二人重伤、一人轻伤的严重后果，严重超出了不法侵害人对其推拉、围堵、轻微殴打通常可能造成的人身安全损害后果。六是从案件起因看，本案系熟人社会里发生的民间矛盾纠纷。双方都生活在冠县这个不大的县城，苏银霞和吴学占互相认识，也是通过熟人介绍发生的高息借贷关系，发生纠纷后又通过熟人作了调解，这与陌生人之间实施的类似行为的危险性和危害性显有不同。综上考虑这些情况，二审法院认定于欢的防卫行为明显超过必要限度，且造成了重大损害，属于防卫过当。

有人认为，于欢的行为应属特殊防卫，不存在防卫过当问题。我们认为，这种说法法律依据不充分。根据刑法规定，特殊防卫的前提是防卫人面对正在进行行凶、杀人、抢劫、强奸、绑架以及其他严重危及人身安全的暴力犯罪，而杜志浩等人实施的不法侵害不属于以上严重危及人身安全的暴力犯罪，因此本案不能适用特殊防卫的规定。

必须指出，法律既要尊重和保护人身自由和人格尊严权利，也要尊重和保护生命健康权利，公民的正当防卫权作为国家防卫权的补充，其强度及可能造成的损害不能超过法律容许的范围。此案中杜志浩的“辱母”情节虽然亵渎人伦、严重违法，应当受到谴责和惩罚，但不意味着于欢因此而实施的防卫行为在强度和结果上都是正当的，都不会过当。相反，认定于欢的行为属于防卫过当，构成故意伤害罪，符合法律规定和法律面前人人平等原则以及司法的公平原则。

记者：二审对于欢的量刑出于哪些考虑?

山东高院负责人：对于欢判处五年有期徒刑，是经过反复斟酌、慎重考虑的，体现了严格公正司法的精神。根据刑法规定，故意伤害致人死亡的，处十年以上有期徒刑、无期徒刑或者死刑；防卫过当的，应当减轻或者免除处罚；减轻处罚应当在三年以上、十年以下有期徒刑幅度内量刑。确定对于欢适用减轻处罚还是免除处罚，不仅要看其防卫行为与不法侵害行为的适当程度，还要看损害后果的严重程度，比较防卫行为所保护的法益与损害的法益之间存在的差距。于欢及其母亲苏银霞的人身自由权遭受限制，人格权遭受言行侮辱侵犯，身体健康权遭受轻微暴力侵犯，但于欢持利刃捅刺4名不法侵害人，造成重大人身伤亡，防卫行为的强度和造成的损害已超过维护自身权益和制止不法侵害行为所容许的范围，两者之间明显失衡，免除处罚显然与防卫过当造成重大伤亡后果的犯罪行为不相适应，对于欢减轻处罚更符合罪刑相适应原则。

于欢具有防卫过当的法定减轻处罚情节、归案后如实供述的法定从轻处罚情节，以及在案发前因上被害人具有严重过错的酌情从轻处罚情节。具体而言，本案系由吴学占等人催逼高息借贷引发，苏银霞多次报警后，吴学占等人的不法逼债行为并未收敛。案发当日，被害人杜志浩当着于欢之面公然以裸露下体的方式侮辱其母，虽然距于欢实施防卫行为时已过去一段时间，且于欢捅刺杜志浩等人时不排除有报复杜志浩辱母行为的情绪，鉴于这一侮辱情节的恶劣性质，在伦理上应当受到严厉谴责，在刑罚裁量上应当作为对于欢有利的情节重点考虑。此外，于欢当庭不认罪，没有自责、悔罪表示，也是应该酌情考虑的量刑情节。综合考虑于欢犯罪的事实、性质、情节和危害后果，对其判处有期徒刑五年。

记者：社会普遍关注的“辱母”情节具体情况如何？

山东高院负责人：根据二审查明的事实，案发当日21时53分，杜志浩进入接待室后，用污秽语言辱骂苏银霞，往苏银霞胸前衣服上弹烟头，将裤子褪至大腿处裸露下体朝坐在沙发上的苏银霞等人左右转动身体。在双方人员马金栋、李忠劝阻下，杜志浩穿好裤子，后又脱下于欢的鞋拿到苏银霞的鼻子处，被苏银霞打掉。其中脱裤子裸露下体的“辱母”情节虽然性质恶劣，但随即被双方人员共同制止，上述所有不法侵害行为在当晚22时17分民警进入接待室前也均已停止。由于杜志浩当晚大量饮酒，血液酒精含量达148毫克/100毫升，实际上处于醉酒状态，其对苏银霞的侮辱行为属借酒撒疯、酒后失德。网传“杜志浩等十余人在长达一小时时间里用裸露下体等手段凌辱苏银霞”“杜志浩等脱鞋塞进苏银霞嘴里、将烟灰弹在苏银霞胸口”等与庭审查明的事实不符，于欢、苏银霞均未证实听到或者看到“讨债人员在源大公司播放黄色录像”。

记者：二审裁判对一审判决作了哪些改变？

山东高院负责人：二审判决明确指出，原审判决存在的主要问题是认定事实不全面，部分刑事判项适用法律错误。在案件事实方面，除了上面我们提到的“辱母”情节问题，二审判决还就引发本案借贷关系的真正主体、吴学占等人实施讨债行为的完整过程、案发当晚杜志浩等人实施逼债行为的具体情形、于欢实施捅刺行为的具体情境等，依据二审审理查明的事实证据在判决中作了反映。我们相信，网传的一些失实的事实、情节，在二审庭审以及今天的宣判后都已经澄清。关于部分刑事判项适用法律错误的问题，主要是对于欢行为性质的认定上，二审已经予以纠正。

于欢案件是近年来少有的引发社会广泛关注的一起刑事案件。如何使二审裁判符合法律规定并回应人民群众的公平正义观念，是我们在二审期间认真深入思考的问题。工作中，我们主要把握了以下几点：一是坚持实事求是原则。用事实说话，确保二审判决认定的事实都有相应的证据加以证明，而且，据以定案的证据都经过了庭审的查证。二是体现公平正义观念。“天理、国法、人情”是老百姓通常判断是非曲直的最直观标准。在二审裁判的过程中，我们始终注重站在人民群众的角度，将心比心、换位思考，对于欢以及杜志浩等人的行为进行客观评判，并体现在案件的裁判结果中，力争使“纸面上的”法律规定，通过“有温度”的裁判被人民群众所认可。三是贯彻平等保护理念。法律面前人人平等是法律的基本原则。法官作为居中的裁判者，不能因为于欢是基于杜志浩等人的不法侵害而实施了防卫行为，就忽略或否定其行为所造成的重大损害后果，不适当地免除对于欢的刑事处罚，应该综合考虑案件的事实证据，并严格依照法律规定，对于欢的行为作出认定和处理；同理，也不能因为杜志浩等人实施了侮辱、不法侵害等行为，就忽视和否定对其4个年幼子女权利的保护。

记者：于欢案件给办案机关哪些教育和启示？

山东高院负责人：于欢案件是因媒体报道而引发社会广泛关注的一起刑事案件。虽然媒体、网友们对案件的评论各异、观点不同，但绝大多数社会公众都希望二审法院能在查清案件事实的基础上，依法公正作出处理。今天，山东高院依法对案件作出裁判，二审审判程序虽已画上了句号，但我们对案件的反思、总结要认真进行。

一是树立严格司法的理念。于欢案件之所以引发社会广泛关注，除了案件本身的因素以外，也与一审办案机关收集、固定、审查证据不规范、不全面，裁判认定事实不全面，说理不透彻等有关。在今后的工作中，办案机关要牢固树立严格司法的理念，切实将证据裁判的要求落实在案件办理的全过程，既要把与定罪、量刑有关的案件的核心事实搞准确，又要深入了解、准确把握、综合考量与案件有关的社会背景、前因后果、传统文化、民情风俗等边际事实，使公正裁判建立在严密、准确、全面的证据体系之上，并合乎我国传统文化和社会主义核心价值观所倡导的道德伦理，确保案件质量经得起法律和历史的检验。

二是深入推进以审判为中心的刑事诉讼制度改革。于欢案件的二审审理过程，也是落实以审判为中心的刑事诉讼制度改革要求的过程。该案的二审，全面实现了事实证据查明在法庭，诉辩意见发表在法庭，公正裁判形成在法庭。今后，办案机关要深入落实庭审中心要求，运用好庭前会议制度，积极推进证人、鉴定人等出庭作证制度的落实，通过法庭审判程序的公正实现案件裁判结果的公正，确保庭审在认定证据、查明事实、保障诉权、公正裁判中发挥决定性作用。

三是坚持公开审判原则。从媒体报道情况看，旁听于欢案件二审开庭的各界代表称赞法庭是“正义的殿堂”“法治的课堂”。这一效果的取得，得益于庭前工作的充分准备，更得益于二审对庭审活动的最大限度的公开。办案机关要更加重视司法公开的作用，让所有的诉讼活动都以公开透明的方式展现出来，把开放的法庭变成普法的课堂，把法庭的裁判变成普法的教材。

四是积极回应社会关切。办案机关要认真梳理案件引发社会关注的主要方面、分析案件引发社会关注的具体原因，将社会关注转变成查找差距、改进工作、补齐短板的巨大动力，并以实事求是、开诚布公、真诚、友善的态度，对社会关注的问题给予积极回应，努力赢得社会对裁判的信任、认可与支持。

（《人民法院报》刊载）

揭秘聂树斌案再审检察意见“出炉”始末

——访最高人民检察院刑事申诉检察厅聂树斌案办案组

史兆琨

“最高人民法院第二巡回法庭再审聂树斌案公开宣判之前，该案再审合议庭审判长、最高人民法院第二巡回法庭庭长胡云腾见到我们说的第一句话就是：‘你们的意见给了我们很大的支持和信心。’”2月10日，最高人民检察院刑事申诉检察厅厅长尹伊君在接受本报采访时这样表示。

2月9日，人民检察院案件信息公开网发布最高检关于聂树斌案再审检察意见书，引发社会广泛关注。有媒体评论认为“最高检检察意见是聂案民意的法律解读”“在聂案重审的跌宕起伏之后，最高检公布的检察意见也成了一份历史文献”。这份沉甸甸的再审检察意见书到底是怎么出炉的？2月10日，记者专门采访了最高检刑事申诉检察厅聂树斌案办案组。

光复查阅卷笔录就达20余万字

与尹伊君一起出席聂树斌案再审宣判的还有最高检刑事申诉检察厅申诉二处处长杜亚起、副处长姜冰。2016年6月6日，最高人民法院决定提审聂树斌案并交由第二巡回法庭负责审理。随后，最高检党组听取相关情况汇报后，决定成立聂树斌案再审办案组。

“聂树斌案再审办案组于2016年8月3日至19日赴最高法第二巡回法庭集中封闭阅卷，并将全部案卷材料复印带回逐一审查。办案组的每名成员都分别独立审阅了在案全部43册卷宗及50余份视听资料，形成20余万字的阅卷笔录。”尹伊君介绍说，“办案组还于2016年10月31日至11月2日赴河北开展证据复核调查工作，邀请最高检信息技术中心派员全程同步录音录像。针对原案重大缺陷和瑕疵以及一旦开庭审理有可能到庭的证人，共复核和询问原侦查、技术及鉴定人员等20余人，实地走访查看了案发现场，制作调查询问笔录200余页。”

经过认真梳理聂树斌案近千份证据材料，逐一对在案证据排列对比，办案组对被害人死因，作案工具来源，隐蔽性证据，供述的真实性、合法性及在案证据缺失等焦点问题进行了严格细致审查，将有利于认定和不利于认定的证据都列入表格逐一分析。

“办案组每位成员都独立对聂树斌案提出了自己的初步审查意见，有的成员侧重于关注办案程序，而有的则更关注案件自身的实体性问题，因此，这些初步审查意见虽然并不完全一致，但有一点是毋庸置疑的，就是办案组所有成员对于聂树斌应当改判无罪这个最终审查结果达到了高度统一。”杜亚起告诉记者。

2016年9月12日，聂树斌案办案组集中研究起草审查报告有关问题，着手草拟检察意见。2016年11月16日，办案组再次集中研究审查报告修改问题，并进一步修改检察意见。在最高法明确对聂树斌案的宣判日期后，办案组为及时向最高法正式提交改判聂树斌无罪的检察意见，所有成员加班加点成了常态。最终，这份沉甸甸的载有检察机关对聂树斌案事实和证据认定的检察意见书——《最高人民检察院关于聂树斌故意杀人、强奸妇女一案的检察意见》提交至最高法。

实物证据应遵循供证一致

“在检察意见书中，所提及的关于原审判决认定事实不清、证据不足的六方面主要理由基本被最高法采纳了，充分体现在最高法所作判决中。在聂树斌案办理中，检察机关始终坚持疑罪从无、无罪推定原则，摒弃疑罪从轻、疑罪从挂错误观念，坚守防止冤假错案底线。”尹伊君表示。

聂树斌案从被提起申诉起，便引发了社会各界关注。杜亚起坦言，对于最高检申诉检察厅案件承办人员而言，如何排除各种干扰、做到客观公正，是一个不小的挑战。“真正让事实说话、让证据说话是最有效的应对之策。为此，我们始终坚持三个原则：首先，坚持一切事实认定都建立在客观真实合法的证据之上；其次，彻底摒弃存在新旧两个不同证据标准的错误认识；第三，切实坚守检察权行使的客观公正立场。”

杜亚起举例介绍说：“《最高人民检察院关于聂树斌故意杀人、强奸妇女一案的检察意见》对于聂树斌有罪供述真实性、合法性存疑的第二条理由为‘作案工具来源不清，原审判决认定花衬衣系作案工具存在重大疑问’，主要依据包括‘花衬衣来源不清’和‘聂树斌供述偷拿花衬衣动机不合常理’。”

“虽然聂树斌供述偷拿了一件衬衣，并对该衬衣进行了辨认，但失主梁某并不能证实确实丢失过衬衣；而让聂树斌辨认的花衬衣曾被清洗，且未对现场提取的花衬衣进行清洗的过程作出记载和说明。现场提取的花衬衣与让聂树斌辨认、随案移送的花衬衣是否同一，存在重大疑问。聂树斌多次供述偷拿衬衣是准备自己穿，但根据物证照片及现场勘查笔录记载，该衬衣仅是衣长61.5厘米的女士上衣，且多处破损。”杜亚起认为，作为案件的实物性证据，其自身的客观真实性至关重要，同时，供和证之间的关系如何对于定案的影响很大。一般而言，先供后证的证明力要高于先证后供的证明力。只有当供证一致，口供的真实性才颇具说服力，被告人有罪供述的真实性、合法性才能得以保证。

坚持实地现场亲自勘验

在采访中，被问及检察机关应如何充分发挥监督作用、防止冤假错案时，尹伊君表示，检察机关充分发挥好监督作用的前提是所有的复查程序一步都不能少，对于承办案件，该阅卷要全部阅完，该调查复核的证据要调查复核，该实地查看现场的要亲自查看体验。这样才能避免所有的论证分析都处于“空中楼阁”之上。当侦查人员从案发现场勘查完进行辨认和指认时，必须保障辨认和指认的程序完全规范合法，否则就有可能出现问题。

多年过去，尽管聂树斌案的案发现场早已物是人非，最高检聂树斌案办案组成员坚持到现场实地勘查。“当时案发现场是一片玉米地，现在案发地却被一条南水北调的水渠流经而过，案发现场的痕迹早已无处可寻。”杜亚起遗憾地告诉记者，虽然去案发现场之前就预想到可能会出现这样的情况，但是，作为检察机关案件承办人，却不能基于“可能会白跑一趟”的认识就不去做。

“去案发现场复核的过程就像‘大海捞针’，有可能捞得到，有可能捞不到，但必须去做。任何事物体现出来的特质很可能会与其他事物发生关联，有些人认为，只有在案的证据才会对案件判断起到至关重要的作用，但是，有时候，其他方面一些看似不起眼的因素，对于在案证据的判断是非常有帮助的。”杜亚起语气坚定，在他看来，这是案件承办人最基本的态度问题。正如聂树斌案再审宣判无罪后，作为再审合议庭审判长的胡云腾接受采访时所言，“内心的确定感非常重要”。

尹伊君感慨道：“案发地从20多年前荒无人烟到如今流水长河的变化，似乎也预示着我国法治建设进程在不断推进。20年前会发生这样的案子，10年前要想纠正这样的案子，纠正冤错案件可能不会实现，而如今，当疑罪从无、无罪推定这样的基本法治理念不仅深入司法人员的内心，而且深入全社会的人心，这样的案件得以纠正就是顺理成章、顺应人心的。往者不可谏，来者犹可追。我们应当从每一起冤假错案的平反昭雪中认真总结反思，汲取深刻教训，健全纠防冤假错案长效机制，真正告慰像聂树斌一样的蒙冤者，让悲剧不再重演。”

（《检察日报》刊载）

一进大厅，镌刻在照壁上的七个大字“人民公安为人民”遒劲有力。它提醒着过往的每个人——人民至上。

“人民公安”，是对公安队伍本质的明示：来自人民、属于人民；“为人民”，是对公安工作方向的阐释：保护人民、服务人民。

以人民为中心，就是要树立以人民利益为导向的工作观——

2013年1月19日，全国公安厅局长会议在北京召开。这是公安部在全面贯彻落实党的十八大精神开局之年召开的一次重要会议，也是国务委员、公安部党委书记、部长郭声琨履新后召开的第一次全国公安厅局长会议。他在讲话中提出鲜明要求：“以最广大人民利益为念。”

人民利益至上。公安部党委成员率先垂范，夙夜在公，身体力行，在公安改革的部署里，在案件侦破的指挥中，在深入基层的调研时，始终将人民利益放在第一位，作为衡量工作成效的唯一标准。

梳理党的十八大以来的公安工作，无论是维护国家安全、社会稳定，还是全面深化公安改革、大力推进“四项建设”，全国公安机关和广大民警始终把“以人民期盼为念，为人民利益而战”理念铭记在心。

以人民为中心，就是要发动和依靠人民——

人民是公安工作的力量之基、力量之源。这是一条颠扑不破的真理。

2014年6月15日，3名暴徒在新疆和田市迎宾路一家棋牌室，用利斧和匕首袭击群众。群众奋起反抗，与暴徒展开殊死搏斗，与闻讯赶来的公安民警和武警官兵一起将3名暴徒制伏，打了一场警民联手抗击暴恐的漂亮仗。

纪念抗战胜利70周年，北京“西城大妈”“朝阳群众”齐上阵；杭州G20峰会，反扒志愿者、水上救援志愿者、外语翻译志愿者等10支志愿者队伍，集体出动，筑起一道道铜墙铁壁。

人民群众的倾力支持是公安工作的最大政治优势，在神州大地不断得到见证与印证。

以人民为中心，就是做到发展成果由人民共享——

人民群众有安全感，社会才有安定感，国家才能稳定发展。

安全感，是公安机关200万人民警察，用“负重前行”给13亿人民换来的最大成果：四年来，八类严重暴力犯罪案件下降42.7%，命案下降30%，人民群众安全感始终保持在90%以上。

近日，“中国到底有多安全？”这一话题在国外社交网站引发众多欧美网民热议。接受中国媒体采访的外国民众一致认为，中国政府在维护公共安全方面的努力有目共睹，在中国生活和旅游安全又放心，哪里都没有比在中国更有安全感。

既要让人民群众有安全感，还要有获得感。公安机关的价值追求不断升华。

国务委员、公安部党委书记、部长郭声琨多次强调，既要破大案，也要破小案；既要破案，也要追赃。

在一次公安部党委会议上，他仔细询问有关负责同志，电信诈骗赃款追回率是多少……他关心的不只是破案率，更重要的是人民群众的损失最终能够挽回多少。

1300多万群众告别“黑户”，171万群众公民身份号码不再“重号”，20类事项不再让群众到派出所开具“证明”，居民身份证异地受理……公安改革含金量充分释放，人民群众有了更多获得感。

“人民”二字，重千钧。

铸牢绝对忠诚之魂

对党绝对忠诚，是人民公安政治属性的必然要求，也是党对公安民警第一位的要求。

习近平总书记指出：“对党绝对忠诚，要害在‘绝对’两个字，就是唯一的、彻底的、无条件的、不掺任何杂质的、没有任何水分的忠诚。”

忠诚，是公安队伍代代相传的政治基因，是融入血脉的人民警察之魂。只有忠诚于党，才能视党的事业高于一切，为党的事业舍得一切；只有忠诚于党，才能自觉履行人民警察的神圣职责，圆满完成党和人民赋予的使命与任务。

蔡松松，为抢救两名落水儿童英勇牺牲。这位新时期罗盛教式民警，人如其名，品如青松，不愧为党的优秀儿女；

买买提江·托乎尼牙孜，为了将暴恐分子一网打尽，深入虎穴，不幸壮烈牺牲，用生命践行了“苟利国家生死以，岂因祸福避趋之”的战斗誓言；

汪勇，固守清贫，自掏腰包为群众解难。这位爱民模范，四次受到习近平总书记亲切接见，他信奉的是“心若有民，有口皆碑”；

吴春忠，亲手将涉嫌违法犯罪的多年好友抓捕归案，并把前来求情的领导“怼”了回去，诠释了什么是“法不阿贵，绳不挠曲”。

……

忠于党，忠于国家，忠于人民，忠于法律。

正是千千万万这样的典型和榜样，构筑起整个公安队伍的中流砥柱，诠释了什么是忠诚。

铸牢绝对忠诚之魂，这是队伍建设的“根本”。党的十八大以来，公安部党委“咬定青山不放松”，带领广大民警牢固树立“四个意识”，确保对党绝对忠诚，把纪律和规矩挺在前头；用科学理论、优秀文化、良好家风，建立起一座座理想信念的精神家园；用群众路线教育实践活动、“三严三实”专题教育、“两学一做”学习教育，营造出风清气正的政治生态。

求木之长者，必固其根本；欲流之远者，必浚其泉源。

忠诚，务必要着力培植理想信念之根——

习近平总书记明确要求，坚定的理想信念是公安队伍的政治灵魂，必须把理想信念教育摆在公安队伍建设第一位。

在推动“两学一做”学习教育常态化制度化工作中，全国党员民警踊跃参加“亮明党员身份、强化党员意识、发挥先锋作用”活动，流动的红色党徽成为一道亮丽风景线，“党员带动民警、全警争先创优”蔚然成风。

以中央巡视整改为契机，公安部党委教育引导全国各级公安机关广大民警认清周永康等野心家、阴谋家的本质，深刻认识其严重政治危害，全面彻底肃清其流毒和恶劣影响，确保公安队伍绝对忠诚、绝对纯洁、绝对可靠。

紧密结合群众路线教育实践活动、“三严三实”专题教育和“两学一做”学习教育，公安部党委推出“自选动作”：“增强党性、严守纪律、廉洁从政”教育活动、“为何从警、如何做警、为谁用警”大讨论、“秉公执法、人民公安为人民”主题教育和眼下如火如荼开展的“迎接十九大、忠诚保平安”主题教育实践活动，教育引导广大民警以知促行、知行合一，努力在履行维稳职责、践行为民宗旨上走在前、作表率。

不走过场，不搞雨过地皮湿，公安部党委以踏石留印、抓铁有痕的劲头抓作风、抓成效：国务委员、公安部党委书记、部长郭声琨亲自讲党课；民主发言要“掏心窝子”，红红脸，出出汗；党员合不合格，先从考勤和风纪抓起；公安部督导组一竿子插到底，给基层公安“巡诊治病”。

理想信念的总开关，就这样拧紧了。

忠诚，务必要坚决维护领导核心——

万山磅礴必有主峰。一个国家、一个政党，领导核心至关重要。习近平同志成为党中央的核心、全党的核心，是全党的共同意志，是全党全国各族人民的共同心愿，对保证党和国家兴旺发达、长治久安，具有十分重大而深远的意义。

核心是政治上的旗帜、思想上的灵魂、行动上的统帅。党的十八大以来，全国各级公安机关广大民警，把维护核心这一根本政治要求融入火热的公安工作和斗争实践中，强化理论武装、铸造忠诚警魂、严守党的纪律，毫不动摇地坚持党对公安工作的绝对领导，坚决维护以习近平同志为核心的党中央权威和集中统一领导，始终在思想上政治上行动上同以习近平同志为核心的党中央保持高度一致。

忠诚，务必要打造纪律严明的过硬公安队伍——

打铁还需自身硬。党的十八大以来，公安队伍纪律作风建设的要求越来越严，权力的制度笼子越扎越紧。风清气正、干事创业的良好生态，逐渐形成。

纪律规矩教育一刻也不放松。广大民警时刻把党的政治纪律和政治规矩挺在最前面，坚决贯彻党的路线方针政策，自觉按照党章、党内政治生活准则规范言行，自觉遵循党在长期实践中形成的优良传统和工作惯例，以强烈的政治自觉和行动自觉，坚决维护中央权威，确保政令警令畅通。

中央“八项规定”精神和公安部党委“十项规定”精神得以严格落实，公安队伍着力整治群众反映强烈的不正之风，常态抓好作风改进，推动作风形象持续向好。

以落实党风廉政建设“两个责任”为牵引，公安部出台了公安机关内部人员干预、插手案件办理记录、通报和责任追究等规定，深入开展刑事立案突出问题等专项治理，使权力的制度笼子越扎越紧，党风廉政建设的责任越压越实。

反腐倡廉奏响“三部曲”：从时时鸣哨，见到一丁点儿苗头就咬耳扯袖、红脸出汗；到寸步不让，牢牢守住纪律这条带电“高压线”；再到利剑高悬，坚决拔除公安民警中的“烂树”，公安机关始终保持反腐高压态势，坚持严格执纪问责，进一步整肃了警风、纯洁了队伍。

以我廉洁，守护正义；从警一日，清廉终生。中国警察廉政宣言，唱响警营。

一支对党忠诚、服务人民、执法公正、纪律严明的公安队伍，必将无往而不胜。

雄关漫道真如铁，而今迈步从头越。

以习近平同志为核心的党中央，挥舞如椽巨笔，描绘发展蓝图。中华民族伟大复兴的中国梦，脚步声近。

红旗漫卷，歌声嘹亮。

200万人民警察豪情满怀，整装待发，踏上新的历史征程！

党的十八大以来公安工作系列述评之二：维护社会治安稳定篇

在大局中治理：履职担当护佑平安中国

中国，正在推进具有许多新的历史特点的伟大斗争，正在推进党的建设新的伟大工程，正在推进中国特色社会主义伟大事业。

这是一个挑战与机遇并存的时代。

当前，我国国家安全的内涵和外延比历史上任何时候都要丰富、都要宽广。在风云变幻的国际国内形势下，如何更好地维护国家安全和社会稳定，是一个崭新的课题。

历史，常常凝炼成一次次选择。

党的十八大以来，党中央高度重视国家安全工作，提出总体国家安全观，明确国家安全战略方针和总体部署，推动国家安全工作取得显著成效。

“要突出抓好政治安全、经济安全、国土安全、社会安全、网络安全等各方面安全工作。”习近平总书记对当前和今后一个时期国家安全工作提出明确要求。

“防范打击犯罪、维护公共安全，是公安机关的主业，是公安工作能力水平最直接的体现。”中共中央政治局委员、中央政法委书记孟建柱指出，“要严密防范、严厉打击暴力恐怖活动及其他严重刑事犯罪，完善、推动立体化社会治安防控体系建设，坚持网上网下一体化建设，努力提高预防、打击违法犯罪实效。”

牢固树立大局意识，自觉地把公安工作置于全党全国工作的大局中来考虑、来谋划，是公安工作之所以不断前进并取得显著成绩的一个重要原因。

党的十八大以来，在以习近平同志为核心的党中央坚强领导下，公安部党委积极适应当前国内外形势新变化，勇于担当、奋发有为。

“全国公安机关要牢牢把握稳中求进工作总基调，不断提高政治站位、强化责任担当，坚持聚焦风险防控、提升能力水平，从严从实从细抓好保稳定、护安全、促和谐各项工作措施的落实。”国务委员、公安部党委书记、部长郭声琨强调。

稳定是发展的基石，行稳是致远的前提。

全国公安机关深入推进社会治安防控体系建设，全面落实各项打防管控措施，扎实推进、锐意进取。围绕维护国家安全和社会稳定这个大局，全国公安民警攻坚克难、昂扬奋进，不断开创历史新篇章。

雷霆出击，筑起反恐怖斗争的铜墙铁壁

随着国内外形势的深刻变化，暴力恐怖活动成为我国面临的最大现实威胁之一。

开展反恐怖斗争，公安机关重任在肩。

反恐怖斗争不仅事关国家安全，而且事关祖国统一、民族团结、政权巩固。全国公安机关毫不手软，坚决打击，始终对暴恐活动保持高压态势。

2014年5月，经中央批准，国家反恐怖工作领导小组决定，以新疆为主战场，其他省区市积极配合，开展严厉打击暴力恐怖活动专项行动，有效应对当前严峻复杂的反恐怖斗争形势，全力维护社会大局稳定、确保国家长治久安。

公安部专门召开视频会议，对这次专项行动进行部署。各地公安机关周

密组织本地区的专项行动，积极配合支持新疆的工作，在全国形成严打严防暴力恐怖活动的强大攻势，坚决把暴力恐怖分子的嚣张气焰打下去。

全国一盘棋。各地区、各部门坚持打防结合、标本兼治，强化社会面防控，横向到边、纵向到底的反恐怖工作责任体系迅速建立，牢牢把握了反恐怖斗争主动权，有力维护了社会大局持续稳定。

反恐怖斗争是人心战，是全民战。

在这场正义与邪恶的较量中，紧紧依靠群众、发动群众，才能真正对恐怖活动形成围剿之势。

为进一步提高全民防恐反恐意识，普及防恐、反恐基本常识，及时发现、防范暴力恐怖犯罪活动，国家反恐办编制出版了《公民防范恐怖袭击手册》，并向群众免费发放。根据公安部下发的《关于公安机关建立完善暴力恐怖犯罪活动举报奖励机制的通知》要求，新疆、北京以及武汉、成都等多地公安机关出台涉恐线索举报奖励办法，广泛发动群众举报涉恐线索，最高奖励金额甚至不设上限。深圳还成立了全国首支街道反恐民兵支队。

2014年6月15日，一伙暴恐分子在新疆维吾尔自治区和田市砍杀无辜群众，遭到群起反抗，被警民合力制伏；8月1日，有群众举报在和田地区墨玉县发现一伙暴徒，当地3万余名各族群众协助警方围捕；2015年拜城“9·18”案件处置期间，上万名农牧民参与围堵搜捕暴徒，为警方担任向导、提供线索，在连绵百里的外围防线上形成铁壁长龙。

新疆大学中亚研究院教授潘志平指出，当前，越来越多的群众自发参与到反恐斗争中，他们来自不同民族，有着不同信仰。他们的英勇行为再次证明，暴恐分子是人类共同的敌人。

众志成城。人民群众已经筑起反恐怖斗争的铁壁铜墙，罪恶的暴恐活动必将淹没在“反恐人民战争”的汪洋大海中。

2016年1月1日，《中华人民共和国反恐怖主义法》正式施行，依法反恐进入新阶段。

当前，中国有99%以上的暴恐事件被警方消灭在萌芽状态。新华社记者日前采访了曾在中国生活或旅游的外国民众，得到一致的回答：“在中国生活和旅游安全又放心。”

勇挑重担，严防经济金融安全风险

发展是硬道理。经济是国家发展的基础，经济安全是国家安全体系的重要组成部分，是政治安全、社会安全的坚实基础。

2015年7月1日，新修订的国家安全法正式施行。在“维护国家安全的任务”一章中，专门从5个方面规定经济安全问题，这充分表明了经济安全的广泛性和重要性。

现实生活中，制贩假币、盗刷银行卡、非法集资和传销等种种经济犯罪行为让百姓财产受到严重损失，严重影响社会稳定；利用地下钱庄转移赃款、骗取贷款、虚开增值税发票等违法犯罪活动给国家经济安全带来了风险。证券、期货领域违法犯罪活跃，严重妨害资本市场健康发展与宏观经济运行。

维护经济秩序和人民群众切身利益，公安机关冲锋在前，重拳出击。

按照中央的决策部署，公安部指挥全国公安机关经侦部门，始终保持对经济领域违法犯罪的严打高压态势，取得了显著成效。

抓住一个重点，强化经济金融重点领域风险防控——

金融安全，是经济安全的核心。

如果涉众型经济犯罪高发，金融市场一旦受到负面冲击，将极易诱发系统性金融风险。

及时发现苗头性、倾向性问题，强化经济金融等重点领域的风险防控，成为公安机关维护经济金融安全的重中之重。

推广地方建立金融风险防控预警平台的经验，推动建立立体化社会化信息化监测预警体系，提高对金融风险的发现、防范、处置水平；

推广地方建立新型经济犯罪研究中心的做法，加强对经济犯罪前瞻性研究，善于运用大数据技术，全力推进“信息化建设、数据化实战”发展战略，提高经济犯罪防范打击能力和经济风险控制化解能力；

……

与风险赛跑，与时间较量。公安机关勇挑重担，披荆斩棘。

把握一条主线，把打击犯罪与化解风险、维护稳定统筹起来——

既要敢于担当，也要善于作为。

在全力维护经济安全的同时，公安机关主动思考，积极探索，准确把握案件查处与维护稳定、化解风险、服务发展的关系。

打击犯罪，公安机关毫不手软、果断出击：

黑客网上盗刷银行卡案、公司“黑股票”案、骗取出境游押金案、“加盟代理”合同诈骗案、非法经营“黑期货”案……一桩桩典型案件的侦破，都浸润着公安机关打击防范经济犯罪的心血；

打击非法集资、证券期货、金融诈骗、涉税涉票据等风险型经济犯罪专项行动……一次次专项行动的深入开展，都彰显着公安机关捍卫人民群众财产安全和国家经济安全的坚定决心。

化解风险，公安机关积极统筹，未雨绸缪：

严格落实产权保护制度，建立健全非法集资案件处置机制，加快完善涉案资金网络查控平台；

用好打击经济犯罪合成作战机制，继续开展“猎狐行动”；

2015年，上海泽熙投资管理有限公司法定代表人、总经理徐翔等人通过非法手段获取股市内幕信息，从事内幕交易、操纵股票交易价格，其行为涉嫌违法犯罪，被公安机关依法采取刑事强制措施。这只是公安机关依法严惩在金融市场兴风作浪的“大鳄”“内鬼”，坚决防止经济犯罪问题演变为经济金融风险的一个缩影；

……

不管风吹浪打，胜似闲庭信步。

公安机关科学统筹，超前预测，既有效防范了新发案件的增量风险，也坚决防范了在侦案件的存量风险，严防经济金融风险的传导蔓延。

利剑出鞘，全心全意保民平安

安而不忘危，治而不忘乱。

国家安全，是以人民安全为宗旨的安全，是一份实实在在的安全感。

在总体国家安全观中，社会安全是与人民群众关系最为密切、影响最为直观的方面。

利民之事，丝发必兴；厉民之事，毫末必去。

老百姓最痛恨什么犯罪就严厉打击什么犯罪，老百姓反映什么治安问题最突出就集中整治什么问题，这是公安机关一以贯之的理念。

奋勇当先，针对影响人民群众安全感的突出犯罪，公安机关利剑出鞘——

2017年4月21日，公安部在广东茂名召开全国公安机关“三打击一整治”专项行动部署会，部署从5月1日起开展为期8个月的打击整治，重点打击网络贩枪犯罪、传统“盗抢骗”犯罪和电信网络诈骗犯罪，重点整治地域性职业犯罪群体，始终坚持把人民群众生命财产安全放在第一位，着力解决严重影响群众安全感的突出问题，确保社会大局持续稳定。

各地区、各部门创新禁毒体制机制，完善毒品治理体系，持续开展禁毒严打整治行动，全面掀起禁毒人民战争新高潮，有力遏制了毒品问题快速蔓延势头。

民心所向，警心所系。“更快地破大案、更多地破小案、更好地控发案，努力让老百姓居家更安心、出行更放心、生活更舒心。”在这样的指导思想下，公安机关持续打击以“盗抢骗”“黑拐枪”“黄赌毒”等为重点的传统犯罪，严厉打击以电信网络诈骗、网络贩枪、“食药环”为重点的新型犯罪，严密防范寄递物流、网约车等新业态相关违法犯罪……公安机关以人民群众的呼声为导向，集中力量开展破案攻坚，增强了人民群众的信心和安全感。

稳扎稳打，立体化、信息化社会治安防控体系建设成果丰硕——

社会治安，既维系着人民福祉，又保障着大局稳定，是平安中国的压舱石。

2015年4月，中办、国办印发《关于加强社会治安防控体系建设的意见》，全方位提出社会治安防控体系建设具体措施。

社会面治安防控网、重点行业治安防控网、乡镇和村治安防控网、机关企事业单位内部安全防控网、信息网络防控网……各地因地制宜地推进社会治安防控体系建设，给人民群众提供全方位、多层次的安全防护。

以突出治安问题为导向，以体制机制创新为动力，以信息化为引领，以基础建设为支撑……按照清晰的时间表和路线图，各地公安机关创新完善立体化社会治安防控体系，向着“人民安居乐业、社会安定有序、国家长治久安”的愿景奋进。

步步为营，公共安全管理成效斐然——

公共安全，一头连着千家万户，一头连着经济社会发展，是平安建设的晴雨表。

查隐患、防事故、保安全，成为公安机关维护公共安全的重点。

深入推进消防安全责任制落实，持续开展人员密集场所、易燃易爆单位、高层建筑等火灾隐患排查整治和电气火灾综合治理，着力提升城乡公共消防设施建设水平和灭火救援能力；

加强道路交通安全隐患源头排查整治，严格旅游客运、公路货运、危险品运输等重点车辆监督管理，强化高速公路巡逻管控和农村地区宣传劝导，严查“三超一疲劳”、酒驾、毒驾等严重交通违法行为，全力维护道路交通安全形势稳定；

周密的安保工作，确保了上海亚信峰会、北京APEC会议、纪念抗战胜利70周年、G20杭州峰会、博鳌亚洲论坛、“一带一路”国际合作高峰论坛等一系列重大活动的安全顺利进行；

……

四年来，八类严重暴力犯罪案件数下降42.7%，命案数下降30%，重特大火灾、道路交通事故起数年均分别下降18.3%和18.6%，人民群众安全感始终保持在90%以上。

这是公安机关奋发有为的必然结果，这是全心全意保民平安的生动诠释。

直面挑战，有力维护国家网络安全

当今世界，互联网已经融入社会生活方方面面，深刻改变了人们的生产和生活方式。

对信息化时代的每个国家而言，网络安全都有着牵一发而动全身的重要作用。

面对复杂严峻的网络安全形势，公安机关一次次于无声处肩负起冲锋在前的使命。

强化网络安全监管、关键信息基础设施和大数据安全防护，积极推动中美网络安全合作，有力维护了国家网络安全。2015年12月，中美举行首次打击网络犯罪及相关事项高级别联合对话，达成了《打击网络犯罪及相关事项指导原则》，决定建立热线机制，就网络安全个案、网络反恐合作、执法培训等达成了广泛共识，取得积极成果，在落实两国元首达成的共识方面取得重要进展。截至目前，公安部已与70多个国家和地区建立了打击网络犯罪合作机制。

雷霆出击，深入开展专项行动净化网络环境——

2013年8月以来，公安部部署开展打击网络谣言和有害信息专项工作，仅2016年就清理有害信息600余万条，落地查处造谣传谣人员2500余名，侦破了“塑料紫菜”等一大批重大谣言案件，有效规范了网络信息传播秩序；

2013年12月，公安部部署开展打击整治网络暴恐音视频专项行动，仅2016年就清理暴恐音视频信息95万余条，侦办网络暴恐案件4100余起，有效打击整治了网络暴恐违法犯罪活动；

2016年4月，公安部部署全国公安机关开展打击整治网络侵犯公民个人信息犯罪专项行动，累计查破刑事案件2100余起，抓获犯罪嫌疑人5000余名，缴获信息500余亿条，清理违法有害信息60万余条，专项行动取得明显成效。

这只是公安机关维护网络安全、保护人民群众切身利益的一个缩影。

打击网络犯罪、维护网络安全，彰显的是理念，表明的是决心。

抢占先机，构建网络综合防控体系维护网络净土——

网络空间不是法外之地。

如何进一步加强网络社会治理，切实维护网上治安秩序，是公安机关面临的新课题。

直面问题，迎接挑战；抢占先机，赢得主动。

构建网络综合防控体系，势在必行。

2015年，公安部在认真总结“网络社区警务”“网格化综合巡控”等安全监管方式，并组织部分地区开展公开巡查执法试点工作的基础上，部署全国公安机关普遍建立网警常态化公开巡查执法机制。

自此，网警这一群体从幕后走向台前，开展网上公开巡查执法工作，全面提高网上“见警率”“管事率”，极大地提升了网络社会公共安全感、群众满意度。

健全完善国家网络安全等级保护体系，以国家关键信息基础设施、政府要害部门网站和大数据为重点，定期进行安全测评和安全执法大检查，开展国家网络与信息安全通报预警工作，有力维护了网络和数据系统安全。

维护网络安全，构建网络综合防控体系，离不开人民群众的广泛参与。

在连续举办的国家网络安全周活动中，国内一大型互联网安全企业负责人就曾呼吁：维护网络安全需要让每个人都成为参与者。在公安机关牵动下，全社会正在打响一场维护网络安全的“人民战争”。

如今，越来越多的人民群众认识到网络安全防范的重要性，加入维护网络安全的队伍中来。在他们的有力配合下，一道道综合防控网在虚拟世界生根发芽，枝繁叶茂。

定力，源自对大局的深刻洞悉和把握。

信心，源自履职担当护佑平安中国建设的一次次跨越。

历史，由一段段的航程连接而成。此时此刻，站在今天和明天的交会点上，回望过去，展望未来，全国各级公安机关将砥砺前行，交出维护国家安全、服务经济发展的崭新答卷！

党的十八大以来公安工作系列述评之三：全面深化公安改革篇

在变化中革新：改革红利惠及亿万群众

2016年12月31日，中南海。

国家主席习近平发表了温暖人心、催人奋进的2017年新年贺词。

“农村转移人口市民化更便利了”；

“老百姓异地办理身份证不用来回奔波了”；

“一些长期无户口的人可以登记户口了”。

贺词中这几句拉家常似的话语，不仅勾勒出过去一年全面深化改革给老百姓带来的获得感，也对近年来惠民利民、实招频出的公安改革给予了充分肯定。

肩负着公安事业长远发展的重任，承载着人民群众安居乐业的期盼，党的十八大以来，公安部党委在党中央全面深化改革的宏伟蓝图下，运筹帷幄、系统谋划，突出重点、攻坚克难，坚定不移地推进公安改革。

砥砺前行，步伐坚实，快马加鞭未下鞍。

在充满希望的改革沃土上，200万公安民警夜以继日地贡献着智慧、挥洒着汗水。

公安改革的美好画卷，正在神州大地绚丽铺展……

一场高瞻远瞩的谋篇布局

新故相推，日生不滞。改革，是时代的永恒旋律。

处于历史关键期的中国，机遇前所未有，任务空前繁重。这艘承载着亿万人民中国梦的巨轮，如何行稳致远，举世瞩目。

用好决定中国命运的“关键一招”，就是全面深化改革。

党的十八届三中全会以来，经济、政治、文化、社会、生态文明建设和党的建设各方面改革持续推向纵深，主要领域“四梁八柱”性改革拔地而起。全面建成小康社会决战决胜迈出坚实步伐。

大潮奔涌逐浪高。

在这场变革的洪流中，肩负国家安全和社会稳定重任的公安机关，该如何作为?

新型犯罪迭出、社会矛盾多元、网上网下交织、民众期待提高……站在经济社会转型“路口”的公安机关，眼前是一道道棘手的考题。

物不因不生，不革不成。推动公安事业科学、健康发展，唯有改革。

党的十八大以来，习近平总书记就深入推进公安改革多次作出重要指示。习近平总书记先后主持召开会议，研究审议了《关于全面深化公安改革若干重大问题的框架意见》及相关改革方案，为全面深化公安改革指明了前进方向。此外，还主持会议研究审议了户籍制度、居民身份证异地受理、外国人永久居留服务管理等重大改革。

中共中央政治局委员、中央政法委书记孟建柱2014年2月在省部级主要领导干部学习贯彻党的十八届三中全会精神全面深化改革专题研讨班上以深化司法体制改革为主题作了报告。他强调，要积极主动、扎扎实实地抓好每一项司法体制改革任务的落实，确保司法公正，提高司法公信力，维护社会公平正义。

明辨方位，掌舵航向；登高望远，把脉全局。

党的十八届三中全会后，公安部党委成立了由国务委员、公安部党委书记、部长郭声琨任组长的公安部全面深化改革领导小组。公安部深改组广泛调研、多方沟通、几易其稿，一个凝聚了高层智慧与基层声音的重量级方案逐步酝酿成型。进一步提高人民群众的安全感、满意度和公安机关的执法公信力，全面深化公安改革的三个指向清晰明确。

2015年2月，中央审议通过的《关于全面深化公安改革若干重大问题的框架意见》及相关改革方案磅礴“出炉”，为全面深化公安改革绘就了美好蓝图。110余项改革举措，引领公安机关正式迈入改革“跑表计时”期。

这是一个紧锣密鼓的改革节奏——

短短两年多，公安部全面深化改革领导小组已召开了30余次会议。国务委员、公安部党委书记、部长郭声琨在研究改革时多次强调：“要以等不起的紧迫感、坐不住的责任感，加快进度、加大力度，强力推动各项公安改革任务取得实效。”各级公安机关以岁不我与、只争朝夕的干劲，投入风生水起的改革浪潮中。

这是一方着眼全局的改革视野——

从创新社会治安治理机制、深化公安行政管理改革，到完善执法权力运行机制，从完善公安机关管理体制、健全人民警察管理制度，到规范警务辅助人员管理，全面深化公安改革，不是零敲碎打、小修小补，而是立柱架梁、谋定全盘、深惟重虑。

这是一条稳中求进的改革思路——

既强化全面协同推进，又寻求重点难点突破；既注重顶层统筹布局，又鼓励基层试点探索；既强调改革刻不待时，又保证成果扎实见效……全面深化公安改革，从一开始就秉持以正确的方法论，在蹄疾步稳的改革步伐中，实现改革举措的次第开花、落地生根。

“公安改革不仅和建立法治政府、完善司法保障制度息息相关，也和城镇化背景下的社会治理创新相关联。”国家行政学院教授汪玉凯对公安改革的重大意义如是评价。

春秋几度，硕果累累。如今，公安改革“1+3”意见方案确定的改革任务已完成过半，一些重点领域、关键环节取得历史性突破，有广泛社会影响的改革亮点纷呈，人民群众对切身感受到的新变化交口称赞。

随着一系列改革措施的出台和落地实施，以人民为中心的执法理念深入警心，执法的尺子、标杆、红线已经树立，民警的执法能力不断提升，人民群众在公安机关执法活动与案件办理中越来越感受到公平正义。

公安改革，为平安中国、法治中国建设，正源源不断地注入新活力。

一腔自我革命的为民情怀

2016年5月12日上午，天津市民陶桂春通过自学直考顺利拿到驾驶证，成为天津市通过该方式取得机动车驾驶证的第一人。

“自学直考政策特别好，特别适合我这种没有时间到驾校练车的人。”如愿拿到驾驶证的陶桂春一脸兴奋。

排队长、学车难、约考难，这些昔日驾考模式的诸多不足，随着自主约考、自学直考的渐次铺开，将成历史。

删繁就简、领异标新，不止于驾考改革。两年多的时间，人们从全面深化公安改革实践中，感受到了一股公安机关刀刃向内、自我革命的力量，品尝到的是自身不断增强的获得感与舒适度。

“往往只要采取一点改进措施，就能惠及成千上万群众；改革只要迈出一小步，社会就能前进一大步。”国务委员、公安部党委书记、部长郭声琨这样告诫身处改革热潮中的公安民警。

简政放权，便利于民。这是公安行政管理改革的逻辑起点，也是终极价值。

放，就要动真格——

加快检验机构审批建设，试行私家车6年内免检，全面推进政府部门与检验机构清退脱钩……2014年5月，18项车检改革新政出台。尤其是新政中“一律”“不得”“彻底”等强硬措辞，让人看到了公安机关对车检政企分离的坚定决心。

推广应用统一的机动车号牌选号系统和生产管理系统，保证号牌发放公平公正、阳光透明。

削手中之权，去部门之利。以壮士断腕的决心“向自己开刀”，其深意在于严防滋生权力寻租和腐败漏洞。

缩小出入境、消防行政审批范围，缩短审批时限，简化沿海船舶渔船民管理办事程序，放宽残疾人驾车条件，实施取消台胞签注政策，推广自助办理赴港澳签注，扩大口岸自助通关人员范围……公安机关用权力的“减法”，换来经济社会发展活力的“加法”，在“一减一加”之间，让角色定位更加明晰。

管，就要下功夫——

实名收寄、先验视后封箱、邮件与快件实行X光机安检，三项安全管理制度要做到“百分百”，成为2016年以来全部寄递企业必须执行的铁规。从建章立制加强行业治安防控，到主动有为推进警种内外联合执法，再到提供手机APP实名寄递新模板，全国各级公安机关在推动落实“三个百分百”上积极应对，蹚出了一条条寄递物流新业态管理的改革之路。

放，不代表缺位；管，也不是束缚。坚持寓管理于服务之中，创造公正有序的竞争氛围，是公安行政管理改革的哲学内涵。

既放开驾考培训市场，又严把培训考试质量；既简化内地居民出入境证件申办材料，又深化出入境证件电子化改革，并建设完善多个信息系统提供支撑保障。该交给市场的给市场，该交给企业的给企业，该加强事中事后监管的切实管好。公安机关朝着规范、精细、效能的方向，不断促进管理模式转型升级。

服，就要求实效——

翻开公安改革的成绩清单，一个词语在不同领域高频出现：“异地”。全面建立居民身份证异地受理工作机制，全面实施跨省异地缴纳交通违法罚款，全面实行驾驶证异地申领换领补领，全面推进可在居住地就近办理出入境证件政策，全面推行省内车辆异地检验……让群众少跑一点儿腿，看似点滴变化，其背后却是公安机关机制、技术、精力等各项成本的付出，蕴含着的是深深的为民情怀。

利民之事，丝发必兴；厉民之事，毫末必去。老百姓关注什么、期盼什么，公安改革就要抓住什么、推进什么。改革实效的关键风向标正在于此。

推出方便群众办事创业28项措施，从源头上有效整治各类“奇葩证明”，全面推行“互联网＋公安政务服务”……两年来，公安机关积极适应人民群众对高品质公共服务的新需求，一系列简化手续、简明流程、简捷操作的改革举措，将公安机关办事办证服务打造成了亮丽品牌。

“再也不用为了办身份证跑回老家了。”“在派出所办理业务再也不用排长队了。”“网上申请办理车辆6年免检，动动鼠标5分钟就搞定了。”“出入境自助通道越来越多，口岸通关越来越便捷了。”……发自群众肺腑的一句句评价，是对公安行政管理改革的至高褒奖。

千淘万漉虽辛苦，吹尽狂沙始到金。公安机关用一项项频繁接续的“放管服”举措，有力服务经济社会发展、方便群众办事创业，用自身的辛勤指数提高了人民群众的幸福指数。

一份知难而进的坚毅决心

一直以来，公安机关锐意改革的脚步从未止歇。

当改革航船行至中流，挺进深水区，一些多年积累下来的深层次问题，成为改革前行路上难啃的硬骨头。

户籍制度改革、外国人永久居留制度改革、人民警察分类管理制度改革……没有哪项不是牵涉到错综复杂的利益关系调整，协调推进难度之大可想而知。

逢山开路，遇水搭桥；闯关夺隘，击楫中流。

改革没有禁区。改革就是要迎难而上。

从户籍制度改革意见和居住证暂行条例“双落地”，到出台深入推进新型城镇化建设的若干意见，再到1亿非户籍人口在城市落户方案确立，中央“破冰”户籍制度的坚定决心，清晰可见。

城乡户口统一登记为居民户口，普遍放宽农业转移人口落户城镇政策，农业转移人口落户城镇数量明显增加；取消暂住证制度，全面推行居住证制度，2016年各地发放居住证2890余万张；划出“红线”彻底解决“黑户”问题，2016年又有140余万无户口人员登记上了户口；居民身份证异地受理、挂失申报和丢失招领逐步推开，2017年7月将在全国各地全面实施……公安部作为户籍制度改革的牵头组织单位，勇于担当、主动作为，为这一国家大计的落地生效，夯基垒台、积厚成势。

曾几何时，外国人申请在中国永久居留门槛高不可攀。中国积极融入全球化进程、吸纳海外人才来华工作的愿景，与严苛的外国人在华永久居留制度极不相称。

出入境政策要有力服务国家发展大局，亟待革故鼎新。2016年2月，中办、国办印发《关于加强外国人永久居留服务管理的意见》，进一步理顺体制机制，健全政策法规，优化审批流程，放宽申请条件，完善证件功能，落实资格待遇。在公安部主导下，外国人永久居留制度打破陈年樊篱，实现重大突破。外国人永久居留服务管理工作呈现出科学合理、开放务实的新格局。

仅2016年，公安部就批准1576名外国人在华永久居留，较上一年增长163%。2017年6月，公安部开始签发新版外国人永久居留证，推动实现可机读识别。中国政府向外国友人发放的一个个筑巢引凤的“大礼包”，让更多的跨洋梦得以实现。

曾几何时，现有的警察管理制度、招录培养机制和职业保障制度，与公安机关面临的形势任务和人民警察承担的职责使命、作出的牺牲奉献不相适应。辅警职业保障偏低等问题，影响着这支队伍的稳定和工作积极性。

经济社会发展新常态，需要公安队伍呈现新状态。队伍活力要靠改革激发，队伍战斗力要用改革保障。

抚恤优待、意外伤害保险各项惠警举措频出，人民警察职业风险保障制度基本建立；省级统一招警、双轨招警、特殊招录等政策措施落地见效，人民警察招录培养机制改革成果初显，公安机关人才引进难、培养难、留人难等问题得到有效缓解；执法勤务警员和警务技术职务序列改革试点工作顺利完成，下步将在公安机关全面推开，人民警察分类管理、科学管理的目标方向、实现路径已基本明确；从国家层面出台规范辅警管理文件，各地党委、政府或公安机关分别结合实际制定具体实施意见或配套管理办法，辅警管理走向制度化、规范化、法治化轨道……一项项关乎警队长远发展的构想从擘画进入实操，警营上下，春潮涌动。

“人民警察管理制度改革，彰显了战略管理、科学管理和精细管理的理念，必将激励广大公安民警更好履职、服务人民。”中国人民公安大学教授王毅虹评价道。

青山座座皆巍峨，壮心上下勇求索。面对改革前行路上一个个重大难题考验，公安机关勇立改革潮头、争当改革先锋的决心从未动摇，一项项以前碰不动、多年未有进展的改革已纷纷破题。

一种吐故纳新的时代风范

创新，引领发展的第一动力。唯改革者进，唯创新者强，唯改革创新者胜。

当大众创业、万众创新成为中国的国家战略，当全民掀起创新创业的时代风潮，铿锵前行的公安改革者们，该如何与创新擦出绚丽的火花？

"科技创新"是改革最澎湃的动力——

2014年3月24日，一种依靠大数据理念，通过对以往案发数据、人口和地理信息等多种数据分析，预测未来指定时段、辖区地段发案概率的全新科技系统——犯罪预测系统，在江苏省苏州市公安局跨塘派出所正式投入运行，仅半年时间，辖区93种可防控违法犯罪警情总量同比下降了19%。

这是一场公安业务与数据技术高度融合的精彩呈现。这样的完美"碰撞"，是方兴未艾的数据时代赋予公安机关改革前行的新使命。

大力加强大数据时代公安基层基础工作，着力推动大数据与社会治理深度融合，让海量的信息数据成为预防预警、精确防控的源头活水……国务委员、公安部党委书记、部长郭声琨多次强调要重视公安"数据文化"。

而今，以大数据、云计算应用为代表的科技信息化创新应用在各级公安机关蔚然成风。大数据实战应用平台建起来了，超级搜索、超级档案变得"一键可及"；二维码"智慧门牌"挂起来了，对出租房屋的信息采集更加便捷，群众可获得更多高水平的公共服务；警务综合平台升级完善了，大量零散、隔绝的系统、信息整合互通，"一站式"警务从愿望成为现实……

数据引领、情报主导、精准制导，五年来，雨后春笋般的"数据革命"创新实践，带领公安机关迈入警务现代化的快车道。

"制度创新"是改革最根本的保障——

32个机关部门被整合成9个大部门、大警种，大量警力推向实战一线，警种角色"各归各位"……从2013年起，浙江省嘉兴市公安局南湖分局试水大警种制改革，在公安机关内涵式发展之路上开创了一个成功范例。

如何盘活警力存量，如何探索警力随着警情走的编制动态调整机制，如何完善精细化管理警务模式？面对社会环境日益多元化、复杂化的需求，公安事业长远发展之路上出现了一个个待解课题。

谋远先需强基，拔本才能塞源。实现公安改革的久久为功，须对体制机制进一步完善优化。

推动巡处一体化，实行动态勤务、“网格管理”，部署警务指挥扁平化，成立视频侦查专班……在健全完善“统一高效、职能科学、结构合理、保障有力”的公安机关管理体制的改革思路下，各级公安机关大胆探索、先行先试，优化内设结构、调整警力资源，让有限警力发挥出更大效能，呈现出鲜明的体制革新特点。

“主体创新”是改革最持久的力量——

当改革方向既定、任务已明，改革参与者推动落实改革的决心、热情、能力成为改革成败的关键。

尊重民警首创精神、鼓励民警动脑干活、公正评价民警绩效，五年间，各级公安机关在警营生态建设中坚持“以人为本”，为激发民警潜能、实现人生价值搭起闪亮舞台。

2016年4月，全国公安机关改革创新大赛全面启动。8个月的时间，10万民警踊跃参与，8000个创新项目掀起“头脑风暴”，公安改革的顶层设计转化为基层民警立足岗位的创新实践。创新，以“别样的忠诚”，为公安改革汇聚起生生不息的力量源泉。

积跬步，方至千里；积小流，终成江海。全国公安民警勠力同心、集启智慧，推动公安改革创新浪潮风起云涌。

……

全面深化公安改革的框架基本构建、受益面日益扩大、整体推动效应日益显现。这是一次有速度也有温度的全面改革。

逝者如斯夫，不舍昼夜。

2017年，全面深化改革向纵深推进的关键一年；2017年，公安改革承上启下的关键一年。

新的起点，新的征途，新的使命。赓续前进的新航程已经扬起风帆，吹响了远行的号角……

关山初度尘未洗，策马扬鞭再奋蹄。

全国各级公安机关将高举改革大旗，凝心聚力、披荆斩棘、一往无前。公安改革的壮志宏愿定将实现，书写出载入公安史册的时代光华！

（《人民公安报》刊载）

如何守护“守护者”系列报道

靳　昊　郑晋鸣

如何守护“守护者”之一

“不要再让法袍染血”
——从伤害法官事件看如何守护“守护者”

2月24日下午，北京市昌平区烈士陵园内庄严肃穆。在昌平区人民法院回龙观法庭法官马彩云因公殉职一周年之际，北京法院举行“向马彩云烈士致敬”活动，并宣布成立北京市法官协会法官权益保障委员会。

1月26日，广西陆川县人民法院退休法官傅明生被人持刀杀害，只因行凶者对多年前的一起离婚判决不满。2月17日，江苏沭阳县人民法院法官周龙在上班途中，被一债务纠纷当事人开车撞倒并持刀捅伤。

“不要再让正义蒙羞，不要再让法袍染血！”面对一系列法官遇袭事件，社会各界人士强烈呼吁。

该如何避免法官遇害惨剧再次发生，守护公平正义的“守护者”？

安全不能保证，法官尊严从何而来

“马彩云对工作很负责，她对法官这个职业不仅是喜欢，而且非常热爱。”曹松清调到回龙观法庭当庭长前，只是偶尔接触过马彩云，与她共事一年后，他才真正了解了马彩云。

马彩云殉职后，一些不负责任、肆意诋毁的言论开始在网上流传。“我

们进行过核查，网上流传的负面事件，没有一件是真的。”曹松清感到气愤和无奈。

不久前，最高人民法院公布了一批典型案例，反映出法官权益保障面临的种种挑战：一些当事人对诉讼结果不满，就在法院周边拉横幅、喊口号、发材料、放高音喇叭，或是在互联网上夸大事实、捏造谎言，侮辱法官人格尊严、诋毁法院工作，有的甚至写恐吓信，尾随跟踪，暴力相向。

“法官的权益在法庭外部没有被保护，在法庭内部被人打骂的事也时有发生。”中国政法大学刑事司法学院院长曲新久表示。“别人可以随便指着你的鼻子骂，甚至连家人的安全都不能保证，作为法官，坐在那个位置上尊严从哪里来？”有法官私下里说。

“信人不信法”是侵害法官重要原因

对外经贸大学法学院教授徐海燕认为，案件败诉方的当事人之所以采取极端行为，与其法律观念淡漠、缺乏对法律的信仰与敬畏之心密切相关。

“民众不尊重法律，不尊重法治，就会不尊重判决，进而不尊重法官。”曹松清表示，正常情况下，当事人觉得法院作出的裁决不公，可以通过法律程序选择上诉、申诉。如果官司最终打败了就要服从判决，因为它代表的不是法官个人的意志，而是国家司法机关的意志。

近年来，各级法院收案数量猛增。仅去年一年，北京地区法院收案就达65万余件。“这反映出民众的权利意识日渐觉醒，也表明了公众对法律的信任感和法院调节社会关系的作用在增强。”徐海燕同时指出，部分公众对法治精神的理解还有待深化。

“一些当事人信人不信法的传统思维根深蒂固，往往对陌生的法官充满警惕。在其败诉后，很容易怀疑乃至报复法官。”上海广懋律师事务所律师虞敏说。

华东政法大学司法学研究院院长崔永东认为，法官遇袭事件“反映出对于袭击法官的罪犯打击力度不够，个案惩处教育功能不够彰显，特别是法官安全保障机制不到位”。

防止法院成为社会矛盾"出气筒"

法官权益保障问题已引起中央的重视，并出台了一系列举措。

党的十八届四中全会提出，建立健全司法人员履行法定职责保护机制。2016年7月21日，中办、国办印发《保护司法人员依法履行法定职责规定》。今年2月，最高人民法院制定了《人民法院落实〈保护司法人员依法履行法定职责规定〉的实施办法》（以下简称《办法》）。

《办法》中的一大亮点是要求各级法院均应设立法官权益保障委员会，专责统筹法官权益保障问题。此前，法官权益保障只是法官协会的一项职能。

"应当说大多数民众还是尊重法律、尊重法官的，偏激的只是极少数。"虞敏表示，针对每个具体案件，尤其是当事人对判决不理解的时候，要对当事人多做法律的释明工作，用通俗易懂的语言解释官司为什么打输了。"当然，从上述恶性事件来看，其实法官的释明工作已经做得很到位了。"虞敏强调。

崔永东表示，应当充分发挥行政调解、裁决、复议等功能，避免将司法由化解社会纠纷的最后一道防线转变为第一道防线。此外，要通过构建并完善多元化纠纷机制来解决大多数纠纷，避免法院成为社会矛盾的"风暴眼"和"出气筒"。

法官安全威胁评估预警方法可借鉴

"法官权益被侵犯是世界范围内司法系统面临的共同问题，但我国表现得更突出一些。"虞敏指出。

2005年至2006年发生的一系列针对法官等司法人员或其家人的暴力事件，直接推动了美国法院安全立法改革。2007年，美国《法院安保法》修订通过。该法从多个方面对法院安保体系进行了改进。从2008年开始，美国在全国范围内建立的针对法官安全威胁的评估数据库，对法官权益保障发挥了重要作用。当法官人身权益有受到侵犯的风险时，相关部门会进行安全评估，据此对法官采取不同等级的安全保护措施。近年来，美国国内针对法官的人身安全威胁呈逐年递减趋势。

意大利等国也存在类似的法官安全威胁评估预警防控机制，在保障法官权益方面发挥了重要作用。

最高法颁布的《办法》提出，当法官因依法履行法定职责，其本人或其近亲属面临受侵害的风险时，人民法院应当及时采取保护措施，并商请公安机关依法处理。“公安部门由于警力不足等原因，能否主动配合是一个问题。”曲新久建议，可考虑由行政法规作出特别规定，明确公安机关的相关职责，或另设专门机构负责。

最高法院副院长李少平强调，强化司法人员履职保障，目的是为了更好推动“审理者裁判，裁判者负责”，并不是要强调法官群体的特权，更不应成为某些法官违法审判的“护身符”。

如何守护“守护者”之二

法官履职权威是法治权威最鲜活体现

——访最高人民法院副院长李少平

为贯彻落实去年7月中办、国办印发的《保护司法人员依法履行法定职责规定》《人民法院落实〈保护司法人员依法履行法定职责规定〉的实施办法》日前正式实施。这份针对法官的“史上最强保护令”，对于惩治侵害法官合法权益行为、保障法官依法履职有何重要意义，应如何发挥最强保护作用？本报记者就此采访了最高人民法院副院长李少平。

记者：《办法》对于提升司法权威有何意义？

李少平：从某种程度上说，司法的权威就是法治的权威，司法人员履职行为的权威就是法治权威最生动鲜活的体现。如果司法人员的履职安全缺乏保障、司法裁判得不到有效执行，司法就无法发挥定分止争作用，法律形同虚设，社会必然失序，受损的是整个社会和每一位公民。

判断一个国家的法治发展水平，观察一国法律在国家治理中是不是发挥了重要作用，最直观的就是看司法人员是否受到足够尊重，司法裁判是否得到有效遵从，那些藐视法庭、妨碍司法、暴力抗法的行为是否及时受到制裁。

记者：您如何看待司法“立威”与“立信”的关系？

李少平：在法治国家，司法机关应当有威信。但威信的形成，不是用威以立信，而是立信以树威，即威是以信为基础的。对人民法院来说，“信”就是司法公信力，“威”就是司法权威。建设权威的司法制度，必须牢牢依靠党的领导、人大的支持、社会的理解，人民法院自身也要通过更加公正、高效、公开、便民的司法来确立司法公信、争取信任支持。

各级人民法院一方面要站在“立信”的角度，不断苦练司法内功，提升司法公信；一方面要从“立威”的角度，维护司法秩序尊严，确保法律正确有力实施。

记者：应如何全面落实司法人员履职保障改革文件的精神？

李少平：第一，要主动报告，争取支持，推动形成保障司法人员依法履职的制度合力。各级人民法院要主动向地方党委、人大汇报《规定》和《办法》主要内容，结合《党政主要负责人履行推进法治建设第一责任人职责规定》，配合推进地方法治建设，树立地方良好法治形象。各级人民法院不得再以任何名义安排法官从事招商引资、行政执法等超出法定职责范围的工作，同时要积极与公安、宣传等部门沟通，推动建立与司法人员依法履职保护相关的预警、应急和联动机制。

第二，要敢于担当，主动作为，不断强化司法人员依法履职组织保障。各级人民法院领导干部要做一线司法人员的“定心石”和“主心骨”，主动承担压力、抵御干扰，支持干警依法履职。对于干警在依法履职过程中遭遇阻挠妨碍、人格侮辱、打击报复等情形的，领导干部要果断撑腰打气，及时采取保护措施。对法官的依法履职保障诉求敷衍推诿、故意拖延不作为的，要严格问责、严肃处理。各级人民法院要尽快成立法官权益保障委员会，健全完善法官考评委员会工作机制和法官维权救济机制。

第三，要加大投入，重心下沉，强化一线司法人员履职保障硬件设施建设。要确保法院公共区域与法官办公区域的相对隔离，配备一键报警装置，完善应急预案，及时处置突发事件。

如何守护“守护者”之三

伤的是法官　痛的是法治

2月26日，江苏省法官权益保障委员会发布“保障法官权益，维护司法权威”6个典型案例，用生动的司法故事提醒公众敬畏法律、尊重法官。10天前，江苏省沭阳县人民法院法官周龙在上班途中遇袭，身中数刀，多亏抢救及时才保住生命。

近年来，法官被案件当事人枪击、刺死、砍伤的事件屡有发生，到底是何原因致使法官频频遇袭？基层法官生存现状如何？带着这些疑问，记者进行了走访调查。

暴力袭法频出原因在哪儿

“这样的暴行会让人伤痛，但不会影响我们建设法治社会的信心，我们的法官不会被这样的暴行吓倒。”周龙遇刺后，网上一片声讨凶手、同情法官之声，有的悲叹周龙的遭遇，有的感慨基层法官活多、钱少、风险高的生存境遇。

在一般人眼里，法官这份工作体面、大气、有社会地位。但事实是，多数法官压力大、待遇低。尤其是基层法官，不仅要负责案件判决，还要承担普法宣传的任务。近两年来，他们又多了一块心病：遇袭。究竟是什么让他们暴露在“重重危机”之下？

“在不少当事人伤害法官的案例中，直接原因往往是法院作出对其不利的判决。”河北省保定市顺平县人民法院法官苑佳兴说，一些当事人不服判决，缠讼、闹讼，将怨气一股脑儿都撒在法官身上。他见过不少这样的事情，一些闹讼者甚至打听到法官的住处，找人在路上堵他们。“凡是司法诉讼，总有输有赢。问题是现在有一部分人只想享受权利，却无视义务。”

维护法官权威，是社会的底线

“法官依法履职，不该有后顾之忧，更不该有危险。”同事遇袭后，沭阳县人民法院院长周辉愤慨不已。“我们的工作涉及社会生活的方方面面，担负着调配各方利益的责任。”周辉认为，暴力袭法伤害了法官的职业期待，造成了人才流失。

“选择离开，并不是我有多勇敢，而是我的种种脆弱，难以承受作为一名人民法官面临的巨大压力。”去年，长沙市中级人民法院知识产权和涉外商事审判庭原副庭长伍峻民提出辞职。放眼全国，伍峻民决不是个例。“对法官的暴力伤害，最终伤害的是法治，伤害的是我们共同营造的社会安全感。”南京市中级人民法院院长胡道才说，“维护法官的权威，是社会的底线。”

尊严终将还给法官

随着司法体制改革深入推进，法官肩上的压力和责任进一步加大，这些都对法官权益保障工作提出了更高要求。法官权益能否得到有效保障，不仅事关法官自身发展，更关乎司法权威和司法公信力。

2月7日，最高人民法院发布《人民法院落实〈保护司法人员依法履行法定职责规定〉的实施办法》，细化完善了法官和审判辅助人员依法履行法定职责的保护机制，让法官的人身安全有法可循，也因此得名“史上最强的法官人身安全保护令”。

“《办法》不仅能对司法人员起到精神抚慰作用，很大程度上也能解决司法人员的后顾之忧，维护法官的职业尊严。”南京市玄武区人民法院法官陈文军说，“新出台的《办法》更加细化和具体化，这明显是一种进步。”

“法官的价值不仅在于办案，更在于传递法治理念，树立公众的司法信心。”胡道才认为，法官的尊严不是外界强制赋予的，而要更多地依靠自我建立。判案中，不仅要做到法理公正，也要关注当事人的心理状态，这样才能把工作真正做通、做好。

“法官更多地为当事人考虑，当事人也会给予法官更多尊重。”胡道才说。

（《光明日报》刊载）

救赎

——“5·28”山东招远麦当劳杀人案两名女犯忏悔记

邢 婷

庭 审

案发3年后，血腥的画面仍会常常将吕迎春从噩梦中惊醒，醒来后，身处囚室，第一反应是“痛苦、痛心”。

如今的吕迎春身上已明显看得出改造的痕迹：她目光平静，会有礼貌地说“谢谢”，谈及往事，会对以往的执迷不悟悔恨得一次次落泪。

同一个人，2014年5月28日发生在山东招远一家麦当劳餐厅内的残忍一幕，却让公众狠狠记住了这个猖狂到甚至暴力阻挠店员报警的邪教信徒。“杀了她！她是恶魔！”伴随着高声咒骂，吕迎春和其他5名同伙轮番暴打，最终，一名6岁孩子的母亲无辜死亡。

恶劣之极，举国震惊。经山东省高级人民法院终审，主犯张帆、张立冬被处死刑并已伏法，吕迎春被判无期徒刑。

一同戛然而止的，还有时年18岁的张航本应绚烂无比的青春。此案中，作为从犯，她被判处有期徒刑10年。

2015年2月5日起在山东省女子监狱服刑至今，两年零三个月的日子里，从排斥改造到深度忏悔，这两名曾经狂热的“全能神”邪教信徒开始了一场艰难的自我救赎。

最后的癫狂

在吕迎春迄今42年的人生中，有近一半时间和“全能神”邪教紧紧捆绑在一起。

1998年年底，最初只是出于对一位同学的欣赏和毫无保留的信任，吕迎春开始慢慢接触“全能神”。当时的她有一份稳定的商场营业员工作，不久后即将步入婚姻。不过她也回忆，自己业余时间只是看看电视，读读武侠言情小说，“生活迷茫得很”。

“全能神”开始成为吕迎春打发无聊光阴的重要寄托。渐渐地，她深陷其中，为了全身心投入，她甚至辞去工作，先后三次离家出走，抛下女儿，和丈夫离婚。

差不多当吕迎春痴迷“全能神”的同时，在距离吕迎春家乡山东龙口600多公里的河北无极县，一名叫张帆的少女正陷入与严重抑郁症的纠缠中。

“从高中起，姐姐每次回家总是莫名其妙地哭，几次想过自杀，我当时想，难道回家不好吗？”比张帆小12岁的张航无意间注意到姐姐的古怪。而抑郁症症状从张帆高中起一直持续到她大学毕业直至工作。

2008年的一天，长年信奉基督教的24岁的张帆在电话里告诉妹妹：“耶稣又来了！”张帆兴奋地说，自己终于找到了人生的方向。不久后，张帆带着“全能神”邪教的核心“教义”——《话在肉身显现》一书回到家里，积极向全家人传播。

吕迎春回忆，2008年年底，在“全能神”的论坛上，她和张帆相识，当时的张帆自称“众长子”，吕迎春被其言论所吸引，两人甚为惺惺相惜。

“神的工作在招远。”张帆的劝说加之家族矛盾，2009年张帆全家迁往招远定居，吕迎春以“众长子”的身份住进这个与自己没有半点儿血亲关系的家庭，组织当地信徒一起“吃喝神话”（意为“读经书”）、“交通真理”（意为“一起讨论”）随即成为这个家庭的日常。

山东省烟台市中级人民法院刑事判决书（2014）烟刑一初字第48号显示，张帆家人曾为吕迎春在招远当地购买一处住房，吕迎春名下存款有人民币4695084.90元、美元35717.85元，其中多数存款系张帆父母的账户转入。

吕迎春的日常开销均由这个家庭承担，张航回忆，当时全家人并不觉得有什么不妥，“因为吕迎春是‘神’，所有这些都是应该的”。

在张帆眼中，家人信“神”总是反反复复，不够虔诚，一气之下，她和吕迎春将父母和弟弟妹妹赶出家门：“你们没救了！被‘开除’了！”

2014年5月24日，案发前5天，张帆突然在QQ上让爸爸和弟弟妹妹回去，称家里的车坏了，需要爸爸修修，小狗也需要帮忙洗澡。觉出张航有些犹豫，张帆补充了一句："只谈狗，不谈'神'。"

接下来的4天，堪称最后的癫狂，在张航的记忆中，自己看过的所有恐怖片都不及这几天发生的场景令人战栗。

最初是小狗"路易"的惨死。

26日晚，浑身没劲的吕迎春突然咬定家里的小狗是"邪灵"，在吸走自己的能量，张帆听后立马拽住小狗的腿，狠狠砸向墙壁，然后用拖把拼命殴打，直至把拖把打断。

张航和弟弟在惊吓的泪水中，听到姐姐在门外一声声大喊，"'全能神'得胜了！"屋里，吕迎春则发现自己身体突然不听使唤，胳膊好像被外力抻平，呼吸没有了，吵嚷着自己被附体，被钉在十字架上。

诡异、狂热的气氛顿时笼罩整个房间。

接下来是几乎不眠不休的"交通真理"，直至案发当天5月28日下午2点，吕迎春、张帆、张帆父亲张立冬、妹妹张航和弟弟张某，以及3天前刚被接到招远的"全能神"信徒张巧联外出就餐购物。当晚9点，众人在麦当劳会合，为发展"全能神"信徒，向被害人索要手机号码被拒，遂发生血腥一幕。

3年后，在狱中认真阅读过多本心理学书籍后，吕迎春终于明白根本不会有什么"邪灵"附体："当时大概一周没有正常吃饭睡觉，身体极度虚弱，根据心理学知识，人在非常疲劳、意志力脆弱的情况下，潜意识记忆会被唤醒，而自己长期处在歪理邪说的暗示下，才会有那种表现。"

可时光最终无法挽回一切。

一群被邪教折磨得丧失心智的人，最终将他人生命推向灭亡，让几个家庭同时坠入深渊。

孤岛上的少年

"没有什么行为比伤害他人生命更不可原谅。"张航低头重复着这句话，如今21岁的她话音轻柔，看起来稚气未脱。

回想从12岁起在充斥邪教的家庭氛围中的成长经历，张航用"太孤独"

作答，话音未落，又对中国青年报·中青在线记者重重地更正了一遍：“是太、太孤独了。”

她不敢再交朋友。2009年全家定居招远后，她与之前要好的同学彻底断了联系，甚至不敢登录QQ，偶尔一次“异地登录”的提示令她无比紧张。她害怕之前的朋友问她去了哪里、在做什么等类似问题，家人再三叮嘱，她必须对此守口如瓶。

念完初一后，她彻底辍学。离开学校是张航自己的打算，当时正值厌学期的少女觉得自由自在挺好。

决定背后不乏父母的支持。深信“全能神”的张立冬夫妇认为，学校教授的知识都是“大红龙的毒素”，有害无益，他们笃信“世界末日”即将来临，“神的工作马上就要结束”，孩子在学校浪费时间没有意义，不如把更多时间用于“吃喝神话”“聚会交通”。

张航随之开始了一个人的游荡。

父母姐姐忙着在招远周边乡镇和信徒们聚会，没有人管自己。张航每天一个人出门，一个人吃饭，遇到好奇的邻居低头躲开。在小区居住了4年多，她从未开口和任何邻居说过一句话，从不敢去小区超市。

唯一用来打发时间的只有电脑。每天打打游戏，看看韩剧，几年里，她也结识了几个网友，但从不和他们聊自己的家庭情况包括真实年龄，“说了就是出卖教会”。

最初信教完全出于对姐姐的信任，张航一个人时常有一搭没一搭地信。随着“教会”成员因分歧陆续离开，吕迎春和张帆开始独领张家几人，管束愈加严格。

张航开始进入了他们的视野，被要求每天用更多时间“吃喝神话”，写灵修笔记、祷告，贪玩的张航一次次惹恼姐姐，被姐姐怒斥为“败坏的种类、撒旦的后裔”。

这个口出恶言的人还是那个曾经疼爱自己的姐姐吗？到后来，张帆变本加厉，甚至让母亲将不好好信“神”的妹妹赶出家门。在恐惧的阴影下，张航每天过得战战兢兢。

2013年整整一年，张航生活在巨大的矛盾之中：深受种种束缚，却又不愿再信“神”。辍学几年后，她突然萌生了回到学校的愿望，报名一所大学的专科班，后因妈妈告知班不开了，最后不了了之。

纵有满腹心事，这个如同生活在孤岛上的少女无法倾吐，准确说是找不到倾诉对象，此时家人的关系早已变得冰冷而麻木。

这个家庭里，父母不能表现出对孩子们的哪怕一点点疼爱，这与“神”的要求相悖，是不被允许的。

当时张航的弟弟被送往烟台市区的一所寄宿学校，每次开完家长会回来后，张航的妈妈做的第一件事就是和大家聚会，汇报自己的言行，进行忏悔，即便这样，还常被吕迎春和张帆训斥“放不下”。之后，妈妈对儿子愈加冷漠。

“妈妈只能疼在心里，用邪说衡量之后再强迫自己摆出冷酷的模样，好为邪神所谓的‘站住’见证。”如今，张航回忆。

有老师鼓励成绩不错的张航的弟弟：“将来一定能上一个好大学！”年仅十几岁的孩子冷冷作答：“考那么好有什么用？反正我妈也不在乎。”

来自父母长期的冷漠终于压垮了这个男孩。

一次，对老师说出想自杀的念头后，张航的弟弟被焦急的老师送回家。在家里，弟弟遭遇的却是张航和妈妈的指责、挖苦。绝望的男孩吃下姥姥的半瓶安眠药，幸亏被紧急送医才转危为安。

没有亲情，没有温暖，只有随时随地的聚会，说错一句话都可能被长时间地“审判惩罚”。在扭曲至极致的家庭关系中，张航和弟弟怀揣恐惧，苦苦挣扎。他们害怕被扫地出门，无依无靠，也害怕达不到“神”的要求，遭到无情惩罚。

这样的心态最终让张航和弟弟沦为犯罪现场的帮凶。

3年前案发现场，当吕迎春和姐姐、爸爸开始疯狂地殴打被害人时，最初张航站在一旁被眼前的一幕惊呆了，不敢动手。很快她担心，如果不做点什么的话，事后一定会被姐姐和吕迎春训斥。那一刻，她问自己，这应该是“神”最后的考验吧？匆忙中，张航抓起拖把、椅子，打向被害人。

案发时，参与犯罪的弟弟年仅12岁，被送往未成年犯管教所。“我受够了撒谎！受够了这一切！”——直至在狱中收到弟弟的一封封来信，张航才恍然大悟，原来从7岁起就开始接触“全能神”的弟弟曾为此产生那么多的苦恼。

弟弟是张航心中最大的痛，每每谈及，这个年长5岁的姐姐总是不禁流泪。接受完两年改造后，目前弟弟已回归社会和妈妈团聚，但张航担心的是，弟弟能不能最终走出幼年的阴影？能不能回归正常的学习，与人交往？

“这一切对他心灵的重创需要漫长的时间去治愈。”张航哽咽道。

“我们真的杀人了！”

“眼露凶光，出乎意料地顽固。”——这是吕迎春刚开始服刑时给山东省女子监狱李警官留下的第一印象。

作为该监狱收押史上刑期最长的邪教罪犯，吕迎春的到来令警官们高度紧张：如此冥顽不化的邪教信徒，如果不尽快转化，让其彻底认清自身罪行，会不会发生伤害他人甚至自残行为？而这并非没有先例。

现实丝毫不容乐观。

刚来时回答警官提问，吕迎春仍旧面色不改，振振有词：“我和张帆，我们具有神的属性，我们就是神本身……”谈及“5·28”案件，则称这是“我们灵界的事”“事关灵界六千年的做工”……不仅如此，她极其抵触和警官的面对面交流。

此时的张航也正处于半信半疑的状态中，一直不明白这是怎么回事，甚至仍在努力说服自己，这是“神”的考验，应当坚守之前的信仰，不能背叛“神”。

“当时确实希望‘神’是真的，不愿接受残酷的现实。”张航轻声说。

为了让二人从邪教的泥潭中彻底走出，监狱警官们想尽了一切办法。

徐警官开始给吕迎春写信，一封封地写，尝试着跟她谈心，聊家庭、生活、人生。最初，同室的狱友大声读给吕迎春听时，她用双手拼命堵住自己的耳朵，一封、两封，一天、两天……慢慢地，她捂着耳朵的双手没那么用力了，再后来，她开始把双手放了下来。

帮教的警官们轮番跟吕迎春谈话，这让她内心开始有所触动。

“警官从没有歧视过我，而是理性地问问题，尽管当时还没有认罪，但我发现这些警官都是很善良的，‘全能神’说不信‘神’的人都是要被毁灭的，我当时在想，这些警官人这么好，不应被毁灭。”吕迎春回忆。

对于吕迎春反复声称的“受害者是‘恶魔’，自己是好人”的说法，帮教警官反问：“既然你是好人，那到底做了什么好事没有？是帮助失学儿童了，还是救助受灾群众了？”吕迎春被问得瞠目结舌。

事实上，长期浸淫在邪教各种歪理邪说中，吕迎春早已模糊了“慈爱”“善良”的概念。

“‘带领’在聚会时专门针对是否该帮助要饭的、残疾人等弱势群体给我们洗脑，说那些不信‘全能神’是要遭神诅咒的，‘神’在惩罚他们，我们要是去帮他就是和‘神’作对。”吕迎春后来在忏悔书中写道。

亲情成为攻破吕迎春心理防线的又一个突破口。警官们特意安排吕迎春同家人见面，会见中，妈妈、姐姐泪流满面，妈妈甚至下跪求女儿认罪的情景深深触动了吕迎春。回来后，吕迎春的内心斗争十分激烈，一方面不想背叛邪教“全能神”，另一方面又不想让家人再伤心，还想赢得警官认可。

矛盾中，吕迎春鼓起勇气向警官抛出一个自己一直不敢碰触的问题——“关于张帆的生死”。这最终成为促使吕迎春认罪的关键。

按照“全能神”的说法，身为“众长子”的张帆不会死，将从肉身进入灵界。最终吕迎春得到了张帆已经伏法的回答。

“听到消息后，头都炸了，大脑一片空白，张帆死了，她不是‘众长子’，‘邪灵攻击众长子’之说已不成立，受害者是个人，不是‘邪灵’。原来我们真的杀人了！”那一刻，吕迎春痛哭流涕。

消息同样震惊了张航。一次会见中，妈妈说起已处理完爸爸和姐姐的后事。张航开始真正意识到，长期以来，自己生活于其中的不过是一个虚幻的谎言。

入狱一个多月后，两人终于肯主动卸下邪教信徒的面具，被拉回了现实世界。

艰难的重生

尽管均已认罪悔过，但将一株在脑中生根了几年甚至十几年的毒草连根拔起，这样的重生并非易事。

“如果将最初在特定环境下的悔罪称为感性认识的话，她们要想达到彻底转化，还需要上升到理性认识，跳出自己站在旁观者角度，认清邪教到底在什么地方诱惑了自己，由此需要更多时间一点点矫正，才不会出现反复。”监区徐警官介绍。

吕迎春回忆，重生之路“伴随着痛苦、眼泪、挣扎，剜心透骨，痛彻心扉，用脱胎换骨来比喻再恰当不过，这一路有警官的步步帮扶，有家人的不断鼓励，还有同犯们的真诚帮助”。

悔罪之初，吕迎春仍觉得自己很无辜，只认识到“全能神”太邪恶、太狡猾，骗了自己这个“大好人”，怨天尤人，甚至将过错推到已伏法的同犯张帆身上，从未想过要反思自己。类似情绪在张航、张巧联身上同样存在。

注意到这一点后，2016年夏，监区警官们专门将同案犯吕迎春、张航、张巧联召集在一起，举行了三人座谈，让她们将对彼此的怨恨、愧疚、歉意等通通开诚布公表达出来，帮助其打开心结。

正是这次座谈，让吕迎春看到大家的痛苦，意识到不该相互埋怨，应共同承担罪责。此后，吕迎春一改转化后心事重重、沉默寡言的状态，开始主动倾诉心中的困惑烦恼、求得警官指导帮助，精神状态逐步走向明朗。

两年多时间里，吕迎春写下几万字的揭批材料，痛陈“全能神”对自己、对他人的毒害。

“我当初信邪教‘全能神’本来是想让自己变得更好，让别人喜欢我，没想到走上邪道后，我求升反堕，成了残害生命、危害社会的杀人罪犯，一个活生生的生命被我残忍地剥夺了，几个幸福美满的家庭被我给毁了，我好悔恨！悔断肝肠，悔不当初误入歧途信了邪教‘全能神’，一失足成千古恨！”类似深度忏悔在厚厚一摞揭批材料中随处可见。

吕迎春更愿意回忆那个痴迷邪教之前的自己，“老公说一看到我，感觉我很善良，很温柔，一看就很实在，没坏心眼，才选择了我”。在狱中，吕迎春慢慢认识到自己痴迷邪教时思维多么扭曲，人性已泯灭，案发时有多凶残。每次回看案发视频，她都浑身紧绷，呼吸困难，不敢相信那个行凶的人是自己。

通过改造否定自己，反思自己，对她们来说显然是更为痛苦的过程，不仅要认识到之前人性中的种种弱点，还要彻底将痴迷邪教时形成的思维行为习惯彻底剥离。

偏激、悲观——这是吕迎春首先反省的自身缺点，对他人非黑即白的认识屡屡阻挠她打开心扉，融入监狱集体生活。

而从小就自以为是，好强、狂妄的性格让吕迎春一直以正义者自居，甚至认为自己像“神”一样完美，现在要承认自己是自私、贪婪、狂妄自大的坏人，“比死都难受”。

“但不争的事实摆在眼前，渐渐地我认识到：是我自私、贪婪、狂妄自大、自以为是的人性弱点被‘全能神’抓住了。”吕迎春反省。

张航则这样写下自己的忏悔：“长期浸泡在‘全能神’的歪理邪说中，我变得越发自私、冷漠，增长了贪婪与懒惰，不愿吃苦，艰难就躲，总想让‘神’来解决一切，不用付出汗水就能换来美好的‘国度生活’。”

这个年轻的姑娘实实在在感受到了自己的变化。之前做什么事总有畏难情绪，喜欢动不动放弃，在狱中参加演讲、征文等各种活动遇到困难时，反复给自己打气“一定能做到，一定不放弃”，慢慢地，她发现自己真的能够做好这些事情，“比较像正常人了”。

随着改造效果愈加明显，不长时间后，吕迎春和张航均被选为担任新犯的帮教志愿者，即与新犯成为“联号”，进行“一对一帮扶”，这被吕迎春形容为“照镜子”，“通过帮助别人，更好地提升自己”。

狱中，吕迎春参加了“国旗下的忏悔”演讲活动，向被害人和政府、社会真诚地认罪悔罪。2015年，吕迎春参加了监区教员竞岗、队列会操比赛、育新文化节汇演等各项活动，并以出色的教学成绩在年底被评为监区的优秀教员。

张航同样参加了历次以揭批邪教、认罪悔罪为主题的汇报演出以及朗诵比赛、忏悔演讲等监狱和监区组织的各项活动。2016年，她当选为监区文盲班教员，在监狱服刑人员教员公开课比赛中以第二名的好成绩荣获二等奖。目前，张航还担任了监区的信息报导员和学雷锋小组的志愿者。

如今，鉴于良好表现，两人均获减刑——吕迎春由无期徒刑减至有期徒刑21年零3个月，张航获减刑5个月。

蜕变的结果让人欣慰。

从未认真管过女儿，不仅如此，还曾向年幼女儿灌输过邪教教义的吕迎春，开始在狱中重新学着做一个合格的母亲：给女儿频繁地写信，狱中学到的传统文化、心理学知识，她都第一时间和女儿分享。这个注定要错过女儿成长期、青春期以及恋爱结婚的母亲，努力将高墙内的亲情传递出去，让母爱不再缺席。

对张航而言，停滞了6年的梦想之帆再次起航。文化知识，人际交往……昔日生活得浑浑噩噩的少女在监狱这所特殊的学校中如饥似渴地吸取着各种养分。

这里，不止一位警官笃定地对她说过：“张航，相信我，你的未来一定会很好的。”“我也是这样想的”，张航露出灿烂的笑容，在她眼中，这些警官们是如同“妈妈一样的老师”，有时，趁警官们不注意，她会轻轻拥抱一下她们撒撒娇。

刚入狱时，警官让张航描述对未来的设想，她一脸茫然：“不过就是喝喝咖啡遛遛狗。”时隔两年零3个月，从那个让自己生活得“很累很纠结”的世界彻底逃脱后，张航肯定地说，不管将来做什么工作，最大的收获是“终于懂得要踏踏实实生活了”。

（《中国青年报》刊载）

大石古社水塘重生背后的法律力量

赵　杨　尚黎阳　罗斌豪

广州从化区鳌头镇大石古社的一个水塘，两年前成了舆论焦点。因为水塘变成垃圾场，在骄阳的炙烤下，臭气熏天，蚊蝇肆虐，让周围很多村民连饭都吃不好。群众虽有多次反映，但是问题一直得不到解决。

作为守护公共利益的一道重要屏障，检察院站了出来，通过提起公益诉讼推动解决污染问题，维护社会公益。

2016年，在最高人民检察院、广东省人民检察院的指导下，广州市人民检察院以公益诉讼人的身份，将污染水塘的两名责任人告上法庭，要求法庭判决两被告连带承担污染造成的水塘环境功能损失费用1050万元并承担修复责任。

这是广州首例检察机关提起的环境民事公益诉讼，目前仍在审理之中。此外，检察机关也正在追究责任人的刑事责任以及相关部门负责人的渎职问题。检察权的介入，弥补了行政监管的漏洞，突破了行政监管的限度，强化了惩治的力度。

又是一个骄阳似火的日子，日前，记者来到鳌头镇大石古社，只见有7个足球场大的水塘，经过初期两个月的打捞和后期治理，异味没有了，水体干净多了，在浅水处，甚至可以看到有鱼在游动。

“没想到，检察机关提起公益诉讼，能让整治速度变得这么快。”龙角村村支书邱柱安对记者说。

立　案

让潘汝申印象最深刻的是，有一次亲戚来做客，饭菜已经备好，亲戚看

到苍蝇乱飞的场景，饭都没吃就走了。

说起水塘的污染问题，龙角村村民人人都有说不完的话。龙角村位于水塘下游和下风处，距离水塘又近，所以受影响最大。

水塘原来是一个深度超过百米的矿坑，2009年转成水塘，变成了农业用地。可是，从2012年11月开始，水塘实际承包人张玉山、经营管理者邝达尧等就在没有办理建筑废弃物处置证和其他相关证照的情况下，非法容许他人向水塘填埋建筑垃圾和生活垃圾并收取费用，水塘水面被各类运来的建筑垃圾和生活垃圾覆盖，臭气熏天。

“当时水塘的水是乳白色的，气味刺鼻，路边的草丛上黑压压一片全都是苍蝇。”邱柱安说，“在那段时间，村里的粘蝇板一度脱销。”

让潘汝申印象最深刻的是，有一次亲戚来做客，饭菜已经备好，亲戚看到苍蝇乱飞的场景，饭都没吃就走了。

2015年夏天，臭气、黑水、苍蝇、庞大的垃圾堆终于让人忍无可忍。于是，村民开始密集地四处反映问题。让村民没有想到的是，检察院也在关注他们的问题。

同年7月1日，全国人大常委会正式授权广东等13个省市检察机关开展为期两年的公益诉讼试点工作。当月，广东确立包括广州市在内6个市级、50个县级检察院开展提起公益诉讼试点。当时，从化区检察院民行科科长甄静和她的同事们正在寻找合适的案件。

收到污染线索后，甄静带着科室4名干警立即赶到水塘。后来，经广州分析测试中心监测，甄静才知道，水塘的臭气浓度已经达到200，而达标的浓度为20，“高出整整10倍啊”。

随后，从化区检察院层层上报线索，一直报到最高人民检察院。省检察院民行处处长周虹告诉记者，当时检察机关研究认定，这是一起侵害公众利益的典型案件，侵权者主观恶意性大，造成的损害严重，群众多次进行环境信访得不到解决，舆论普遍关注，在这个时候，检察机关要担起职责，用法律手段维护公共利益。

此后，广州市检察院立即按照省检察院要求，成立公益诉讼办案小组，开展现场调查。

调 查

被运走的垃圾合计5174.4吨。“水太深了，水底下还有垃圾挖不走。”

负责案件初查的还是甄静和她的团队。“这是一项新的业务，有很多环保类的知识要学习，很多工作都在摸索着干。”甄静说，当时她还邀请了环境保护部华南环境科学研究所专家，一共8个人再回污染现场。“我们准备了防毒面具，因为太臭了。”不过，甄静一行最后谁也没戴面具，因为专家说，要真实感受污染的恶劣程度，才好评判污染等级。

“水塘里的垃圾积压太多，人站在上面都不会沉下去。”甄静说。

广州市从化区环境监理二所、中国广州分析测试中心的监测和检验显示，水塘中水体氨氮值最高达到79.2mg/L，是渔业水质标准的79.2倍、农业用水标准的39.6倍；化学需氧量最高达到260mg/L，是《农田灌溉水质标准》中水作的化学需氧量最高值的1.7倍。

在此期间，从化迎来撤市建区的重要时刻。从化区相关负责人对记者表示，新成立的从化区委、区政府高度重视这一污染事件，主动认真处理这一历史遗留问题。从化区政府要求鳌头镇政府及相关部门督促承包方负责打捞垃圾。根据最终的统计，被运走的垃圾合计5174.4吨。“水太深了，水底下还有垃圾挖不走。”甄静说。

为了确定侵权人身份，甄静和她的同事走访了20余名村民，得到的回答却各式各样，无法形成强证明力的证据。甄静认为，水塘被侵权人承包管理，必然有资金流向村里。于是，他们仔细查验村里的账册，确定了整个资金链指向的账户——张玉山。但张玉山矢口否认，称银行卡是自己的，不代表自己就是水塘承包人。

“检察机关调查公益诉讼案件只有起诉权，没有侦查权，不能对相关人采取强制措施。如果被调查人不配合，我们只能另辟蹊径。”甄静说。

其后，检察机关希望从当地镇政府财政所的档案中发掘真相。果然，他们发现了张玉山与大石古社签订的各种协议书，这成为有力的书证。

可是接下来还有新的困难。鉴定，是公益诉讼工作的又一个难点。这关系到损害及赔偿数额的认定。

记者注意到，去年2月，广州市检察院对此案的起诉书指出“经评估，污染造成地表水生态环境损害人民币120万元”。广州市检察院民行处检察员邱正文说：“这120万元，是专家根据用质量达标的水与污水进行置换所需的费用估计出的，当时没有考虑到污染对环境造成的损害。这个数额既不权威，也无法对侵犯公共利益的行为形成有效惩处。”

为此，根据相关法律规定，检察院请环境保护部华南环境科学研究所进行了权威鉴定，去年7月，《从化区鳌头镇中塘村大石古社牌坊水塘倾倒垃圾污染事件环境损害鉴定评估报告》（下称《评估报告》）出具，广州市检察院立即变更诉讼请求，根据《评估报告》，将涉案水塘生态环境损害费用改为1050万元。

起　诉

法院一审判决张玉山、邝达尧共同赔偿生态环境受到损害至恢复原状期间服务功能损失费用1050万元；对涉嫌失职渎职的公职人员进行立案侦查；正在追究污染者刑事责任。

在调查案件的同时，检察机关也没忘使用检察建议，督促当地政府履职。2015年11月5日，从化区检察院分别向鳌头镇政府、从化区城管局发出检察建议，督促其依法履行职责。两单位立即回复并着手投入整治工作。

去年7月28日，距污染事件发生近一年后，这起广州首宗民事公益诉讼案正式开庭。庭审受到极大关注，各地检察院代表、环保热心人士和人大代表都来观摩。

作为出庭检察官，邱正文坦言当时压力很大，由于没有以往经验参考，自己一直处于紧张状态。开庭前，邱正文反复和同事进行庭前演练，逐条梳理对方律师可能会提出的抗辩，并准备了近2万字的庭审预案。

在法庭上，双方主要围绕张玉山是否为适格主体、水塘污染期间的环境功能损失费用如何确定进行辩论。甄静透露，该案件的证据数量达到普通民事诉讼案件的3倍，检察机关提交了近200份调查证据，还有鉴定报告、视听资料，出庭作证的证人有10多个。即使双方已经提前两天进行了证据交换，庭审进行了一整天也没审理完。两个月后，广州中院组织了第二次开庭。

今年2月，法院一审宣判，自判决生效之日起3个月内，张玉山、邝达尧共同修复大石古社水塘水质达到地表水Ⅴ类水标准，判决生效之日起10日内，张玉山、邝达尧共同赔偿生态环境受到损害至恢复原状期间服务功能损失费用1050万元，款项上缴国库，用于修复被损害的生态环境。

广州首例民事公益诉讼案，胜诉了。

与此同时，广州市检察机关也已经对涉嫌失职渎职的公职人员进行立案侦查。考虑到法院已经认定侵权者对环境造成的污染程度，检察机关已在研究追究两名被告人污染行为构成的刑事责任。

由于认为赔偿数额过高，张玉山提起上诉。对于张玉山的诉讼请求，广东省高院和广东省检察院均高度关注。省高院组成由院长龚稼立担任审判长的合议庭，省检察院组成由检察长郑红担任主任检察官的检察官办案组。一场司法样本式的审理即将展开。

可是法院在对案件进行审查时突然发现，一审案件合议庭中，人民陪审员人数未达到占合议庭人数1/3的要求，于是决定将该案发回广州市中院重审。现在案件还在审理过程中。

治　理

“检察权是维护公共利益的一道重要屏障，在行政机关不依法履职、社会公益组织无法承担起诉权的情况下，检察机关必须站出来发挥司法治理的作用，这也是治理现代化的重要内容。”

虽然司法程序尚未终结，但是该案体现了检察权、审判权与行政权各自职能的充分发挥，推动了持续的整治，水塘正在逐渐恢复清澈，垃圾覆塘已成历史。

从化区相关负责人向记者表示，从化坚持生态立区理念，对污染事件始终保持零容忍。在污染事件发生后，从化区政府迅速开展整治工作。目前，大石古社水塘水质已恢复到地表水Ⅴ类水标准。

说起案件，周虹说：“在该宗案件的办理过程中，检察机关综合运用了多种监督手段——职务犯罪侦查权、行政违法行为监督权和公益诉讼起诉权。”

“检察权是维护公共利益的一道重要屏障，在行政机关不依法履职、社会公益组织无法承担起诉权的情况下，检察机关必须站出来发挥司法治理的作用，这也是治理现代化的重要内容。”周虹说。

大石古社水塘污染的案件是广东检察机关开展公益诉讼试点工作期间的一个样本。试点开展以来，截至今年6月，全省检察机关共办理公益诉讼案件848件。“我们不仅追求每一起案件立得住，而且争取形成‘样本效应’，推动解决类似问题。”周虹说。

今年6月，十二届全国人大常委会第二十八次会议高票表决通过了关于修改民事诉讼法和行政诉讼法的决定，检察机关提起公益诉讼制度明确写入这两部法律。这标志着我国以立法形式正式确立了检察机关提起公益诉讼制度。

（《南方日报》刊载）

广播类作品

山西和顺矿难瞒报真相调查

康维佳　岳旭辉　肖　源　贺威通

男主持人：新闻纵横，问真相。昨天傍晚，中国之声从山西晋中和顺吕鑫煤业滑坡抢险救援指挥部了解到，和顺县委县政府有关负责人表示，前期调查中因工作不深入、不细致，出现重大失误，延误了抢险救援，对此进行深刻检讨；对滑坡遇难者表示沉痛哀悼，并将全力以赴做好善后抚恤工作；对前期带队到滑坡现场调查的县煤炭管理局局长张瑞清就地免职，其他责任人将依规严肃追责；对县公安部门行政拘留的1名网上发帖者，立即撤销案件，解除行政拘留，并依法启动相关程序。

女主持人：昨天上午，山西省和顺县政府发布通告，8月11号下午3点到5点之间，该县吕鑫煤业一采区发生滑坡事故，至少有4人死亡，5人失踪，5台挖掘机被埋。目前，和顺县公安局已经将吕鑫煤业法定代表人、总经理高阳控制。山西省委省政府对吕鑫煤业采区滑坡事故高度重视，省政府在现场成立了以副省长贺天才为总指挥的抢险救援指挥部，下设10个工作组，进一步核实人数，搜救失踪人员。这起瞒报事故是如何被揭露出来的？

我们来听央广记者肖源、岳旭辉、贺威通从当地发回的报道。

事故发生后不久，央广新闻热线就接到群众匿名举报：山西和顺县吕鑫煤业发生大面积滑坡事故，已经挖出6具遇难者遗体，至少有10多人遇难，多台生产车辆被埋。

8月13日，记者尝试前往矿区现场查看，但通往吕鑫矿业的两条道路，均有多名年轻男子把守，他们拒绝记者进入现场。随后，该矿的一名负责人杨迎军将记者带至和顺县政府外宣办公室，并当着工作人员的面，接受了记者的采访：

杨迎军：实际上就是从那天下午的差不多5点吧，开始滑坡，第二天早上大概6点多，基本上就稳定了，然后才开始制定方案、现场勘察，紧跟着就是煤炭部门进去看现场。下面就不能作业，下面是个水坑。它是这样滑的。

记　者：斜着滑的？

杨迎军：斜着滑的，下面就不可能有人。

8月12日，和顺县煤炭工业局发布情况说明称，煤炭工业局现场询问了值班矿长阴永亮、附近作业人员和工程队开票员，该地点没有人员和机具作业，没有人员损伤。8月13日，和顺县人民政府、国土资源局也发布通告，再次确认，滑坡没有造成人员伤亡和机具毁坏。

至于网友所传的矿方封锁道路和消息，杨迎军说不存在。

杨迎军：我们的现场还在那儿，你能封锁消息？吕鑫煤业怎么封锁，是吧？

记　者：现在传媒环境这么发达，也不可能？

杨迎军：对，你怎么去封锁？

记　者：现在里面还在抢险吗？

杨迎军：他们正在施工。

和顺县外宣办主任：不存在抢险。

和顺县外宣办一位负责人还特意纠正记者，现场不存在抢险，只是正常施工而已。

但是，网络上的举报依然没有停歇。多名网友发布了这样的信息：滑坡造成6辆挖掘机司机、9辆工程车司机、1辆加油车司机、3名现场管理人员、5名修理工当场被埋，抢险面临更危险的塌落可能，无法立即将遇难人员和机械挖出，并称吕鑫煤业已经强制封锁消息，现场周围各路口封闭，抢救机械、车辆的人员出入都必须封查手机。

网名为“郭晓华Home”的网友表示自己当时在现场，“愿意出来作证，伸张正义”。对此，和顺县公安局8月13日通报称，经初步调查，民警在山体滑坡现场没有发现有人员伤亡和机具损毁的情况。在事件调查过程中，百度贴吧网民郭某因散布谣言、发布虚假消息涉嫌虚构事实扰乱公共秩序，已被依法行政拘留。

记者向和顺县政府部门提出要采访“传谣”的网民郭某，但政府部门工作人员称，已经查实郭某不在事发现场，只是传播谣言。但还在调查，不便采访郭某。

14日上午，在吕鑫煤业负责人杨迎军的带领下，记者来到发生滑坡的煤矿采区。现场大面积滑坡，坡底低洼处有大量积水。现场停放有多台挖掘机、铲车等工程车辆，但没有任何抢险救援的迹象。

杨迎军：这不是工作面，他们在这儿干活，然后在那儿滑坡的。

记　者：滑坡的就在那个水塘上面吗？

杨迎军：对，对，下部。

记　者：这个水就是那个？

杨迎军：26日开始下雨，下雨的时候，最底部接的水。

记　者：雨水，是吧？

杨迎军：对，咱们就看下现状，你接了水，下面能干活吗？谁敢去水坑里面干活呢？

男主持人：矿方自称“坦承”面对媒体，和顺县多个政府部门屡次表示没有人员伤亡。一直到14日，从表面上看，这似乎仍然只是一起普通的滑坡。但是，在当地采访的过程当中，记者被多人多车连续跟踪。14日下午，又有网友在网络上发布消息称，昔阳县三都村的冯志宏在此次事故中遇难。

在昔阳县三都村村委会门口张贴的农业补贴发放清册中，记者发现了冯志宏的名字。经过多方打听，记者找到了冯志宏的家，家里看不出任何丧葬的标记。聚集在冯志宏家中的一位亲友与记者有这样的对话：

记者：我问下，这是冯志宏家吗？

女：不是呀。

记者：那冯志宏家在什么地方？

女：我不知道呀，你们是咋了？

记者：冯志宏在哪儿？

男：不知道。

女：在……不知道呀，他上班了呀。

记者：在哪儿上班呢？

女：太原打工，咋啦？

记者：太原打工？

男：嗯，有事了？

记者：怎么都说他人不在了？

男：没有。

女：在了呀。

男：前几天还给我打电话了。

女：前几天打电话，让我来看戏，咋了？怎么说他不在了？

记者：你有他电话吗？我给他打个电话。

女：为什么给他打电话？

记者：因为现在有人说他不在了。

女：没有，我每天都跟他联系的，没有。

记者：你不是说你不认识他，这不是他家吗？你怎么又和他联系？

女：你要干吗？我……我就是来串亲戚的。

记者：这样，你有没有他的联系方式？给他打个电话。

女：没有，没有，没有，我们不认识他，我们哪有他的联系方式？

女：我不知道，跟咱没有任何关系。

在三都村走访期间，多位村民都表示，冯志宏死了。

知情者：他是开的加油车，（给工地的）车加油，挖的时候他就是头儿（第一个），埋在不深的地方。

记　者：就是上面塌方以后他开的加油车？

知情者：对。

记　者：退的时候没有来得及退，但是埋得也不深。

知情者：对，（被）埋得（人）多了，他就在边边了。

记　者：他（埋）在边上了？

知情者：唉，（滑坡把他）推到边边了。

在知情者的带领下，14日晚7点左右，记者找到了为冯志宏设在村外的灵堂，其中有两幅挽幛上写着：志宏同学，一路走好。

但冯志宏是不是在这次滑坡中遇难的，目前没有得到矿方和官方的证实。和顺县政府部门一位负责人表示，至今，和顺县政府方面还没掌握任何一位遇难者的身份。

一位知情者称，矿方在事发后，将家属安置在距和顺县近百公里之外的平定县一家宾馆。在这家宾馆，记者了解到，12日左右，宾馆第8层全部房间都被包了。在这层楼里，至少有两名穿着迷彩裤、脚蹬马丁靴的壮年男子看守。

而记者获取的一份录音当中，有这样的内容：发生这样的事情谁都不愿意。这是大矿，不是小矿。现场坡度大，下大雨，人在最底下不好找。买了5台挖掘机，滑坡下来100多米。请家属放心，正在全力挖。

昨天凌晨0点52分，吕鑫煤业法定代表人、总经理高阳到和顺县公安局投案。也是在昨天上午8点左右，平定县这家宾馆第8层的全部房间均已退房。

和顺县政府部门一位负责人昨天多次向记者表示：所有人全被煤矿蒙蔽了。

昨天下午，和顺县雷雨交加，抢险救援，仍在进行。

女主持人：尽管网络上群众举报不断，尽管和顺县煤炭管理局、国土局、公安局等多个政府部门现场查看，但是，就在和顺县政府15公里外的地方，多名遇难者被土石掩埋了至少80个小时。至今，我们还不知道此次事故中遇难者的确切人数，也不知道这些遇难者的姓名。

男主持人：究竟还有多少真相被掩埋在吕鑫煤业矿区的土石之下？我们期待真相，公众期待一个令人信服的调查结论。事件最新进展，中国之声将持续关注。

（中央广播电视总台播出）

直击贩卖个人信息乱象

吴　闯　崔世杰　曹慧杰

个人信息泄露，这让人烦心更让人忧心，记者发现一些信息贩子在网络上公然叫卖：只要提供一个人的手机号码，就能查到他所有私密的个人信息，而且范围覆盖全国，果真如此吗？记者对此进行了调查。

网上“黑市”：个人信息　随意买卖

记者登录了一个专门贩卖个人信息的QQ群，里面的群员多达1946名，非常活跃。身份户籍、名下资产、手机通话记录、名下支付宝账号、全国开房记录等各类公民个人信息被公开叫卖，种类之多让人惊讶。

信息贩子“水中取火”（网名）：图上发的信息都能查，先查一单试试，如像个户（身份信息）、名下车，各种档都是二三十块钱。

查身份信息　只需提供手机号

信息贩子声称，只需要提供对方的手机号就能获取对方所有隐私信息，这些在QQ群里的叫卖到底是真是假呢？经过同事小王的授权，2月4日中午12点06分，记者把小王的手机号提供给了网名为“孤星泪”的卖家，要求查询小王的身份信息，对方的要价是220元。

下午2点56分，对方发来了一张截图，上面有小王的照片、身份证号码、户籍所在住址、民族、所属派出所等，随后，记者又从对方手中买到了小王名下的车辆信息和“淘宝”送货地址，小王确认全部属实。

打车记录　精确到秒

QQ群里出售的个人出行轨迹中，每一张滴滴打车记录要价是55元。记者向一名信息贩子提供了小王的手机号码，两个小时后，对方发来了一张滴滴打车清单，内容是2016年11月份到2017年1月份，小王每次打车的详细记录，从哪里上车，从哪里下车，上下车的时间精确到秒。

同事小王：去年圣诞节，12月24号晚上9点多，我从单位打车去朝阳区我朋友住的地方玩，时间地点完全一样，其他的也都对。

手机通话清单被高价叫卖

手机通话记录，是网上信息黑市里的热卖品，价格也是最高的，一般在1500～2000元之间。这些信息贩子真的能非法获取通话记录吗？记者向信息贩子支付了1500元，要求查询小王的手机通话记录。第二天，对方发来了一张截图，上面是小王2016年9月到2017年2月份共6个月的通话记录，在总计1000多个通话记录中，详细记录着每次通话的来电与去电号码、通话时间、通话时长以及每次通话的话费。

同事小王：是我爸爸的电话，有我爸爸的电话，其他的没问题。

实时位置信息成为"卖品"

在QQ群的聊天记录里，很多信息贩子都表示可以对移动、联通和电信的手机用户进行定位，并且声称误差在50米以内，那么，这些信息贩子真的能定位实时位置吗？记者决定试一试真伪。

2月10日晚7点左右，记者和同事小王来到了北京西客站北广场，晚上7点24分，记者要求对方定位小王的实时位置，对方回复了一个字"好"。

大约9分钟后，对方发来了两个字"马上"。晚上7点41分，也就是开始定位后的17分钟，对方发来了小王的多张实时位置图，有平面地图，也有卫星地图，其中还清晰标记了经纬度，定位的位置地点是：北京西客站北广场向北约150米。

记者和同事小王随后又来到北京西单君太百货附近的天桥上，晚上8点24分，对方再次发来了位置图，显示的地址是：北京西单君太百货旁边。

这些个人信息到底是从哪些渠道被窃取并泄露的？记者现已向警方报案，相关进展本台将继续追踪报道。

（中央广播电视总台播出）

网络类作品

砥砺奋进的5年·司法行政故事

王佳宁　张庆水　翟子赫

作品简介

该专题立意高、社会关注度高、宣传效果突出。专题首次全面展现了来自各行各业的法律服务人的精神风貌，讲述他们不为人知的感人故事和职业操守。专题集线下评选活动的现场直播和线上投票及相关资讯于一体，策划推出了一系列主题鲜明、内容鲜活的人物访谈和事迹展播，全方位、多层次、多角度反映全国各地争做新时代最美法律服务人的活动热潮。专题PC端和移动端兼容，实现跨平台融合传播。整体设计风格主题突出、简洁大气、信息丰富、互动性强，2000余万人次参与评选投票，100余家网站转载转发，舆论反响强烈，形成了广泛的传播效果。

（新华网刊载）

使用手机扫描上方二维码，即可获得本条获奖作品的新媒体展示。

摄影类作品

女子监狱特色教育

集　体

作品简介

这组摄影报道表现了北京市女子监狱从女性服刑人员管理角度出发，以“文化浸润、智慧教育”作为别具特色的监狱教育管理方式。图片影像细腻到位，尤其是在采访拍摄过程中，作者特别注意回避了对女服刑人员面部的拍摄，只用身体姿态和光影效果来展现监狱人性化的教育改造方式，对被摄者给予了充分的尊重和理解，体现出摄影报道中的人文关怀。

（《法治日报》刊载）

08 编辑：杨蕾屹 美编：高岚 校对：李景红 电子信箱：fzrbzyb@163.net

摄影报道

星期一 2017年1月23日 法制日报 LEGAL DAILY

女子监狱特色教育

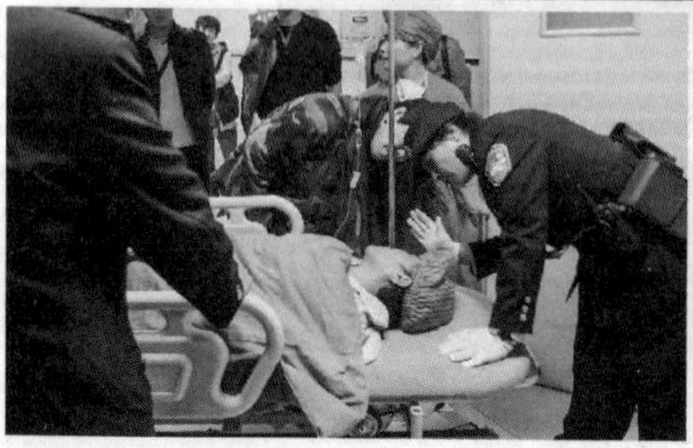

二等奖作品

Second Prize Works

02

司改决战之年看公检法的“大动作”

集　体

中共中央总书记、国家主席、中央军委主席习近平近日对司法体制改革作出重要指示。11日，全国高级法院院长座谈会、大检察官研讨班、全国公安厅局长座谈会在贵阳召开，就进一步推动落实司法体制改革各项措施作出详细部署。

党的十八大以来，司法机关迎难而上推进司法体制改革，司改“四梁八柱”主体框架基本确立。在司法体制改革决战之年，公检法又将有哪些“大动作”？

新成效：攻难点、破难点，推进司法体制改革政策落地见效

鲜艳的五星红旗、嘹亮的国歌……7月3日上午，最高人民法院举行了首批员额法官宪法宣誓仪式。被称为“啃下一块硬骨头”的法官、检察官员额制改革，是司法责任制改革的关键。司法责任制改革，更被视为整个司法体制改革的“牛鼻子”。

记者从公检法三家的会议了解到，目前，全国法院首批员额法官选任工作已经完成，31个省区市和兵团检察机关分3批开展司法责任制改革试点。以审判为中心的刑事诉讼制度改革扎实推进，在更高层次上实现惩治犯罪和保障人权相统一。公安改革不断破题前行，公安机关整体战斗力和执法公信力得到有效提升。

攻难点、破难点，无疑是本轮司法体制改革最鲜明的特点。

“要全面落实司法责任制，深入推进以审判为中心的刑事诉讼制度改革，开展综合配套改革试点，提升改革整体效能。”习近平总书记的重要指

示，指引司法机关继续攻坚克难。

针对目前改革中面临的新情况新问题，司法机关如何狠抓整改落实，确保各项改革落地见效？

——落实常态化员额法官遴选制度，完善员额退出机制，对入额满一年的法官要进行办案绩效考核，达不到考核标准的，一律退出员额。

——推进庭审实质化，切实提高出庭作证率和律师辩护率，推进控辩对抗实质化，逐步提高当庭宣判率。

——推进刑事速裁程序和认罪认罚从宽制度改革，实现“疑案精审”“简案快审”。

——完善和规范检察官员额制，全面推行检察官办案责任制，构建权责明晰、制约有力、运行高效的检察权运行机制，真正做到“谁办案谁负责、谁决定谁负责”。

——公安部门针对公交、地铁等存在的安全风险和寄递物流、无人机、共享单车等管理中的薄弱环节，积极推动落实相关部门的监管责任和企业的主体责任。

——进一步深化公安机关执法权力运行机制改革、强化全警执法教育培训，切实做到自觉尊法学法守法用法、严格规范公正文明执法。

中国人民大学法学院教授陈卫东表示，经过本轮司法改革，一个崭新的、符合司法规律的、具有中国特色的司法制度正在形成。

“习近平总书记的重要指示，使我们更加坚定了深入推进司法改革的信心和决心，更加明确了改革的目标和方向。我们将深化司法责任制改革和以审判为中心的刑事诉讼制度改革，全面提高审判质量和效率，大力提升司法公信力。”北京市高级人民法院副院长安凤德说。

新期待：努力满足群众多元司法需求，改革持续发力

人民群众的多元司法需求，指引着司法体制改革的根本方向。

记者获悉，近年来，人民法院全面建成诉讼服务大厅、诉讼服务网、

12368诉讼服务热线“三位一体”的诉讼服务中心，探索建立电子法院、网络法院、跨域立案等新模式，大力推广巡回审判，打通服务群众“最后一公里”。

为保护社会公共利益和国家利益，现在所有检察机关均可提起公益诉讼，从源头上推动解决群众反映强烈、对生产生活影响严重的环境保护、食品药品安全等“老大难”问题。

最高检民事行政检察厅厅长胡卫列表示，检察机关将抓紧抓好全面铺开公益诉讼各项工作，在司法解释中规范监督机制、完善办案规则；在办案指南中细化实体审查标准、程序操作要领，确保公益诉讼改革布局落地生根。

公安改革方面，从户籍制度改革到驾考改革，一系列“放管服”改革措施的落地大大增强了人民群众获得感。

“要统筹推进公安改革、国家安全机关改革、司法行政改革，提高维护社会大局稳定、促进社会公平正义、保障人民安居乐业的能力。”这是习近平总书记对司法体制改革提出的更高要求。

最高法提出，要严厉打击非法集资、电信网络诈骗等基层群众反映强烈的犯罪。完善消费、物业、交通事故、劳动争议、医疗卫生等领域诉调对接机制，让人民群众更加便捷地解决矛盾纠纷。加快诉讼服务中心转型升级，继续完善巡回审判工作机制，坚决打赢“基本解决执行难”这场硬仗。

“始终把实现好、维护好、发展好最广大人民的根本利益作为全部工作的出发点和落脚点，大力加强司法便民利民工作，切实提高群众工作能力，努力满足人民群众日益增长的多元司法需求。”最高人民法院常务副院长沈德咏说。

人民群众的司法需求发展到哪里，司法改革就要跟进到哪里。

坚持以办案为中心，切实发挥公益保护职能作用——检察机关将把办理公益诉讼案件作为检察机关提起公益诉讼制度的核心要求，把主要精力放在办案上，多办案、办好案，充分彰显公益诉讼制度价值。

进一步提升服务群众的能力和水平，公安改革砥砺前行——

推进各项“放管服”改革举措落实，狠抓方便群众办事创业若干措施的落实，优化营商和服务环境，年内28项措施要全部落实到位。

推进“互联网+公安政务服务”，力争到年底基本建成一体化网上政务服务平台，努力让“信息多跑路，群众少跑腿”，必须到场办理的力争实现

“最多跑一次”。

进一步规范办事程序、优化服务流程，切实解决好群众反映强烈的突出问题，不断研究推出更多利民便民新举措。切实完成好年内1300万人进城落户的任务。

公安部副部长、北京市公安局局长王小洪表示，公安机关将深入推进实施“执法办案管理中心+”、派出所“两队一室”警务运行模式等改革举措，提高维护社会大局稳定、促进社会公平正义、保障人民安居乐业的能力。

新挑战：科技创新与司法改革融合，用“智慧司法”更好实现公平正义

习近平总书记强调，要遵循司法规律，把深化司法体制改革和现代科技应用结合起来，不断完善和发展中国特色社会主义司法制度。

大数据、信息化时代的司法体制改革，能否站在人类的“智慧之巅”？

答案是肯定的。近年来，上海、贵州等地司法机关在推进以审判为中心的刑事诉讼制度改革中，创造性地运用大数据、人工智能破解难题，探索了一条司法体制改革和现代科技应用融合的新路子，改变了许多传统的思想观念、工作方式，提高了管理、决策科学性。

“大数据、信息化在司法领域中应用的广度和深度，改变了传统的司法模式，成为改革的重要推动力。”武汉大学法学院教授江国华说。

“提起解决案多人少矛盾，想到的不能仅仅是‘增编增人’‘加班加点’。”全国高级法院院长座谈会提出，要加快建设“智慧法院”，构建人力与科技深度融合的司法运行新模式。

最高检表示，检察机关将积极推动智能辅助办案系统建设，全面推进讯（询）问语音同步转录、智能辅助量刑建议、监督结果智能纠错等人工智能系统建设，推动移动终端办案系统应用。

全国公安厅局长座谈会提出，大力推进警务机制改革与现代科技应用深度融合，坚持把警务改革的动力和科技创新的活力有机结合起来，不断提升打击犯罪的能力和水平。

不久的将来，我们将感受怎样的“智慧司法”？

——法院将实现“全业务网上办理、全流程依法公开、全方位智能服务”。

——司法数据和业务应用、外部协作、诉讼服务等无缝对接，满足不同平台、不同网络、不同部门数据共享和业务协同需要。

——智能辅助办案系统提供证据审查、法律条文和案例推送、文书自动生成和校核等服务。

——数据支撑、情报引领的公安机关打击机制。针对电信网络诈骗等新型犯罪，完善研判、指挥、侦查一体化实战指挥处置机制，增强侦查打击的精确性、主动性、时效性。

——强化核心技术手段研发应用，着力提升打击犯罪的专业化水平。

……

“高科技的引入对司法效率是一个极大的提高，在司法公正方面可以取得出乎想象的成效。对今后司法机关的信息化建设运用，我充满期待。”中国人民大学法学院教授张志铭说，“‘智慧司法’正在成为中国特色司法制度的一道亮丽风景线。”

（新华社刊载）

走近现实版“陈岩石”

薛应军

电视剧《人民的名义》中退休老检察长陈岩石，多次为大风厂工人排忧解难，被人们形象地誉为“汉东第二检察院”。事实上，北京房山区也有这样退而不休的“陈岩石”。

2016年11月，干过反贪、反渎，当过派驻检察官，在检察院法警岗位上退休的李刚，“脱去穿了快30年的制服，心里真舍不得，还想再为老百姓做点事”。于是很快被返聘。

“儿子说，你干吗呀！咱又不缺这点钱。”李刚说，“这不是钱的事。这是一份责任。”带着这份责任，不是法律专业出身的李刚，退休前是乡镇街道领导和老百姓眼里的“香饽饽”，退休后仍是群众眼中的“及时雨”、同事眼中的“调解能手”。

但李刚不是唯一，更不是第一个。管过财务，当过书记员、助理检察员、检察员，在民事行政检察岗位上退休的检察官吕桂兰，早在2014年就被聘为房山区人民调解协会会长。

“还想为老百姓办点实事”

吕桂兰，1984年进入房山区检察院工作，先后在行政科、民事行政检察科等多个岗位工作过。1994年，还参与办理了中华人民共和国成立以来北京市第一起检察抗诉案。

当时，接到申诉材料后，吕桂兰发现，有人欠村委会钱，但村里没有直接证据，被法院以证据不足为由判输了。她和同事积极帮其搜集相应证据，遂提起抗诉，最终法院改判。

2000年，吕桂兰从房山区检察民事行政检察处退休，很快被房山区司法局返聘为人民调解员，专门负责交通肇事等纠纷调解工作，还参与北京电视台主办的“第三调解室”活动，在电视上向观众释法说理。“身体没毛病，就想做点事。”吕桂兰说，她喜欢这个工作。

“在司法系统干了这么多年，做检察员学了那么多法律知识、积累了那么多经验，如果不用就浪费了。”她笑着说，“参与民间纠纷调解，还可以防止老年痴呆呢！”

但如今上了年纪，吕桂兰话说多了，会缺氧、心累，甚至血压升高。“我们就是想为老百姓办点实事。”这和2016年12月退休的副处级检察员穆希存的想法颇一致。他说：“每成功调解一起纠纷案件，我都很高兴。至少为老百姓解决了点实事，也体现了自己的价值。”

穆希存1983年进入检察院系统工作，先后在法纪检察科、法警大队、控告申诉科、监所检察处、职务犯罪预防处等岗位上工作过，曾在1994年荣立过三等功。

当时，穆希存参与办理了一起“非法拘禁案”，由于多次对嫌疑人进行法治教育，嫌疑人揭发了他人盗窃政府某部门的小轿车案件。后经了解，该案在公安局立案已久，但警方始终找不到突破口。嫌疑人的此次检举，让当地警方很快破了案。

“不管在哪个工作岗位上，你不努力肯定成不了事。只要认真努力工作，在哪里，你都可以体现自己的价值。”退休以后，穆希存担任了北京市房山区矛盾纠纷多元调解中心副主任。

该中心成立于2017年5月，依托房山区人民调解协会组建而成，主要负责对当地社会矛盾纠纷的收集、指派、统计、评估分析、调研，以及受理相关部门委托办理的调解案件，指导和协调重大疑难案件的调处。

“我是从村里一步一步走出来的检察官，只要基层需要，老百姓需要，我就一定坚持下去，为老百姓干实事、做好事。”中心成立时，身体状况较好的李刚被任命为主任，全权负责中心工作，他说：“我现在还有使不完的劲儿，趁还能干，多干点事。”

“不想把经验带进棺材去”

1988年，34岁的李刚被调入北京市房山区检察院，从此，和“检察”“司法”结下不解之缘。一年后，李刚进入法警序列；1990年，被任命为房山区检察院法警大队队长。为进一步提高法警队伍综合素质，李刚常邀请当地武装部加强对法警队伍的集训。

“除队伍训练外，重点强化警棍术、擒敌拳、警绳和手铐使用训练。”李刚说，“每年训练期间实行半军事化管理，给每位队员配备统一服装。多次训练后，全院法警面貌焕然一新，受到了北京市检察院及最高检相关领导的重视，让其在全国26个省市进行了巡回表演。”

回顾近30年的“检察生活”，李刚说，最让自己欣慰的是“监督拆迁”工作。从2000年以派驻检察官身份监督拆迁工作至今，他服务过的项目没有发生过一起因拆迁、棚户区改造而引发的上访事件。

李刚介绍称，他曾以派驻检察官身份先后监督过青龙湖、长沟等镇拆迁工程，并建立了一个相关责任人约谈机制，先后约谈普通党员干部20多人，机关干部10多人。“拆迁，其实并不难，只要你坚持‘一把尺子’，一碗水端平了，放下架子，事就好办了。”

李刚说，在监督拆迁过程中，他和同事们总结了“四个一”：一个党支部是一个堡垒，党员干部不能乱讲话；一名党员是一面旗帜，说话要注意影响力；一名代表是一份责任，要清楚自己有“代表责任”；一名群众是一份力量，要相信群众的监督力量。

这些小经验，为李刚及同事在派驻监督拆迁和棚户区改造工作中发挥了重要作用。如今，虽然李刚已退休了，但长沟等镇仍把他聘任为人民监督员，为拆迁工作出谋划策。

房山区矛盾纠纷多元调解中心成立后，李刚被房山区政法委、司法局等聘任为中心主任。“别把官当官，别把钱当钱，事就好办了。”李刚说，调解中心成立两个月以来，“案子不少，有主动找上门来的，有法院、信访办转过来的。我们压力真不小，但大家都有劲儿。”

吕桂兰告诉民主与法制时报社记者，中心现有14人，60岁以上5人，35岁以上8人，“90后”4人，“我们不想把经验带进棺材去，要将自己几十年学习的知识、积累的经验，教给年轻人，发挥‘传帮带’作用，培养一批接班人。”

李刚说，目前中心常驻退休“老检察”5人，其中高级检察官2名，副处级检察官2名。“这不算两名驻外‘老检察’。若算上，我们有7个人是从检察院退休。大家各有擅长的领域。比如：吕检擅长交通纠纷调解，穆检擅长婚姻纠纷调解，我擅长拆迁纠纷调解等。”

穆希存说，截至7月7日，他已接了12个案子。其中离婚案1件，房产纠纷案5件，赡养抚养纠纷案3件，拆迁纠纷案1件，房屋装修纠纷案1件，工程纠纷案1件。“婚姻纠纷案，经过四五次调解，双方已达成调解，就差出调解协议书了。”

6月27日，中央政法委书记孟建柱在北京会见全国人民调解工作会议代表时强调，要鼓励退休法官、检察官、民警和律师、专家学者以及具有不同行业、专业背景的热心人士担任人民调解员，及时有效化解各种矛盾纠纷。

李刚看到消息后说：“人还得有点事儿干，不能脱离社会。我这辈子，就离不开和老百姓打交道，原来没退休时是代表检察机关，现在是作为第三方在老百姓中调解。”房山区矛盾纠纷多元调解中心多位退休后被返聘的调解员表示，他们都有帮助群众的心思，想做点事。

（《民主与法制时报》刊载）

涉网纠纷化解迈入新时代

——杭州互联网法院诞生记

乔文心

平均开庭时间25分钟，平均审限32天，开庭案件均实现100%在线庭审、在线判决、网上送达。8月18日，中国首个互联网法院正式在“互联网之都”杭州挂牌成立。这也意味着中国涉互联网案件的集中管辖、专业审判在杭州揭开了新的篇章。

这家“网上案件网上审”的法院为何如此高效？作为互联网审判的“先行者”，它是如何从无到有、顺应时代要求成立的？涉网司法裁判又将迎来怎样的明天？

细耕“试验田”：从互联网法庭开始的尝试

互联网法院并非“横空出世”，前期的探索和经验积累必不可少。

杭州互联网龙头企业高度集聚，信息经济高度发展，互联网产业对地区生产总值增长贡献超50%，涉网纠纷大幅增长。

“网络已成为人类生活的第二空间，正在改变人们的生产生活方式，也正在刷新法律的概念、司法实践和公众对法院服务的要求。”浙江省高级人民法院党组副书记、副院长朱深远说。互联网的虚拟性、跨地域、在线化和去中心性等特征，对现有的法律理论和司法制度产生了巨大的挑战，当事人运用传统司法规则、诉讼方式解决纠纷成本高、流程长，法院需要为公众提供更为高效便捷的在线解决通道。

2015年4月，浙江省高级人民法院开始布局“互联网+审判”的新模式，确定由西湖、滨江、余杭三家基层法院和杭州市中级人民法院作为试点法院，分别审理网络支付纠纷、网络著作权纠纷、网络交易纠纷及其上诉案件。

“网上案件网上审、网上纠纷不落地。”电子商务网上法庭将网络信息技术全面融合进办案流程，把法庭从现实物理空间直接搬到了网络虚拟空间，从起诉、立案、送达、举证、开庭到案件判决和执行，诉讼的全部环节均可以在线完成。试点以来，全省有15个法院陆续加入该平台，已累计处理案件近2.3万件。

新起点上再创新：建立涉网案件专业法院

面对蜂拥而至的用“键盘”投票的当事人，网上法庭队伍不断壮大。然而，网上法庭的不断发展，已经对原有的法律管辖原则、司法送达方式和审判证据规则等都产生了巨大挑战，审判机构的主体地位不明确、专业化程度提升不够、诉讼制度和规则不适应、信息壁垒难打破等都成为制约网络审判的瓶颈；同时，网络诉讼的便利性，也带来涉网案件急剧增长，成为人民法院亟待解决的司法难题。

能否将涉网案件从现有审判体系中剥离出来，构建专业的司法体系，专门审理和研判此类涉网案件？

“互联网时代的纠纷，当事人各方跨越时空而存在，案件管辖弱化了住所、纠纷所在地等地域因素。”中国政法大学副校长于志刚表示，这使得原本作为“选配程序”的管辖权异议已升级为几乎所有案件都要经历的标准程序，耗费诉讼参与人、法院的心神和精力。为解决源于诉讼的差旅消耗等巨大的经济成本和时间成本，“约定管辖”正在逐渐成为“标配”的选择模式，建设专门承审“约定管辖”型涉网案件的专业法院，势在必行，也有利于专业法院投入专业力量钻研互联网案件，提高网络案件的审判质量。

在前期浙江电子商务网上法庭成功经验的基础上，2016年8月，浙江省高级人民法院党组首次正式提出了设立互联网法院的设想。

2016年9月，浙江省委改革办和浙江高院分别向中央改革办和最高人民法院申请设立互联网法院试点，中央改革办和最高人民法院高度重视，经过多次调研，最终形成改革试点方案上报中央。

2017年6月26日，中央全面深化改革领导小组第三十六次会议审议通过了

《关于设立杭州互联网法院的方案》。会议强调，设立杭州互联网法院，是司法主动适应互联网发展大趋势的一项重大制度创新。要按照依法有序、积极稳妥、遵循司法规律、满足群众需求的要求，探索涉网案件诉讼规则，完善审理机制，提升审判效能，为维护网络安全、化解涉网纠纷、促进互联网和经济社会深度融合等提供司法保障。

8月8日，最高人民法院印发了《关于设立杭州互联网法院的方案》，明确依托杭州铁路运输法院，试点设立专门审理涉互联网案件的杭州互联网法院。

术业有专攻：以互联网方式审理涉互联网案件

杭州互联网法院前期依托浙江省唯一的跨行政区划法院——杭州铁路运输法院开展试点，自2017年5月1日起，集中管辖网络购物合同纠纷，网络购物产品责任纠纷，网络服务合同纠纷，在互联网上签订、履行的金融借款合同纠纷和小额借款合同纠纷，网络著作权纠纷等案件，首月已收件即超千件。

杭州市委、市政府投入改建资金2600余万元和信息化专项资金1800余万元，在核心地块以超一流的水准打造了“全面覆盖、跨界融合、深度应用、透明便民、安全可控”的新法院，同时预先特批增配了一批司法文员、网络技术人员，为互联网法院的设立奠定了良好的基础。

为突出互联网法院涉网案件审理的专业性，浙江三级法院实时联动研讨，摸索和形成了一套以诉讼平台操作规程、网络视频庭审规范为中心的程序规则，完善了审理机制，提升了审判效能。

根据最高人民法院印发的《关于设立杭州互联网法院的方案》，再次将管辖范围细化为集中管辖杭州市辖区内基层人民法院有管辖权的下列涉互联网一审案件：互联网购物、服务、小额金融借款等合同纠纷；互联网著作权权属、侵权纠纷；利用互联网侵害他人人格权纠纷；互联网购物产品责任侵权纠纷；互联网域名纠纷；因互联网行政管理引发的行政纠纷；以及上级人民法院指定杭州互联网法院管辖其他涉互联网民事、行政案件。

朱深远表示，杭州互联网法院承担着五项职能：作为互联网时代司法为民的新载体，将为深度依赖网络的大众提供便利的在线司法服务，还会把大数据、人工智能等技术工具融入平台系统，更科学地为老百姓答疑解惑，更会探索设计一整套适应互联网模式的司法规则和诉讼流程，帮助老百姓低成本、高效率地解决发生在互联网上的新型纠纷。

作为互联网诉讼规则探索的“试验田”，互联网法院将通过审理、研究涉网案件，对网络平台制定自治性规则进行规范化指引，整合、创设适应互联网发展的诉讼规则，防范化解网上各类交易的法律风险，净化网络空间，降低网上维权成本。

作为互联网审理机制变革的“先行者”，互联网法院将以“涉网纠纷在线审”的思路，对现有诉讼进行全流程再造，制定一套标准化、结构化的新型互联网审判方式，包括诉讼规程、庭审规范、当事人操作指南等，为全国法院互联网审判提供可复制、可推广的经验。

作为互联网空间依法治理的“孵化器”，互联网法院将通过对涉网案件的审理和研究，以司法裁判的方式划定互联网活动的底线、边界，从而实现对网络空间的法治化治理，并推动互联网法律法规的完善。

作为互联网纠纷多元化解的“主导者”，互联网法院将探索建立涉网纠纷“一站式”解决机制，整合仲裁、调解、行政机关等其他组织的法律服务资源，打破信息壁垒，实现数据共享，构建一个以互联网法院为终端的“漏斗型”纠纷化解通道，促成全社会形成在线纠纷多元化解的生态环境。

……

汇各方之力，筑未来之桥。互联网法院“用互联网方式审理互联网案件”，必将在探索中完善涉网案件的审判规则，营造各方协同治理的互联网的“生态圈”，涉网司法裁判结构化、标准化的明天值得期待。

（《人民法院报》刊载）

幼童被虐，如何破解“取证难、处罚轻”难题

郑赫南

北京市朝阳区管庄红黄蓝幼儿园（新天地分园）疑似发生“虐童事件”引发社会各界广泛关注。11月22日，北京警方已接到家长报案，正根据家长反映情况进行调查取证。24日，北京红黄蓝儿童教育科技发展有限公司发表声明，表示已配合警方提供相关监控资料及设备，对违法犯罪行为决不姑息。

记者注意到，在类似幼童遭遇侵害的案件中，幼童往往表述不清，家长发现侵害时又往往距侵害发生时间较长，这就给执法机关办案取证带来困难。在司法实践中，该如何破解此类案件的“取证难、处罚轻”难题？

家长可否查看监控录像

据报道，涉嫌被侵害幼童所在班级的家长们，现在最迫切的想法是查看幼儿园的监控，但幼儿园目前并未对此作出回应。

在朝阳区，有部分幼儿园家长也向孩子所在幼儿园提出查看监控录像的请求，有的被园方拒绝了。“幼儿园说只有警察陪同才能查看，平时的监控录像是给园长看的，家长不能看。我们班的家长正商量着是否自费安装一个摄像头呢……”家住朝阳区的靳女士告诉记者。

“幼儿园拒绝家长查看监控录像，是不合理的。”中国人民大学法学院教授刘品新24日接受本报记者专访时表示，幼儿园是孩子们的公共活动场所，孩子家长作为监护人理应有权查看孩子日常受护理、教育的情况。幼儿园方面拒绝提供监控录像是站不住脚的。只要家长承诺不随意在网上发布录像，不侵害其他幼童、老师的肖像权，就应该有权查看相关监控录像。

具体到管庄红黄蓝幼儿园（新天地分园），刘品新认为，园方负有一定

举证责任。因为园方占有了证据——监控录像，如其拒绝提供，或者提供录像不完整、有瑕疵，都应在诉讼中承担不利后果。他进一步表示：“涉事的幼儿园、相关教育主管部门，都有责任说明，为防止幼童遭受侵害，曾经采取过哪些有效措施。”

幼童不完整陈述能否作为言辞证据

据报道，红黄蓝幼儿园（新天地分园）2岁7个月的小男孩月月告诉奶奶和爸爸妈妈，说睡觉时老师会给他喂白色药片，“不用配水就喝了，不苦，每天都吃”。还有的孩子表述了其他被侵害的情节……

问题是，3岁左右的幼童，其认知能力、表述能力有限，他们的言辞，在司法实践中是否有证明力？

“根据我国刑诉法、民诉法的相关规定，只要幼童能清楚、有逻辑地表述相关情况，他就可以对自己知晓的情况为自己、为他人作证。”四川省成都市检察院未成年人刑事检察处检察官王亮表示，幼童的表述，无论是被害人陈述还是证人证言，宏观上讲，只要具有真实性、合法性、关联性，就具有证明力。当然，因为幼童的认知能力有限，心智没有完全发育，其言辞的证明力不能完全按照成人的标准来看待，要结合全案证据来综合判断。

刘品新也表示，在世界上有一些国家曾对言辞证据提供者有最低年龄限制（如4岁以下），后来都相继取消了，只要证人能合理表述即可。在我们国家，并没有这方面的禁止性规定。“不光幼童自己的陈述有证明力，他向家人的陈述事后由家人来转述，也依然有证明力。”刘品新说。

作为有多年未检工作经验的检察官，王亮建议司法机关在办案中，针对幼童取证时关注几个方面：其一，合适成年人在场，对未成年人取证应该由监护人或者法定代理人在场，如果不在场，也要有合适成年人在场；其二，询问女童时应该由女性司法人员询问，尽量选择孩子觉得舒适、安全的环境，以孩子听得懂的“聊天”方式询问，少用专业术语；其三，坚持“一次为限”原则，为避免对孩子造成二次伤害，尽量少让孩子回忆不良行为过程，应采取同步录音录像固定证据（后期可以打马赛克、处理声音，但可以直接提供给检察官、法官），尽量以一次询问为限；最后，询问的同时进行心理抚慰，警察问完问题后，心理老师、专家要立即跟进，最大限度削减询问对孩子的伤害。

“除了监控录像、言辞证据，侦查人员还应注意搜集物证。”王亮提醒说，“比如刺伤幼童的工具要及时收集、固定，必要时应运用技术鉴定手段证明其对幼童的伤害是否存在。”

幼童伤害认定标准应否与成年人一致

除了取证难以外，对幼童被虐处罚轻也是一个值得关注的问题。

根据最高法等五部门于2014年公布施行的《人体损伤程度鉴定标准》规定，诸如颅骨单纯性骨折、牙齿脱落或者折断2枚以上、缺失半个指节等情形才可能构成“轻伤”。目前司法实践中，即便针对幼童，也依然是同样的认定标准。

可以说，我们很难预测，幼童身上因被针扎留下诸多针孔，能否被认定“受伤”？如果认定受伤，属于“轻伤”还是“轻微伤”？

在王亮看来，目前与侵害儿童入罪有关的两个“标准”亟待改变。“认定儿童‘生理伤害’的标准应该低于成年人。”王亮说。同样的伤害对儿童带来的痛苦程度是远远高于成人的，如果对儿童的伤害认定标准和成年人一样，对儿童而言是不公平的，实践中虐童类案件要认定故意伤害罪几乎不可能，而虐待类犯罪的刑期仅仅是“三年以下有期徒刑或者拘役”。

王亮认为，司法机关还应该重视儿童被侵害案件中的“心理伤害”。“儿童遭受的心理伤害往往比生理伤害更持久、更难愈合，目前的司法实践中，往往得不到正确评价和治疗。”王亮忧心地表示，正如台湾自杀的美女作家林奕含受困于未成年时的性侵一样，很多被侵害的儿童心理问题会有一个潜伏期，一旦爆发出来，会走向自闭、抑郁、自残自伤，有的甚至转而变成加害人。

如何确保侵害幼童者行业禁止

2016年10月，吉林省四平市铁西区法院以虐待被监护人罪，分别判处该市原红黄蓝幼儿园4名教师二年零六个月至二年零十个月不等的有期徒刑。法院认定，4名被告人多次用针将多名儿童头部、口腔内侧、四肢、臀部、腿部等处扎伤。

很显然，尽管2015年11月施行的刑法修正案（九）将教师作为“对未成年人负有看护职责的人”纳入虐待类犯罪适用范围，然而这类犯罪的刑罚偏轻。明年，这几名曾经虐待幼童的罪犯即将重新走向社会，如何保证他们不会再侵害天真烂漫的儿童?

“应在网上公布侵害儿童者个人信息，禁止其从事与儿童相关的职业。”刘品新认为，对于侵害过儿童的人，应该将其身份信息在网上对社会公开，并禁止其从事幼儿园校车司机、厨师、保安，或者婴幼儿保育员、保姆、月嫂等职业。

“建议借鉴国外‘电子镣铐’的做法，要求侵害过儿童的人群24小时佩戴一种GPS定位装置，同时在其身份证、护照上打出警示标识。”王亮认为，此举可以实时监控定位，同时可以要求其不得出现在学校、幼儿园周边。对于性侵儿童者，建议借鉴一些国外的做法。

（《检察日报》刊载）

汇聚法治中国建设新力量

李万祥

“忠于中华人民共和国宪法，维护宪法权威，履行法定职责，忠于祖国、忠于人民，恪尽职守、廉洁奉公，接受人民监督，为建设富强、民主、文明、和谐的社会主义国家努力奋斗！”

2017年7月3日，最高人民法院首批367名员额法官完成宪法宣誓。至此，法官员额制改革在全国法院已经全面落实，全国共有12万余名员额法官。7月17日，最高人民检察院举行首批入额检察官宪法宣誓仪式，标志着最高检机关入额遴选工作圆满“收官”，首批228名入额检察官各归其位，与各地入额检察官一起踏上新的履职征程。

承载着维护公平正义的期盼，他们踏上法治中国建设的新征程。员额制改革带来新变化：在总编制未增加情况下，全国基层法院检察院85%以上的司法人力资源配置到办案一线，办案力量增加20%以上，人均办案数量增长20%以上，结案率上升18%以上，一审后服判息诉率提高10%以上，二审后服判息诉率达98%以上。

啃下“最难啃的硬骨头”

员额制法官检察官，这个新名称在党的十八大以来全面依法治国、全面深化司法体制改革中应运而生。党的十八届三中、四中全会之后，全国法院检察院围绕司法责任制、司法人员分类管理、司法人员职业保障制度、省以下法院检察院人财物统一管理等四项内容，稳步推进综合改革试点。

建立和完善司法人员分类管理制度，被认为是司法体制改革的“重头戏”之一。司法人员分类管理，就是把法院、检察院工作人员分为法官、检察官、司法辅助人员、司法行政人员，对法官、检察官实行有别于普通公务员的管理制度。各类别人员各司其职、各负其责、各得其所。员额制改革正是人员分类管理改革的核心内容。

通过严格考核，员额制就是要选拔最优秀的法官检察官进入员额，并为他们配备司法辅助人员，组成一线办案的精兵强将。正如全国政协社会和法制委员会驻会副主任吕忠梅所说，法律的生命在于实施，法官要把抽象的法律变成活法律，法官的劳动很复杂，是法律技能与职业操守的总和。

党的十八大以来，全国检察机关分3批开展试点，司法责任制改革已经全面推开，共遴选出员额制检察官8.7万多名，成效逐步显现。

改革前，全国有近21万法官。截至目前，全国共有员额法官12万余名，将近9万名法官没有进入员额。这说明员额制改革确实是“一场自我革命”，是一场动自己“奶酪”的硬仗，被视为本轮司法体制改革中“一块最难啃的硬骨头”。

最高人民法院政治部主任徐家新说：“各高级人民法院在坚持‘以案定额’的基础上，综合考虑不同审级、不同地区法院案件类型和数量、人员配置以及辖区内经济社会发展状况、人口数量、辖区面积等因素，以省以下法院人财物统一管理改革为契机，实行法官员额省内统一调配。”

“员额制改革是中国司法史上的一件大事，将对司法改革和法治建设产生积极的影响。”全国律协会长王俊峰既是最高法院法官遴选委员会委员，也是最高检检察官遴选委员会委员。他表示，员额制改革在整个司法体制改革中具有基础性、先导性作用，入额遴选必须是好中选优，优中选强。

随着司法改革的深入推进，从全国法院、检察院情况来看，这块“最难啃的硬骨头”已经总体被“啃下”。

严把遴选入口关

自1992年走出校园，刘敏即来到最高人民法院从书记员干起，2000年成为助理审判员，2010年成为审判员，后在最高法院第一巡回法庭任职。现在，她已经从一巡回到最高法院本部，担任民一庭副庭长。最高法院首批员额法官名单中也有她。

“我在去巡回法庭的时候，就经过了严格的遴选。作为巡回法庭的主审法官，已经开始独立签发案件，实行新型的审判权运行机制，所以这次不用考核。”刘敏说，“对审判委员会委员、现任或曾任巡回法庭主审法官按要求审查后，提请遴选委员会审议入额。对审判员采取考核方式，择优入额；对助理审判员采取业绩考核为主、考试为辅的方式择优入额。”

按照中央部署，2014年以来，最高法院已经在6个巡回法庭先行先试了主审法官办案责任制。2017年3月份，中央政法委印发《关于严格执行法官、检察官遴选标准和程序的通知》，进一步规范法官遴选标准和程序。同年5月份，《最高人民法院首批法官入额工作方案》正式印发。

改革之箭，瞄准的是遴选精英这个靶心。改革中，谁能入额是关键。

“在首批员额法官选任过程中，最高法院严格执行中央批准的改革方案，从严控制员额比例，从严设置法官岗位，从严执行入额标准程序，不搞论资排辈，不搞平衡照顾。”徐家新说，“最高法院对入额人选要求应为审判员或具有8年以上法律工作经历的助理审判员，突出实绩导向和办案能力；对廉政审查不过关、报告个人有关事项不实的，坚决实行‘一票否决’；对近3年工作绩效偏低的不予入额。在民主测评、笔试、专业评审及业绩考核等量化评分环节设置了硬杠杠，确保入额遴选的各个程序均起到把关作用。”

“司法责任制改革的一个重要价值取向就是突出检察官的主体地位，使检察官既成为司法办案的主体，也要成为司法责任的主体。入额的院领导、检委会委员、业务厅局负责人都要亲自办理一定数量的案件，业务厅局负责人办案情况纳入部门年度考核。”最高检政治部负责人说，“检察官入额不是‘一入了之’，也不是终身入额。最高检将抓紧建立员额制检察官业绩评价体系和管理办法，建立员额退出机制，对离开办案部门、入额不办案或者能力素质不胜任、业务考核不达标的，要及时退出员额。”

在强调具有良好政治素质、业务水平和职业操守等基本条件的同时，最高检入额方案不仅明确了参与入额遴选的资格条件，而且明确了七种禁入情形，如因违纪违法行为受到党纪或者检纪处分，处于受处分期限或者未满影响期限的；配偶已移居国（境）外；或者没有配偶，子女均已移居国（境）外的，均不能参与入额遴选。

依法独立履职有底气

按照《最高人民检察院司法责任制改革实施意见（试行）》《最高人民检察院检察官司法办案权力清单》，从今年10月1日起，入额检察官将运行新的办案模式，强化入额检察官的司法办案责任。

近年来，最高法院收案数量大幅增长，案件所涉法律关系日趋复杂，新情况新问题层出不穷，矛盾纠纷化解难度不断加大，审判监督和指导的任务加重。如何通过深化司法改革进一步完善审判运行机制，激发内生动力，全面提升审判执行工作质效，成为摆在最高法院面前一个重大而紧迫的课题。

“首批法官入额完成后，最高法院机关将全面落实司法责任制，按照‘让审理者裁判、由裁判者负责’的要求，实行合议庭办案责任制。”徐家新说，“在赋予法官更大审判权力的同时，进一步规范和加强审判管理和监督，建立院庭长审判和监督权力清单，完善信息化审判管理机制，健全司法过错责任追究机制，坚持有序放权和有效监督相统一，切实做到放权不放任、监督不缺位。”

徐家新表示，最高法院将逐步建立符合法官职业特点的考核、奖惩和退出机制。法官入额，不是头衔和待遇，不能“一入了之”，不等于终身入额。入额法官考核不过关、作风不过硬的要退出员额，形成“能进能出”“能者上，不胜任者让”的正确导向。最高法院还将落实和完善司法职业保障制度，实行法官单独职务序列管理，落实相关人员薪酬待遇，加强司法人员履职保障制度建设，为法官依法独立履行审判职责撑腰打气。

“法官是引导社会规范、推动社会进步的重要力量。最高人民法院开展首批法官入额工作，标志着法官队伍正规化、专业化、职业化建设又迈出了坚实一步。”中国社会科学院法学研究所研究员孙宪忠说。

通过员额制改革，建立公正高效权威的中国特色社会主义司法制度，实现“让人民群众在每一个司法案件中感受到公平正义”，这些目标蓝图将有更加可靠的保证。

（《经济日报》刊载）

乡土中国增添法治亮色

——来自苏皖赣鲁滇5省农村法治状况的调研报道

集　体

党的十八大以来，随着全面依法治国战略的深入推进，农村法治状况明显改善。从农民积极参与基层自治，到基层干部依法办事，再到法治助力平安农村建设，法治正在成为农村治理现代化强有力的支撑和保障。

历时一个多月，本报多路记者调研采访了江苏、安徽、江西、山东、云南5省农村法治状况，既观察到农村社会治理中面临的种种“成长烦恼”，更感受到近年来法治在广大农村落地生根、开花结果的可喜变化。

与城市相比，农村人情社会、熟人社会的特征更加明显。长期以来，农村讲情讲理重于讲法的确是现实。但随着农村经济社会的不断发展，农民对法治的需求日益强烈，讲法的重要性也日益凸显。当然，由于种种原因，在我国广大农村还存在农民渴望法治却又遭遇法治尴尬的情况；还存在矛盾纠纷多发高发与农村法治力量不足、村民法治意识淡薄的困境。

令人欣喜的是，随着全面依法治国的深入推进，农村逐渐清除“法治荒地”，农村法治建设走上快速发展的轨道。乡土中国的法治色彩亮起来了。

选出好干部，带着群众干：基层治理热情高

6月30日，一场特殊的投票在云南省玉溪市红塔区北城街道后所社区的公房举行——表决后所社区《居民公约》以及《集体经济组织成员资格认定办法》。

两份文本已经提前贴在了公房门口，不少居民围在四周热烈讨论，村民阮丽琼就是其中之一。“上次不是说，再婚的要按比例分红吗？怎么改成满

5年后就能全额分红了？”阮丽琼指着相关条文，有点不解。“我们咨询了律师，说这不符合法律规定，这个权利要么有，要么没有，不能按比例来。”后所社区党总支书记周绍良的解释得到了阮丽琼的点头认可。

红塔区今年在全区全面铺开了《村（居）民公约》和《集体经济组织成员资格认定办法》修订工作，得到了群众的积极响应。104个村、社区中，最少的修改了五六次，多的修改了十几次，充分吸收了村（居）民提出的意见建议，平均参与投票率和赞成率均超过80%。

一个成熟的社会，离不开每一个人对社会公共事务的关心，在农村更是如此。

作为我国社会主义民主政治的基本政治制度之一，基层群众自治制度是我国最直接、最广泛、最生动的社会主义民主实践，全国直接参与基层群众自治的农村人口超过6亿。亿万农村群众按照村民委员会组织法的程序和要求组织起来，进行自我管理、自我教育、自我服务，“自己的事自己做，大家的事大家办”，极大促进了农村经济和社会发展，在新农村建设中发挥着中流砥柱的作用。

村民自治最重要的价值就是在民主化进程中，建立起一系列民主规则和程序。尽管村民自治制度经历了一个复杂曲折的过程，在实践中也遇到不少困难和问题，但随着农村经济社会的不断发展，村民自治以其内在的价值和力量不断在实践中开辟道路，显示出旺盛的生机和活力。

4月下旬，江苏省灌南县李集乡和兴村新当选的村委会主任惠建忠从杭州赶回老家，带着在杭务工同乡捐出的10多万元，回村里修桥铺路。与别的村主任不同，惠建忠是一位“跨省选举”出的村主任。原来，和兴村3800余名选民中，有近2000人常年在杭州务工。这些人的民主权利如何保证？经过逐级请示，最终在杭州设立了和兴村换届选举的“分会场”。

“在杭州还能参加老家村委会的换届选举，咱可得好好斟酌。”在杭州从事保安职业的姚冠军说。核对身份、领票、写票、投票，投票全程都有录像……投票当天，从早上9点到下午5点，来投票点投票的和兴村选民络绎不绝。最终，惠建忠高票当选新一任和兴村村委会主任。

在这一轮的村（居）换届选举中，江苏不少地方都像和兴村一样开展了创新探索。无锡市梁溪区利用“互联网+”进行电子登记；金湖县对投票站进行全视角视频投影；靖江市在重点村离任经济责任审计中引入第三方评估……来自江苏省的统计数据显示，在这一轮村（居）换届中，全省共有选民5809.1万人，登记选民5750.9万人，登记率达99%；参加投票的选民5438.8万人，参选率94.6%，其中农村社区参选率达97.2%，较上一届提高2%。

踊跃参加民主选举、主动参与村务决策、积极制定村规民约、成立村务监督委员会……近年来，农村群众对于行使民主权利、管理自己的事情、创造幸福生活的热情更高了。

农村法治建设离不开村民的自觉参与和积极行动，这不仅是重要的民主实践，也使得农村法治面貌悄然改变：村里的大事小情不再由几个人说了算，村民都有发表意见的权利，村委会成了村民利益的“守护者”；村级账本不再是一本糊涂账，月月张贴、事事公开让村民足够放心；补贴、低保、扶贫款不再是被盯上的“唐僧肉”，真正实现了精准扶贫，保障了“最有需要的人”。

实践证明，当广大农村群众参与公共事务管理的热情被点燃，他们对法治的渴望更加迫切。他们既是农村法治建设的受益者，更是法治建设的主体和最大推动力。

讲法，比“讲蛮”好：学法用法解决问题靠法

传统文化观念使得农村地区追求一种“无讼”的生活状态，在解决矛盾纠纷、维护自身权益时，“情”和“理”要大于“法”，谈“法”就是伤感情、没面子。所以，农民对于法律大都选择疏远，既不懂法，又缺乏学习法律的主动性、积极性；既不会首先考虑用法律维护合法权益，对于参与法治建设也没有多大积极性。培养农民的法治意识、树立他们的法治信仰，成为农村法治建设成败的关键一环。

在江西省抚州市崇仁县，有一位73岁的老人黄寿孙。

他家简直就是一个小型的法律工作室，一张办公桌放满了法律咨询、纠纷登记等桌签，15平方米的空间堆满了各种卷宗资料，调解申请书、调解受理登记表、调查记录、事故认定书复印件、医院出院记录、调解协议书、调解回访记录等应有尽有，并且记录得清晰规范。

“我干了30多年的基层普法宣传和人民调解工作，退休后，又被返聘

担任乡镇法律服务所所长兼普法办主任，所以在家搭建了这样一个工作平台。”黄寿孙说。作为崇仁县重点培养的“一户一位‘法律明白人’”之一，黄寿孙曾经参与了多起矛盾纠纷的调解工作。

“以前一些农民逢事必闹，十分蛮横。通过一户一位‘法律明白人’活动，越来越多的人认识到，讲法比‘讲蛮’（方言，意为蛮不讲理）好！”提及在农村全面开展培养一户一位“法律明白人”活动，崇仁县县委书记程新飞深有感触地说。

如何让农民在讲情讲理的同时，也讲法信法？各地都进行了诸多有益的探索，送法下乡就是一例。

“以前有事得花钱请律师，现在律师不请自来，还免费服务！”山东省莱芜市孔家庄村村支书谢恒木说的，正是莱芜市实施的“百名律师包千村”行动。从2015年以来，莱芜市通过政府采购的形式，选配169名法律顾问，实现了全市1067个村（社区）的全覆盖。这些法律顾问通过提供法律咨询、普法宣传、法律援助等方式，把法律服务送到田间地头，打通了送法下乡的“最后一公里”。

没有农村的法治化，就不可能有整个中国的法治化。现在，农村正在进行的多项重大改革，比如农业供给侧结构性改革、农村集体产权制度、农村土地制度改革等，都涉及农民、农村的重大利益，更需要用法律为改革保驾护航。

“我们现在正在进行农村土地确权工作，但在推进中遇到的矛盾纠纷很多。”江苏省溧阳市戴埠镇新桥村村支书陈朝辉说，“原来分的柴火山常年没人打理，有的连东南西北的‘四至点’都搞不清楚，现在要确权，群众争得很厉害，但国家政策规定得很原则，历史遗留问题不好解决啊。”

溧阳的办法是让群众充分参与到改革当中来。溧阳在全市175个行政村都成立了“百姓议事堂”，邀请大家信得过的百姓代表，参与协商讨论有关土地确权、流转、承包、征收等关涉群众切身利益的问题。

“我们这些人大多是老党员、老干部，东家长西家短搞得比较清楚。让我们来做调解、拿方案，村民们大都很信服。”“议事堂”成员戴康留说，“不仅如此，调解的过程也是普法的过程，结合身边人、身边事，大家更能明白法律是怎样规定的，法治的种子也就播进了每个村民的心里。”

在定分止争中依法维权：矛盾化解不出村

“明明签了协议，凭什么就不算数了？”山东莱芜市的村民陈某又急又气。出了什么事？原来在2015年3月，家住大王镇姚家庄的陈某在驾驶一辆货车无证上路时，与邻村一名正骑着摩托车的村民王某发生了交通事故，王某被撞之后经抢救无效死亡。这事经过调解，陈某同意一次性给予16万元的赔偿。

然而，问题却没有他以为的那样“摆平”了——王某的儿子虽然在调解协议书上签了字，也出具了谅解书，但是王某的女儿还是不依不饶拒绝签字，提出要告到法院去，追究陈某的刑事责任并索赔50万元。

陈某赶紧找到包村律师孙立英。一接到这个案子，孙立英就着手调查了解事情的来龙去脉。“我给他详细解释了相关法律问题，告诉他，王某的女儿有权提起诉讼，他只有尽力争取对方谅解，才可能被从轻处罚。”孙立英说。

这一番释法析理让陈某恍然大悟，随后就表示一定会积极赔偿。最终，陈某获得了对方谅解，被从轻判处缓刑。

像这样靠法律化解矛盾的故事在山东莱芜可以说村村都有。莱芜市司法局局长朱卫恒说：“律师‘包村’能积极参与到矛盾纠纷调解中来，在定分止争中引导村民依法表达诉求、依法维权，最终实现‘小事不出村、矛盾不上交’”。

“抬头不见低头见”，这种农村日常生活真实写照反映出的人情社会，决定了许多家长里短的矛盾纠纷化解，一边要依法合规，另一边也要合乎情理、照顾面子。

在安徽蚌埠固镇县，有一群被称为“大佬支”的人常常被乡亲们请去“评评理”。这些人专门在农村为人操办婚丧嫁娶等红白事，熟谙当地人情礼俗，在村民之间颇有威信。因此，每当村民们发生了口角、纠纷，最先想到就是找“大佬支”来居中说和。

徐从友就是固镇县连城镇的一名“大佬支”。他告诉记者，从夫妻吵架到土地纠纷，什么样的矛盾纠纷他都调解过：“大家都是乡里乡亲，抬头不见低头见，总要讲几分人情、面子。如果一上来就讲法律，你不合法他合法，有些伤感情。请我们来说和就不一样，大家坐下来，细细谈、慢慢聊，事情很快就解决了。”

除了“大佬支”，当地还发动了包括老党员、老教师在内的“五老人员”来参与调解纠纷，并通过每成功调解一起就给予50到200元补贴的方式调动其积极性。“这些人人熟、地熟、情况熟，出现纠纷就能第一时间在村里得到处理，把矛盾化解在萌芽状态。”连城镇党委书记张公民说。

像这样充分调动民间力量参与矛盾调处化解的经验，全国各地根据自己的实际情况，有许多创新探索。云南玉溪红塔区在修订村规民约的过程中，明确提出：“要根据村社风俗习惯和群众基础，理出可以利用的政策措施，把一些群众认同的土办法吸收到村规民约中来。”

北城街道古城社区在修订过程中，将邻里和睦、热心公益、互帮互助等内容都列入其中。在古城社区的《村民公约》中，记者看到，其中明确提出“邻里纠纷，应本着团结友善的原则协商解决，协商不成可申请社区调解委员会调解，也可依法起诉。但不得‘以牙还牙、以暴制暴’。”

社区党总支书记、居委会主任张德生说：“村规民约是农村自治的重要依据，也是在农村倡导知荣辱、争先进良好风气的最好抓手。用村规民约来推动基层民主法治建设、构建和谐稳定的社会环境，最适合不过了。”

治安防控用上“互联网+”：平安农村更放心

农村是法治建设的薄弱环节，确保农村社会的长治久安，就需要综合施策、群防群治、多管齐下，才能营造安全稳定的社会环境，服务农村经济社会发展的大局。

安徽省固镇县的陈成林曾经接到这样一个电话，询问他家周围社会治安如何、发现存在什么违法违规行为，“最后还主动问我有没有什么意见想向县里反映，于是我就提了一句附近饭店的烧烤有污染，影响了群众生活”。没想到，仅隔一天，镇政府和居委会的干部找到他了解情况，饭店的污染问题很快得到了彻底治理。

“电话访平安”，这是固镇县通过设立的县安全感满意度调查中心随时了解农村社会平安建设动态的一个举措。仅今年上半年，像这样的电话调查就有效拨打共计1.38万个，解答老百姓关于法律、政策、咨询各类疑问860个，对于群众反映的156件事项均进行了及时交办、督办和跟踪回访，目前已全部办结。

群众的眼睛是雪亮的，法治要想树立威信，让老百姓遇事就能找法用法，党政领导干部首先得率先垂范，尤其是政法机关必须做表率。

“以前一赶上农村有征地拆迁这样的事情，派出所就安排警力到现场去。可现在情况有了很大改变，如果要出警，就必须问清楚征地拆迁的手续全不全、程序合不合法。”江苏溧阳竹箦镇派出所所长王峰告诉记者，农村的法治生态正在发生可喜变化，除了过去在非法拆迁、野蛮拆迁中出现的问题得到了治理，而且派出所里如今能够实现全程录音录像，保证了犯罪嫌疑人的权利从进入派出所的第一刻就有保障，杜绝刑讯逼供的发生。

除了传统的治安防控手段，随着互联网等新技术飞速发展，农村社会的平安建设也有了“弯道超车”的机会。

记者来到安徽固镇县浍南村村民王情家时，王情的丈夫正外出打工，家里只留下了她和孩子。王情告诉记者，因为丈夫长年在外，家里万一出了什么事没个男人总是让人有些担心。其实像她这样的情况在当地农村并不少见，不仅在家的村民不放心，在外务工的青壮年村民对留守的儿童、妇女、老人更是牵肠挂肚。

“不过现在好了，政府给我们家里免费安装了一台一键报警求助器，如果出现紧急情况一按按钮，不仅村里的民警、村干部能知道，而且我丈夫的手机上也能收到信号。”王情边向记者展示钥匙环大小的一键报警装置一边说。“有了这样的技术，在农村不仅能够实现警情的第一时间处置，而且也让村民的其他救助事项，特别是空巢老人、留守儿童的需求得到及时回应。”固镇县政法委副书记、县综治办主任丁恒贤说。

不仅如此，固镇县还运用科技打造了一套信息化立体化治安防范体系。据介绍，该县将农村社会纳入了“天眼护家园”项目，在城区监控整合的同时，还在农村易发案地区、主要道路和路口、公共复杂场所，建设监控点、“电子围栏”、治安电子卡口、治安高空瞭望点等，实现了县域内全方位精确跟踪监控。

记者在浍南村看到，该村建成的视频监控系统，不仅可以做到进出车辆、人员的自动识别，还能让村民随时随地通过自己的手机查看每一处监控视频，让不法行为无处藏身。“有了‘互联网+’的农村治安防控，守望相助不再是什么难事了。”丁恒贤说。

（《人民日报》刊载）

“莎姐”情怀拓出未成年人保护“万千气象”

韩亚聪

在重庆市大渡口区检察院的“莎姐谈心室”，一面“信件墙”格外引人注目——

“梅姐，谢谢你对我的关心和帮助，我对自己改掉以前的那些坏毛病非常有信心。”“我以前不懂法，通过梅姐您的教育，我决心相信法律，改过自新重新做人。”“以后我不再跟那些人耍了，多交一些良师益友，出来后好好读书。”……

这一封封信件来自不同的涉罪未成年人，他们信中的“梅姐”，是大渡口区检察院未成年人检察（以下简称“未检”）科科长梅玫，而梅玫也是重庆“莎姐”团队众多成员之一。

从“发源”那天起，“莎姐”以未检工作创新为起点，从一个人到一群人，继而形成了一套以“司法保护、犯罪预防、心理矫治、帮教挽救”为体系的未成年人保护工作方法。新时代赋予新内涵。如今的“莎姐”，正从一个关爱未成年人的未检品牌，发展成面向所有群众开展全民大普法活动的重要载体。

“莎姐”成为检察院的“标配”

“莎姐”是什么？

大渡口区检察院工作人员告诉中国妇女报·中国女网记者，“莎姐”有三层含义：它是该院一名办理未成年人案件的女干警王莎的名字；“莎”字的原义是指一种生长在沼泽地里的莎草，与帮扶处于逆境中未成年人的初衷契合；“莎姐”这个名称亲切、随和，容易被未成年人接受和记住。

2004年，重庆“莎姐青少年维权岗”在大渡口区检察院率先开展，主要面向未成年人，以教育、感化、挽救失足未成年人、预防未成年人违法犯罪为工作内容，坚持“耐心教育、爱心感化、真心挽救”的“三心”理念。

“梅姐，我现在的生活过得很充实，请你放心。”小文在电话中自信、喜悦地告诉梅玫自己现在的状况。

12月12日的这个电话，让梅玫的心里久久不能平静，和小文接触的一幕幕在脑海中流淌。“惩罚一个孩子，很简单，但帮助一个孩子走出阴霾，却是件非常不容易的事，需要付出很多很多。”梅玫说，这是她从事未检工作后的切身体会。

2012年，15岁的小文因帮朋友出气刺伤他人致脾脏破裂。他的一时冲动，给这个母亲早逝、生活困难的家庭带来了巨大灾难，这也使得性格内向的小文变得更加沉默。

考虑到小文案发时年仅15岁，系自首又有悔罪表现，还积极赔偿被害人，取得被害人的谅解，小文被附条件不起诉，考验期一年。同时，梅玫联系社区工作人员组建了专门的帮教考察小组，继续着对小文的帮扶帮教工作。

此后，帮小文重返校园、为他垫付学费、安排心理辅导……在梅玫的关注下，小文的心理压力慢慢减轻。现在，他已经找到了自己喜欢的工作，开始了新的人生路。

“它能真正护佑未成年人健康成长、增强司法公信力、锤炼队伍。”说到“莎姐”的意义，大渡口区检察院检察长李荣辰颇有感触。

2012年7月，重庆市检察院下发《关于建立莎姐青少年维权岗，全面加强未成年人犯罪帮教预防工作的实施意见》，决定在全市三级检察院全面设立“莎姐”青少年维权岗。

从“发源”到“蔓延”，13年时间，如今，“莎姐”已成为重庆市各级检察院的“标配”。

拓展未成年人保护“新气象”

落实法律援助及心理援助制度、建立健全“代理家长”参与诉讼制度、完善附条件不起诉制度……在被最高检命名为“全国群众最满意基层检察院”的重庆市长寿区检察院，依托“莎姐”青少年维权岗，该院逐渐形成了以诉讼权利保障、案后跟踪帮教为特色的未检工作机制。

以“莎姐”为中心，长寿区检察院将未成年人保护工作拓展，建立帮扶机制帮助被害人的未成年人子女健康成长。对此，长寿区检察院派驻经济技术开发区检察室主任郑涛感触颇深。

2011年12月，长寿区检察院公诉科受理了章某某故意杀人罪一案，承办人在审查过程中发现，当时章某某年满6岁的女儿妞妞（化名）亲眼看到了父亲杀害母亲的全过程，心理受到巨大创伤。

为确保妞妞有一个更好的学习环境，“莎姐”检察官和检察室工作人员帮她另行择校。为了帮助妞妞，多年来，郑涛把她当作自己的孩子看待，妞妞也亲切地称他为“郑爸爸”。长寿区检察院检察长梁经顺表示，将一直帮扶妞妞直至长大成人，并要让类似妞妞遭遇的孩子在成长过程中不缺失关爱，为其健康、快乐成长送去检察官的温暖。

从2012年8月到2016年12月，全市成立的统一“莎姐青少年维权岗”让“莎姐”队伍不断壮大，并逐步吸纳众多社会力量参与。

从此前一个人的“莎姐”，到全市416名“莎姐”检察官，到如今又有848名社会各界“莎姐”志愿者的加入，如今，“莎姐”品牌已不是一个简单称谓，而是一套以“司法保护、犯罪预防、心理矫治、帮教挽救”为体系的工作方法。

为了拓展“莎姐”工作内容，近年来，“莎姐”普法工作变得形式多样、实用性强，吸引了社会广泛关注。

在报纸上开辟“莎姐”故事专栏、编写重庆首部普法漫画系列书《莎姐讲故事》、推出网上普法预约菜单、开展进校园普法活动……“莎姐”的一系列普法活动，实现了让青少年与法律知识和检察官“零距离”接触。

12月21日，在重庆市九十五中学，记者亲身体验了“莎姐”普法活动和社团活动。

这是一场关于校园欺凌的普法宣讲，“莎姐”检察官梅玫与在场的初一学生互动频繁，以案例和游戏的方式向学生们介绍何为校园欺凌、校园欺凌有何危害、如何应对校园欺凌。在法律社团活动中，梅玫和志愿者们与学生们一起学习法律知识，畅想20年后的自己。

据了解，截至目前，“莎姐”进校园普法活动已经举办1600余场次，向全市中小学赠阅《莎姐讲故事》4万余册。

青少年保护工作如火如荼的背后，到底推动了哪些变化？来自大渡口区检察院的一组数字诉说着“莎姐”的“威力”——

2004—2008年，年平均受理审查起诉未成年人案件62人；2009—2013年，年平均受理未成年人案件40人，人数同比下降32.3%；2014年共受理审查起诉案件18件20人，与2004年的38件70人相比，件数与人数分别下降52.6%和71.4%；2015年为8件8人；2016年为6件7人。

新时代的“莎姐”新内涵

变化的还有不断加入的力量，一路走来，与“莎姐”同行者越来越多。

2015年7月，重庆市委宣传部、政法委、文明办等八部门联合发文，要求在全市各区县广泛开展“莎姐”法律志愿服务活动。“莎姐”已形成党委领导、政府支持、部门协同、志愿力量共同参与的工作机制。重庆市各级妇联与“莎姐”的合作就是一个缩影。

大渡口区妇联维权信访部部长秦晓梅告诉记者，从2012年开始，大渡口妇联就开始与“莎姐”合作，在贯彻落实合适成年人到场制度的过程中，妇联一名工作人员全程参与讯问活动。同时，区妇联与“莎姐”联合在学校社区举办讲座，受到儿童和妇女群众的广泛欢迎。

今年10月，长寿区检察院与区妇联共同开展“守护花季”法制宣传，计划用一年时间到全区30所小学开展防止性侵自我保护教育，目前已到5所小学讲课，取得了良好反响。

“莎姐”情怀不变，但形式和内涵却在不断延伸。

据介绍，为了深入贯彻党的十九大精神，落实党中央关于全民普法的要求，日前，重庆下发《关于在全市检察机关开展“莎姐‘大普法’”活动方案》，全市检察干警和志愿者将以“莎姐”名义，开展送法进机关、进学校、进企业、进乡镇、进社区、进特定群体等法律“六进”活动。

“‘莎姐’工作深化了内涵，拓展了外延，在不断拓展中适应新形势的变化。”重庆市检察院新闻处工作人员告诉记者，如今的“莎姐”，正从一个关爱未成年人的品牌，发展成面向所有群众开展全民大普法活动的重要载体。

“全国青少年维权岗”“全国三八红旗手”“维护妇女儿童权益先进个人”……表彰材料中，与“莎姐”有关的荣誉不胜枚举，而“莎姐”情怀始终如一却又气象万千：风雨不改的责任、坚持和精神，不断拓展的内涵、形式和实效。

（《中国妇女报》刊载）

“蓝色钱江”保姆放火案系列报道

集　体

蓝色钱江保姆放火案之一

“蓝色钱江”火灾系人为放火导致
保姆莫某晶有重大作案嫌疑

昨天，杭城被一场大火牵动——清晨5点左右，杭州城东蓝色钱江小区2幢1单元1802室猛烈燃烧。事件发生后，消防部门迅速调派消防车赶赴现场进行扑救，现场搜救出4名伤者，全部送至浙医二院救治。遗憾的是，经过多方奋力抢救，年轻的母亲和她三个可爱的孩子还是没能醒来。

就在全城为这场大火为这个家庭唏嘘痛惜的时候，该事件有了初步结论，令人震惊。

昨天傍晚，杭州市公安局上城区分局发布通告：经公安机关调查，明确为一起放火案件。该户保姆莫某晶（女，34岁，广东东莞人）有重大作案嫌疑，现已被公安机关控制，案件正在进一步调查中。

也有网友在网上曝光，莫某晶曾因民间借贷纠纷，被法院判决偿还被告借款3万元及其利息。因同名同姓，同为广东东莞人，网友们纷纷质疑这个莫某晶是不是就是放火的保姆。昨天下午钱报记者经过多渠道求证，最终确定两者为同一人。

目击者说：逃出来的只有保姆，消防水带接到18楼

昨天清晨，《钱江晚报》记者第一时间赶到蓝色钱江小区，不过现场已

拉起了警戒线，无法进入小区。透过围栏，看到公安和消防人员不时进出。在之江路这侧的马路上，18楼烧焦的阳台异常醒目。

起火的小区叫绿城·蓝色钱江，位于之江路与望江东路交叉口。据房产网站介绍，该小区均价高达6.7万/平方米，近期一套二手房的成交价都在千万元以上。

此时，小区外围已经站满了围观群众，大家正在议论纷纷。一位穿着睡衣的女士向钱报记者介绍，火在清晨5点多就烧起来了，大家听到了噼里啪啦的声音，一开始还以为有人搬家，都没在意，后来发现着火，才急忙从家里往外跑。

家住附近的宁先生，早晨5点多听到了密集的消防车响声，才发现18楼起火了。“消防车到得挺快，但楼层太高了，消防员试图升起云梯，但够不到。”

邻居陈先生说：“那家男主人当时不在，家里只有女主人、三个孩子和保姆。我们后来被物业叫起来赶紧撤离。我看到消防员正在用一盘盘水带往上接，从地面一直铺到18楼……这么大费周章听说是水压太低。”

而大家觉得保姆的行为最说不通。住户宋女士说：“这个保姆怎么就顾自己跑出来了啊？不管怎么样，顺手带一个小孩子出来也好呀！”

不久，上城发布就此发布官方消息：凌晨5时07分，上城区鲲鹏路蓝色钱江公寓2幢1单元1802室发生火情。经过消防全力抢救，5时54分，现场火势得到控制；6时48分，现场大火被扑灭。据了解，起火建筑为25层砖混结构的居民住宅，起火位置在18楼1802室，面积约300平方米，火灾过火面积约50平方米，燃烧物质为家具，具体原因正在调查。

抢救室外：爷爷奶奶泪目，这大火烧得蹊跷

目击者告诉钱报记者，从1802室先后抬出四位伤者，被守候在小区里的急救车紧急送往浙医二院抢救。

钱报记者赶到医院时，急诊室外围着十多名家属，每个人都泣不成声。孩子的爷爷红着眼，情绪有点激动，奶奶已经哭成泪人。

“我们也是听说了才赶过去的。”奶奶说，他们就住在小区附近，这套房子是儿子儿媳住的，两个孙子一个孙女，还有一个保姆。

“我儿子出差了……保姆怎么能只顾自己跑掉呢？哪怕把小孙子抱出来也好呀。”奶奶边哭边说，保姆跟她说，最先发现火情的是女主人，她叫醒保姆后让她尽快报警、找人帮忙。保姆房边上就是消防通道的楼梯间，保姆说她就慌慌张张地下楼，还喊着：“着火啦！着火啦！”

“为什么会起这么大的火？实在是太奇怪了。”爷爷说他怎么也想不通。

“孩子平时要上学的，起来也很早，但是谁想到会起火，那正是他们睡得沉的时候啊……”奶奶哭着说，三个孩子，最大的11岁，最小的6岁，都是男孩，中间的是个女孩，9岁。

爷爷红着眼念叨说：“孙女在一家双语小学读书，英文名叫Angela，喜欢跳芭蕾舞。”旁边一个亲戚也抹着眼泪告诉钱报记者，最小的那个还是在香港生的，非常可爱……

然而，抢救室外的揪心、悲痛，却没有唤回妈妈和三个孩子的生命。尽管妈妈和孩子送到医院后，医生立即切开气管，并做心肺复苏，但2个多小时之后，还是回天乏术。

一位年轻的妈妈，带着三个可爱的宝贝，就这样永远离开了。

蓝色钱江保姆放火案之二

火是从哪里烧起来的

太痛心！6月22日清晨5点，杭州城东高档小区蓝色钱江18楼一住户家中大火，女主人和三个孩子不幸殒命。据最新消息，市、区两级公安机关迅速组成强有力的专案组，经缜密侦查，认定这是一起人为放火刑事案件。该户保姆莫某晶因涉嫌放火罪已被上城警方依法刑事拘留。检察机关已提前介入。但是具体案情还在进一步侦查中。

因为太过惨烈，事情不断发酵，大家有很多疑问，昨天《钱江晚报》记者兵分数路，对事件展开追踪采访。

她和孩子们最后倒在哪里？离起火点最远的女儿房间

起火了，常人的做法是叫醒孩子直接跑。而这场蹊跷的大火疑点重重，网络上各种传言纷扰。

目前《钱江晚报》记者了解到，可以肯定的信息有两个，起火点位于客厅区域，而最后四位受害人被发现的地方是女儿房间。母亲和三个孩子倒在一起。他们的上方是这个房间唯一一扇窗户，宽30厘米，为直推窗，能推出去的距离不过一个手机的宽度，也就是六七厘米。浓烟飘散极为困难，几乎不可能通过窗户呼救。

整套房子一共有两个出入门，一个是保姆房的房门，一个是主入户门，南面的是主卧，北面的两个房间，次卧放着高低铺，是儿子们的房间，女儿房间有张公主床。但是，如果要从主卧以及从小孩的房间跑出去，无论怎样都会通过客厅与厨房相互连接的位置。

现在的猜测是：当时客厅区域火势太大，妈妈带着三个孩子已经躲到了女儿房间，但是浓烟太大，窗户太小，最后被熏倒在那里。

据说，消防员找到受害人的时候，房内并没有过火，但是全部都是黑烟，受害人也是面部全黑，系呼吸大量黑烟所致。

主入户门六七百度高温怎么办？从保姆房展开内攻

悲剧发生后，家属质疑救援过程的视频在网上广为流传。

依据《公安消防部队作战训练安全要责》，需要战斗员互通火场信息，及时反馈，分工负责，协同作战。

《钱江晚报》记者了解到，当消防员抵达后，电梯因大火而停用，有三组十多位消防员先行通过爬楼梯登楼（即图示的消防楼梯），第一时间打开北面保姆房开展救援行为。其他消防员向物业、邻居、亲戚等了解情况——最重要的是了解房子里有没有人（消防救援现场，“救人”永远是第一要义），还有房屋户型结构等，然后通过对讲机把信息传达给已上楼的先遣部队。

消防员到达着火层后，分成两组，一组抵达主入户门，一组抵达保姆门。按照救援流程——具有丰富经验的指挥员先通过起火房间墙体的情况（温度）来判断内在起火点的大体方位。

钱报记者采访了当天在现场的消防员，当时主入户门温度高达六七百摄氏度，当即判断主入户门背面距离起火点非常近。这时如果强行破拆主入户门，大火必将喷涌而出，而旁边是电梯井和消防楼梯，火焰极有可能顺势向上蔓延。所以，先行进入公寓只能通过保姆门这唯一的途径，与此同时，对主入户门立即用水枪强行降温。消防员立即从北门进入火场内攻——鉴于火场情势，如果贸然从南面正门进入会导致新鲜空气对流，加大火势，不利于灭火救援。

进入火场为何不立即转移伤者？浓烟中猫着腰前进搜救

大家是不是都以为消防员进入火场后，就像我们在办公大楼里上班，能快速地在各个房间中逡巡，然后迅速发现受害者。

我们都错了。

据了解，当时公寓火势极为猛烈，整个空间全是浓烟，视线极差——一片漆黑，即便有头灯辅助照明，能见度也不过一米。这时候他们只能看到一个情况：前方客厅区域烈焰熊熊。

火场内其他细节都分辨不清，消防员不得不猫着腰推进——因为越贴近地面，黑烟相对不那么浓（这也就是我们日常消防警示中常说的火场逃生要诀）。而对于已经进入火场的消防员来说，头顶上方还不断有吊顶等燃烧物或局部或整个地砸下来。

进入客厅区域后，地上散落着很多书，都在燃烧——当时一位老消防员（有七八年救火经验）立即判断这场大火十分可疑！因为这么短的时间火场燃烧如此猛烈，不像普通的电器短路等造成的失火。

在火场内的消防员迅速分工：搜救室内人员，控制起火点（射水）……

当时整个公寓已经被烧得破了格局，在漆黑浓烟中前行的消防员根本看不清主卧、次卧等，就是以起火点为圆心，逐渐向外扩展搜救。与此同时，援兵不断加入，陆续抵达火场的消防官兵达30余人。当时消防员摸排到距离客厅（起火点）最远的女儿房间，房门关闭，打开房门，里面黑烟滚滚，最后他们看到，三个小小的身体躺在妈妈身边时，消防员们都落泪了。

蓝色钱江保姆放火案之三

一次回访，高层防火还有哪些黑点

这些窗已经开到最大了。

窗为何只能开六七厘米？高层水压到底够不够？

大部分住宅的格局是一梯两户或者两梯两户，而蓝色钱江小区是一户三梯——两部主电梯，还有一部保姆专用电梯，据说是为了让保姆上下不影响东家。

蓝色钱江的豪还体现在它的通体幕墙玻璃，每套公寓自带新风系统和空调系统，当年销售时有个说法，这里的住宅不用开窗，24小时恒温且有新鲜空气。

但是，22日的悲剧，最后母子四人就是倒在女儿房间的窗户下。

推窗成了业主们的担心

前天的救火过程中，当消防员摸进女儿房间时，发现尽管没有过火，依旧浓烟滚滚。母子四人脸面漆黑，显然是吸入了过多的浓烟。而他们的上方就是这个房间唯一的窗。

这是一扇直推窗，30厘米宽，但是能推开的距离不过六七厘米——如此空气如何流通，连探头甚至伸手呼救都办不到。

一位业主告诉《钱江晚报》记者，他们的公寓尽管户型上有所不同，但是有一点是一样的：300来平方米的公寓只有两处可以通风，南面连通主卧的大阳台；北面放空调外机和新风系统外机等的小阳台，他们通常更习惯叫北阳台为“电器间”。其余所有房间，包括主卧，都只有一扇宽30厘米的推窗，“推窗都只能推出去六七厘米的，这样的设计据说是为了防止高层坠落。”业主说。

他还说到，他们大楼外墙是双层幕墙玻璃，也就是说由两层厚度约2厘米的玻璃构成，所以一般来说，无论用什么，都是砸不开的。

另一位女业主回忆，22日早上5点多，她从自家阳台看到2幢18层的北阳台冒出了浓烟，她第一反应是电器起火了，然后赶紧叫老公给物业打电话。物业回答，已经派人去看了。那时，消防车还没有到。

事发后，很多业主都去网上搜寻高层火灾如何逃生。“我发现按照我们现在的密闭程度，除非能从保姆房或者大门逃到消防楼梯，否则一旦被困于室内，那肯定凶多吉少。”她语气惶恐。

高层水压够不够

高层建筑大火，水压够不够是绕不过的关注点。

在事发第一天的采访中，钱报记者了解到，当其中一组消防员冲到起火楼层，打开消防设施后，有水，但水压不够，后来是去增压泵房打开了增压泵。

不过，这个插曲对救援没太多影响——此时先行上楼的另一组消防员已经直接把水带铺设上去，射水了。一路铺设上去的水带和消防车相连，地面消防栓的水通过消防车自带的增压泵，输送到水带中。

有专业人士说，出事的蓝色钱江小区应该是2014年以前设计的，适用原高层建筑设计防火规范。

消防用水包括地下室消防水池，屋顶消防水箱和消防车往系统里送水。其中屋顶消防水箱的水只供火灾初期用水（贮存10分钟水量），消防水泵启泵之后就是用消防水池（一般贮存2或3小时的消火栓系统水量和1小时自喷水量）的水灭火。

消防水泵和地下室消防水池在一起，启泵可以通过消防联动自动启泵，也可以由值班人员手动启泵，其中自动启泵可以通过每个消火栓箱上的按钮启动。（如果摁了按钮，泵却没启动，那么是电气专业消防联动设计或者施工的问题。消防水泵能否正常启泵，跟屋顶消防水箱水位没有关联。）

这位专业人士表示，他看了这次事故的一些内容，着火的是18层，这栋楼总共25层，一般而言屋顶消防水箱都会放在小区最高的楼上。假设出事这栋楼是小区最高的建筑，按层高3米计算，水箱至少高出出事楼层（18层）20米以上，这是满足原高层建筑设计防火规范中相关规定大于7米的要求的。

有知情人表示，蓝色钱江小区的消防设备还是相当完善的，只是危急时分拘泥于管理规定，而没有相应的应急措施。

（《钱江晚报》刊载）

骑行日志系列报道

简工博　王闲乐

编者按

6月22日，上海市公安局交警总队召开会议部署进一步深入推进道路交通违法行为大整治行动工作，明确5项整治重点，其中3项涉及非机动车。记者日前随交警部门整治非机动车违法时，不少骑车人纷纷表示现在“路难骑”是导致违法高发的重要原因。

违法没有任何借口。但是从这些抱怨声中我们也应该听到，市民对于非机动车出行便利的客观需求。特别是在上海这样一座超大型城市，便捷有序、环保又低成本的非机动车理应成为城市交通的重要部分；而共享单车的风靡，为市民解决困扰已久的“最后一公里”提供了极佳的解决方案，也为城市治理提出了新的课题。

违法者的抱怨是托辞，还是背后有原因？《解放日报·上观新闻》的记者和读者用户一起骑车上路，带来第一手的体验。

骑行日志之一

同一目的地，守法骑行用27分钟还得推车步行大半段，违法骑行只要2分钟

体验路线：延安中路近陕西路至静安寺地铁站

体验时间：6月28日下午15时

从延安中路前往轨道交通7号线静安寺站该怎么走？很多人下意识地会想

到沿着延安东路一路往西走。尽管这的确是最便利的线路，但延安东路全线禁止非机动车通行。日前记者以延安中路近陕西南路作为起点，将静安寺站作为终点骑行发现，合法骑行要找到合适的路线并不容易，每一种骑行方案都要兜圈，在有些骑行方案中部分路段还必须推行。

在一些试图以非机动车作为解决上班“最后一公里”的市民来说，这样的方式毫无优势可言：“市区的非机动车通行循环网络，应该被纳入交通整体考量之中，而不是断断续续，长距离绕行。”

在不少市民看来，如果守法成本高企而违法成本低下的话，多数人选择违法并不难理解。而这样的问题仅仅依靠交警在治理末端的严管重罚，很难真正“治本”。

15时38分：从停车区到非机动车道必须推行一段距离

6月28日下午15时，记者在延安中路靠近陕西南路处的人行道上，看到大量共享单车停放在此，旁边还有政府部门设置的非机动车停车位标志。

15时38分，记者扫码打开车锁，却发现要骑行“左右为难”：延安中路没有非机动车道，无论是在上街沿人行道骑行还是进入延安中路骑行，都是违法。

按照手机地图查询的方向显示，最近的非机动车道在陕西南路上。记者推着非机动车步行前往陕西南路。刚到路口，新的问题又来了：陕西南路上的非机动车道是南向北单向行驶的，这意味着骑车人必须将车推行至陕西南路、巨鹿路路口，穿过马路后再骑车。

15时41分左右，记者步行穿过陕西南路、巨鹿路路口，终于骑上非机动车。穿过延安中路后，陕西北路上的非机动车道路被单独隔离出来，这让不少骑车人感到很安心：“市区的道路一般都很狭窄，机非混行严重容易出事故。这样的硬隔离措施对非机动车出行来说很安全。”不过好景不长，骑了不过百余米，陕西北路128号门前正在修路，行人只能走进非机动车道绕行。

15时43分，非机动车在陕西北路靠近南京西路路口处排队等候绿灯。延安东路、南京西路和接下去的北京西路都禁止非机动车通行，要到静安寺必须寻找沿线的支小马路穿行，或是绕个大圈子。

15时46分：支小马路能骑车吗？要么事先做功课，要么就凭感觉

穿过南京东路后，非机动车道豁然开朗，虽然没有硬隔离，但因道路总体较宽，非机动车骑行还算安全。不过下一个路口就面临新的选择：是左转弯进入南阳路，还是继续沿陕西北路向北骑行？一些市民告诉记者："大多数对于路况不熟的人会选择进入南阳路，因为过了陕西北路、南阳路路口，陕西北路非常狭窄，虽然南阳路也不宽阔，但几乎没有机动车通行。"

15时46分，记者骑车左转弯进入南阳路。南阳路上不少建筑正在施工，也有一些历史保护建筑。"几年前有些地区提出过'城市后街'的概念，把这些临近主干道、拥有良好人文和绿化环境的支小马路开发出来，成为保留城市文化记忆的一部分。"在南阳路上一位骑车市民告诉记者："如果是这样的小路，骑车倒是别有一番风味。可惜不知道是不是真的能够连通起来。"

15时50分左右，记者骑到南阳路尽头，沿铜仁路右转弯。按照此前查询的信息显示，铜仁路南阳路至北京西路段双向禁止非机动车通行。然而记者在铜仁路上看到了大量集中停放的非机动车。这些非机动车都是骑车人推行至此的吗？

铜仁路上也有不少历史保护建筑，茂密的梧桐树和较少的车流量让这里显得十分安静。这样的安静很快就被车流的声音打破。15时52分，记者沿铜仁路骑到靠近北京西路路口，就在准备穿过北京西路时，转身发现路口处设有一个禁止非机动车通行的标志。

15时54分，记者决定沿北京西路推行非机动车，于16时许推车步行到达北京西路、常德路处，记者看到了第二块禁止非机动车通行标志。随后记者转弯进入常德路北向南方向，终于再次合法骑车上路。

常德路上非机动车不少，沿线临时停放的车辆对奔着南京西路方向而去的非机动车有一定影响，不时造成非机动车的"梗阻"。一些汽车驾驶员也颇为无奈："常德路是市中心为数不多没有画黄色禁停线的道路了。"

16时5分左右，记者进入常德路近南京西路区域，到达设定的目标区域。随后记者找到一处停有非机动车的地方将车停放，但这里并没有允许停放的标志。

16时5分：到达目的地后步行区间仅用7分钟

从15时38分开车到16时5分停车，记者骑车到达目的地时间大约为27分钟。有市民戏称：“守法的成本比较高。”

16时19分许，记者从7号线静安寺站8号出口处步行至出发的延安中路、陕西南路处。同一起点和目的地的区间，记者步行于16时26分到达，其中还包括等候一个红灯的时间，总耗时约7分钟。如果按照步行与非机动车一般速度的比较值，违法沿延安路骑行的时间大约为2分钟。

在出发的大楼下，记者遇到一名刚刚将非机动车停好的年轻女子。这名女子坦言自己“从静安寺地铁站骑车过来”，这是她“日常行车线路”，而她花费的时间：“很方便，只要2分钟！”

记者手记：从骑车走错路说起

骑完这一程，再看地图发现，同样的出发地和目的地合法骑行还有另一条相对合理的线路，即推车到陕西南路、巨鹿路路口后，右转沿巨鹿路骑行，到富民路路口右转弯到延安路推行。当时之所以没有第一时间选择在巨鹿路转弯，是因为到达路口时正好多辆机动车和电动车飞驰而过，相对于有硬隔离设施的陕西路非机动车道，这里机非混行情况突出，时常有行人经过。此后实地骑行，同样耗费约10分钟。如果不熟悉路况，大多数骑车人会想当然地沿陕西南路由南向北穿过延安东路——毕竟地铁站的入口在另一侧。

如果当时发现走错，想要掉头怎么办？似乎从骑上陕西南路非机动车道那一刻开始，就几乎没有办法通过骑行的方式再回头。驾驶机动车如果走错了路，还能在下一个路口转回。但阡陌纵横的城市非机动车道，这样的循环并不方便，有时再走回头路不得不违法。

一个对非机动车通行友好的环境，应该是怎样的？记者寻访了不少骑车市民，综合他们的答案，这样的环境首先是安全的，减少机非混行的状态；可以适当绕行，但绕行线路不远且有明显的提醒标志；路网连线成片，即使偶尔错失还能再绕回来；沿途若有城市人文景观，则是加分项。

严管重罚固然是杜绝非机动车违法的必然手段，但友好完善的骑行环境，才是真正治本之道。

骑行日志之二

“路痴”不敢骑：有些地方标志不清，地图不管用，连导航都还没收录！

在事先没有查询、规划的情况下骑车经过一条路，看不到任何标志，地面也未画线，这条路究竟能不能走呢？

相对于悬挂标志齐全、地面画线清晰的机动车道，除了禁行标志，非机动车道并没有更多的提示和指引。今年，上海公布了107条非机动车道禁止通行道路和路段；前不久交警部门还将这些禁行路段制成骑行地图。此外，各类手机导航软件近来也纷纷推出骑行导航路线。

然而一些违法骑行的人被查处时，却辩称自己是“导航导的”，甚至有人称跟着导航骑上了高架。

情况真的如此吗？记者日前实地骑行发现，大部分非机动车禁行道路有明显的标志，导航地图也十分靠谱；不过在极少数特殊路段，这些数据精确度没有那么高。

一些市民建议，日常骑行并不像驾车出门会提前规划线路，因此禁行标志应更加明确，适当辅以引导标志，政府部门也应和共享单车和电子地图企业加强沟通合作，及时传递最新最准确的道路管理信息。

多数路段标志、导航挺靠谱

体验路线：中山医院东院区—新华路地道东出入口

体验时间：6月30日上午8时45分

上午8时45分，记者在斜土路上的复旦大学附属中山医院东院区准备开始骑行。查询显示，这一段路程总长约5公里，手机导航地图和共享单车软件推荐了两条不一样的路线，作为第一次骑这一线路的“路痴”，记者决定尝试“混骑”：前半段按手机地图骑行，后半段试试共享单车软件推荐的路线。

从斜土路出发，经东安路驶入肇嘉浜路，两侧都设有非机动车道，在这一车流量颇大的道路上，非机动车道均有硬隔离区分——记者目之所及，全程未见非机动车驶入机动车道。

美中不足的是，尽管双向设有非机动车道，但仍有部分非机动车逆行，让原本并不宽敞的非机动车道更显拥挤且不安全。《道路交通安全法》第三十五条规定："机动车、非机动车实行右侧通行。"换言之，逆行无论对于机动车还是非机动车，都是违法行为。

驶入肇嘉浜路后，记者按照手机导航指示的路线前行。沿肇嘉浜路进入吴兴路，左转沿广元路一路骑行至华山路，再沿淮海中路转至新华路。不过，其中部分道路的机动车道是单行道，与记者骑行的方向相反，部分道路地面也没有画线。不过沿途并未见到禁行标志，这意味着骑行并不违法。但对于第一次骑行的"路痴"来说，也许适当的提示能有所帮助。9时35分，记者到达目的地，交叉使用两套骑行方案尝试下来很靠谱。

"没有禁行标志的道路，理论上非机动车都可以骑行。"记者的体验和一些经常使用非机动车出行的市民感受相同。但一些市民还是提到禁行标志的设置问题："以北京西路、铜仁路路口为例，这是个丁字路口，只有铜仁路上挂着禁行标志，北京西路上却没有。一直要走到下一个十字路口，才能看到北京西路的禁行标志。如果从这个路口出来，这数百米的距离怎么判断能不能骑呢？"

单向禁行路线为何不及时收入导航地图？

体验路线：轨道交通12号线南京西路站—华山路、武康路路口
体验时间：6月26日15时25分

威海路、陕西北路处单向禁行非机动车。

在解锁一辆共享单车后，记者打开了手机里的导航地图，地图建议沿威海路直行，然后左转进入陕西北路，由北向南直行进入陕西南路，再经长乐路到达华山路。共享单车软件也推荐了同样路线。

不料骑行数百米到达威海路、陕西北路路口时，记者便遇到麻烦：陕西北路自南向北有一条专用的非机动车道，但自北向南不仅没有非机动车道，而且在路口明确悬挂着禁止非机动车通行的标志。

但打开手机搜索后记者发现，相关部门公布的信息中，陕西北路新闸路到延安中路，陕西南路从延安中路到长乐路，两段北向南禁止非机动车通行。但这一段此时尚未被收录进常用导航地图中，也不在此前公布的107条非机动车禁行道路之列。随后记者发现，公布的107条非机动车禁止通行道路均为双向禁非道路，诸如陕西路、建国西路等单向通行的道路并未在其中。

记者随后打开手机中保存的上海首张“骑行地图”，却发现这张12MB的图片几乎囊括了上海整个地图，很难分辨出这一道路该怎么走。

“走人行道不行，推过去也上不了天桥，还得绕到71路站点才能过马路。”一位车主给记者“支了个招”：“你就直接从路边上骑过去。”途经此地的不少非机动车都选择了沿机动车道继续骑行。

那么，有没有可以不违法骑行的路线呢？记者尝试重新搜索骑行路线，导航依然固执地指向陕西北路。无奈记者只能放大地图自行寻找路线。从地图上看，从茂名南路或许可以骑行到长乐路。于是，兜兜转转近10分钟之后，记者又回到了出发点威海路、茂名北路路口。原本预计16分钟的骑行时间，最后用了35分钟才到达。

所幸，记者日前再使用部分导航软件时，已将部分单向禁行非机动车的道路纳入线路规划之中。此前公安交警部门也表态将与电子地图公司合作，及时发布和更新相关信息。

记者手记：像管理机动车一样管理非机动车

不久前南浦大桥董家渡上匝道施工，相关部门公布的绕行线路力推沿黄浦江岸的外马路，不过非机动车还能不能从外马路走，却没有提及。

这样被忽略的状况，在非机动车管理中已存在很长一段时间。这样的忽略也使得一部分希望合法骑行的市民不知所措：相对机动车有各类提醒标志、绕行路线等，非机动车往往要“车到山前”才发现“此路不通”。

这样的忽视造成的直接后果就是非机动车乱骑行，一些违法者即使被交警抓现行，仍然振振有词“我们一直这样走”。友好的绿色交通环境中，禁行、引导标志、最新管理信息等必不可少。而共享单车和电子地图的出现，事实上为非机动车的有效引导提供了抓手。

相关部门在反复表示非机动车量大面广，存在管理难度时，是否考虑过也应提供相应的服务，才能便于更好地管理？

骑行日志之三

“禁非”道路宽且直，还设多处非机动车停放点，只让推行谁能经受住考验

为何选择骑车出行？

过去，很多市民的答案是“实惠”，因此上海一度出现长距离使用非机动车的情况；如今，“实惠”之外更多的市民注重“方便”，随着轨道交通的日益发达和共享单车的涌现，非机动车骑行正成为市民解决“最后一公里”的新模式。

“方便”与“舒适”不仅包括骑行环境的便利，也包括停放非机动车的便利。然而记者日前在上海一些路段骑行却发现，明明是禁止非机动车通行的道路，却有不少非机动车特别是共享单车沿路停放，一些市民坦言：“允许骑行的道路上没有多少非机动车停放点，禁止骑行的道路上停放点却不少——这样的守法‘考验’，我经受不住。”

他们建议，非机动车通行环境同样是一项“系统”工程，在提供了安全、便利的骑行环境之后，再对违法骑行者施以严管重罚，才更能赢得大家的支持。

“禁非”道路上不仅非机动车停放点多，路况也好

体验时间：6月28日中午12时21分

体验路线：地铁2号线东昌路地铁站至世纪大道、福山路路口

中午12时21分，刚一走出东昌路地铁口，记者就发现在靠近浦东南路路口的世纪大道两侧，成规模地停放了不少非机动车，其中大部分是共享单

车。而且乍一看，世纪大道两侧用绿化带隔离出的“非机动车道”竟然有两条车道那么宽！

不过记者解锁一辆共享单车后才发现，所谓的“非机动车道”实际上就是两条机动车道，而世纪大道路口处悬挂着禁止非机动车通行的标志。

12时23分，记者沿着世纪大道推行一段后来到世纪大道、南泉北路路口处。虽然在电子地图上显示此处进入“世纪大道辅路”可以骑行，但记者在现场看到的道路仍然是机动车道，还漆上黄色的禁止停车线。

12时30分，记者沿世纪大道继续推行至世纪大道、崂山路路口处，根据地图显示此处可以骑行进入崂山路到达崂山路、潍坊路路口，再沿潍坊路一路骑行。但路口处并没有这一方向的非机动车道。记者只能继续沿世纪大道推行，终于在12时43分左右到达世纪大道、福山路处的目的地。

在沿世纪大道推行过程中，多处停放着共享单车。“作为普通市民来说谁知道能不能骑车，看到这里既然能找到车，本能地想到这就应该可以骑。”有市民曾在此处骑车被处罚，但是对于这样的设置颇为不满：“既然明确整条路是不能骑车的，那同样就不应该在这条道路上设置停放点，不允许停放。”

推行途中记者遇到一名从人行道上骑行的男子，他表示知道人行道不该骑车：“可是你看这里辅道也宽，人行道也宽，不允许骑车，你忍得住吗？”当他得知记者的路线后告诉记者：“你骑过去吧，5分钟左右就能跑完全程了。”

这段隔离式非机动车道光线太暗，以致走错道

体验时间：7月3日21时25分

体验路线：国济路、政通路—国和路、政立路

这一段路程并不复杂，手机地图和共享单车软件均推荐沿国济路往北至政通路右转，随后沿政通路一路向西骑行至国和路，再沿国和路向北到达目的地的路线。

21时25分，记者骑车上路。这3条道路都可以双向通行非机动车，路线清

晰。然而记者骑行在国济路上时却发现，旁边就是百联又一城店，沿路多为各类餐饮店，沿路机动车、行人、非机动车混行，原本就不算宽敞的道路显得格外拥挤。

《中华人民共和国道路交通安全法实施条例》第七十条规定，因非机动车道被占用无法在本车道内行驶的非机动车，可以在受阻的路段借用相邻的机动车道行驶，并在驶过被占用路段后迅速驶回非机动车道。机动车遇此情况应当减速让行。

不过在这里并没有多少机动车让行。有驾驶员称：“不是斑马线才让吗？现在是你骑上我的道了！”

骑入政通路后半段，有了专门的非机动车道后通行顺畅许多。然而新的问题随之而来：沿路路灯较为昏暗，夜间骑车时视线不佳。记者因此一度在此走错路口，多骑一两分钟后才惊觉折返。

“跟机动车相比，非机动车更需要灯光！”一名骑车人告诉记者，非机动车大多不会自带车灯，骑行时全靠骑车人人眼辨识：“如果是没有隔离栏隔离的道路上，昏暗的灯光容易成为事故‘黑点’。”

记者手记：“通行”是项系统工程

既然整条路不能骑车，为何还要设置非机动车停放点？在一些违法骑行的人口中，这个悖论是个经典的借口。诚然，从法律的逻辑来说，处罚违法毫无问题，但从解决非机动车通行的角度来看，这并不是问题的“牛鼻子”。

这一悖论不无其道理——许多违法行为，“果”是违法，“因”却在于前端种种不合理，“诱使”人们违法——同一段路，守法用了22分钟，累得浑身大汗，违法只用5分钟，总体轻松——在严管重罚难以真正实现“全覆盖”的时候，你“忍得住”吗？

记者沿路观察发现，虽然很多支小道路允许非机动车通行，但非机动车停放并不多——这又是一个悖论：允许通行的支小马路上，往往没有足够的空间容纳大量非机动车，距离公交枢纽、地铁站等公交换乘区域又有一定距离。

这还仅仅是非机动车出行“便捷”一个方面的问题。再延伸些，无论是非机动车道照明问题这样的“硬件”，还是繁忙道路上让行非机动车这样的“软件”，都存在短板。

这些看似一个又一个的问题，要“头痛医头脚痛医脚”式地逐一解决，几乎不可能。只有将问题汇总在一起，系统考量，形成方案，才有可能形成一个相对安全、合理、便利的通行环境。

而严管重罚，只是这个系统工程末端对于极少数“例外”的违法者的处罚手段，它本不应成为解决非机动车出行种种问题的“唯一手段”和“有效方法”。

（《解放日报》刊载）

4000吨垃圾山“乾坤大挪移”

——长乐：诉前圆桌会议为公益诉讼探新路

集　体

清澈的小河从村中流淌而过，平整的菜地满眼翠绿，沿着河道走进福建省福州市长乐区古槐镇感恩村，初冬的田野，泥土气息混合着稻草散发出的淡淡清香扑鼻而来。

11月9日，同记者到现场采访的长乐区检察院民行科科长李茂泉感叹道：“这里曾经垃圾成山，臭气熏天，蚊蝇肆虐，污水入河。河水上涨时，田间地头垃圾漂浮。如今，这样的景象一去不复返了。”

变化，缘自第二次检察建议发出之后，提起公益诉讼前的一次圆桌会议。

首次建议未落实，诉前程序再启动

今年3月初，长乐市检察院（注：今年11月长乐市改区）在办案中得到线索，古槐镇感恩村娘宫娌崔塘溪旁露天垃圾越堆越高，恶臭难闻，河水受污，村民怨声载道。

该院检察长陈勋马上带领民行科干警实地查看。李茂泉回忆说，当他们来到现场，出现在眼前的是两米多高的垃圾山，占地面积超过2000多平方米。垃圾占用河道、农田，污染影响群众生产生活，危害公共利益，及时转运处理刻不容缓。

谁来搬走垃圾山？3月22日，该院根据相关法律法规及《长乐市“蓝箭行动”环境专项整治工作方案》，向对本辖区内环境污染有监管职责的古槐镇政府发出“及时转运处理生活垃圾”的检察建议。不到一个月，镇政府复函称，生活垃圾已清理整改完毕。

走完程序，手续完整，实际履职到位了没有？还须眼见为实。四个月后，民行科跟踪监督。回访发现，部分垃圾浸泡水中，未能清理的大部分垃圾仅作简单覆土处理。

“这堆生活垃圾已堆放5年，正属于污染活跃期，作简易填埋，各类难以降解的化学物质、腐烂形成的渗滤液、腐败产生的恶臭，会使土地、地表水和地下水、空气受到污染。”检察院从省里请来环保专家到现场调研，随后作出这样的环评意见。

污染未除，危害犹存，公益受损持续。

9月22日，长乐市检察院第二次发出检察建议，引用专家环评意见，指出这堆垃圾污染土地、水源、空气三大危害。发出检察建议的同时，该院拟就该案提出行政公益诉讼做好准备，并向福州市检察院民行检察处、福建省检察院行政检察处报告。

诉前会议谋良策，凝聚共识成合力

第二次收到检察建议，并获悉检察机关准备提起公益诉讼，古槐镇政府很快拿出整改方案。

但是，清理4000多吨垃圾绝非轻易事。一个难处明摆着：垃圾往哪儿运？哪儿是填埋之处？再简单找一个地方，一倒一埋了之，还会造成二次污染。此外，整改措施不够具体，一家之力能否整改到位，达到预期效果，仍存疑问。

“运往城区规范标准的垃圾场填埋，是一个比较可行的办法，只是涉及多个职能部门，需要沟通协调。”长乐市检察院副检察长陈诗端分析说，“我们提起公益诉讼，即便胜诉，当事方执行过程中面临的问题也一个不会少。”听取长乐市检察院对该案全面研判后，福建省检察院行政检察处认为，可以开一个诉前圆桌会议，商请相关部门一起来磋商，听取意见建议，让整改方案落到实处。

检察建议发出一周后的9月29日上午，长乐市检察院牵头召开公益诉讼诉前圆桌会议，邀请该市环保局、住建局、农业局等单位相关负责人参加。

“保护环境，就是保护人类自身，保护自己赖以生存的家园，每个人、每个部门责无旁贷。”对古槐镇政府的清理垃圾措施提出完善意见后，与会人员表示，将协作配合，畅通衔接，全力支持。

化一家之力为多方合力，长乐市把该垃圾处理列入“蓝箭计划”，古槐镇政府开足马力，迅速行动，仅用17天时间，就将4000多吨垃圾清理干净，转运城区垃圾填埋场处理。镇长刘晓玢介绍，以此次整改为契机，全镇还建成1个垃圾转运站和4个垃圾转运点，统一“打包”后再送往垃圾焚烧厂，目前做到了当日垃圾当日处理。

巩固实践成果，形成制度推广

“诉前圆桌会议开得很成功，办成了眼下最着急的事。清理了一个村的生活垃圾，起到了警示教育作用，当地环保意识提高了，法律效果与社会效果俱佳。”刘晓玢欣喜地说。

一个圆桌会议促成一个长期遗留问题的最终解决，与组织方的精心构想、邀请“什么部门、什么人”参会休戚相关。福建省检察院行政检察处负责人介绍，请与处理结果有利害关系的当事人到场，听听他们的意见，避免公益受损；请相关职能部门负责人与会，开启解决问题的“绿色通道”；请专业人员参会，对整改方案进行技术性指导。

为了让会议达成的共识约束性更强，长乐市检察院还邀请了该市人大城环工委、市政府法制办负责人，以及部分人大代表、政协委员参会，让他们了解公益诉讼，对促进依法履职也起到监督作用。

“诉前圆桌会议，是检察机关发出检察建议后，对行政机关是否依法履行职责而跟进监督过程中的机制创新，简便易行，比提起诉讼，有成本低、效率高、矛盾少、效果好的特点。”福建省检察院行政检察处负责人介绍，召开诉前圆桌会议的目的，是推动行政机关主动履职纠错，调动相关部门和组织共同参与，推动公益诉讼问题得到解决。现在看来，诉前圆桌会议达到一会多赢的预期效果。11月15日，福州市检察院把此次诉前圆桌会议成果上升为机制，出台《行政公益诉讼诉前圆桌会议实施意见（试行）》，就会议的遵循原则、适用情形、启动方式、参加人员、主要程序及跟进监督方面作出明确规定。福建省检察院将适时向全省推广。

据介绍，福建省检察机关从2015年9月开展公益诉讼试点工作以来，全省共办理710件公益诉讼案件，近八成通过检察建议这种非诉讼的方式解决。

（《福建法治报》刊载）

认真贯彻总体国家安全观
坚定不移维护国家安全利益

何君健

今年4月15日，是第二个全民国家安全教育日。

国家安全事关国家安危和民族存亡，事关人民福祉，保证国家安全是头等大事。当前，我们正处在全面建成小康社会的决胜阶段、实现中华民族伟大复兴的关键时期，维护国家安全和社会稳定的任务繁重艰巨。全国政法机关要以全民国家安全教育日为契机，进一步增强忧患意识、风险意识、责任意识，准确把握国家安全形势，深刻认识国家安全工作的极端重要性，不断提高维护国家安全的能力和水平，努力为党的十九大胜利召开营造安全稳定的社会环境。

要坚持以总体国家安全观为指导，始终不渝走中国特色国家安全道路。总体国家安全观是以习近平同志为核心的党中央对国家安全理论的重大创新，深刻揭示了国家安全的本质和内涵，科学回答了中国这样一个发展中的社会主义大国如何维护和塑造国家安全的基本问题，标志着我们党对国家安全基本规律的认识达到了新高度，是新形势下指导国家安全工作的强大思想武器和行动指南。各级政法机关要牢固树立和认真贯彻总体国家安全观，准确把握国家安全的内涵和外延、科学体系、基本原则和根本方法，统筹谋划和推进政治安全、经济安全、国土安全、社会安全、网络安全等各方面安全工作，切实履行好维护国家安全的职责使命。要牢牢把握国家安全工作鲜明的政治属性，更加自觉地坚持党对国家安全工作的领导，在思想上政治上行动上始终同以习近平同志为核心的党中央保持高度一致，坚决贯彻落实中央关于国家安全工作的决策部署，确保国家安全工作沿着正确的政治方向前进。

要坚持以人民安全为宗旨，不断提高人民群众的安全感、幸福感。人民安全是国家安全的核心，维护人民安全是国家安全工作的出发点和落脚点。政法机关必须秉持以人民为中心的国家安全理念，坚持国家安全一切为了人民，始终把人民安全放在最高位置，从人民最关心最直接最现实的安全问题入手，全力维护人民的根本利益，为人民创造良好的生存发展条件和安定的工作环境，保障人民生命财产安全和其他合法权益，努力增强人民群众的安全感、幸福感。要深刻认识国家安全的根基在人民、力量在人民，始终把坚持群众路线作为国家安全工作的生命线，充分相信、依靠和广泛发动人民群众，创新探索维护国家安全专群结合的新领域、新途径、新模式，深入开展各种形式的群防群治活动，构筑起坚固的人民防线，共同保护好全体人民的美好家园。

要坚持以政治安全为根本，确保国家政权安全和制度安全。政治安全是维护人民安全和国家利益的根本保证，核心是政权安全和制度安全，最根本的是维护党的领导，维护中国特色社会主义制度，维护以习近平同志为核心的党中央的权威。政法机关是党和人民掌握的刀把子，要把维护政治安全特别是政权安全和制度安全放在首位，增强工作主动性和预见性，严密防范、严厉打击境内外敌对势力的渗透、破坏、颠覆、分裂活动，坚决遏制一切颠覆人民民主专政政权的行为，坚决防范和抵御“颜色革命”，为人民安居乐业和国家长治久安提供坚强保障。

要坚持以宣传教育为抓手，着力提升全民国家安全意识。强化公民的国家安全意识和责任，是开展全民国家安全教育活动的根本目的，更是维护国家安全的固本之策。各级政法机关要把国家安全宣传教育摆在更加重要位置，创新方式方法，加大工作力度，健全制度机制，深入开展国家安全形势教育，大力宣传普及国家安全法、反恐怖主义法、反间谍法等国家安全相关法律法规，引导广大干部群众树立国家安全观念，增强国家安全意识，形成维护国家安全的社会共识，积极支持配合国家安全机关履行职责，自觉抵制各种危害国家安全的行为，齐心协力打造国家安全命运共同体。

（《长安》杂志刊载）

广播类作品

百姓"跑官"的背后，是社会治理的进步

袁奇翔　涂希冀　徐锦萍　夏海云

在浙江，有一种"官"没有行政待遇，没有工资福利，常年在户外工作，但百姓争着抢着要当，这就是"民间河长"。为何看上去"吃力不讨好"的"民间河长"备受青睐？

湖州德清县钟管镇东舍墩村，水域四面环通，河流鱼塘密集，水产养殖大户吴建荣自从当上了当地狭港的"民间河长"，几乎每天都要巡视一遍。"原来这个水质透明度是很差的，有的河道里面蓝藻、水葫芦杂七杂八的东西很多。家里面的河治理好了，自己心里也很舒服呀。"

为了当上这个"河长"，吴建荣没少花功夫。竞聘对手有十多位，他精心准备演讲稿，背了好多天。竞聘会上，他专门介绍了处理养殖废水的技术经验，希望带动河道周边的养殖户们做好"废水处理"，减少对河道的污染。在激烈的竞争中，吴建荣如愿胜出，当上了这个没有待遇、只有责任的"小官"。大半年来，狭港的水质不断改善，这让吴建荣倍感欣慰。"治水这一块呢，本身就是我很有信心的事情，这个事情做了不仅仅是我们这一代受益，主要是造福子孙后代。"

在杭州江干区九堡街道横四港，同样有一位"民间河长"每天在巡河。头发花白、已经退休的陈天荣，三年多来风雨无阻，只要发现问题，就跟街道、社区反映，督促整改落实。因为常年巡查河道沿线管网排水，他对周边水污管的连接走向一清二楚，被当地居民称作横四港管线的"活地图"。陈天荣："我做这件事情不是给别人看的，我自己愿意做，为了居民老百姓，河道、环境看起来要清爽一点儿。我是土生土长的九堡人，不希望家门口的河变得又臭又黑。"

其实早在2013年，浙江省就作为全国最早开展"河长制"的试点省份

之一，拉开了全省“五水共治”的序幕。但那时，治水大多是政府唱“独角戏”。政府干，百姓看，效果一般。浙江省社科院研究员杨建华：“我们社会治理的一个重要的原则，是政府与社会建立相应的合作的关系。我们的河长原来由各级领导担任，没有充分发挥社会的作用。如果由普通公民来担任的话，既发挥了作为公民参与社会治理的积极性，同时也充分发挥了社会这样一种功能。”

那么百姓“跑官”，做了“民间河长”之后，该干什么？浙江省治水办业务二组组长彭洪说：“职责任务非常明确：一要做好河道巡查；二要把发现的问题反映给‘行政河长’；三要监督政府部门去落实整改。”

彭洪说：“近年来，各地通过公开竞聘等方式选拔‘民间河长’，做到了所有河道全配备。百姓的参与热情高涨，超乎想象。我想要一个‘民间河长’，他是通过竞聘，老百姓比较认可，这个人讲得比较好，他可能对我这条河能管好，那么他来当‘民间河长’。‘民间河长’是比较热心于这条河的每个人自愿去当。”

在近年的全民治水行动中，浙江的“民间河长”队伍不断壮大，目前已有10万人规模。他们中既有“红领巾河长”“河小二”等青年人，也有“池大爷”“塘大妈”等老年人；既有“巾帼护河队”“自强志愿者护河队”，更有企业河长、洋河长和乡贤河长。衢州的“骑行河长”、慈溪的“百米微河长”、天台的“十米河长”等，无不显示出各地“民间河长”的智慧。

今年10月，浙江省控断面全部剿灭劣V类水，对照全国“水十条”的任务和目标，浙江提前三年完成。浙江大学公共管理学院教授范柏乃认为，浙江的十万“民间河长”年龄跨度大、界别覆盖广、护水责任强、治水形式多，在治水行动中发挥了重要作用。“河道很多，引起污染的原因很多，光靠政府工作人员，有限的主体，没有办法满足污染主体的监管需求。以河长为主体，发挥社会公众的力量，这更具有民间特色，更加可持续、可长效化。”

今年10月1号，全国首个河长制地方性法规《浙江省河长制规定》正式实施。它既明确了省、市、县、镇、村五级河长的职责，也鼓励全社会开展水域巡查的协查工作。“行政河长”和“民间河长”双措并举，合力治水。浙江省治水办业务二组组长彭洪说：“从治理的这个阶段来说，我觉得政府的作用最重要，因为你必须要靠政府来推动它，但是你治理完了，不等于就完成。我们要保护好，我们要管护好。这一部分就是‘民间河长’的力量。尤其是后期的管理和保护，民间的作用，我觉得是巨大的，甚至是不可替代的。”

百姓“跑官”，跑的是义务，跑的是责任，跑的是担当。百姓“跑官”，是希望参与社会治理、承担社会责任的一种表达；是对日益增长美好生活需要的一种追求。“民间河长”发挥作用的同时，“民间路长”“民间滩长”等各种形式的百姓官员，正在浙江创新探索的实践中不断涌现。在浙江大学公共管理学院教授范柏乃看来，这正反映出新时代下社会治理的一种进步。“没有行政级别的、没有固定待遇的，这样的‘长’越多越好，这是我们社会成熟的一个重要标志。治理与管理，以前都是政府作为主要力量，现在从政府管理转到社会治理或者公众治理。除了发挥政府力量，要更多地发挥社会公众、社会组织、公民的力量，这就是我们推动社会进步的一种重要的表现。”

（浙江之声播出）

“你好，监察委！”系列报道

吴喆华　侯　艳　肖　源

2016年11月7日，中办印发《关于在北京市、山西省、浙江省开展国家监察体制改革试点方案》。方案强调，国家监察体制改革是事关全局的重大政治改革，是国家监察制度的顶层设计。中央绘制蓝图，地方精准“施工”。一年来，北京、山西、浙江三地先行先试，设立各级监察委员会，拿出了高质量的改革“样品”。如今，三地已经有四千多人脱下检察服，转隶新战场。惟其艰难，方显勇毅；惟其磨砺，始得玉成。本周，中国之声聚焦国家监察体制改革，推出特别策划“你好，监察委！”。

“你好，监察委！”之一

“留”与“转”

工作人员：被调查人李华，因涉嫌挪用公款，本委决定对其留置。听清楚了吧？

李华：听清楚了。

这是今年4月7日的一段对话，北京监察机关的工作人员，第一次对被调查人宣布使用留置措施。在“留置令”上签字的李华，原是北京市通州区永乐店镇财政所的一名出纳。

经查，他在工作期间利用自己负责管理通州区永乐店镇人民政府银行账户的职务便利，先后五次从该账户向其个人账户转款共计人民币761万元，用于个人进行股票交易活动。李华案从监察委初核、调查、处分，到检察院提起公诉，再到最终法院判决，只用了66天。

法官：被告人李华犯挪用公款罪，判处有期徒刑三年，缓刑五年，现在闭庭。

留置，是全国人大常委会授予试点地区检察机关的12项调查措施之一。和“双规”不同，留置有最长的时限6个月，而“双规”没有固定的时限，是纪委依据条例使用的调查措施。试点之后，留置取代了“双规”。

为什么要对李华使用留置措施？

北京市通州区纪委、区监委第三纪检监察室主任陈钊：李华的案件案情比较重大，金额761万。此外，他比较年轻，思想负担比较重，我们担心李华在我们调查期间可能出现逃跑、自伤、自残等情况，于是对其采取留置措施，根本目的还是为了能使案件进一步深入调查，同时保障李华在调查中不出现其他的问题。

在什么情况下可以采取留置措施？根据相关规定，被调查人涉嫌贪污贿赂、失职渎职等严重职务违法或者职务犯罪，涉及案情重大、复杂的；可能逃跑、自杀的；可能串供或者伪造、销毁、转移、隐匿证据的；可能有其他妨碍调查行为的四种情形下可适用。

留置期间，除了调查取证，还要从思想上感化人。

通州区纪委常委、区监委常委、案件监督管理室主任王洪波：留置期间，监委的同志对李华进行了感化教育，这也是监察体制改革中提出的一个重要的改革方式，引导其重温入党誓词，唤醒他的党章意识。他的心里有一些波动，我们也做一些心理疏导。

李华：在留置期间，监察委的领导找我来进行谈话，首先了解了案情，然后帮我分析这个事，因为什么原因造成最后违法犯罪的情况。

留置被认为是12项措施中最为严厉的，并不可轻易动用。试点以来，北京市也仅对60人采取了留置措施。北京市纪委市监委案件监督管理室主任刘永强说，要审慎使用。

刘永强：第一，这毕竟是一个强制手段，如果能不用就把案件办下来最好。慎用就是要谨慎使用，比如被留置人涉嫌职务犯罪，而且已经掌握了犯罪事实，没掌握犯罪事实估计有犯罪就留置是不行的。第二，有了犯罪事实后，又发现他可能逃跑或者隐匿、销毁证据，才会留置。如果没有这种行为我们有直接起诉的措施，不用留置。第三，是身体方面的要求，必须身体健康，留置前都要体检。包括家里如果是老人的唯一抚养人等都不允许留置。

试点过程中，北京市就留置措施的各个环节和流程进行研究和总结，并制定了《调查措施使用规范》，规定采取留置措施需“报同级党委主要负责人批准，予以立案审查（调查）”，而“对局级或相当于局级的监察对象采取留置措施的，还需报市委主要领导批准”，而处级则报区委主要领导批准。

陈钊：目前来看，留置还是需要上一级监委会的批准。只有等到检察机关对他的案件事实给予了认定，认为他涉嫌违法，采取强制措施，然后我们才能根据相关的要求，对其解除留置措施，这样保证两个机关的有效衔接。

在试点三省市中，北京市监委机关转隶干部的数量是最多的。全市从检察机关共划转编制971名，实际转隶772人，其中市本级229人，与市纪委原有人数相当。如何在转隶中让人员的整合实现真正的融合？

今年1月22日，北京市检察院春节联欢会上，该院市反贪局人员集体登台演唱《共筑中国梦》，这是他们最后一次穿上“检察蓝”出现在同事面前。三个月之后，北京全市三级检察院转隶工作全部完成。

转隶，就是转隶属关系。曾经隶属于北京市检察院反贪污贿赂局、反渎职侵权局、侦查指挥中心、举报中心、职务犯罪预防等部门的工作人员，整体转隶到北京市监察委。北京市纪委市监委案件监督管理室主任刘永强是一名老纪委，他的身边增加了许多新同事。

刘永强：检察机关过来以后，一开始我们就是融合的混编的，所有人员全部打散分到各个室，没有整建制留着，这样的好处就是优势互补。比如查违反党纪的案件，原来纪委的人专业性更强更熟悉；查处涉嫌职务犯罪，过去反贪局的人更专业。

监察体制改革，转隶是重点。北京市制定了转隶工作方案，及时冻结单位人员编制，暂停人事调整，并拉出“六类清单”，建立转隶台账。

然而融合并非易事。纪委和检察院人员的工作方法、内容、流程上都有差异，必须要解决两支队伍思维融合的问题。

北京市纪委常委陈名杰：我们不仅培训业务知识，还培训工作方法、理论法规，纪委的同志多学检察院同志的法治思维，法院检察院同志多学纪言纪语，让两支队伍真正产生化学反应。

其次在人员待遇上，两支队伍原有工资待遇和职务晋升方式也有较大差异。北京市制定相关办法，转隶干部既保证工资待遇不变，又实现政治待遇提升。

北京市委常委、市纪委书记、市监察委员会主任张硕辅：我们明确转隶人员待遇不变，检察官员额制度继续执行，给全体转隶干部吃下了“定心丸”。

在机构设置上，北京市纪委与市监察委合署办公，一套工作机构，两个机关名称。内设29个职能部门，机构总数还比改革前减少4个。改革后，设立17个纪检监察室。其中第十七纪检监察室专门负责追逃追赃和防逃工作。

北京市纪委常委陈名杰：我们把原来纪委和检察院负责追逃追赃工作的力量统一整合为第十七室，2017年我们追逃追赃一共追回32人，是去年全年的2倍。

北京还创设了信息技术保障室，这是全市纪检监察系统的大数据中心，目前已提供公共信息查询超过26万次，大大方便了办案查案。

张硕辅：今年“十一”期间，我们就借助信息化手段，对公车私用情况进行了检查。在10月7日晚上，利用大数据库中存储的行车轨迹信息，和公车号牌进行了数据比对。5分钟时间，就完成了市属单位公车的检查，发现了个别涉嫌公车私用的情况。这样的速度，是用传统手段完全无法实现的。

制定规范和流程，完成整体转隶，整合追赃追逃力量，构建大数据中心……北京作为全国三个试点地区之一，经过准备成立、转隶组建、融合磨合三个阶段，重点研究了纪法衔接、证据转换、依法留置、监督调查分离等具体问题，改革轮廓基本清晰。改革后，北京实现对所有行使公权力的公职人员监察全覆盖，全市监察对象99.7万人，较改革前增加78.7万人。运用监督执纪“四种形态”处理8686人次问题线索，同比增长51.8%。监察体制改革，根本目的是加强党对反腐败工作的集中统一领导。北京市纪委常委陈名杰表示，作为首都，北京的改革要格外讲政治。

陈名杰：首都无小事，事事连政治。看北京首先从政治上看。所以北京的试点我们格外强化党的统一领导。

“你好，监察委！”之二

提速与覆盖

今年1月19日，山西省监察委员会正式挂牌成立。这个此前被腐败所困扰的省份，全面铺开了国家监察体制改革的试点工作，摸着汾水的石头，蹚着没有人走过的路。

两个月之后，这个新成立的部门，就办了一件大案：山西煤炭进出口集团有限公司（以下简称山煤集团）原党委书记、董事长郭海涉嫌国有公司人员失职、受贿案。

山西省纪委监委第二执纪审查室主任周跃武：3月21日，经省委领导批准，对郭海立案审查，并采取了留置措施。经过80天时间的审查，到6月9日，查明郭海严重违纪的问题，7月15日长治中级法院一审，以受贿罪、国有公司人员失职罪判处有期徒刑13年。监察委员会调查的事实全部得到认定。受贿1600多万，失职渎职43.8亿元。

在庭审上，郭海本人表示认罪服法。

郭海：从3月21日的留置到今天庭审的100多天的日子里，我亲身经历了各级组织以及法检部门的人性化审查、法治化办案的全过程，一次次启发教育，一次次心灵启迪，使我真正认识到自己所犯罪行的严重。今天，我再一次讲，我认罪服法，我悔过改错。

从省纪委监委立案审查到法院判决生效，历时127天。而此前，这是一个经公安、检察院、纪委多部门查办近三年都无法结案的老大难案件。

周跃武：当时反腐败力量分散，是多头管理，就这样一个案子，三年时间得不到查处，社会上议论纷纷。郭海案最大的标志性意义就在于其是监察体制改革制度优势转化为治理效能最生动的体现。

在周跃武看来，如此迅速地查办郭海案，这在以前是不可想象的。

周跃武：我们从2月26日初核，用了20天时间就基本上查清他主要的违纪事实。3月21日立案审查并采取强制措施。我们用了将近80天时间就调查终结，检察院用了12天时间就完成了审查起诉，法院25天就宣判。从立案审查到法院宣判就用了4个月时间，这样的办案效率，以前在司法机关是不可能实现的。

周跃武认为，这不仅得益于监察体制改革有效地集聚了反腐资源，也得益于全国人大授权范围内、山西省委领导下，省纪委监委制定出台的一系列措施。

周跃武：集中领导以后，纪委可以协调很多力量，渠道是通的。在内部解决纪法衔接，即纪律和法律衔接的问题，就是纪委监委内部的办案流程，怎么科学有效地设计；外部要解决法法衔接的问题，省委政法委牵头出台“1+4”工作制度，一些疑难复杂案件检察机关提前就介入了。

线索处置、谈话函询、初步核实、立案审查、审理……每一步都要报批，每一步都有相应的协调配合与监督制约。内部“纪法衔接”，外部“法法衔接”。这一套制度设计，极大地简化了纪委监委办案流程，缩短了办案时间，提高了办案质量。

山西省纪委监委第一执纪审查室主任梁晓旭：实现监察委员会监督、调查、处置，与检察机关审查逮捕、审查起诉之间的有序衔接和无缝对接。“1+4”工作制度规定，监察委员会随案移送的谈话笔录、讯问笔录、询问笔录经公诉机关审查后，可以作为诉讼证据使用，不再需要进行转化。

监察体制改革试点后，整合了反腐败力量，优化了办案流程；留置等环节都有明确的时限；案件移送检察院后，对于监察委提供的调查笔录，检察院也不需要再重复取证，大大提高了办案效率。今年初，中央首次披露国家监察委的监察范围，试点地区将监察对象扩展到六大类，监察委对所有行使公权力的公职人员实行监察全覆盖，这就有效解决了过去行政监察覆盖面过窄的问题，填补了党内监督的盲区。

今年5月，山西省盂县国土资源局地产开发公司的会计高某主动投案，此前，他利用职务便利，多次从单位账户提取现金近74万元，用于赌博活动。

山西省盂县监察委员会办案人员李玉泽：监察委成立以后，迅速安排对所有行使公权力的1500多个单位近4万多名的六类监察对象逐一摸底，要求本人填写个人事项报告表，建立了综合信息数据库。在这个大背景下，高某也属于咱们的监察对象，他需要填写个人事项报告表。

最终，高某选择投案自首，结束了惶惶不安的日子。

高某：我不是党员，也不是公务员，发生挪用公款行为之后，我作为特岗人员填过一次表格，每天也是吃不好睡不好，感觉我也是监察委员会监察的对象了，我还是选择投案自首比较好。

中央明确的六类监察对象，包括一般意义上的国家公职人员，包括像高某这样的国有企业管理人员，当然，一些基层群众反映比较强烈的村干部也在监察对象当中。

李玉泽：村干部官不大，权不小。村干部就直接跟群众打交道。协助人民政府从事行政管理工作，这其中既有国有资金，又有集体资金的成分。这就不太好把握、不太好认定，以前有些案子就放下了。监察委员会成立以后，村干部只要是利用职权侵害群众利益构成犯罪的，包括贪污罪、挪用公款罪，以前是归检察院管的，转隶以后全部划归监察委员会。

用制度管权、管事、管人，才是最经济、最有效的管理方式。参与制定相关规范的第三执纪审查室副主任刘孝林说，目前实行的版本，历经上百次修改，仅省纪委书记组织的专题研究就有30次。

刘孝林：有一个星期天，（任书记）突然就召集我们开了个会，研究我们的谈话措施，柔性化处置。因为我们党和国家明确纪委监委还是以教育干部、挽救干部为主，不是以惩罚为主。在这种背景下，任书记思考了很久，给我们提出要把谈话改进一下，体现纪委监委合署办公以后教育挽救干部的优势，不像检察机关，过去你犯法了，用什么标准把你抓起来就行，该判什么刑判什么刑。

第三执纪审查室副主任刘孝林坦言，由于没有先例可循，他们只能在试行与修正中摸索前行。因而，政策执行当中，难免会遇到一些困惑。实践当中，一些相关涉案人员在接受组织谈话时，因为本人顾虑太多不予配合，如果放回去可能出现串供等问题，不放回去又担心留置超时。再比如查询措施的使用中，由于银行系统自身的机制问题，要查清被审查人的账户历史交易明细，办案人员往往要奔波于各个银行的省行、市行和不同营业网点，有时候半个月甚至更长时间都拿不到查询结果，严重影响执纪审查办案效率和效果。刘孝林表示，目前，山西省纪委监委也在向中央纪委汇报，以便不断丰富完善相关工作。

今年4月到8月期间，山西纪委监委运用四种形态处理两万多人次，防患于未然、防腐于微末的良好政治生态，有力提升了我党的领导科学化水平，为经济持续健康发展保驾护航。今年上半年，全省经济总量同比增加863.9亿元，是2016年全年增量的5倍多，超过了前四个年度的增量综合。

反腐败斗争的压倒性态势，伴随着山西省监察体制改革试点的深入推进，正在三晋大地上巩固、发展。

山西省委常委、纪委书记、监委主任任建华： 整个试点改革工作，通过组织创新、制度创新，加强了党对反腐败工作的统一领导，整合了反腐败资源，构建了集中统一、权威高效的监察体系，实现了对所有行使公权力的公职人员监察全覆盖。制度优势正转化为治理效能。

“你好，监察委！”之三

权力与制衡

一个是手中有点儿“权”的社区干部，一个是着急拿地的企业主；两人因征地拆迁走在一起，合谋骗取补偿款660万元，最终双双入狱。

周岳甫，杭州市九堡街道牛田社区原党委书记，曾任牛田村村委会主任，因收受他人财物230多万，犯受贿罪被判处有期徒刑6年。

沈某，杭州三元电子技术有限公司股东，犯单位行贿罪，被判处有期徒刑1年；该公司被处罚金人民币100万元。

杭州市江干区纪委副书记、监察委副主任王早晖： 这个案子有一定典型性，这是杭州市第一个在留置点采取留置措施的案件，第一个受贿和行贿一起查的案件。

根据全国人大常委会的法律授权，试点地区可行使12项调查措施，本案中，江干区监察委运用了其中的10项，只有查封和勘验检查没有用。那么这些措施如何使用?

谈话、询问、讯问，是经常使用的措施。为了掌握被调查人的心态，为后续调查奠定基础，办案人员对周、沈二人进行谈话。立案后，对案件相关的知情人、证人进行询问，并对嫌疑人进行讯问。

在讯问中，沈某交代，2002年，他得知江干区九堡科技园有块地要招商，必须高新企业才能入住，而三元电子是个“假高新”，他找到了时任社区书记的周岳甫。

江干区纪委第三纪检监察室主任李明：周岳甫作为社区书记，向镇政府打报告，说村里以引入高新企业的名义，要征用这块地，镇里也同意了。当时是国土局批下来8亩多地，只能建4000多平方米的厂房。按照职责，村里需要协助政府圈地，打8亩地的围墙。沈明达和周商量后，给三元电子申请了11亩地，其中3亩是规划的道路用地。

沈某还大肆建造违章建筑。作为回报，他分给了周岳甫部分“干股”。江干区监察委副主任王早晖说，通过搜查、扣押发现了线索。

王早晖：一开始我们也不明确他收的是10%的干股，下一细节，就是在搜查的过程中，我们从他的办公室和家里搜查到了关于这家企业的成立股份的分割，以及征地拆迁的一些文件的影印件。如果这家公司跟他没有关系的话，他不可能保留这么久，因为这个东西有十多年了。

三元电子的部分违章建筑在2010年被征用。在征地报告里，该公司称这些违章建筑2000年以前就存在，从而被当作“历史遗留问题”，骗取了约660万元补偿款。这些谎言被“调取”这项措施揭穿。

王早晖：我们到了国土、规划等部门，调取了从1999年到2010年房屋拆除的卫星遥感图片，对这一地块进行了逐年比较，发现这里之前是一块耕地，一直到2007年才有钢棚，这作为一个非常直接的证据。

从2009年开始，周岳甫陆续得到了分红120万元。他还利用职权买房买车。经过鉴定措施，明确了这部分受贿88万余元的事实。办案人员查询了周岳甫的金融信息，并冻结了他的银行存款，帮助挽回国家经济损失231万元。

王早晖：家属不肯退赃，我们通过查询掌握了他有一笔资产在银行，我们就冻结，为国家追回了一笔损失。

今年7月28日，周岳甫被依法留置。江干区监察委向公安机关申请，对本案相关人员采取了限制出境的措施。今年7月成功阻止了一位试图从上海出境的案件重要相关人。

王早晖：有个行贿人准备到加拿大去，还好我们采取了限制出境的手段，在浦东机场把他截下来了，否则的话，有六十几万的贿赂事实就认定不了。

开展国家监察体制改革试点以来，除对留置措施开展探索，浙江还按照能试尽试原则，全面行使12项调查措施。截至今年9月30日，省监委已开具各类措施文书910份，这些措施的使用都经过了严格的报批程序。

王早晖：我们使用的任何一项调查手段，都是层层批报，不是说哪一个承办人或者哪一个室主任自己决定的，必须呈报到委员、分管主任副主任，到案管室去开法律文书，然后去行使我们调查的措施。

以试点地区的经验来看，查询、调取、谈话作为经常性的调查取证手段使用最多；询问、讯问、留置、扣押、冻结等手段在监委对相关案件立案调查后使用较为普遍；搜查、查封、鉴定和勘验检查手段在确有必要时采取，使用较少。拥有12项调查措施，有人认为，改革后监察委的权力很大。那么，谁来监督监察委？

首先是纪检监察机关的内部监督，以周岳甫案件为例，线索报到案件监督管理室（简称案管室），案管室开具立案决定书，由监察室进行调查，审理室做出处分。

王早晖：监察室对案件的线索进行调查，提出处置意见，审理室是最后定性的，案件监督管理室对整个调查过程进行全方位的监督。这三个部门有不同的领导分管，体现了互相配合、互相制约。

杭州市江干区委常委、区纪委书记、监委主任叶素说，为了防止问题发生和树立权威，案管室可以直接向一把手汇报工作。

叶素：这几年我把案件管理室看作尚方宝剑，作为案件办理过程中的监督部门，发现问题要两边同时报告。对其他工作要求还是逐级上报，但是对案件管理室要求直接向书记汇报。

而外部和公检法部门合作，相互之间也有制约。比如在留置上，采取监察机关决定留置，公安机关具体负责管理和留置安全的模式，做到互相协调、互相制约。

王早晖：我们进到留置室里面，要填单子、挂牌子，几个人进去都有要求，也体现了相互制约。留置人是由公安机关管理，原来双规是我们自己管理，但是现在进去需要办手续。

而检察院在案件起诉阶段，如果发现不规范、证据不充分，会要求退回监察委补充调查。人大可以要求监察委对某些专项工作进行汇报，但没有明确要求全面汇报。叶素认为，这方面的规定还需要进一步细化。他表示，监察委的外部监督，主要来自党委。特别是做出立案调查决定、处分决定等重要事项，必须向上级监委、同级党委请示报告，防止权力滥用。

叶素： 留置人进行留置之前要向党委书记汇报。另外，干部的处分立案都有明确的要求，区管干部立案要向市里报告，区委常委会也要报告。轻处分要汇报，重处分要常委会批准。以前要求不高，现在必须要常委会批准，监督力度更大。

在省监委层面，浙江探索建立了执纪监督、审查调查和案件审理各环节既相互协调又相互制约的工作机制。在机构设置上，实行执纪监督和审查调查职责分开、部门分设。同时，强化对监察权行使全过程的监督，实现重要业务的全程留痕，并制定出台《关于对说情、过问实行记录、报告制度》。

浙江省纪委副书记、省监委副主任罗悦明： 在试点期间，省里还增设了两项措施。一项是在我们调查案件过程中，假如有人来打听说情，或是我们的调查人员存在泄密，这些情况首先要记录；其次是再监督，我们内部专门成立了纪检监察干部监督室；再次，对涉嫌违纪违法的，依法依规严肃处理；最后，我们还设置了脱密期，对相关泄密人员明确脱密期限。

浙江省纪委省监委网站发文指出，打铁必须自身硬。监察体制改革越向纵深推进，反腐败斗争越向纵深发展，越需要加强监督制约。要在内部监督上出实招、动真格，还要把自觉接受党内监督同接受国家机关监督、民主监督、司法监督、群众监督、舆论监督贯通起来。

改革试点一年以来，浙江全省监察对象为70.1万人，增长了83.02%；共对160个监察对象采取了留置措施，其中70%以上移送司法机关。浙江在人员转隶、制度机制设置、监察业务运行、权力监督制约等方面，为在全国推开试点提供了可复制可推广的经验和样本。

（中央广播电视总台播出）

边境线上永不挪位的生命界碑

于因青　包　海

在巴彦淖尔市乌拉特中旗中蒙边界线上活跃着这样一群人，虽然他们不穿制服，不拿工资，可他们一直在为祖国边境的安全稳定无私奉献，成为永不挪位的生命界碑。牧民钢巴图就是一名被边防官兵称为“万事通”的护边员。

盛夏的乌拉特草原骄阳似火，冒着30多度的高温，56岁的护边员钢巴图骑着他的“铁马”—— 一辆红色的摩托车前往边境线巡查。他的蓝色蒙古袍随起伏的山路和粗犷的山风在记者眼中鼓荡，斜挎在肩上的望远镜时不时颠簸在他胸前。这部有着近百年历史的望远镜，是钢巴图的传家宝，老钢说，现在当上了护边员，出门带上它已经成为习惯。

记者：这个传家宝有年头历史了吧？

钢巴图：是呀，有一百年了，传下来。你看我保护得这么好，布子也黑了。

记者：过去它的作用是什么？

钢巴图：就是放牧，外出随身带上方便。现在有了护边员的工作了，边境线上巡逻时离不开这个东西。

在巴彦淖尔市乌拉特中旗，200多户牧民散居在3000多平方公里的戈壁草原上。由于善于交际，为人讲原则，钢巴图2014年被乌拉特中旗边防大队甘其毛都边防派出所聘请为护边员，守护695至697号界标，管辖边境线长度11.509公里。

记者：当时知道这个护边员责任是什么吗？

钢巴图：挺光荣的，给国家、给老百姓做点好事。他们也信任我，我也配合他们的工作。

每年夏秋两季，常有人到边境一线采挖苁蓉、锁阳、发菜、偷猎野生动物牟利，钢巴图碰到采挖、偷猎者，总是给他们宣传边境政策法规，耐心劝返，阻止采挖、偷猎行为，有效保护了边境一线生态环境，同时避免了非法越境事件的发生。

钢巴图：只要在边境线上做违法事，咱们就报案，保护生态，保护安全。

三年如一日，守望边境线，2014年以来，钢巴图在其守护的边境一线，共拦截临界人员44人、牲畜800余头（匹），劝返边境捕猎、采挖人员，堵截疯傻讨要人员近百人。更是协助派出所调解多起纠纷，实现了管辖边境线连续三年无人畜越界，全嘎查牧民和睦相处的良好局面，无怨无悔诠释了一名优秀护边员的责任和担当。

钢巴图：我离不开这个草原。习近平总书记说，内蒙古的边境线要保护好，我作为一个护边员，把这个工作当作自己家的工作一样，继续做下去。

（内蒙古人民广播电视台播出）

电视类作品

法院人的“绿水青山保卫战”

权　勇　苏大为　陈德鸿　张振华　刘沛沛

主持人： 说中国法治故事，谈司法改革进展，各位好，这里是由中央电视台和最高人民法院联合打造的特别节目《法治中国说》第一季——大法官说。我是路一鸣，欢迎大家。从盼温饱到盼环保，从求生存到求生态，我们的发展理念在变化的时候，有一个新的法律概念也进入了公众的视野，那就是环境公益诉讼。今天来到我们现场的这位大法官，就要和我们讨论一下环境公益诉讼面对的问题和解决的方案。首先为大家介绍一下今天我们请到的四位专家。全国政协社会和法制委员会驻会副主任，清华大学法学院教授、博士生导师吕忠梅教授；环境保护部政策法规司司长别涛；中国人民大学教授、博士生导师周珂；武汉大学教授、博士生导师王树义。同时我们在场的还有20多位媒体的代表以及法官代表，也欢迎大家。环境保护跟我们每一个人都息息相关，虽然每一个具体案件的影响我们自身未必都能亲身感受得到，但它的意义每一个人都有所惠及。现在我们请出今天的主角——江必新大法官，有请。

江必新： 观众朋友们大家好，今天我要同大家交流的题目是“用司法的力量保护生态环境，保护环境公共利益”。我知道在座的各位，包括电视机前的每一位观众，都有一个共同的心愿，那就是我们希望每一天都能够喝上干净的水，都能够呼吸新鲜的空气。然而在经济高速发展的今天，在一些地方这样一种愿望居然成了奢望。人们不禁要问，我们竭尽全力以牺牲环境为代价求得的所谓高速发展，与人类所追求的终极目标，到底是相向而行，还是背道而驰？所幸的是，党和国家历来高度重视生态环境的保护，早在2005年8月15日，习近平总书记就提出了著名的“两山理论”。党的十八大以后，习近平总书记多次强调，我们既要金山银山，也要绿水青山，宁可不要金山银山，也要保护绿水青山，而且绿水青山就是金山银山。

相信大家还记得2015年发生在腾格里沙漠的环境污染事件。在上个月，这一起案件有了最终的结果，排污的8家企业将承担5.69亿元的资金，来做土壤的恢复工作，同时要承担环境损失的相关经费，大体上有600万元。这是一个典型的环境公益诉讼案件。从2012年起，全国人大常委会陆续对环境保护法、行政诉讼法、民事诉讼法进行了修改。通过这些法律的修改，建立了公益诉讼制度，从而为人民法院应用司法审判机制保护环境公共利益提供了明确的法律依据，但是对于环境公共利益的维护，与一般的侵权责任诉讼，是有很大的差别的。

第一个特点，在环境公益诉讼中，受害人是不特定的。面对这种情况，我们基于公益代表人这样一个理念，即根据法律的规定，允许特定的机关和特定的社会组织，来代表公众提起公益诉讼。比如说检察机关可以提起公益诉讼，具备一定资质的社会组织也可以提起诉讼。

第二个特点，环境公益诉讼中间的损害，是间接性的，是累积性的，而且一旦产生了这样一种损害，往往就有不可逆转性。这就要求我们的司法救济一定要打主动仗，一定要关口前移，所以我们本着预防为主的理念，建构了相应的预防性的制度体系。

第三个特点，这类案件的审判、审理和裁判易受干扰。面对这种情况怎样处理？

首先，我们采取相对集中管辖权的方式，尽量使受诉法院不受相关地方因素的影响和干扰；其次，在受理案件、审理案件和结案的全过程，我们采取了公开透明的方式，便于社会各界监督法院，监督我们的当事人；再次，为了确保裁判的公正性，我们还根据中央有关规定建立了对案件打招呼、过问的登录、通报和惩戒机制，对那些干预法院审判、违规过问案件的人，采取相应的措施加以约束。

第四个特点，在这类案件中，起诉人要完成他的证明责任具有高难度性。为了解决这个问题，我们本着对当事人实质对待、实质公平的理念，创设了一系列新的制度。

第一，我们采取了举证责任转移的制度，起诉人或者原告一方对损害的事实、损害的行为进行初步证明，而确实无法进一步提出证据来的时候，举证责任就转移到被告方面，这样一来就极大地减轻了原告一方举证的负担。

第二，我们建立了支持起诉的制度，也就是原告提起诉讼以后，可以请求相关的机关和相关的专业社会组织提供法律咨询意见，帮助他收集调查证据，支持他提起诉讼。

第三，我们建立了举证上的推定制度。根据法律的规定和案件的特定案情，如果我们有把握知道被告人掌握了相关的证据，法院就可以根据当事人的申请，要求被告一方提供相关的证据。如果被告一方拒绝提供，法院就可以推定原告的主张成立。

第五个特点是环境公益诉讼案件的审理具有很强的专业技术性。在环境公益诉讼中，认定事实是一个非常大的难题。你要确定是哪一个环节出了问题，必须要有相关的自然科学知识。怎样确保法院准确、客观地认定事实呢?

第一，审判的专门化。最高人民法院在2014年就成立了环境资源审判庭，专门从事环境资源审判工作。各级法院从2015年以来到现在，成立了将近1000个专门的审判机构。

第二，我们建立了专家库。在审判案件的过程中，我们通常要广泛地咨询专家的意见，有时候会聘请专家作为陪审员，可以邀请指定专家作为专家证人出庭。

第三，为了解决这些专业技术上的难题，我们还加强了同国外相关团体、专家的联系、沟通，经常召开研讨会，经常对我们的法官进行专业培训。

第六个特点，这类案件利害关系非常复杂。审理环境资源的案件，涉及经济发展和环境保护的关系，涉及国家利益和个人利益的关系，还涉及公共利益和个人权益的关系，还可能涉及我们这一代和下一代，来自于子子孙孙的代际关系。在涉及公共利益和个人利益的时候，我们会考虑到绝大多数人的需求，当然在对个人利益做到妥善保护的情况下，也要尽可能考虑到每一个公众。

第七个特点，在环境公益诉讼案件中，环境修复具有不可或缺性。

第一，在环境公益诉讼案件中，受损害的个人得到了赔偿，这还仅仅是最小的一个目标，更大的目标，是要使我们的生态环境得到恢复。如果受害人仅仅是提到了赔偿某些损失，而没有提出恢复生态的请求，人民法院、法官就有责任向他们示明，让他们增补关于生态恢复的请求。

第二，在进行环境公益诉讼案件审判的时候，关于恢复生态的判项，是必不可少的重要内容。

第三，在做出判决的时候，环境公益诉讼案件通常不像其他的案件，简单地加减乘除就能结案，要组织专家反复地研究生态修复方案，需要花费很大的成本。

第四，为了确保环境生态的有效恢复，我们力图从各方面进行和解、调解，从而有利于裁判结果的执行。我们可以欣慰地告诉大家，从2015年到现在，人民法院已经受理的公益诉讼案件将近1000件，将近一半的案件已经有了裁判结果。

对生态环境的保护，司法只是一个环节。公益诉讼也不能包医百病，我更要强调的是，对生态环境的保护，是我们每个人的责任和义务，离不开我们每个人的积极参与。有数据反映，我们每个人每天都要产生1.2公斤的垃圾。所以我在这里要呼吁，当我们享用大自然的恩赐的时候，要积极自觉地遵守国家有关生态保护的法律法规，践行绿色低碳的生活方式。只要我们每个人都积极地参与其中，就会形成环境生态保护的铜墙铁壁。

我们会让严格的立法、执法、司法，为国人有尊严的、体面的生活提供有效的保障，让绿色成为美丽中国永不消褪的底色，谢谢大家。

主持人：我注意到刚才大法官在演讲的时候，每个人都听得非常认真。演讲中提到了一个发展路径上的矛盾，一开始就提到了，就是环境保护和经济发展是相向而行，还是背道而驰呢？我们先请教一下在座的几位专家。

王树义：我看，其中最根本的原因，就是人类对保护环境的认识还不科学。在最初的时候，可能我们的一切，比如生产力的发展、社会的经济发展，都是为了一个目的，即极大地增加我们的物质财富，但是那时候我们没有想到，极大的物质财富的增加，是以牺牲环境为代价的。工业文明是人类迄今为止最伟大的文明，但是，正是工业文明带来的负能量，为经济社会发展留下了危机。工业文明一方面在为人类造福，一方面又为人类的可持续发展挖了一个坑。这种情况之下，中国提出了美丽中国建设、生态文明建设。为什么提这个？其实我们搞生态文明建设，最大的一个原因，就是要克服工业文明带来的人类不可持续发展的弊端。所以我们现在力图走的是什么道路呢？既要发展经济，又要保护环境，青山绿水就是金山银山，走这个道路。

周珂：环境问题在中国，一开始主要是关注企业造成环境的污染，以前往往是通过行政的方法来解决相关的问题，现在要加强司法审判。另一方面，近年来，造成环境污染很重要的一个原因，就是消费，这就和我们每一个公民都有直接的关系了，所以我们在这次修订环保法的时候，特别强调环境保护是每个公民的义务。

吕忠梅：每一个家庭成员，既是消费者，同时也是污染的受害者，也是制造污染的人。我们每天消耗更多的资源和能源，制造更多的垃圾，对环境保护来讲是在选择自杀，这个自杀不仅仅是在杀我们自己，也是杀所有的人类。我们不以牺牲生命健康为代价的发展，才是真正的发展。我们面临着一个大的选择，是要钱还是要命。

主持人：谢谢吕老师。这个自杀的比喻，听着有点触目惊心，但也确实是实际情况。每个人都是环境污染的制造者，都有可能也是受害者。2016年，最高人民法院公布了十大环保公益诉讼案件，排在第一位的是泰州天价公益诉讼案。我们现在就请到了泰州市环保联合会的郑逸新先生，他是这个案件的原告代表，欢迎他。

郑逸新：2012年1月到2013年的3月间，我们当地有6家化工生产企业将他们产生的废酸，以贴补运费的方式——每吨贴补20到100元运费，交给一些没有微废处理资质的贸易公司和个人。废酸排放到我们的两条河流内，对环境造成了严重的损害，事情经过媒体曝光以后，公安环保部门联合行动，抓获了十几名犯罪嫌疑人。通过进一步的侦查和审讯，查清楚了这些企业和犯罪嫌疑人之间的猫腻。最终我们成立了泰州市环保联合会，通过这个联合会的名义，向人民法院提起了诉讼，也就是环境公益诉讼。经过了一审二审，包括他们也提出了再审申请，最终法院支持了我们的诉讼请求，判决金额1.6亿元。这在当时是一个非常大的金额。

主持人：这个案件的主审法官是来自江苏省高院的陈迎法官，欢迎。您也给我们介绍一下情况。

陈迎：案件审理的过程中，确实碰到了很多难题。

第一个就是泰州市环保联合会到底有没有原告资格，所以有一种说法是，当时没有一个组织有权利提起公益诉讼。既然没有组织有权利提起公益诉讼，那么这一个案子就不能形成，原告没有资格。这是碰到的第一个大难题。

第二个大难题就是刚才讲到的，因果关系问题，企业说我没倒，那14个倒的人，已经被追究了刑事责任，你干吗不去告他？这是第二个问题。

第三个问题，环境案件的取证确实有难度，最初的证据都是在行政执法的时候形成的，执法机关可能更多地关注证据本身的准确性，但是对证据的形式要求、程序要求，关注得不够，评估报告当中确实也存在很多不足，所以被告方想全方位地推翻这一诉讼。还有一个问题，1.6亿这个数字有没有依据？

主持人：谢谢陈法官。大家注意到了吗？那些引人注目的环保公益诉讼案件最后宣判的赔偿金额，包括罚款，非常之高。腾格里沙漠5.69亿，泰州天价公益诉讼案，等等，大家一查就查得出来。所以我想问一下，这个数额是怎么算出来的？怎么会这么高？

别涛：这涉及一个技术性的问题，就是造成了生态环境损害的认定，这就需要做比较专业的调查、检验、监测，分析污染物排放的种类数量，以及产生的环境影响，然后再把造成的影响或者损害货币化，变成需要企业支付或者是赔付的金额。在这里比较专业的工作就是——现在也出现一个专门概念，就是环境司法鉴定。

王树义：这么多钱，理论上讲它分两个部分。这种污染行为，造成了实际的损失。我看的是宣传，但我不是法官，我研究的问题中，专业的说法叫虚拟治理成本法。比方说污染了一条河流，按照消除这条河流受到的污染，我们投入的人力、财力、技术等，整个算起来有多少钱，再乘上一个倍数。通过这样的虚拟治理成本法，算出应该赔的部分。因为这是违法的污染行为造成的损失。还有一个部分，叫生态服务功能的损失。比方说毁掉一片森林，但这片森林的生态功能大家是知道的。它被毁掉之后，生态服务功能需要一定时间的恢复，恢复期间的损失要不要赔？肯定要赔！这可能是生态功能的恢复。国家林业局有一个司长就提出一个问题：现在我们的司法中包括生态恢复，这是形式上的恢复，还是实质上的恢复？比方说，违法砍掉了5棵树，砍的是参天的大树。它的生态价值、生态功能肯定不是你补栽5棵、100棵、500棵小树苗能等同的。在生态功能上，它是不能同日而语的。所以这也是我们做研究当中在思考的一个问题。

吕忠梅：这个所谓的赔偿金是怎么算出来的？首先它要有一个标准，就是我们以什么为基础来算。在泰州案里面，很大的一个问题就是，虽然酸都倒到了河流里面，但河水都流走了。等到这个案件诉讼的时候，河水已经是清洁的，污染物都流到下游去了。那么这个时候，企业抗辩的一个非常重要的理由就是，为什么还要我赔呢？现在水都好了，都清了。

这就涉及赔偿的范围。刚才王老师讲到了，是它这个污染本身造成的，它要对整个生态恢复买单。这条河流水是流走了，但是生态的损害，不仅仅只是河水，还涉及河床、河里面的底泥，还有河里面的所有生物，包括植物和鱼类。因为高强度的或者是突发强度的倒酸，使得这一个河段所有的水草都死掉了，所有的鱼也都死了。并且污染物留存在河床里面或底泥里面，它要微量地释放很多年。从治河的规律来讲，一条河流污染到鱼虾绝迹，到治理，到恢复，需要50年的时间，我们要把它治理到能够有鱼虾生存，要花多少钱？所以公益诉讼，我们一想是天价，觉得似乎是非常大的一个数字，但是现在不管是按虚拟成本法，还是按我们所有的方法，算出来的数额真正地和被破坏的生态恢复的成本比较，其实它还是非常小的一笔钱。

江必新：在环境公益诉讼案件中，损失的计算问题，可以说是一个最为关键的问题，或者是最为重要的一个问题。国外已经积累了很多的经验，现在已经形成了详细的计算模型，还有比较成熟的清单。国内有些大专院校建立了研究中心，其中一个重要的研究课题，就是损失怎样客观化，怎样能够真正使我们的诉讼实现恢复的功能。所以我想随着经验的积累，我们在这方面也会建立一个详细的、科学的、全面的、系统的计算模型和标准。

主持人：反正不管用什么方法，污染了环境，破坏了我们的生态，赔多少钱其实都不够。企业交了罚款，或者赔付了环境损失的费用，这钱给谁？谁来管理？

吕忠梅：目前，这个问题可能是一个很大的难题，就是现在企业赔付的这笔钱，应该放到哪里去，目前我们国家在这方面还没有一个非常好的制度。在实践当中的做法，各个地方是不一致的。比方说有的钱现在可能还在法院的执行账户上，由法院来监管。可能有的地方，地方财政设立了一个专户，也就是把这笔钱划进了地方的财政资金。但是这个问题就出来了，刚才我说到，要花很多年的时间去治理，这个钱是逐年地使用的，不是一下把5亿多都花完了。这笔钱老放在法院的执行账户上，恐怕是个问题。如果说划进财政，就进了国库资金，它要纳入统一的预算。这笔钱就不是我们用于生态修复的钱了。所以在这个问题上面，现在我觉得，我们需要进一步地去完善制度。我自己作为人大代表，这两年也一直在作建议，就是希望财政部能够就公益诉讼的资金问题，建立一个专门的基金管理制度，最好是能够建一个全国统一的公益诉讼的基金。不是江苏判的案子的钱只能江苏用，新疆判的案子的钱只能新疆用，而应该统一纳入公益诉讼的一个总基金里面。我们把基金管理的规则确定好。这个资金既可以集中起来使用，又能够满足我们逐年的恢复治理需求，资金也不会被滥用，这是我的一个建议。

王树义：我补充一点国外的做法，国外同样遇到了我们这个问题。赔偿金怎么用，巴西在州或者联邦的政府层面，设了一个专项的基金。而这个基金就是用于生态环境的修复，而且它规定了一定要有检察机构的人员和社会组织的人员参与其中加强监督。

周珂：我是感觉环境污染类型不同，治理起来要求难度也不同。比如说有的生态环境的修复，可能是长时期的，像土壤、海洋等。如果说赔偿金由法院来控制，执行起来难度是非常非常大的。另外，我国现在有些法院在生态修复方面使用赔偿金的做法，效果已经是非常好的了。比如说补种树，我们叫作复绿。这些比较简单的，而且期限也比较短的执行问题，用现行的制度也可以。所以我认为，在统一的法律出台之前，应当尽可能把各地做法中的优势最大化地发挥出来。

主持人：谢谢，谢谢周老师，各地都在进行一些有益的探索，想办法来解决这个问题，我们有请贵州省清镇市法院的罗光黔法官。因为清镇市法院在执行宣判之后，在监督指导环境修复方面也积累了一些经验，我们欢迎他介绍一下他们那儿的经验。

罗光黔：我们认为，执行这个判决的，监督这个判决执行的，可能更多依赖于行政机关。为什么这样说呢？环境保护有一个最基本的原则，就是政府主导。政府部门，相关的职能部门要去履行行政监管职责。同时，一些第三方的机构也可以作为监管的机构。这个时候法院也在考虑，是法院的案子，法院是可以作为监管机构的。但是，法院因为案子比较多，不可能每个案子都去做一个长期的跟踪。也就是说，环境保护，同样也有一个最根本的原则，就是公众参与。我们通过一个个案来做这方面的探索。我们考虑引入贵州本土的一家环保组织，它有很庞大的一群志愿者。法院结案后，一年时间，他们持续地进行了跟踪监督。在这个志愿者群体里面，有比较多的专家，有环保的专家，也有管理的专家。在监督的过程中，他们还给企业提供了一些比较好的建议。企业也从这种监督中有所受益，所以说企业从最初的有所抵触到最后乐于接受。从这个案子当中，我们就发现第三方介入对企业进行监督是一种比较好的方式。可以在企业和当地的居民之间，搭建一个沟通的平台，这样的话就构建了一种非对抗的环境社会治理模式，所以说取得了比较好的效果。

主持人：谢谢您，谢谢罗法官，很好的经验。从对抗到疏导，而且企业还能从中受益，基本上有一个免费的咨询团队在帮助企业提升。

别涛：他们引入环保组织参与监督，环保部门也应该积极行动。而且这样做也有法律的依据，环保法提到了要信息公开，鼓励社会环保组织参与监督，而且要求政府要通过提供信息完善程序，为其参与提供便利。刚才罗法官提到了贵州的探索，它就是产生了综合的积极效益，实际上对行政部门来说，也是起到了一种补充的作用。

吕忠梅：它其实展示了环境司法在整个的环境保护当中另外一个功能，探索出了一种新的治理模式。我们不要简单地认为，司法就是一个一个案件的解决。法官发挥他的作用，通过对这个案件的审理，对已经破坏掉的社会关系进行重新修复。有一个法官跟我讲，法官手上拿的是一个电熨斗，为什么是一个电熨斗呢？社会关系就像是一块桌布，它本来是平的，但是用着用着揉着揉着，它就皱了。法官就是拿着这个电熨斗，把那些出现皱褶的地方烫平，社会关系就又稳定了。这个桌布又平展了，一切又恢复如旧。

王树义：营造一个环境治理的、多元治理的和谐局面是非常好的。我觉得这是值得推广的。造成生态破坏的那个行为人进行环境修复，但是他不一定有这个技术。为了解决这个专业性的、技术性的问题，我们可以委托第三方来履行，代行为人履行生态修复的义务，但是钱是由行为人来出。在这个基础上，再加上第三方对生态修复的监督，这个制度就比较完整了。

江必新：我再补充一点，就是生态修复的过程，也是一个非常复杂的过程。它也具有高难度性，具有专业性和技术性。所以我建议，除了设立一个专项基金之外，还要设一个指导监督的机构，来监督每一个案件最后的修复过程。一方面有科学技术上的指导，另一方面有合法和规范的监督，我想只有这样，修复才能真正落到实处，基金也才能够真正发挥它的作用。

主持人：说到环保问题，其实有些经验性的结论就足以支持我们做出正确的判断。但是由于利益的权衡，有些企业揣着明白装糊涂。刚才说到了司法和行政部门联合行动、配合协调的问题，下面有一个问题，是要问别司长的：政府在环境司法保护当中到底扮演了什么角色？

别涛：国家环境公共利益的保护，需要多主体的参与。其实大多数的环境公益损害、生态的破坏，可能都与环境相关的资源管理部门履职不够到位有关。通常一个环境污染事件的发生，有不守法的一方面，也有行政执法监管没到位的一方面，可能还包括其他外围的监督不到位。这才共同促成了环境污染、生态破坏的一个事件或者是案件。行政部门要依法履行法定的职责，法律对行政部门的职责，我觉得还是规定得相当清楚的。一个企业，一个工业类的项目，它的全生命周期、管理流程是清晰的。在可行性研究阶段，要进行环评，环保部门就有一个审批核准，或者要求备案；建设过程之中，环保的设施要确保纳入设计施工过程之中。施工过程，要监督管理；在建成投产之前，要有一个验收的环节。但验收环节也有一些改进，现在不是行政机关审批验收。作为建设单位，要使投资意图能够合法地变成生产的能力和经济利益，就必须要组织验收。验收的过程中，可能要自己组织监测，或者是委托有能力的监测机构来组织监测，证明这个设施运行之后，排放能够达到国家的标准，才能够合法地投入生产运行，这是在投产之前。投入运行之后，按照法律规定的条件，向有管辖权的行政机关申请排污的许可，在排污许可设计关于排污的种类、数量、浓度、方式的要求之下，合法地排放污染物。这个过程之中，企业要记录排污情况。监测记录的排污信息，也要向社会公开，向环保部门报备，便于接受公众的监督。如果有超标，可能要接受处罚。环保部门也应该及时地介入，如果重点污染物超过总量，要责令他停止生产，停止使用。情节严重，在限产、停产期间不能完成任务的，那就要停业关闭了。

我愿意借这个机会解释一个概念，即环境公共利益的损害，或者说环境的损害，或者说生态环境的损害，这个概念含义大体相近。它包括三个方面的内容，第一个是环境要素的损害，因为污染破坏生态，导致水（水包括地表水、地下水，包括海洋）、气、土环境要素的损害或者性质的改变，从而影响它的经济价值。第二是生态要素的损害，包括动物、植物、微生物，这些生物要素遭受了污染。生态破坏的损害，对经济造成了伤害，还有环境要素、生态要素构成的整个生态系统功能的损害，以及由此带来的相关人身财产的损害。我们非常期盼司法机关发挥应有的作用。行政机关应该积极主动地配合司法机关，携手行动。因为我们有个共同的敌人，那就是污染破坏的行为，我们都不能容忍。所以我觉得行政和司法应该加强协作配合。我们过去是在这么做，今后应该进一步加强。

主持人：谢谢，其实我们让嘉宾分析总结了这么多，也听了地方的经验，都是想回应大法官在演讲最初提到的问题，发展和环保这对矛盾怎么平衡，或者说怎么破解？因为我们不能不要发展，也不能不要环境，总在想办法让发展升级，让环境受到更好的保护，对此您有什么畅想？

江必新：我们今天在这里进行研讨和交流，最根本的问题是要处理好发展和环境保护的关系问题。我想，要处理好这个关系，第一，还是要牢固地树立保护优先的观点。当它们在发生冲突的时候，一定要坚持人们幸福美好生活这样一个出发点，做出理性的选择。第二，要创新办法方式，把环境生态的保护融入发展之中，最终要真正地形成绿色发展，让发展永远不离开绿色，让绿色成为发展的真正动力和目标。第三，要把人民群众的合法权益放在重要的位置上。发展是为了人民，如果发展是在伤害人们的身体和健康，这样的发展是绝对要不得的，也是人民群众永远不会接受的。

主持人：谢谢大法官，我们今天谈的是一个共同的主题，一个很宏大的主题。这个主题跟我们每个人息息相关，具体就表现在：我们希望有了这个观念的转变和具体的措施之后，大家以后不要总是羡慕别人朋友圈里发出的绿水青山、蓝天白云，而是勇敢地和对方比较，我们这儿的蓝天白云比你们那儿的更强！观众朋友们明天见！

（中央广播电视总台播出，文字收录时有略微改动）

巡逻现场实录2017

集　体

上海，世界上最繁华的国际大都市之一。常住人口2400多万，以及几百万流动人口。城市管理要像锈花一样精细。治安管理，重中之重。保护我们的任务，是由5万多名警察来完成的。

【实况】“您好！110接警台，有什么可以帮助您的？”

他们处理着这座城市所有的犯罪活动，他们最早到达突发状况现场。每天，上海市公安局平均要处理3万多个报警电话，日均1.7万个接警现场，涵盖刑事犯罪、交通事故、市民纠纷等各方面。

【警员实况】“人们都在这儿享受生活。剩下的就是我们的事了。”

这就是在压力之下的公安警队。

【抓捕实况】“一路向外，都出去！都出去！”

面对法治中国越来越高的执法要求，警员们的神经一直紧绷着。

【实况】“穿了这身制服就必须向前，我们不上谁上？”

维持城市的治安对于他们来说，仿佛是一个独特的挑战。

【110接警台】“警察已经在路上了，别担心好吗？”

第一集

2017年8月，上海遭遇百年不遇的罕见高温天气，炎炎夏日中，经历高温洗礼的人们往往会遭遇各种不可预期的突发意外。

【报警录音】

问：喂，你好，请讲。

答：我家里的煤气管道起火了！

问：哪个区的？

答：普陀区。

民警商伟雄：煤气泄漏极容易形成燃爆，会造成很大的人员伤亡，我们在紧急地赶往现场。

商伟雄，上海市公安局普陀分局石泉路派出所民警，今年正好50岁的他已经干了9年巡逻民警。

【实况】

“师傅，现在是什么情况？”

“应该是电。”

“哎呀，怎么这上面会有电的呢？”

“现在这栋楼电全部拉掉了。”

出于安全考虑，此时整幢大楼的电力和煤气已经被完全切断。在38℃的酷暑高温下，现场所有的人早已经汗流浃背。

民警商伟雄：当时是啥情况？

报警人男：当时我老婆在烧菜。

报警人妻子：我来跟你说，当时是这样的，味道一下子很浓，我就找原因了，一找，我就发现上面冒烟、冒火星，我就找我老公，我说你快点出来吧。一直烧到现在。

民警商伟雄：从目前情况看，就是煤气管道上一个铁的支架冒火星。现在消防已经撤退了，接着由电力公司和煤气公司再进一步进行排查工作。

看到现场的情况没有所预判得那么严重，所有的人都松了一口气。一小时后，安全隐患被排除，商警官和同事继续回到了巡逻路上。

警察的职责，就是保护大家的生命安全、财产安全。接受因110报警而指派的任务，是巡逻民警的第一任务，而驾驶警车巡逻在大街小巷，及时发现危险分子，不放过任何一个可疑的情况，则是对巡逻民警业务能力的一大考验。驾驶警车巡逻的是民警郭敏、徐安铭。作为华阳所特别成立的巡逻打击组，这两位民警有个绝活，那就是在警车经过人群的短短二十几秒的时间内，发现举止可疑的嫌疑对象。

郭敏：好多嫌疑对象看到我们以后，都不敢正眼看的。他们走路基本上是侧着走，不会向我们走过来，他们看着我们的眼光是非常害怕的。

下午4:15，定西路，一个骑车男子和警车擦身而过，骑车人闪烁的目光引起了民警的警觉。

【实况】

“哎哎，喂！下车，同志！请你下车好吗？你下车啊！”

“别动！别动！那个人逃了。”

“下车！下车！”

“抓住他！抓住他！”

“拦住他！抓住他！”

“拦住他！”

“抓住他！”

“这里是死弄堂，做什么的？”

“你们为什么抓我？”

“出来！出来！”

“干什么？”

“我又没有跑，我也不知道什么事情叫住我。”

“问你啊，你逃什么逃？”

“带他上去！”

“不要增援了，徐安铭已经过来了。”

“把他带回所了。”

“我墙上翻过去的。哎哟，裤子也磨坏了。”

经过调查，民警确认了嫌疑人名叫张瑞强，有吸毒前科。

【报警录音】

电台：1018!

民警：听到请讲!

电台：南广场票房门口有个外国人晕倒。

民警：好的，明白!

在听到电台110报警后，上海火车站地区派出所的巡逻民警何骜和唐晓俊立即开车赶往现场。到场后，只见一名外国男子躺倒在地上，脸色苍白，周围有不少热心群众在对他进行帮助。

好心人：我是上医大的老师。

唐晓俊：他现在情况还可以吗?

好心人：现在情况还可以，意识很清楚。

几分钟之后，120救护车也赶到了现场。

医生：你们是家属吗?

警察：不是，不是，都是过路的。

医生：一个人吗?

警察：一个人。

医生：会说中文吗?

警察：不会，他中文英文都说不来。

民警：他现在情况怎么样?有什么生命危险吗?

医生：我们量个血压看一下，然后给他检查一下。

医生：他摔倒你们有看见吗?

好心人：没有没有，好多人围着，所以我过来想帮忙。

民警：他现在有没有什么危险?

医生：看不出危险，我只能给他量量血压。

民警：其他都正常，就血压有点高是吗?

医生：显示出来血压有点高。

民警呼叫电台：现在这个外国人初步看就是血压有点高，目前来看没什么生命危险。

由于晕倒男子无法清楚地表达自己的病痛，医护人员在对其进行简单检查后，决定将其送往附近医院进一步检查。

民警：你们现在先初步帮他看一下，他说话听不懂。

医生：我们也听不懂，我们这里没有人会英文的，那怎么办？

民警：现在检查吗？

医生：他哪儿不舒服？

民警：血压有点高，心跳有点快。

医生：量个血压。

就在医生对这名外籍男子进行身体检查的时候，他自行苏醒了过来。

民警：你是哪里人？

外国人：俄罗斯。

民警：哦，俄罗斯。

好心人：你有什么不舒服吗？

外国人：我不知道。

好心人：你可以走路吗？

外国人：可以。

好心人：他要站起来，他没事。

民警：你问问他身体到底有什么不舒服。

好心人：他现在好了。

民警：你问问他护照号码记得吗。

好心人：你记得护照号码吗？

外国人：不记得。

好心人：护照在哪里？

外国人：在家里。

醒来后的外籍男子拒绝了医生的救治，并表示要马上离开。但由于他始终无法提供自己的护照号码，民警决定先将他带回派出所，并联系出入境管理局的民警进一步核实此人的身份。一进派出所，这名外籍男子却又拿出了自己的护照。

出入境工作人员：他的信息是对的，正常的，没问题，他要走就让他走呀。

此时，这名男子又提出，希望民警能够帮助他改签在晕倒期间错过的火车。

民警带着他一起去火车站改签。

民警：帮他改一改，两个小时之内的有吗？

火车站民警：两个小时之内的，他是现在就要走吗？

在民警的帮助下，外籍男子终于顺利改签了车票，踏上了前往南京的列车。

【报警录音】

“我是在大连路1079号。”

“什么事情？”

“有一个猫跑到车子下面去了，然后掉在那边出不来，就是弄不下来了。”

“猫是不是卡在车子里了？”

“对对。”

这里是虹口区嘉兴派出所。傍晚，民警姜俊铭、赵晓羽正在派出所里吃晚饭。接到任务，他们立即起身，赶往现场。

姜俊铭：你好，现在这里是什么情况？

消防员：野猫卡在下面。

民警来到现场时，消防队员也已经接报赶到了现场。事发地点位于一个普通居民楼下的停车位，一名私家车主准备开车离开时，发现有一只黑猫卡在了自己的车底，无法动弹。

姜俊铭：所以我在想是不是用千斤顶把车头顶起来再弄。我们车上没有千斤顶。他的车上简易的有吗？司机，你的车上有没有千斤顶？车上千斤顶应该配的呀。你看看后备箱里有没有。

消防队员：你把车子发动一下，不要往前开，就动一下轮胎。车不要往前开。

姜俊铭：它两个脚好像是已经被夹住了。

虽然民警和消防队员进行了多次尝试，但是由于猫的下半身被牢牢卡在轿车的底盘里，所以仍然无法将猫救出。

消防队员：要找个修车的。修车的有工具，我们没有工具。

不久后，修车店姜师傅来到了现场。

消防队员：出来了吗？

众人：啊！出来了！

【现场采访】

姜俊铭：这只猫能够被救活，当然心里是非常开心的。那毕竟也是一条生命，但是从警察的职业角度来讲，这只猫如果不去处理的话，对行车安全也存在着一定的隐患。

警察王远刚：是你报警的？

报警人：是的。

王远刚：你怎么赤着脚？

报警人：鞋被打掉了，我穿着拖鞋。

王远刚：为什么打你？

报警人：我走着走着不小心把他眼镜碰掉了，他问我要200块，我说你跟我去车上拿，他说不行，现在给。

王远刚：你们两个在一起走？

报警人：我走在马路上不小心碰到他了。

王远刚：你们两个认识吗？

报警人：不认识。

王远刚：你怎么知道他们住在这里面？

报警人：他们往那边跑了，他们从那边下来的。

王远刚：穿什么衣服？

报警人：我能认出人。

见报警人满嘴是血，额头上凸起了大包，民警便准备出发去寻找打人者，就在这时报警人情绪突然失控了。

王远刚：别动！

报警人：我要杀人！我要杀了他！

王远刚：别激动！别激动！

报警人：我要犯罪！听懂吗？我现在要犯罪！

王远刚：控制好情绪！

报警人：不要跟我提这个，我要犯罪！

王远刚：110是你打的吗？

报警人：是的，我要犯罪！

王远刚：控制好情绪。

报警人：我要犯罪！

王远刚：你今天吃了什么东西？

报警人：喝了三瓶啤酒，没醉。

王远刚：这是不行的，是违法的，你控制不了自己的情绪，那我要发出警告了。

报警人：我警告你，我要杀他！

王远刚：你被打我们可以调查，可以搞清楚，但是你这样躁狂，控制不住自己的情绪，我们肯定要对你采取约束措施的。因为你现在喝过酒了，你控制不了自己的情绪。

报警人：我喝酒违法吗？

王远刚：打你，我们调查清楚，依法处理，但是到现场不许采取过激行为。谁过激，谁负责。我警告过你了，警告第一次。

王远刚：如果再警告，后果由你自己承担。

报警人：好。

王远刚：能行吗？

报警人：能！

经过一番“斗争”，报警人总算是听劝上了警车，还没等民警上车，报警人又冲了下来，对着工地上的临时用房大喊大叫。

报警人：枪给我！

王远刚：又要警告了哦。

报警人：不要你警告，我警告你！

王远刚：不采取强硬措施不行啊！拿好，现在依法对你进行传唤，跟你说清楚为什么，别动！

【现场采访】

王远刚：为了避免不必要的麻烦，包括对他自己造成伤害，以及一些意外的发生，因为他是醉酒，所以民警完全合理合法地采取约束措施，然后进行下一步的案件调查。

报警人：洗下眼睛，眼睛不行了。

王远刚：知道了，这个很正常，辣椒水是这样的。来来来，再弄弄。

5分钟之后，见报警人情绪趋于平稳，王警官决定为他松开手铐。

报警人：求你们了，手铐打开，我不说话了。

王远刚：你能控制自己了吗？

报警人：能（开手铐）。

不久，警车也及时赶到，将报警人带所里进一步调查。凌晨时分，大部分人都已经陷入了沉沉的梦乡，但是在寂静无声的街道上，却仍然可以看到巡逻车的身影，为了保护一方平安，巡逻民警们丝毫不能放松警惕。

静安分局曹家渡派出所民警金丁（从警五年）：请讲。

电台：报警人看到有个80多岁的老太太不认识家，你们过去关心一下。

金丁：好，明白了。

在接到报警后，曹家渡派出所的巡逻民警金丁和警长马小亮一同赶往现场了解情况。

报警人：我是刚下班，她说她要找妈妈。

老太太：你们来做什么？

马小亮：阿姨，我们送您回去好吗？

老太太：我自己走。

报警人：因为太危险了。

老太太：你不要听她（报警人）的话，我跟你老老实实说，康定路，我妈妈住在那里，我去看看她。

马小亮：你是住在派出所边上的，对吧？

老太太：啊，什么？

马小亮：你是住在我们派出所边上的，对吧？

老太太：我不知道派出所边上，我就自己走。

马小亮：我认识你呀。

老太太：我回去。

马小亮：我们送你回去吧。

老太太：不要不要，我不要你送我回去，我自己会走的。

马小亮：你忘记了啊，我认识你家里的呀。

报警人：不行，要回去的。

马小亮：这样，我知道她住在哪里，你先回去吧，我们开车跟着她就行了，她就住我们派出所旁边的。

报警人：是吧？

马小亮：她一直出来的。

报警人：你一定要确定啊，她这么大年纪，真的太晚了，刚好我是下班碰到她。她说她要找妈妈，我说这么大年纪了，你七八十岁了还要找妈妈，对不对？

马小亮：这个老人经常会报警说金牙找不到了。

报警人：是吧？

金丁：是常客了，派出所的常客了。

报警人：是吧？

报警人：那麻烦您给她带回去，好吧？

马小亮：我们开车跟着她，她脾气也比较犟的，不肯上车，不肯上我们警车的。

报警人：哦。

马小亮：所以我们只能先跟着她看一下。

报警人：那好，那谢谢你们啊。

马小亮：好。

报警人：真麻烦你们了。

因为老太太执意不肯上车，民警在跟指挥中心报告后，决定开车慢慢跟在她后面护送。

【现场采访】

金丁：这个老人就住在我们派出所旁边，我们很多同事都认识她。她已经是失智老人了，这个事情也向居委会反映过，因为老人自己独居，很多人也管不了。

记者：现在我们只能一路跟着她慢慢往前走。

金丁：对啊，你如果强行把她请上车，万一老人弄伤了也挺麻烦的，所以现在我们就辛苦一下，跟着她。

记者：年纪大概多大啊？

马小亮：大概90岁。她以前自己也经常报警，说金牙找不到，最近倒太平了，不报警了。虽然她平常也一直走在外面，但今天走得有点远了，所以我们也不大放心，还是跟一跟。

在慢慢跟着老人走了一段之后，民警还是决定再下车劝劝老人。

老太太：干什么啦？

马小亮：阿婆，我们送你回去吧。

老太太：我到了，我到了。

马小亮：到了啊，到什么地方了呀？

老太太：再过去一点就到，转弯一点点就到了。

马小亮：我认识你家里的呀，我送你过去好了呀。

老太太：我不要你们送，我自己会走的，谢谢你。

马小亮：我们车子开过去很快的。

老太太：我车子不要，啊哟，你不要跟我搞了，你一直跟我搞，我也吓死了。

马小亮：你住什么地方？我们看着你回去。

老太太：不要，不要你们看，我到了，我到了。

老太太再次拒绝了民警的提议，民警只能继续开车跟随。就在老人马上要到家的时候，民警又在路边发现了一名躺着的男子，他的身边整整齐齐地摆放着鞋子、袜子、手机等物品。

金丁：需要帮助吗？

马小亮：怎么啦？怎么睡在这里啊？

醉汉：没有啊！

金丁：这是在外面呀！

马小亮：酒喝多了啊？

金丁：不是家里呀。

马小亮：酒喝多了啊，住哪里的啊？

醉汉：酒喝了点（听不太清）。

马小亮：喝点酒了是吗？

醉汉：嗯。

马小亮：现在醒了吗？

马小亮：现在能起来吗？人没问题吗？

醉汉：嗯。

马小亮：来，起来试试，鞋子穿一下。

金丁：手机在后面。

马小亮：能起来吗？能起来没问题我们就走了，也不影响你了。

（摇摇晃晃站起来，民警扶了一把）

马小亮： 不行到店里去坐一会儿，到人家店里坐一会儿。

醉汉： 安远路在哪里？

金： 安远路啊，在前面，你住那边的啊？

醉汉： 嗯。

马小亮： 身上东西有少吗？手机在的，其他没少什么东西吧？

醉汉： 嗯。

马小亮： 去坐一会儿吧，去坐一会儿醒醒酒再走。

醉汉： 没事。

马小亮： 没问题吧？

醉汉： 没事。

马小亮： 那你自己照顾好啊，没事走吧。

十多分钟后，老太太在民警的护送下，安全回到了家中。

第二集

暮色降临，城市各处的灯光逐渐亮了起来，这是一座城市最魔幻的时刻。我们的巡逻民警们穿梭在大街小巷，用车轮和脚步丈量并默默守护着这座城市。

7：30，四平路。

电台：四平路的大连路路口，有个吸毒对象。需要协助。

赵晓羽：四平路大连路路口，是吧？警车停在路口是吧？

电台：对的。

赵晓羽：好，我们现在过去。

晚上7点半，嘉兴路派出所便衣队队员收到居民举报，称辖区内一个有过吸毒史的对象又开始复吸了，正在巡逻的民警赵晓羽和姜俊铭被要求前去协助，确定该对象近期是否有复吸。

有吸毒史对象：你们干什么啊？

姜俊铭：配合一下，我们检查。

有吸毒史对象：你们这样算什么啦？

姜俊铭：你在这里小便或者到我们派出所小便。

有吸毒史对象：到你们派出所小便好了。

姜俊铭：手机带好，身份证带好。

两组民警将这位有吸毒史的对象带回派出所进行尿检，但就在路上，意外突然发生了。

赵晓羽：怎么回事？有问题。

（民警冲下车向前面的警车冲去）

赵晓羽：告诉你，配合一点啊！你给我放手！铐子铐住他！手上没有什么东西啊？

有吸毒史对象：你们莫名其妙冲到我这里来，你们凭什么铐我啊？

赵晓羽：把他头往后面按。

赵晓羽：结束了好吧？

赵晓羽：手被咬了一口。

记者：你吗？

赵晓羽：他，这么大一个口子。之前出现了一起，就是艾滋。被艾滋（患者）咬了一口，过了大概半个月，艾滋不是有潜伏期的吗？过了半个月，查出来（嫌疑人）是有艾滋的。

有吸毒史的对象突然发狂，张口咬了同车的便衣民警张思捷一口，这让大家的心情陡然沉重起来。

张思捷：上车之后，他的情绪特别激动，然后就开始反抗，和我们发生肢体冲突，之后还用嘴咬了我。

姜俊铭：我们对他采取上铐的强制措施，并且将他迅速带回所里，现在我们已经将他交给我们所的便衣队，进行下一步的侦查。

突然向民警发起袭击的对象迅速被控制了起来，被咬伤的民警也在同事的陪同下第一时间前往医院进行检查。

张思捷：先打破伤风针，然后验伤拍照留证，第二天我们再去专业的司法鉴定中心验伤，（结果）出来之后，今天或者明天可以把他刑事拘留，按照妨碍公务罪来执行。

【110报警录音】

报警人：我们小区一棵高树上有一个很大的马蜂窝。

接警员：有人可以带我们进去吗？

报警人：可以的。

接警员：好的，我们现在就过来了。

路军民警：在哪里？里面这棵吗？很大，是很大，这个很大！看到吗？就一个，怎么发现的？

报警人（小区物业公司工作人员）：我每天都会巡视，今天无意当中抬头一看，怎么有个麻雀窝啊！我又看了看，好像有个马蜂。

民警到达后不久，消防也迅速来到了现场。

只见小区的大树高约6米的地方，一只约两个篮球大小的巨型马蜂窝正挂在树枝上。而在马蜂蜂巢的周围，依稀可见不少在夜间集体回巢的马蜂。

路军：我们派出所民警也会协助消防队进行处理。人都散开点，后面的，往后面去一点，往后退，它就会掉下来。火烧了马蜂窝以后，有些没有烧着的，就会掉下来，掉下来的也会乱飞，也会蜇人的，这就要划定一定的警戒区域。

刚配合消防处理完马蜂窝，路警官又接到了一个发生在梅川路步行街上的警情。

【110报警录音】

报警人：110对吧？我是在梅川路步行街。

报警人：这里有个骗子，赶紧过来好吗？他说他是副处级干部。

接警员：好了，我知道了，通知民警到场处理。

路军：所里监控发现有很多人围着，我们要赶过去看一下到底是怎么回事。

路军：站起来，站起来，散一散，站起来，站起来，什么事情啊？怎么跪下来？有什么事情你说。

唐先生（报警人）：他骗我老婆，叫她和我离婚，威胁我老婆离婚，骗中介，今天晚上全部约好的，跟我说好，我赶过来，被我抓住了。

路军：这么多人跟这事情有关系吗？

唐先生：没关系。

路军：散一散，散一散，好吗？

唐先生：全部没关系的，全部是群众。

报警人唐先生告诉民警，今天他发现当事人方某约妻子以男女朋友身份去看房子，因此愤而报警。

唐先生：他在网上弄假的照片，说他是军官，处级干部。

路军：是像他讲的，你是什么军官吗？

唐先生：跟警察面前说，你是不是处级干部？是不是骗我老婆？是不是？

路军：人太多了，我们先带你到派出所。刑事或者治安，我们会处理的，不是说我教育他，是要按规定处理的。还有，马路上不要让人下跪，我们到场了，就不要再有让人下跪这种事情了。

路军：你坐在外面，让你老婆坐在另外一边。

（长征派出所询问室）

路军：你现在是什么职业？

方某（当事人）：自由职业。

路军：自由职业是干什么呢？

方某：包工地。

在派出所，方某承认自己确实谎报了身份。如今他离异带着孩子生活，4个月前，他与报警人唐先生的妻子因为爱好唱戏，通过K歌软件结识，两人一度想重组家庭。不过，女方却打了退堂鼓。

李女士（当事人）：我要退出了，我就劝他，他说不行，还威胁我说我要在这个家里过，他也不会让我太平的。

唐先生：他说要杀掉我小孩。

李女士：这个话是说过的。

路军：都是通过网上交流的。

李女士：唉。

民警对这场婚外恋情是否涉嫌经济上的欺诈行为，作了进一步了解。

路军：你有什么钱转给他吗？或者他有钱转给你吗？

李女士：钱我们没有交易。我们没有骗来骗去的。

唐先生：他在感情上骗你了。

李女士：感情上是骗我了，我也生不如死，说老实话，死去活来的。

当晚，方某与报警人唐先生签下调解协议，唐先生的妻子决定离开方某，回归家庭。

上海市公安局110的处警量中，平均每10个就有2个求助类和纠纷类电话。当矛盾冲突突然来临时，人们通常想到的是寻求警察的帮助。

晚上10：00 。

【110报警录音】

接警员：请讲，什么事情报警？

报警人：未成年人威胁他的家长，在家里闹事。

接警员：谁闹事？儿子还是女儿？

报警人：儿子，15周岁，他已经跟发疯了一样。

正在街面巡逻的石泉路派出所民警商伟雄接到警情，立即和搭档小钱赶往纠纷现场。

商伟雄：0800，0822呼叫，请讲，到了，我们准备上去了。

商伟雄：师傅是你报警的对吗？我是石泉路派出所的，因为什么事情报警？什么情况？

周先生（报警人）：小家伙沉迷网络。

商伟雄：喜欢上网。

镜头前这名略显无奈的男子就是报警人周先生，而从里屋冲出来的男孩是他的儿子小周，父子之间的情绪仍然一触即发。

商伟雄：小周，你先冷静一下，15周岁应该是念初三。

小周：关键是，他不是要阻止我玩，而是要把路由器扔到水里，（开始哭，抽泣）走这种极端的方式。这种方式我不能接受。

钱俊豪民警：你打游戏要节制点。

（小周拿纸巾擦泪）

周先生：他就玩手机，礼拜天晚上玩到凌晨3点48分，他妈妈醒了，他还在玩。

商伟雄：这影响休息了。

两代人的冲突已经持续了一段时间，在今晚集中爆发。

周先生：连晚饭都没有吃，就是拿着手机一直在玩。他妈妈谈条件了，10点不行，11点不行，12点他还没同意，说晚上12点交手机，他还没同意，我一时心急，就把路由器丢了，我准备带走的，他不让我走。最后我就把它扔到水里面，他情绪爆发了。

钱俊豪：游戏瘾蛮厉害了。

周先生：为这个事情，从去年下半年到现在，我们已经摔掉过五六个手机了。有一次把他手机摔掉，他把妈妈的手机摔掉了。我们家50寸的电视，被他一拳砸掉。

商伟雄：有点暴躁了。

周先生：把我的1万多元电脑摔掉了，地板上还有个洞，已经到这种程度了，就是因为没手机玩儿啊。

小周：你在旁边说你扔，你扔。

商伟雄：不要吵，不要吵。

小周：你火气大，我也火气大。你现在冷静下来了，你对其他人这样说。

周先生：我火气大，我是你的监护人。你搞清楚了。

在和这对父子沟通的过程中，民警发现父子俩的脾气都比较急躁和易怒。

商伟雄：前面你爸爸说的把路由器扔掉，这个我们也批评他了，但是爸爸反映你这个情况，我们也要批评你了，大家两方面都要冷静。

钱俊豪：互联网是你利用它，你现在已经被它所俘获了。你完全沉浸在里面，这样下去会毁掉你的，真的。

（小周特写，继续哭）

商伟雄：跟爸爸约定个时间。

钱俊豪：时间安排好，说到做到。

夜已深，在民警的劝解下，父子俩之前剑拔弩张的对立情绪逐渐缓和。两位民警再劝了几句，便告辞离开。

商伟雄：像这种警情，占我们110处警警情三分之一左右，我们以劝解为主。打110，肯定是对我们派出所民警有信任感的，到现场之后，我们说话还是有一定权威性的。所以说，通过我们耐心细致的劝说工作，双方一般都会接受我们的劝解，矛盾都会有所缓和。

午夜时分，喧嚣的城市安静了下来 ，大多数人们都已经进入梦乡，而民警黄勇和同事们的设卡盘查才刚刚开始。

黄勇：驾驶证看一下，例行检查。

黄勇所在的江苏路派出所的夜间打击小组，通过夜间巡逻、设卡盘查等方式主动出击，重点发现可疑人员、可疑车辆和可疑物品。

盘查刚开始没多久，后方车流中突然传来了特保队员的呼喊声。

黄勇：来，下来下来，钥匙拔掉，拔掉了，下来。

原来，特保队员在后方车辆中，发现一辆涉嫌克隆车的出租车。

黄勇：这个交通卡是你带的，准备干什么的?

当事人：有时候客人（遗留的）。

黄勇：都是空卡跟别人换的，还说是客人的。你的车子从哪里买来的?

当事人：网上。

黄勇：什么时候买的?

当事人：我刚买不到一个月。

黄勇：开了一个月了?

当事人：不到一个月。

黄勇：买来多少钱？

当事人：买来1万多。

黄勇：知道克隆车不能开吗？

当事人：以后知道了。

【采访】

黄勇：一般性克隆车，车况都比较差，有的时候大灯也不亮，车身油漆重新喷过的痕迹比较明显，另外驾驶员看到民警非常紧张，有的时候不愿意进设卡区，甚至掉头逃跑。

车辆开进派出所。

黄勇：把他的车子好好查查。

彭鹏民警：在车上后备箱里搜出来牌照两块，牌照是×××，跟原来不一样。

民警还在克隆车上发现了可以随意加价的计价器小马达。

黄勇：离合器上面装了一个小马达。胶带绑在上面。稍微用手碰一下，它就跳，跳得很快的。碰一下，跳两下，不注意当中价钱就上去了。

嫌疑人郭某因伪造证件被处以10日治安拘留和200元罚款。车辆移交上海市交通执法总队处理，驾驶员还将面临车辆罚没和5万元罚款的处罚。

凌晨1：30。

【电台声音】

马小亮民警：听到请讲。

电台：有一女子不明原因躺在黄沙堆。

马小亮：好的，明白了。

【现场实况】

马小亮：你报警的啊？

报警人：对，有个小姑娘睡在那里面。

马小亮：哪里？

报警人：就这里面。

马小亮：我们现在在找，你稍微等一下。

在报警人的带领下，民警找到了小区门口一块布告栏背后的黄沙堆，但是并没有发现报警人所说的不明身份的女子。

报警人：这里，盖着的。

马小亮：啊？你帮我照一照。

（金警官掀开塑料膜，露出一双大白腿，定格。该女子随即掀开头部的塑料膜）

马小亮：你怎么了？

当事人：我流浪的。

马小亮：什么？

当事人：流浪。

马小亮：那你先出来，不要睡在里面。

当事人：知道了。

马小亮：不要躺在里面，怪吓人的，你怎么会想到睡到这里面去的？

当事人：躲雨啊！

马小亮：躲雨，你跟人家保安师傅说一声，里面坐一会儿又不要紧的，你想把我们吓死，保安师傅肯定吓得不轻。

小区保安：万一出了什么事情就不好了。

马小亮：来，先出来。

当事人：谢谢。

马小亮：上海有地方住吗？

当事人：有，离得比较远。

马小亮：离得比较远啊，那你今天要回去吗？

当事人：今天回不去，明天早上天亮就回去了。

马小亮：你到他们保安室坐一会儿吧，不要再睡在里面了，吓死人了。

小区保安：纸头包着，不是吓人吗？出了事情我们有责任的。

马小亮：你确定不要警察帮忙？

当事人：不需要。

在核对该女子身份信息并且确认其不需要民警帮助之后，两位巡逻民警离开小区，继续开展巡逻工作。

【车内采访】

马小亮：当时我心里也抖了一下。我想八九不离十肯定是一具女尸，没有一个大活人会用塑料薄膜纸把自己包起来吧，我当时也心慌了一下。没想到掀开薄膜纸一看，这个女的倒是醒着的，跟我们交流下来没什么问题。

午夜时分发现的疑似女尸，还好只是虚惊一场。不过，隐藏在暗夜里的，不会都是温馨与祥和。

凌晨3点16分，淮海路派出所监控室的值班民警通过街面监控探头发现一名可疑的黑人男子。他在街头左顾右盼，好像在打电话与谁联系。

“各小组注意，现在一名黑人男子和一名外国女子，沿着龙门路往金陵路走了，现在往附近靠一靠。”

到了路口，两人立即开始凑在一起攀谈。在监控中可以看到，男子把什么东西递到了女子手中。

“各小组注意了，他们交易了，快上去抓人。”

女子接过东西后，快速离开。就在她准备穿过马路时，两名特保队员先后追到了她身边。女子突然挣脱束缚，迈开长腿，转身沿金陵路疯狂逃窜。

就在警方围捕红衣女子之时，另一组抓捕小组也迅速在普安路路边包围了黑人男子。该男子一路狂奔，三路人员对其夹击包抄，嫌疑人终于在淮海路望亭路的小花园内被民警扑倒。与此同时，红衣女子已经奔跑到人流较多的淮海中路上。在一处公交车站边，民警和特保队员终于协力将红衣女子扑倒并擒获。女子一边极力挣扎，一边扬手将手中的物品扔在了路边的白色汽车旁。

“在这边是吗?

“就在淮海公园那里，特保已经把她控制住了，往那儿走。”

“就在这里，一共4包。捡起来。”

警察戴上白手套，拾起毒品。两名嫌疑人被先后押解回派出所进行问询。

民警：你的国籍是什么？你的国家?

黑人男子：我的国家，尼日利亚。

民警：你的护照号码?

黑人男子：我不记得（摇头）。

浦祖新民警：我们有技巧，我们开车，他们跑步，让他先跑，跑个几百米以后，他跑不动了，我们再跟他跑。晚上考虑到安全问题，所以弄堂里面开一扇门的比较多，进去都是死路。

两名嫌疑人被带去检查，验尿呈阴性。

周伟民警：虽然两人尿检都是呈阴性，没有吸毒，但是据红衣女子交代，黑人男子卖给她4小包毒品，价值1000多元。

将嫌疑人再次带回所里的时候，天已经亮了。外籍男子因涉嫌贩卖毒品罪被批准逮捕，外籍女子被淮海中路派出所予以行政处罚。

【110报警电话】

接警员：你好，883，请讲。

报警人：你好，我这里是便利店，有个人在我们店吃了东西也不付钱，让他出去他也不走。

接警员：他拿你们东西不付钱？

报警人：对，在店里直接打开吃了。

路军：梅川路靠近真光路，那里的便利店报警，说有人在里面吃东西不付钱。我们马上赶过去看一下。

到达梅川路上的事发便利店，刚下警车，一名身穿黄色T恤的胖男孩突然钻进了警车。

路军：你出来，你出来。他什么情况？

便利店工作人员：他直接从我们店拿东西吃。吃也就吃了，我跟他说话也不理我。我说要付钱他也不说话。后来他就出来了，直接跑到那边，脱裤子小便。肯定脑子有点问题。我看他走了，也就想撤警了。

路军：你叫什么名字？告诉我叫什么名字？家里电话知道吗？

路军：有一个小孩，看上去十七八岁，可能是有点精神问题，他进了店里吃东西，拿了东西就吃，我们先问问情况。

便利店工作人员：吃的是这个。

路军：一整包吃掉了还是什么？

便利店工作人员：一整包吃掉了。

路军：他就拿了这一包，拆开，吃掉了，走掉了？

便利店工作人员：然后他又要拿这个，我没有让他拿。他在这里转了两圈，要去拿别的，我就一直跟着他，后来他就出去了。

路军：这一包多少钱？7元5角。

便利店工作人员：吃一包也就算了，我怕他总在店里吃。

路军：明白了。

暂时无法获取有关男孩的个人信息，路军决定将孩子先送回派出所。然而还没进派出所，民警就在男孩身上发现了关键信息。

路军：你看看衣服上面好像有字的（衣服上有"悦苗家园"字样）。

悦苗家园是一所为智障青少年提供养护服务的机构。

（民警带着孩子来到悦苗家园，站在铁门前按门铃）

路军：你好，他是不是你们里面的？他怎么出来了？你们怎么让他出来了？

悦苗家园工作人员：不是我们让他出来。我们也怕他出来，志愿者今天来，我们没注意。

乔世龙民警：不是，你们这儿如果（不看好）……

悦苗家园工作人员：没注意他出去。

路军：没注意他出去，这个要看护好。

悦苗家园工作人员：谢谢你们。

路军：你们这个衣服蛮好的。

乔世龙：我们这才知道他住在这里的。

（随着工作人员，一起把小男孩送上楼梯）

路军：这种情况应该说解决得比较圆满的，很多敬老院出来（走失老人），老太太、老头身上没有明显的标志，很难找，像今天这个还算可以。

巡逻路上新的一天，在不停转动的车轮中又开始了。

第六集

上海市普陀区长征地区。

【报警电话录音】

接警员：你好，请讲。

报警人：你好，有个老人扔了张纸下来，说有人要被害了，让我帮忙打110。我也不知道她是被关在里面还是什么情况。

接警员：尽快通知民警到场。

民警路军和张玉新赶到事发地。

报警人：阿婆在那里，应该是10楼。

只见在一扇窗口前，一位头发花白的老太太正双手作揖，好像在求救。扔到楼下的纸卷上写着“我快要死了，请救救我，电话线已拉断”等字样。民警立即上楼寻找报警人。

（镜头描述：警察坐电梯上楼找当事人）

路军：你们是1006吗？

报警人的儿媳：1006。

路军：你家里有人啊。

张玉新：一个年纪大的呢？

路军：她怎么扔张纸条下来？

报警人的儿媳：扔张纸条下来？很吓人的，她什么故事都演得出来。

路军：阿婆你干什么？是你扔的一张纸条吗？

报警人：是我扔的。

路军：你扔的，因为什么事情呢？

报警人：我饭也没吃，一回来，你看她打得我这样子。

报警人的儿媳：说我打她，没人来碰过她一下。

报警人：没碰过，我会这样子的啊？我好好的。

报警人的儿媳：问你自己呀，没人来碰过你。真吃不消她，大哥，我真的吃不消了。

路军：她写了一张纸条你看见了吗？

报警人的儿媳：太吓人了！

路军：还是叫人家隔壁邻居打110，你没听到啊？

报警人的儿媳：我没听到。

报警人今年80多岁，去年儿子突发心脏病去世，为了分配儿子名下的房产，这天上午，老人和儿媳在法院进行了庭前调解。

路军：你们上法院打官司，为了什么啊？

报警人的儿媳：她说儿子死掉了，分房产。

路军：分哪里的房子？

报警人的儿媳：上面了，下面了，我也不晓得什么，她所有的东西都要分，我说这家里要住的，我真吃不消她。

而老太太告诉民警，自从儿子去世后，儿媳就开始虐待她。

报警人：她打我，捏住我。我没办法就逃到房间里去。

报警人的儿媳：我真不晓得，她自己待在里面做这种事情，她年纪大了，我真吃不消她。

（民警跟着老太太进入老人的房内调查）

路军：这碗是谁敲的？

报警人：是她敲的，我没办法，我只好在这里求人家了，我真的要跳楼死给她看。

路军：不要，不要跳，拿什么东西敲的，敲成这个样子？

报警人：谁知道她手里什么东西啦，就这样打我。

路军：这个伤好像不会一下子肿得这么大。

报警人：不晓得呀，我死给她看，我快点把门关好，我为了活命，就把门关好，所以她没办法进来了。

路军：现在先这样好吧，你们分房子的事情呢，我们没办法解决。你的伤你要看吗？你要到派出所去开张验伤单吗？

报警人：最好去看呀。

此时，老人的弟媳妇接到邻居电话赶到了现场。在民警和弟媳妇的陪同下，老人被送往派出所进行验伤。经检查，老人右前臂软组织损伤，伤势原因不清。她在公安机关做了笔录备案，并未要求对儿媳做进一步处理。

站区派出所承担着上海火车站和长途汽车总站的站外巡逻任务，这里也是市内交通南来北往的枢纽，在暑假期间，由于客流量较大，4到12岁的儿童走失案时有发生。

8月18日下午5点半左右，上海火车站地区派出所指挥中心在监控巡逻时，发现一个男孩独自在终点站下客区徘徊。巡逻民警何骜与陈晓峰迅速来到了现场。

何骜：小朋友，你爸爸妈妈呢？

走失男孩：在家。

何骜：你怎么一个人出来了？

走失男孩：找我姐。

何骜：爸爸妈妈叫什么名字知道吗？

走失男孩：知道。

何骜：你把他们电话号码告诉我。

走失男孩：131……

何骜：131……，你好，我是上海火车站站区派出所民警，我们这里发现一个小孩是你的吧？你现在在哪里？好的，等你过来。

民警将男孩带回派出所，此时，焦急的父亲已经赶到了派出所，男孩一进门就跑到了爸爸身边。

何骜：小朋友，这是谁？

走失男孩：爸爸。

何骜：是你爸爸，找到就可以了。

孩子的父亲：谢谢！谢谢！

何骜：怎么小孩一下子跑出来了？

孩子的父亲：在家看动画片没意思就出来找姐姐去了。

何骜：核实一下你的身份好吗？如果正常的话，就交还给你，但你以后要把小孩子看好。

男孩的父亲告诉民警，接到电话之前，他以为儿子在附近小区里玩，还没发现儿子已经坐车来到了火车站，而且还迷路了。

孩子的父亲：没发现。

何骜：我不打电话给你，你还没发现？

孩子的父亲：在找，但不知道他跑这么远，我没找到，回来烧晚饭了。我继续再找，没想到，发生这种情况，跑到这里。

何骜：小朋友，你现在还小，以后没有爸妈的允许，你不能一个人出来的，知道吗？要碰到坏人你就看不到你爸爸妈妈了。

孩子的父亲：你妈妈要急死了。

何骜：你们以后注意了好吗？

【采访】

陈晓峰：我们这里的地理位置还是相对比较特殊一点，像这种迷途老人、小孩啊，求助类的是非常多的。像小朋友，最起码你知道父母叫什么名字，电话号码给他留一个，万一走失的话可以联系到他。

徐汇区，湖南路地区。

【报警录音】

金鑫民警：收到，请讲。

调度员：复兴西路30弄，感情纠纷。

金鑫：明白了。

湖南路派出所的巡逻民警金鑫和凌清接到警情，立即赶往事发地。前一天的冒雨通宵执勤让金鑫患上了感冒，今天出警只得戴上了口罩。

金鑫：谁报的警？

报警人：我报的警。

金鑫：这是谁？

报警人：这是我前女朋友。

金鑫：前女友，什么事情？

报警人：她昨天说她被强奸了。

报警时的感情纠纷升级成了被强奸，报警人的话让金鑫觉得事态严重。

金鑫：你把你身份证给我登记一下。你好，有什么事可以跟我讲吗？

当事人：昨天我们吵架了，然后他让我出门。

金鑫：不让你住在家里，你就在外面睡的是吗？

当事人：我在外面睡的，后来我就过来问他：你昨天睡得好吗？让女朋友在外面睡，然后我就骗他说，昨天我在外面被别人强奸。

金鑫： 是你骗他你被人强奸了？

当事人： 我骗他。

金鑫： 其实是没有这个事情的？

当事人： 对，我说你手机不用打，我就是骗他，但是他还是要打电话，让警察过来。

原来，这是一位来自泰国的留学生，与报警人因为分手的事情发生了矛盾，在外留宿一晚后，编造了被强奸的谎言吓唬男友，在民警到来前两人还发生了肢体冲突。

报警人： 我在这边坐，她过来就拿东西扔，砸我头。

金鑫： 拿什么东西砸？

报警人： 鞋，还有她的包。

金鑫： 从门口直接砸过来的？

报警人： 她站到这边砸。

金鑫： 站到你的对面，然后砸到你身上的？

报警人： 我就自卫。

金鑫： 好的，我明白了，是她先拿东西砸你是吗？

报警人： 对，她打了我很久我才……

当事人： 很久吗？我打你两三次，你不停地打我。

金鑫： 你等一下，我问你一下，你来了以后，是你拿东西先砸她的吗？

当事人： 是我先，我没有拿东西，我用手打，然后他打我这里，不停地打。他不是保护自己，他是要打我的。

金鑫： 那是你先动手的吗？

当事人： 是我先动的手。

金鑫： 你先动手，你打了他之后他才动手反击的是吗？

当事人： 对。

金鑫： 她对你的伤害，你要怎么处理？

报警人： 我没有事。

金鑫： 你没有事对吧？那我要征询她的意见，你稍等一下。这样，你被打了，对吗？你想怎么处理这个事情？

当事人： 我要他向我道歉。

金鑫：他向你道歉，需不需要我们警察处理？

当事人：不用了。

两人都表示不需要民警做任何处理，且情绪平复下来。金鑫和凌清也离开了现场。不过，这种因为情侣闹分手而拨打110的情况，让人不禁要问，事情是不是太小了？这是不是对警力的浪费呢？

金鑫：这种报警确实会让我们感到有一丝无奈，毕竟巡逻的专职警力是有限的，并且是属于大家的，我觉得应该让我们的警力资源发挥最大的社会效力。

上海市嘉定区真新新村地区，真新新村派出所指挥中心。

【报警录音】

现场呼叫：0200呼叫。

民警：听到，请讲。

调度员：在曹安路1936号门口，有个经济纠纷。

民警：明白。

位于曹安路1936号的蔬菜批发市场，每天承载着全市近70%蔬菜的吞吐量，各类纠纷并不少见。真新新村派出所的巡逻民警王忠亮和姜辛接到警情，立即来到报警地。

王忠亮：他说为什么不给你？

报警人：他说我超时了，他就说我迟到了。我问他多少个小时，他就说我迟到了，扣500元。

当事人：别人的车27或28个小时，最迟30个小时就到了，他跑了36个小时。

报警人是一名货车司机，昨天下午将货主订购的番茄运送到市场，今天上门收款，可是货主却说，由于司机迟到，导致番茄滞销，因此要扣运费500元，引起了司机的不满。

当事人：这些货因为他耽误了一天，迟到了一天，货都烂掉了。

报警人：我给你把货平平安安送到，连饭都没吃，路上休息都没休息，上个厕所的时间都没有，打电话催了一路，给你跑上来，车都没停。

王忠亮：你们的合同呢？

报警人：在网上调的货，他那边给我拍的照片，总价是10500元，他最后过来给了1万元，说我迟到了。上面也没跟我说30个小时还是40个小时能到，也没限时间。

当事人：早上给他打电话也说中午之前能到，他就磨磨蹭蹭。

王忠亮：你们说超时也好，你说你迟到也好，你说你一路在赶，饭也没吃，批发市场里面专门有一个管理的地方，叫价格调解处，你们双方现在跟我到价格调解处里面去讲。

见双方僵持不下，民警决定，带着货主和司机到市场里的价格协调部门解决纠纷。

报警人：他也没跟我说35个小时或40小时到。

批发市场综治工作站调解员：因为他拉的是生鲜食品，不像板材什么的无所谓。

报警人：他跟我通了一路电话，催了我一路。

批发市场综治工作站调解员：大家少说一句，金额差不多。

当事人：说实话，没想少给他多少钱，少说我要损失七八千，我让他承担，他能承担吗？

批发市场综治工作站调解员：听出来大家都在争口气，你做生意你也不在乎这几百块钱，对吧？

王忠亮：我们在给你想办法解决，你们一步不让，那就没有谈的基础了。

双方剑拔弩张的态势始终没有缓和，民警和调解员把双方拉开了分别劝说。

姜辛：纠缠下去，也只能去法院进一步调解，能不能相互退一步，大家理解一下？

当事人：不是（在乎）100块钱。

批发市场综治工作站调解员：我知道，面子上过不去，听我的，400块钱。

最终，在民警和价格调解员的共同努力下，摊主出资400元，了结了这场纠纷。

当事人：谢谢，谢谢。

上海市嘉定区南翔地区。

调度员：镇区行车，南翔所叫。

王远刚民警：镇区行车听到。

调度员：南翔镇古猗园九曲桥旁边，报警人称被一个人打。

王远刚：好的，明白。

王远刚：九曲桥在这个位置吗？

工作人员：九曲桥在那里，这个大草坪穿过去。

王远刚：谁报的警？

报警人：他说话不干净，不干净倒也算了，我棋子一放就走了，我走了他就开始骂人了。我就走上前去说，他马上就动手打我。

俗话说，观棋不语真君子。报警人秦先生称，他在古猗园下棋时，因为一名旁观者插嘴，两人起了争执，还动了手。

报警人：打了以后我摔了两跤，手上也受伤了。摔下去的时候头很晕，头着地的。

王远刚：后脑勺不是开玩笑的，你这个年纪了，先开个验伤单，不管怎么样到医院看看。

报警人：如果要赔钱呢？

王远刚：老先生，你这个岁数，东西坏了可以买，人伤了，甚至有生命危险，这苦头是自己吃的，是买不到的。

目击市民：如果验下来没有什么事情，那么大家就让它过去了。如果出了事情，保证找得到他。

王远刚：对对。大家都是棋友，以棋会友，别下棋下出冤家来了。

处理完这个报警，王远刚和郑飞再次踏上了巡逻之路。

虹口区四川北路地区。

【报警录音】

接警员：你好，请讲。

报警人：有三个外地人在抢劫，把项链给抢了。

接警员：是你本人还是别人的？

报警人：是我老公的。

今年8月初，四川北路派出所接到两起反映被盗抢的报警电话，民警深入调查发现，报警人实际上是在嫖娼过程中，被盗取了财物，为向家属隐瞒而编造了被抢劫的谎言。打击行动立即开始部署。

黄寅晨（巡逻民警）：因为我们巡逻民警是着装的，如果贸然进入现场的话，会引起犯罪嫌疑人的警觉。

8月18日晚上8点左右，四川北路派出所的便衣民警乔装打扮，来到辖区内虬江路附近的一片绿地。经过几天的调查和踩点后，今晚将是一次收网行动。

便衣民警：最近一段时间，这边"仙人跳"的案子比较多了，带进去金项链没了，就出来报警。专门找那种年纪有点大的，五六十岁的老头。

由于抓捕工作的特殊性，拍摄的画面在绿地外停止了。

一小时后，正在巡逻的民警黄寅晨和张悦接到上级指令，赶往虬江路支援。

黄寅晨：就在这里面，这里面是植物遮挡，路灯也没有。

这时，四川北路派出所的便衣组已经将两名嫌疑人和两名当事人押解了出来。两名嫌疑人年龄在四五十岁，而两名当事人，一名60多岁，另一名自称已经90岁了。

便衣民警：你先把两个男的带走，老师傅都90岁了，还不把他带走。

辅警：他们在按摩，异性按摩，然后收钱。在实施按摩的过程中，有可能会拎走他们的金项链或者钱包，而且已经发生过了。

记者：你们有被拿走什么东西吗？

当事人：我第一次到这里来，我让他们按脚。但是我跟你讲，我就是按脚，按了一会儿。其他什么事也没有。

辅警：他们的名义就是按脚按肩。

将这么大岁数的老人带到派出所，民警们也十分小心。

两名现场被抓获的女子随即也被带回派出所进行调查。

经调查，王某，女，因拉招嫖违法事实证据清楚，被处行政拘留3天。另外一名女子因证据不足，未采取强制措施。

上海市浦东新区金杨新村地区。

【报警录音】

接警员：请讲。

报警人：我刚刚打了半个小时电话，这个人六十几岁了，电话不接，我估计这个人大概在家里出事了。她是个独居老人。我在金杨新村门口等你。

8月8日晚上9点三刻，民警马永清和王鹤来到金杨新村，在小区门口见到了报警人周老伯。

周老伯：一个女同志，她现在67岁了。

民警立即叫报警人周先生上警车，一同赶往他所说的独居老人家中。

王鹤：你跟她什么关系啊？

周老伯：朋友啊，你打打看。我只认得她家里，说不出（地址），所以我要带你们去。

王鹤：她家在哪里？

周老伯：前面。这电话你看什么情况？

王鹤：忙音啊。

周老伯：不是忙音，是打不进去。

王鹤：是一直嘟嘟嘟。

周老伯说，他给这位老太太已经打了半个多小时电话，但手机和家里的固定电话都无法接通。民警试图拨打了两个电话，也一样无法接通。

马永清：她是一个人住啊？

周老伯：一个人住。

马永清：她子女呢？

周老伯：她没孩子的。一会儿这个病，一会儿那个病。这听上去很让人担心。这种电话，你打不进去，她好像是挂掉了一样。不可能这么长时间一直挂着。正常情况下，电话打完才挂上啊。电话没挂好，你说让人担心吧。

周老伯说，他平时经常与这位独居老太太保持电话联系，没想到才隔了几天，就联系不上了。

民警到老太家楼下，按门铃。

马永清：503是吗？把下面的门开一下好吗？

通过邻居的帮忙，民警们与报警人终于来到独居老人的家门口。

马永清：有人吗？502。嘟嘟嘟的。没挂好也有可能。

周老伯：就像是摔倒了，她要是摔倒了，电话就来不及挂断。人摔倒了，吃不消了。

民警向老人的邻居了解情况。

马永清：502这个老人，白天看到过吗？

邻居：没。

马永清：最近几天看到过吗？

邻居：前几3天看到过。

户籍信息证实，住在这里的老太太确实没有亲属。担心她是在家中发生了不测，民警准备采取措施打开房门。

马永清：叫锁匠上来开门，再叫街道通知他们居委干部过来，一起看看情况再说。

在等待开锁匠的过程中，居委会的工作人员先一步赶来了。

居委工作人员：她跟居委会联系过，出去旅游了。

周老伯：那我不知道。

居委工作人员：你是什么人啊？

周老伯：我是她朋友啊。我打电话给她的时候，正好打不通电话。

居委工作人员：因为我们本来就有联系的，她出去之前跟我们讲过。

马永清：什么时候出去的？

居委工作人员：7月底出去的。她要出去半个月。

周老伯：那我不知道。

居委工作人员：那我留个电话，明早再联系一下。

马永清：好。我们就是生怕她在里面有啥事情。谢谢你啊。

居委工作人员：不要紧，楼道里都有结对的志愿者，他们都知道情况。

记者：太好了。

马永清：像我们这个辖区范围里独居老人还是比较多的，尽管我们白白折腾了一通，不过只有这样做了以后，我们才能放心。

夜色已经越来越深，马永清和王鹤再次踏上巡逻之路，汇入全市巡逻民警24小时不停转的车轮中，也汇入上海这座繁华大都市的璀璨灯火里。

据统计，2017年以来，全市4000多名巡逻民警共接处各类求助和警情100余万起，抓获各类违法犯罪嫌疑人1.2万余人，为民排忧解难1.2万余次。

金鑫民警：小时候自己印象中，被一群不良少年围攻了，看到一辆警车经过，下来两个警察，当时在我们周围的不良少年就立即四散而逃了，跟拍电影一样的，那件事情给我的感触挺大的。所以我觉得，街面守护神这样的角色我还是很喜欢的。

郭敏民警：1993年退伍，到现在做了24年巡逻民警，当时部队一身橄榄绿，警察也是橄榄绿，我热爱橄榄绿，所以当了一名警察。

路军民警：小时候看了《便衣警察》，其中有一首主题歌叫《少年壮志不言愁》，也就有了这种（当警察的）想法，现在算是实现了小时候的理想。

唐晓俊民警：从警之初，就单纯地觉得穿上警服很帅气，工作这几年，觉得这更多的是一种责任。

赵晓羽民警：不被理解的情况也经常发生，尽可能地去做到客观、公正、规范地执法。

顾佳伟民警：尽我们最大努力帮助当事人解决困难。

马小亮民警：稳定、友爱、温暖，一座城市的安宁总需要一批人负重前行，而我愿做这先行者。

王远刚民警：关键的一点是，我们民警要有强大的耐挫力，要有一身正气，要有一股正能量，不忘初心，方得始终。

（上海广播电视台播出，收录文字时有略微改动）

小门牌　大智慧

施约限　傅亚勇

在石狮大街小巷的店铺、楼房等等建筑的门牌上现在多了一个这样的二维码，不要小看这个二维码，它可是扮演着相当重要的角色。

和众多城市一样，随着近年全域城市化进程不断推进，大面积的城市改造和新城建设，石狮城市空间布局变化巨大。随之出现的楼门牌新旧混用、断码空号、跳号重号等编制滞后乱象，给群众生活和城市管理造成不便，不仅快递小哥无所适从，工商注册、流动人口管理等方面亦会徒增工作量，还依然面临不规范的尴尬。

快递小哥：门牌号太乱了，这里是5号、6号，怎么就直接跳到28号去了？中间的号牌断掉了，走了四五遍，太坑了。

店铺经营者：我这个店铺挂着两块门牌，霞泽路55号与凤里庵前37号，我都不知道要写哪个地址，一些新的客户或送快递过来，经常会弄错。

据统计，石狮市高峰期流动人口超过30万，民警在进行流动人口登记时发现，出租房屋的门牌号十分混乱，造成巨量的重复性工作，令本就紧张的警力更加捉襟见肘。2015年7月，石狮市凤里派出所率先在福建省实行出租房屋的二维码管理。

民警黄文敬：这是我们制定的6种规格的楼门牌标志，这个是楼（幢）标志，适用于10层以上的高层建筑物……这是小门标志，适用于楼梯口、沿街店面和居民住宅等。

其实，二维码门牌并不是换一个门牌那么简单。每一个二维码都是由一个唯一性编码生成，这个编码就相当于每栋建筑的“身份证”，在工商、民政等政务性应用中将是唯一有效“证件”。

就是这样小小的一个二维码，网格民警使用警务通扫码，就可以进入行业单位和出租房屋的页面，进行信息采集和日常管理；辅警也能通过“随手采”平台，扫码采集人口、房屋、单位场所等基础信息，既弥补了警力不足又丰富了信息采集的触角。

而对于群众来说，可以扫码进入“智慧房屋”界面，收藏分发地址名片，查询社区民警电话及租房等生活信息，还能实现一键报警。房屋管理人可以通过“福建治安便民”公众号，扫码申报房屋管理，对承租人做到“人来登记、人走注销”，实现了出租房屋和流动人口信息从走访摸排向自动申报的转变。

吉祥公寓房东徐明锋：要租房的人过来的话，可以扫一下我们这个二维码，就可以知道我们楼上现在还有什么样的房子出租，这样比较方便。

据了解，截至今年3月底，石狮已经实现出租房屋二维码楼门牌的全覆盖，全市二维码门牌安装已经完成76%。石狮市公安局共利用二维码楼门牌备案出租房屋信息近6000间，采集流动人口8.4万多人，注销4.3万多人，刑事案件同比下降17.9%。

目前，该系统正在延伸更多的第三方服务功能，如费用缴交、快递服务、叫餐服务、医疗救助、社区服务、门禁卡等，将更加便民、利民、惠民。

（石狮市广播电视台播出）

民法总则草案：你应该知道的十件事

殷 泓 杜 丹 李方舟 王原宁

作品简介

该作品认真梳理民法总则草案，从中特别选出10件与百姓生活最息息相关、最新的规定，配合以从实际案件改编的案例进行生动、系统的说明，案例、解说、新规定、亮点、专家解读“五管齐下”，案例生动，内容翔实，极大地提升了作品的可读性和传播力。

整个作品以一本法典的外观进行包装，用书签的形式代替常见的功能栏位。除了留言和分享外，还加入了问答环节，帮助用户更好地了解民法总则草案的新规定。

该作品集成了留言、问答、动画缩放、跳转等多个功能，整体设计简约大气，浏览流畅，观看效果较好。

（光明网刊载）

使用手机扫描上方二维码，即可获得本条获奖作品的新媒体展示。

法治记忆五年间：正风反腐　砥砺前行

牛旭东　杨　晓　刘　彬

作品简介

党的十八大以来五年间，中央掀起反腐败运动新高潮，坚持有腐必反、有贪必肃，无禁区、全覆盖、零容忍，反腐败力度持续加大。以习近平同志为核心的党中央，把全面从严治党纳入“四个全面”战略布局，开启了全面从严治党新征程。党风廉政建设和反腐败斗争是全面从严治党的重要组成部分，关系党和国家生死存亡。党中央正确分析判断形势，作出了一系列重大决策部署，反腐败斗争取得重大胜利，党内正气在上升，党风在好转，社会风气在上扬。

使用手机扫描上方二维码，即可获得本条获奖作品的新媒体展示。

这些变化全面深刻、影响深远、鼓舞人心，为体现反腐倡廉取得的重要成果，本专题绘制出的一张形象具体的正风反腐成绩单，集中展示了五年来我国反“四风”“打虎拍蝇”、国际追逃、巡视工作、制度建设等方面取得的亮点成绩，每一部分都细致统计数据并精心打磨，尤其全面梳理了省部级以上高官从落马到获刑的信息，内容无误差、有看点，穿插图、文、视频，涵盖内容全面突出，书写了党的自我革命的崭新篇章，为从反腐方面总结十八大、喜迎十九大作出诠释。

（正义网刊载）

铜娃学法——模拟法庭进小学

集 体

作品简介

为落实“七五普法”规划要求，加强对青少年特别是小学生的法治宣传教育，2017年，铜陵新闻网联合相关单位组织开展“铜娃学法——模拟法庭进小学”系列活动，并在铜陵新闻网网站首页开设“铜娃学法——模拟法庭进小学”专题。专题下设图看庭审、活动资讯、外媒关注、学法视界、点亮梦想等栏目，通过文字、图片、视频等形式全方位报道此次活动。

采编过程：2017年4月—12月，“铜娃学法——模拟法庭进小学”系列活动走进铜陵师范附小、人民小学等六所学校。每次模拟庭审开始前，小学生们都要通过为期近一个月的训练，学习如何专业地驾驭庭审，包括庭前核对当事人、宣布开庭、法庭调查、法庭辩论、当庭宣判等环节。铜陵新闻网的记者团队从一开始，就参与到小学生的排练中，通过采写、摄影、摄像等多种形式记录排练过程和花絮，并为每一个参与模拟庭审的学生拍摄定妆照；在模拟法庭正式开庭当天，铜陵新闻网通过网站、微博等进行视频直播，并摄录庭审全过程，采访参与活动的小学生及教师代表，同时通过VR技术，拍摄360度的模拟庭审现场图，在网站“铜娃学法——模拟法庭进小学”专题中予以展示。

使用手机扫描上方二维码，即可获得本条获奖作品的新媒体展示。

（铜陵新闻网刊载）

摄影类作品

鏖战艾肯达坂

李进福

（《新疆法制报》刊载）

“冰警”，在零下38 ℃坚守

杨晋峰

08

摄影报道

星期一
2017年2月20日

法制日报 LEGAL DAILY

“冰警”，在零下 38℃ 坚守

□ 本报记者 杨晋峰 摄影报道

（《法治日报》刊载）

因爱之名　使命必达

——记重庆市渝利铁路夫妻护路岗

贾昌平

| 长安视窗 |　　　　| 2017 | 06 |

因爱之名　使命必达

①廖小诚原是重庆市丰都县三建乡绿春坝村村民，2013年底，随着渝利铁路如期开通，他当上了铁路护路工。

②渝利铁路是重庆市第一条高铁专线，设计等级高、火车速度快、线路营运繁忙，护路任务很艰巨。

③廖小诚每天早上五点就起床赶到岗亭值守，晚上七点左右才下班回家。几个月下来，看着日渐消瘦的廖小诚，妻子陶春秀心疼不已。她考虑再三，下决心辞职来陪伴丈夫，也当上了护路工。从此，一个温馨的夫妻岗亭诞生了。

④冬去春来，都能看到他俩忙碌的身影。护路工作中，他们不放过任何细小的安全隐患，几年来，成功制止过若干起儿童入道、精神病人上道和私挖乱建水池等事件。

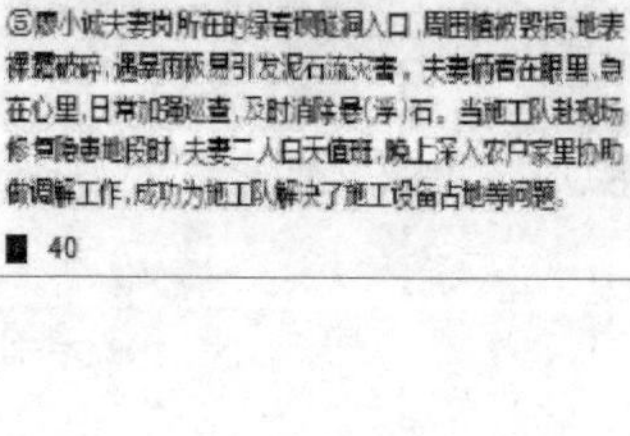

⑤廖小诚夫妻岗所在的绿春坝隧洞入口，周围植被毁损、地表裸露破碎，遇暴雨极易引发泥石流灾害。夫妻俩看在眼里，急在心里，日常加强巡查，及时消除悬（浮）石。当施工队赴现场修复隐患地段时，夫妻二人白天值班，晚上深入农户家里协助做调解工作，成功为施工队解决了施工设备占地等问题。

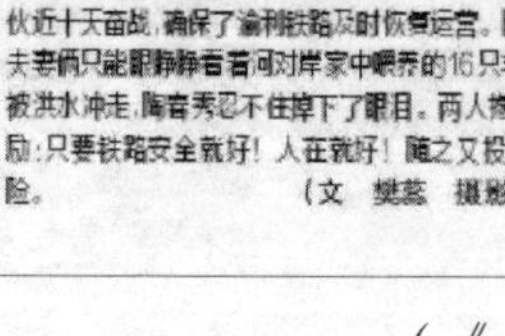

⑥去年夏天，丰都县遭特大暴雨袭击，全县多处出现塌方断道。廖小诚夫妻护路岗离抢险现场最近，他们整天投身抢险工作。他们的家就在抢险现场河对面，由于大雨淹没了河上的桥梁，为及时到岗，廖小诚自制简易轮胎船，来往穿梭于家与现场间。经过大伙近十天苦战，确保了渝利铁路及时恢复运营。因忙于护路，夫妻俩只能眼睁睁看着河对岸家中喂养的16只羊和52只鸡被洪水冲走，陶春秀忍不住掉下了眼泪。两人搀扶着互相鼓励：只要铁路安全就好！人在就好！随之又投入了后续抢险。　（文　樊蕊　摄影　贾昌平）

■ 40

（《长安》杂志刊载）

姚为君烈士亲属手捧骨灰送往烈士陵园

集　体

◀姚为君烈士亲属手捧骨灰送往烈士陵园

英雄魂归故里，家乡人民夹道迎接▼

亲人朋友、罗源县镇村代表和罗源消防官兵迎接烈士归来

执勤的交警向烈士敬礼

（福州新闻网刊载）

三等奖作品

Third Prize Works

03

报刊类作品

这个拥抱有“妈妈的味道”

闫晶晶

作品简介

她们挽救了很多孩子，记者与未检检察官面对面聊天，抓取最打动人心的“拥抱”等细节，把检察官对待未成年犯罪嫌疑人如妈妈般细腻亲切的感情诉诸笔端，感人至深，希望能引起社会对失足未成年人的关爱和对孩子们心理教育的重视。

（《检察日报》刊载）

使用手机扫描上方二维码，即可获得本条获奖作品的新媒体展示。

为构建人类安全命运共同体贡献中国警方力量

周栋梁

作品简介

2017年9月26日，国际刑警组织第86届全体大会在京开幕，国家主席习近平出席并发表主旨演讲。这是我国首次举办这一大会。这篇反映我国开展国际警务合作的评论分析了国际安全形势，总结了国际合作取得的成绩，旗帜鲜明提出了国际警务合作的基本原则，强调要坚持党的绝对领导、坚持

使用手机扫描上方二维码，即可获得本条获奖作品的新媒体展示。

国家利益和人民利益至上、坚持合作共赢，与习近平主席主旨演讲精神高度契合。

这篇评论题材重大、站位高远，观点鲜明、论证有力，既有很强的政治性，又有很强的可读性，展示了我国致力于促进世界和平与发展的负责任大国形象，彰显了我国政府捍卫国家利益和保护中国公民的坚定意志。评论刊发后，网页转载量达2300余篇，全国公安微博矩阵和微信公众号200多个“大V”纷纷转载，网友留言评论300余条，对我国在世界舞台地位日益重要表示自豪，为中国政府和中国警方点赞。

（《人民公安报》刊载）

中央17年后再次下文加强政法队伍建设，有何用意？

罗　沙　杨维汉　刘奕湛

作品简介

使用手机扫描上方二维码，即可获得本条获奖作品的新媒体展示。

中共中央《关于新形势下加强政法队伍建设的意见》公布，受到社会各界广泛关注。记者以全媒体融合形式对这份意见进行了深入全面报道，定位高，可读性强，总结提炼、深入剖析了加强思想政治建设、提高履职能力水平、狠抓纪律作风建设和强化政法队伍保障四大要点，同时选取“探索建立政治督察制度”“制定政法干警权力清单、责任清单”等多个独具新闻性的关键词，深入分析解读这份意见对政法队伍建设提出的指导思想、目标任务和政策措施。

与此同时，记者充分运用全媒体融合报道形式，从意见中精炼出短短数百字，与全媒体报道平台共同编辑制作《一图读懂：中央17年后再次下文加强政法队伍建设，有何看点？》，用生动、直观的形式向读者展示意见的主要内容。

稿件播发后受到读者和相关部门广泛好评，被中央媒体在头版或重要位置突出展示，大量省级媒体、地方报纸、网站、微博也都在重要版面大幅转载，新华社客户端阅读量近100万次，社会效果良好。

（新华社刊载）

刑事诉讼改革难题怎么破？仅有制度还不够

——大数据唱响司法改革创新时代强音

李 阳

作品简介

推进以审判为中心的刑事诉讼制度改革，是党的十八届四中全会作出的重大司法体制改革部署，对于防范冤假错案具有重要意义。2017年7月10日召开的全国司法体制改革推进会提出，要将科技创新与司法体制改革融合起来，深入推进以审判为中心的刑事诉讼制度改革，努力构建适应实践需要、符合司法规律、体现时代特征的刑事司法新模式。

本文敏锐抓住大数据和以审判为中心的刑事诉讼改革这个值得关注的司法改革重大题材，介绍了上海、贵州在推进以审判为中心的刑事诉讼制度改革中，创造性地运用大数据、人工智能破解难题，探索了一条司法体制改革和现代科技融合的新路子的做法，阐明只要坚持从我国国情出发，遵循司法规律，善于把制度优势和技术优势结合起来，就能走出一条社会主义刑事司法文明发展之路。

使用手机扫描上方二维码，即可获得本条获奖作品的新媒体展示。

报道点面结合，层层深入，传递了司法体制改革的重要阶段性成果，为理清改革问题、凝聚改革共识、深入推进司法体制改革营造了良好舆论氛围，体现了政法专业媒体新闻报道的建设性。

（《人民法院报》刊载）

司法体制改革砥砺前行结硕果

蔡长春

作品简介

司法体制改革是一场气势恢宏的改革，也是一场影响深远的改革。

使用手机扫描上方二维码，即可获得本条获奖作品的新媒体展示。

稿件以综述形式，全面梳理了党的十八大以来，在以习近平同志为核心的党中央坚强领导下，我国司法体制改革蹄疾步稳，敢“涉险滩”、啃“硬骨头”、破解难题，呈现全面发力、多点突破、纵深推进的良好态势。

当时，司法体制改革启动已逾三载光阴，三载间的苦心耕耘、砥砺前行，写就了一份让人民群众感受到公平正义的成绩单，一大批改革硕果早已挂满枝头。稿件以点带面，结合地方推进的典型试点经验，全面展现了各地政法机关在推进司法体制改革方面的决心勇气和努力探索的先进经验，为其他地方改革探索提供了有益经验参考。

（《法治日报》刊载）

人民陪审员制度试点进入“加时赛”

王　健

作品简介

我国的人民陪审员制度自实施以来，人民陪审员“陪而不审，审而不议”的现象十分突出，人民陪审员制度饱受诟病。

2015年4月1日，中央全面深化改革领导小组第十一次会议上，《人民陪审员制度改革试点方案》获得通过，标志着新一轮的人民陪审员制度改革拉开帷幕。以此为起点，北京、河北、黑龙江、江苏、福建等10个省区市的50家法院正式踏上改革的征程。

两年多来，各试点法院大胆创新，积极探索，通过落实随机抽选、扩大参审范围等改革措施，一大批通民情、知民意、接地气的普通群众被选任为陪审员，陪审员年龄、学历以及群体结构进一步优化，初步解决了人民陪审员数量不足和编外“法官”、驻庭“法官”“陪而不审，审而不议”等长期困扰司法审判工作的问题。人民陪审员制度已成为人民民主在司法领域中的生动实践。

改革从来都是不断探索和求证的过程，人民陪审员制度的改革试点概莫能外。由于试点中一些改革难题仍未越过阻碍，若干试验方案犹存巨大争议，本轮改革延期一年。

由此看来，人民陪审员制度的改革任重而道远，但是此轮改革所取得的成绩已经让我们有足够的理由相信，人民陪审员制度的深入改革，虽是司法改革的一小步，但终究将成为未来法治中国建成的基石。

（《民主与法制周刊》刊载）

使用手机扫描上方二维码，即可获得本条获奖作品的新媒体展示。

“只有我上，我们是中坚力量”

王　磊　王海涵

作品简介

安徽蚌埠青年特警张劼在制服暴徒的过程中，遭遇液化气爆炸，身体被重度烧伤，面部毁容。4天时间里，记者走近张劼以及他的家人、同事，通过全方位的采访，深度报道了英雄的成长经历与家庭背景。

作品用饱含感情的笔触描绘出一个青年特警的英雄形象，同时通过细节的描写，展现了张劼同伤病作斗争的艰难过程，表现出他的革命乐观主义精神与重返警队的渴望。

使用手机扫描上方二维码，即可获得本条获奖作品的新媒体展示。

“为什么他能挺身而出，将生死置之度外？”作品紧扣这一主题，深度挖掘一个青年特警的心路历程与精神世界，充分展现出特警这一特殊职业群体的忠诚奉献精神。

张劼是一名“警二代”，父亲同样也是英雄。该作品还从家风传承的角度入手，展现出两代警察之间的警魂传承，深化了报道主题——人民警察的职业荣誉感和崇高的责任感，促使他们做出英雄的举动！

（《中国青年报》刊载）

这里的改革更彻底

——海南省财政助力司法体制改革试点纪实

李继学　官　兆

作品简介

司法体制改革是依法治国的重要任务，省以下法院、检察院财物统一上划省级财政管理是改革的一项主要内容。

使用手机扫描上方二维码，即可获得本条获奖作品的新媒体展示。

海南省作为第一批7个改革试点省市之一，率先在全省实行省以下法院、检察院财物统一上划省级财政管理。

海南省充分利用自身在全国比较独特的省直管市县的行政体制和与之相适应的财政体制，将这项改革落实得比较彻底、到位，形成可复制的经验，对司法体制改革的整体推进具有借鉴意义。

记者实地采访了海南省市县三级法院、检察院和财政厅、局，以及乡镇法庭，总共近20个单位，对海南的经验做法、改革的效果，有关部门尤其是一线法官、检察官的感受和体会等进行了详尽报道。

整篇报道立足财政工作，反映重大改革进展，有思想、有温度、有品质、有特色，具有很强的指导意义。报道刊出后引起一定反响，受到海南省财政厅等受访单位的好评，被《文摘报》头版转载，被新华网、人民网、长安网、中国法院网、中国网、财政部网等重要网站转载。

（《中国财经报》刊载）

眼睛我留下，警服我带走

——追记四川省巴中监狱民警汤洪林

刘子阳

作品简介

这篇稿件生动报道了四川省巴中监狱民警汤洪林的感人事迹。2017年3月7日，年仅37岁的汤洪林工作期间突发疾病，不幸因公牺牲，永远离开了他最爱的岗位，离开了他的战友和家人。“眼睛我留下，警服我带走。”按照汤洪林生前遗愿，家人捐献了他的眼角膜，为他换上了最爱的警服，如今接受眼角膜捐赠的两人已重见光明。

汤洪林在其平凡而又神圣的岗位上走完了不平凡的一生。他是母亲的好儿子，妻子的好丈夫，孩子的好父亲，同事的好战友，服刑和刑释人员的好教化官，在人生的最后时刻也不忘将光明留给更需要的人。

乌黑油亮的对讲机见证了拼命三郎的忘我精神。无论下班还是晚上休息，对讲机24小时开机不离身边，只因家离监狱太近，出警支援方便。正是因为家离监狱仅200米左右，却又常有两三个月蹲守在工作岗位上而未能回家看望年迈的母亲、年幼的儿子。每周工作70小时以上、每年出勤320天以上是常态。把工作视为人生的全部，又岂能仅仅用爱岗敬业、尽忠职守来诠释？

汤洪林在工作中以真情感化服刑人员，用实际行动帮助服刑人员正确认识所犯罪行，展示的不仅是监狱民警的社会责任与政治使命，更是挽救服刑人员的灵魂。狱中服刑人员自发为汤洪林举办追悼会，刑满释放人员从百里之外赶来只为见“恩人”最后一面。

（《法治日报》刊载）

使用手机扫描上方二维码，即可获得本条获奖作品的新媒体展示。

966公里边境线上的禁毒利刃

——记云南省西双版纳州公安局禁毒支队

高杨清

作品简介

深入采访云南省西双版纳州禁毒战线的一线民警，报道了长达966公里的边境线上发生的禁毒故事，展现了禁毒干警的巨大牺牲与一腔热血。

（《长安》杂志刊载）

使用手机扫描上方二维码，即可获得本条获奖作品的新媒体展示。

忠诚、战斗、为民

——一支过硬公安队伍不变的“基因”

熊　丰　刘奕湛

作品简介

作为“砥砺奋进的五年”栏目稿，这篇通讯系统梳理了党的十八大以来，公安机关朝着正规化、专业化、职业化方向，队伍建设所取得的历史性成就。通讯全面具体、生动深入，是一篇聚焦公安队伍建设的扛鼎之作，取得了镇版刷屏的效果，得到了众多媒体用户和广大网友的好评。

党的十八大以来，全国公安机关紧紧围绕习近平总书记对公安工作的重要指示精神和新形势新任务对公安队伍建设提出的新要求新挑战，打出了一套组合拳，为全国公安队伍建设描绘了明晰的“路线图”和“施工图”。从接警立案到侦查办案，从便民利民到窗口服务，一项项涉及队伍建设的重大改革举措先后出台，一系列制约队伍建设的体制性障碍、结构性矛盾、政策性问题取得突破性进展。

使用手机扫描上方二维码，即可获得本条获奖作品的新媒体展示。

稿件从铸牢绝对忠诚之魂、提升核心战斗力、打造执法为民警队三个维度，深入阐释忠诚、战斗、为民是公安队伍不变的基因。

稿件通过述评结合的方式，讲述了党的十八大以来，公安机关毫不动摇地坚持政治建警方针，着力铸牢对党忠诚的政治灵魂的实际行动；展现了公安干警毫不动摇地坚持人民公安为人民，着力增强人民群众的获得感、幸福感、安全感的务实作为；突出了公安机关毫不动摇地坚持严格规范公正文明执法，维护社会公平正义能力的显著提升。

（新华社刊载）

“首虎”落马小雪前夜，贪腐只会面对寒冬

闫　鸣

作品简介

反腐败是近年来舆论持续关注的焦点，几乎每一条“打虎”新闻都会引发社会热议。2017年11月21日晚，正值二十四节气中的小雪前夜，“中共中央宣传部原副部长鲁炜涉嫌严重违纪，目前正接受组织审查”的快讯发布，鲁炜成为十九大后落马“首虎”。快讯迅速引爆舆论场，《人民日报》客户端相关新闻一天之内阅读量已近千万人次。

使用手机扫描上方二维码，即可获得本条获奖作品的新媒体展示。

面对舆论热潮，作者通过深入观察、冷静思

考，结合对中央精神、反腐败形势任务以及巡视工作的理解把握，从“热议点赞为哪般”破题，层层递进、深入剖析——首先，从十八大后“首虎”李春城到十九大后“首虎”鲁炜，不断刷新的“打虎”成绩单，展现了党中央重拳惩腐不停歇的态度和力度。其次，问题在以前，落马在当前。鲁炜正是被重点查处的“三类人”的典型代表，他的落马彰显了“机动式”巡视的利剑威力；更进一步对心存侥幸者发出严正警示：“对于十八大后不收敛不收手的腐败分子来说，时过境迁、既往不咎永远只能是痴人说梦，寒冬之后还是寒冬。”

该评论一经刊发，迅速被新华网、中新网、中国网、中青网、澎湃新闻等全国数百家主流网站及“两微一端”转载，受到广泛好评，充分展现了“广安观潮”栏目（中国新闻奖新闻名专栏）的精准定位和社会影响力，起到了正面提气、引领舆论的良好社会效果。

该评论还与中央纪委国家监委网站、《中国纪检监察报》先后刊发的相关消息、通讯、言论形成集团效应，引发了一系列二次传播，成为很长一段时间的舆论热点。不少党员干部、媒体人在评论刊发后与作者交流表示，这篇评论标题醒目、文风犀利，“问题点得准”“干货不少”“很给力”。一些网友转发并评论：“真把反腐问题的复杂性与反腐斗争的愿景说得让人信服了！”“反腐一刻不松、半步不退，点一个大大的赞！”

（《中国纪检监察报》刊载）

电信网络诈骗

王昊魁　刘华东　常　莹

作品简介

近年来，电信网络诈骗犯罪呈高发态势，成为严重危害老百姓切身利益的社会公害。2017年，国务院打击治理电信网络新型违法犯罪工作部际联席会议办公室部署开展了为期一个月的打击治理电信网络诈骗集中宣传月活动。公安部也公布了包括冒充公检法、利用伪基站发送木马链接诈骗、校园贷等在内的10种高发电信网络诈骗手段。

使用手机扫描上方二维码，即可获得本条获奖作品的新媒体展示。

为帮助读者更好识别和防范电信网络诈骗，记者根据其诈骗手段进行梳理、总结，陆续推出“冒充身份篇”“校园贷篇”“投资返利篇”等报道，通过采访专家、民警，分析几类诈骗的手法、特点、类型，并提出对策性建议。

报道语言上浅显易懂，案例生动，刊发以后取得了良好传播效果。

（《光明日报》刊载）

锦州一危旧房改造项目7年未回迁

梁士斌

作品简介

近年来，保障性安居工程信访问题较为突出，引起党中央、国务院的高度重视。2017年3月，记者全程参与了中央信访督查组赴辽宁实地督查保障性安居工程信访事项，这是一组由通讯、新闻观察、记者手记组成的组合报道，也是2015年国家信访局邀请媒体参与信访督查以来，一篇较有代表性的作品。

记者通过查阅资料、约谈信访人、查看现场掌握了大量一手资料，发现当地政府及相关部门不作为、乱作为、慢作为的现象较突出，存在从拆迁到征收、从土地出让到回迁房建设，各个环节都不同程度地暴露出不严谨、不规范甚至违规的问题。记

使用手机扫描上方二维码，即可获得本条获奖作品的新媒体展示。

者在新闻观察中提出，社会稳定风险评估不可或缺，并对出现的问题进行了分析。

在实地督查时，记者发现，无论是督查组组长，还是参与督查的当地相关部门专家，都非常敬业，专业水准高，一点瑕疵都逃不过他们的眼睛，连当地政府部门和相关责任部门都佩服，于是有了第三篇的记者手记。

（《法治日报》刊载）

演砸的“魔术”：一场精心谋划的出口骗局

黄　坚　曾　霄　胡晓琳

作品简介

本文对2017年原厦门市国税局稽查局成功查处的一起骗取国家出口退税2.32亿元的案件进行了深入报道，从前期疑点摸排到税警联手实施检查，从外调取证到巩固证据，从货票银三方面详细剖析了该团伙购买报关单货流作假、虚开增值税专用发票、伪造货物购销合同等作案手法，曝光了主犯被判处无期徒刑的法律惩处结果，彰显了税务稽查的威慑力。文末案件解析部分，总结归纳了该案的作案特点和查处优势，并总结了相关稽查工作经验，有较好的借鉴意义。

（《中国税务报》刊载）

使用手机扫描上方二维码，即可获得本条获奖作品的新媒体展示。

“不下班的民警”，好好歇歇吧！

高原雪　尹翠莉

作品简介

2017年12月1日上午，石家庄市公安局桥西分局安建桥警务站主任吕建江突发疾病去世的消息在手机刷屏。《河北日报》并没有停留于简单的人物事迹编辑整理，而是立即派记者到他生前工作过的警务站和家里，采访了其同事、亲人以及市民、网友，获得丰富的第一手资料和许多生动细节。次日在《河北日报》要闻版配发照片刊发。

使用手机扫描上方二维码，即可获得本条获奖作品的新媒体展示。

作品以千字文消息形式将新闻事实和人物故事融为一体，以各界群众自发缅怀的生动细节贯穿全文，真实再现了“不下班的民警”吕建江生前不忘初心、忠诚担当、一心为民的高尚情怀，也为一个普通民警赢得群众如此敬爱作了有力注解，结构巧妙、细节鲜活、文笔洗练、感情真挚，具有很强的时效性、感染力。

稿件发表后，引发其他媒体关注，中央媒体和河北本地媒体陆续进行了报道，一些市民了解吕建江事迹后自发前去吊唁，网友跟帖、留言无数。全省迅速掀起了向吕建江同志学习的热潮。中共河北省委追授吕建江同志为“全省优秀共产党员”，公安部追授他为“全国公安系统二级英雄模范”。2018年4月17日，中央宣传部追授吕建江同志“时代楷模”称号。2018年8月，中央政法委印发通知要求学习宣传吕建江同志先进事迹。

（《河北日报》刊载）

看网络司法拍卖如何化解执行难

刘　乐

作品简介

面对最高人民法院提出的用两到三年时间基本解决执行难问题，网络司法拍卖无疑是加速执行财产变现，解决执行难题的有效途径之一。2017年4月4日，沈阳市和平区人民法院敲响辽宁省网络司法拍卖第一槌。作为法院执行程序的一个重要环节，司法拍卖从传统的“线下”举牌到“线上”落槌，到底有哪些区别？网络司法拍卖，具体如何拍卖？债权人和债务人的权利能否同等实现？普通网民参加竞拍，会不会有法律风险……带着这些读者普遍关注的问题，记者展开了深入细致的采访，一一解开这些问号，让读者更深入地了解人民法院化解执行难的这一创新、高效的手段；同时，通过采访省法院相关负责人以及相关专家学者，对当前网络司法拍卖存在的问题以及下一步亟需解决的方向进行解读，让报道更全面、更深刻。

（《辽宁日报》刊载）

使用手机扫描上方二维码，即可获得本条获奖作品的新媒体展示。

治安问题突出，太和县被“一票否决”

钟 虹 孙孝阳

作品简介

2017年3月29日，安徽省委常委、政法委书记、省综治委主任约谈综治一票否决和重点管理地方的党政领导干部。因为治安问题突出，太和县县委副书记、县长被直接约谈，太和县也被实行一票否决。这是2008年安徽省建立社会治安综合治理重点管理制度以来，首次动用一票否决权制。

使用手机扫描上方二维码，即可获得本条获奖作品的新媒体展示。

记者获悉此事后，采访了省综治办相关处室负责同志，详细了解安徽省推动平安安徽建设采取的各项举措，以及太和县为何被实行一票否决的前因后果。

之后记者又独家采访了太和县县委副书记、县长，倾听他的回应，并报道了太和县“知耻而后勇”，积极整改到位，建设平安太和的决心和行动。

该新闻作品报道了太和县被“一票否决”的详细情况以及安徽省建立社会治安综合治理重点管理制度的重要性。稿件刊登后引起社会广泛关注，不仅督促太和县整改到位，还让人们对安徽省深入推进平安安徽建设，加强基层社会治安综合治理工作有了更全面深刻的认识。

（《新安晚报》刊载）

让“七五”普法搭上WiFi快车

——城关区开全国先河倾心打造“普法WiFi广场”

李维琴　刘　强

作品简介

当蹭网成为人们的一种习惯，微信、QQ等手机社交平台就与人们的生活密不可分了。面对有限的手机流量频频报警，这种窘境会让人们在都市空间寻找免费WiFi成为渴望。兰州市城关区司法局敏锐捕捉到市民的这一需求后，将市民群众回答法律常识后就能免费使用WiFi巧妙结合，推出全国首个“普法WiFi广场”，开辟了普法宣传新平台。

使用手机扫描上方二维码，即可获得本条获奖作品的新媒体展示。

随着依法治国的深入推进，知法、懂法、守法成为新时代对市民群众的新要求。如何让市民群众随时随地学法，营造和谐稳定的社会环境，兰州市城关区司法局使用这一创新之举，拓展了普法宣传新途径，体现了司法机关因地制宜、以人为本的工作理念，为同行的普法宣传提供了不可多得的普法宣传经验。

作者牢记新闻工作者服务读者的使命，以贴近群众、贴近实际、贴近生活的接地气手法，通过扎实采访，拿到该平台开通月余，先后有44万人次通过登录该平台使用WiFi翔实数据后，在《甘肃法制报》刊发稿件，先后被省内各大知名网站纷纷转载，受到网友和市民群众的好评，产生了良好的宣传效果，社会反响强烈。此后，省内各司法机关纷纷复制该经验，为全省普法宣传做出了应有的贡献。

（《甘肃法制报》刊载）

坚守信诺，十五年如一日照顾死刑犯遗孤

——记巴马县公安局看守所教导员李建良

黄 英 刘 勇 罗顺敏

使用手机扫描上方二维码，即可获得本条获奖作品的新媒体展示。

作品简介

该文介绍第二届最美警察李建良受死刑犯临刑托孤，信守承诺十几年如一日照顾死刑犯遗孤的感人故事。

（《广西法治日报》刊载）

一起拐卖案后两个家庭的甘苦

周凌如

使用手机扫描上方二维码，即可获得本条获奖作品的新媒体展示。

作品简介

一起离奇的儿童拐卖案，背后是两个不幸的家庭。

孩子才4个月大，女友突然不辞而别。24岁的单身父亲小陈辞了工作，当起了全职奶爸。没有了经济来源，他想着能不能找个好人家，让孩子有个好归宿。

妻子无法生育，28岁的小苏想着能不能收养一个孩子。小苏跟小陈达成了“协议”，收养了孩子。他们不知道，这些行为已经触犯了法律。

两个家庭各取所需，各自有各自的无奈。文章用细腻的语言讲述了两个同样有苦衷的家庭背后的

故事，而不是单纯的案件报道。同时在文章末尾进行了释法，也对我国的收养制度进行了解读。

（《潇湘晨报》刊载）

扎实推进社会治理 “平安青海”让群众更安心

魏　爽

作品简介

作品紧紧围绕青海省社会治理创新打造平安和谐环境的主线，通过大量的实例，采用点面结合的写作方式，详细报道了青海省社会治理创新在深化平安细胞建设、加强技防体系建设、健全基层社会治理网络等方面的亮点和好经验、好做法。

（《青海日报》刊载）

使用手机扫描上方二维码，即可获得本条获奖作品的新媒体展示。

追逃之路，“天网”恢恢

张依盟　李　明

作品简介

2016年6月6日，高考的前一天。一个大个子，穿过狭窄的坡路，走进重庆市九龙坡区的一栋老居民楼，没过多久，跟进来两个外地人，站在他面前，用山东口音问：“你是淄博的吗？”“是。”“老乡嘛，你叫邢善学吗？”他脸色一变，答道：“是。”

至此，中央追逃办“天网”行动缉捕的在逃职务犯罪嫌疑人邢善学，在潜逃20年后终于落网。截至2017年4月，山东检察机关共抓获、劝返在逃职务犯罪嫌疑人197人，其中境内185人，境外12人，包括中央督办的“百名红通人员”2人，“天网”行动在逃人员2人。

使用手机扫描上方二维码，即可获得本条获奖作品的新媒体展示。

那么，在逃人员的生存状况又是如何？他们如何东躲西藏、隐姓埋名，以致惶惶不可终日？在追逃之路上，新科技手段又如何助力“天网”，将腐败分子绳之以法？记者辗转多地，行程近千公里，采访多名相关人员，报道了追逃路上的一些人和事。

（《大众日报》刊载）

柬埔寨直击：四川公安押解大诈骗团伙回国

李逢春　谢　凯

作品简介

在公安部和四川省委政法委的领导下，四川省公安厅抽调精干在柬埔寨展开数月的艰苦工作，锁定特大电信诈骗窝点和嫌疑人。《华西都市报》记者赶赴柬埔寨当地，实地采访公安民警艰苦卓绝斗智斗勇的破案过程。在这次特派采访报道中，《华西都市报》充分运用移动互联网传播手段，对四川公安捣毁诈骗窝点、千里大押解嫌疑人回国向全国网友进行网络直播，全国有超过500万网友见证这一时刻；在柬埔寨一线采

使用手机扫描上方二维码，即可获得本条获奖作品的新媒体展示。

访中，《华西都市报》记者和公安民警打成一片，一起战斗，一起克服各种困难和挑战，用心记录了一线民警的奋斗历程，也对话采访了走入歧途的电信诈骗犯罪嫌疑人。这次出国采访四川公安打击电信诈骗大型行动，《华西都市报》用通讯深度报道和图文视频等新媒体传播手段，展现了四川公安民警的积极形象，赢得了全国网友的普遍赞誉。

（《华西都市报》刊载）

六年援藏情，终身援藏心

——记安徽省检察机关援藏干部周会明

王杰学

作品简介

作为安徽省检察机关选派的一名对口援藏干部，2011年7月，时任合肥市检察院反渎局局长的周会明来到山南，挂职担任西藏自治区检察院山南检察分院副检察长。此篇稿件报道了周会明援藏5年多时间里，克服高寒缺氧、远离亲人等多种困难，创新援藏方式，做实援藏项目，与西藏汉藏干部群众结下了难以割舍的深情厚谊。

使用手机扫描上方二维码，即可获得本条获奖作品的新媒体展示。

5年多时间里，为了让山南的政治生态能像那里的自然生态一样不被污染，他敬业奉献，敢于担当，以“业务援藏”为抓手，向职务犯罪宣战，查办了山南职务犯罪记录上第一位处级干部、第一位厅级干部……查办职务犯罪连续4年位居西藏自治区检察机关办案榜首，带出了一支多民族查办职务犯罪的过硬检察队伍，扭转了当地检察机关办案力量薄弱、缺乏经验的局面。

援藏以来，周会明被评为山南地区“民族团结进步模范个人”、西藏自治区“民族团结进步模范个人”，获得安徽省“五一”劳动奖章和“安徽好人”“中国好人”等称号。2017年，周会明被最高人民检察院评为“守望正义——群众最喜爱的检察官”和“全国模范检察官”。2018年，他获当年年度“中国正义人物”称号。

（《西藏法制报》刊载）

一草一木总关情　相亲相爱一家人
——云南省委政法委挂钩扶贫纪实

姜燕萍

作品简介

自2015年云南省委政法委挂钩扶贫临沧双江县忙糯乡忙糯村以来，在省委政法委和当地政府大力支持下，忙糯村贫困群众生活发生了翻天覆地的变化。进村的路从“晴天一身灰，雨天一身泥”的土路，变成了干净平坦的道路，居住的房屋从四面漏风的土基房，变为了整洁漂亮的砖瓦房，当地群众告别了过去落后的生产生活方式。电商销售模式也被引入大山，为当地村民致富开辟了新路。

2017年8月30日，云南省委常委、省委政法委书记张太原一行来到忙糯村大营盘自然村，进村入户分别住在了对点帮扶的群众家中，体会群众生活的变化，倾听群众心声。

（《云南法制报》刊载）

使用手机扫描上方二维码，即可获得本条获奖作品的新媒体展示。

智 斗

王天淇

作品简介

本篇人物通讯是《北京日报》“弘扬社会主义核心价值观”主题宣传活动中的一个典型，记录了朝阳法院执行一庭于洋法官从事执行工作7年遇到的典型案例。于洋法官坚守保护当事人利益的最后一道防线，用智慧和勤奋执结了千余起案件，为当事人追回欠款上亿元。

文章通过“诡异的账户”“首封虚拟账户”“菜刀与泡面”三个典型案例，体现了于洋法官在办案过程中多想一点儿、多做一点儿，凭借韧劲儿和巧劲儿帮助当事人实现合法权益。

“诡异的账户”介绍了被执行人利用每天银行和法院临近下班的时间，将大量资金汇入企业银行账户，夜间利用网银将钱款划走，始终保持账户余额不变。于洋法官凭借直觉判断这个账户也许是突破口，赴郑州调查实际情况，在银行调取账户往来明细后显示该账户有大量资金流动，当即冻结当天汇入资金，帮助申请执行人实现了合法权益。别人眼中的“死户”在于洋的手中“活了”。

“首封虚拟账户”案件介绍了于洋办理的全市第一起网络虚拟账户执行案件，开创了冻结支付宝账户用于执行的先河。

“菜刀与泡面”两起案件介绍了于洋法官在腾退房屋时遇到对方暴力抵触，险些受伤。在另外一起腾退房屋案件现场遇到了曾经的申请执行人，申请执行人因感激法官的努力工作准备了泡面和热水壶，并劝解当场的被执行人配合法官工作。最后于洋法官捧着当事人递过来的热腾腾的泡面，体会到了当事人对执行工作的理解和支持，坚定了维护公平正义的初心。

（《北京日报》刊载）

使用手机扫描上方二维码，即可获得本条获奖作品的新媒体展示。

2017年，西安人这样平安走过

刘宏伟　刘立春

作品简介

2017年即将过去，作为西安的一个普通人，在忙碌的工作与生活中，时时地感受着这座城市的变化，这座城市的前行，这座城市的美丽，这座城市的未来……

2017年，西安公安在户籍新政、出入境管理、社区警务、打击传销、打击刑事犯罪、车让人等警务工作中取得了优异成绩，用无私的奉献和付出，守护着这座古城。

（《华商报》刊载）

使用手机扫描上方二维码，即可获得本条获奖作品的新媒体展示。

广播类作品

擎旗十年　为民打造现代信息化海岛

丁际超　刘　学　陈东培　李连申

作品简介

宁德三都澳是福建东部国家重要港口。20世纪80年代末，习近平同志担任福建宁德地委书记时，在合理规划综合交通运输、海陆并举促进经济发展的施政构想中，就有着强烈的“港口意识”——开发三都澳。党的十八大以来，根据福建省委、省政府的战略部署与对宁德的新定位、新要求，宁德市提出“开发三都澳、建设新宁德”的重要决策。驻守在三都澳的三都边防派出所2007年被国务院、中央军委授予“爱民固边模范边防派出所”荣誉称号。10年来，这个基层派出所在服务地方经济建设中，结合本职工作让贫穷闭塞的海岛变成了现代信息化的海岛。

2017年6月7日—10日，本台记者走进三都澳采访，以广播纪录片的形式，通过讲故事的方法，展现基层派出所认真学习贯彻习近平总书记关于政法工作的重要指示精神，充分反映平安建设和智能化建设工作。如今的三都澳港区，初具规模的专业化码头群和干支相连的公路交通网络实现了无缝衔接，闽东人民圆了“扬帆出海梦”。

（福建省广播影视集团播出）

使用手机扫描上方二维码，即可获得本条获奖作品的新媒体展示。

全国首张微信身份证“网证”在广东南沙自贸区签发

姜文涛

作品简介

党的十九大报告提出，创新是引领发展的第一动力。广东省在全国率先试水微信身份证“网证”，就是一项具有划时代意义的创新。随着“微警云联盟”在广州南沙成立，这项便利于2012年12月25日在南沙推出，首先惠及1亿多广东居民，而后逐渐推向全国。记者凭着敏锐的新闻触觉，紧紧抓住这一具有全国示范意义的事件，进行了深入详细的报道。

使用手机扫描上方二维码，即可获得本条获奖作品的新媒体展示。

该作品题材重大，且以小见大，借广州南沙警方签发全国首张微信身份证“网证”这一事件，反映出当今社会科技的进步和政府服务水平的提升。

随着网络时代的到来，“互联网+政务”服务也在不断升级和创新。但一直以来，线上政务服务存在着两大“痛点”，一是网络身份认证，二是财政非税收入征缴。

为此，广州南沙警方先行先试，联合公安部第一研究所、银行和互联网企业共同打造“微警”政务服务基础能力平台，并形成了“微警支付”和“微警认证”两大核心能力，可以为线上政务服务提供覆盖全入口、全流程、全层级的整体解决方案，有效解决了以上两大“痛点”，并且具备极强的拓展性和可复制性。

本作品从全国首张身份证“网证”在广州南沙签发这一新闻事件入手进行报道，一方面，展现了广东南沙自贸片区相关部门引领全国先河，大胆创新，先行先试所取得的积极成果；另一方面，通过讲述一个“政企合作”的故事，揭示了一个道理：只要社会各方秉承“务实、创新、共建、共享”的合作精神，致力于推动“互联网+政务服务”基础能力不断升级革新，未来必定可以服务更多警务、政务主体和广大群众，真正实现“数据多跑路、群众少跑腿”或者“不跑腿也能办成事”的美好愿景。

作品虽然篇幅不长，但说理充分，采访对象涉及面广，录音极具说服力，为作品增色不少。

（广州市广播电视台播出）

津南法院执行工作走进直播间

李小芳

作品简介

津南区法院分管执行工作的副院长王维芹走进天津经济广播《今晚有说法》栏目，在直播间与听众朋友们分享了执行工作招法以及执行中的温情故事。

文章从介绍津南法院执行基本成效，到“田忌赛马——人员调整”“顺藤摸瓜——巧用第三方债权”“扶危济困——司法救助”“以点带面——专项涉民生行动”“利刃出鞘——司法拍卖”等招法生动再现执行创新举措，并以此为突破口进行展开，在介绍工作成效的同时辅以介绍执行难点，并将听众关注度较高的司法拍卖以及司法救助如何申请等热点问题进行一一解答。

作品贴近群众，语言生动，逻辑清晰，互动性较强，具有很强的普法价值。

（天津经济广播电台播出）

使用手机扫描上方二维码，即可获得本条获奖作品的新媒体展示。

关注麒麟区法院网格化农村便民诉讼模式

集　体

作品简介

曲靖市麒麟区法院为了满足群众的多元司法需求，探索出了“院、庭、站、点、员”结合的五位一体网格化农村便民诉讼模式，获最高人民法院肯定。麒麟区人民法院新闻中心对律师、村民进行采访，联系曲靖人民广播电台，就网格化农村便民诉讼模式进行具体介绍。作品关注的是麒麟区人民法院的一项经验做法。新时期，随着社会主要矛盾的变化，群众不仅对物质文化生活提出了更高要求，而且在民主、法治、公平、正义等方面也有更高的要求，作品以一个小切口反映了新时代依法治国的司法创新。

使用手机扫描上方二维码，即可获得本条获奖作品的新媒体展示。

（曲靖人民广播电视台播出）

首起网约工劳动争议案

崔李雷

作品简介

孙先生此前在“好厨师”APP做“接单”厨师，他称自己时常加班没有年假也没有社保，2015年10月被公司解雇。认为自己的权益受到侵犯，他与其他遇到相似情况的6人一起，将“好厨师”经营方诉至法院。被告方辩称，双方为商务合作关系，而非劳动关系。这起案件2016年8月10日上午在朝阳法院公开开庭审理，后法院一审认定孙先生等人和“好厨师”APP构成劳动关系，近日二审裁定维持了一审判决。据了解，这起案件是本市首起网约工劳动争议案，具有很重要的指导意义。

互联网的高速发展，不仅改变了我们的生活方式，也改变了我们的工作方式。很多服务行业的人员挂靠在某一个或者几个互联网平台下，通过用户的网上下单，直接去用户家中为用户提供专门的服务。这类新型的劳动模式开始的时候多见于服务行业，如餐饮、美容美发、保洁、按摩推拿，现在又拓展到新的领域，如货物运输、家电维修等。新事物必然引发新问题，网约工和网络平台之间到底是何种关系就成为双方产生争议之后的核心问题。

中国劳动关系学院法学系主任、教授姜颖指出，“网约工”和传统的劳动关系相比有一定的差别，不能从传统的属性、管理与被管理、基本工资发放来判断是否属于劳动关系。目前，对该类事物的观点有两种，一种认为是劳动关系，另一种认为其和传统的劳动关系相比，还是有所区别、趋向比较灵活的。

本期节目紧紧抓住“网约工和平台是劳动关系还是合作关系”这个主题展开，介绍完案件之后，邀请朝阳法院劳动争议案件审判庭的法官，专门就网约工劳动关系确认的法律问题进行了分析，不但深入浅出地介绍了目前相关的法律规定，而且就劳动关系存在与否的主要标准作了明确的介绍，具有很强的指导意义。

同时，这起案件也是《今晚拍案》栏目在2017年的五一国际劳动节期间播出的系列劳动者权益保障节目中的一期。另外，本期节目专门选择在五四青年节这一天播出，也是因为这一类案件涉及的群体以年轻劳动者为主，节目主创人员希望这期节目能够为青年劳动者带来帮助和指引。

（北京人民广播电台播出）

使用手机扫描上方二维码，即可获得本条获奖作品的新媒体展示。

平安西藏

扎西曲珍

作品简介

《平安西藏》栏目是自治区广播电台联合拉萨公安打造的一档话平安、普法的广播节目。拉萨市公安局与自治区广播电台合作，以一周一期的形式在每周一中午12: 30—1: 30汉语广播FM93.3播出，整篇文稿由拉萨市公安局主持民警自行编辑。其播放内容主要是拉萨公安主要资讯、回答公安业务相关的百姓疑问和平安百家谈。

（西藏人民广播电台播出）

使用手机扫描上方二维码，即可获得本条获奖作品的新媒体展示。

电视类作品

解密于欢案

刘美佳　曾晓蕾　常　杨　赵旭飞

作品简介

节目以一场特殊的法治公开课为立意布局，从案件事实到公众提出的诸多质疑，再到办案人员采访、专家解读，详细解密于欢案前后过程，在回应社会关切的同时，将理性围观热点事件、参与法治建设理念传达给观众。

节目独家专访了于欢案二审的三名出庭检察员，并独家拿到案发时的完整执法记录仪画面、案发现场周边的监控录像、重要卷宗材料。在获取这些核心证据之后，记者请检察员对照视频画面详细讲述了案发前后的情况，具体到每一分、每一秒发生了什么，这个关键点有谁，是什么位置关系，说了什么，做了什么，对案发部分逐步详细还原，使得检察机关对事实的调查结果呈现出较强的说服力。记者还独家获取了于欢母子二人的审讯视频，两名最核心的当事人讲述案发时的情景及心理变化。此外，节目还采访到事件的多名目击者，从他们的角度回忆案件经过，成为案件还原有力的补充。综合这些内容，节目对此案最核心的关注点“是否正当防卫”作出清晰解读，并请检察官详细分析了他们认定防卫过当的理由，用最通俗易懂的语言将防卫是否过当这样特别专业的法律问题讲述给观众；同时邀请法学专家解读相关法律规定。由此，对案件的单纯质疑转移到对法律适用的专业判断上来。

使用手机扫描上方二维码，即可获得本条获奖作品的新媒体展示。

除了这些核心事实，节目一直注意传达这样一种思想，就是如何围观类似于欢案这类热点法治事件，在各种信息爆发之时，如何保持客观理性。节目邀请法学专家从专业角度进行解读，希望传递给观众理性围观态度，真正通过司法公开监督司法运行，而不是通过非理性的方式干预司法，从而让这样一起热点事件真正成为一场全民法治公开课。

节目播出后，引起很大反响，除了央视新闻客户端转载外，今日头条、新浪、网易等媒体亦推送转发，点击量高居不下。在复杂的舆论场中，本期节目紧紧围绕核心事实，使表达独树一帜，以鲜明的、积极的、法治的观点体现了主流媒体的担当、明辨是非、引领价值趋向。“法治公开课”的立意，引导了一种学法、懂法，理性参与热点事件讨论的新思路。

（中央广播电视总台播出）

济南“一村一法律顾问”化解矛盾见实效

张路丰　王新光　张　振　黄　鑫

作品简介

党的十九大报告提出，农业农村农民问题是关系国计民生的根本性问题，必须始终把解决好“三农”问题作为全党工作重中之重。济南推行“一村一法律顾问”全覆盖，创新有效化解农村基层矛盾的社会治理体系，被司法部肯定，要在全国推广济南经验。

作品题材意义深远。济南市通过“一村一法律顾问”，让律师下沉到基层，为村民和村两委依法办事提供法律意见。历城区统计，实施“一村一法律顾问”以来，辖区民事转刑事案件和集体上访都有所下降。

济南经验具有可以复制、推广的可行性。济南市出资1600多万元，通过政府购买服务的方式，为全市5206个村庄全部聘请了法律顾问，每个村政府每年支付3000元法律服务费，律师每个月驻村服务不少于8小时，通过微信群、电话、互联网等方

使用手机扫描上方二维码，即可获得本条获奖作品的新媒体展示。

式，成为老百姓身边的法律顾问。

作品通过事例和说理，展现了政府社会治理方面的智慧创新。律师还是那些律师，村庄还是那些村庄，思路一调整，不仅破解了城乡之间法律服务资源不均衡的难题，还能有效把一些矛盾化解在萌芽状态，创新了社会治理体系。

（山东广播电视台播出）

飞天故里来了空中卫士

柴宗强　张钰泰　徐煜旸　刘西昆

作品简介

甘肃是“一带一路”的重要节点，敦煌文博会是展示我国与“一带一路”沿线国家文化交流的重要平台。为了确保第二届敦煌文化博览会的顺利召开，甘肃公安付出了不懈的努力，动用了多种手段，运用了多种先进技术。被称为“小飞侠”的警航直升机在文博会期间游弋在敦煌的上空，守护着飞天故里。作品通过对警航直升机执勤情况的记录，展示了甘肃公安锐意进取、守护平安的良好形象。

（甘肃省广播电视总台播出）

使用手机扫描上方二维码，即可获得本条获奖作品的新媒体展示。

全国首例证人通过小程序出庭作证

黄剑明　王若恒

作品简介

在广州越秀法院审理的案件中，证人首次通过微信小程序“现身”法庭。这是全国首例证人通过微信小程序远程作证。证人因为工作原因无法亲自到庭，利用微信小程序通过网络出庭作证。

（广东电视台播出）

使用手机扫描上方二维码，即可获得本条获奖作品的新媒体展示。

执行风暴：耍赖堵门架电网　依法强制没商量

李玉洁　张　萌　刘　音　禹军伟

作品简介

“执行风暴”是《法治现场》栏目的一个重要版块，主要通过和法院的合作，展现法官们是如何开展执行工作的。用镜头语言来讲述故事，起到普法的作用。这期节目讲述的是，在一起土地租赁合同纠纷案件执行过程中，被执行人多次阻挠执法人员的正常执行。通过现场调解，被执行人不听从劝阻，还纠结多人在执行现场闹事。对于这种有组织的对抗行为，执行法官依据法律，对当事人进行严肃处理。

（河南广播电视台播出）

使用手机扫描上方二维码，即可获得本条获奖作品的新媒体展示。

40个小时的团聚

代尊洪　连　轶　曾　鑫　张　爽

作品简介

使用手机扫描上方二维码，即可获得本条获奖作品的新媒体展示。

《40个小时的团聚》讲述一位坚守在春运执勤岗位上的四川武警警官胡汉权的故事。这个70后的湖北汉子，18岁当兵，从读军校那年开始，已经连续19年没有回家过年了。每次看到年长的老人，他都会不自觉地帮一把，因为他们的背影总让胡汉权想起家乡的父母。按照往年的经验，春节后，成都火车站的执勤压力会更大，因此，胡汉权今年仍然不能陪父母过年。好在有4天假期，赶在年前，他决定用这4天时间，回湖北老家看看父母。本片就是以电视纪录片的手法，多机位跟拍胡汉权从成都回湖北老家40小时团聚的故事。没有特技，甚至画面表现有些直接生涩，这恰恰是本片作者表达真实记录的本意。作为一名军人，注定忠孝不能两全，在片子临近结尾的时候巧妙让人的情绪得到缓缓的释放——每次离开前，母亲都会默默地看着儿子。胡汉权不知道下次再回家是什么时候，告别的时候，他对父母说，下次回来带他们到北京去玩。眼泪从这个汉子眼圈里滚落下来，不一会儿他已哭成泪人，眼泪流在父母的衣襟旁。

（四川广播电视台播出）

网络类作品

2017年度“爆款”影视剧背后的中国警察故事

翟宇星

作品简介

为了展现公安民警的精神风采，让人民群众理解支持公安工作，中国警察网策划推出了“2017年度‘爆款’影视剧背后的中国警察故事”专题页面。专题从最燃情、最真实、最烧脑、最青春、最热血、最温情、最惊悚7个不同角度入手，盘点了7部2017年最具有代表性的公安影视剧，并结合推荐理由和现实版警察故事进行了深入解读，通过接地气、有温度的警察形象，勾勒出中国当代警察生动真实的轮廓。

整个专题样式活泼大方，内容丰富，编辑新颖，用图片、文字等方式，从不同角度全面盘点2017年公安影视剧。同时，注重网络、双微等新媒体的传播效能，推动线上和线下互动，取得了良好的宣传效果。

（中国警察网刊载）

使用手机扫描上方二维码，即可获得本条获奖作品的新媒体展示。

2017年司法体制改革路上的先锋

郑剑锋　郑小琼　蒋　琳　王　婧　龚一博　张烜之

作品简介

2017年是全面深化司法体制改革的攻坚之年，也是决战决胜之年。一年来，各地基层政法机关在落实推进司改过程中涌现出许多新经验、新亮点。法制网编辑部以此为主题进行年终策划，通过PC端专题形式对2017年公、检、法、司系统基层政法机关最为惊艳的创新进行展示，并邀请专家针对每个系统的创新亮点进行总体点评，同时传递基层政法机关工作者的看法、感受。

作品在设计上选用大幅的水墨画为主题铺底，大气稳重，同时头图中“先锋”二字采用遒劲有力的毛笔字体和具有视觉冲击力的渐变色，与头图的其他三部分文字设计通过动态效果组合成完整的主题，极具张力。形式上以延伸蜿蜒的水墨“山路”变化为运动轨迹，沿路展示司改中引人瞩目的政法单位及其主要创新点，寓意各创新单位作为改革中的先锋起到了为司改探索领路的作用。

在内容上，专题作品中所展示的创新点经过多轮筛选，在全国众多基层政法机关中脱颖而出，既惊艳又具有代表性。引入专家点评，增加内容的权威性，其中四位专家均为相关领域认可度较高的知名学者。基层政法工作者感言均来自各地在一线工作的政法干警，素材鲜活生动，传递了基层对于司改创新的声音。

作品发布后，取得了较好的传播效果，得到多方尤其是基层政法工作者的热烈反响与回应。

（法制网刊载）

使用手机扫描上方二维码，即可获得本条获奖作品的新媒体展示。

不忘初心坚定前行

——确保国家长治久安人民安居乐业

集　体

作品简介

为做好中央政法工作会议宣传工作，中国法院网提前策划，收集相关资料，同时根据会议日程安排不断调整充实专题栏目，于中央政法工作会议召开当天，推出了“不忘初心坚定前行——确保国家长治久安人民安居乐业”专题。

使用手机扫描上方二维码，即可获得本条获奖作品的新媒体展示。

该专题设置了相关报道、图片新闻、观点评论、工作亮点等栏目，准确传达解读了中央政法工作会议精神，晒出了过去一年来政法机关工作成绩单，产生了良好的社会影响。与其他同类型专题不同，该专题导航栏中视频报道、相关报道、观点评论等栏目，点击进入后并非单一的文章列表，而是制作了不同的页面效果，其中包含了更多的信息，页面也更为美观整洁。此外，专题内填充了大量的视频资料，网友通过视频就可以了解到会议资讯和2016年中国法治所取得的成果。专题还设置了微博专区，网友通过专题便可以看到最高人民法院和《人民法院报》微博推送的此次会议的相关信息，还可以通过手机扫码关注进入以上微博，进行转发评论等操作。该专题充实的内容、多样的表现形式，受到了诸多好评。

（中国法院网刊载）

“人民的名义”系列专题连环画

集　体

作品简介

党的十八大以来，在中央和省委的领导下，四川各级党组织和党员干部始终不忘初心奋力前行，为四川的跨越发展做出了卓越贡献。在这其中，不乏政法队伍的身影。

连环画是许多网友儿时的记忆，犹如一抹乡愁印在游子的回忆中。四川新闻网充分利用这一封存已久的连环画形式，利用它对读者、对网友的吸引力，以基层党员、党组织的感人故事为素材，创作了“人民的名义”系列连环画。从2017年5月15日至2017年11月5日，每月的5日、15日、25日，最新一期的连环画如约推出，展现新时期四川基层党员党组织的风采，反映在党的领导下四川各领域建设发展取得的辉煌成就。

连环画分为六个篇章：脱贫攻坚篇、好人好事篇、实干巧法篇、绿色发展篇、爱岗敬业篇、基层党组织篇。每个篇章选取三个典型代表的故事，将文字转换成更有表现力、更具感染力的连环画形式，并在标题上下功夫，用章回体小说的标题取法，让系列连环画原汁原味地带读者、网友感受每一位基层党员、每一个基层党组织在工作岗位上默默付出，几十年如一日的工作状态。

每一篇故事的诞生，都倾注了采编人员在一线采访、收集材料、后期绘画、编撰的劳动成果，是集故事性、可看性、回忆性、典型性于一体的全方位的报道。

“人民的名义”系列连环画一经推出，就在PC、微信端制作了专题页面，省内各媒体积极转发。此外，该系列连环画积极向上的正能量主题、生动新颖的表现形式更是引起了国内多家媒体的注意，他们纷纷积极转发相关报道。

使用手机扫描上方二维码，即可获得本条获奖作品的新媒体展示。

该作品获得第二十八届中国新闻奖网络专题类三等奖、2017年度四川新闻奖一等奖、全国党报网站“媒体深度融合的探索与突破”优秀案例奖三等奖。

（四川新闻网刊载）

2017年政法年终盘点

沈　洁　姜　楠　罗小帅　高嘉敏

作品简介

为深入学习贯彻十九大精神，发扬党的优良传统，为谱写新时代政法工作新篇章营造良好的舆论氛围，上海政法综治网于2017年底特别策划大型专题“2017年政法年终盘点”，力求以全面的视角囊括这一年政法领域的重大案事件，梳理全年的政法新闻脉络。

使用手机扫描上方二维码，即可获得本条获奖作品的新媒体展示。

专题共设五屏、七个版块：回首2017、司法改革、法治中国、重大案件、法治热点、社会焦点、新法新规。

回首2017：专题总览，以贯彻十九大精神为引，展开此次专题内容。

司法改革：上海作为司改探路者，积累了丰富的改革经验可向全国推广。

法治中国：“法治”的概念日渐深入人心，2017十大流行语中“十九大”上榜。

重大案件：“江歌案”“亲子园虐童案”“杀妻藏尸案”……皆受到广泛关注。

法治热点：防校园欺凌、交通大整治、申城“禁燃令”等成为社会热点话题。

社会焦点：末代司考、异地身份证办理、中运量公交等新闻提升焦点热度。

新法新规：网络安全法、民法总则、新道交条例等新规值得民众期待。

（上海政法综治网刊载）

摄影类作品

“西城洋大妈”

方　非

作品简介

“西城大妈”可是京城五大“神秘组织”之一，这些人都是自愿组织起来维护西城治安、环境的，通常配备“红袖标”、红马甲或小红帽。由于年长的女性占比最大，所以基层民警将这个群体昵称为“西城大妈”。如今，“西城大妈”已经成为一个响亮的品牌，装备精良，战斗力不可小觑，在坊间流传着“西城大妈上管天，下管地，中间管墙壁”的传说。

使用手机扫描上方二维码，即可获得本条获奖作品的新媒体展示。

常去后海转悠的人肯定发现了一个新现象，那里多了一位戴着“红袖标”的外国人。一个高个子的白人老外，名叫Terry Crossman，中文名字是高天瑞，在师傅——“西城大妈”刘晓霞的帮助下成为一名西城区平安志愿者。

高天瑞成为一名“西城洋大妈”后，每天都会戴上自己的红袖标，穿上红马甲，骑上小车，定时出现在荷花市场前的志愿服务亭里，通过自己制作地图指南为游客指路，或者是给外地游客一杯热水，或者帮助邻居卖卖酸奶吆喝生意，有时甚至“路见不平”管理一下小商小贩。平时，他就和师傅刘晓霞以及其他大妈们一起在胡同里巡逻。

本作品就是对高天瑞这位“西城洋大妈”的志愿服务的记录，展现了高天瑞志愿服务的内容和与其他志愿者、被帮助者的互动。

（《北京日报》刊载）

利剑出鞘战昆仑

张　铮

作品简介

本组图片拍摄于新疆克孜勒苏柯尔克孜自治州边境山区。“天山—3号（2017）”是在上合组织框架下开展的系列反恐演习，这是该项活动第三次在中国边境地区举行。演习目的旨在震慑暴恐犯罪，维护地区和平。

在2017年6月，记者深入喀什山区与参演官兵同吃同住，在隔壁沙漠丘陵地带同参演车辆奔跑追逐，拍摄了大量现场图片。图片先后刊发在《人民公安报》《法治日报》《中国日报》等多家媒体。

本组图片拍摄采自实战现场，气势磅礴有力，细节真实还原。刊发后，在上合组织成员国主管机关边防部门领导人第五次会议上引起热烈反响，获得中外双方有关部门较高赞誉。

（《人民公安报》刊载）

使用手机扫描上方二维码，即可获得本条获奖作品的新媒体展示。

大爱·感恩

——艾滋病罪犯监区掠影

王富晓

作品简介

第三十个世界艾滋病日前夕，11月28日、29日，记者来到河南省唯一集中关押艾滋病罪犯（男犯）的监区——省豫南监狱特犯监区。

从1998年发现河南省监狱系统第一例艾滋病罪犯，到现在近20年的时间里，肖永华除了监管艾滋病罪犯，还在艾滋病罪犯抗病毒治疗上用尽了心思。

他制定了省豫南监狱《艾滋病防治管理规定》等20多项艾滋病罪犯管理制度，对艾滋病罪犯的日常管理、营养保障、病情追踪、抗病毒感染等予以规范。近20年来，肖永华和同事一起监管艾滋病罪犯500余人，治疗危重艾滋病罪犯71人，把26名艾滋病罪犯从死亡边缘拉了回来。

（《河南法制报》刊载）

使用手机扫描上方二维码，即可获得本条获奖作品的新媒体展示。

跨国押解电信诈骗犯罪嫌疑人

集　体

作品简介

近年来，我国加大了对跨国电信诈骗犯罪的打击力度，2017年，新华社持续跟踪报道相关工作进展，通过图片全面、集中展示我国警方与相关国家强化合作，跨境打击跨国电信诈骗活动，大规模押解电信诈骗犯罪嫌疑人回国等成果。系列图片报道直观、充分，被《人民日报》海外版、《法治日报》《中国日报》《中国青年报》《北京青年报》等多家媒体采用，产生了重大、广泛影响。

使用手机扫描上方二维码，即可获得本条获奖作品的新媒体展示。

（新华社刊载）

忙碌工作中不忘继续完善代表建议

温　凯

作品简介

带着“全国人大代表参会前在做什么？”这个问题，在十二届全国人大五次会议开幕前，记者赶赴宁夏回族自治区石嘴山市，探访全国人大代表、石嘴山市公安局惠农分局政委张仙蕊。记者采用跟拍的方式，记录一位公安系统的全国人大代表参会前的工作、生活，通过客观的镜头语言报道体现出张仙蕊作为民警尽职工作，作为全国人大代表尽心履职，在赴会前的最后几天还在完善自己的建议。

报道将《人民公安报》的特点与人大宣传相结合，让基层公安民警看到了一名公安系统的女性全国人大代表真实的工作、生活状态，引起了公安民警的关注，为之后十二届全国人大五次会议的报道起到了铺垫作用。

使用手机扫描上方二维码，即可获得本条获奖作品的新媒体展示。

（《人民公安报》刊载）

百名公诉人角逐“全国最佳”

程　丁

作品简介

第六届全国检察机关优秀公诉人业务竞赛于2月18日至24日在京举办，来自全国31个省份及军事检察院、新疆生产建设兵团检察院、铁路检察机关的101名公诉检察官参加了本届竞赛。

（《检察日报》刊载）

使用手机扫描上方二维码，即可获得本条获奖作品的新媒体展示。

手语“法制课”

王权力　谢　曦

作品简介

3月15日，广西壮族自治区贺州市八步区人民法院里的青少年法制教育基地迎来贺州市特殊教育学校的60名学生。该院未成年人案件综合审判庭法官热情接待了这群特殊的孩子，丰富多彩的法制教育内容让生活在无声世界里的学生们大开眼界，并对法律有了初步的认识。活动中，法官带领同学们旁听庭审。在庭审现场，手语老师通过手语翻译的形式将庭审的案情、审判情况以及案件庭审的相关程序一一翻译给孩子们。

（《人民法院报》刊载）

使用手机扫描上方二维码，即可获得本条获奖作品的新媒体展示。

2018

年度

全国政法
优秀新闻作品

一等奖作品

First Prize Works

01

报刊类作品

坚决打赢扫黑除恶攻坚战

秦 平

为深入贯彻落实党的十九大部署和习近平总书记重要指示精神，切实扫除黑恶势力，保障人民安居乐业、社会安定有序、国家长治久安，进一步巩固党的执政基础，党中央、国务院决定，在全国开展扫黑除恶专项斗争。

这是号令，这是战鼓。政法机关作为人民民主专政的国家政权机关，在这场斗争中要冲在第一线、站在最前沿，要有新举措、大作为。

全国政法机关要从进行伟大斗争、建设伟大工程、推进伟大事业、实现伟大梦想的高度，深刻认识扫黑除恶专项斗争的重大意义。近年来，各地区各部门按照党中央部署，对黑恶势力保持高压态势，取得明显成效。但同时我们也必须认识到，当前涉黑涉恶问题仍然比较突出，并出现新动向。如果任由这些问题蔓延，将会成为危害社会稳定，动摇执政基础的重大隐患。在全国开展扫黑除恶专项斗争，是以习近平同志为核心的党中央作出的重大决策，事关社会大局稳定和国家长治久安，事关人心向背和基层政权巩固。全国政法机关要站在国家总体安全观的立场上，切实把思想行动统一到党中央部署上来，科学谋划、精心组织、周密实施，坚决打赢扫黑除恶专项斗争这场攻坚战。

打赢扫黑除恶攻坚战，要充分发挥政治优势，形成强大合力。各级党委政法委要把党的领导优势转化为开展好专项斗争的组织优势，推动形成各负其责、齐抓共管的局面。各级党委政法委要履行好牵头责任，统筹协调有关部门、单位，综合施策、协力推进。

打赢扫黑除恶攻坚战，要坚持以人民为中心，一切为了人民，紧紧依靠人民。要聚焦涉黑涉恶问题突出的重点地区、重点行业和重点领域，把打击的锋芒始终对准人民群众反映最强烈、最深恶痛绝的各类黑恶势力违法犯罪，广泛发动群众，打一场扫黑除恶的人民战争，通过专项斗争不断提升人民群众的获得感、安全感、幸福感。要坚持打早打小，除恶务尽，始终保持对各类黑恶势力的高压态势，最大限度地挤压黑恶势力的生存空间。

打赢扫黑除恶攻坚战，要坚持依法办案。各级各地政法机关要进一步明确政策法律界线，切实把好案件事实关、证据关、程序关和法律适用关，既坚持严厉打击各类黑恶势力违法犯罪，又要依法依规，不枉不纵，确保办案质量和办案效率的统一，确保政治效果、法律效果和社会效果的统一。

打赢扫黑除恶攻坚战，要标本兼治，形成长效机制。黑恶势力做大，背后必然有“保护伞”。要把扫黑除恶与摧毁黑恶势力经济基础结合起来，与反腐败基层“拍蝇”、打击“保护伞”结合起来，与整顿软弱涣散的基层组织、加强基层政权建设结合起来，与加强普法教育、移风易俗结合起来，坚决铲除黑恶势力滋生的土壤。

沧海横流，方显英雄本色。今年是深入贯彻落实十九大精神的开局之年，是全面建成小康社会的关键一年，也是我国改革开放40年，政法机关要切实肩负起维护国家安全和社会稳定的重任，坚定“不破楼兰终不还”的决心，持续发力，久久为功，不扫尽黑恶势力决不收兵，通过不懈努力换来海晏河清、朗朗乾坤。

（《法治日报》刊载）

扫出一片朗朗乾坤

——2018年扫黑除恶专项斗争综述

倪 弋

这是一场保障国家长治久安、进一步巩固党的执政基础的伟大斗争；这是一项确保人民安居乐业、维护社会安定有序的关键之举。

今年1月，以习近平同志为核心的党中央，站在统筹推进“五位一体”总体布局、协调推进“四个全面”战略布局的高度，立足中国特色社会主义进入新时代、“两个一百年”奋斗目标进入历史交汇期的宏大视野，部署开展为期3年的扫黑除恶专项斗争。

一年来，扫黑除恶专项斗争将打击黑恶势力犯罪和反腐败、基层“拍蝇”相结合，将扫黑除恶和加强基层组织建设相结合，既有力打击威慑黑恶势力犯罪，形成压倒性态势，又有效铲除黑恶势力滋生土壤，形成长效机制，不断增强人民获得感、幸福感和安全感，为决胜全面建成小康社会、夺取新时代中国特色社会主义伟大胜利，营造安全稳定的社会环境。

高位推动、全面部署，形成扫除黑恶势力的强大合力

今年1月，中共中央、国务院联合发出《关于开展扫黑除恶专项斗争的通知》（以下简称《通知》），拉开了扫黑除恶专项斗争的序幕，擘画了扫黑除恶专项斗争的“路线图”。从《通知》中可以发现，已经开展10多年的“打黑除恶”专项斗争，变成了“扫黑除恶”专项斗争，从“打”到“扫”一字之变，其深度、广度和力度前所未有。

随后，按照《通知》的明确要求，中央成立全国扫黑除恶专项斗争领导小组，整合政法、组织、纪检监察等24个部门参与其中，对各部门都明确了

具体的扫黑除恶职责。为更好贯彻落实中央精神和部署，不断推进扫黑除恶专项斗争开展，今年以来，召开了全国扫黑除恶专项斗争电视电话会议，4次全国扫黑除恶专项斗争领导小组会议，扫黑除恶专项斗争推进会，4次全国扫黑办主任会议等，强力推动专项斗争向纵深发展。今年7月和12月，全国扫黑办由主任、副主任分别带队，两次赴部分省区市开展专项斗争调研，掌握了解第一手情况，研究谋划下一步工作。同时，各地各有关部门也建立相应的领导和办事机构，形成上下联动、齐抓共管、综合治理的工作格局。

在党中央、国务院高度重视、全面部署下，各地各部门在各级党委和政府统一领导下，有效统筹各方资源力量，综合运用法律、经济、行政等多种治理手段，坚持系统治理、源头治理、综合治理，形成涤荡黑恶势力的强大合力。

高压严打、依法严惩，形成打击黑恶势力的压倒性态势

“感谢扫黑除恶专项斗争，让我们这些被逼得走投无路的老百姓有了出路！”刚一开口，曾深受郭华团伙伤害的周女士就感动得流下热泪。今年6月，横行荆门10多年的“黑老大”郭华及其党羽的罪恶之路终于走到尽头——荆门市人民法院对郭华等29人组织、领导、参加黑社会性质组织案二审宣判：郭华以故意伤害、敲诈勒索等12项罪名，被判处有期徒刑20年。

人民群众的获得感、幸福感和安全感，是对扫黑除恶专项斗争成效的最好注解。这得益于扫黑除恶专项斗争的高压严打、依法严惩，形成打击黑恶势力的压倒性态势：截至今年11月，全国共打掉涉黑组织1082个。

今年1月，最高法、最高检、公安部、司法部联合出台《关于办理黑恶势力犯罪案件若干问题的指导意见》，明确将把持基层政权、横行乡里、欺行霸市等11类黑恶势力违法犯罪作为打击重点。针对涉黑涉恶违法犯罪新动向，以及涉黑涉恶案件证据标准、恶势力违法犯罪认定、涉案财产处置等存在争议的问题，政法部门出台对“保护伞”、恶势力和“软暴力”违法犯罪的认定，依法打击“套路贷”、黑恶势力非法放贷、网络涉黑涉恶犯罪等7个方面的司法解释和指导意见，为办理涉黑涉恶案件提供更加明确细化的法律依据。

作为扫黑除恶专项斗争的主力军，全国公安机关迅速行动、重拳出击，保持高压严打态势，始终把专项斗争作为一项重大政治任务来抓。山西公安机关明确扫黑除恶12个重点领域，建立12项工作机制，通过提级管辖、异地用警等多种形式，迅速形成打击黑恶势力的凌厉攻势；广东公安机关充分运用“侦查、研判、指挥”一体化模式，把扫黑除恶与加强基层组织建设、深挖“黄赌毒私”个案背后的“保护伞”、打击港澳跨境有组织犯罪三点相结合……

在全面推进依法治国的背景下，扫黑除恶专项斗争始终坚持在法治轨道、法治框架内有序进行，始终坚持严格依法办案，确保办案质量和办案效率的统一，确保政治效果、法律效果和社会效果的统一。

深挖彻查、反腐“拍蝇”，坚决惩治涉黑涉恶腐败及其“保护伞”

“参加纪检监察工作11年来，我还是头一次见一个案子移送4名省管干部。”回忆起办理“小四毛”服刑减刑期间相关人员涉嫌违纪违法一案，专案组成员李颖南满是感慨。

“小四毛”，本名任爱军，是山西太原一名臭名昭著的“黑老大”。早在2003年，任爱军就曾因组织领导黑社会性质组织罪、绑架罪等罪名被判处无期徒刑。出人意料的是，任爱军经多次减刑于2013年6月刑满释放。一个劣迹斑斑的黑恶势力头目，如何在短短10年间便从无期徒刑变为减刑释放？是谁在背后保护“小四毛”？

专案组认真分析研判，攻坚克难办案。最终，一个牵出90名公职人员，处分4名省管干部，违法违纪充当黑恶势力“保护伞”的大案成功告破。

实践证明，黑恶势力之所以能够横行乡里、鱼肉百姓多年，与“保护伞”的纵容包庇密不可分。而“保护伞”之所以存在，根子在于有的地方党委政府和职能部门惩治不力、疏于监管、失职渎职，党组织软弱涣散、履责不力，没有切实扛起全面从严治党和扫黑除恶主体责任。

今年2月，中央纪委印发《关于在扫黑除恶专项斗争中强化监督执纪问责的意见》，把专项斗争纳入巡视巡察工作的重点内容，各地纪检监察机关相继制定了相关方案、意见，推广“一案三查”、领导联点包案等制度，加强执纪问责，推动地方党委落实深挖彻查“保护伞”主体责任。截至11月底，全国纪检监察机关共立案查处涉黑涉恶腐败和“保护伞”问题11829起，给予党纪政务处分8288人、移送司法机关1649人。通过深挖彻查“保护伞”，进一步清除了党员干部队伍中的害群之马，净化了党风政风，崇法尚德、扶正祛邪的正气更加充盈。

筑牢堤坝、夯实基础，铲除黑恶势力滋生蔓延土壤

在广州市黄埔区刘村，8000多名本地户籍人口和3万多名来自全国各地的外来务工人员，生活得和谐安宁。然而就在几年前，刘村存在着一个成员众多、为祸一方的农村涉黑犯罪集团，而这股黑恶势力的头目，竟然是一名基层干部——刘村社区居委会原党委书记刘永添。

今年8月，这股黑恶势力被绳之以法，广州市中级人民法院作出二审判决：以组织、领导黑社会性质组织罪、强迫交易罪、敲诈勒索罪等罪名，判处主犯刘永添有期徒刑二十年；其他53名团伙成员分别被判处二十年至两年不等的有期徒刑。消息传来，刘村群众无不拍手称快。

“源清则流清，源浊则流浊。”如果基层组织软弱涣散，基层治理缺乏足够的政治指引、组织保障和社会支持，黑恶势力就有滋生蔓延的空间。加强基层组织建设，正是铲除黑恶势力滋生土壤的治本之策、关键之举。

——大力整顿软弱涣散基层党组织，着力解决突出问题。推动县乡两级党委对软弱涣散村党组织逐一摸清情况、找准症结，有针对性地制定整顿方案，采取调整撤换、选派等办法选优配强村党支部书记。

——严格规范村“两委”换届选举，落实县级联审机制。严格人选标准、严格资格审查，在全国建立组织、民政、纪检监察、公检法等相关单位参与的村干部候选人联审机制。

——发挥基层党组织政治功能，组织发动党员群众积极参与扫黑除恶专项斗争。进一步加强思想政治教育，引导党员干部敢于发声亮剑，旗帜鲜明地与涉黑涉恶、黄赌毒等不法行为作斗争。

截至10月底，全国共排查整顿5.1万个软弱涣散村党组织，对查处的1141名涉黑涉恶村干部及时撤换。对今年基层“两委”换届的10个省区市取消了

5.1万名不符合条件的人选资格，村“两委”换届秩序明显改善，基层党组织政治功能有效发挥。

今年7月，中共中央办公厅、国务院办公厅印发《全国扫黑除恶专项斗争督导工作方案》。7月至9月，第一轮10个中央督导组进驻期间，10个省市就打掉涉黑组织96个，有1386人投案自首，推动立案查处涉黑涉恶腐败和“保护伞”问题1791起，党纪政务处分572人。根据部署，2019年中央将组织开展第二轮、第三轮督导，并力争在上半年对所有省份实现全覆盖，并适时开展“回头看”，助力建立完善扫黑除恶的长效机制，推动扫黑除恶向纵深发展。

（《人民日报》刊载）

缕缕春色透监门　丝丝亲情满庭芳

——全国监狱春节启动罪犯离监探亲活动纪实

蒋安杰

“团聚最喜悦，团圆最幸福，团结最有力。春节是万家团圆的日子。家和万事兴。国家富强，民族复兴，最终要体现在千千万万个家庭都幸福美满上，体现在亿万人民生活不断改善上。千家万户都好，国家才能好，民族才能好。”习近平总书记在2018年春节团拜会上的重要讲话鼓舞人心、催人奋进，给各行各业指明了奋斗的方向，更是道出了中国人最为深沉的家国情怀。

天下之本在国，国之本在家。对于千千万万个普通的家庭是这样，每逢佳节倍思亲，对于尚有亲人在监狱服刑的家庭来说，又何尝不是如此呢?

2018年这个春节，对司法行政系统来说，开展的工作，尤其意义非凡。为贯彻落实党的十九大精神，增强人民群众获得感、幸福感、安全感，践行国家总体安全观下的监狱治本安全观，坚持“惩罚与改造相结合，以改造人为宗旨”的监狱工作方针，经报告中央政法委同意，根据司法部的统一部署，春节期间，全国27个省份（除天津、河北、湖北、新疆维吾尔自治区、新疆兵团）311所监狱集中开展罪犯离监探亲活动，共批准999名罪犯离监探亲。

为何实际离监探亲人数比春节前报道将有1300名罪犯获准离监探亲有所减少？记者在采访时得知，有的罪犯通过亲情电话与家属沟通，延期至元宵节或者清明节；有的罪犯家属在外地打工，没有赶回家，无法及时办理手续和到监狱接罪犯；有的经评估后，仍没有把握，为慎重考虑，减少了数量。

截至2月20日下午5点，999名离监探亲罪犯全部安全顺利返回监狱。这一时间节点，是2018年这个春节，让值班监狱干警非常舒心的一刻，也是难忘的一刻。某种意义上说，直到这一刻，司法部部长，部监狱局局长，各省司法厅厅长、监狱局局长以及相关负责人春节期间悬着的“那颗心”才算真正地“放”了下来。

因为考虑维稳、不可控因素、监管安全、社会接纳程度等，除四川等个别省份外，其他省份近十年来基本停止了这项制度的执行。该制度十年后重启，在全国范围内如此大规模的离监探亲活动，这么多年，在司法行政系统尚属首次，面临的难度、压力和风险可想而知。999名罪犯节日短暂离监，重归社会，再融亲情，体现的是新时代监狱执法工作法与情的融合，折射的是监狱践行治本安全观的开放姿态，更体现出司法部党组的勇气、魄力、担当和司法行政人“强身健体后”的高度自信，因而此举被很多业内人士誉为“破冰之举”。

离监探亲：司法部要求依法依规重启

离监探亲，是指准予符合一定条件的罪犯暂时离开监狱、探望亲属，是监狱对罪犯的一种狱政奖励。

《监狱法》规定，被判处有期徒刑的罪犯执行原判刑期二分之一以上，在服刑期间一贯表现好，离开监狱不致再危害社会的，监狱可以根据情况准其离监探亲。根据《监狱法》的规定，司法部2001年制定了《罪犯离监探亲和特许离监规定》，对离监探亲的条件、程序、监督等作出具体规定。

为充分发挥亲情感化作用，激励罪犯积极改造，在四川等地持续开展、积累经验的基础上，司法部2017年12月20日下发《关于开展监狱在押罪犯离监探亲工作的通知》，部署在2018年春节期间集中开展一次罪犯离监探亲活动，以后逐步实现制度化、常态化。

2月10日，张军部长到燕城监狱调研，非常关心离监探亲工作，他在食堂现场遇到即将离监人员马某某，语重心长地让马某某向家人转达问候，还叮嘱他一定要按时回来，不要把这个好政策破坏了……马某某一度激动得说不出话来：“没想到，这么大的领导能亲自鼓励我，这让我一辈子都忘不掉，我一定努力改造，回报社会。”

2月12日，张军部长提出具体要求，强调发挥好离监探亲的正向激励作用，严格按照法律规定把握罪犯离监探亲条件和审批程序，有效预防各类风险，确保稳妥放出去、安全收回来。

2月18日，大年初三，张军部长早早地来到司法部指挥中心，听取多年来第一次全国各地司法行政工作、监狱、戒毒、社区矫正中心安全稳定的零报告，并认真询问是否可以看到离监探亲的相关视频情况。

让爱回家：高墙外的特殊团聚

回首向来萧瑟处，山头斜照却相迎。

春节前夕，重庆市涪陵监狱服刑人员刘某获批离监探亲，几经辗转，刘某回到了那个既熟悉又陌生的家。下车的第一眼，刘某远远地瞧见了在村口等候他回家的女儿，那一刻对刘某来说，真可谓感慨万千，他一直紧紧地抱着女儿走着回到了家，久久不愿松手。孩子对爸爸能回家过年也是欢喜雀跃，回家这些天，只要刘某一离开孩子的视线就会听见“爸爸，爸爸，你在哪里”的声音，看到刘某就会立马又飞扑到他怀里，那一刻刘某心里的酸楚无法形容，他觉得自己欠女儿、欠家庭真的太多太多。

每一位新娘，都渴望能在婚礼上，由父亲牵起自己的手，郑重地交到丈夫手上，肖贝也不例外。2017年9月，当她和男友许墨（化名）来到嘉州监狱探视父亲，顺便请求父亲同意他们登记结婚时，曾经挑剔的肖某只是问了问女儿对男友的感觉，就同意了他们的婚事。此次离监探亲，肖贝给父亲安排了“任务”：喜糖还有零星的几十盒没有包装，肖贝特地给父亲留了一些，好让他以这种形式参与到婚礼的筹备中。“等爸爸刑满释放后，还需要他去派请帖、订酒水、订婚宴菜单……我希望让爸爸感觉到家里仍需要他来挑大梁，安排些事给他忙也能让他更快地融入社会。”

7年未回家，与岳父已阴阳相隔。2月的达州，天气格外寒冷。几天的兴奋和彻夜难眠，终于“熬”到离监探亲的日子。14日，经过近5个小时的车程，李某某回到了家乡。“妈、妈，我回来了！”还没走进门，李某某已经控制不住自己的情绪。由于母亲常年生病，行动不便；李某某走上前去拉住了母亲和岳母的手，一米八个子的李某某瞬间头低了下来，像个做错事的“孩子”。“我们一家人，都盼着他回来，他爸爸（岳父）走的时候还念叨他们呢。”李某某母亲已经84岁了，目前身体也不太好，本以为再也见不到儿子了，没想到监狱出了这样的好政策，能让他们母子团聚。

让服刑人员回家过年是监狱系统贯彻落实治本安全观、激励服刑人员积极改造的重要举措之一，目的是让服刑人员感恩亲情、拥抱温暖，通过家庭与亲情的感召，帮助他们把因为曾经的错误造成被害人和他人家庭不可逆转痛苦的深切悔恨以及对未来的美好向往，转化为努力改造、重获新生的动力。而这一举措在这个春节已经初见成效。

为爱护航：高墙内的使命担当

为使离监探亲这一践行治本安全观的有益实践取得圆满成功，监狱的领导和干警肩负重任，以高度的责任感和强烈的使命感，精心组织，周密安排，明确责任，加强监管，时刻跟踪，环环相扣，确保平安收监万无一失，全力以赴着力做好各项安全风险防范工作。很多监狱干警表示，这个春节过得并不轻松，或者说相当有压力。严格确定离监对象；密切配合工作，协调地方公安机关、确保服刑人员必须先到派出所报到、并与亲属签订具保书，确保服刑人员离监期间全程受控；严格监管工作，佩戴定位腕带，确保服刑人员离监期间全程受控，每天定时接听“报安”电话，实时准确了解离监探亲人员的举止和行踪；安全准时收监工作等等，每一项都不能掉以轻心。

宁夏司法厅党委书记、厅长李金英在节日期间，每天关注离监探亲服刑人员动态。她对监狱值班警察强调，此项工作责任重大，不敢有丝毫疏忽和懈怠，要加倍警惕做细工作，要坚持每日零报告制度，有异常随时报告，及时处置！

破冰之举，责任重大，说没有担忧那是假的。把人放出去会不会按时回来？社会的认同度有多高？惹点事怎么办？被害人怎么想？地方上是否配合？作为第一责任人，这些压力一直萦绕在郴州监狱监狱长杜湘宏的脑海。

“犯人首先是一个人，然后才是一个犯人，绝大多数服刑人员都有回归社会的一天，我们应当为他们的回归创造条件。”做好科学的罪犯风险评估，落实监督管控制度是探亲罪犯离监探亲实施的最为关键的环节。为确保离监探亲安全顺利、效果良好，郴州监狱还实行了多项具体保障措施。包括进行专业评估评测、开展离监纪律教育等等。

四川监狱系统12年来批准4387名罪犯离监探亲，全部安全按期返监，无一起监管事故和治安案件，无一起执法投诉，无一起不公不廉反映，为何这么多年来能一直坚持？

2月22日，四川省监狱管理局局长刘志诚接受记者采访时表示，组织罪犯离监探亲，是《监狱法》的明确规定，是监狱义不容辞的责任，是罪犯应该享有的权利。当时局班子分析认为，我们如果一味地怀着“放得出去收不回来”的顾虑，一味地抱着“不做事不出事、少做事少出事”的想法，不敢干事创新，不敢担当责任，那我们就不仅剥夺了罪犯的法定权利，就是在用牺牲罪犯合法权益为自己的红顶买单，也是放弃改造罪犯职守，就是对事业的不负责任。在这个问题上，局班子认识是清醒的，思路是大胆的，那就是决不满足不出事不跑人，决不容忍做平安班子、当太平官，我们大家都知道，开展离监探亲，有利于感化罪犯改造罪犯、有利于重建公正文明执法信心、有利于形成监狱与社会共同教育局面，必须有法必依、有法必为，把宽严相济的刑事政策用好用够用活，决不因风险而动摇，决不因困难而退缩。

特殊的教育：罪犯感受新时代

二十四桥明月夜，玉人何处教吹箫。

如果说亲情的团聚让人感动、让人泪奔的话，每个服刑人员描述自己眼中家乡的变化和离监探亲的感受时，他们感受新时代的变化所受到的教育，让离监探亲在温暖亲情、大爱人间的同时，更为“治本安全观”增添新的注脚，也为学习十九大精神落到实处、为他们早日回归社会做了铺垫。

“变化太大了，回家那天，车到了家门口，姐姐告诉我家到了，我还蒙着，姐姐们笑我连家都不认识啦。”朱某的家在昆明，已服刑14年，面对昆明的变化，他感慨万分：“一路上都是高楼大厦，我的脑海里还停留在10多年前。去哥哥家的路上，我还看见了地铁轻轨！”朱某服刑期间，父亲辞世，母亲患阿尔茨海默症，已不记得朱某相貌。“虽然她已经不知道我，但昨天嘴里又开始说着我的名字，很高兴。”朱某的哥哥说：“回来后，老母亲的饭是他喂，老母亲的脚是他洗，晚上他还陪伴着老母亲直到她睡着。”春节期间和母亲短暂相伴，让这位母亲，又重新轻唤起儿子的乳名。

锦州监狱罪犯尚某回监说：“农村变化太大了，村里都有了路灯，道路全都是水泥路，许多人家门前都停有汽车。听说山里还有了野猪、狍子等动物，真是天蓝了、水绿了、山青了。我父母还办了‘新农合’，看病给报销。我要加快改造步伐，早日回家孝敬父母。”

贵州都匀监狱座谈会上，四监区服刑人员吴某某说：“这次出去的感受只能用震撼两个字来形容了，以前家里的泥巴小道现在都变成了水泥路，好多人家都买了小轿车；原来的茅草屋也不见了踪影，家家都是小洋楼；农村寨子里还安装了太阳能路灯；每个人手上都有触摸屏手机；现在的变化不得了，真的感谢政府感谢警官给了我这次机会，我要抓紧时间，要更加积极地改造，早日回家。”

长春监狱服刑人员吕某，18年前，因一时冲动犯了重罪，被判死缓。“家”对他来说，既熟悉又陌生，他高兴地告诉送行的监狱领导和民警，今年是他36岁的本命年，很有意义。吕某的邻居说：“18年了，他们家从没有这样开心过，也没这样团聚过，也让我们看到了监狱真的把孩子教育好了，监狱民警功不可没！”

银川监狱举办的“一场令人动容的报告会上”，服刑人员袁某说：“腊月二十九那天，当我迈出监狱大门的那一刻，我连路都不会走了，看到来接我的亲人，我激动得手足无措。回家的路上，我焦急地朝窗外张望，一路上眼花缭乱的景象让我不敢相信社会如此飞速的发展。我家里盖了漂亮的新房子，家家户户院子里都停着小轿车，我跟着哥哥去超市买东西，像小孩一样看着他用手机支付，我才意识到我们的国家已经这么强盛，百姓的生活已经这么美好。”

罪犯回到离别已久的家中团聚过年，深刻体会到亲情无价，感恩家人和社会没有抛弃他们，感受社会的巨大发展变化，更加坚定了他们的改造信心。许多服刑人员表示，这次离监探亲让自己再次感受到对不起被害人、家人和社会，要用实际行动表达忏悔，回到监狱后现身说法，以亲身经历传播正能量，真正达到“探亲一人、带动一群、教育一片”的积极效果。

古代有纵囚归家　新时代有离监探亲

本乎人情，行之信义，著以恩德，为天下常法。

这个春节，高墙，电网，戒备森严——人们对传统监狱的印象豁然改变。在“治本安全”的道路上，亲情汇聚成巨大力量，召唤着服刑人员向着新生努力前行。不管是监狱系统本身，还是关注社会公共安全的业内人士，均为此次离监探亲叫好，社会各界普遍反映离监探亲体现了党和国家宽严相济的刑事政策，既有法度又有温度。

就此制度，记者在采访华东政法大学前校长何勤华教授、中国人民大学法学院法制史专家马小红教授、上海社科院法学所副所长殷啸虎教授时，他们都不约而同地提到了唐代纵囚归家的故事。

贞观八年九月初四这一天，长安城宽达150米的朱雀大街老早就被四面八方赶来的民众拥堵得水泄不通，因为一个谜底将要被揭开。事情源起于9个月前唐太宗李世民同390名死刑犯订立的“死亡之约”。原来，贞观七年腊月太宗视察朝廷大狱，那里有390名被判处死刑的囚犯等待批准执行死刑。通过亲自问话，死刑犯们对自己的罪责没有异议，但表达出了回家看望一次父母妻子的强烈渴望。

太宗听后，宣布了一个令所有人大吃一惊的决定：你们可以不受任何约束地回家与亲人团聚，在亲情和关爱中度过人生中的最后一段时光，但必须遵守一个约定，即来年九月初四准时自行返狱伏法！死囚们情不自禁地大声欢呼起来。

户部尚书兼大理寺卿戴胄忍不住上前提醒道：“这些都是杀人越货、罪大恶极之人，没有信用可言，到时不回，您可怎么交代呀？要三思而后行！”太宗回答说：“用诚心才能换忠心，我相信他们不会辜负这份信任。”话虽这么说，可是所有人都将信将疑，毕竟这是死亡之约。最后让大家想不到的是，这一天死囚们真的一个一个地回来了。

马小红认为，纵囚归家是恤刑的一种表现，目的是让囚犯有机会感受人情温暖并感受践行信义的愉悦，而新时代离监探亲是传统恤刑思想的现代发展；殷啸虎认为这是中国古代“德礼为政教之本、刑罚为政教之用”的法律传统文化与现代司法文明的完美结合，展现了威严法律中的一丝温情，体现了教育改造中的人性关怀，是依法治国和以德治国的有机结合。

中国政法大学刑事司法学院副院长、教授、博士生导师、恢复性司法研究中心主任王平评论说：“有的监狱提出‘让亲情回家’，这个题目本身就非常好，在继承、发扬中华传统文化的基础上，将监狱刑罚执行属性、教育改造人的职责与传统‘亲情’文化紧密结合起来，发挥监狱的独特优势，将中国人对“家”这一特殊含义进行了创新，进行了延伸，真正做到了国是家的延伸，家国一体，非常好。”

离监探亲：治本安全观的实践验证

大约2300年前，古希腊一个叫亚里士多德的人提出，法律上的正义可分为分配正义和矫正正义。前者主要指立法上的正义，后者主要指司法的正义。他认为矫正正义是通过对罪犯的惩罚，使之与被害人之间形成了一种“得失平衡”，展现司法的正义性。

在西北政法大学校长杨宗科教授看来，如果从罪犯改造与社会效益的关系出发，监狱对罪犯的惩罚教育和改造投入了大量的社会资源与成本，其目的不应仅仅实现被害人与罪犯之间个人“得失平衡”，还应该实现国家和社会对罪犯改造的“得失平衡”。让教育改造的成本变成有利于社会的收益，实现刑罚执行的良好社会效益才是真正具有实质性的矫正正义。

杨宗科教授认为，治本安全观体现了人本价值观，体现了法律对这些罪犯的人性、理性、德性等人格尊严的认同与保护。治本安全观坚持以改造人为中心的刑罚执行理念，不是消极地做到“关得下、管得住、跑不了”，而是以更积极的态度引导罪犯向“不想跑”“想变好”的方向努力。这种积极的改造观以重新实现罪犯改造后的社会价值为目的，具有价值目标的合理性，实践也证明了其可行性。

治本安全观：推进平安中国建设的必由之路

今年1月份全国司法厅（局）长会议上，张军部长强调，落实治本安全观，以思想文化教育和心灵亲情感化为切入点，综合运用教育、劳动、管理等手段，努力将罪犯改造成为守法公民，这是贯彻落实习近平总书记总体国家安全观、推进平安中国建设的必由之路，是监狱刑罚执行工作义不容辞的责任和最高目标。对于需要惩罚教育改造的罪犯来说，严防死守是对人民安全和社会安全的必要保护，但这仅仅是前提性的保护。而将罪犯教育改造成守法公民，把社会肌体的“有毒细胞”改造成为“健康细胞”，消除其重新犯罪的隐患，扩大社会守法公民的范围和层面，增强人民群众的安全感和满意度，才是积极有作为的改造观。

此次全国范围大规模离监探亲活动，我们真切感受到，罪犯家属以及罪犯本人对监狱的感谢，对党的感恩，而这些都是他们发自肺腑、实实在在想表达的一份真情。

我们发现，这项工作更是一项社会工程，涉及方方面面，可谓牵一发而动全身。各地监狱注重加强与基层党委政府、公安机关、综治办、社区或村（居）委会沟通协调，全程联动，形成了“监狱主导、家属接纳、基层党委政府重视、部门联动、社会包容”的工作格局。加强对离监探亲罪犯的动态监管，离监探亲期间，有关方面采取电话抽查、跟踪回访、电子定位等管控手段，确保罪犯稳妥放出去、安全收回来。

此次全国范围大规模离监探亲活动，我们看到，罪犯与家人团聚的背后，凝聚着更多人的关注和关爱以及辛勤的付出。仅以吉林省为例，在北郊监狱办理社会评估的工作中，居委会工作人员表示，“春节期间离监探亲对服刑人员及家属都是一件大好事，特别是在服刑人员老父亲病重的情况下，更能体现监狱的人文关怀，更有人情味了，希望监狱加大离监探亲力度，让这项政策惠及更多表现好的服刑人员回家团聚，探望父母”。派出所民警表示，“离监探亲是监狱系统为能够认罪服法、改过自新服刑人员所做的一项重要决策，是他们回归社会，重新感受亲情、友情，感受社会包容力的重要方法，为下一步他们回归社会做好准备。我们一定积极配合落实监管签到，确保这项任务顺利完成”。

新时代新使命。习近平总书记对新时代政法工作提出了明确的要求，希望政法战线坚持以人民为中心的发展思想，增强工作的预见性和主动性，履行好维护国家政治安全、确保社会大局稳定、促进社会公平正义、保障人民安居乐业的“四大职能”。治本安全观正是落实了党中央对司法行政工作的要求，描绘了实现司法行政工作提档升级的路线图和任务书。治本安全观体现了人本价值观；治本安全观体现了新的刑罚执行观；治本安全观同时体现了系统安全观；治本安全观还体现了司法行政工作者勇于担当勇于创新的责任意识。

“问渠那得清如许？为有源头活水来。”从来就没有敲锣打鼓的事业，从来就没有轻轻松松的改革。破冰之举，自然意味着巨大的风险、无畏的担当。从这次全国27个省份开展离监探亲可以看出，即使《监狱法》有明确规定，即便是十年后的重启，在司法行政系统内部还有不同的认识；从四川监狱坚持12年批准4387名罪犯离监探亲，全部安全按期返监，无一起监管事故和治安案件，我们看到，还有很多司法行政人“功成不必在我，而功力必不唐捐”；从这次全国范围大规模的离监探亲，我们看到，“让亲情回家”，也必须是一种有限的、有底线的、受刑罚执行属性和法律权威性所约束的尝试，恰恰是为了改造罪犯的需要，不可能无选择让罪犯成批离监探亲，更不可能让他们回去时间过长。但从有限到无限延伸，从一个回去影响十个、百个甚至更多，互动的同时，可以建立更广泛甚至庞大的纽带，用最传统的文明，将家与国、罪犯与家庭、家庭与社会融为一体，其对和谐社会的建构意义将无比深远。用新时代的理念，温暖一个罪犯的心，温暖一个家庭，带动一个群体，温暖这个社会，新时代的监狱警察自己也必然在这个光荣使命的承载中从庄严走向神圣。

改革是由问题倒逼而产生，又在不断解决问题中而深化。我们有理由相信，治本安全观的落实与完善必将能够增强人民群众从司法行政改革的成果中得到更多的获得感、幸福感和安全感。历史从不等待一切犹豫者、观望者、懈怠者、软弱者。只有与历史同步伐、与时代共命运，才能赢得光明的未来。

（《法治日报》刊载）

推动新时代政法工作有新气象新作为

——十九大后首次中央政法工作会议传递六大新信号

集 体

新时代政法工作如何履行好党和人民赋予的职责使命？2018年政法工作提出哪些新要求、作出哪些新部署？22日至23日，党的十九大后首次召开的中央政法工作会议传递了新信号。

社会主要矛盾变化，政法领域体现“四个转变”

党的十九大明确指出，我国社会主要矛盾已经转化为人民日益增长的美好生活需要和不平衡不充分的发展之间的矛盾。

针对这一重要论断，会议指出，在政法领域，人民日益增长的美好生活需要体现在“四个转变”上：

——从实现基本物质文化需要向同步追求高品位物质文化生活转变；

——从实现外在物质文化需要向同步追求精神心理满足转变，不仅希望人身权、财产权不受侵犯，而且期待个人尊严、情感得到更多尊重，隐私、名誉、荣誉等人格权得到有效保护；

——从注重现实安全向同步追求长远安宁转变，对严格执法、公正司法有更高要求；

——从单纯的个体受益向同步追求参与社会事务转变，更加关注共商共建共治共享，对社会事务参与意愿强烈。

“新时代社会主要矛盾的变化，凸显出人民日益增长的对民主法治的需求、对法治品质的要求、对公平正义的期待、对安全保障的法律依赖等，人民美好生活需要的增量部分几乎都与民主法治直接关联。”中国法学会副会长张文显说。

张文显表示，社会主要矛盾发生变化，对政法工作提出了许多新要求，要在继续推动发展的基础上，着力解决好提高法治品质发展不平衡不充分问题，大力提升质量和效益，更好推动人的全面发展、社会全面进步。

历久弥新“枫桥经验”提升基层治理现代化水平

50年多前，浙江枫桥干部群众创造了“依靠群众就地化解矛盾”的“枫桥经验”，并根据形势变化不断赋予其新的内涵。

会议要求，以总结推广新时代“枫桥经验”为契机，提升城乡基层社会治理现代化水平。

——坚持以人民为中心，推动形成共建共治共享的社会治理新格局；

——坚持以善治为目标，推动创新城乡基层社会治理新模式；

——坚持以预防为基点，构建社会矛盾风险综合防控新体系；

——坚持以党建为引领，筑牢社会和谐稳定新防线。

“过去的‘枫桥经验’强调发动和依靠群众，坚持矛盾不上交，就地解决。随着时代发展，现在强调党政动手依靠群众、预防纠纷化解矛盾、维护稳定促进发展。无论是过去还是现在，都是践行党的群众路线，坚持以人民为中心的理念。”中国社会科学院法学研究所刑法研究室主任刘仁文说。

中南财经政法大学教授徐汉明认为，要牢牢把握“枫桥经验”以人为本的核心要义，推进社会治理社会化、法治化、智能化、专业化，打造共建共治共享的社会治理格局。

会议还特别提出，要总结推广“网上枫桥经验”，推动社情民意在网上了解、矛盾纠纷在网上解决、正面能量在网上聚合，努力使社会治理从单向管理向双向互动、线下向线上线下融合、单纯部门监管向社会协同转变。

刘仁文认为，新时代的“枫桥经验”不仅要贯彻落实到“现实空间”，还要落实到“网络空间”。例如在打击和防范电信诈骗等新型犯罪领域，在探索基层矛盾纠纷化解中，利用互联互通的网络科技，解决现实中的具体问题。

强调“完善产权保护机制”增强企业家信心

“更加注重完善产权保护机制，促进市场主体立恒心、增信心。”这是会议透露出的一个重要信号。

会议指出，切实维护企业家人身权、财产权、人格权。严防刑事执法介入经济纠纷、超标超范围采取财产强制措施、财产处罚过宽过重等现象发生。

徐汉明说：“政法机关直面当前产权保护中存在的薄弱环节和问题，需要更新执法理念，转变执法作风，改进执法方式，提高执法质量和水平，才能实现执法办案法律效果与政治效果、社会效果的有机统一。”

2017年底，最高人民法院公布人民法院将依法再审张文中案，顾雏军案，李美兰与陈家荣、许荣华案等三起重大涉产权案件，让人们切实感受到党中央完善产权保护制度、依法保护产权的坚定决心。

“一个案例胜过一打文件。”这次会议提出，要抓紧甄别纠正一批社会反映强烈的产权纠纷案件，进一步稳定社会预期、增强企业家信心。

“这有利于在全社会树立起‘有恒产者有恒心’的理念。”刘仁文说，“提升社会对公正司法的信心，对促进有关当事方和办案机关依法办事必将产生良好的示范效应。”

构建“中国特色轻罪诉讼制度体系”

诉讼制度改革作为司法体制改革的重要组成部分，是优化司法资源配置、提高司法质量效率的必由之路。目前，我国正在18个城市开展刑事案件认罪认罚从宽制度试点。

会议提出，今年9月试点到期后，要及时总结试点经验，推动刑事诉讼法等有关法律修改，构建起中国特色轻罪诉讼制度体系。

“在保障司法公正的前提下，应当在提高司法效率方面多下功夫。”中国政法大学刑事司法学院副院长汪海燕表示，要解决有限的司法资源与不断激增的诉讼案件之间的矛盾，就要使公正和效率在更高的层次上实现统一。

在民事诉讼制度改革方面，会议提出要推进化解方式多元化，完善诉调对接机制，探索调解前置程序改革试点，开展律师调解试点，发挥诉讼费制度的杠杆作用，引导更多民商事纠纷以非诉方式解决。

会议还提出，深化民商事庭审方式改革，探索法庭调查与法庭辩论合并进行，进一步提高司法效率。

“通过理论层面的不断创新，以及改革试点的实践，将一些成熟的、科学的改革经验上升为法律，以构建和完善具有中国特色的诉讼制度。”汪海燕说。

全国执法司法规范化大检查今年开展

会议透露，今年要开展全国执法司法规范化大检查，着力解决执法司法不严格、不规范、不公正、不文明问题，防止公权力损害人民群众获得感、幸福感、安全感。

在全国范围内开展针对执法司法的规范化大检查很有必要。汪海燕说：“政法机关应当遵循法治思维，秉承以人为本的执法理念，争取在司法执法的每一个环节都能够严格依照法律程序进行，才能让人民群众在每一个执法和司法的案件中感受到公平和正义。”

会议同时提出，要努力营造公正、透明、可预期的法治环境。更加注重改进执法司法方式。

汪海燕指出，改进执法司法方法，确保司法执法方法的严格、规范、公正和文明，是提高执法司法公信力、提升司法文明程度的重要举措与保障。

“具体而言，要深化执法权力运行机制改革，逐步构建起完备的执法制度体系、规范的执法办案体系、系统的执法管理体系、实战的执法培训体系、有力的执法保障体系，推动执法规范化建设提档升级。”汪海燕说。

打好防范化解重大风险攻坚战

会议指出，要开展重大社会稳定风险防范化解专项行动，努力做到发现在早、防范在先、处置在小，确保社会大局稳定。

“金融风险是当前最突出的重大风险之一。”会议要求，要充分发挥职能作用，把对涉众型经济犯罪案件的查办和化解风险、追赃挽损、维护稳定结合起来，防止引发次生风险。

会议部署，要开展专项行动，依法查处金融、财税、资本市场、社会民生等领域经济犯罪案件，重点打击非法集资、网络传销、内幕交易等经济犯罪，坚决惩戒违法违规活动。

南京大学法学院教授孙国祥指出，近年来，随着互联网的发展，非法集资等涉众型经济犯罪手段也不断翻新，极具隐蔽性和欺骗性。一旦蔓延，将对金融体系乃至社会稳定产生巨大冲击，严重影响实体经济发展。

孙国祥建议，相关部门要强化监测预警，综合运用各种手段积极排查化解金融风险隐患，加强薄弱环节的制度建设，构建系统化的追赃挽损工作体系，同时积极回应民生诉求，加强对广大群众的金融普法工作。

（新华社刊载）

奔着问题去　迎着困难上

——从全面深化司法体制改革推进会看司法体制综合配套改革着力点

李　阳

过去五年，人民法院站在新时代全面深化改革潮头，以逢山开路、遇水架桥的勇气涉险滩、闯难关，做成了习近平总书记所说的“想了很多年，讲了很多年，但没有做成的改革”。

随着司法体制改革逐步深入，深层次问题不断显现。在改革过程中发现问题、直面问题，最终解决问题，是问题导向的改革逻辑。

7月24日，在深圳这片改革前沿阵地召开的全面深化司法体制改革推进会，坚定不移地向全国政法系统发出了统筹推进司法责任制改革和综合配套改革的动员令。

奔着问题去、迎着困难上。清晰明确的“施工图”，引领改革稳步推进。

责任不实怎么办？——加快健全领导干部办案制度

重新穿上法袍，拿起法槌，像普通法官一样，伏案阅卷，坐堂庭审。司法体制改革以来，许多院庭长从“幕后”管理到“台前”审判，办案已成常态化。

切实落实院庭长办案，是司法责任制改革的要求。院庭长普遍回归审判一线，办案数量明显提升。有数据显示，2017年，全国法院院庭长办理案件780.3万件，同比增长77.2%，占全国法院结案总数的33.9%，院庭长人均办案数177.89件，同比增长77.28%，案件办理数量、比例均创历史新高。

随着改革的深入推进，一些瓶颈性问题愈发凸显。比如，有些地方落实主体责任不力，个别法院领导干部办简单案、挂名案的情况仍然存在，不利于改革长远发展。

领导干部要承办哪些案子，办案任务指标是什么？日前召开的全面深化司法体制改革推进会明确，要完善重大、疑难、复杂案件由院庭长直接审理机制。设定院庭长办案的数量底线和质量要求，建立绩效考核、督察通报、公示监督等机制，将办案绩效作为院庭长考核的重要内容，切实防止办案走形式、走过场以及委托办案、挂名办案等现象。

为了让院庭长有时间办案，会议同时开了“减负”“药方”：通过配备审判辅助人员、精简会议文件等配套性举措，保证院庭长办案制度得到落实。

合力不强怎么办？——加快组建新型办案团队

新型审判团队是我国司法责任制改革背景下的新生事物。截至目前，全国法院普遍建立“谁审理、谁裁判、谁负责”的办案机制，取消行政化的案件审批制，确立合议庭、法官办案主体地位，灵活组建各类审判团队。改革以来，全国法院由独任法官、合议庭直接签发裁判文书的案件数量占到案件总数98%以上，审判委员会讨论案件数量2017年同比平均下降39.8%，案件审批制基本取消，审判组织办案主体地位有效确立。

然而，有的法院审判辅助人员严重短缺，新型办案团队难以有效建立；有的法官司法能力与改革的要求不相适应，常态化的员额进退机制有待健全。

改革，既要勇于触动奶酪，又要敢于向顽疾开刀，让人民感受到公平正义就在身边。

面对改革中出现的新情况、新问题，会议指出，要建立司法辅助人员正常增补机制，严格落实未入额人员转为助理的规定，完善聘用制司法助理、书记员招录管理机制。

会议进一步明确，要理顺法官和司法辅助人员的关系，探索实行双向选择、联动考核机制，赋予法官对司法辅助人员的工作分配权、考核建议权，增强团队协作性和战斗力。

监督不力怎么办？——加快构建新型监管机制

权力到位，责任到人，但放权不等于放任，信任不能代替监督。

实行新型办案机制后，为确保案件质量不下降、管理监督不缺位，各级法院坚持放权与监督相结合，改革传统盯人盯案监督模式，采取制度化和信息化措施，构建全院全员全过程的监督管理机制，铸牢“制度铁笼”。

一些法院积极探索完善管理监督配套机制，通过健全类案指引、案件质量评估、司法业绩考核、错案责任倒查等机制，运用信息化手段加强监管，实现从微观的个案审批、文书签发转向宏观的全院、全员、全过程的案件质量效率监管。

随着司法责任制改革的推进，如何建立新型监督管理体系，在有序放权的同时实现有效监督，是深化司法责任制改革面临的重大问题。

监督有规，监督有度。会议给出了系列方案——

要完善院庭长审判监督管理机制，规范审委会把关职能，推动监督管理的重点从微观管理向宏观管理转变、从结果干预向程序约束转变，做到有序放权和有效监管相统一。

要充分发挥现代信息技术的重要作用，加快建设电子卷宗随案同步生成和全流程网上办案体系，实现节点可查询、进程可监控、风险可预估、全程可追溯。

要坚持问责和免责相结合，构建科学合理的司法责任追究制度，研究出台错案责任追究具体办法，完善法官惩戒机制。

激励不足怎么办？——加快完善绩效考核制度

成事之要，首在用人。

2017年7月3日上午，一场宣誓活动在最高人民法院举行。最高人民法院首批员额法官367人进行宪法宣誓，这标志着法官员额制改革在全国法院全面落实。

员额制改革的核心要义是让精英法官办案。如何保证优秀人才扎根基层一线？

实行法官员额制后，员额法官按照单独职务序列进行管理，法官等级与行政职级脱钩，实行按期晋升和择优选任相结合的晋升机制，有效打通了广大基层法官的职业发展通道。建立与法官单独职务序列相衔接、与法官工作职责和实际业绩紧密关联的工资制度，设立法官权益保障委员会，完善司法人员依法履职保障机制。系列举措，增强了法官的职业尊荣感，调动了法官的积极性。

为进一步激发改革内生动力，会议提出要加快完善绩效考核制度。要把“指挥棒”立起来，坚持以办案数量为主，结合案件难易程度、办案质量效果，科学设定绩效考核指标体系，引导司法人员多办案、快办案、办好案。

“要让考核准起来，完善绩效考核评价机制，善于利用大数据技术精准测算案件质效，力求结果令人信服。”会议进一步强调，要将结果用起来，把考核结果作为决定薪酬高低、职级升降、岗位进出的重要依据。

“深化司法体制综合配套改革，全面落实司法责任制，努力让人民群众在每一个司法案件中感受到公平正义。”党的十九大擘画了司法体制改革宏伟蓝图。沿着既定航向，全面深化改革的步伐，在一个又一个工作节点的清晰标注下，扎实稳健向前迈进。

回答新课题、应对新挑战、解决新问题。逐梦的法治人将继续保持奋斗者的姿态，奋进中国的法治足音将愈加清晰有力。5月31日，最高人民法院对原审被告人张文中诈骗、单位行贿、挪用资金再审案件进行公开宣判，再审依法改判张文中等无罪，对原判已执行的罚金及追缴的财产依法予以返还。

（《人民法院报》刊载）

改“派驻”为“巡回”，监狱检察方式迎来重大改革

徐盈雁

5月31日，一则来自最高人民检察院新闻发布会的消息引人关注：最高人民检察院决定，2018年6月至2019年5月，山西、辽宁、上海、山东、湖北、海南、四川、宁夏等8个省（区、市）检察机关将开展对监狱实行巡回检察试点工作。

在这之前，监狱检察方式一直以派驻检察为主。截至2018年4月底，全国检察机关共设置667个派驻监狱检察室承担监狱检察任务，对全国监狱派驻检察的比例达到了97%以上。

改“派驻”为“巡回”，最高人民检察院新闻发言人王松苗在发布会上用这样一句话加以形容：从征求意见情况看，大家都认为这是监狱检察方式的重大改革。

最高人民检察院刑事执行检察厅厅长王守安、副厅长周伟也在回答记者提问时明确表示，最高检将采取相应措施，为下一步全面推开巡回检察工作，实现常态化、规范化开展提供制度依据和保障。

为何要改“派驻”为“巡回”

对监狱刑罚执行和监管改造活动实行法律监督是我国法律赋予检察机关的一项重要职责。

目前，检察机关对监狱刑罚执行和监管改造活动主要是采取同级检察机关派驻检察、上级检察机关不定期巡视检察和针对突出问题开展专项检察等监督方式。其中，派驻检察是最主要的日常监督方式。

“实行派驻检察为主的监督方式，客观上对于强化对监狱刑罚执行和监管改造活动的监督，促进监狱依法严格文明规范执法，强化罪犯合法权益保障发挥了重要的作用。但这一监督方式也存在一些问题，导致监督质效不够理想。”王松苗说。

“主要是派驻检察人员相对固定，缺乏必要的交流轮岗，有的长期派驻在一个监狱，熟悉监狱工作情况，但也会出现熟视无睹，导致监督的敏感性不强，甚至被‘同化’，进而出现不愿监督、不敢监督，监督流于形式、缺乏实效的问题。我们都知道‘熟能生巧’，但也要警惕‘熟能生懒’，防止‘熟能生腐’。俗话说‘滚动的石头不长青苔’，实行巡回检察试点，目的就在于防止权力长青苔。”王松苗说。

王松苗同时指出，2013年修改后的刑事诉讼法和《人民检察院刑事诉讼规则（试行）》实施后，刑事执行检察部门在人员力量没有明显变化的情况下承担了许多新的职责。随着司法责任制改革的深入推进和2016年底全国检察机关统一业务应用系统刑事执行检察子系统的上线运行，如何高质高效地完成大量的日常派驻检察和繁重的“减假暂”案件办理任务，成为必须破解的一道难题。“因此，从必要性方面看，可以说是问题的倒逼。”

从实践经验来看，近年来，一些地方检察机关探索对监狱开展巡视检察和巡回检察。巡视检察集中发现纠正了监狱一些较为严重的问题，取得了很好的效果。“最高人民检察院和各省、市级检察院刑事执行检察部门近年对辖区的一些监狱，采取随机抽查、突击检察和不定期检察等方式进行的巡视检察，也带有巡回检察性质的意味。还有一些派驻检察室负责两个以上监狱的监督任务，实际上采取的也是‘派驻＋巡回’的监督方式。”王松苗说。

从可行性方面看，王松苗介绍说：“通过近年来全国监狱检察信息化建设，检察机关普遍实现了与监狱监管信息联网，一些地方还实现了与监狱监控联网，监狱整体上执法规范化水平较以往也有了明显提高，为探索实行巡回检察试点提供了条件，奠定了基础。”

据介绍，启动试点工作前，最高检做了充分的研究论证工作。

"巡回"与"派驻"有何区别

开展试点工作后，派驻检察和巡回检察将分别是非试点地区和试点地区检察机关对监狱刑罚执行和监管改造活动进行监督的主要方式。

与派驻检察相比，巡回检察将带来哪些变化？王守安从检察方式、工作重点、问责追究和监督实际节点等四方面作出了具体解答。

关于检察方式的变化。派驻检察是检察人员常驻监管场所，对监狱刑罚执行和监管改造活动进行检察，其最大的特点是派驻，要求每一名派驻检察人员每个月派驻检察的时间不得少于16个工作日，而且要求每个工作日派驻检察室都要有人员在岗。而巡回检察是不定期检察，虽然对试点期间巡回检察的次数及每次的时间、人员安排没有作具体要求，但必须保证巡回检察的工作质效。各试点单位还可以采取不固定人员、不固定监狱的方式，组织开展交叉巡回检察。

关于工作重点的变化。派驻检察工作职责较多，主要包括对监狱日常监管执法活动的监督和办理监狱提请减刑假释暂予监外执行监督等案件。巡回检察工作的重点有所不同，强调加强对监狱管理改造、教育改造和劳动改造等活动的监督，与监狱共同促进提升监管改造效果，将罪犯改造成守法公民。

关于问责追究的变化。派驻检察工作主要是对发现监狱监管执法和刑罚执行活动中违法问题的监督纠正，要求检察机关对派驻检察工作中发现的违法问题，根据违法程度不同，通过口头或书面的纠正违法和检察建议的方式予以纠正，督促监狱严格规范执法。巡回检察在注重对监狱纠正违法的同时，还注重检察机关内部的监督制约和责任追究，如对监狱存在的违法问题应当发现而未发现，或者对发现的监狱存在的违法问题不予报告、未依法及时提出监督纠正意见的，要依据相关规定追究有关人员失职渎职的责任，更加注重提升监督工作的质效。

关于监督实际节点的变化。按照目前监狱检察工作有关规定，检察机关对监狱出监收监、禁闭等活动都要进行日常监督，并且要求填写监狱检察日志，记录罪犯每日变动情况、开展检察工作等情况。巡回检察后，对监狱出监收监、禁闭等活动不再实行日常监督，而是通过巡回方式检察监狱出监收监、禁闭等是否符合法律规定，是否存在违法情况。

巡回检察如何确保监督的全面性及时性

发布会上，有记者提问，派驻检察改为巡回检察后，法律监督的效果会不会减弱？服刑人员合法权益能否得到充分保障？

周伟坦言，从此前调研座谈和征求意见情况看，也有人对试点工作表示出一定的担心和顾虑，主要是担心检察机关对监狱不再派驻检察，将难以做到全面及时地掌握监管执法情况和发现纠正存在的问题，一些小问题可能会因没有得到及时发现纠正成为大问题，不利于监狱监管执法活动的及时规范和罪犯合法权益的及时保障。

不过，周伟同时也强调说："最高检将在试点工作中指导试点地区检察机关加强制度设计，提高监督的及时性、同步性，着力防范这些问题的发生。一是注重治本安全观的落实，督促监狱更加重视对罪犯的教育改造。在试点过程中，要求试点单位不仅注重维护监狱监管秩序的稳定，更要监督监狱加强对罪犯的教育改造，促进监狱把罪犯改造成为守法公民向社会输出，从实际行动上落实好总体国家安全观。二是注重对罪犯举报控告申诉案件的办理，切实维护罪犯合法权益。巡回检察过程中，将抽取部分监室找罪犯逐个谈话，开启查看检察信箱，认真接受罪犯及其法定代理人、近亲属的举报、控告和申诉，按照相关规定认真办理并及时反馈。三是结合正在开展的'监督维护在押人员合法权益专项活动'，加强对罪犯权益的保护力度。"

周伟同时指出，检察机关还将采取建立健全工作机制、严格规范巡回检察记录和报告工作、严肃责任追究等措施，确保巡回检察取得预期实效。

（《检察日报》刊载）

坚持发展新时代“枫桥经验”系列报道

集 体

坚持发展新时代“枫桥经验”之一

诸暨枫桥派出所：吃透“小”字经　推动大平安

警察就像自己的邻家兄妹一样亲切和善，没事情就拉拉家常，有警情随叫随到，“实力”诠释什么叫“远亲不如近邻，近邻不如110”——这样的警察，听起来是不是很酷又很甜？

在“枫桥经验”的发源地浙江省诸暨市枫桥镇，记者看到，这样又酷又甜的“邻家警察”随处可见。

55年来，“枫桥经验”历久弥新。“矛盾不上交、平安不出事、服务不缺位”，就是新时代“枫桥经验”对百姓的庄严承诺；“邻家警察”也成了新时代“枫桥经验”崭新的一张金字名片。做好新时代群众工作，这里的民警有啥妙招？邻家警察如何成就警务新品牌？

小警务能改善大民生，小警务也能推动大平安。这一切，还要从吃透一个“小”字说起。

十“小”十好，警务创新进入个性化定制时代

“一千个人眼中有一千个哈姆雷特。”时至今日，百姓的需求和期待在变，民警的构成和思想也在发生变化。

社区民警的工作，能不能个性化定制？

“每个社区民警的能力素质不一样，个人特质也不一样。以往‘一刀切’式地派任务，容易引起民警反感，也难以达到事半功倍的效果。我们就想，能不能换一种工作方式，发挥民警自身特长，也让群众工作更有成效？”诸暨市公安局副局长、枫桥派出所所长杨叶峰告诉记者。

以往是任务去找人，而枫桥派出所的方法是“反着来”，让人去主动找任务——把社区民警的任务分成十个“小”，让民警们自己来认领“责任田”。田耕得怎么样，按月交流，“是骡子是马拉出来遛遛”，用成果和事实说话。

“讲好小故事”“带好小队伍”“做好小帮扶”“建好小档案”“开好小论坛”……这个被命名为“创新十小十好警务　争当邻家好警察”的竞赛活动，算是把社区民警的脑细胞彻底激活了。

“领任务之前不觉得有压力，领完任务之后突然觉得肩上有了担子，有了莫名的压力，要去主动学做群众工作的本领，去不断开拓一些做群众工作的新办法，不想被别人比到后面去。”有民警偷偷跟记者“吐苦水”。

记者统计了一下，所里16名社区民警，共认领了23项任务。

“我认领了‘小档案’任务，就要想办法发现掌握辖区内各行各业的优秀人员，分类建立好人才档案，学拜一批‘群众师傅’，加强与他们的联络。我们要比赛看谁建立的档案细、拜请的师傅多、发挥的作用好。”社区民警边赟根据自己认领的任务，摸索出了一个有效的工作方法。他先给辖区所有有威望的群众建立了一个小档案，再根据辖区发生的情况建立一个“战友圈”，在遇到辖区群众求助时，立即组织这些“群众师傅”开展排忧解难服务，作用“简直不要太给力！”

“讲好小故事”，是社区民警们都要参加的一项比赛。

“我们要结合个人社区警务工作，认真记好‘民情日记’，把自己感受和体会深刻的案例编写成‘民警小故事’，在派出所微信公众号上发布，让更多的群众了解、理解、支持公安工作。看谁写的民警故事多、故事情节好、群众点赞多。”社区民警沈凯告诉记者。

发现“小故事”比讲“小故事”更重要。“我们搞这项活动的目的，是为了让更多的社区民警沉下去，走到群众中间去发现和帮助解决问题。”枫桥派出所教导员吴嘉军告诉记者。

2017年4月至12月，枫桥派出所民警主动撰写“民警小故事”102篇，他们用朴实的语言讲述了一个个生动的民警小故事。“我们把这102篇民警小故事装订成册供群众阅读，既让群众在阅读中了解公安工作，又让民警在生活中发现身边典型，为构建枫桥平安特色小镇，提升队伍凝聚力战斗力增添色彩。”吴嘉军说。

“十小十好”竞赛，引导着社区民警不断提升做群众工作的能力和技巧，努力把社区民警培育成为适应新时代社会治理新要求和人民群众普遍满意的高素质民警。

五“小”工程，用脚步和真心感知百姓冷暖

群众之事无小事，警务工作始终要围绕民意转。

作为坚持和创新发展“枫桥经验”的排头兵，枫桥派出所开展了“破小案、办小事、解小忧、帮小忙、惠小利”的五“小”工程。这支队伍在用脚步和真心感知百姓冷暖的同时，也为新时代“枫桥经验”注入公安新元素。

在枫桥钟山村，一说起“小绍兴”，大家都会忍不住竖起大拇指，“就是那个总是骑着小黄车的好民警！”

“小绍兴”本名赵信，是枫桥派出所镇南警务站钟山村和天竺居委会的社区民警。为了能和百姓打成一片，这个年轻民警不仅专门购置了一辆黄色自行车，方便下社区走访拉家常，更是欣然接受了群众给的昵称“小绍兴”。

在树立了“小绍兴、小黄车、小脑筋”的“三小”品牌后，他又自创了“多迈腿、多张嘴、多动脑”的“三多”工作法，踏实沉稳的行事作风赢得辖区百姓声声赞誉。

像赵信这样“不在社区，就在去社区的路上”，早已成为枫桥派出所民警的工作常态。特别是从2017年开始，枫桥派出所开展了民警“大走访”活动，同时综合指挥室也跟踪落实了“三问百姓”工作。随着工作的开展，民警用脚步丈量着辖区的平安，也化解了一处处险情。

在一次走访中，镇西警务站社区民警边赟注意到，楼家村一幢老房子外墙出现多条裂缝，房顶瓦片破败不堪，屋内上下两层仅用木板简易隔开，安全隐患极大。边赟急忙和正在安徽老家探亲的租客小刘取得联系，希望他回来后立即搬离。但考虑到租期未满且新房难找，小刘并未立即答应。

“住在这样的房子里，一旦遇到强风暴雨，后果不堪设想。”边赟一边与房东进行房租退还方面的沟通，一边想方设法为小刘寻找新的出租房。第二天，待小刘夫妇从安徽返回，边赟又连夜发动热心群众帮助他们搬家。就在搬家后的一个星期，枫桥接连下了几场大雨，小刘原本租住的房子倒塌。事后，小刘夫妇特意赶到枫桥派出所，向边赟表达谢意。

“上周社区民警有没有去你家走访？”“你对民警的走访是否满意？”“你对派出所工作有什么建议？”……近日，枫桥镇的老百姓经常会收到这样的“回访三问”短信。从去年3月开始，枫桥派出所创新社区警民共治新模式，要求社区民警下基层、访群众、有回访。这是对社区民警每周走访的督导，加深了群众对社区民警的熟悉。

去年，枫桥派出所社区警务中队镇西警务站警长沈凯在陈家村走访时，好几户村民向他反映村民陈某不注意公共环境卫生，引发邻里矛盾。在现场勘查之后，沈凯发现陈某不仅占用门前池塘周边、路边的大量公共区域堆放杂物，还在公共绿化带内圈养鸡鸭。沈凯立即和村干部、辅警取得联系，并发动村两委会全体成员，于当晚一起上门，做陈某的思想工作。经过两个小时的劝说，陈某终于同意清理杂物、不再在绿化带养鸡鸭。民警们并未就此离开，而是趁热打铁，又花了半个小时，帮助陈某一起清理杂物。通过这次调解，陈某和邻居冰释前嫌，民警和当地村民也结下了友谊。

为了更好地服务群众，枫桥派出所每位社区民警都建立了自己的“微信警务室”，群众通过微信可以直接向民警咨询问题、反映线索。“线上线下”双头并进的服务模式，让枫桥派出所“邻家警察”的形象更加深入人心。

坚持发展新时代“枫桥经验”之二

诸暨店口：这里有支创新社会治理先锋队

今年3月，一个名叫新店口人先锋队的社会组织在浙江省诸暨市民政部门完成注册。至此，浙江省诸暨市店口镇的外来人口服务管理模式完成了从“外警协管外口”到社会组织自主服务管理模式的彻底转变。

在诸暨市公安局店口派出所管理下，这个由外来人口组成的社会组织在店口的治安巡逻防范、矛盾纠纷化解、创新社会治理等方面发挥着不可替代的作用。

“这是一座桥梁，也是一种尝试。”在新店口人党支部书记、店口派出所副所长王钢看来，“这不是简单成立一个社会组织的问题，而是通过成立社会组织，有效发挥外来人口聪明才智、实现平安建设目标的创新社会治理之举。”

一项任务——“服务好、管理好外来人口”

9月26日晚，在店口派出所的新店口人党支部、新店口人先锋队办公室里，王钢正在为先锋队队员分发材料、安排任务。第二天，新店口人先锋队要在店口的主要路口开展扫黑除恶宣传。

开展法治宣传只是新店口人先锋队的职能之一，他们更多的是协助开展流动人口登记、信息排查、治安巡逻、纠纷调解、保障维权、法律咨询及其他社会公益活动。

据店口派出所所长许栋海介绍，店口登记的常住外来人口有8万余人。如何及时有效地化解相关矛盾纠纷，有序服务好、管理好外来人口这个庞大群体，一直是让公安部门犯愁的事。

早在14年前，店口镇就响应省委省政府号召，探索建立了“外警协管外口”服务管理模式。“当时，针对贵州遵义籍和江西永丰籍两地外来人员相对较多的情况，我们邀请了两地民警进驻店口派出所，由外来人口的‘娘家人’服务管理外来人口。”许栋海说。

2014年，最后一批“外警”返回各自省份。此后，针对外来人口的服务管理，“我们面临着前所未有的麻烦和困难。”王钢说。矛盾纠纷调解、相关权益维护、治安巡逻防控、流动人口管理、法律宣传普及……在承担着繁重日常工作任务的同时，仅有27名警力的店口派出所还要承担一项项外来人口服务管理工作。

“无论是推动经济发展还是促进社会和谐，我们都需要服务好、管理好外来人口这个庞大的群体。”许栋海说，“这是我们的一项任务。”

一个心愿——“我们想为社会做点事情”

李国伟，山东人，2011年底到店口创业，如今经营着数家五金店。“看到新店口人党支部开展的一系列活动，包括我在内的很多朋友都想参加，可我们不是党员，没有资格参加，心里着急呀！”9月26日，李国伟向记者回忆自己加入新店口人先锋队的过程，还不时流露出一丝遗憾。

李国伟口中的新店口人党支部是在2015年成立的。

“当时，在登记外来人口信息时，我们发现外来人口中有许多党员。”谈起成立新店口人党支部的初衷，王钢说：“一是便于发挥外来人口中党员的模范带头作用，从而加强对外来人口的管理；二是便于这些党员过上正常的组织生活。”

首批加入新店口人党支部的胡兴海今年50岁，到店口打拼已经17年了，如今经营着数家五金店铺，收入可观。

“刚到店口的时候，我是两眼一抹黑。如果没有当地好心人的帮助，我不可能在这里稳住脚、创了业、有所成。”回忆起加入新店口人党支部的初衷，如今事业小有所成的胡兴海说，“事业稳定了以后，我就有个心愿，我们想为社会做点事情，回馈当时帮助过我的好心人。”和他有同样心愿的还有在店口创业23年的齐克刚、到店口打拼26年的许志等人。

很快，由43名外来人口组成的新店口人党支部在店口派出所党总支的带领下成立了。在他们周围，还聚集着一批像李国伟一样的外来人口。他们不是党员，但在日常工作中表现突出或在某些领域具有较高威信，并有志于从事社会公益事业。

为了充分发挥外来人口在社会治理中的作用，一个名叫新店口人先锋队的社会组织在新店口人党支部的指导下应运而生。李国伟等人就此找到了发挥自己作用的平台。如今，新店口人先锋队已发展到236人，其中党员先锋队员有132人，已实现店口所有村庄、社区全覆盖。店口流动人口服务管理也实现了由“外警协管外口”模式向社会组织自主服务管理的转变。

一片和谐——“店口人、新店口人，都是一家人”

今年5月，一对小夫妻因生活琐事大打出手，一度闹得“非离婚不可”。接到报警后，店口派出所将新店口人先锋队队员胡兴海请了过来，请他协助民警开展矛盾调解。

“先是背对背讲道理、讲法律，然后是面对面讲感情、讲未来。两个小时的苦口婆心之后，这对夫妻手拉手、和颜悦色地离开了派出所。”

胡兴海是新店口人党支部副书记，来自安徽，在店口镇的安徽籍外来人口中极有威信，人称“大安徽”，是一位备受新店口人信赖的“老娘舅”。

另一位新店口人党支部副书记齐克刚是河南人。“我们处理的大部分是与自己的户籍地相关人员的矛盾纠纷，毕竟我们人头熟、地头熟，受老乡们的信任，说话比较好使。”

除了化解矛盾，先锋队队员还带来了先进的管理方式。

店口镇共有外来人口约5.7万人，出租房1.7万余间。

“我们在工作中发现，一些房东虽有较高的安全意识，但由于没有足够的时间和精力去管理，一些消防隐患未能及时发现、整改。为解决这一‘老大难’问题，我们主动整合社会资源，引进新模式，探索出了一条出租房管理新模式新途径。”王钢说。

来自江西的黄有志成了第一个吃螃蟹的人。他承包了房东冯某位于店口六村的一幢72间的出租房，将房子整体改造后，再将房间进行出租。在出租房管理过程中，黄有志除了做好出租房的消防安全设施的日常维护外，还充分发挥作为新店口人先锋队队员的作用，主动做起邻里矛盾纠纷调解、楼道卫生监督等工作。

如今，在店口镇的学校、养老院、街头巷尾，新店口人先锋队队员们组织的献爱心、送温暖、普法宣传、巡逻防范、移风易俗等活动次第展开。

……

“矛盾不上交，平安不出事，服务不缺位。”许栋海说，“我们坚持发展新时代‘枫桥经验’，以党建引领流动人口管理，让外来党员发挥先锋模范作用，实现治理重心下移，打造店口命运共同体。”

在店口派出所，一个写着“店口人、新店口人，都是一家人；第一故乡、第二故乡，都是创业之乡”标语的牌匾分外耀眼。

“如今，我们在店口镇生活、创业一点也不觉得陌生，大家都像自家人一样和和气气的。”新店口人先锋队队员许志笑着说。

坚持发展新时代“枫桥经验”之三

同为金牌“老娘舅” 调解法宝各不同

“天下娘舅大”“公平公正老娘舅”的习俗在浙江各地流行甚广。娘舅就是舅舅，被认为是仅次于父母的至爱亲朋，家中纠纷常由他来调停裁决。久而久之，人们也常把有威望、讲公道的调解工作者称作“老娘舅”。他们没有血缘关系却胜似亲人、没有很高职务却令人信服。

如今，“老娘舅”群体被赋予了新的时代内涵。在浙江，从工厂到社区，“老乡老娘舅”“江大姐调解室”等社会调解组织积极参与矛盾纠纷化解；从内陆到沿海，“娟子工作室”“海上老娘舅”“渔嫂促进会”积极为人民调解创新发展贡献力量。他们承载相同精神内涵——预防纠纷、化解矛盾，是55年来“枫桥经验”历久弥新、扎根基层实践探索的共同见证，是新时代枫桥“老娘舅”们。

“她们化解矛盾，为公安机关纾压解难。”“鸡毛蒜皮小事不再为难，警力得到很好释放。”……

基层民警的一句句赞扬，是新时代“枫桥经验”的真实写照，是人民调解组织不断创新群众工作方法、积极运用法治思维法治方式维护社会稳定的见证。近日，本报记者走进浙江诸暨、宁波，亲身感受新时代枫桥“老娘舅”们创新调解工作的成就以及一项项调解法宝。

“老乡老娘舅”的“面子”：流动人口矛盾有了解压阀

诸暨市店口镇是全国知名的五金、管业生产基地，产业结构调整、经济快速发展使得店口镇外来人口众多。人们常常开玩笑，“在店口，江西话、河南话、贵州话，能听各省话；在店口，小矛盾、小纠纷、小摩擦都是省级问题”。

“流动人口矛盾化解成了店口镇社会治理的突出问题，也是让很多常年在这里务工的人从心底转化为‘新店口人’的关键所在。”诸暨市公安局店口派出所副所长王钢介绍，因为工厂众多，工伤、劳务用工、租房纠纷等矛盾纠纷数一直居高不下，严重影响店口的经济发展和社会稳定。

在这样的背景下，一支调解力量应运而生，成了解决流动人口矛盾的重要抓手。今年3月，以各省外来务工人员为主的新店口人先锋队成立，逐步发展注册会员230余名，并在队内设党支部，以党建带队建，以同乡协助调解同乡矛盾，为流动人口矛盾调解贡献力量。

“乡音乡情是我们调解的最好法宝，矛盾调解靠的就是老乡的‘面子’。”来店口已经17年的安徽籍调解员胡兴海介绍，受地域、文化背景等方面的影响，先锋队成员特殊的老乡党员身份，以及在一定领域的较高威信，能够被调解当事人所信服。

“老乡老娘舅”“大安徽”这些来自被调解同乡们的称呼让胡兴海备受鼓舞，一些成功的调解案例让他格外有成就感。“除了安徽籍务工者，久而久之连其他省的务工人员也愿意相信我。今年5月，就有一对在派出所打得头破血流的贵州夫妻在我的调解下握手言和。”胡兴海说。

在新店口人先锋队的党员活动室墙上，一条标语格外醒目，“店口人、新店口人，都是一家人；第一故乡、第二故乡，都是创业之乡”。在“老乡老娘舅”的“面子”调解下，流动人口矛盾有了解压阀。

“打造新店口人先锋队，将‘老乡老娘舅’打造成专业性的调解品牌，创造性地开展人民调解工作，从源头化解流动人口矛盾纠纷。”王钢说，“店口派出所不断探索外来人口管理服务新思路、新方法，在加强社会综合治理方面取得了突破。”

“江大姐”的“本本”：社区和谐稳定有了推进器

“都说片警难当，蟊贼易抓，群众的家务事难断。”“别看远亲不如近邻，邻里小矛盾往往引发治安大问题。”一句句话道出了许多社区民警的心声。社区是一方安宁的小单元，也是组成社会和谐稳定的大网格。

在诸暨市江新社区，有这样一群大姐，不仅解了社区民警的燃眉之急，还成了社区法治宣传、群防群治的好帮手，她们都有一个特殊的名称叫作“江大姐”。

江新社区党委书记、主任陈维芹介绍，“江大姐调解室”成立于2011年，最初由社区内几位热心的大姐发起，成员们以江新社区第一个字“江”字为名，陆续吸收了退休教师、法官等社区居民。她们充分发挥各自优势调解各类社区矛盾，多年来，已经调处矛盾纠纷206起，成功率达98%以上。

“社区调解没有轰轰烈烈，都是鸡毛蒜皮。”张霞英是最早加入的“江大姐”之一，她介绍，社区内的矛盾常常是楼上楼下漏水、邻里琐事口角以及赡养老人等问题，大姐们生活经验丰富，能将情法理讲得生活化、接地气，当“和事佬”正合适。

“大姐们经验丰富，以情说理说法，调解了很多矛盾，对我们帮助很大。”诸暨市公安局城东派出所社区民警宣志和在江新社区已经“管片”多年，“江大姐”们通过调解让民警从一些小矛盾中脱身，释放了警力。

“我们有调解法宝，一个总结经验案例的‘小本本’。”73岁的“江大姐”杨碧霞说，“除了民警不定期组织的法律等培训，大家还通过‘江大姐调解记录簿’总结了一套经验做法。”

翻开“小本本”，记者发现，虽然只是“乱扔果皮纸屑”等小事，但是调解时间、事因、过程、结果、调解方法都记录详细，大姐们总结出了预防性调解、快速调解、背靠背调解等方法。

“‘本本’记录方法，调解要配以真心真情。”退休教师、“江大姐”寿金燕说，“家庭纠纷调解常常需要多次调解，大姐们虽然普遍年纪偏大、腿脚不灵便，但还是在楼梯上爬上爬下，常常一个电话就放下手头做了一半的饭、洗了一半的衣服。”

宣志和说：“诸暨公安始终把矛盾纠纷化解作为风险防控的第一关口，逐步构建派出所调解中心为主，警务站调解室、村企调解会、综治中心为辅的联动调解新格局，充分发挥‘江大姐’等专业调解品牌效应，积极调处各类矛盾纠纷。”

“渔嫂”们的“枕边风”：家庭团结和睦有了新样板

来到宁波市象山县，美丽蜿蜒的海岸线令人沉醉，停泊的一艘艘渔船旌旗舒展。在渔业经济发达的浙江，在海港湾众多、海岸线长达925公里的象山，探索出一条条新时代海上“枫桥经验”。其中，“海上老娘舅”“渔嫂促进会”等群众调解组织的成立为创新人民调解、应对各类海上矛盾纠纷增添一抹亮色。

都说渔家男人火气爆，都说渔家嫂子性情好，“以柔克刚”成了从家庭入手化解矛盾纠纷的法宝。2017年3月，在浙江公安边防总队宁波边防支队石浦边防派出所的牵头下，“渔嫂促进会”成立，联合当地渔家妇女，借助本地文化化解本地矛盾，有效防止了事态升级和事件反复，从渔嫂的“枕边风”入手提高渔民的守法意识和安全常识。

“我们现在也学会了怎么‘定位’老公。”在象山县石浦港，一句玩笑话让笑声充满了整个渔嫂工作室。渔嫂柯艳红介绍，促进会成立后，渔嫂在当地民警的指导下，学会了使用船舶的定位系统，当有极端天气时能够及时通过卫星电话通知丈夫。

“坚持民意主导警务，紧紧抓住群众工作主线，公安机关积极作为，畅通社情民意收集，支持人民调解品牌创建，多措并举促进矛盾纠纷解决。”石浦边防派出所所长褚伟强介绍，派出所除了组织业务培训外，还让渔嫂们学会使用船舶自动识别（AIS）系统，全面建立起渔嫂对渔船安全生产的关注和支持，同时组织渔嫂代表登船参与安全检查，协助丈夫提高海上安全生产意识。

此外，渔嫂们联合起来从自家出发化解各类矛盾。柯艳红介绍，有一次自家渔船的工人作业受伤，与丈夫就赔偿发生矛盾，是自己及时在旁边说软话，避免了矛盾升级，最后通过进一步调解和平解决问题。

与“渔嫂促进会”有异曲同工之妙，“海上老娘舅”主持纠纷化解也成了渔民中间的金牌调解。

“虽然我们的网都破了，但是我的损失更大！”在象山县石浦边防派出所，记者亲身经历了两位船老大因为渔具受损接受“海上老娘舅”奚增财的现场调解。“海上老娘舅熟悉渔业知识，明晰渔民心理，是将矛盾稳控在船头，促成船头吵架船尾和的典范。”石浦边防派出所民警、调解员沈鹏男说。

褚伟强说：“一个个调解组织陆海联动调解纠纷，充分发挥了主动性、能动性、创新性，提高了民警工作效率，提升了群众满意度，增加了老百姓的幸福感和成就感。”

（《人民公安报》刊载）

找亮点：不看数字，看成效！

——看北京市海淀公安分局的少年警务专业化

刘 瑜

一般成年人的案子都可以拿“案件数量”来确立考核的标准，而对于未成年人来说，却不能仅凭一个数字，来给一个孩子“盖棺定论”。

一种专业的变化

小乐（化名）是最近被送进公安局的一名来自云南昆明16岁的高三学生，他被带到这里的另一个身份是——黑客。小乐在国内的黑客圈子里小有名气，当地的一个公司找到他，希望小乐能帮助公司写出程序，从而让公司顺利从某互联网公司“黑”出大量用户名和密码等信息，其间公司每个月支付给小乐500元，小乐将写好的程序交到公司手中之后，就不再去管其他事情。

案件到了海淀分局未审中队薛楠探长的手里，薛楠并没有按照以前“就事论事”的办法，简单走个程序了事。他首先分析小乐这个孩子到底可不可以挽救，“是判刑对这个孩子影响大，还是通过后期的帮教让孩子回归到正常的道路上效果更好？”通过调查了解，薛楠发现，小乐其实是个聪明的孩子，在他十二三岁的时候，学习葫芦丝、冬不拉等乐器三个月就考了满级，且酷爱数学。但由于他来自单亲家庭，父亲很忙，顾不上管他，小乐便一头钻进电脑里，自学了电脑语言，仅仅用了几年的时间，就达到了很高的水平。但在他的心里，并没有把“黑客”当成一种职业，也仅仅是觉得“好玩儿”。

在讯问阶段，未审中队要求小乐的父亲到场。讯问过程中，警察让小乐的父亲从监护人的角度，了解孩子违法的情况。同时，也在孩子面前帮着父亲去分析小乐为什么会做这样违法的事情，父母哪里做得不好，孩了哪里做得不对。

“如果仅仅就走个法律程序而言，我们可能很快就完成了分内任务。但是如果在父母仍旧不上心、孩子不悔过的情况下，回去之后可能还是会回到原来的生活，后续可能还会再犯。”薛楠解释他们这样做的原因，“目前，小乐还在取保候审阶段，我们希望他的家庭能回归正常，尽量让父母了解孩子，用心去管理孩子。”

海淀分局未审中队摒弃了过去单一式的“哪里错了？”“做了什么？”“哪件事情是你做的？”等流程式办案方法，在此基础上，加入了一些温情的元素。像小乐这样的孩子，完全是因为法律意识淡薄，对网络犯罪了解不多，而且父母对其管理不够，才导致他走了这样一段弯路。“这样的孩子只要给他一个正确的引导，告诉他什么是高压线，什么是绝对不能触碰的。在我们接触的可以挽救的这些孩子里边，再犯率非常低。”薛楠说，“年轻的时候不给他画好圈，之后肯定要出圈，就有可能变成潜在的成年犯罪嫌疑人，所以我们这样做非常有必要。”

一支专业的队伍

据了解，北京市海淀区具有自己独特的区情特点，学区众多。海淀公安分局从职责定位和海淀区情出发，率先在北京公安系统中成立了首支未成年人犯罪案件审查专门队伍，积极创新和探索未成年人犯罪案件审理的新模式、帮教转化的新举措，进行治安处罚后续帮教探索、被侵害人心理干预。在实践的基础上，形成了一套有心气、接地气、聚人气的工作机制和流程。

海淀分局未审中队副中队长齐艳艳介绍，为进一步深化公安改革，适应未成年人保护和新刑事诉讼法实施的需要，2012年起，海淀公安分局与北京超越青少年社工事务所开展合作，试点100例未成年人犯罪案件调查，社工直接旁听案件审理，对嫌疑人进行问答式调查，并提供相应的法律帮助。其间对案件审理与社会援助、警务工作与社工工作相配合的模式进行了有益尝试，为顺利实施新刑事诉讼法中关于未成年人犯罪案件办案程序的有关规定积累了宝贵的经验。这也成为海淀公安开始少年警务工作探索的起点。

2013年6月，经过前期调研，在海淀公安分局领导的支持下，海淀综治委预青组办公室、团区委决定与北京超越青少年社工事务所合作，在海淀看守所设立全国首家“驻所青少年司法社工站”。通过政府购买服务方式，北京超越社工事务所的社工们驻所为涉诉未成年人提供合适成年人陪护及社会调查的服务，把社工介入从检察院阶段提前到公安预审阶段。

2014年7月，在北京市、海淀区两级政府相关部门和海淀公安分局党委的关怀下成立了全国首支独立编制的海淀分局未审中队，专职受理、审理涉未成年人刑事案件、未成年人被侵犯人身权利案件及未成年人治安案件。未审中队在岗人数8人，首先从人员配备上保证每个办案小组由两名民警组成，每个组中保证有一名女性民警，北京超越青少年社工事务所的司法社工队伍在前期进驻、保持24小时值守的基础上，又在看守所办公区设立了未成年人谈话室——青春观护站，为涉法涉罪的未成年人提供了适合未成年人心理特征的谈话环境。时任北京市社工委副主任刘占山、团市委副书记黄克瀛以及海淀区副区长徐永全等领导亲自参加了海淀分局未审中队和青春观护站的揭牌仪式。黄克瀛强调，海淀区在全市乃至全国率先成立未成年人案件审查专门机构，具有重要意义，是一件可以载入未成年人保护事业史册的大事。

至此，海淀分局未审中队、海淀区人民检察院未成年人案件检察部、海淀区人民法院未成年人案件审判庭三个部门已全面对接，形成未成年人刑事案件审查工作的一整套诉讼对口机制。“一条龙”的海淀模式对于保护未成年人合法权益具有重要意义，在定期召开的联席会上，公检法工作形成合力，固化涉法涉罪未成年人的帮教机制。

2015年，依托分局执法办案中心的设立，海淀分局未审中队的介入指导职能再次得到延伸和拓展。全局一线执法单位将受理的涉及未成年人违法犯罪及被侵害的案件移送至办案中心开始，即在社工的配合协助下，由海淀分局未审中队专职民警负责未成年人的全部讯问询问工作，保证所有办案过程由熟悉未成年人工作的警官全程办理。

一群专业的人才

2014年，齐艳艳开始担任海淀分局未审中队的预审员，成为当时预审大队中最年轻的女预审员。从此，齐艳艳便跟“孩子”结了缘。转眼4年过去，齐艳艳和她的同事们通过不断学习先进经验，从实践出发，从未成年犯罪嫌疑人心理与生理特点出发，积极开创了“情感审讯”的新战法。他们用真诚拉近与未成年犯罪嫌疑人的距离，用爱心唤起良知，取得未成年犯罪嫌疑人的信任，更引导这些“罪错”少年能在未来走上正道。

海淀分局未审中队规定了“三不三重”的审理原则，即讯问时不施压、不逼问、不强攻，重疏导、重交流、重感化。2015年1月，小宁（化名）因为盗窃被抓获，后被移交到未审中队，齐艳艳带领民警初次与小宁接触后发现，17岁的小宁对任何人都有着强烈的抵抗态度，不肯开口说话。虽然难度很大，但齐艳艳却没有放弃，她像姐姐一样，跟小宁“海聊”。他们聊生活、聊爱好，却只字不提他的“犯罪行为”，齐艳艳静待着有一天，能真正走到小宁的心里。有时她对小宁提审时间能从早上8点到晚上8点，一天都在一起。中午，齐艳艳买来小宁最喜欢喝的可乐，陪着他一起吃饭，甚至那年的除夕夜，齐艳艳都没有待在家里守着父母，却给小宁带去了热气腾腾的饺子。

慢慢地，小宁开口说话了。与小宁“聊天”的过程中，齐艳艳发现，他骨子里并不是个“坏孩子”，父母离异的家庭氛围带给他的是极为负面的影响。齐艳艳谈心式的提审不仅使小宁摆脱了恐惧心理，也逐步取得了他的信任，更让齐艳艳从一名审讯他的民警变为他的知心姐姐。最重要的是，齐艳艳的帮教使小宁认识到自己的犯罪行为给社会带来的危害、对自己造成的伤害，良知重新被唤醒。

经过一系列的转化教育工作，终于，小宁放下了包袱，褪去了所有的保护色，揭发了所在的盗窃团伙情况。齐艳艳心里终于踏实了，小宁交代了所有盗窃行为，没人逼问，也没人强迫。公安机关通过对小宁的审理，一个组织层级清晰、分工明确、统一指挥、统一销赃、流窜全国多地的特大有组织犯罪团伙浮出水面。

海淀分局未审中队成立以来，多名优秀的骨干民警，用爱心感化、用真情温暖，做未成年人的知心人，与涉法涉罪未成年人建立了真诚的兄弟姐妹情谊，转化了多名涉法涉罪未成年人，使他们认识到自己的错误，悔过自新，还向公安机关提供了重要的违法犯罪线索。

一套专业的模式

据了解，为了进一步加强对社会危险性不大、确有认罪悔罪表现的涉罪未成年人在采取非羁押措施后的关护帮教工作，特别是针对部分非京籍涉罪未成年人取保候审后，在京没有固定住处、没有生活来源、有可能重新走上违法犯罪道路问题，未审中队推动团区委积极整合资源，通过区政协委员的大力支持，开创性地发展了在爱心企业设立关护帮教基地，将采取非羁押措施的涉罪未成年人送到观护帮教基地接受帮教的工作措施。

齐艳艳介绍，未成年人被送至爱心企业的观护帮教基地后，在企业内通过自己的劳动，获得劳动报酬，企业为他们提供吃饭住宿等生活帮助，并有专人进行一对一帮教管理。同时，团区委为每名到观护基地的未成年人提供劳动保险，解决企业后顾之忧。观护基地制度建立以来，已经有36名未成年人自愿参加工作，大部分未成年人因表现良好获得了附条件不起诉，顺利地重归社会和家庭的怀抱。

此外，针对未成年人触犯治安管理处罚法但符合不予执行的法定情形的，没有后续跟进措施、教育效果有限的实际情况，海淀分局未审中队在团市委的大力支持下，和北京超越青少年社工事务所联合开展治安拘留训诫教育的试点工作。这一模式的确立，极大地完善了违法未成年人的后续帮教工作，使违法未成年人感受到社会和家庭的温暖，降低再犯可能。三年来，已经对近千名违法未成年人开展了训诫感化工作，仅有7名未成年人因再次违法被抓获。

为了体现对未成年人的关爱，海淀分局未审中队还将未成年人被侵害案件也纳入未审中队办理。集中利用专业优势，把收集证据和心理疏导统一起来，由有经验的女民警、专业心理咨询师一同参与，通过丰富的取证形式，把对未成年人的伤害降到最低。

针对校园欺凌案事件中被侵害人心理伤害大、双方情绪激动、矛盾难以化解的实际问题，海淀分局未审中队创新性地开展了道歉会这一有效形式化解矛盾，有效进行心理疏导。备受舆论和社会关注的几起校园欺凌事件，也都在这种方式的化解下得到了圆满的解决。

针对监护人存在不法侵害或监护不力的问题，新的司法解释《关于依法处理监护人侵害未成年人权益行为若干问题的意见》赋予司法机关对被侵害未成年人进行紧急庇护的权力。在工作中，针对一起未成年人被养母男友侵害案件，海淀分局未审中队开具了北京市第一份《未成年人紧急庇护通知书》，将受害人刘某监护权从其养母处临时转移，穷尽法律思维和手段切实维护被侵害未成年人的法律权益。

在办理未成年人吴某被侵害一案中，海淀分局未审中队会同检察官、社工在春节前一天赶赴河北保定，实地考察了吴某的生活环境，不但为吴某及其家属送去慰问品，还为吴某捐款，使其能够和奶奶顺利过节。在团区委协调下，又为吴某恢复学籍、安排学校、解决生活问题做了大量工作，用爱心和努力使吴某回归正常学习生活。

未成年人犯罪重在预防。结合区委政法委“法制校长进校园”专项工作，海淀分局未审中队与海淀区多所学校建立了共建关系。采取警官进班级讲小课、寒暑假放假前讲大课、组织学校学生参观海淀区看守所等多种方式，增强学校学生的法律意识，防止学生发生违法犯罪问题。海淀分局未审中队主动深入学校进行法制教育，累计授课100余次，受益师生达3000余人。

“上帝给我一个任务，叫我牵一只蜗牛去散步。我不能走太快，蜗牛已经尽力爬，为何每次总是那么一点点？我催它，我唬它，我责备它，蜗牛用抱歉的眼光看着我，仿佛说：‘人家已经尽力了嘛！’我拉它，我扯它，甚至想踢它，蜗牛受了伤，它流着汗，喘着气，往前爬……”这段来自台湾作家张文亮《牵一只蜗牛去散步》的文字唤醒了多少成年人。对待孩子，从来就不是一件着急的事情。

或许，海淀分局未审中队在办案过程中不能“保量”，但他们用专门的人员、专业的方式，指引了那些曾经走过弯路的孩子重回正轨，保护了被害未成年人的身心安全，在“保质”的过程中，给了那些真心悔悟的孩子重生的希望。

（《民主与法制周刊》刊载）

发掘徽文化中的社会治理基因

丁后盾　冯双剑　高　平

近年来，安徽省通过传承发扬徽文化中的明礼让、重孝道、尊乡贤、守村规、遵家典等优质社会治理基因，服务人民群众、化解矛盾纠纷，使社会治理进入自治自觉的状态，不断提升基层治理能力和平安建设水平。

六尺巷，用礼让文化助调解

“一尺书来只为墙，让他三尺又何妨。”清朝大学士张英通过礼让化干戈为玉帛的故事就发生在桐城市。如今，“六尺巷”礼让文化被当地政法部门用来化解矛盾纠纷，他们以辨法析理为着力点，用情理法交融引导人；以化解矛盾为关键点，用和为贵理念感化人；以公平正义为根本点，用知进退境界昭示人，达到化矛盾、解纠纷的效果。

桐城市通过听、辩、劝、借、让“五字诀”和“六步走法则”，运行调解程序，促进当事人以“礼让”方式解决纠纷。去年3月，龙眠街道东关社区两户居民因院墙发生纠纷，社区多次上门疏导都没有化解成功。街道调解组织在仔细勘察现场后，召集双方当事人和亲属当面调解，给他们阐述“六尺巷”故事中包容谦让的美德，着重讲远亲不如近邻、邻里之间守望相助、互谅互让的道理。通过一个多小时的劝解，当事人的情绪逐渐缓和，调解员适时提出处理建议，促成了双方和解。

桐城市善于运用礼让文化构建多元化调解工作体系，让双方在合理范围内做出让步，维护双方都能接受的权益分配，使得大量案件以调解和撤诉的方式结案。在实践中，通过法律运用和礼让文化的有机结合，将礼让文化贯穿于案件始终，实现了案结事了人和。

三孝文化，消除隔阂睦家庭

在三孝故里望江县，流传着二十四孝中“王祥卧冰求鲤”“徐仲源掩雷泣墓”“孟宗哭竹乞笋”等孝感天地的故事。望江县积极挖掘内涵丰富的孝文化资源，通过教育引导，推动形成具有时代特征和地方特色的新的孝文化，如“家庭有孝—尊老爱幼—其乐融融、单位有孝—上行下效—竭忠尽职、社会有孝—人人尊重—社会和谐”等。

望江县在大力推行小孝持家、中孝敬业、大孝爱国的现代孝德孝义的同时，积极倡导“三孝调解法”，创设“三孝调解室”，充分发挥两代表一委员、“五老”等第三方在矛盾纠纷化解中的作用。望江县人民法院在赡养、抚育案件起诉中，特别是在诉前调解阶段灵活运用“三孝调解法”，化解了一大批案件，降低了司法成本。在一起老人起诉子女不尽赡养义务的案件中，立案庭在分清是非、查明事实、自愿和合法的前提下，召集子女到法院进行诉前调解，运用孝德孝义，依法说理、以理说情，最终化解了老人和子女间的隔阂，老人当场撤诉，赡养纠纷得以圆满解决。

乡贤文化，助力调解促善治

宿松县激活传统优秀乡贤文化，积极探索乡贤参与社会治理的途径和方式，从2010年开始，各乡镇都自发成立乡贤调解工作室，建立了包含32名乡贤的调解人员库。县委县政府设立“乡贤帮扶基金”，将乡贤调解工作室纳入矛盾纠纷多元化解机制建设，坚持常态化运作。

目前，宿松县乡贤调解工作室依托综治维稳信访中心和网格化管理体系，利用乡贤的感召力，每月定期听取群众诉求，摸排矛盾纠纷，及早疏导防止矛盾激化。结合实际，制定乡贤调解工作室规章制度及管理办法，将部分乡贤家庭命名为“乡贤之家”，零距离推广乡贤文化，影响乡村民风，就地解决民事纠纷。乡贤调解工作室成立以来，共调解矛盾纠纷200余起，调处成功率100%。

树德育人，润物无声化民风

在休宁县樟源里，十几年来无群体性事件、无重大刑事案件、无安全责任事故、无邪教组织活动、无越级上访，呈现出一片山清水秀、安定祥和的气象。这里居住的是严于律己、遵守《方氏家规》的方氏族人，他们以诗书传家，长期形成的独特厚重的文化底蕴，对村组文明和谐发展起到了重要引导作用。

在方氏宗祠“树德堂”规划筹建时，一侧高高耸立的马头墙正好挡住了一栋老宅的正门，知书达理的族人经过商议，最终把另一侧墙头做成低矮的圆弧形状，与右侧马头墙形成了不对称的“憋屈墙”。这种识大体、顾大局的做法，一直广受村民赞誉。正是在这种精神的浸染下，村民间即便有纠纷也大都能经过调解握手言和。在这里，有一支乡、村、组、家族四级同步联动的矛盾纠纷排查调解专业队伍，通过接访、调查了解、调解处理、事后回访等步骤，实现一站式服务、一站式办结。受益于淳厚民风的熏陶，多年来，樟源里不仅没有偷盗事件发生，就连山上的毛竹、茶叶等经济作物也都不用看守。

樟源里依托《方氏家规》，独辟蹊径宣传平安文化，让刻板的训诫变成群众喜闻乐见的村规民约，村民一旦“犯禁”，按规定必须召开家族大会通报批评，责令写悔过书，并自掏腰包买猪散肉以示接受惩戒。生长在新安江源头的小河鱼因味美而名传四方，少数群众为牟一己之利，暗地里网鱼、电鱼。为制止这一行为，村里把一块道光二十五年立的“严禁药毒长河”的禁渔牌披红挂彩立在河边，村民一传十、十传百，一度猖獗的网鱼、电鱼行为很快就偃旗息鼓了。

以德治族，打造共治的自觉平台

在祁门县闪里镇桃源村，有一座村史馆。古时十里桃源是商贾、文人云集的边贸重镇，记者走访村史馆和村中几家宗祠后发现，这里和谐兴盛的奥秘就在于以德治族、孝义治家的理念孕育出了良好的家风和村风，为桃源的发展和繁荣注入了不竭的源动力。

在优秀传统文化的影响下，闪里镇的村民走上了一条社会治理的自觉之路。每年农历七月，这里都会举行一次“拔路节”，村民自发组织起来对道路两边的杂草、杂物进行清理，共同创造整洁的生活环境。文堂村以《文堂村乡村家法》为基础，组织村民进行修订，选举村规监督员，宣传社会共治。全镇58个村民组全面铺开“户长会”，真正实现自己的事自己做、自己的村自己管，打造社会治理的自觉平台。

传承家典，以规矩成方圆

家典是徽文化的重要传承。休宁县流口镇茗洲村将《茗洲吴氏家典》的传统民治理念充实到村规民约中，促进传统道德约束与村民自治有效结合。同时，不断融入体现当今社会进步和现代文明的新元素，逐步形成涵盖村务议事、村容村貌治理、治安联防等方面的村规民约，夯实了茗洲村社会治理的基础。

“有余置产，当顺来顺受，不可有意钩取，亦不得随意自便。”家典中提到宗族要和睦，茗洲村就大力弘扬和睦宗亲的优秀传统，凝聚家族力量参与社会治理。家典强调同宗同祖、血浓于水，茗洲村正确引导、合理利用这种宗亲文化，使之形成强大的治理合力，助推农村经济社会发展。在家规家训的教导和淳朴乡风的影响下，茗洲村很少发生矛盾纠纷，邻里和睦、家庭和谐蔚然成风，实现了小事不出村、大事不出镇、矛盾不上交的目标。

（《长安》杂志刊载）

广播类作品

高墙巨变四十年系列报道

刘国庆

高墙巨变四十年之一

做好会见与回归　让高墙内的温情看得见

监狱，国家刑罚执行机关，是我国社会主义法治建设的重要方面。做好监狱建设与管理，事关全社会的和谐与健康发展。改革开放40年以来，我省监狱积极主动作为，不断探索、总结出符合时代要求的“四川经验”。

近日，四川台记者深入我省邑州监狱、雷马屏监狱、嘉州监狱，实地探访高墙背后不为人知的成长与变化故事，触摸我省在法治建设上的成果及进步。改革开放四十周年系列报道《高墙巨变四十年》今天推出第一集——《做好会见与回归　让高墙内的温情看得见》。由四川台记者刘国庆采制。

李某：这里环境好，你们要注意身体，我现在在这里还可以，正在争取减刑……

11月7号，邑州监狱回归中心二楼的网络探视区域热闹非凡。48岁的李某，正通过网络视频与父亲拉着家常。2014年，李某因诈骗罪被判处有期徒刑10年6个月。入狱之初，81岁的父亲为了从成都龙泉驿区的家中到监狱来见他一面，需要家人陪同，乘车一个多小时，身体着实吃不消。

记者：你父亲以前来监狱看过你吗？

李某：来过！但是以前是没有网络探视的，就比较麻烦。现在有了网络探视，就方便了很多，监狱也给了我很多帮助！

随着网络探视功能在邑州监狱的开通，李某父亲所面临的探视困难也被彻底解决：比如，面对面的接见，父亲看到儿子犯了法、受到惩罚后，心里肯定有一些想法，还会激动。但是通过网络探视，父亲就不会那么激动。

李某：父亲刚刚也跟我说了，让我好好改造。

据了解，2011年，邑州监狱率先与泸州市司法行政部门，建立开通了服刑人员网络探视系统。截至目前，邑州监狱已在泸州、成都、三州地区共设置了190多个网络探视点。而网络探视，不过是改革开放四十年以来，邑州监狱在服刑人员与亲属会见方面所取得成绩的一个缩影。邑州监狱民警冯玲见证了这一跨越式变化。“我们会见的场所分了几个主题，一个是等候大厅、登记室、母婴室，充分从以人为本的角度为家属考虑。我们的会见管理也从单一的家属接见变成了多元化的。我们通过大数据，实现了远程会见，方便了少数民族地区的会见。科学规范的会见管理，是为了让服刑人员更好地回归。”

为了防止服刑人员出狱后与社会脱节，邑州监狱创新建立了回归模拟体验中心，对即将释放的服刑人员进行出监教育，模拟了现代公民生活中的几乎所有重要设施和场景，给服刑人员上好时尚前卫的“最后一节课”。

邑州监狱回归中心副主任王爱霞：（教育他们）怎么去网上订票、购票，刑满释放以后怎么与司法所、公安局衔接办理身份证等业务。还有，如果他出去以后要创业的话，去政务大厅可以办理哪些手续。还有到银行可以办理哪些业务。每个监狱都有出监教育，可能很多监狱的出监教育都是理论课为主。但是我们主要是真实场景的模拟，这种方式更生动，也更容易接受。

不断完善的会见与回归管理举措，不仅让邑州监狱变得更加温情，也给所有服刑人员改造的信心与决心。

（提及未来的改造之路）**李某：**“我自己也充满信心！我也叫我父亲好好活，我在这里好好改造。既然犯了事，就要开心去面对，而不是沮丧去面对。要调整好心态，给亲人加把劲！”

高墙巨变四十年之二

坚守数十年 见证监狱旧貌换新颜

改革开放40年以来，特别是最近10多年来，四川省监狱强力推进监狱布局调整和改革发展创新实施标准化战略，通过两个“五年三步走”发展规划，创造了从追赶到超越并迈进“全国一流监狱”方阵的成绩。而这背后，离不开所有监狱民警默默的付出与坚守。

“这里初建的时候我就来过，奠基的时候我也来过，我第一次看到的时候就流泪了，太激动了，变化太大了……”11月8日，雷马屏监狱的陈列馆里，89岁的退休职工陈传禹望着监狱往日的那些图像资料，瞬间热泪盈眶：“我看了我们新监狱，看了几次了，一年比一年的变化大。走上步看下步，一步比一步高，每一年都有新的变化。”

雷马屏监狱，因横跨凉山雷波、乐山马边、宜宾屏山三县而得名。1952年，根据毛泽东主席“三个为了”的方针，在时任西南局第一书记邓小平同志的亲自批准下建成。也正是在那一年，刚从部队转业的陈传禹，被分配到了公安厅，原本可以留在成都，但是，陈传禹做出了一个令他人万万没有想到的决定：“我说，我们不去！我们要到艰苦的地方去，于是我就带了三个人来到了雷马屏。”初到雷马屏监狱时，这里的环境比他想象中的更恶劣：服刑人员被分散关押在100多个山头，居住的全是草房。一年四季，大多是阴雨绵绵的天气：“我们睡的是竹子绑的床，屋里面还在长菌子。这样的潮湿！虽然天上没下雨，但是屋里的雨从来没有停过，因为是茅草房。”即便是在如此清苦的环境下，陈传禹却从未想过放弃。

1977年，是改革开放的前一年。这一年，陈传禹的女儿陈豫正式进入雷马屏监狱，成了一名办公室的文员。在随后的几年里，雷马屏监狱修建了沙沱水电站，解决了电的问题。在此基础上，建了电冶厂、机修厂、水泥厂、煤厂等，逐步形成了高山林业、中山茶业、低山工业的格局。作为监狱的第二代人，陈豫见证了这一系列的变化：“现在的条件真的好多了，我们以前在山里的环境真的很艰辛。但是跟老一辈相比，我们当时的环境却还算是好的，不管是从哪个方面来看。所以我们感到很欣慰。”1994年，《监狱法》颁布实施，监狱管理工作首次以法律的形式得到了确定：“以前就是劳动改造，后来才有思想教育、政治教育、文化教育。”2012年，乘着四川省监狱结构布局调整的春风，雷马屏监狱从大山深处搬到了城市里，并按照国家标准修建了围墙、电网、监舍，还通过信息化措施进行技术防控。不断更新的环境及管理方式，早已超出了陈传禹的想象。

如今，陈传禹和他65岁的女儿陈豫已经从监狱的工作岗位上退下来。几年前，他的外孙女张晶雪通过招考正式进入雷马屏监狱，成为教育改造科的一名民警。在他们看来，监狱工作是一份事业，更是一种使命。它需要坚守，也需要传承：“我觉得我的姥姥姥爷爸爸妈妈，在这么艰苦的环境下已经坚持下来了，走到了今天。我觉得我应该继承他们艰苦朴素、吃苦耐劳的精神，把我现在的本职工作做好。”

高墙巨变四十年之三

加强思想文化建设　高墙变身文化沃土

改革开放40年以来，四川省监狱系统发生了一系列翻天覆地的变化，形成了从强调劳动改造为主，到教育改造为先，再到今天以政治改造为统领的五大改造新格局。那么，如今的监狱究竟是如何做好改造工作的呢？

11月9日傍晚，经过集体点名后，嘉州监狱四监区的服刑人员迎来一天当中的“休闲时刻”：在这1小时的时间里，他们可以围坐在监舍里看电视节目，或者在监区的阅览室看书、练习书法。“现在电视有，啥都有！以前我们看电视，一个监区就一个电视，几百个人围在饭堂里看。现在，我们12个人在监舍里看，想看啥看啥。”

9年前，服刑人员李某因抢劫罪被判处有期徒刑12年。9年间，他见证了嘉州监狱布局调整及教育改造等方面的变化。而这其中，他最能切身体会到的，便是服刑人员的文化活动明显多了起来：“文化建设和想象的不一样。我以为到这里来以后就是天天关在里面。”其实，在这里面除了限制你的自由以外，其他的权利都是可以保障的。比如，书信、会见，还会开展很多的文化活动。丰富多样的文化活动，不仅让监狱“活”了起来，也大大地提高了服刑人员接受改造的积极性。服刑人员李某表示：“每个星期都要组织下棋、打球、书法各方面的竞赛。前几天我们监狱还组织了技能比赛。现在的犯人跟以前相比起来，接受改造的积极性也更高了。”

近年来，为不断提升监狱监管能力，强化监管的温情和科学性，嘉州监狱经过不断摸索后，成立了自强书画院，为所有服刑人员提供了一方文化阵地。经过申请后，所有服刑人员都有机会进入自强书画院参与书法、摄影、阅读等方面的体验。同时，嘉州监狱还运用虚拟演播厅等先进技术手段，向服刑人员开展思想文化教育。嘉州监狱教育改造科科长张先俊表示：“我们专门开设了教学频道，里面有很多老师上课的教学课件，然后我们就放在视频里面播放，让他们自己去收看。跟以前相比，这样明显就更方便他们去学习了。”

除了开展文化活动以外，面向服刑人员展开的心理辅助活动无疑也是一大亮点之一。据嘉州监狱政治处副主任杨海介绍，目前，该监狱已经建立起现代化的心理辅导咨询室，并配备有情绪宣泄、身心减压、心理疏导等先进技术设备及多名心理咨询工作人员，及时对服刑人员开展心理救助：“心理疏导，比如我们心理方面存在什么问题，我们就去找专门负责心理疏导的警官。”

杨海告诉记者，下一步，嘉州监狱还将进一步更有针对性地为服刑人员开展思想文化教育活动。同时，还将加强监狱民警与服刑人员在文化活动上的互动，让服刑人员的思想教育改造再上新台阶。“所以，我们在下一步的工作当中，也有一个考虑，就是让民警与服刑人员在文化活动上动起来、相互交流起来。”

（四川广播电视台播出）

张文中案今再审宣判

吴　闯　刘　京　奚丹霓　冀成海　张　赛　徐　平
石云松　武　兵　梁　治　韩文旸

主持人：这一时段我们来关注张文中案再审宣判。这起案件是在全面依法治国、加强产权和企业家权益保护的大背景下，最高人民法院依法再审的涉产权和企业家冤错案件的第一案。今天上午，最高人民法院将对张文中案进行再审宣判。张文中是北京民营企业物美集团的原董事长，2009年3月，被河北省高级人民法院以诈骗罪、单位行贿罪、挪用资金罪，判处有期徒刑12年。服刑期间两次减刑，2013年2月刑满释放。2016年10月，张文中向最高人民法院提出申诉。2018年2月，最高人民法院对张文中案进行了公开开庭审理。

我们演播室请到了中国人民大学法学教授陈卫东，还有我们央视特约评论员杨禹，我们将一起来关注张文中案的再审宣判。

【新闻背景】张文中案始末

张文中是物美集团的原董事长，1994创办了北京最早的连锁超市。2003年物美超市成为第一家在香港上市的民营零售企业，下面我们就来了解一下张文中案的始末。

张文中："再审引起的热议已经不仅仅是我张文中的事，故事的主角是企业家和企业家精神。"

他就是张文中，物美控股集团有限公司董事长。1983年毕业于南开大学数学系，随后又在中科院系统科学研究所、美国斯坦福大学攻读博士及博士后。1994年，张文中在北京创立物美商城，并开设了第一家超市。

2006年12月7日，张文中因涉嫌行贿、挪用公款，被河北省衡水市人民检察院刑事拘留。

2007年12月25日，河北省衡水市人民检察院向衡水市中级人民法院提起公诉。指控被告人张文中犯诈骗罪、单位行贿罪、挪用公款罪。

2008年10月9日，河北省衡水市中级人民法院作出一审判决，对张文中以诈骗罪判处有期徒刑十五年，并处罚金人民币五十万元，以单位行贿罪判处有期徒刑三年，以挪用资金罪判处有期徒刑一年，决定执行有期徒刑十八年，并处罚金人民币五十万元。宣判后，张文中提出上诉。

2009年3月30日，河北省高级人民法院作出终审判决，认定张文中犯诈骗罪，判处有期徒刑10年，并处罚金人民币50万元，与其所犯单位行贿罪、挪用资金罪并罚，决定执行有期徒刑12年，并处罚金人民币50万元。

服刑期间经两次减刑，张文中于2013年2月6日刑满释放。随后，张文中向河北高院提出申诉，2015年12月河北高院驳回申诉。2016年10月，张文中向最高人民法院提出申诉。

最高人民法院经过审查，于2017年12月27日决定提审张文中案。2018年2月12日公开开庭审理，听取了辩方和检方的意见。张文中及其辩护人均认为其行为不构成犯罪，要求依法改判无罪。最高人民检察院出庭检察员认为，原判适用法律错误，导致定罪量刑错误，建议依法改判张文中无罪。庭审后，审判长宣布休庭，择期宣判。

主持人：为什么要对张文中案进行再审？

陈卫东：全面依法治国背景下，以审判为中心刑事诉讼制度改革的推进，依照相关法律程序得以启动再审。（从最高法提审的角度，论述此案是当下法治中国建设的必然。）

主持人：我知道近两年中央出台了一系列政策加大了对产权和企业家权益的保障，杨禹，你了解的情况是怎样的？

杨禹：保护企业家产权，发挥审判职能，为企业家创新、创业营造公平正义的法治环境。2016年，党中央、国务院出台保护产权重大决策（两个文件），最高人民法院发布保护产权具体举措（两个文件）。

【新闻链接】张文中案再审庭审焦点

2016 年10月，张文中向最高人民法院提出申诉后，2017年12月，最高人民法院决定提审该案。今年2月12日，最高人民法院公开开庭再审了张文中案。

再审时，围绕诈骗罪、单位行贿罪、挪用资金罪形成了三大庭审焦点。

关于诈骗罪，争议焦点集中在，物美集团是否具有申报2002年国债技改贴息项目的资格。原审法院认为，物美集团作为民营企业不属于国债技改贴息资金支持的范围，张文中在明知的情况下以非法占有为目的，将物美集团冒充为国有企业的下属企业，通过呈报虚假项目，骗取国债技改贴息资金3190万元，构成诈骗罪。

再审时，张文中及其辩护人认为，物美集团作为民营企业具有申报资格，以国有企业下属企业名义申报只是上报项目材料的渠道，其申报的项目均为真实，且主要内容都已实施并达到目标，张文中没有实施骗取国债技改贴息资金的故意和行为，不构成诈骗罪。

再审出庭检察员认为，原审认定物美集团不具有申请国债技改贴息资格依据不足，物美集团在申报过程中有不实内容但不是诈骗行为；物美集团将3190万元国债技改贴息资金用于偿还其他贷款，违反了专款专用的规定，但物美集团并未意图非法占有该笔资金，所以张文中等的行为不构成诈骗罪。

关于单位行贿罪，争议焦点主要集中在涉案的30万元、500万元是否是行贿资金。

原审法院认为，物美集团在收购泰康公司5000万股股份过程中，物美集团及张文中违反国家规定，给予国家工作人员好处费，构成单位行贿罪。

再审时，张文中及其辩护人认为，物美集团给付的30万元、500万元分别属于劳务费和中介费，且物美集团不是行贿主体。因此，物美集团和张文中不构成单位行贿罪。

再审时，出庭检察员认为，物美集团是收购泰康公司股份的主体，涉案的30万元、500万元均为好处费，但物美集团没有谋取不正当利益，涉案人员赵义奎、梁棠也没有提供不正当帮助，因此物美集团和张文中不构成单位行贿罪。

关于挪用资金罪，争议焦点在于挪用资金是个人行为还是单位行为。

原审法院认为，张文中伙同他人并利用他人职务上的便利挪用泰康公司资金归个人使用，炒股盈利1000余万元，构成挪用资金罪的共犯。

再审时，张文中及其辩护人认为，该款项属于单位与单位之间的拆借行为，张文中的行为不构成挪用资金罪。

再审出庭检察员认为，张文中挪用泰康公司资金的行为属于个人行为，构成挪用资金罪，但已过追诉时效，不应再追诉。

主持人：从片子中我们看到，张文中最终被判处12年有期徒刑，涉及三个罪名，主要是诈骗罪，判了他10年。再审辩方认为，张文中没有实施骗取国债技改贴息资金的故意和行为，不构成诈骗罪；出庭检察员认为，原审判决适用法律错误，导致定罪量刑错误，建议改判无罪，陈教授您怎么看？

陈卫东：1999年，有关部门对民营企业与国有企业在申报国债技改项目上确实存在不平等对待问题。2002年前后，国家政策做了调整，对民营企业与国有企业同等对待，原判决根据过去文件精神认为物美没有申报主体资格，把物美在申报经营活动中的一些不规范当作犯罪来处理，认定事实有错误。

主持人：判处张文中有期徒刑12年是数罪并罚的结果，除了诈骗罪，还有单位行贿罪和挪用资金罪，对原审法院对这两项罪名的认定，陈教授怎么看？

陈卫东：物美在经营中确实存在一些不规范的行为，未如实申报、送好处费、没有专款专用等，但要严格区分罪与非罪的界限，不能把一般的违法违规或不规范行为当作犯罪处理，轻易动用刑罚措施。最高人民法院今年1月发布的《关于充分发挥审判职能作用为企业家创新创业营造良好法治环境的通知》里就明确指出："坚持罪刑法定原则，对企业家在生产、经营、融资活动中的创新创业行为，只要不违反刑事法律规定的，不得以犯罪论处。"（这）为企业经营发展营造了公平正义的法治环境和良好的营商环境。

主持人：张文中经营的物美属于北京第一家连锁超市，作为一家民营企业，过去由于法律、制度不规范，可能会存在这样那样的问题，也就是民营企业的所谓"原罪"问题，对这个问题，您怎么看？

杨禹：要以发展的眼光客观看待和依法处理改革开放以来各类企业特别是民营企业经营过程中存在的不规范问题。

主持人：再审判决结果出来了，我们看到最终判决张文中无罪，陈教授您怎么看这个判决？

陈卫东：这体现了党中央保护产权和企业家权益的坚定决心、全面依法治国的坚定决心，体现了中央依法及时纠正涉企业家产权错案冤案的决心，同时也会准确适用国家赔偿法，依法及时启动国家赔偿程序，依法保障企业家的合法权益，让人民群众包括企业家在每一个司法案件中感受到公平正义。

主持人：杨禹您怎么看？

杨禹：这充分体现了国家依法平等保护非公有制经济的精神，也是对企业产权和企业家精神的有力保护。

张文中案的再审改判，体现了党中央对保护产权和企业家合法权益的坚定决心。有利于进一步增强企业家人身及财产、财富的安全感，使企业家安心经营、放心投资、专心创业，充分发挥企业家尤其是民营企业家在建设现代化经济体系，促进经济持续、平稳、健康发展中的重要作用。

（中央广播电视总台播出）

网络新媒体类作品

一个讲了55年的故事，你真的了解它吗？

集 体

作品简介

“枫桥经验”是一个讲了55年的典型经验，如何突破，如何让新时代的年轻网民愿意接受这个概念？这篇文章给出了很好的解读方式。

使用手机扫描上方二维码，即可获得本条获奖作品的新媒体展示。

从故事入手，语言亲和平实，娓娓道来。史料翔实，引用得当。在结构上以时间为序，空间上由小见大，夹叙夹议，有理有据，较好发挥了专业法律术语和网言网语的“翻译”功能，让网民很好理解吸收。

“枫桥经验”是社会治理领域的一面旗帜，在促进社会和谐稳定中历久弥新。用新颖的文风倡导宣传“枫桥经验”，正是这篇作品的亮点所在。

（法制网刊载）

新时代司法为民好榜样

潘 健 何晶茹 曾 伟 张 雨 申亚欣 孝金波 朱紫阳

作品简介

专题页面庄重美观，版块设置合理，除了15个职能类别外，还以地图形式展示了各省（市区）“司法为民”情况。专题中有活动的启动仪式直播及600多个司法行政系统先进典型事迹，精心展现了每个候选者的视频图文内容，宏观上体现了司法行政工作情况。

该作品影响广泛，网民投票4000多万张，技术保障有力。专题PC端和移动端兼容，且在细节上注重体验感，比如投票环节加入查找按钮等。

作为主题宣传活动，充分带动网民理解感受中央全面依法治国办公室和重新组建的司法部在新时代的新作为新风貌。

使用手机扫描上方二维码，即可获得本条获奖作品的新媒体展示。

（人民网刊载）

“私营经济离场”？谁开历史倒车，谁就是与人民和国家为敌！

王文睿

作品简介

这是一篇主题重要、时效性强、影响重大的稿件。

在舆论场出现杂音噪音，出现所谓“私营经济离场”论调时，这篇稿件旗帜鲜明地进行批驳，一针见血地指出“谁开历史倒车，谁就是与人民和国家为敌！”同时，从保护和发展生产力、保卫改革开放成果、维护宪法权威、促进营商环境发展等方面，充分论述私营经济的重要地位，网民纷纷跟帖评论支持稿件观点。

稿件起到了驳斥谬论、坚定信心、凝聚人心的良好舆论效果。

（“中央政法委长安剑”微信公众号刊载）

使用手机扫描上方二维码，即可获得本条获奖作品的新媒体展示。

摄影类作品

背篓+制服的魅力

杨晋峰

作品简介

身处武陵山大山深处的重庆市黔江区人民检察院驻濯水、石会检察室的检察官多年来克服山高路险，进村没有公路的困难，用背篓装着检徽、打印机、电脑等设备走村串户，收集公益诉讼线索，配合查处公益诉讼案件，开展法治宣传、化解社会矛盾、参与社会治理等工作。摄影记者深入生活，用5天时间与基层检察官同吃同住，行程400多公里，抓取的画面真实感人，以小见大，反映了基层政法干警心里装着人民群众，把维护好人民群众利益作为工作的出发点和落脚点，是新时代政法工作“亲民、便民、惠民”的感人事例。

这个专题在报纸上整版刊发后，部分图片又入选为纪念改革开放40年在中国国家博物馆举办的“影像见证40年全国摄影大展”，取得了广泛社会反响。

（《法治日报》刊载）

04
背篓检察官足迹
星期一
2018年7月30日
法制日报
LEGAL DAILY
背篓+制服的魅力

24年，终于等到你！

薛玉斌

作品简介

2017年，这组照片的拍摄记者发现网约车司机王明清正在寻找失踪女儿，马上对其进行了采访，并且在同年发表了《女儿，等等我》组照。照片发表后产生了广泛社会影响，新华社客户端文图浏览量达100万左右。帮助王明清寻找失踪女儿成为全社会参与的公益行动。

2018年，一位在吉林生活的女孩在网上看见信息与自己相似，就进行了DNA比对，终于证实她就是王明清失散了24年的女儿。

2018年4月3日，女儿终于回家和父母相认，而该名记者再次参加了全程摄影报道。照片情节感人，构图生动，组照被近400家媒体采用。

（新华社刊载）

今年50岁的王明清是成都的一名网约车司机，在过去的24年里，他一直苦苦寻找失踪的女儿王启凤。

1994年1月8日，王明清的女儿王启凤在成都九眼桥附近失踪。自那以后，他便开始了寻女之路。

今年，一位生活在吉林磐石的女孩康英在网上看到一则寻人启事上的画像竟与自己惊人的相似，发布画像的人正是王明清。康英额头上有个疤、一哭就反胃，越来越多的特征与王明清多年前失踪女儿的信息重合。今年3月，康英采集了DNA。4月1日，经过DNA比对，康英正是王明清失散的女儿王启凤。

4月3日，王明清和妻子刘登英在位于四川省成都市龙泉驿区的现代新居小区里与苦苦寻找了24年的女儿康英相见。　　新华社记者 薛玉斌 摄

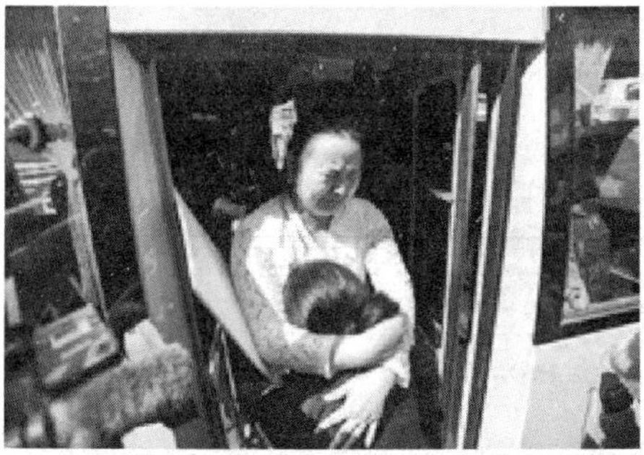

4月3日，在四川成都，康英（白衣者）与母亲刘登英相拥痛哭。

4月3日，在四川成都，母亲刘登英举着“孩子欢迎你回家”的牌子等待康英。

4月3日，在四川成都，母亲刘登英（左一）将见面礼给康英戴上。

4月3日，在四川成都，康英与父亲王明清团聚。

4月3日，在成都双流国际机场，康英（左二）在民警的陪伴下准备见父母。

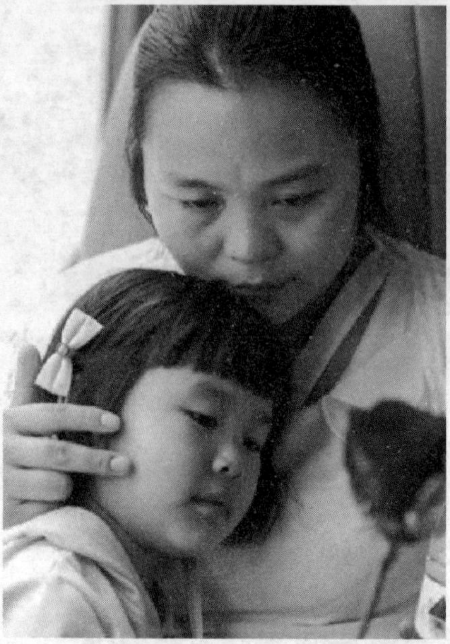

4 月 3 日，在四川成都，康英在见父母的路上抱着自己的女儿。

4 月 3 日，在四川成都，康英即将到达小区门口见到父母。

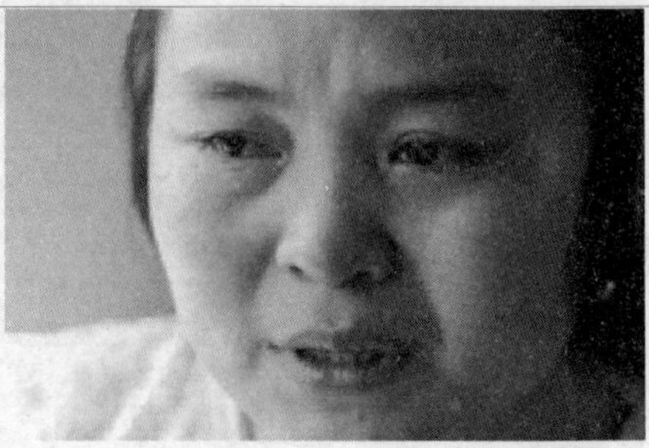

4 月 3 日，在四川成都，将见到父母的康英激动落泪。

4 月 3 日，在四川成都，民警为王明清一家宣读《被拐儿童身份确认通知书》。

二等奖
作品

Second Prize Works

02

宁桂粤三地记者携手救出身陷传销小伙

张怀民　陆寿青　林镇佳

“要不是《广西法治日报》陆寿青叔叔他们帮助，我可能不会这么快回到家人身边，非常感谢《广西法治日报》的记者们！”4月15日，从广西南宁回到宁夏银川的甘肃小伙小勇（化名）对记者说。当天，在宁夏、广西、广东三地4家媒体持续5天的帮助下，身陷传销的小勇终于平安回到银川，见到了家人，讲述了“全国法治报是一家”的感人故事。

小伙身陷传销家人求助法报

4月11日，《宁夏法治报》记者接到一个求助电话：甘肃小伙小勇被同学以找工作为名从宁夏银川骗到广东广州，陷入传销组织长达7天时间，自己无法脱离险境。

接到求助后，记者详细询问了小勇家人，得知小勇在广州的具体地址不详。记者嘱咐其家人做好联系沟通，尽可能获得更多线索，以便展开营救。

4月12日，记者从小勇家人处获知，小勇可能在广州市天河区天河路广东外贸大厦附近。记者当即与《南方法治报》记者林镇佳联系，希望得到帮助。

林镇佳立即将小勇的信息反馈给《南方法治报》负责天河区采访报道的驻地记者汪棹桴，由其联系天河区公安机关寻求帮助，协调天河警方与小勇家人取得联系。不久，天河警方传来信息，天河路广东外贸大厦附近的地址是假信息，并通过电话指导小勇家人继续联络小勇，获取有价值线索，为施救提供便利。

当日，小勇家人又提供了一个天河路壬丰大厦的地址。记者再次反馈给《南方法治报》，仍被证明是一个假地址，救援一下陷入僵局。

4月13日，小勇家人通过电话和微信联系，小勇始终不肯说自己身在何处，也不发真实位置。根据其与家人的对话截图，记者分析可能是小勇身处险境，不方便说真话。

经过家人做工作，小勇答应第二天离开住地去广州。随后，他发来一个网上订票交易成功的订单号，上面没有车次，只有小勇的姓名、出发时间和到达地广州南站，但出发地被涂改，看不清楚。

就是这个地址不详的订单号提供了一个明显信息，小勇一定不在广州！

记者与专业人士仔细分析，小勇有可能在广西境内。通过查看广西卫星地图，最终将目标确定在广西防城港市。

桂宁两地跨省营救与高铁赛跑

4月14日上午10时20分，记者获知小勇上午10时36分搭乘D3688次列车，从防城港北站前往广州南站。此时，距离发车只剩下16分钟！

广西有常住人口近5000万，广州也有1600多万人，家人怀疑小勇被人控制，如果他不乘车或者下车，势必再难以找到。

《宁夏法治报》记者此时想到《广西法治日报》记者陆寿青，便迅速通过电话向他求助，希望他想方设法与南宁铁路公安联系，半路救人。

了解情况后，陆寿青说：“赶紧把小勇的身份、照片以及高铁车次等信息发来，我马上协调！”

千钧一发！如何半路拦下列车救人？陆寿青容不得多想，闪电般地搜索了脑海里的“关系网”，一方面通过在铁路部门工作的朋友，请求他们赶紧与南宁铁路公安处的领导联系，寻求支援；另一方面，通过报社的跑线记者刘康，让他与铁路公安处乘警支队联系，想方设法救援。

从防城港北站到南宁东站，高铁不过一个小时路程，在南宁东站的停车时间也只有20分钟。必须分秒不差，一旦错过，就不可能再挽回。

与列车赛跑！一场跨越时空的救援迅速展开。

南宁铁路公安处的领导接到《广西法治日报》求救电话后，紧急布置救援方案，并指派南宁东站铁路派出所负责具体实施。通过微信和电话，派出所教导员罗祖建很快与列车上的安全员取得联系。欣喜的是，前方很快返回信息，经核实，小勇的确在列车上！

通过微信和电话，陆寿青将救援的进展情况同步告知《宁夏法治报》同仁。接到广西传来的信息，小勇家人如释重负。但能否拦下小勇，成功救人？大家既期待，又担忧。

紧张的时刻终于到来了！

11时40分，南宁东站，随着一声鸣笛，D3688次列车进站了。

此时，罗祖建与几名民警早已等候在站台上。车停，门开，民警们按图索骥，快速走进小勇所在的车厢。不出意外，小勇找到了！

看到民警们从天而降般出现在跟前，小勇惊愕不已。通过一番沟通，小勇终于明白，自己身陷传销组织，民警们是来救他的。为了让远方的亲人放心，民警当场让小勇给家人打电话，听到熟悉的声音，知道孩子平安，家人感动不已。

在民警们的劝说下，小勇终于同意下车。

南宁“能帮就帮”城市精神温暖人心

4月的南宁，春暖花开。惊心动魄的救人场景，让法报记者真正感受到了南宁“能帮就帮”的城市精神。

小勇今年25岁，甘肃庆阳人。他告诉记者，今年4月3日，中学同学梅某邀他到广州市一家物流公司工作，称待遇很好。小勇信以为真，没想到到了广州后，被骗到广西防城港市，落入传销窝点。

头两天，梅某带着小勇到处游玩，从第三天起，看到梅某不断给自己洗脑如何赚大钱，小勇才知道，自己可能陷入传销组织了。该传销组织号称从事一项“1040工程”，所谓“1040”，就是加入组织的每个人交纳6.98万元，2年内就能赚到1040万元。

随着组织的“纪律”越来越严，小勇与家人的联系也越来越神秘。后来，家人连小勇身在何处都不知道。

小勇认真观察，发现加入“1040工程”的都是一帮甘肃、宁夏的西北老乡，而且很多都是一家人。小勇越想越怕，最后想到了逃跑，于是悄悄订了火车票。

为了让家人尽快见到小勇，《广西法治日报》记者安顿好小勇，并帮他订了次日返回银川的机票。

实际上，参与营救小勇的还有《广州地铁报》的同仁。

4月14日11时24分，陆寿青电话告诉《宁夏法治报》记者，小勇已经被铁路乘警找到，就在从防城港北站发往广州南站的高铁上。他建议做好准备，小勇是成年人，万一不愿在南宁下车，又没有被人限制人身自由的话，铁路公安不能强行拦截，需要在广州南站做好衔接。

《宁夏法治报》记者随即与《广州地铁报》记者朱永成联系，希望他能赶赴广州南站，以防小勇不愿在南宁提前下车，他能代替家人赶到现场做工作，劝小勇回家。朱永成当即行动起来，与广州铁路公安取得联系，做好了衔接救助的准备。

4月15日凌晨6时，陆寿青驾车将小勇送往南宁吴圩国际机场，看着他进了安检口。

“谢谢你，陆叔叔，要不是你，我还不知道什么时候见到家人。”登机前，小勇握着陆寿青的手感激地说。

中午12时许，小勇走出银川机场的那一刻，心里一阵轻松。一次曲折的求职经历，让他记住了“世上还是好人多”的道理！

（《宁夏法治报》刊载）

扫黑务必除“伞”

詹　勇　闫祥岭

有案不立、压案不查、纵容包庇，致使涉黑组织为害一方。结果，29名公安民警受到党纪政纪处理，其中3人被法院定罪判刑。广东清远个别领导干部、民警充当黑恶势力“保护伞”的案例日前引起关注，也再次带来深刻警示：扫除黑恶势力，必须打掉背后的“保护伞”。

自党中央、国务院发出《关于开展扫黑除恶专项斗争的通知》以来，各地各部门纷纷展开行动，老百姓拍手称快，称之为“及时雨”“超给力的事”。在这项重大部署中，把扫黑除恶与反腐败斗争结合起来、深挖黑恶势力“保护伞”的举措，更是被媒体称为“打七寸”之举。

扫黑务必除“伞”，是社会的共识，也是深刻的教训。在一些地方，黑恶势力或者长期横行霸道，或者像割韭菜一样，总是断不了根。老百姓心里也常常犯嘀咕：这些坏蛋为啥没人管管？有的人干坏事怎么那么嚣张？有的案子为何总是查不出结果？有的坏人被抓没几天怎么又放了出来？大量案例告诉人们，黑恶势力之所以称霸一方，“保护伞”是其存在和滋长的重要土壤，也是其违法犯罪、为所欲为的“底牌”。

“保护伞”有多种表现形式。有显性的，有的干部与黑恶分子称兄道弟、沆瀣一气，通过说情、打招呼、插手案件、通风报信等方式为其涂上保护色，有的干部甚至就是“带头大哥”、后台老板；也有隐性的，有的干部看起来是“吃个饭”“站个台”“交个朋友”，暗地里却为涉黑组织推波助澜、牵线搭桥，在“保护伞”庇护下，一些黑老大摇身一变，戴上了“红帽子”，势力不断坐大，气焰日益嚣张。

古人说：“树德务滋，除恶务本。”涉黑问题与涉腐往往交织在一起，一些腐败分子更是与黑恶势力形成了“以黑经商、以商养黑、以商养官、以官护黑”的黑色利益链。如果只是就案办案、就事论事，而不把“保护伞”挖出来绳之以法，黑恶势力就很难根除。正是有鉴于此，这次专项斗争把铲除黑恶势力生存土壤放在更突出位置，把扫黑与反腐尤其是查处“微腐败”结合起来，将治理党员干部涉黑涉恶问题作为一个重点来抓，可谓抓住了扫黑除恶的关键所在。

党的十九大报告中有一句话：“人民群众反对什么、痛恨什么，我们就要坚决防范和纠正什么。”扫黑除恶，就是对这句话的有力诠释。在法治轨道上，扫黑不手软、反腐不止步，方可祛除腐恶、伸张正义，换来朗朗乾坤，使人民群众的获得感、幸福感、安全感更加坚实。

（新华社刊载）

最高人民法院巡回法庭司法为民、公正司法、司法改革工作系列报道

沈　荣　刘　婧

编者按

2014年10月，党的十八届四中全会审议通过《中共中央关于全面推进依法治国若干重大问题的决定》，决定提出：最高人民法院设立巡回法庭。

在司法改革的号角声中，最高人民法院的法官们从东交民巷走出，走进深圳、走进沈阳、走进南京、走进郑州、走进重庆、走进西安。

执着的信仰、坚定的步伐，他们走过了或四年或两年的征途。一路风尘仆仆，常年夙兴夜寐，改革的尖兵已将试验田越耕越深，将脚下的路越蹚越宽。

这一路，是司法为民之路，法官们将司法温暖传递华夏九州，带到人民群众身边。

这一路，是司法公正之路，法官们用利剑天平丈量神州大地，带给人民公平正义。

这一路，是司法改革之路，法官们将改革浪潮铺展大江南北，处处激荡着改革的时代强音。

即日起，本报刊发系列报道，关注最高人民法院巡回法庭自成立以来在司法为民、司法公正、司法改革方面的工作成果，敬请关注。

最高人民法院巡回法庭司法为民、公正司法、司法改革工作之一

司法温暖传递华夏九州

——最高人民法院巡回法庭司法为民工作综述

“巡回法庭要始终牢记司法为民的根本宗旨，始终把实现好、维护好、发展好人民群众的根本利益作为一切工作的出发点、落脚点。”

2015年1月28日，广东深圳，最高人民法院第一巡回法庭挂牌仪式上，最高人民法院院长周强的话掷地有声。

党的十八大以来，“努力让人民群众在每一个司法案件中感受到公平正义”成为人民法院的工作目标。六个巡回法庭既是为了实现这一目标而成立的，自然，也就成为司法为民的忠实践行者。

一次次来到群众身边的巡回审判，一次次亲切贴心的诉讼服务，一次次带着爱心和耐心的纠纷调解……巡回法庭的法官们将司法为民的理念，将人民司法的温暖带到了华夏九州，带到了人民群众的身边，温暖大家的心田。

案件在哪里，法庭就开在哪里

2018年1月24日的哈尔滨，最低气温-35 ℃。这是冰城六十年来最冷的一天。最高人民法院第二巡回法庭武建华审判团队在黑龙江省哈尔滨市中级人民法院开始了2018年的第一次巡回审判。

这是一起经历了一审、二审的民间借贷纠纷申请再审案件，针对基础法律关系，双方各执一词，被申请人针对唯一一份书面证据提出鉴定申请，却遭到申请人拒绝，导致整个案情扑朔迷离。

武建华深入当地询问，既便民利民，又让双方当事人充分发表自己的意见，进而使法院得以查清案情全貌及背后利益争执。经过细致梳理与争议焦点相关的问题，武建华凭借丰富的审判实践经验，引导各方从多维角度回答提问、展开抗辩，很快厘清了法律关系，查清了与争议焦点相关的法律事实。此案最终裁定驳回再审申请，当事人各方息诉止争，取得了良好的社会效果。

巡回法庭，重在巡回。

成立之初，六个巡回法庭便被赋予了巡回审判、重心下移、便民利民的使命。正因为此，他们也被亲切地称为“家门口的最高人民法院”。

一巡2017年以来，包括庭领导在内的各审判团队到广东、广西、海南、湖南等四省区开展巡回开庭、巡回阅卷、巡回询问、巡回调查、巡回宣判等各项巡回审判工作100余次，较好地满足了人民群众多元司法需求，也把最高人民法院法官的风范带到了基层和一线。

第三巡回法庭注重促进办案与调研的有机统一，努力实现巡回审判的效益最大化。2018年5月29日至6月1日，三巡庭领导带队赴江西巡回办理一起拆迁补偿行政申请再审案件和一起涉林权行政纠纷申请再审案件，在办案过程中与相关行政机关及江西三级法院法官面对面沟通交流，深入开展对相关类型案件的系统调研，既为个案的妥善处理奠定了基础，又为树立类案裁判规则提供了支撑。

第四巡回法庭成立以来，便突出“巡回”这一鲜明特色，积极开展巡回接访、巡回开庭、巡回阅卷、巡回询问、巡回宣判等各项巡回审判工作，深入巡回区四省，就地办案。副庭长李广宇先后到湖北大冶和利川实地查看地质塌陷区现场和山体滚石造成车毁人亡的事故现场，把听证开到了基层人民法庭；副庭长王锦亚带领刑事审判团队到多地就地阅卷调查；法官杨立初率领合议庭成员在办理系列案件过程中到当地与一审、二审两级法院座谈，沟通交流情况。

群众需要什么，就提供什么服务

2017年冬天的一天，两名信访老人深夜露宿四巡周边的街头。得知这一消息后，四巡工作人员立即为其临时安排了住处。第二天，分党组就研究决定建立夜间巡防排查制度，决不能冻坏一个来访群众。

在四巡，律师有更衣室、阅卷室、工作室，信访群众和当事人有饮水机、免费充电桩、刻盘复印等十几项服务设施。诉讼服务大厅里还设置了医疗室，每天派驻医师和护士各一人，专门负责救治突发疾病的上访群众。此外，还提供网上预约接访服务，大大方便了来访群众。

司法为民，在六个巡回法庭，都不折不扣地践行着，在每一个点滴的细节中，将来自最高人民法院的司法温暖带给每一个当事人。

一巡“就地吸附信访”“就地化解纠纷”，自设立之初就把做好涉法涉诉信访工作作为落实司法为民的重要着力点。“有访必接，来访必谈。”一巡由专业法官对信访案件进行甄别审查，遇有重大信访案件或群体访时，调派主审法官前往接访。

二巡庭领导带头接访，主动了解人民群众司法需求，为来访人答疑解惑、释法析理。落实司法救助政策，解决群众实际困难，对符合条件的来访人，及时指导巡回区法院进行救助，解决其实际困难。

第五巡回法庭诉讼服务中心坚持并践行司法为民便民理念，始终坚持“一声称呼、一个微笑、一个手势、一次敬礼、一次搀扶、一杯热水”的“诉讼服务六个一”，打造“亲民爱民窗口”的良好形象。

第六巡回法庭为方便维吾尔族群众在新疆立案，升级系统平台，在一天之内打通维语版受理通知书的上传通道，顺利完成了六巡维语案件的首次跨域立案。为方便群众反映诉求，减少诉累，六巡还积极开展远程视频接访工作，给当事人带去更多的便利。

怎么办案效果好，就怎么办

2017年1月20日下午，三巡首次开庭审案，由最高人民法院副院长、第三巡回法庭庭长江必新担任审判长。本案中，一家开发商从政府手里买了地，并付清了全部土地款，政府最后却交不了地，双方产生纠纷打起了官司。

开庭后，合议庭即确认了该案的争议焦点，不到10分钟，双方便直奔主题，进入实质对抗。随着庭审有条不紊地进行，双方都提出了和解的意愿，法官乘势释法析理，促成双方当庭达成和解。庭审务实高效，调解合理合法，案件结果让当事人双方都感到满意，达到了法律效果和社会效果的统一。

案结事了，定分止争，巡回法庭成立以来，就要求法官们始终以人民为中心，把人民满意作为一切工作的根本出发点和落脚点，坚持调判结合，多元化解，确保取得良好的法律效果和社会效果。

在四巡办理的一起涉及2000余名伤残水利建设者的群体性行政案件中，尽管从法律角度考虑，伤残抚恤标准并不属于受案范围，但四巡没有一推了之，而是积极与地方政府协调，不仅为伤残者提高了抚恤标准，还促成了每隔几年自动提高抚恤标准的长效机制。

五巡、六巡一直深入探索建立律师参与矛盾化解、代理申诉信访案件新机制，由当地律协选拔、推荐的律师到诉服中心提供志愿服务。五巡的部分案件由律师接访并提出法律意见，经审查后，函转相关法院处理，取得良好效果，有当事人为此专程从外地赶到重庆送来锦旗表示感谢。六巡已邀请律师志愿者提供法律服务500余人次，接待来访群众1000余人次，咨询案件1000余件，实现了司法资源与社会资源的交融共享，使人民群众对接访工作有了更多的获得感和满意度。

最高人民法院巡回法庭司法为民、公正司法、司法改革工作之二

用天平称量公正　用法槌守护神州

——最高人民法院巡回法庭公正司法工作综述

公与平者，国之基址也。

“努力让人民群众在每一个司法案件中感受到公平正义。”

2013年2月23日，中共中央政治局就全面推进依法治国第四次集体学习会上，习近平总书记提出明确要求。

司法，是公平正义的最后一道防线。

带着对公平正义的执着追求，最高人民法院六个巡回法庭的法官们手执法槌天平，打破地域桎梏，突破行政保护，将公平正义送到人民群众的家门口。

一桩桩案件的审理，让人民群众对公平正义有了切身体会；一项项改革创新，让公平正义有了制度的保障；一次次学习教育，让公平正义成为巡回法庭坚定的信仰。

以审判见公正　上好每一堂“法治公开课”

2018年6月13日上午，广东深圳，随着最高人民法院审判委员会专职委员、第一巡回法庭庭长裴显鼎手中法槌的敲响，顾雏军等虚报注册资本，违规披露、不披露重要信息，挪用资金再审一案，在一巡开庭。

顾雏军案是2017年12月28日最高人民法院宣布依法再审的三起重大涉产权案件之一，也是一起备受社会关注的再审案件。来自全国各地的专家学者、全国人大代表、全国政协委员、律师代表等近百人在现场参加了旁听。同时，一巡设立了网络和微博直播。截至2018年6月14日晚12点，由最高人民法院官方微博主持的新浪微博话题#顾雏军案再审#阅读量达1908.2万，最高人民法院今日头条官方号的浏览量也突破了500万，最高人民法院官方网站的直播页面浏览量达到276万。

这是一次庄严的庭审，更是一次万众瞩目的“法治公开课”。

“庭审过程公开透明，效果非常好，深得人心，体现了司法公正。”

“本次审判特别重视给辩护人充分表达自己意见的机会，充分行使辩护权，被告人也能畅所欲言。既讲究公正和效率，同时也体现了司法关怀。”

作为改革的“先行者”“排头兵”，办好每一件案件，发挥案件的法治宣传作用，是巡回法庭的使命与担当。

第二巡回法庭自成立以来，妥善审理了聂树斌案、孙氏三兄弟案、上海欧宝公司诉辽宁特莱维公司虚假诉讼案等一批产生广泛社会影响的大要案，切实维护了社会公平正义。

第三巡回法庭今年2月26日审理的林某诉洪某等民间借贷纠纷一案中，合议庭当庭宣判纠正原审不当判决，并对恶意隐匿事实、提起虚假诉讼的当事人依法处以罚款，维护了正常诉讼秩序，促进了诚信社会建设。

全国人大代表、福建省高级人民法院院长吴偕林评价此案“判决准、释法明，是社会主义核心价值观的生动宣传”。今年4月，三巡依法改判的许水云诉金华市婺城区人民政府行政强制及行政赔偿再审一案被最高人民法院选定为产权保护典型案例，得到社会各界广泛关注和一致好评。

以创新促公正　一项项改革提升办案质量

“合议庭办案责任制”“当庭宣判”“对话式裁判文书”“地域回避”……自成立以来，第四巡回法庭就在不断改革创新，确保公正公平。

坚持合议庭办案责任制，彻底取消案件审批，庭领导没有违规干预过问过一起案件。严格实行从立案分案到送达归档的审判全流程管理，确保全程留痕、公开透明。准确把握主审法官会议的性质定位，充分发挥法官的主观能动性，坚决防止通过这一机制搞变相审批。

提出“法官不办老家案”，并制定《第四巡回法庭地域回避规定》。根据该制度，主审法官、法官助理均不得办理自己籍贯地、成长地、曾经工作地的案件。

探索对话式裁判文书，与当事人对话，逐项回应诉讼请求，透彻清晰地释法说理；与社会公众对话，引导公众理性行使诉权，培养全社会的法治意识；与下级法院对话，通过裁判统一适用法律的尺度和标准。

制定当庭宣判规则，旗帜鲜明地提出“当庭宣判是原则，不当庭宣判是例外”。2017年，在公开开庭审理的50起民商事和行政案件中，当庭宣判25起，当庭宣判率50%。

作为改革的“先行者”“排头兵”，锐意创新，勇于进取，以创新的机制保障公平公正的审理，是巡回法庭的时代任务。

二巡实行司法责任制后，坚持放权与监督相结合，加强个案监督指导，实现放权不放任。严格执行随机分案制度，强化特定案件甄别，杜绝人为分案。充分发挥主审法官会议功能，截止到2018年9月，共召开主审会议42次，讨论案件177件，从宏观上把握审判方向，解决疑难问题，统一司法尺度。

三巡坚持开展文书判后评阅，对所有已结案件文书在判后由庭长、副庭长和廉政监察员按分工对文书质量进行随机抽查，发现问题及时指出；探索实施案件评查制度，随机抽选各团队案件共计60件，成立评查小组，实行交叉评查；开展优秀裁判文书评选活动，邀请江苏地区知名法学专家、学者对案件审理和卷宗质量进行评估。

第五巡回法庭探索建立“每月一讲”集体学习制度。每月组织一次集体业务学习，邀请最高法院审判专家、学界专家学者以及五巡主审法官，就热点难点法律问题、法律法规理解适用、疑难复杂案例剖析等授课，旨在统一法律适用和裁判尺度，提升审判人员的司法能力和业务水平。

以队建保公正　学习提升打造钢铁队伍

“要坚持以人民为中心的发展思想，认真践行党的群众路线，大力推进司法改革，加强审判执行工作，不断增强人民群众对公平正义的获得感。”

今年4月13日上午，中国共产党第十九届中央委员会候补委员、鞍钢集团矿业公司齐大山铁矿生产技术室采矿公路管理员、中华全国总工会副主席郭明义就学习贯彻党的十九大精神，为二巡全体干警作专题辅导报告。

作为改革的“先行者”“排头兵”，巡回法庭始终坚持从严治党、从严治庭，以党建带队建，以队建促审判，着力打造一支忠诚干净担当的法院队伍。

三巡探索开展“主审法官讲党课”“主审法官讲业务”系列活动，庭领导、主审法官分别主讲党课和审判业务课程，传经送宝、授业解惑、效果良好，既促进解决业务、党建“两张皮”问题，又通过落实主审法官“一岗双责”，提升各团队、各部门的凝聚力、战斗力。

第六巡回法庭自成立以来，坚持全面从严治党、从严治庭，严格落实党风廉政建设“两个责任”，严格落实不得干预案件的“两个规定”。合议庭评议前，首先询问是否有人过问案件。在开庭前向当事人作如下释明：“诉讼各方如果有通过法院外部人员、内部人员向本庭打招呼、批条子、递材料，干预或过问案件处理的，将被认为是干预审判的行为。本庭将对此行为记录在案、存入正卷，同时向其他当事人公开，并视情节追究相应的法律责任。”

最高人民法院巡回法庭司法为民、公正司法、司法改革工作之三

改革浪潮潮涌大江南北

——最高人民法院巡回法庭司法改革工作综述

2015年1月，最高人民法院第一、第二巡回法庭分别在深圳、沈阳挂牌成立；两年后，第三、第四、第五、第六巡回法庭相继在南京、郑州、重庆、西安成立。至此，最高人民法院巡回法庭完成了总布局。

成立之初，各巡回法庭就担负着司法改革“试验田”“排头兵”的重

任。回望来程，他们初心不改，使命在肩，锐意改革，不懈探索，借力改革东风探索发展，引领着轰轰烈烈的司法改革浪潮潮涌大江南北。

牵住“牛鼻子”：实现“让审理者裁判、由裁判者负责”

2015年3月，在十八届中央政治局第二十一次集体学习时，习近平总书记强调，推进司法体制改革，“要紧紧牵住司法责任制这个‘牛鼻子’”。

自试点开始，各巡回法庭不折不扣贯彻“让审理者裁判，由裁判者负责”的改革要求，切实推进审判权运行机制改革，将主审法官和合议庭负责制落到实处。

二巡主审法官苏戈明显感受到了改革带来的变化：“过去，案子要层层签批，办案周期长，而现在彻底放权了，我们自己就能签发裁判文书，真正实现了让审理者裁判，大大调动了我们的积极性。”

改革带来的不仅仅是法官主体意识和裁判权意识的增强，更是责任意识的“加重”。苏戈表示：“‘由裁判者负责’不是简简单单五个字，而是要求法官对案件质量高度负责。现在裁判文书是要上网公开的，所以我们常常是八遍十遍地改，尤其是说理部分，都经过深思熟虑、精益求精，以保证从自己手里出去的每一份裁判文书都是精品，都经得起历史的检验。”

四巡积极探索当庭宣判机制，致力打造新型审判团队，彻底取消案件审批，庭领导没过问过一起案件，充分发挥法官的主观能动性。同时，坚持放权不放任，构建“制度围墙”，制定地域回避制度，“法官不办老家案”。

自成立以来，六个巡回法庭不断夯实改革基础，全面落实司法责任制，建立了权责明晰、权责统一、监督有序、制约有效的司法权力运行体系，真正实现“让审理者裁判，由裁判者负责”。

“一把手”带头：是庭领导更是审判长

2016年12月29日，最高人民法院副院长、第三巡回法庭庭长江必新担任审判长，敲响了刚刚成立的三巡的“第一槌”。此后，这位大法官经常以审判长的角色，出现在人们视野中。

随着司法改革的不断深入，一项项新的改革举措在巡回法庭“破土发芽”，从纸上“蓝图”变成现实。在改革全面推开的同时，院庭长淡去行政职务角色，以法官身份回到审判一线办案，在六个巡回法庭已经成为常态。

三巡严格落实院庭长办案的改革要求，庭领导结合专业背景和个人专长依法办案，主要负责民商事二审、申请再审、审判监督类案件。

“院庭长一般都是资深法官，工作经验丰富、专业水平较高。在司法改革之前，法官一旦担任院庭长，就很少直接办案了，这在一定程度上是对优秀审判资源的浪费。”江必新指出，对入额院庭长提出办案任务，是落实司法责任制的重要举措，对优化审判资源配置，充分发挥院庭长的专业优势和引领、示范、指导作用，促进提高案件办理质效，具有重要意义。

在六巡，“第一槌”由副庭长杨永清担任审判长，他和其他两位主审法官一起，负责开庭审理，一起合议，裁判文书由审判长签发。

最高人民法院副院长、第六巡回法庭庭长张述元告诉记者，近两年来，他与两位副庭长共审结案件690件。“我审结了难度较大的一些案外人执行异议之诉申请再审案件；副庭长张明主要承办了刑事申诉案件、行政申请再审案件和少量的民商事申请再审案件；副庭长杨永清主要承办民商事二审案件、申请再审案件，部分行政申请再审案件和少量的刑事申诉案件。”

最高人民法院审判委员会专职委员、第一巡回法庭首任庭长刘贵祥曾主审过一起信用证开证纠纷案，该案涉及信托收据的性质、提单权利属性等在法学理论界和实务界长期存在争论的问题。经过充分论证阐释，合议庭得出双方形成了提单权利质押关系的结论。该案判决书强调辨法析理，仅说理部分就达7000余字，对“跟单信用证下持有提单的开证行享有何种权利”的商业模式作出了精确提炼，明晰了该领域一系列法律适用标准。裁判文书公开后，学界许多学者认为该判决是“一份不可多得的好判决”，“可圈可点，令人赞叹”。

信息“跑起来”：助力提升审判质效

车驰两轮，鹏展双翼。司法改革、信息化建设被喻为法院改革发展的车之两轮、鸟之两翼，推进的力度、广度和深度前所未有。

各巡回法庭紧紧抓住机遇，加强信息化建设，努力实现“让信息多跑路，让群众少跑腿”，促进审判质效大幅提升。

位于西安的六巡主要负责审理陕西、甘肃、青海、宁夏、新疆等西北五省（区）及新疆生产建设兵团范围内应由最高人民法院审理的一审、二审、申请再审的民商事案件、行政诉讼案件及刑事申诉案件。针对巡回区地域面积大、交通不便等特点，六巡自成立之初，就充分利用信息化手段，加强与巡回区各高级人民法院在信息化建设工作上的联动，大力推进网上跨域立案、远程接访等举措。

2017年8月30日，六巡利用远程视频方式，首次与新疆维吾尔自治区一起刑事申诉案件当事人进行远程视频接访。此后，六巡又利用最高人民法院诉讼服务网的律师平台实现远程网上立案，为在巡回区内广泛应用律师平台创造了良好开端。

借助信息化的“东风”，借助“智慧”的力量，六个巡回法庭不仅更好地实现了将最高人民法院的司法服务送到老百姓家门口，也大大提升了法官的办案效率。

五巡大力推进电子卷宗随案生成与深度应用工作，建立起调阅电子卷宗三个工作日内反馈机制，大大缩短了电子卷宗的调阅周期，实现了即时通讯、实时传输、及时有效的工作目标。截至2018年10月30日，五巡在审未结案件原审电子档案汇聚率、电子卷宗汇聚率分别达到63.49%、88.92%，远远超过全国平均水平，累计调阅电子卷宗5496人次，在破解“调卷难”问题上取得突破性进展。

改革只有进行时，没有完成时。在司法改革的征途上，最高人民法院六个巡回法庭将继续披荆斩棘、滚石上山、闯关夺隘，通过改革不断提升审判质效和司法公信力，不断增强人民群众的获得感。

（《人民法院报》刊载）

最高人民检察院发布第十二批指导性案例
明确正当防卫界限标准

徐日升

最高人民检察院今天印发第十二批指导性案例，涉及的四个案例均为正当防卫或者防卫过当的案件，社会普遍关注的于海明正当防卫案入选其中。

据了解，最高检下发的第十二批指导性案例分别是陈某正当防卫案、朱凤山故意伤害（防卫过当）案、于海明正当防卫案、侯雨秋正当防卫案。

最高人民检察院副检察长孙谦介绍说，近几年，正当防卫问题引发社会广泛关注，起因虽是孤立个案，却反映了新时代人民群众对民主、法治、公平、正义、安全的普遍诉求。对此，明确正当防卫的界限标准，回应群众关切，是当前司法机关一项突出和紧迫的任务。最高检发布第十二批指导性案例，专门阐释正当防卫的界限和把握标准，进一步明确对正当防卫权的保护，积极解决正当防卫适用中存在的突出问题，为检察机关提供司法办案参考。同时，这四个案例既是正当防卫的指导性案例，也是检察机关以法治手段维护社会主义核心价值观的指导性案例。我们专门发布这些指导性案例，目的就在于进一步惩恶扬善，弘扬正气，保护见义勇为，向社会释放正能量。

记者注意到，陈某正当防卫案针对的是一般防卫的问题，要旨在于“在被人殴打、人身权利受到不法侵害的情况下，防卫行为虽然造成了重大损害的客观后果，但是防卫措施并未明显超过必要限度的，不属于防卫过当，依法不负刑事责任”；朱凤山故意伤害（防卫过当）案涉及民间矛盾，这起指导性案例针对的是防卫过当问题，明确指出在民间矛盾激化过程中，对正在进行的非法侵入住宅、轻微人身侵害行为，可以进行正当防卫，但防卫行为的强度不具有必要性并致不法侵害人重伤、死亡的，属于明显超过必要限度造成重大损害，应当负刑事责任，但是应当减轻或者免除处罚；于海明正当防卫案和侯雨秋正当防卫案，针对的是特殊防卫的问题，分别明确了“行凶”和“其他严重危及人身安全的暴力犯罪”的认定标准。

孙谦特别指出，第十二批指导性案例除集中围绕正当防卫这一主题外，也体现了依法履行法律监督职能的检察特色，分别从介入侦查、审查逮捕、审查起诉和二审检察四个方面，体现了在办案中监督、在监督中办案的理念和成效。

（《检察日报》刊载）

打造新丝路驿站上的流动人口党员之家

付 静 谢 佳

流动人口中的党员群体如何在异地生活中找到党组织、就地参与组织生活？

流动人口党员登记难、管理难的问题如何破解？

在流动人口占比高的地区，如何在社会治理中发挥流动人口党员的示范带头作用？

在人员高度流动的现代社会，党员这一群体也随着迁徙的大潮流动，这就造成了流动人口党员处于“找不到组织”的困境中，也带来了流动人口党员先锋模范作用难以发挥的问题。处于新丝绸之路起点的浙江义乌，聚集着来自全国各地的党员。为积极应对流动人口党员登记难、管理难、作用发挥难等问题，义乌市把流动人口党员管理作为基层党建工作和社会治理的重点来抓。

义乌市公安局作为流动人口管理部门，与组织部门合作，积极推动流动人口党员管理工作的开展落实，开创出“党建+大数据”流动人口党员管理的模式，建立起流动人口党员大数据库，发放流动党员服务卡，实现对流动人口党员的精细化管理，并最大限度地发挥流动人口党员在社会治理中的引领作用。

“在社会治理中，义乌公安积极发挥流动人口党员的示范作用，既夯实了党的执政基础，又引领流动人口共同参与建设平安家园，实现了基层社会共建共治共享的高效与长效。”义乌市委常委、公安局局长詹肖冰说。

“流动不流失，离乡不离党” 建立流动人口党员大数据库

“以前感觉都是‘漂’着的，一下子找到了家的感觉，可以在党组织的大家庭中更好地实现自我价值。”石小艳感慨。

2004年，石小艳从河南许昌来到义乌做生意，2013年在河南老家加入中国共产党。因为党组织关系在河南老家，定期参加党组织活动对常年居住在义乌的石小艳来说成了件“想做而又难做的事情”。

2017年5月，石小艳接到所在社区派出所的电话。“接到电话叫我到社区警务室填流动人口登记的单子，其中一项就是要核实是否是党员。从此我在义乌找到了组织，找到了家。”石小艳说。

义乌市公安局人口管理分局民警介绍，公安部门将自身的人口管理大数据系统，与组织部门的相关数据相碰撞，便可以比对出在义乌的流动人口中党员的信息。

“为了避免采集信息中出现差错，民警会根据掌握的信息与本人进行核实，确定为党员的便会被纳入我们的流动人口党员管理系统。”义乌市公安局党委委员、人口管理分局局长金志茂说。

石小艳就是通过大数据比对进入了义乌市流动人口党员的“花名册”。在义乌市公安局人口管理分局，记者看到了义乌市流动人口党员数据库，点击进入数据库，可以看到流动人口党员分布地、来源地、文化程度、民族、职业等信息。

“要实现对流动人口党员的管理，首先要摸清流动人口党员的底数。”金志茂说。

为实现对流动人口党员的精细化管理，该数据库运用编码的方式，实现了“一党员一编码”的档案化、精细化管理。

为了更广泛、更精准地发现流动人口党员，除了依托大数据，义乌市公安局人口管理分局在“新义乌人家园”这一流动人口微信申报登记公众号中，开通“我是流动党员”自主申报绿色通道。

“对于自主申报中注明‘我是流动党员’的，民警会再上门走访核实，通过核查确定为党员后再纳入流动人口党员数据库中。这样既方便流动人口党员登记，又能确保信息的准确。”金志茂说。

功夫不负有心人。截至2017年年底，义乌市共登记流动人口党员5772名。像石小艳一样，很多从外地来到义乌生活的党员找到了党组织，真正实现了“离乡离土不离党”。

“小小的驿站，满满的能量”　新丝路红色驿站成为流动人口党员新家园

走进人口管理分局大厅，首先映入眼帘的便是党徽映照下的“新丝路红色驿站”几个大字。2017年11月，新丝路红色驿站在这里启动，成功打造出“流动党员之家”，旨在促进流动人口党员与本土党组织的有机融合，增强流动人口党员的“主人翁”意识。

红色驿站内，“新起点”“新征程”“新家园”“新时代”四大板块展现着丰富多彩的党建文化，也展示着义乌公安服务外来人口的系列举措以及新义乌人参与新家园建设的热情。

“小小的驿站中，浓缩着满满的正能量，既是流动人口党员开展主题活动的新家园新场所，也是推动外来人口管理与服务的一个良好平台和载体。”义乌市公安局人口管理分局民警韩鑫琦说。

依托新丝路红色驿站，义乌市公安局人口管理分局积极组织流动人口党员开展主题活动。2017年12月22日，他们组织40名流动人口党员参观《共产党宣言》全译本第一人——陈望道先生的故居，并邀请十九大代表围绕党的十九大精神为流动人口党员们上党课。

在新丝路红色驿站内，有一间专门的会议室。据人口管理分局的民警介绍，这里有一套连接组织部门的远程教育系统，可以邀请优秀流动人口党员来这里授课，讲授内容可以依托远程教育系统推送给每个区域、每个党支部、每名流动人口党员。

除了集体组织的主题活动外，流动人口党员在日常生活中如何参与组织生活呢？

为推动流动人口党员的精细化管理，依托流动人口党员数据库信息，将流动人口党员与位置坐标相关联，将采集到的流动人口党员数据准确推送到现居住地的党组织部门，以便及时将流动人口党员纳入居住地的党组织中。同时与流出地党组织建立交流机制，及时反馈流动人口党员参加党组织活动情况。

据介绍，目前登记在册的流动人口党员已全部编入全市3136个党支部，实行同亮相、同学习、同活动、同履职、同服务的“五同”管理，流动人口

党员与本土党员一同参加每月主题党日学习、党员义务日活动。

为更好地激发流动人口党员的积极性，义乌公安积极转变理念，寓管理于服务之中，发放流动党员服务卡，联合教育、卫生、国资等部门，为流动党员服务卡开通医院诊疗、图书借阅等功能，实现“一卡在手，走遍义乌”。

流动党员服务卡采用积分制，参加主题党日活动、参加志愿巡逻活动等都会有相应的积分，而这些积分则会转化为个人信用积分，可以享受医疗、交通等多方面的优惠。

一个小小的红色驿站，破解了流动人口党员管理难的问题，成为流动人口党员参与组织生活的港湾；“五同”管理、积分制等相应的机制，则释放出“红利”，变“他乡”为“故乡”，让流动人口党员增强了“主人翁”意识，更好地投入新家园的守护和建设中。

“党员老乡帮老乡，党员老乡带老乡”　流动人口党员积极参与社会治理

被称为“世界超市”的义乌是流动人口大市，截至2017年12月底，全市流动人口在册数达143.7万。外来人口的涌入，为义乌的发展注入活力，同时也带来了流动人口有效管理的社会治理难题。

一名党员就是一面旗帜。义乌公安瞄准流动人口党员的示范引领作用，“党员老乡帮老乡，党员老乡带老乡”成为义乌公安打造共建共治共享社会治理格局的“撒手锏”。

赵艳艳是生活在义乌的流动人口党员中的一员。2017年8月，她所居住的兴港小区开始创建“平安+智慧”村居。为了推动创建活动，赵艳艳主动向村委会提出申请，利用晚上时间挨家挨户上门做工作，劝说出租房房东配备消防器材，并主动承担起出租房档案资料的整理和汇总工作。“作为一名党员，能用这种义务活动的方式发挥自己的价值，感觉很有意义。”

“流动人口党员是流动人口管理的得力助手，可以充分发挥他们的身份优势和地缘优势，当好政策宣讲员、民情收集员、乡音联络员、治安协管员、舆情引导员。”金志茂说。

据介绍，流动人口党员已经组建了志愿者队伍，成立了流动人口党员义

务巡逻队，投入网格治安巡查、警情监控、安全防范宣传、社情民意收集等工作中。

此外，义乌市公安局人口管理分局将着手建立流动人口优秀党员与原户籍地务工人员结对机制，实现“党建+社会治理”的新突破。

在社会治理中，义乌公安积极发掘流动人口党员在居民自治中的引领作用，实现了政府治理与居民自治的良性互动，有力推动了共建共治共享社会治理格局的构建。

“虽然自己的力量很渺小，但作为一名党员，希望能够发挥自己的一点光热，让生活在义乌的外地人更好地参与新义乌的建设，为社会发展和平安贡献自己的一点力量。”石小艳说。

（《人民公安报》刊载）

公安档案“医生”让3800余卷资料“复活”

汤　瑜

喷水、刷浆、拼接、托裱、上墙，经过10余道纯手工的修补过程，一件件原本破旧不堪的档案被赋予了新的“生命”。在北京市公安局办公室档案处档案修复师范三成看来，这就像医生妙手回春，让危重“病人”重获新生一样，“拯救”档案也是一件很有成就感的事情。

在全国公安系统唯一的档案保护修复技术中心——北京市公安局档案馆档案修复室，60多平方米的修裱室里格外安静，修复师们正在忙碌着。

档案修复师刘雪立说：“修裱工作室有件‘重器’——朱红色的裱糊大案，那是修裱工作的操作台。它的制作工艺来自故宫博物院，档案修裱工作大部分操作都需要在这个工作台上完成。”

范三成介绍，目前修裱室重点对1949年之前日伪、敌伪时期破损的户籍底簿进行抢救修复，对纸张纤维断裂或板结的档案等，需要人工一点一点剥离出来，经过十几道修补过程，才能修复。说着，他拿起一张破损的户籍底簿，开始拼接、覆背，这一张A4纸大小的档案纸，修复了整整两个小时。

范三成坦言，把破损的档案修复完毕后，看到它完整无缺，会有一种成就感。因为病入膏肓的病人，总是希望医生能挽救他们的生命，实际上不管是古籍修复者，还是档案修复者，都是破损古籍、档案的医生。“我们重新给它生命，如果档案破损特别厉害，我们不进行修复的话，这份档案或者这份历史，也就消失了。”在历史的长河中，见证历史者会慢慢老去，记录历史的纸张会慢慢残破，他们无法阻止前者的发生，只能在时间的“手”中“抢救”后者。

据悉，经过北京市公安局档案馆档案修复室努力，他们“医治”而“复活”的公安档案资料共3800余卷，近40万页，这些档案成为民生档案的重要组成部分。2016年至今，北京市公安局户籍派出所利用户籍底簿、人口卡片等档案资料，接待人民群众70万户次，在查证亲属关系、查找亲人、办理落户、退休、低保等方面发挥了重要作用。

（《民主与法制时报》刊载）

新时代“背篓检察官”日记摘抄系列报道

吴晓锋

编者按

黔江，地处重庆东南武陵山腹地，90%以上是山地，73%的人口是以土家族、苗族为主的少数民族。

背篓，黔江山里人祖祖辈辈出行的必备。

2016年的一天，大山里突然来了两个人，他们穿着笔挺的制服，却背着与山里人一样的背篓，但背篓里装的不是蔬菜、粮食、农具，而是书本、打印机、笔记本电脑、插线板、徽章。

他们说自己是检察官，坐下来就问家里几口人，跟别人有矛盾没有，村里有啥不平事没有……

慢慢地，山里人开始数着日子盼着这些没有架子的检察官到家坐一坐。

再往后，山里发生了很多故事和变化：周家与杨家化解了存在多年的土地纠纷，庞大姐打官司心里有底了，留守儿童知道怎样防范坏人骚扰了，再也没人敢往小溪里排粪水了……

他们就是重庆市黔江区人民检察院驻濯水、石会检察室的检察官。3年来，“80后”检察官潘珂接过退休检察官徐维新留下的背篓，带着一群“90后”干警，走遍了辖区全部219个村居，将检察工作延伸到大山深处，被山里人亲切地称为“背篓检察官”。

“政法战线要坚持以人民为中心的发展思想”，检察官作为公共利益的代表，肩负着重要责任，为了这份责任，“背篓检察官”不仅翻山越岭走进了大山里，更走进了大山群众的心里。因为他们背的不仅是法治、公平、正义，更是对大山里群众的深情、关怀、帮扶。

新时代“背篓检察官”日记摘抄之一

为留守娃举办检察开放日

日记主人：潘珂（黔江区检察院驻濯水检察室主任）

5月31日　晴

明天就是“六一”儿童节。

到早上8点半，车已在山路上行驶了两个多小时，目的地是杉岭乡兴隆村希望小学。

这个时间点，“关注祖国未来，擦亮未检品牌”为主题的检察开放日活动应该在作开场准备了，那是黔江区人民检察院在黔江城区举行的活动，将邀请人大代表、政协委员、人民监督员和100余名学生、家长代表，在联娱影城召开未成年人保护题材微电影《楠楠》的首映式。一定热闹，我想。

和联娱影城的热闹不同，驶往山区的车上很安静，只能听见车窗外哗哗的雨声。

我清点着背篓里的电脑笔记本、投影仪、幕布等放映材料，想着希望小学的留守孩子们。

孩子们去不了城里参加检察开放日活动，我们就把检察室送过去；乡村小学条件有限，没有声光电的多媒体设备，我们手提肩扛都要把多媒体背进去。

车忽然停了。

我从清点中抬起头来，透过车窗望出去，隐约几棵树木横亘在公路中间，泥土混着山石从山顶倾泻下来，像泥土瀑布。

“潘主任，怎么办？”司机问我。

功亏一篑吗？不，决不。

40名山里的孩子们在等，他们在等“背篓检察官”来上法治课，他们在等人生的第一场电影，他们在等给外出务工的父母打一次“亲情电话”。

“大家背上背篓，我们走过去！”肩扛担挑，也要把设备搬上去，不能让孩子们失望！

顶着雨、踩着泥，山路很不好走。一直到9点40分，我们才到达兴隆希望小学，全校40名同学已经在走廊里面等了，清澈的眼睛里写满期待。

检徽挂教室、幕布竖讲台，安装投影仪、笔记本电脑，大山里的首映式，要开始了。

“同学们有谁去过电影院吗？”我问。

没有人举手。

于是，我说：“今天我们这间教室，就是‘莎姐’电影院了，我给同学们播放一部好看的影片，大家和城里的同学们一样，今天一起参加检察开放日。”

除了看电影，给外出的父母拨通“亲情电话”是孩子们最期待的内容了。我们把自己的手机拿出来，递给孩子们。

“爸爸我想你了。”

“六一你们回来吗？”

“妈妈，我每天走两个小时来上学，从来没有迟到过。”

教室里的气氛像过年一样，但我实在忍不住眼泪，躲出教室外。

没有多会儿，另外一名检察室工作人员也躲了出来。

“知道我们工作的意义了吗？他们是我们忠实的听众，我们是他们忠诚的卫士。”我说。

这个身高1米75的小伙子红着眼眶对我说：“主任，我们没白来！”

回程的路上，我在朋友圈发了一条关注留守儿童的信息。不久，有人联系到我，说打算为留守儿童做点什么，让我提点建议。

“先给教室安上铝合金窗户和玻璃吧。”我回答。

日记点评

梅玫（重庆市人大代表、大渡口区人民检察院“莎姐”检察官）：

“背篓检察官”，给山里孩子们背去的不仅仅是人生的第一场电影，更是背去了法治的种子，传递着浓浓的司法温情。

我坚信，他们所播撒的法治种子会在孩子们心底生根、发芽。这就是我们的“莎姐”新时代，以法律监督的担当，做未成年人的守护者！以司法为民的情怀，做困境儿童的国家监护人！以执法普法的行动，做法治精神的传播者！探索“枫桥经验”检察版，做社会治理的创新者！

新时代“背篓检察官”日记摘抄之二

空钩钓鱼

日记主人：谭森明（重庆市黔江区人民检察院驻濯水检察室工作人员）

5月28日　小雨

“走，钓鱼去！”主任（濯水检察室主任潘珂）递给我一根空鱼竿，一马当先走出了检察室。

3天前的下午，接到主任电话。“穿便装，单位集合，出发下乡。”主任在电话那头说。原本以为是平常的背篓下乡，没想到会是去钓鱼。

“这不对啊，现在是禁渔期啊。”我心里直犯嘀咕，但还是跟着主任上了车。

车行驶在路上，我才弄明白，原来，刚刚接到村民举报，反映禁渔期有人在河道内拉网捕鱼，检察室现在就要赶往现场，摸排公益诉讼线索。

下午5点，我们到达现场。

车停在隐蔽处，手持钓竿、身背背篓，我们一行人步行来到河边，搭起鱼竿，摆起架势，决定现场蹲守。

“主任，怎么没有鱼饵啊？”

“我们又不是真来钓鱼的，带什么鱼饵。还有，别喊我主任，喊我师傅，小心暴露！”

这里草深丛密，蚊子贴着我的耳朵飞了过去，我实在待不下去了，问道：“师傅，那咱们空钓多久啊？待不住啊！”

“姜太公空钩钓鱼钓了3年，咱们最多钓一个晚上。姜太公钓的是周文王，咱们钓的是偷鱼的，性质不同，手法差不多……徒儿，想听民间故事不？”

主任一席话，一下子打开了大家的话匣子，你一句我一句地打发着时间。

晚上8点37分，有了动静。

只见河中间几个阴影晃动，定睛一看，原来是有几条小船在拉网捕鱼。

有人电鱼！

我们心头一沉，这可是犯罪行为啊！我们立即将时间、地点等记录下来。回到车上，主任马上给渔政执法部门打电话，介绍了这里的情况。

“师傅，咱们可以撤了吧？”

“徒儿，撤啥撤啊，咱们的老本行还没干呢，还要守着看执法部门是不是来积极履职。”

就这样，我们师徒二人继续蹲守，直到执法部门的人员赶过来。

今天（5月28日——记者注）下午6点，我们再次拿着鱼竿，便装出发。

这次我已经很有经验了，在黔江区冯家镇的一处河道，我和主任架起鱼竿。

天公不作美，空中飘起了丝丝细雨。

“师傅，撤不？”

“雨小得很，就是落在身上有点冷，不过咱们有准备。”

说着，主任从背篓里拿出一把折叠伞：“这个有点小，咱俩凑合用。”

又过了一会儿。

“师傅，咱们总挑晚上休息时间过来，到底图什么啊？”我问。

“这里有个工厂，群众反映他们有偷着排污的现象，咱们来观察一下水质。”主任顿了顿，调侃我说，“谭太公，当事人也是这么想的，专挑你休息的时间作案。”

就这样，我们在雨中作乐，互相鼓劲，摸排线索。

后来，我成了空钩钓鱼的“谭太公”，“谭森明”这个本名倒不太用了。“谭太公钓鱼，线索上钩”，靠着这个方法，我们陆续摸排出好些公益诉讼线索。

日记点评

卓泽渊（中共中央党校政法部主任、博士生导师）：

禁渔期捕鱼、排放污染物等不法行为，都是对社会公益的侵害。作为国家检察机关能干些什么，是基层检察机关和检察官应该思考并能够有所作为的重要方面。执法不能是被动的，执法监督不能是被动的。“空钩钓鱼”所获取的不是鱼，而是法律的尊严与实施。执法的主动性与执法效能往往成正比。用心执法、用情执法、用力执法与应付执法有着根本差异。监督执法的工作是长期的、日常的，需要付出耐心与耐力，许多时候，类似的“空钩钓鱼”都是必要且重要的。

新时代“背篓检察官”日记摘抄之三

背篓检察官故事背后的青春情怀使命

编者按

几个80后、90后年轻人，背着背篓、扛着检徽，一头扎进武陵山中，被山里的乡亲们亲切地叫作“背篓检察官”。

顶雨踩泥，披星戴月，“背篓检察官”将为民情怀装在心中，将群众的利益背在背篓里，行进在大山深处，服务在群众心坎。

他们没有办理惊天动地的贪腐大案，却解决了可能让乡亲们要命的“小事”；他们不像一些青年男女在繁华都市狂欢，却甘于在寂静山岭间为乡亲们守护公平正义。

一切的一切，皆因他们心里装着群众的冷暖，他们将“坚持以人民为中心”这一新时代政法工作发展理念铭刻心头。

坚持人民主体地位，坚持以人民为中心的发展思想，是政法工作的生命线。正如习近平总书记所论述的，“坚持人民主体地位，必须坚持法治为了人民、依靠人民、造福人民、保护人民”。政法工作，必须把维护好人民利益作为出发点和落脚点。

“背篓检察官”，正是将影响乡亲们切身利益的小事作为出发点和落脚点，践行着新时代政法干警为了人民、造福人民、保护人民的铮铮誓言；正是用他们的赤诚和汗水，回答了新时代政法干警“为了谁、依靠谁、我是谁”的问题；正是以维护人民权益、增进人民福祉为宗旨，彰显出新时代政法干警的公仆情怀。

自7月16日起，本报开设“新时代‘背篓检察官’日记摘抄”专栏，摘编了10期“背篓检察官”的日记。这些朴实的日记引起读者广泛关注，也让一些读者产生疑问：“坚持人民主体地位，坚持以人民为中心”的理念怎样根植在这些90后的灵魂深处？带着这些问题，本报记者再赴武陵山区，听听“背篓检察官”的心里话，寻找这份使命担当的来源。

“小背篓，晃悠悠，笑声中妈妈把我背下了吊脚楼……”

这首脍炙人口的民歌让大家知道了武陵山，知道了山里土家族苗族群众常用的小背篓。

今天，我们的故事也从小背篓讲起。同样的背篓，同样的山，不同的是背背篓的人。重庆市黔江区人民检察院驻濯水检察室几位80、90后检察官（有的是检察室工作人员，文中统称检察官——记者注），经常背着背篓、扛着检徽进山，走乡串户，被老乡们亲切地称为“背篓检察官”。

笔挺的制服，青春的面孔，背个山里人的背篓……这是舞台剧吗？当然不是。

如果再告诉你，这些“背篓检察官”还研发了一个重庆市检察机关统一使用的信息系统，你会不会更瞪大了眼睛？

“背篓检察官”究竟是些怎样的人？做些怎样的事？《法治日报》记者在40摄氏度的高温天气里几度赴黔江，与他们一起进山，一起工作，近距离捕捉他们的点点滴滴，用镜头、用文字记录他们的故事、他们的理想、他们的情怀。

背篓的故事

潘珂，濯水检察室主任，80后东北小伙儿，西南政法大学刑侦专业毕业。正是他带领几个刚毕业不久的90后小伙子，背起土气的背篓，主动走出检察室，走进大山，走村串户，把法治与正义送到每个角落。

“年轻人，和双肩包更配哟！”记者开着玩笑。

潘珂憨厚地笑笑说：“在黔江乡下，老乡认为穿西装打领带提公文包还操着普通话的外地人多数是骗子，专卖夜明珠、假种子等。”

他们曾屡被误解，哭笑不得，工作也无法开展。

后来有高人指点。镇上的一名老村支书对潘珂说：“你们提个包包，拿个干部杯，老乡不识字的多，不知道你是做啥的，理你们才怪。”

即将退休的检察官老徐也支招：“年轻人，乡里有乡里的办法，你把我的背篓背起，走走农户，脸皮厚才能搞工作。”老徐是土生土长的黔江人，也有个背篓。

试试吧。潘珂背起老徐的背篓，装上检徽、宣传资料、办公用品，带领检察室工作人员开始了上山下乡、走村串户。

渐渐地，“洋气的制服+土气的背篓+庄严的检徽”成了他们的名片。

老乡们也知道了检察院是什么地方、检察官可以帮他们做些什么事。

不仅背上背篓，潘珂这个东北小伙儿还努力学会了黔江话，能跟老乡用方言聊天。久而久之，由熟悉到信任，老乡们现在是数着日子盼着他们来，因为有烦心事、不平事可以有处说理，有人管了。

80多岁无儿无女的老人侯绍清终于拿回了被蒙走的2000元“巨款”，而老人连对方的具体姓名、联络方式都没有。

老人老泪纵横地拉着记者的手说：“这2000块钱相当于我4年的生活费啊，太感谢这些娃了！”

“背篓检察官”走进了山里，也走进了大山群众的心里。

“这些年轻人真是难能可贵！”黔江区委常委、政法委书记余健华对记者感慨，“群众背背篓，他们就背背篓；群众说乡言乡语，他们就学乡言乡语。走村进户，深入群众。没有人要求他们这么做，但他们自觉地做了，而且坚持，这需要一种情操、一份情怀和吃苦耐劳的精神。这就是‘坚持以人民为中心’的体现，就是发挥检察职能服务群众的表现。”

生长于重庆的中央党校政法部主任、博士生导师卓泽渊教授读了“背篓检察官”的工作日记后抑制不住激动，说唤起了儿时的记忆。“我相信这几个小伙子背背篓不是矫情，不是作秀，在山里走村串户很多地方车子是进不去的，背背篓实用又便利。同时，背篓一背，老百姓有了亲切感、认同感。这时，背篓就成了深入群众、走群众路线的象征和精神符号。”卓泽渊说。

高科技的故事

提到“背篓检察官”，许多人联想到的是“土气”，是“老旧”。

记者最初也这样想，等走近他们才发现思想落伍的是自己。

看看他们背篓中装的是什么？

无人机、笔记本电脑、投影仪、相机、执法记录仪……还有一些说不出名字的仪器。

去村里的希望小学，带上电脑、投影仪，让留守儿童也同城里的孩子一样，能看上电影，并接受普法教育；

去林间水源，带上无人机航拍器、相机，寻找公益诉讼线索，固定证据；

为进一步方便老百姓，变上访为下访，用笔记本电脑打开与院里的远程视频连接，让老百姓足不出户就能与检察长对话；

……

再看看他们。

郑宜龙，四川大学计算机专业毕业。2017年，《人民的名义》大火，郑宜龙被主人公侯亮平所感染，毅然辞去了广州的高薪工作，考回重庆成为“背篓检察官”的一员。

2017年2月，最高人民检察院发布7个“智慧检务”建设典型事例，其中一个是“重庆市检察机关建设惠农扶贫资金项目数据共享信息系统”，而这就出自潘珂之手。

其他3人也都是高科技“粉丝”。土气与洋气、传统与现代在他们身上得到了最好的融合。“土”和“洋”都是为了群众的需求，为了人民的利益。

如果不是关心群众是否得到了足额的扶贫资金，如果不是走村入户核实信息，潘珂就不会研发出对扶贫资金的动态监管系统；

如果不是为了便利老百姓“少跑一公里”，他们就不会研究出移动远程视频；

如果不是为了留住绿水青山，为了公共利益，他们就不会用无人机……

黔江区人民检察院政治部主任杨勇介绍，院里的绩效考评系统、检务通APP、检察室办公软件、流动检务车多媒体操控等也是出自他们之手。

“背篓检察官”走向田间地头，却同时又走在了“智慧检务”的前沿，踏着新时代潮流的节奏。

他们捡回了传统，却决不落伍于现代。

青春的故事

不少接触过“背篓检察官”的人都会唏嘘：“啊，他们还那么年轻！”

除了检察室主任潘珂是“80后”，其他4人都是“90后”，其中3个“94后”。除了背篓，青春的脸庞、活跃的思想、工作状态里的一脸持重、采访中的略带羞涩、对“黑科技”的娴熟运用……都是他们身上的鲜明标签。

读着他们的日记，跟他们朝夕相处，你感受到的是他们的朝气，他们的上进，他们的快乐、单纯、满足，而不是抱怨、无奈、急躁。这就是他们想要的青春岁月吗?

郑宜龙，那个被《人民的名义》剧中的侯亮平所感召入职的小伙子道出了他的心路历程——从憧憬到失落到使命感再到成就感。

侯亮平，与位高权重的腐败分子斗智斗勇，办大案要案，英姿飒爽。

而郑宜龙和他的伙伴们，背着背篓上山下乡，释法说理，处理小矛盾小案件。这与侯亮平相比有着多大的反差?

“但是很快地，我感到了自己对于乡亲们的意义和价值。你无法拒绝他们眼巴巴望着你的目光，俨然你就是他们的守护神，是公平正义的守护神，我们认为极小的事情在山里老百姓那里真的就是天大的事情，那种使命感和之后的成就感其实和侯亮平没什么不同。”郑宜龙有些动容。

另外3个“94后”谭森明、杨森、朗荣也在一旁点头，并感谢他们的“带头大哥”潘珂言传身教、身先士卒，给他们在思想上、精神上、工作上的引领。他们不负青春在广阔的山村度过，在这里流汗，在这里磨炼，也在这里升华。

他们走遍了辖区全部219个村居，他们主动上门为山里群众提供法律和非法律服务，他们出庭履行法律监督职能，他们为保护生态环境寻找公益诉讼线索，他们为全黔江50多万人饮水水源地保护屡发检察建议……这是大事还是小事？有没有“专业化职业化”？

重庆市人民检察院控申处处长肖波说：“他们就是流动的‘12309，检察牵您手’，向群众传递司法的温度和关怀。”

重庆市检察机关青联秘书长秦宇说：“将号召全市青年检察干警向‘背篓检察官’学习，检察队伍专业化职业化建设目标与群众路线、公仆情怀不能割裂，希望青年检察干警在最基层沉下来，用心用情工作，在工作中找到快乐和成就感。”

青年有担当，国家有前途，民族有希望。

转隶后的新时代检察工作面临新形势新任务，青年检察干警行动起来，检察事业的未来充满希望。

（《法治日报》刊载）

扫黑除恶进行时系列报道

付　伟　于险峰　王　壹　马　玉　张艳玲

编者按

为及时反映各地各有关部门全面贯彻落实中央开展扫黑除恶专项斗争决策部署推出的具体举措，呈现全国政法机关依法严惩黑恶势力犯罪的果断行动和重大成果，反映人民群众对专项斗争的正面评价和积极参与，着力营造扫黑除恶的浓厚舆论氛围，从今日起，本报开设《扫黑除恶进行时》专栏，陆续刊发扫黑除恶专项斗争的典型案例，以飨读者。

扫黑除恶进行时之一

广东：扫除村霸为乡村振兴清障

雷霆万钧，扬清激浊。

盛夏的广东，暴风骤雨总会不期而至。风雨过后，暑气消退，让人顿时感觉神清气爽。同在这个炎热的时节，另一种滚滚雷声也在广东一些乡村动地而起，振聋发聩，更叫人拍手称快。

近日，广东省亮出扫黑除恶专项斗争“年中成绩单”。成功打掉一批涉黑涉恶团伙的广东省公安厅，成为全国首个获得公安部通报表扬的公安机关。为扫黑除恶南粤行动显著成效写下鲜明注脚的，还有下面的一组漂亮数字：今年上半年，全省刑事警情、治安警情、刑事立案同比分别下降21%、14%和12%。与之呼应的，还有在抓住“村霸”之后，响彻村庄上空一声声热闹而清脆的鞭炮声，以及人们一阵阵久违而爽朗的欢笑声。

广东，经济总量庞大，常住人口众多，社会治理情况复杂、难度颇大。特别是在一些农村地区，黑恶势力与宗族势力彼此呼应，与黄、赌、毒等社会毒瘤交织杂糅，成为影响经济发展、社会稳定和百姓安居乐业的严重威胁，成为实施乡村振兴战略过程中必须首先拔除的钉子、清理的路障、啃下的骨头。

撕下“黑恶村官”的两张面孔

在汕头市龙湖区某村，谢某忠（化名）的公开身份是村委会主任，头顶上还有人大代表、政协委员的层层光环；而在一众“马仔”“小弟”面前，他却摇身成为呼风唤雨、作威作福的“老大”。身为村里名义上的“当家人”，谢某忠“念念不忘”的，不是如何让集体经济发展起来、让村庄面貌漂亮起来、让村民日子红火起来，而是让走私生意如何风生水起、非法勾当如何逃脱法网。

这样的一个人怎么能够被村民选为村委会主任？伴随侦查工作的逐步深入，对于这个曾让办案人员百思不得其解的问题，答案也逐渐水落石出。拉票贿选、回收空白选票、言语威胁“软暴力”等手段，既是谢某忠得以“胜选”的“灰色秘诀”，也足以连缀成村民自治选举被黑恶势力与宗族势力两只手蹂躏之下面目全非的一幅乱象。

不过，依靠淫威绑架民意，终究难逃黄粱一梦。今年5月，广东省公安厅从省内多地抽调警力，一举打掉了以谢某忠为首的“以黑护私、以私养黑”特大黑社会性质组织，5名村干部5名马仔一齐落网。除了涉案资产1.3亿元外，一批枪支、弹药等工具也成为这群“黑恶村官”的有力罪证。而从横跨广东10多个地市的调查范围、超过200名的受害人及证人、100多卷卷宗中，人们也可以窥见这一犯罪集团影响之大、扎根之深、危害之广。

和谢某忠一样，游走于“村官”和“老大”两种角色之间，同样是江门市新会区睦洲镇南镇村原村委会主任关某合（化名）的拿手好戏。“要想在睦洲揾食（谋生），必须要经过关某合这一关。”与这句话背后当地村民敢怒不敢言的恐惧感相对应的，是关某合时常抛出的一句“豪言”：“在睦洲，还没有我搞不定的事情。”两相对照，勾勒出的是戴在关某合脸上的红、黑两张面具。

关某合之“霸”，除了其“霸占”村当家人位置10年之久，更在于在这10年中，他不但把儿子培养成了自己“霸业”的接班人，把“马仔”放在村支部副书记等重要岗位上，还把触角伸到了相邻的黄布村，通过操纵选举、安插亲信等方式，成为黄布村事实上的“编外村长”。

“关某合早年外出做生意，赚了一点钱，也算是经济能人，加上关姓是村中大姓，大家便选他做了村委会主任。”南镇村一名村民告诉记者，让大家万万没有想到的是，对关某合的信任和期望，换来的却是一个深不见底的陷阱和泥潭。

自那之后，南镇村的公益建设、土地发包等便从村中的“公事”变成了关某合的“家事”，工程想让谁建就让谁建，土地想包给谁就包给谁。警方调查发现，在南镇村，关某合以其本人、亲属和亲信等人名义承租的土地占全村全部出租土地近八成。

一旦有外来者想从中分羹，迎接他们的往往是关某合团伙的百般阻挠和敲诈勒索。2014年11月，来自广州的黄某、许某等人向黄布村原承租户郑某转租40亩地块用来经营沙场。为了搅黄这桩生意，关某合先是授意其一手扶植起来的黄布村村委会主任何某明（化名）连续9次向对方索要累计110万元用于所谓的接待、办证。其后，关某合还亲自出马，要求沙场老板给60万元支持他参与选举，对方若不就范便花钱雇用一些人到沙场闹事。最终，关某合“如愿以偿”将这群外来老板“成功”逼走。

既想当官，又想发财。一场扫黑除恶行动，最终为关某合的如此美梦彻底画上了句号。20多宗案件、8项罪名、200多万元案值，比这一连串数字更让人们吃惊的是，在已被批准逮捕的11人中，竟有10人是村干部。而在江门市，仅仅半年时间便打掉“村霸”恶势力团伙16个。

“值得注意的是，农村黑恶势力往往插手村民自治选举、窃取权力，进而达到垄断资源、谋取私利的目的，特别是在粤东、粤西地区，这个问题尤为突出。”广东省公安厅相关负责人表示，针对农村黑恶势力从经济领域向政治领域渗透的态势，广东警方将打击黑恶势力犯罪与反腐败斗争、基层“拍蝇”同部署、同推进、同落实，将查处打击“黑恶村官”列为扫黑除恶专项斗争的重要内容。

掐断黑恶势力的经济来源

对于家住佛冈县石角镇的黄女士来说，现在，她总算可以睡个安稳觉了。每当看到自己读高中的儿子坐在书桌前埋头苦读的情景，一股暖意总会荡漾在她的心中。而就在一年前，对于黄女士来说，这样的日子还是一种可望而不可即的奢望。

“那时候，儿子一放学就没了人影，后来我才知道是去赌老虎机。”尽管软硬兼施，但黄女士还是没能捆住儿子的心，“那东西诱惑实在太大了，很容易上瘾。”眼看着儿子的成绩一落千丈，黄女士欲哭无泪。她并不知道，如同病毒般在镇上蔓延的“老虎机”，“病根”在于一个盘踞当地已达5年之久的恶势力团伙。

2012年8月至2017年6月，唐某春等6人纠结一处，在石角镇通过威逼利诱、暴力闹事等手段将至少47台“老虎机”投放到38处店铺，从中非法获利逾25万元。警方调查发现，该犯罪集团分工明确，有人负责对“老虎机”进行搬运、维修，有人负责与店主结算赃款，而且分片区管理，不能私自摆放。

在广东，以赌养恶、以赌养黑，成为不少黑恶势力团伙一本万利的“生意经”。在广州市番禺区南浦某村，陈某仔等4人的公开身份是“南浦公司”股东，却长期从事开设赌场的不法勾当。2016年底至2017年春节期间，何某昌也加入了这个所谓的“南浦公司”，20余天便从赌场“抽水”6万元。其实，此人已是开局设赌的“老手”。之前，他便在附近一处建筑工地开设赌场，10天获利分红约2万元。

赌场要想生根发芽，头顶往往会有“保护伞”为之遮风挡雨。广州市公安局番禺区分局石楼派出所治安组便衣打击组原组长石伙胜，便因为向开设赌场的犯罪分子通风报信并收受现金，而在此次扫黑除恶行动中应声落马。

在广东省公安厅刑侦局相关负责人眼中，黑恶势力的形成、发展需要一定的经济基础，而其“发家”手段同样见不得阳光，这也导致黑、恶、黄、赌、毒、走私等犯罪活动相互交织，“能否打掉黑恶势力的经济基础，是公安机关衡量办案成败的重要标准”。而在广东省公安厅党委确定的扫黑除恶“四必”工作原则中，“财伞必挖”成为压轴一条。该厅先后3次发起集中收网行动，成功打掉一批“以黑护黄”“以黑护赌”“以黑护毒”“以黑护私”的涉黑涉恶团伙。同时，广东政法机关综合运用追缴、没收违法所得和赃款赃物、判处财产刑以及行政罚款等多种手段，在彻底摧垮黑恶势力经济基础方面出实招、下重拳、使狠劲，仅上半年便查封、冻结、扣押涉黑涉恶犯罪涉案资产价值17亿余元。

夯实扫黑除恶的群众基础

3位头戴面具的“熊猫侠”，手托一摞摞现金，近日，这张照片走红网络、引发热议。照片的背景，是广东省公安厅召开的一次扫黑除恶行动新闻发布会。会上，除了通报情况，还向举报涉黑恶犯罪有功的群众分别发放了3笔共计50万元奖励金，其中2人各获20万元，1人获10万元。

更加吸引人们眼球的是接踵而至的另一条消息。广东省《扫黑除恶专项斗争群众举报奖励办法》于本月起正式实施。举报事项经查实并以涉黑涉恶罪名追究刑事责任的最高奖励人民币50万元，既是目前全国奖励涉黑恶举报的最高标准，也为构筑扫黑除恶更为深厚的群众基础提供了强大后盾。

黑恶势力，人人喊打；扫黑除恶，兴村安民。在广东，用扫黑“重拳”点开治理“穴道”的成功案例正在不断涌现。在南镇村，实现书记、主任“一肩挑”和交叉任职比例100%的新“两委”班子，通过法律途径收回历年土地承包欠款48.7万元，收回土地1858亩，重新发包土地1306亩，土地承包款及租金收入167万元，集体缴纳农村合作医疗78万元，久违的阳光再次照射在村民自治的健康肌体上，美好的未来再次萌发在广大村民的殷殷期盼中。

扫黑除恶进行时之二

一场扫黑除恶的拔“根”行动

3月24日，阵阵清脆的警笛声响过后，山西省天镇县谷前堡镇一畔村的恶霸们悉数被带走。闻声而来的村民目送着警车离开，欢欣雀跃。“罪有应得，大快人心。”议论的声音在街巷里不绝于耳。

随着横行村里的村霸被铲除殆尽，一畔村长期被村霸非法阻挠而停滞的村委会工作重新恢复，村民们重新走出家门在街巷口打牌聊天。与此同时，一场扫黑除恶的专项行动正以雷霆之势在三晋大地上徐徐铺开。

像一畔村一样，村霸等恶势力的存在破坏着基层政权的有效运行，威胁着人民群众的人身财产安全，成为农业农村发展的掣肘。从今年开始，针对乡村黑恶势力，铲除乡村发展掣肘，改变基层政治生态的正义行动从城市深入乡村。

铁腕除恶，风清气正。今年1月至7月，山西省公安机关坚持有恶必打，除恶务尽，累计打掉各类村霸恶势力犯罪团伙58个，各类行霸市霸恶势力犯罪团伙75个，操纵黄赌毒的黑恶势力团伙52个。专项行动下，上半年110接警同比下降了4.49%，城乡人民群众的社会安全感得到持续提升。

打击全覆盖，“村霸”无处可逃

一畔村，把畔字拆开了读就是一半田。正如其名，村里村民的主要收入来源就是靠种这点田。就是这个看来没有什么油水可榨取的地方，也没能躲过以李某建（化名）为首的村霸的罪恶之手。

2013年，无所事事的李某建纠集兄弟、姐夫、堂弟形成了恶势力团伙，凭借其父生前是村支书而横行乡里，敲诈勒索。在强行承包村里机井的5年期内，李某建故意抬高浇地价格，每小时多收5元。对此不满甚至讨要说法的村民更是会遭到毒打。久而久之，村民敢怒不敢言，只能按照每小时25元的高价交费浇地，李某建从中非法获利2万余元。

村民的隐忍变成了李某建及其团伙在一畔村肆意猖狂的资本。2017年，村委会换届，李某建看到自己竞选无望，便与团伙成员现场恐吓、威胁选民和乡镇工作人员，并撕毁选票、推倒票箱，导致现场秩序混乱，选举无法正常进行。

竞选未果，李某建更是变本加厉，寻衅滋事、强迫交易屡屡发生。2018年1月至4月间，其团伙威胁、恐吓村干部霸占了村里的一眼废旧机井，然后通过策划进京“上访”等手段敲诈勒索村委会及镇政府补偿金12万元。

欺压百姓、操纵破坏基层换届选举、垄断农村资源、侵吞集体资产，正当李某建陶醉在这些恶行换来的“成就”中忘乎所以时，一个个举报电话打到了公安局，一个专案组开始调查取证，一场针对他和团伙的抓捕行动早已布局好。

3月24日，警方收网行动展开，一畔村的村霸团伙被成功端掉。至此，盘桓在一畔村的阴霾被彻底吹散。

没了村霸横行，发展产业、增收致富成了村委会工作的当务之急。如今，一畔村的很多村民加入了“天镇保姆”的务工队伍，在种地之外多了一份收入。年收入14万元的光伏发电机组也为村集体经济增添了一份持续性产业。一畔村重又焕发出发展的活力。

在攫取利益面前，村霸、路霸、市霸、行霸等恶势力的黑手还从村庄伸向了企业，而山西警方针对他们的打击力度同步在加倍，打击范围更广，打击深度延伸。

为了获取更多的金钱利益，一些村霸凭借其在当地人多势众向外来企业敲诈勒索。

山西梗阳煤业有限公司是沁源县王和镇后沟村的驻村企业，周边一些村民依靠承揽公司的运输业务增加收入。本是好事，却被以李某凯（化名）为首的村霸横加阻拦。以李某凯为首的恶势力犯罪团伙常常以地头蛇自居，肆意插队装煤，拒绝检查，破坏市场秩序不说，还围堵企业和村委会进行要挟，导致企业多次停业。

今年5月，李某凯围堵企业长达三天，致使企业被迫停产，经济利益严重受损。5月4日，山西警方以雷霆之势，抓获李某凯犯罪团伙成员4人，破获聚众扰乱社会秩序案、寻衅滋事等案件3起。

山西省公安厅相关负责人介绍，在扫黑除恶行动中，山西省公安机关明确重点，聚焦涉黑涉恶问题突出的12个重点领域，并划出12个延伸领域，特别是对企图渗透和把持基层政权，违法侵吞集体资产，利用家族和宗族势力横行乡里、称霸一方的各种黑恶势力，以零容忍态度，重拳出击。

拔其羽翼，铲除恶势力滋生土壤

以田某林（化名）为首的恶势力长期盘踞在晋中介休市的乡村中。从

2007年至2012年，田某林非法获利达70多万元。2007年至2017年，田某林的团伙非法所得高达100余万元。高额的非法所得不仅让团伙成员发展到12人，更让他们在尝到甜头后更加猖獗。

这些非法获利从哪里来的？随着案件的逐步侦破，答案浮出水面。依靠组织赌博、放高利贷，田某林和团伙从中抽头渔利。

4月3日，介休市公安局在全面掌握证据后打掉了以田某林为首的恶势力犯罪集团，抓获团伙成员12人，破获非法拘禁、故意伤害、开设赌场、掩饰隐瞒犯罪所得、寻衅滋事等案件8起。

案件虽已结束，但折射出了深层次的问题。黑恶势力的形成、蔓延需要经济支撑，以赌养恶、以赌养黑，黄赌毒往往是滋生的土壤。除恶务尽，铲除黑恶势力滋生的土壤才能彻底将其连根拔起，而斩断黑恶势力的经济来源是关键一步。

“在这方面，对每一个黑恶势力团伙的涉案资产，依法及时采取查封、扣押、冻结。与工商、审计、税务、银行和法院密切合作，综合运用追缴、没收、判处财产刑及行政处罚等手段。”山西省公安厅相关负责人介绍，截至7月底，山西查封、冻结、扣押涉案资金2.5亿元、房产363套、车辆156台。

在瞄准黄赌毒等黑恶势力攫取利益的传统行业之外，山西公安机关还重点摧毁黑恶势力非法吸储、放高利贷而成立的担保公司、投资公司等新型产业。

非法攫取的经济收入提供了生存的土壤，而搭建关系网、结交官员又为黑恶势力提供了政治上的保护伞。

2015年，杜某忠（化名）通过拉票、贿选当上了交城县天宁镇奈林村村委会主任，这个身份之外，他还有着另一个身份——村里的“治安队队长”。

上任后，杜某忠不是履行职责谋划奈林村的发展，而是纠集王某等村霸成立了村“治安队”，打着维护乡村治安保护村民财产的名义，暗地里干着违法犯罪的勾当，把村子搞得乌烟瘴气、怨声载道。他也成了名副其实的霸头。

通过暴力手段相威胁，这个犯罪团伙对途经奈林村某企业的运输车辆强行索取“污染费”，强迫企业与其签订了3年协议，每年向杜某忠交纳15万元。凡是经过该村的车辆，都以车辆抛洒、污染环境为理由强行收取卫生费，这些非法所得都用于他个人的支出。

有了村主任的保护衣，杜某忠和团伙在村里更是横行无忌，土地承包、基础建设等村里的公事成了他的私事，村民谁有怨言，便拳脚相加进行威胁。奈林村成了他的“一言堂”，村委会成了大家眼里的摆设，心里的伤疤。

山西警方将打击黑恶势力犯罪与反腐败斗争、基层“拍蝇”同步进行，深挖黑恶势力的保护伞，实现一网打尽。

重拳之下，杜某忠这样有着两重身份的村霸成了无头苍蝇，无缝可钻。2018年1月29日，这个团伙的10名成员全部落网，得到法律制裁。

提升打击效果，除恶力度不断加深

8月3日，山西召开了扫黑除恶专项斗争调度会。调度会上，山西省公安厅一把手亲自组织重要案件线索的核查和大要案件的侦办，组织对重大逃犯的追缉。按照“双周一调度”的方式，这是山西今年以来的第十一次调度会。

一把手责任制和“双周一调度”是山西在扫黑除恶斗争中形成的长效机制。“既有力打击震慑黑恶势力犯罪，形成压倒性态势，又有效铲除黑恶势力滋生土壤，这是一次拔‘根’行动，是一场系统性的反腐行动，需要长效的机制来保障和推动。”山西省公安厅相关负责人介绍。

扫黑除恶所涉面广，尤其在法律力量薄弱的基层，个别工作人员与黑势力交织形成的错综关系给线索核查和打击工作带来不小的阻力，让这项斗争存在不敢打、不愿打、打不深、打不透的问题。

针对这个问题，山西自上向下加压，实行一把手负责。凡是县公安局、派出所没有主动发现辖区黑恶势力，而被群众举报或上级核查出来的，严格倒查追究责任。

为了减小办案阻力，避免案件处理过程中腐败问题产生，山西实行异地用警、异地核查、提级管辖等超常规侦查措施，明确了县一级的案件市级办，市一级的案件省级办。

打铁还要自身硬。山西自上而下构建了线索摸排、线索核查、依法打击等12项工作机制。对内，出台了“扫黑除恶专项斗争法律指引”，使扫黑除恶专项斗争始终处于严格、规范执法中；开展对扫黑除恶专业队伍的专题培训、案件审核、法律指导等多项举措。

对外，发挥群众的力量，公布扫黑除恶专项斗争举报方式，发布扫黑除恶斗争典型案例，与各级党委宣传部门联合制定为期三年的扫黑除恶斗争新闻宣传报道方案。同时，与政法各部门、纪检监察等部门建立联席会议制度，形成政治合力、司法合力和社会合力。

事前推进会，事后总结会。至此，一套联结政府与社会多方力量的长效机制确保了山西扫黑除恶专项斗争的力度、深度和广度，正在重新建立起人民群众的信任感与安全感，打造乡村一片气正风清。

扫黑除恶进行时之三

铁腕重拳治黑恶

——四川省纵深推进扫黑除恶专项斗争

8月21日，四川省扫黑办通报了一起“扫黑除恶”案件：内江资中县警方打掉一开设赌场犯罪团伙案，抓获犯罪嫌疑人7人，其中一人竟为当地水南镇大石桥村党支部委员、村委会主任；8月23日，四川省纪委监委公开曝光5起涉黑涉恶腐败和“保护伞”问题典型案例，多名基层干部因充当“保护伞”或把持基层政权被严肃问责……

扫黑除恶专项斗争是一项长期性、复杂性的工作。四川省自今年2月安排部署全省开展扫黑除恶专项斗争并向社会公开举报途径以来，全省各地快速行动，重拳打击黑恶势力，深挖黑恶势力“保护伞”，将农村作为此轮扫黑除恶专项斗争的一个重点区域，把扫黑除恶与反腐败斗争和基层“拍蝇”结合起来，把扫黑除恶与整顿基层软弱涣散党组织结合起来，推进扫黑除恶专项斗争向纵深开展。

组织赌场抽头营利　这个村干部不像话

2018年春节前夕，资中县公安局治安大队民警得到线索，有人在水南镇辖区开设流动赌场，利用春节外出务工人员返乡之际，聚众赌博牟取暴利，涉案金额巨大，参赌人员多达数十人。村民在外辛苦打工一年，存点钱不容易，而开设赌场的人却专挑他们下手。为了尽快除去这个盘踞在农村地区的赌博窝点，资中县公安局派出侦查员展开秘密侦查。

在收网行动中，警方现场抓获28名涉赌人员，收缴赌资6万余元。而令人吃惊的是，开设赌场的犯罪嫌疑人中，其中一人竟然是水南镇大石桥村原村党支部委员、村委会主任郭某。据警方调查，郭某等4人平时就是牌友，他们中其中一人深陷赌博输了不少钱，于是提议开设赌场从中抽水，几个人一拍即合。他们利用春节返乡潮，诱惑返乡人员参赌。当晚收缴的6万多元赌资中，郭某等人的抽头营利就有1.3万多元，相当于总赌资的1/5。

原本应该是带领群众致富的领路人，为何却成了犯罪团伙中的一员？今年初中央纪委监察部网站首页头条位置转载的《强揽工程、强拿硬要、强行阻工，村霸被惩处——扫黑除恶护发展》一文中，四川省西昌市一村委会主任的恶劣行径同样让人愤慨。

“我们村有一个不成文的规定！只要是在我们地界上实施的工程项目，土石方工程必须交由我们村组来做。要按每立方米4元的标准提成！”

这是在2015年6月4日的西昌市高枧乡张林村五组，西昌市月城化工有限公司与市东西河林场联合集资、长安建筑安装有限公司承建的职工经济适用房工程的开工现场。说话的人叫张文辉，高枧乡张林村村委会主任。

作为村委会主任，张文辉以“维护村级集体利益”的幌子为名，拍桌子、指鼻子、撂狠话，强揽工程、强拿硬要、强行阻工，在当地影响极坏。

西昌市纪委、市检察院、市公安局组成联合专案组，对张文辉一案进行彻查。专案组一到张林村就感受到了重重压力，张文辉在此地任村民小组组长13年、村委会主任8年，家族势力大，村里沾亲带故者众多。加之他本人工作作风粗暴，嚣张跋扈、态度蛮横，很多村民，包括工程施工人员因为担心事后遭打击报复，都不敢开口，调查取证遇到困难。经过专案组人员耐心细致地做思想工作，一些关键证人开了口。

“乡村干部本是乡村振兴的‘主心骨’，黑恶势力竟然堂而皇之地进入了村‘两委’，严重扰乱了农村社会秩序，危害农村基层稳定。”四川省扫黑除恶专项斗争领导小组相关负责人表示，这也是此次扫黑除恶专项斗争将把持基层政权、操纵破坏基层换届选举、垄断农村资源、侵吞集体资产的黑恶势力和利用家族、宗族势力横行乡里、称霸一方、欺压残害百姓的“村霸”等黑恶势力列为重点打击对象的原因。

打掉“保护伞”　强化基层党组织

近日，四川省高院完成了首部《四川省涉黑犯罪调研报告》，报告指出涉黑犯罪多寻求“保护伞”或把自己“染红”。黑恶势力犯罪组织通过勾结、腐蚀和控制国家机关工作人员，获取特权和保护，将违法犯罪活动与经济活动、社会活动甚至政治活动结合，以捞取更大的经济利益，有效地逃避打击。如广元王建成涉黑案中，广元市苍溪县鸳溪镇原党委书记冉安源、原纪委书记王朝锦收受贿赂，为垄断矿山的王建成黑社会性质组织通风报信、帮助逃避打击。

无独有偶。在日前四川省纪委监委公开曝光的5起涉黑涉恶腐败和“保护伞”问题典型案例中，古蔺县水口镇原党委委员、人大主席蒲斌鹏也使出同样路数——向公安机关正在抓捕的“村霸”通风报信。

四川省公安厅相关负责人表示，“村霸”肆无忌惮，横行乡里，很多时候都是因为“上头有人”，受欺压村民敢怒不敢言，查办“村霸”和宗族恶势力备受阻挠，治理难度大。

不仅如此，一些“村霸”还向基层社会组织渗透，插手基层组织活动。“这个人性格非常暴躁，经常和老百姓发生争执，还要打人。”“他把村上的砂石资源一个人霸占，不准其他人来动，他的亲戚也会来帮忙。”严应岐这样一个横行乡里、老百姓都不待见的人，却在四川省昭化区元坝镇泉坝村村委会选举中当上了村委会主任，还一干就是两届。

昭化区纪委监委工作人员李彬介绍，严应岐早年在外做煤矿生意，后来生意亏损，便回到了泉坝村，想着捞个村官当，再借机揽一些工程，就可以把亏损的钱赚回来。2009年，泉坝村组织村委会选举，严应岐盯上了村委会主任一职。第一次投票时，他的票数比另一名候选人少，“脑筋灵活”的严应岐便动起了歪主意。

严应岐让老婆和亲戚朋友张罗请客，两次共宴请了30余名村民到镇上的酒店吃饭，并且倚仗家族威势，要求村民在第二次投票中，只填他的名字。在场村民因顾虑严应岐平时嚣张跋扈的作风，怕遭到打击报复，只得答应。

严应岐就这样如愿地当上了村主任。但村民们没有料到的是，严应岐拉票花出去的钱，是要连本带利拿回来的。

李彬表示，“村霸”已由简单的欺压百姓慢慢演变为扰乱公共秩序、破坏基层民主的一股恶势力。

梳理近年来发生在农村地区的黑恶势力犯罪案件，其中或多或少存在基层政权组织薄弱涣散的问题。为此，四川在全省部署开展了乡村领导班子运行情况分析研判，明确提出将是否存在宗族和黑恶势力干扰渗透、乡村干部是否涉黑涉恶等情况作为研判重点内容，针对性做好调整优化，并明确要求在下次换届前，凡涉及村“两委”成员个别调整的，组织部门要会同民政、纪检监察、公检法等相关部门建立联审机制，严格政治标准，增强村级党组织、自治组织“免疫力”。

四川省委组织部下发《关于结合扫黑除恶专项斗争进一步加强基层组织建设的指导意见》，明确要求将整顿软弱涣散基层党组织与扫黑除恶专项斗争结合起来，在全省部署开展新一轮“三分类三升级”活动，指导各地重点针对城乡结合部、集贸市场、资源富集村等容易滋生黑恶势力的地方开展专项摸排，逐级建立台账，实行分类整顿。

大力推进“扫”与“除”　同步实施“防”与“治”

为了实现齐抓共管局面，四川省完善了政法部门与纪委监委、组织部门之间的线索移送处理机制。四川省纪委监委召开全省工作推进会，制发《关于在扫黑除恶专项斗争中强化监督执纪问责的通知》，建立健全线索排查、协同办案、督查督办、问责追责、警示教育、工作报告等6项机制，推进扫黑除恶专项斗争监督执纪问责。

不久前，四川省检察院与省公安厅会签《依法办理涉黑涉恶案件的指导意见》，明确检察机关与公安机关在办理涉黑涉恶案件及其“保护伞”线索的分流处置。省高级人民法院、省检察院、省公安厅扫黑办建立联席会议制度和重大案件会商机制，就数据共享、信息交换、“恶势力”认定标准等关键问题进行沟通协调。

在具体操作中，四川省在规范和加强线索管理、提高参与人员素质两方面狠下功夫。建立涉黑涉恶问题线索管理台账，记录每条线索的来源、时间、内容、核查情况等信息，并对线索移交核查、纪法双向移送、政法组织部门双向移送、线索举报人保护等问题作出明确规定。同时，各级扫黑办和政法部门针对突出问题，组织开展分级分类培训，进一步提高工作人员的法律政策水平和依法办案能力。

四川省委政法委相关负责人表示，扫黑除恶专项斗争开展既要严厉打击各类黑恶势力违法犯罪，又要坚持严格依法办案，强化证据意识、程序意识，准确把握政策法律界限，统一执法思想，把每一起涉黑涉恶案件办成经得起法律和历史检验的铁案。

扫黑除恶，扫除是手段，治理才是目的。日前，成都市郫都区公安机关同市场监管部门组成“打传”小组，摸进居民小区展开行动，捣毁多个非法传销窝点，抓获涉嫌组织、领导传销活动甚至非法集资、非法拘禁的嫌疑人数十人——这次“精确打击”的背后，离不开网格员提供的准确线索。

把网格员纳入扫黑除恶专项斗争，是四川省提高线索发现能力的创新举措之一。在四川，23万余名网格员扎根在基层，利用情况熟、联系广的优势，既当侦察兵又当宣传员，让小网格在扫黑除恶专项斗争中发挥了大作用。

成都温江警方坚持除恶与治乱结合，会同当地政府全面走访干部群众6800余户，先后梳理形成治安、消防、服务、发展等46项走访清单，对每个问题分类组织实施“销账”。

（《农民日报》刊载）

新时代强警之路迈出新步伐

张　洋

一个有希望的民族不能没有英雄，一个有前途的国家不能没有先锋。和平年代，公安队伍是一支牺牲最多、甘于奉献的队伍。广大公安民警赴汤蹈火、舍生忘死，打赢了一场又一场硬仗，为维护国家安全和社会稳定作出了突出贡献。

2017年5月19日，人民大会堂，习近平总书记亲切会见全国公安系统英雄模范立功集体表彰大会代表，并对全国公安机关和公安队伍提出对党忠诚、服务人民、执法公正、纪律严明的总要求。这成为建警治警的总方略、立警从警的座右铭。

一年来，全国公安机关以更加坚定的信念、更加高昂的斗志、更加扎实的作风，坚定不移地走新时代中国特色社会主义强警之路，奋力开创公安工作新局面，让维护国家安全、社会公共安全、人民群众生命财产安全的铜墙铁壁更加坚不可摧。

公安姓党，用鲜血与汗水浇灌绝对忠诚的政治品格

忠诚，是公安队伍代代相传的政治基因，是融入血脉的人民警察之魂。新时代要有新作为，在坚持和发展新时代中国特色社会主义的征途上，在广大公安干警的思想认识中，“公安姓党”的理念愈发深入。

2017年10月，党的十九大把习近平新时代中国特色社会主义思想确立为党必须长期坚持的指导思想。对标党中央，扬帆新航向，一场学习贯彻党的十九大精神的热潮在全国公安系统兴起。公安部党委先学一步、带头学习，把学习贯彻党的十九大精神作为第一堂党课、第一堂政治必修课，努力提高

自己的政治素养、思想理论水平和履职尽责能力，为全国公安系统作出示范和表率。

统一思想认识，统一行动步调，一场对党忠诚的精神洗礼在全国公安系统展开。公安部党委专门召开会议研究制定了《关于坚决维护党中央集中统一领导的规定》《公安部党委关于贯彻落实中央八项规定实施细则的若干规定》。同时，自2017年11月16日起，公安部党委组织10个巡回宣讲团赴基层宣讲，走进31个省、自治区、直辖市和新疆生产建设兵团。

学习再学习，理想信念的总开关进一步拧紧；教育再教育，对党忠诚的总要求进一步落实。一年来，全国公安机关牢固树立“四个意识”，坚定“四个自信”，切实做到绝对忠诚于党、忠诚于以习近平同志为核心的党中央；一年来，全国公安机关毫不动摇坚持党对公安工作的绝对领导，坚决贯彻落实党中央的各项决策部署；一年来，全国公安机关不断强化担当精神，充分发挥“刀把子”作用，坚决履行好维护国家政治安全的重大政治责任，矢志不渝做新时代中国特色社会主义事业的建设者捍卫者。

忠诚，是将个人利益甚至生命置之度外。“不要管我，快追。”这是公安民警贾巴伍各在追捕毒品犯罪嫌疑人，不幸中枪后留下的最后一句话。2017年6月14日，四川凉山公安机关在搜捕犯罪嫌疑人时，遭遇开枪伏击，贾巴伍各负伤也不下火线，要求战友继续追击。

忠诚，是与人民群众紧密联系在一起。河北石家庄市公安局桥西分局安建桥警务站主任吕建江生前和群众打成一片，并开通了全省首个民警实名微博“@老吕叨叨”，拥有粉丝近3万名，他被网友戏称为“叨叨哥”“网上雷锋”和“不下班的民警”。

忠诚，是始终把确保国家政治安全放在首位。今年4月27日，公安部举行公安国保荣誉证章颁发仪式，为从事公安国保工作25年以上、为维护国家政治安全默默奉献的公安民警代表颁发荣誉证章。“自从宣誓入警的那一刻，坚决捍卫政权安全、制度安全，便在我们的心底印上深深的烙印。”参加此次活动的安徽省蚌埠市公安局国保支队支队长胡欣华深有感触，“在对党忠诚上，没有‘相对论’只有‘守恒律’；在坚持党的领导上，没有‘讲条件’唯有‘听指挥’。今后将不忘初心，牢记使命，怀揣敢打必胜的决心，坚决打赢每场国家安全保卫战。”

立警为公，让广大群众更有安全感获得感幸福感

国家移民管理局决定自2018年5月1日起，在全国实行办理护照等出入境证件“只跑一次”制度，确保申请人到出入境接待窗口一次即可完成申办护照等出入境证件的全部手续。

“只跑一次”，“只”是决心，是对高效能的坚定追求；“一次”是标准，是对人民群众作出的庄严承诺。4月2日挂牌成立以来，国家移民管理局深入研究流程不够顺畅、手续不够简化等问题，陆续送出便民惠民的“政策大礼包”，社会各界纷纷点赞。

这只是人民公安为人民的一个缩影。一年来，全国公安机关紧扣我国社会主要矛盾新变化，全面深化公安“放管服”改革，不断满足人民群众对美好生活的向往：户籍改革成效显著，历史遗留的1300余万无户口人员落户问题基本解决，同时截至2017年底，全国各地为群众异地办理居民身份证1149万余张；交管改革深入推进，至2017年底，2.47亿人实现网上约考，1.54亿辆私家车享受到免检政策。

一年来，各地公安的改革创新经验不断涌现：在上海，依托智慧公安建设，公安74项公共服务事项和68项行政审批事项全部接入网上政务大厅，在线办理群众预约、申报、查询等事宜。

在重庆，公安机关先后推出服务民营经济发展30条、服务学校29条，从创新服务方式、优化行政管理、严打违法犯罪等多个方面，着力打造“民生警务”。

在河北，公安机关深入落实服务发展、便民利民、改进作风的三个“二十条”和简化优化服务流程、方便群众办事创业的28项措施，特别是针对雄安新区建设，派驻省市联合工作组，探索研究“1+N”政策体系，持续开展“三打击五整治”，营造良好发展环境。

平安是百姓最基本的诉求，提升13亿人民的安全感，是全国公安机关的使命担当。当前，平安中国建设面临新形势新挑战，传统犯罪有了新动向，新型犯罪也开始滋生蔓延。但是，无论打击网络犯罪，还是防范金融风险，或是守护青山绿水，只要涉及千家万户的切身利益，公安机关始终保持高压严打，集中力量破案攻坚。

同时，面对“盗抢骗”“黄赌毒”“食药环”等违法犯罪，面对暴力恐怖、交通意外等事件、事故，公安机关不仅强调“能破案”“快破案”，还切实坚持专项治理与整体防控相结合，坚持专门工作与群众路线相结合，深入推进智慧公安建设，大力弘扬新时代“枫桥经验”，在“防发案”“防事故”上出硬招、求实效。据统计，2017年，我国现行命案破案率达98.8%，是世界上命案发案率最低的国家之一。全国持枪、爆炸犯罪案件实现多年连续下降，去年全国持枪、爆炸犯罪案件分别比2012年下降八成多、六成多，中国已成为全世界枪爆犯罪发案率最低的国家之一。

根据中央部署，2018年扫黑除恶专项斗争开展以来，全国公安机关雷霆出击，深挖严打，摧毁了一批黑恶势力犯罪团伙及其“保护伞”，依法抓捕了一批涉黑涉恶犯罪嫌疑人，扫黑除恶治乱取得初步战果，有力助推乡村振兴。

从严治警，锻造党和人民满意的过硬公安队伍

打铁必须自身硬。经验和教训告诫我们，公安机关肩负的任务重，公安工作涉及的范围广，公安民警面临的诱惑多，只有自觉发扬优良传统、严格要求自我、着力提高素质，打造过硬队伍，才能经得起各种考验，让党放心，让人民满意。

打造过硬公安队伍，离不开执法规范化水平的不断提升——

执法公正既是公安工作的基本价值取向，也是人民警察的基本职业操守。民警在法治实践上的“示范效应”越显著，百姓的法治获得感和法治践行力就越强。如今，从适应司法改革，健全完善受案立案制度、刑事案件“两统一”制度，到完善执法标准，明确执法的岗位职责、裁量标准、言行举止，从加强执法培训，教育引导广大公安民警既要坚持严格执法依法办事，又要坚持执法谦抑注重效果，到加强执法管理，强化对各个执法环节的跟踪监督和执法审核……公安执法规范化建设按下“快进键”。

2017年12月，公安执法规范化建设再添新举措，《关于公安机关办理经济犯罪案件的若干规定》正式印发。与此同时，为切实维护执法权威，今年年初，针对多地相继发生的袭警事件，公安部还专门派出工作组看望慰问，要求各地公安机关依法严肃追究辱警袭警人员的法律责任，为民警依法履职

撑腰打气。

打造过硬的公安队伍，离不开严明的纪律——

一个有生命力的执政党，必定是一个有纪律、讲规矩的党。一支能打硬仗、善打硬仗的公安队伍，必定是一个警规如铁、法令如山的队伍。一年来，公安部党委多次专题研究部署党风廉政建设和反腐败工作，驻部纪检组长期运用面对面约谈的方式，督促落实管党治警“两个责任”。放眼全国，各地公安机关严守政治纪律和政治规矩，聚焦忠诚干净担当，把严的要求贯穿到管党治党、管警治警全过程。

如今，一场直面现实的“问题清扫”正在深入推进，一次规范权力的“制度构建”正在扎实开展。从铁腕规范党内生活到铁面问责严格执纪，从加强风险防控到规范权力运行，全国公安机关用制度绷紧从严治警这根弦，同时深入开展专项治理和专项巡察，集中整治乱收滥罚、不作为乱作为、办关系案人情案等群众反映强烈的突出问题，坚决遏制公安队伍内部的腐败。

新时代新气象新作为，未来，公安机关牢牢把握“对党忠诚、服务人民、执法公正、纪律严明”的总要求，坚持政治建警、改革强警、科技兴警、从严治警、从优待警，必将不断提升公安队伍的凝聚力战斗力，更好护佑平安中国巨轮逐梦前行。

（《人民日报》刊载）

对性侵未成年人罪犯从业禁止、信息曝光，行不行？

靳　昊

利用担任家教老师之机，多次强制猥亵学生，并多次强行与该学生发生性关系。日前，曾在北京某中学任教的被告人邹明武被北京市海淀区人民法院判处强奸罪和强制猥亵罪，合并执行有期徒刑12年6个月，剥夺政治权利2年。同时，海淀法院还宣告禁止邹明武5年内从事与未成年人相关的教育工作（自刑罚执行完毕或假释之日起算）。这是北京法院系统首次对性侵未成年人犯罪人员宣告从业禁止。

性侵未成年人犯罪重犯率高、熟人作案占比较大。近年来，各地司法机关积极延伸司法保护未成年人的触角，探索构建性侵未成年人罪犯从业禁止和信息公开制度，很多人为此点赞。不过，也有人质疑这种做法不利于犯罪分子日后融入社会，侵犯其隐私权和名誉权，可能造成犯罪人员“破罐子破摔”。

该如何看待性侵未成年人罪犯从业禁止和信息公开制度？各地都有哪些经验做法？记者进行了采访。

限制性侵未成年人犯罪人员从业——“不得已的正义”

“被告人邹明武作为具有从业资格的职业教师，也是本案未成年被害人的任课及家教老师，本应知荣明耻、严于律己、教书育人，却在教学过程中利用身份的便利，严重违背教师职业道德，多次强奸、强制猥亵未成年女性学生。”由此，海淀法院在判决书中作出了对邹明武从重处罚和从业禁止的决定。

据统计，在2016年公开报道的433起性侵未成年人案件中，熟人作案占比达七成；易于接触未成年人职业的从业者作案占比高，明确表述职业的案例有98起，占总数的22.12%。

“限制从业主要是为了前置保护关口，对有前科的人起到震慑作用，构建起‘防火墙’，预防犯罪发生。”上海市闵行区人民检察院未检科科长杨珍表示。

在我国，对性侵未成年人犯罪人员实施从业禁止有明确的法律依据。2015年起施行的刑法修正案（九）规定，因利用职业便利实施犯罪，或者实施违背职业要求的特定义务的犯罪被判处刑罚的，法院可根据犯罪情况和预防再犯罪的需要，禁止其自刑罚执行完毕之日或者假释之日起从事相关职业，期限为三年至五年。

在此之前，最高人民法院、最高人民检察院、公安部、司法部于2013年联合发布《关于依法惩治性侵害未成年人犯罪的意见》，提出“对于性侵害未成年人的犯罪分子判处刑罚同时宣告缓刑的，可以根据犯罪情况，同时宣告禁止令，禁止犯罪分子在缓刑考验期内从事与未成年人有关的工作、活动”。

需要指出的是，与未成年人有密切接触的行业点长、面多，保障从业禁止制度得到有效落实，还需要实现对相关行业实施强制入职审查的制度化、常态化。

去年7月，上海闵行区检察院会同相关部门出台办法，建立涉性侵害违法犯罪人员信息库，对与未成年人有密切接触的行业实施严格入职审查。目前，信息库已录入该区近5年来涉性侵未成年人被行政处罚、刑事判决人员信息，已对相关行业7000余名在职人员进行人员筛查，对30余名新招录人员开展入职审查。

上海政法学院教授姚建龙对此表示支持。他认为，限制性侵未成年人从业对儿童权益保障是“不得已的正义”选择。姚建龙建议，对建立信息库的做法在试行一段时间后进行总结推广，进而建立全国范围的涉性侵害违法犯罪人员信息库，实行动态管控。

北京师范大学刑事法律科学研究院副教授赵军则认为，目前各地探索对性侵未成年人罪犯设立从业禁止缺乏统一标准，甚至存在违背既有法律的现象。他指出，性侵未成年人的罪犯需要具体区分、仔细考量，应兼顾犯罪人员的利益，细化相关法律法规，不能“一刀切”。

如果有人违反从业禁止决定应该怎么办？有司法机关人士表示，除了公安机关可依法给予处罚外，情节严重的，将以拒不执行判决、裁定罪定罪论处。

公开性侵未成年人罪犯信息侵犯隐私吗

去年12月1日，江苏省淮安市淮阴区人民法院对4起涉嫌强奸、猥亵未成年人案件进行集中宣判，被告人不仅领到了刑期，被宣布从业禁止，还将被公开个人信息，包括姓名、身份证号、照片、年龄、性别和案由等。

这一举措缘于淮阴区政法委、检察院、法院等9家单位联合发布的一份文件。根据文件，除非作案时不满18周岁或被判处有期徒刑以下刑罚，所有性侵害未成年人的严重刑事犯罪人员，自判决生效日起一个月内，其个人信息都将被公开。公众可通过公检法司门户网站、微信公众号、微博等渠道查询。

在此之前，2016年6月，浙江省慈溪市人民检察院就牵头出台了《性侵害未成年人犯罪人员信息公开实施办法》，规定对符合条件的实施严重性侵害未成年人行为的犯罪人员，在其刑满释放后或者假释、缓刑期间，通过多种渠道对其个人信息进行公开。同时，《办法》还对性侵害未成年人犯罪人员信息应当公开的情形和例外条件、公开期限、公开内容、公开途径、公开程序均作了明确规定。

同从业禁止制度争议较小不同，公开性侵未成年人犯罪人员信息引发的争议较大。有人认为公开罪犯个人信息的上位法依据不足，可能会侵犯犯罪人员的隐私权、妨碍刑满释放人员回归社会。

中国刑事诉讼法学研究会副会长宋英辉认为，公开性侵未成年人犯罪人员信息必须有法律明确授权，但我国目前还没有类似规定，“这些信息公开后，犯罪人员的家人及其子女也容易被识别出来，将给他们带来伤害”。

记者在查询慈溪市检察院官方网站时发现，在其性侵害未成年人犯罪人员信息公开栏中，迄今仅公开了一起案例，信息公告期限为二年（自2017年10月31日至2019年10月30日）。

“公开性侵犯犯罪人员信息既可提升儿童的识别防范能力，增加犯罪人员的附加犯罪成本，也有利于社会监督、发现、报告，有助于整个社会儿童保护意识的提升。”北京青少年法律援助与研究中心研究员张雪梅表示。

“事实上，很多性侵儿童的罪犯都是孩子身边的熟人，而无论是家长和孩子都无法识别潜在的危险。把高危群体标识出来，这种做法有助于保护更多孩子不受侵害。”姚建龙指出，一方面，当前我国裁判文书已经上网公开，在裁判文书中已经可以得知犯罪人的相关信息。另一方面，即便认为个人的犯罪记录信息属于隐私，但从儿童利益最大化保护的原则出发，公民的部分个人隐私权也应做出一定的让渡。

“司法实践表明，侵害未成年人犯罪，尤其是性侵害未成年人犯罪，存在重犯率高、熟人作案比例常见的特点。西方一些国家也建立了类似的制度，如大家所熟悉的美国‘梅根法案’。”最高人民检察院未成年人检察工作办公室副主任史卫忠日前在新闻发布会上说。

据了解，自1994年美国性犯罪者登记法——“梅根法案”问世以来，对性侵未成年人犯罪人员进行登记和公告的做法在世界各地得到广泛传播与发展。史卫忠表示，对一些地方检察机关在探索侵害未成年人犯罪人员从业禁止和信息公开制度方面形成的成熟做法，将适时予以推广。

（《光明日报》刊载）

全国首例开庭审理的“套路贷”涉黑案件一审宣判

韩 雯

9月26日，全国首例开庭审理的“套路贷”涉黑案件在红桥区人民法院一审宣判，被告人穆某等人打着“小额贷款公司”名义招揽生意，以无抵押、利息低为诱饵，诱骗或强迫借款人陷入借贷圈套，通过精心设计的“套路”手段，让借款人的债务在短时间内滚雪球式翻倍，有的借款人借款5万元，不到一个月的时间，赔进去一套房。为了索债，他们使用暴力、威胁，实施抢劫、敲诈勒索等手段，非法占有他人财物，涉案金额高达2300余万元。主犯穆某数罪并罚，被判处有期徒刑24年，剥夺政治权利3年，并处没收个人全部财产。

借款5万元 被逼还一套房

2016年，公安红桥分局芥园派出所接到群众王某报警，称其向某小额贷款公司借款5万元，不到一个月的时间，不仅赔进去一套房，还被打得遍体鳞伤。

根据当事人介绍，王某经营一家披萨店，想扩大规模，无奈手头资金不足，通过广告宣传单，找到了一家小额贷款公司。接待员首先询问了王某借款目的，以及家庭情况，还有个人有哪些财产，并讲明借款7万元，扣除手续费等各项费用，五年本金及利息总额19.02万元，每月还款额是4000余元。王某觉得这并非广告宣传单上所讲的低利息，正在犹豫是否签借贷合同的时候，来了四五个彪悍男子一直盯着他，迫于压力，王某还是向这家贷款公司借了钱，拿到手的钱却只有5万元。

回到家后的王某，越想越怕，特别是彪悍男子身上文龙刺凤的形象，让他胆战心惊。一个星期后，王某凑了5万块钱，来到小额贷款公司，表示要提前还款。没想到几个彪悍男子又出来了，说："提前还款算违约，需要缴纳违约款19万元。"若是有这么多钱，王某也不会找小额贷款公司借钱，还未等王某反驳，其已被彪悍男子扣押在一间屋子内，没过多久，又一家小额贷款公司负责人来了，告诉王某："你欠下的钱，我可以帮你还。"替王某还了债，这家小额贷款公司向王某索要40万元，并将其带到一处居民楼内继续"关押"，拳打脚踢、关进狗笼子里，直至王某同意用一套房来偿还所欠下的债。

当时，王某名下的房子，市场价值可以达到100多万元，却在小额贷款公司的操持下，以100万元的价格进行抵押，抵押公司扣除利息实际给付了97万元。向小额贷款公司还了欠债，剩下的钱也没有进入王某的口袋，而是以入股公司的名义被小额贷款公司扣下了，还让王某到小额贷款公司上班，王某一直是战战兢兢，上了4天班就不敢去了。

一直在噩梦中的王某，将隐藏在心中的委屈向母亲倾诉，母亲带着儿子找到了警方。接警后，警方迅速立案，正在展开侦查工作的时候，又有一起相同警情出现了。

被害人方某因手头不富裕，和王某一样，找到了同一家小额贷款公司。在审核个人财产时，接待员将方某的手机要到手，在翻开的过程中，发现一条银行信用卡欠款信息。对方以方某个人信用不良前来骗贷为由，叫来一帮打手，对方某一顿暴打，也将其"关押"起来，并索要损失费2万元。方某本想借款2万元，结果一分钱没得到，反而被要挟用驾驶的速腾汽车换回自由。方某不得不低头，任由对方将自己价值6.8万元的汽车以3万元的价格低价出售。

拘禁殴打　恐吓催收

警方推断这是一个有组织的犯罪团伙，并且拘禁、殴打、挟持、威胁、体罚、侮辱被害人，涉嫌黑恶势力。在警方一步步挖掘，摸清犯罪团伙的情况时，又一名被害人的出现，令该犯罪团伙的主犯浮出水面。

被害人刘某出现在公安红桥分局芥园派出所，是因为打架。报警人称刘某将其打伤，刘某也同意报警人的要求赔款1000元。在派出所纠纷虽然是调解了，但警方总觉得不对劲，因为刘某身上的伤也不轻。在和刘某的妻子取得联系后，警方才知道刘某的妻子在滨海新区公安局大港分局古林派出所也报了警。

原来，刘某也曾到相同的小额贷款公司办理贷款，借款3万元，还款期一年，本金及利息总额4.7万元，每月还款3900元。在按时还款5个月后，一群人将刘某从家中带走，称其还款逾期，需要交纳违约金13万元。与此同时，犯罪嫌疑人还从刘某的手机强行转款2500元。

随后，又出现一家小额贷款公司出资13万元将刘某的债务买走，并把刘某带走，继续非法限制其人身自由，迫使刘某电话联系朋友借款，从而又索要5万余元。在被拘禁期间，嫌疑人除了殴打，还用枪支捅入刘某口中，又将其推进海河里，逼迫其还钱。妻子在接到催款电话后，害怕丈夫出事，就向警方报了警。

害怕罪行暴露，主犯穆某指使两个弟兄报警，企图掩盖刘某身上的伤情，称是因琐事发生争执，双方才打起来的。在恐吓下，刘某不得不配合嫌疑人演了一出戏。嫌疑人也没有想到会因此进入警方的视线。

历经13个月侦破 50余人涉案

抓捕嫌疑人要有充足的证据，由于案情复杂，再加上取证时许多被害人怕遭报复，并不配合警方的调查工作，为此，警方花费了13个月的时间，才将涉案嫌疑人全部锁定，并设计了周密的抓捕计划。在此期间，嫌疑人或许也意识到自己有可能被警方盯上了，遂将办公地点由红桥区转移到和平区，在一次公司开大会的时候，警方将涉案嫌疑人全部抓获归案。在51名嫌疑人当中，不乏多名穷凶极恶的“打手”，且部分人员持有枪支弹药。

经侦查，2015年初，主犯穆某网罗刑满释放人员、社会闲散人员，擅自成立以“万融泓泰”“鸿泰鼎盛”“鸿业恒鑫”为名的公司，对外违法发放高息小额贷款。后不满足于获取高额利息，当年6月，以三家公司为“外壳”，形成以穆某为组织、领导者的黑社会性质组织。该组织内部分工明确，设业务部、风控部、催收部，管控严密，采用“虚增债务”“肆意认定违约”“签订虚假借款协议”“转单平账”等方式，从一开始就将“套路贷”与暴力催收相结合，企图非法侵占被害人财产。

该组织在审查借款资格时就为暴力催收做准备，提前了解被害人的资产状况和家庭情况；在签订借款合同时蓄意制造还款陷阱；在交付钱款时提前收取首期利息，额外收取手续费、下户费、中介费等各种费用，使被害人实际借得数额远低于合同约定的借款数额；在被害人还款时故意设置重重障碍，使被害人不能按时还款，人为制造违约；在催收时，采用拘禁、殴打、挟持、威胁、体罚、侮辱被害人或者滋扰、威胁其亲属等手段，逼迫被害人签订巨额虚假借款协议，要求其一次性偿还巨额债务；指使组织成员假扮成其他小额贷款公司人员，通过虚假“转单”垒高债务；最后，把无力还款的被害人“转单”给其他小额贷款公司，使组织利益最大化。与此同时，该组织为规避法律追究，使暴力催收行为合法化，要求被害人签订虚假的房屋、汽车买卖、租赁、抵押协议，有意带着被拘禁的被害人出现在公安机关，甚至到公安机关解决所谓“经济纠纷”。该组织实施抢劫、敲诈勒索、非法持有枪支犯罪共20起，欺压、残害群众，攫取了巨额经济利益，涉案金额达2300余万元，并致使大部分被害人不敢报案，个别被害人在外地躲避不敢回津，严重扰乱了社会治安，影响极其恶劣。

2017年4月，公安机关将案件移送至检察机关审查起诉，同年11月，检察机关向法院提起公诉。今年8月份，法院公开审理此案，昨日一审宣判。法院依法对被告人穆某以组织、领导黑社会性质组织罪、抢劫罪、敲诈勒索罪、非法持有枪支罪等数罪并罚，判处有期徒刑二十四年，剥夺政治权利三年，并处没收个人全部财产。对其他被告人以参加黑社会性质组织罪、抢劫罪、敲诈勒索罪以及聚众斗殴罪，判处二十二年至十个月不等的有期徒刑，均并处罚金。

（《天津日报》刊载）

“小网格”织就苏州社会治理新格局

王芬兰　杨天笑

上周，苏州高新区通安镇网格员在日常排查中发现，某公司因经营需要计划分流员工，共涉及47人，可能存在集体劳资纠纷隐患。网格员汇报该隐患后，高新区政法委迅速指派经验丰富的人民调解员会同劳动监察、人社等部门，指导该企业依法制定人员分流补偿方案，同时安排律师随时向员工提供公益法律服务。

两天时间，纠纷妥善解决，47名员工全部按照制定的劳动补偿预案签订解除协议书，并得到了共计80万元的补偿金。

通过基层网络，积极发挥联动优势，主动高效化解各类纠纷矛盾，这是苏州政府部门从管理到治理的自我革命。党的十九大报告提出“打造共建共治共享的社会治理格局”，苏州市以创新基层社会治理的积极行动，践行着党中央和省委的决策部署，不断满足人民群众在新时代的新需求。

围绕市委勇当“两个标杆”、落实“四个突出”、建设“四个名城”，争做“强富美高”新江苏建设先行军排头兵部署要求，苏州用系统化思维、全局性站位，把社会治理网格化联动机制建设置于新时代苏州改革发展整体大局中来定位、谋策和推进，提升全市网格化联动机制质效，把网格打造成采集信息、发现风险的第一感知触角，化解矛盾、消除隐患的第一前沿阵地，便民利民、解决问题的第一服务窗口，群众自治、多元参与的第一共治平台，打响社会治理“苏州名片”，形成“苏州样板”。

将党支部建在1.5万个网格上　党的领导延伸至基层社会治理最末梢

把党支部建在网格上，使党的领导充分体现在基层社会治理的最末梢，这是苏州市社会治理网格化联动机制建设中的关键措施。

通过发挥党组织在网格化社会治理中的领导核心作用和党员先锋模范作用，苏州将社会治理网格化联动机制与基层组织建设相结合、与党建网格化服务管理相结合、与党员干部“大走访”常态化制度化相结合，实现了党的组织和工作全覆盖、无遗漏，引导推动需求在网格发现、资源在网格整合、问题在网格解决。

目前，苏州将党支部建在1.5万个网格上，党建工作、社区管理、居民自治的“三网合一”模式，党建工作从原来分散的一个个“点”、一条条“线”，有机织成了覆盖驻街单位和居民群众的一张“网”。事在“网”中办，人往“格”中去。党员志愿者和居民代表进网格、机关事业单位在职党员驻网格、区域性党组织接网格、群团和社会组织联网格，同时，城管、综治、环保等条线力量配入网格，在苏州形成了党组织领导下的一体化网格治理格局。

划细网格有事不出“格”　8万余网格员好比“神经元”有求必应

如今，网格是苏州社会治理的最小单元。

基层网格员们往往“一员多责”，他们在各自的管辖片区内专职巡查，每天走街串户，负责信息采集、社会综合服务、安全稳定排查。碰到小问题，当场解决；遇到突发事件或者棘手的问题，随手拍下现场，通过移动终端，上传到社会治理网格化联动指挥平台，平台自动向对应网格长的手机终端派发工单，由网格长协调相关力量处办。

以率先启动社会治理网格化联动机制建设的吴中区、吴江区为例，吴中区以联动中心为核，形成横向到边、纵向到底、村不漏户、户不漏人的基层网格体系，联动中心运行背后依托“两张清单”，一份“事件清单”，囊括社会稳定、环境保护、安全生产、便民服务4大类、264个细类、645个问题；

另一份“部件清单”，将吴中区城乡的每盏路灯、每个井盖、每块路牌甚至每棵树都确认“身份证”，所有部件的分布情况在电子地图上一目了然，点击任何一个点，“部件”的编号、位置、主管部门、所属单位、养护单位等信息立刻呈现。

为了划实划细网格单元，吴江区打破原有城管、计生、安监等部门的封闭服务网格，实行多网合一、人员重组。按照涵盖居民人口1000人至1500人的标准，全区划分出899个基层网格，在此基础上再组成治安、消防、安全等专业网格。在基层社会治理生态系统重塑过程中，吴江区打破了行政管理体制“条块分割”“条条分割”的制约，治理模式由末端治理转变为前端预防，小小的网格最终“网”住了大量的社会治理问题。经统计，该区70%的问题在基层网格内解决，20%的问题通过上推至上级网格联动解决，还有不到10%的问题通过执法解决。

在两区试点运行基础上，去年年底，张家港市、常熟市、昆山市、太仓市和吴江区、吴中区、相城区、姑苏区、工业园区、高新区等十个市（区）全面运行社会治理网格化联动机制。各地以镇（街道）为单位建立“一级网格”，以村（社区）为单位建立“二级网格”，以自然村落分布、小区楼栋、农工商业集聚区等合理划分“三级网格”。

目前，苏州全市共划分一级网格105个，二级网格2038个，三级网格8162个，部分地区还在三级网格基础上划分四级网格4341个，同时整合各部门条线网格，进行编码管理，做到基层网格全统一、功能作用同发挥，实现了“一张网”全覆盖。

在这张细密的“大网”上，全市还配备了9604名网格长、9316名专职网格员和63563名兼职网格员。这支庞大的基层治理队伍的成员们，好比网格区域的“神经元”，网格内一旦有需求，他们会迅速作出回应；发现问题，第一时间就能联系到对应部门及时解决。

社会协同资源融合共享　聚力实现社会共建共治共享

去年底，家住昆山张浦镇某小区的王先生向当地派出所报警求助。他家楼上楼下都被同一家企业租用，用作员工宿舍，每套房屋住十来个人。企业工作“三班倒”，员工们进进出出，严重影响王先生一家人的正常休息。派出所详细了解情况后，通过张浦镇社会治理联动中心，将王先生遇到的问题转递至综合执法局、建设管理局等多部门。相关部门的工作人员随即组成工作小组，上门劝导房东自行整改或拆除违反规定的隔断。经过整改，该小区由企业承租的房屋中，有10余套业主自行整改拆除了隔断，20余套终止了租赁合同。

大到群体性事件、小到邻里纠纷乱堆乱放等社会事件，如今都在张浦镇社会治理联动中心分析研判、协调指挥、调配处置。联动中心集勤务管理、情报研判、辅助指挥、视频巡逻等功能于一体，依托张浦派出所勤务指挥室，接入张浦镇应急指挥中心、数字城管分中心、环境保护监控中心、安全生产监控中心、道路交通监控中心、电子政务监察中心等6个指挥机构，实现了合署办公、合成运作。

这种“资源共享、联责共担、受益共享”的工作模式，正是苏州市在2016年起推进社会治理联动机制建设，推动社会资源优化整合，破解基层社会治理难题时的初衷。

两年来，苏州市以社会治理联动中心为中枢，构建了市（区）、镇（街道）两级指挥为骨架的治理运行架构和责任体制，依托一个平台管流程、一张网格管治理、一个号码管服务、一支队伍管执法、一套制度管运行、一个办法管考评的“六个一”工作体系，社会治理社会化、法治化、智能化、专业化水平全面升级。

目前，全市已建成市（区）联动中心7个，镇（街道）联动分中心68个，村（社区）联动工作站1527个。全市执法力量部门整合数116家，整合执法力量5008人，下沉执法力量3334人。

通过统筹政府、市场、社会力量，苏州以网格治理力量为主干、综合执法力量为保障、社会资源力量为补充，着力构建权责统一、风险共担、成果共享的社会治理命运共同体，通过各方力量的凝聚，实现社会治理的共治善治。

“大数据”加盟“网格化”治理 “数在转、云在算”革命性破解治理难题

整合分析计算出行人群、出行方式等数据，提出公交优化方案，调整公

交线路、站点设置、班次时间；利用200亿条相关数据，依托机器学习，建立2小时道路交通时空预测模型，提示重点风险路段，引导警力重点投放，有效压降交通事故；通过对视频监控智能化分析，实现对中环高架非机动车及大货车闯禁区、拥堵、事故等异常事件的实时监测和时空关系分析，为调整勤务模式提供科学依据……去年以来，苏州工业园区通过交通全量数据汇聚分析，实现了公交优化、交通事故预测、高架交通态势分析等一批亮点应用，实现路网通行速度提高16.7%，交通事故下降5%，交通类警情同比下降7.7%。

大数据实时管理、大屏幕动态监测、公共资源自动调配……以前只在电影中出现的场景，如今在苏州的网格化社会治理中有了可触摸的现实模样。自去年2月“城市大脑”建设启动以来，在完成组织体系和基本架构的基础上，全市采集、汇聚、清洗、存储了涉及政府部门、三大运营商以及互联网企业的各类数据，累计处理各类业务79种2600余项千亿条数据，直接驱动市级机关30多个民生服务应用。

通过对相关数据整合建模分析，预测包括入室盗窃、盗窃电动车、扒窃等共91类可防性违法犯罪警情的高发区域及发案概率，治安管理部门实施精准性防控，在2%的区域面积内实现了16%的盘查抓获；民政部门依托人脸识别系统数据分析，有效解决无身份人员走失问题；公共安全预测预警方面，依托预测系统去年以来全市火灾事故数同比下降14.3%。

“大数据+网格”的运用，已成为苏州社会治理网格化联动机制建设的重要支撑，它不仅为政法综治部门打击防范犯罪提供了技术支撑，也汇聚成破解社会治理难题的革命性力量。

在“城市大脑”建设基础上，苏州市级社会治理大数据中心已基本建成。苏州市公安局副局长钱志健介绍，下一步将实现社会治理大数据的全息汇聚，深度加工和增值服务，逐步形成网格化社会治理数据资源服务管理的专门体系，推进网格化社会治理机制拓展延伸转型，真正形成“人在干、数在转、云在算”的社会治理新格局。

（《苏州日报》刊载）

总有一种平凡让人泪流满面

——追记省高级人民法院立案二庭副庭长李庆军

吴 倩 王 东

普通亦平凡。

每天往返于家庭、单位之间，按时上下班，看材料、查卷宗、调案件，有时也会加班，但中午必回家吃饭。如果非说有什么特别的，那便是每月请一天假去北京一趟……这也许便是省高级人民法院立案二庭副庭长李庆军想要的普通生活，很平凡，平凡得不会引起人们过多关注。然而，就连这样的普通生活，都不眷顾这位54岁的法官。9月28日8时9分，李庆军因病去世。

“平时没见他有啥大毛病，咋就突然走了？”看到李庆军去世的讣告，很多同事都不敢相信。

平凡而伟大。

去世后，大家开始谈论李庆军，才发现了他的“不平凡”。

2014年被医院确诊为尿毒症，直至去世前，每天最少4次腹膜透析，五年如一日；每月一天，自己提着装有透析液和透析装置的箱子，乘K180次列车赶到北京做检查，甚至在火车上自己做透析，次日下午返回郑州继续上班，五年如一日；每天忍受病痛并与之抗争，到单位与别人一样工作，五年如一日……

这次，他决定做手术，打电话安排好工作，说“我要休息一段时间”，之后却再也没能回来，再也没有之后的“五年如一日”。

镇定如他　去世前连打13个电话交接工作

“我要休息一段时间，禹州电缆案，6日以后联系当事人让双方再谈一次，科信公司找韦×，禹州找彭×，调不成还按原定发回重审，看一下合议庭成员是不是员额法官。卷在柜子上。”

2018年9月2日，患尿毒症5年的李庆军准备做换肾手术。也许知道这次再不能像之前一样扛过去，于是，他一边做术前检查和透析，一边打电话跟同事交接工作，并专门给任方方等同事发短信安排自己原本计划好的调解工作。

他一连打了13个电话。电话中，李庆军的声音已经不再如之前那样洪亮，但他强忍疼痛，显得很镇定。此时的他，面容消瘦，已经没有一点儿光泽。

同事任方方接到短信后，一边按照李庆军的计划调解案件，一边打听李庆军的病情。由于术后对无菌环境要求严格，任方方还没来得及前往看望。

“我想着处理完案件再去看望他，好让他高兴高兴……”任方方说，她怎么也没想到，这一次与李庆军的案件沟通，竟成了永诀。

2018年9月28日8时9分，李庆军因病去世，年仅54岁。

低调如他　同事都不知道他的病情

“李庭长不是就腿疼吗？我们只知道开庭和合议时间长了，他会不舒服，有点坐不住。”李庆军在大家眼中就是一个普普通通的法官，与别人似乎没有什么不同。看到他去世的讣告，不光法官助理王峰很惊讶，很多同事都无法接受，甚至不敢相信。

法官助理程保华回忆说：“有时候看到他脸有些浮肿，问他，他总是笑着说有点风湿。”

“我只知道他因为身体原因经常不能喝水，夏天有时跟当事人说话说得口干舌燥，他舌头都发僵了，却还是坚持把法理跟当事人解释清楚。”书记员豆中银从2013年进院就与李庆军在一个庭室工作，他眼中的李庆军与常人相比并没有太大的差异。

立案二庭庭长卜发忠至今还在自责：“庆军9月2日给我打电话，说近期可能要做个小手术，不太方便联系，半个月后就来上班，把一些工作进行了交接，具体什么手术也没说。请假时间到了之后，因为要办续假手续，我从他家属那里拿到了诊断证明书，这才知道他平时是忍着严重病痛和我们一起工作。”

“庆军是个坚韧要强的人，他不想让别人把他当病人看，怕大家照顾他。他总说，我少干了，别人就得帮我干。所以同事们也一直不了解他的病情。”李庆军的爱人马凤实提起丈夫，眼泪就止不住地落下。“庆军以前就患有高血压和慢性肾炎，2014年被医生确诊为尿毒症，2016年曾患轻度脑梗死。我们的父母、兄弟姐妹，甚至关系很好的邻居，都不知道他的病情。庆军常说，别因为他的病影响了亲属和朋友的工作和心情，让大家为他担忧，背上精神压力。”

顽强如他　5年间每日4次自己透析

2018年9月1日，星期六。由于近年来案件数量激增，省高级人民法院已经形成了“周六正常上班”的工作氛围。对李庆军来说，这一天与数年来工作的日日夜夜似乎并没有什么不同。

6时，随着闹钟响起，李庆军开始准备在家的第一次腹膜透析。针对李庆军的病情，医生推荐了血液透析与腹膜透析两种治疗方式，但血液透析需借助血透机，每周要到医院3到4次，每次大约4个小时。为了不耽搁正常工作，李庆军决定自行在家中进行腹膜透析。

对于很多人来说，腹膜透析是个陌生的词汇。李庆军的腹部通过手术置入了一根硅胶“腹透管”，每天将“腹透液”定期灌入和排出腹腔，用自身的腹膜代替肾脏，来清除机体代谢物和多余的水分。李庆军使用的透析液一袋重2公斤，每次开始前要先洗手，戴口罩，房间里每天两次进行紫外线消毒，根据身体状况的不同，每次腹膜透析需要30分钟到50分钟不等，如果腹透液流入或流出速度过快，就会出现腹痛腹胀、身体乏力、怕冷、易烦躁、恶心甚至呕吐的情况。有时候透析时间长了，李庆军就拿上妻子准备好的两个鸡蛋和面包匆匆赶往单位。

中午下班后，李庆军赶回离省高级人民法院近8公里远的家中，开始当天的第二次腹膜透析。透析结束后，他和家人一起吃过午饭，又返回单位工作。

省高级人民法院签到机9月1日晚留下的影像资料显示，李庆军当日18时30分离开单位，与他平时工作日离开的时间差不多。

回到家里，他需要再做两次透析后才能入睡。

“今年7月以来，他的透析管道口化脓发炎，又痒又疼，皮肤上经常是一道道血痕。”据妻子马凤实讲，他尿酸高的时候从脚到膝盖都疼痛难忍，无法行走，在家需要拄拐杖的他，去单位就用毛巾包住腿，穿上宽一点的裤子。他的左胳膊和左腿经常发麻，脖子后的一根大筋时常疼痛，冬天尤为严重。

五年如一日，他看似与别人没有什么两样地勤勉工作，而背后却默默地与病痛抗争。

平淡如他　不争不抢“三不伸手”

2017年12月，在省高级人民法院法官入额考试中，李庆军的民事专业考试成绩在全院排第四。

“李庆军是1989级西南政法大学的民诉法研究生，专业水平很高，但他平时一直热衷于钻研民事审判前沿业务。民事法律变更快、内容多，他一有时间就看书学习，和同事交流业务知识。”法官肖贺伟回忆起李庆军，唏嘘不已。

2001年，李庆军拟写的裁判文书曾获得“全国法院优秀民商事裁判文书”三等奖，被评价为“针对性强，逻辑严谨，言之有据，判决结果具有说服力。体现了法官居中裁判的身份和地位，避免了法官凭主观之嫌，符合司法公正的要求”。

审监庭副庭长林秀敏与李庆军是多年的同事，在工作中两个庭室又有业务对接关系，她说：“从立案二庭转来的案件，庆军提审的案件都非常到位、专业，抓问题非常准，与我们的改判意见也基本上都是一致的。”根据院里的业务分工，李庆军所在的立案二庭主要从事建设工程、房地产开发等合同纠纷案件一、二审裁判及再审审查工作，这类案件在民事审判中最为复杂、烦琐。据统计，2016年，立案二庭共结案2610件，李庆军团队共结案849件；2017年，立案二庭共结案2686件，李庆军团队共结案667件；2018年截至8月底，立案二庭共结案1309件，李庆军团队共结案360件，仅他个人就结案121件，是全庭办案最多的法官。

2018年上半年绩效考核时，庭长卜发忠根据大家的办案情况，打算报李庆军为“优秀”，却被他婉拒了。他说：“把‘优秀’让给更需要的年轻人吧，激励他们更好地工作。”

总是把荣誉和好事让给别人，在荣誉和利益面前不争不抢、不跑不要、坦然面对，这是同事对李庆军的一致印象。

赔偿办主任周志刚给他做了个总结，叫“三不伸手”：

一是不向领导伸手。身处别人觉得不好的岗位，他不挑肥拣瘦去要求调整。他带的办案团队人员最多，案件也分得最多。每个案件他都参与研究审理，工作如此繁重，他从没有提过要减少案件。

二是不向当事人伸手。有济源老乡大老远专程跑来找他说情办事，他总是先自掏腰包请老乡吃饭，然后认真看人家带来的材料，没理的就解释清楚让人家回去，有理的就建议走法律程序，该怎么办就怎么办。

三是不向同事朋友伸手。他有着坚韧要强的人格，总是只想着怎么去帮助别人，但你要是让他去求谁帮忙，这是他不能接受的事情，他不会去张这个嘴。

他用自己的一言一行，诠释了何为法官的公正谦抑品格。

坚韧如他　每月独自到北京查病情

一抽屉药物，一抽屉面包。

这是李庆军去世后，他的家属到办公室整理遗物时发现的。看到这些，家属泣不成声。

“面包应该是庆军的早餐吧。”妻子马凤实说，“李庆军做完透析后便要匆匆赶到单位，没时间吃早饭，面包是让他到单位吃的。其实，做完透析后，他的体质虚弱，出现反胃、恶心等症状，根本吃不下东西。”

“藏这么多，也许是不想让我们知道他的病情吧。”法官助理程保华回忆说，“有时候看到他脸有些浮肿，问他，他总是笑着说有点风湿，大家也就没太注意。”

据家人回忆，5年来，李庆军与医生约好，每个月都要找一个周二请假去北京大学第一医院复查身体。每到这时，李庆军就买好周一22时12分出发的K180次列车，下班后带上装有透析液和透析装置的箱子赶往车站。火车上，他还要自己做几次透析。偶尔遇到好奇的乘客，他会笑着解释：“没啥事，做个小透析。”次日6时16分下车，直接赶往医院复查，检查完后，李庆军总是火急火燎地坐高铁于当天下午返回。一回郑州，他总要先回办公室，把当天落下的工作补回来，才拖着疲惫的身体回家。

以后，K180次列车依旧每晚准时开往北京，但再也看不到那个拖着箱子赶车的身影了。

善良如他　尽力帮乡亲答疑解惑

李庆军出生在济源山区，是一个农村走出来的苦孩子。1986年7月，他从河南大学政治系毕业后分配到郑州牧专工作，响应党的号召在栾川县工科中专扶贫支教一年，1993年3月经过遴选调入省高级人民法院，1997年3月加入中国共产党。他对妻子说，他特别珍惜法官这份工作，除了研究法律和判案，自己也没有其他擅长的，所以要努力把这两件事做到最好。

他进入法院工作后，每年过年一回到村里，乡亲们都纷纷上门，围着他咨询自己遇到的法律问题。妹妹李凤莲家里张罗了团圆饭，左等不来，右等不来，过去一看他还在跟乡亲分析问题，生气地问：“你这大老远回趟家是来看谁的啊？”他抱歉地笑笑：“乡亲们问我事儿是信任我，得给人家讲明白。合法的咱就靠法律维权，别把有理的事情用过激的手段变成没理，不合法的就给人家说清楚，让他也别闹事，闹也没有用。”

帮忙料理后事的邻居彭迪提起李庆军，充满了感激：“我远在江苏徐州的弟弟替别人担保了一笔200万元的债务，借款人躲债下落不明，他本打算离婚、卖房，自己也出去躲债。我找庆军帮忙，通过电话开导弟弟，帮他分析问题，建议他通过法律程序来解决纠纷。最后，弟弟的问题得到了妥善解决。要不是庆军，我弟弟现在还不知道在哪里藏着呢。”

比李庆军小17岁的堂妹李菊霞，从小就看着哥哥用所学的法律知识为大家解决纷争。“我哥常说，法律是非常有用的专业，学了法律就能帮助别人。在我心里，法官是最光荣的职业。”在李庆军的影响下，李菊霞考入重庆市第一中级人民法院，成为一名法官助理。

入职以后，尤其是近年来面对案多人少的问题，李菊霞压力很大，跟哥哥打电话倾诉，说案件太多了，太累了。李庆军开导她：“我们的工作对社会非常有意义，每份裁判文书都有它的创造性。我们每多办一个案件，社会就会少一起纠纷。”

对儿子李然本科专业的选择，他也建议：“学法律吧，对社会有用。我希望你以后也能做法官，因为你内心善良，崇尚公平。”

公正如他　用耐心让每一名当事人满意

对很多人来说，李庆军留下的只言片语，虽质朴无华，却历历在耳，言犹未绝。

河南首航律师事务所的年轻律师李晶至今对李庆军复查的一起建设工程施工合同纠纷案印象深刻：“我因为这个案件认识了李庭长。这也是我第一次与高院的法官打交道，在交流时遇到意见不一致的地方，李庭长会认真耐心听我一个年轻律师充分发表意见，这是一直很紧张的我没想到的。今年8月，案件结果出来了，跟我和我的当事人预期相差甚远，再见李庭长时，我们的情绪有些控制不住，但是李庭长依旧不急不躁、态度和蔼，对我们提出的每一个问题都耐心释法明理，最终使我和当事人认识到了自己的问题，心平气和地接受了裁定结果。”

书记员豆中银回忆说：“我刚来工作的时候就跟着李庭长，每周他都会让我通知10个再审审查案件的双方当事人前来接受询问，同时安排二审开庭工作。每个卷宗他都会在询问前仔细阅卷，搞清楚争议焦点和问题实质。在询问时，他会耐心听当事人把话说完，再认真解答。他说，很多当事人进法院是带着火气的，原因就是有话没处讲、没人听，你让他把话说完了，他的火气就小了一大半。我们的工作不仅是要办结案件，更要化解矛盾。”

李庆军办理的诸多案件中，不乏抱怨社会不公、情绪激动的当事人，经过他的耐心接待，很多案件最终都以调解的方式解决了，他也因此多次被评为“先进工作者”。

敬业如他　为法官生涯画上完美句号

“老李常说，法院是专门说理的地方，大家做这份工作，一定要对得起自己的良心，对得起党！”法官于保林至今仍记得李庆军这句掷地有声的话。宽厚的李庆军也不是一个没有脾气的人，对再审案件，他的态度是不考虑其他案外因素，只要发现有错就要纠正。针对个别案件遇到找关系打招呼的，他对自己的审判团队成员说：“不管谁找，法律底线不能突破，要坚持原则。大家只管依法办案，有什么压力我来顶着！”

李庆军是一个实在的人，办案中只知道按照法律和规定办事，公正到铁面无私、不近人情；他是一个善良的人，时时处处体谅当事人的难处和诉讼的不易，用耐心、真情和善意化解了一起起纠纷；他是一个坚韧的人，在完成繁重办案任务的背后，五年如一日与严重的病痛坚强抗争，不求组织照顾，不给同事添麻烦；他是一个低调的人，在荣誉和利益面前不争不抢、不跑不要，总是让着别人，坦然面对，默默无闻。这就是李庆军，他是河南法院万万千千默默无闻践行着焦裕禄精神的一名普通法官。他爱岗敬业、循规遵矩，无私奉献、淡泊名利，心系群众、至诚报国，正如习近平总书记在兰考调研时所说：“很多东西存在的时间虽然短暂，但这短暂铸就了永恒。”

平凡因坚守而伟大，奉献因执着而可贵。

他的坚守与执着，给身边的同事以及案件当事人留下了永不磨灭的印迹。同事们回顾起与他共事的日子，想起他一切如常工作背后的默默付出与坚持，仿佛在心里点燃了一盏灯：它永不熄灭，默默无声，引领着大家砥砺前行。

“继续努力工作，把自己的每个案件办好，这是对李庭长最好的缅怀。”立案二庭法官焦宏的声音沉重而又坚定。

（《河南法制报》刊载）

我国要建立统一的司法行政戒毒工作基本模式

孙 莹 岳旭辉 杨守华 张国亮 陈鸿燕

司法部近日发布意见，明确建立以分期分区为基础，以戒毒医疗、教育矫正、心理矫治、康复训练、诊断评估五个专业中心为支撑，以科学戒治为核心，以衔接帮扶为延伸的全国统一的司法行政戒毒工作基本模式。中国之声记者前往山西、江苏、浙江、云南等地的强制隔离戒毒所，调查目前戒毒工作存在的困难，以及可复制的创新做法。

戒毒人员：本来是海洛因都戒断了，谁知道又染上了新型毒品，就是冰毒和麻黄素，比海洛因还难断。

不到30岁的小玲已经进出戒毒所近20次，在毗邻世界三大毒源地之一“金三角”的全国禁毒斗争的最前沿云南，2300名司法警察管理着35000多名戒毒人员。

云南省戒毒管理局副局长宋云奎：面对吸食新型毒品的人数增加、戒治难度大、患严重疾病的人数大幅度增加等难题，云南将侧重于心理矫治。对他们进行一些心理辅导、心理咨询，应用现代的一些科技仪器、治疗仪进行治疗，让他们在场所能够安心地戒毒，回到社会以后，能够巩固戒毒的成功。

云南面临的难题，也是全世界面临的难题。对于戒毒人员来讲，脑功能康复治疗已成为合成毒品成瘾治疗的关键。在浙江省拱宸强制隔离戒毒所，有全国唯一一台经颅磁和脑电波结合设备，可以通过电磁波作用于左前叶大脑皮层，修复被毒品损伤的认知能力和情绪控制能力，达到“物理戒毒”的效果。

戒毒人员：感觉就像按摩一样，对睡眠有所帮助，然后对记忆力有所改善。现在对毒品的欲望已经降到很低了。

目前，浙江全省推广这种治疗技术。

陈蓉蓉（拱宸强制隔离戒毒所办公室副主任）：通过这项康复技术治疗以后，我们在2017年完成了1014名戒毒人员的治疗，治疗有效率达到75%。他们对毒品的渴求度有非常明显的下降，而且这个疗效是可以持续的。

除了运用新的科技手段，因人而异的戒治方式也显现出了效果。江苏省女子强制隔离戒毒所针对戒毒人员的个体差异，把戒毒人员分成6个大队，采取不同的戒治方式，其中“艺术戒治”让戒毒人员在日常排练、意志训练、舞台表演的过程中，反思过去、磨炼意志，坚定戒毒信念。教育科长戴玉林介绍，经测试及比照评估，她们的焦虑指数由15下降到9.69，已回归社会的200多人，解戒一年内操守保持率达到98%。

戴玉林：我们这个艺术戒治模式不仅仅是模式，更能改变她们人生的轨迹，把它拨正了。

把人生轨迹拨正，以衔接帮扶为延伸，着力打通戒毒人员融入社会“最后一公里”，是全国统一的司法行政戒毒工作基本模式的目标。

在山西省强制隔离戒毒所见到阿宇时，他正跟3名乐队成员一起排练节目，身兼吉他手及主唱的他是乐队的核心，很难相信29岁的他，“毒龄”已经有10年。家产被他挥霍一空。父母伤心过度不愿再管他，只有妻子没有放弃他。阿宇曾感到自己被整个世界抛弃，他抵触、无助、彷徨、失落。

阿宇：那段时间真的太难熬了，每天的睡眠不超过三四个小时，睡不着。

面对情绪极不稳定的阿宇，教育科科长张俊和一次次协调他的妻子、父母来戒毒所，让他重拾家庭温馨；为阿宇带来吉他，帮他组建乐队；阿宇孩子丢了，想尽办法帮他的妻子找回……

张俊和：真的，很着急，因为他在里面，如果孩子真丢了，他这个家也就完了。

对于阿宇，张俊和不仅是一名民警，更是老师、医生、家人……在他耐心鼓励下，阿宇重新燃起了对生活的渴望。

阿宇：我觉得这辈子我不能就这样活着，我得为家人、为孩子活一次，想好好活着。

（敲门声）**张俊和：**请进。

武强（化名）**：**张科长您好！好长时间没见了。

张俊和：刚从山东回来？

武强：对，专门给您做了一件小礼物，感谢您一直对我的照顾、教育……

说话的是武强，今年30岁，从他阳光帅气的脸上，根本看不出一丝曾经“瘾君子”的痕迹。武强戒断毒瘾整一年。这次，是他专程从现在打工的地方——山东乘坐13个小时的火车，回来看望曾经在他绝望时不断给他鼓励和支持的张俊和，一下火车，他就抱着自己设计的“师恩难忘”奖杯直奔张俊和的办公室。这次回来，武强也得到了一件意想不到的礼物。

张俊和：咱们所里也给你准备了“希望之星”的奖杯，希望你好好保存。

武强：谢谢你，这个礼物对我太重了。

张俊和：就是一定要激励你们这些成功戒毒的，给你们以信心。

武强：这可以见证我们戒毒成功的成长过程。

对于离所人员，张俊和每天一个电话、不时微信谈心、适时鼓励……离开这里的戒毒人员得到了像在戒毒所里一样的教育和指引。山西目前还建立33个社区戒毒康复工作指导站，有效开展后续帮扶照管工作，着力巩固所内戒治成果，提升出所戒断比例。

刘永星（山西省戒毒管理局副局长）：我们下一步要在每个地市建一个戒毒康复的指导站，（为戒毒人员）提供一些指导和支持。从后续照管上来说，我们更有经验，也更有感情。

（中央广播电视总台播出）

“官”告“官”，只因不为民做主

谷石巍　裴晓华　王延英

昨天，作为基层国土资源的主管部门，台安县国土资源局做梦也没想到被台安县人民检察院以“怠于职责”的一纸诉讼推上了被告席，这也是全省首例资源保护类行政公益诉讼案件。

上午9点，该案在台安县人民法院进行公开审理：“现在开庭。台安县人民法院行政审判庭依据行政诉讼法第14条、54条之规定，依法公开审理公益诉讼起诉人台安县人民检察院诉被告台安县国土资源局不履行法定职责行政公益诉讼一案。”

台安县人民检察院在履行职责中发现，2016年9月，台安县国土资源局在处理违法行为人尹洪伟在台安县西佛镇西佛村南土坑擅自取土、破坏土壤层一案中，没有依法全面履行职责，没有责令尹洪伟缴纳复垦费用，未对其进行行政处罚，也没有采取有效措施恢复被破坏的耕地，致使20亩耕地长期处于被破坏状态，无法耕种。今年6月15日，台安县人民检察院向台安县国土资源局发出检察建议书，但在跟进调查中发现，取土现场迟迟未得到恢复。因台安县国土资源局怠于履行职责，致使公共利益处于受侵害状态，台安县人民检察院于是向台安县人民法院依法提起诉讼。

台安县人民检察院副检察长姜舒：“我们对这起案件提起公益行政诉讼的目的，不仅仅是敦促台安县国土资源局积极履行职责，更是为了监督其他行政机关依法行政，履职尽责，杜绝行政不作为和乱作为的情况，真正把依法行政落到实处。”

经合议庭评议，为保护土地资源，依法维护国家和社会公共利益，支持公益诉讼起诉人提出的全部诉讼请求，当庭作出判决：“一、确认台安县国土资源局怠于履行监督监管职责违法。二、责令台安县国土资源局全面履行法定监管职责，在2019年5月1日前将台安县西佛镇西佛村被破坏的耕地恢复原状。”

检察院当原告，行政机关做被告，使不作为者受到法律制裁，此举令旁听群众拍手称快：“俗话说得好：‘当官不为民做主，不如回家卖红薯。’政府权力部门不办事咱老百姓见多了，干瞪眼没招儿，咱平头小老百姓也告不了‘衙门’，这回检察院替咱出头当原告，咱们公共利益就有保障了，那是一百个放心。”

当前，以国土资源流失、破坏等为代表的公共利益纠纷成为日益突出的问题，此举不仅解决了公民或社会组织提起的公益诉讼因为不具原告资格被法院“拒之门外”的问题，也对相关行政执法部门规范执法、主动履职起到了督促作用。台安县国土资源局局长田荣辉：“平时国土资源部门在监管的过程中确实存在执法较‘软’的情况，此案警示原有的监管模式已不适应依法治国和依法行政的要求，今后每个环节都必须依法办理。”

（鞍山人民广播电台播出）

规则，让面子更有价值

何山　于洋　于安　张晨

行人闯红灯现象是中国多年以来的社会问题，不仅严重影响城市形象，更导致了数不胜数的严重交通事故，间接成了马路上的无形杀手。

2018年3月29日，公安部下发《关于进一步加强机动车不礼让斑马线治理工作的指导意见》，提出“在全国开展行人、非机动车闯红灯等违法行为治理，建立常态长效治理机制”。可是，就在全国对“闯红灯”整治常态化的2018年，江苏有一对行人因为闯红灯，将交警给告上了法庭，这起江苏首例、全国罕见的判决，引发了广泛热议。

“红灯停，绿灯行，黄灯亮了等一等！”这个连小朋友都知道的交通规则，却仍有很多成年人视若无睹，我行我素，在无视交通信号灯这条漆黑道路上“勇往直前”，当然，代价往往很惨痛。

据公安部道路交通安全研究中心提供的数据显示，2009年至2013年，每年由于行人闯红灯导致的道路交通事故死亡人数占因行人肇事死亡人数的21.5%。这也就是说，每5个因行人肇事导致死亡的人里，就有1人死于闯红灯。“上班赶时间！”“太阳太晒了！”“别人走，我为什么不走？”在一些人的眼中，这些理由看得比生命重要。

根据《江苏省道路交通安全条例》的规定：“行人不按照交通信号灯指示通行的，处以20元罚款；非机动车驾驶人不按照交通信号灯指示通行的，处以50元罚款。”实际上，很多违法行为人认为20～50元的罚款违法成本低，无关痛痒。因此，交警部门也在创新其他方法，劝诫行人和非机动车不要再“拿自己生命开玩笑”！

既然你敢闯红灯，我敢让你“露露脸”！这些年，包括江苏在内的全国很多地方，都采用了一种“防闯红灯神器”——行人闯红灯抓拍系统，这种类似于违章停车自动抓拍的系统，有效制止了行人、非机动车辆的交通违法行为。

在我省最先启用这种“神器”的城市是宿迁，早在2014年，宿迁已经在市中心启用行人闯红灯抓拍系统。去年4月以来，宿迁交警支队在市区20个路口安装了行人闯红灯抓拍系统，如果有行人闯了红灯，路口的大屏上会立刻显示闯红灯人的基本信息，其中包括照片、姓名、身份证号等，但除照片外，其他在大屏上显示的信息都作了部分遮盖。宿迁交警部门表示，自从行人闯红灯抓拍系统出现后，宿迁的行人和非机动车在路口闯红灯的数量下降了70%。

宿迁交警支队宣传科民警陈晓：这个系统运行以来，采集了闯红灯人脸有效信息4000多条，平均每个月有200到300条。路口的交通违法数据显示下降了70%，目前宿迁市区行人、非机动车守法率达到98%，我们通过微信、微博、头条号都是常态曝光（这些信息）。

这种大冬天都能让行人红脸出汗的抓拍系统，随后在南京新街口这个繁华的商圈也出现了，而效果也是前所未有地好。

南京市交管局宣传室民警曾策力：启用以来平均每天抓拍90起左右（闯红灯），有了这个设备之后，今年这个路口（行人非机动车）闯红灯的比例相比去年下降了30%，可以说警示的效果还是比较明显的。

过马路闯红灯，那躲闪的眼神，那不安的脸庞，还没走到路对面就会被曝光在大屏上公之于众，这场景很容易触及内心。宿迁、南京的实际效果，使得“防闯红灯神器”在我省很多城市都开始投入使用。而在盐城，有这么一对行人，他们自从有一次在过马路时闯了红灯被抓拍之后，肚子里的“意见”有点大。

“你让我上朋友圈，我就让你上法庭！”2016年，盐城一对行人因为过马路闯红灯，被盐城交警支队发布在微信公众号上予以曝光，这对行人认为交警这样的做法是侵害他们的名誉权，将盐城市交警支队告上法庭。未经允许自己照片流传到了网上，还被很多人转发评论，这是侵犯名誉权吗？法院会怎么判？

这件事还要从两年前说起，2016年10月13日下午5点多，韩某和周某在盐城市建军路和解放路十字路口过人行横道时，被盐城交警支队安置在路口的闯红灯自动抓拍报警系统连续拍照。

韩某、周某：我们当时是绿灯进入（斑马线）的，走过了二分之一处的时候变成了红灯，我当时在路口看到抓拍系统拍到我的照片，因为我自己是很明确我没有闯红灯的，作为执法部门你应该拿出直接证据证明我闯红灯了，你才可以发这个文章，不然你不可以发这个文章，否则你就是侵犯我名誉权！

2016年10月25日11点25分，盐城市交警支队在其微信公众号“盐城交警微发布”发布了一篇标题为“第六期盐城市中心‘网红启事’，高清照片，有你吗？”这样的文章，并配有韩某、周某一起过人行横道的照片，该文章被盐城媒体转载，网民对此发表评论。

盐城市交警支队宣传科夏冰冰：目的是为了教育大众来遵守交通法规，来提醒广大市民，要提升“警不在法在”的意识。这篇文章标注成原创文章，不经过我们的允许是不能转载的，另外这篇文章下面不具有任何评论功能，我们只是（针对）闯红灯的事实曝光他的照片，并不包括他的真实姓名、身份证号、家庭住址、电话号码等一系列信息，我们认为是不侵犯他的名誉权的。

韩某、周某表示，盐城交警支队的行为使得两人在亲人、朋友、同事间造成了不良影响，也给两人精神上造成很大伤害。两人认为，盐城市交警支队的报道侵犯了其名誉权，于2016年12月5日将盐城市交警支队起诉到亭湖区人民法院，要求交警删除相关文章，并公开道歉、消除影响、恢复名誉，赔偿精神损害抚慰金2万元。

亭湖区人民法院一审认为，盐城市交警支队提供的行人闯红灯自动抓拍报警系统使用手册说明，只有在红灯状态下行人越过等待区时，设备才会进入识别抓拍模式，对行人的违法行为进行取证。“盐城交警微发布”不具有评论功能，内容真实，不存在侮辱、诽谤等行为，客观上没有对两人的名誉权构成侵害。综上，亭湖区人民法院判决：驳回韩某、周某对市交警支队的诉讼请求。

对于亭湖区法院的一审判决，韩某、周某表示不服，向盐城市中级人民法院提起了上诉。2018年8月6日盐城市中级人民法院立案后，依法组成合议庭进行了审理。

盐城市中级人民法院第一庭审判员吕伟平：关于抓拍系统采用，交警部门此前向社会作了广泛的宣传，韩某和周某主张没有在闯红灯的情况下被抓拍，没有得到相应的证据（支持），视频是他去反映情况时公安部门给的他。

记者：（视频上）反映出他们是在等待区等待，还是已经跨过等待区了？

吕伟平：已经跨过等待区了，视频看到已经跨过等待区了，后面是红灯！

吕审判员认为闯红灯被曝光是否侵害名誉权，这在全国法院系统里之前并没有类似的判例。盐城两级法院分析认为，交警利用微信等公众媒体曝光违法行为是用于宣传道路交通安全，教育行人遵守交通规则，并没有侵害名誉权。

吕伟平：首先盐城交警没有捏造虚构事实，对周某和韩某也不存在侮辱和诽谤的行为，当然也没有使用不当词语对两个人的人格进行贬损，主观上肯定是没有过错的，所以基于上述这些理由，我们二审法院最终认定交警部门的行为不构成侵犯两个上诉人的名誉权。

2018年11月2日，盐城市中级人民法院作出终审判决，驳回上诉，维持原判。面对二审判决，韩某表示会继续上诉。

韩某：我不服！我是原告，我就会继续选择维权！法律面前人人平等，我没有想到是这个结果，现在在南京找了两个律师正在谈，准备向省高院要求再审，就看省高院能不能站在公平的角度看待这个事了。

盐城法院二审判决后，全国主流媒体相继转发，以江苏交通广播网官方微信上的评论为例，多数网友对法院的判决表示赞成。有网友评论："明明自己做了违法的事情，为什么还要去告交警呢？""闯红灯被曝光是为了提醒自己不要再拿自己的生命开玩笑！"

舆论几乎"一边倒"，韩某为什么在两年间，仍不遗余力地在上诉呢？韩某说："自己的面子上很不好看！"

韩某：不能靠一次闯红灯的事情来否定一个人，在我头上扣了一个不好的"帽子"，我肯定脸面上会觉得不好！

韩某和周某都是1994年出生的人，我们过去印象中的那群不谙世事的90后，正渐渐成为维权的主力军。以韩某为例，他现在的身份是盐城企业家联合会的秘书长，平日为当地500多家企业做协调服务时，都注重为企业引入"法律课堂"，让企业学会运用法律。

韩某：维权意识！这也是我们给企业经常讲的，我们会组织专家给企业进行培训，也会讲到维权意识、合同、工人的工伤，维权意识我们都会宣讲，我相信法律相信事实，相信有公平公正的，（会）用事实说话的！

这两年，从一审败诉到二审败诉，韩某说，他至今仍相信法律。越来越多成长于互联网时代的当代年轻人，勇于表达自我观点、拿起法律武器去保护自己的合法权益，这是值得称赞的。

中国人民大学法学博士、北京青年政治学院副教授许莲丽：我国新时代新青年权利意识增强，他们的法律维权能力也得到了很大的提升。“公民应该守法，执法机关更应该守法”的法治理念逐渐在深入人心，法治信仰在逐渐融入人们的价值观念和生活方式。

从2017年3月360公司公布的《中国互联网用户消费维权报告》就可见一斑。由北京市公安局网络安全保卫总队与360公司联合发起的网络诈骗举报平台“猎网平台”，供受害者举报提供线索，维护合法权益。这份报告对2017年猎网平台的举报维权数据进行了收录分析，发现“90后”已经成为当下维权群体的中坚力量，占据了举报维权总数的42.3%，其次是“80后”，占比为36.1%，70后占比为10.4%。

年轻人没有跌进舆论旋涡，对有争议的话题也没有选择沉默，两次上诉，不仅源于对法律的认可与“执着”，也源于公共场所的违法违规被曝光是否涉及侵权，这场讨论已经旷日持久，急需一个答案。

在盐城中级人民法院判决后，我们在南京新街口的闯红灯抓拍大屏前，现场对行人进行采访，多数对于名誉权侵犯的界限仍然不清楚。

记者：你了解名誉权吗？

路人甲：嗯，我不是很了解，是肖像权？最基本的人权吧？

路人乙：是不是你闯红灯？你告也没用啊，交警做得对！

路人丙：我觉得他确实侵犯了名誉权，私自就把人家照片公布上去了，那搁我们谁都不愿意啊！在屏幕里只有路口的人可以看到，但在微信公众号上全国的人可以看到，（大屏）屏幕只会有两三分钟就没了，而你那个（微信公众号）查历史消息还可以看到。

违法行为曝光，与侵犯名誉权到底能否挂钩呢？

（以下是部分网友的看法）

微信名“叶子的朋友”：主持人好！印象中，自己的照片不经别人允许就被拿过去使用，还被人指指点点，这应该就是属于侵犯名誉权了吧！这对小年轻闯了红灯该罚，但是这么做以后他们怎么在同事面前抬得起头呢？

微信名“YK的听众”：主持人，我虽然不知道什么叫作侵犯名誉权，但是就像之前听到的，闯红灯的代价那么大，交警这样做也是良苦用心啊，反正我是支持的！

留言中，我们发现绝大多数听众，对于名誉权是什么，是否侵犯名誉权都不太了解。那么，什么情况下构成侵害名誉权？

江苏君劭律师事务所主任李正武：根据《民法通则》第一百零一条的规定，“公民法人享受名誉权，禁止用侮辱诽谤的方式损坏他人名誉”。什么情况下构成侵害名誉权呢？通常就是侮辱和诽谤，侮辱就是“语言或是行为的方式公然地损害他人人格，贬损他人名誉”，比方说，是用大字报，楼道里面书写下流的语言辱骂他人，使他人心灵遭受打击。诽谤，就是捏造散布虚假的事实，侵犯他人名誉。

《中华人民共和国道路交通安全法》第六条第一款规定：“各级人民政府应当经常进行道路交通安全教育，提高公民的道路交通安全意识。”许多地方交警认为，通过大屏或者微信公众号上曝光违法行为正是出于交通安全教育的目的，警醒群众，扩大宣传效果，符合道交法相关要求和精神，而又有些人提出，法律并没有授予警方对交通违法的人进行曝光的权力，按照“法无授权不可为”的原则，交警的做法应该是侵权。

对此，江苏君劭律师事务所主任律师李正武认为，虽然在全国各地有关此问题的讨论不断，但盐城的这起判案是业内罕见的以法律判决的方式，为这场讨论给出了一个答案。

李正武：法院判案的行为我认为也是值得肯定的。肯定了盐城交警的行为没有违法，即使有一些人认为好像法律没有明确授权或是没有明确规定，但是我认为这个行为还是符合法理的，符合道路交通安全法的立法精神，也能够起到社会公众警示和教育的作用，也让大家知道保护私权利还是要有前提，要不损害、不贬损社会公权利的影响，我觉得这是给予（讨论）一个肯定的答案。

自媒体时代的到来，监督和曝光不仅是记者的独有权，越来越多的执法机关甚至是普通人，用好自己手中的镜头，也能对社会上很多行为曝光发挥巨大的正面作用。盐城的判决，正在影响更多的人。

2018年8月21号，一起由乘客曝光的不文明行为引发全国关注。当天有网友发帖反映，在从济南站开往北京南站的G334次列车上，一名男乘客霸占别人的靠窗座位，不愿意回到自己的座位，当事女乘客叫来列车长后，该男乘客称“站不起来”！

列车长：喝酒喝多啦？

霸座男：没喝酒！

列车长：没喝酒为什么站不起来？

霸座男：不知道……

列车长：大小伙子在这儿坐着，也不给人让座，我这还是第一次遇到这个情况。

霸座男：（那边）有座位！

列车长：但是你坐的座位是人家女士的啊！

霸座男：我知道是那位女士的啊，我的座位在那儿，现在她可以去坐啊！她为什么不去坐啊？

最后，列车长和乘警劝导男乘客无果，他就一直霸座到终点。

网友手机记录下的短短2分钟不到的视频，还原了高铁霸座男的“百般耍赖”。后证实，这位高铁霸座男居然是博士生！《人民日报》官方微信转发视频，并配发评论《文明不在于学历和身份！》——“细节中看出一个人的素质，你没教养的样子，真丑！”

官媒对这则视频进行了转发，这是主流声音对于网友视频取证行为的认可，这不仅是在维护这位女乘客的乘车权益，更是在捍卫出行规则。

在新浪微博上，高铁霸座男的话题阅读量过亿，讨论人数达到2.7万。记者翻阅评论发现，绝大多数人对于网友曝光不文明行为的做法点赞，极少数人对于这则视频是否涉及侵权提出质疑。应该说，这则视频没有给博士男“面子”，但是给了其余遵守出行规则的乘客大大的“面子”！

“霸座男”第二天向女乘客道歉。当天，济南铁路公安以扰乱公共秩序为由，依据《治安管理处罚法》，给予孙某治安罚款200元的处罚，并纳入黑名单，在一定期限内限制他购票乘坐火车。

手握手机的网民不仅曝光高铁霸座这种不文明的行为，更帮助了执法机关打击违法犯罪。

2018年5月3日，我们《交广双声道》节目就接到过一位苏州常熟的乘客传来的视频。视频显示，5月2日，他在乘坐常熟市231路公交车时，前面一男乘客正在抢夺公交车方向盘，车辆瞬间失控，后排乘客惊慌惨叫。

我们节目把这则18秒的视频进行了独家发布，引发了全省听众广泛讨论，当天下午苏州常熟市公安局立即展开调查，通过刑侦手段，找到了这名抢夺方向盘的男子瞿某某。次日，“常熟公安微警务”微信公众号发布《惊险！一男子抢公交车方向盘！刑拘！！！》一文对该案件进行了通报，文中也使用了这名乘客拍摄的这则视频，还原当时真相。

原来，瞿某某因为公交卡里面没有余额，希望通过微信支付给驾驶员，但按规定驾驶员不能接收，双方发生了争执，一气之下男子做出了抢夺司机方向盘的举动，公交车车身剧烈晃动，2名乘客倒地受伤。

今年7月20日，被告人瞿某某犯以危险方法危害公共安全罪，被常熟市人民法院判处有期徒刑三年，缓刑三年。

常熟市公安局法制大队刑事审核中队中队长陆军明：常熟的这则18秒视频，为常熟警方迅速找到犯罪嫌疑人，司法机关最终量刑提供了重要依据。我们依法找到了拍摄这个视频的乘客，并调取了视频，后来综合公交车监控等其他证据，依法对瞿某某采取了行政拘留的强制措施。随着手机、行车记录仪等个人电子设备的普及，有些录音录像资料，特别是突发事件的视频，对于我们办案是具有一定价值的，可能成为我们查破案件的线索，据此发现抓获犯罪嫌疑人。另一方面，视频如果符合一定的条件，也可能成为证据，在诉讼中使用。

为了2元钱，获刑三年，实在是不值得！但没想到，这种涉嫌危害公共安全的违法行为，在5个月之后的重庆再次上演，而这次却付出了生命的代价。2018年10月28号，因乘客与司机激烈争执互殴，导致重庆万州区一辆公交车车辆失控从万州长江二桥桥面坠入江中，15个鲜活的生命瞬间消逝。

我们不希望再看到类似的事件再次发生。当遇到这样危害公共安全的犯罪行为，每个人都不应该当看客，要联起手来“管闲事”，制止那些试图以此发泄情绪，宣扬个性的行为。多数的交广网听众在官微留言，在那车辆剧烈摇晃的危急时刻，乘客拿出手机曝光，这种“事后算账”的方式是恰当的，并没有网友认为伤了违法者的“面子”。

曝光，尽管在很多维度仍然存有争议，在很多领域仍然不被允许，但事实证明，不管是道德问题，还是违法犯罪，许多现场摄像头拍下的一幕，能够还原事实真相，成为执法机关正确处罚的证据，促进社会法制化的进程。

如果说2016年盐城市亭湖区人民法院的一审判决，揭开了长久以来全国范围内有关闯红灯被曝光是否涉及侵权的神秘“面纱”，那么2018年盐城市中级人民法院的二审判决，则是对基层法院大胆尝试的肯定，对类似讨论的强有力回应。中国人民大学法学博士、北京青年政治学院副教授许莲丽认为，盐城法院的这次有益探索，是给民众上了一堂生动的法制宣传课。

许莲丽：因为这个案件得到了大家这样的关注，自然而然地，闯红灯的行人得到了很好的教育。通过这个判例来逐渐地了解我们国家法律法规当中关于名誉权的规定，这肯定能起到积极的普法宣传、教育的功能和作用。

致力于研究公共参与社会服务立法的许莲丽，非常认可多渠道的正当曝光，把它比作是一种柔性管理的创新。她认为，这是推进全民参与社会治理，推进我国治理体系和治理能力现代化的体现。

许莲丽：曝光就像武器一样，它本身没有好与坏之分，主要是看你怎么运用它。如果行政机关能够合法依规地运用这些信息技术，肯定能够为它的行政管理、行政执法带来非常多的创新的效果，能够使它的行政非常柔性。这对于我们国家实现治理能力现代化也是一样（有用）的，同时它也可以成为社会公众积极参与社会治理的方式，他们也能够感受到，我积极地参与到行政管理过程中，我是能够促进社会公共（秩序）治理的。

这起全国罕有的判案，呈现出这对年轻人对法律的认可，可是也折射出他们对伦理道德认知的薄弱。南京中医药大学心理学院沈永健院长认为，在中国传统文化的主流儒家文化中，面子是“温良恭俭让”的德治文化，它把中国塑造成了礼仪之邦，使善良的中国人恪守礼义廉耻，谦虚礼让，与人为善。盐城的判案会告诫每个人，既要注重法律，也要自律。

沈永健：社会环境有两大规则系统，一个规则系统是法律系统，一个规则系统是伦理道德系统，法律系统属于他律，伦理道德系统是自律。实际上从他们个人来说，是自律不够导致违法，因为社会的规则体系不仅是法。社会主义核心价值观中法的成分相对弱，更大的是人们认识到，社会契约所规定的人与人之间所应操守的东西，我觉得更重要。

（江苏交通广播网播出）

本市首例大气污染民事公益诉讼落判 公益诉讼在多大程度上能推动保护“绿水青山”？

王悦 马骏

北京第一例大气污染环境民事公益诉讼案日前在市四中院一审落判。北京多彩联艺国际钢结构工程有限公司除了被判赔偿近90万元、赔礼道歉外，它还被要求禁止生产，直到生产符合环境保护标准。案件的宣判意味着什么？民事公益诉讼又在多大程度上能推动生态环境的保护工作？来听新闻广播记者王悦、马骏的报道。

被告诉讼代理人：现在这个厂子已经停工了！

律师口中已经停工的多彩公司，此前，在从事钢结构加工喷漆过程中，对产生的大量挥发性有机物废气，没有经处理就直接排放。尽管群众多次举报、环保部门也罚了它20万元，但这并没有让多彩公司收手。法院认为，多彩公司的行为已经损害了社会公共利益，构成生态环境侵权。

法官马军：判决的时候，我们又做了预防性的裁判，只要你没有达到生产的环境保护标准，那我们就禁止你在这儿继续生产。

和以往不同，在这起案件中，检察机关是公益诉讼原告人。这是新修改的《民诉法》赋予检察机关的一项新职能，而这，让检察机关的优势得到了发挥。

检察官刘晨霞：我们在第一时间对证据进行了固定，比如它的油漆使用量、一些生产合同，这样为后续的一些鉴定提供了有力的支撑，这相对于其他组织，我觉得是无法比拟的。

在谈到这起案件时，环境法专家周珂用“具有开拓性”来评价案件的判决。

周珂：这个案件的审理非常成功，对于环境法学的研究很重要。

这起案件并非个案。自2015年新《环保法》确认环境公益诉讼制度以来，四中院共受理这类案件16起，涉及大气、水、土壤等环境问题的各种方面。在以往，个人与污染企业间的角力，如同蚂蚁对大象。而公益诉讼的出现，给污染企业套上了多一层的紧箍咒，让污染企业被追究民事责任可能性更大。但在推行中，难题也不少。

马军：实际上目前的鉴定机构仍然非常少，全国也就20多家，鉴定的成本非常高，鉴定费用只是其中一部分，还包括了鉴定的时间、周期，我们第一起受理的案件，到现在两年多了，鉴定结果还没有出来。

要让民事公益诉讼更好地在推动生态环境的保护上发挥作用，鉴定难题亟待突破。

（针对资金问题）**周珂：**生态损害赔偿，国外的做法都是形成一个基金，它一方面是负责对已经造成的生态损害给予恢复、治理；另一方面，在诉讼中可以用这个钱垫付鉴定费，等等。

而生态环境的恢复，也不能止步于一纸判决。

马军：将来修复也好，治理也好，它一定是个系统的修复工程，是整个社会的包括科学技术的联动。

（北京广播电视台播出）

走基层——见证新时代“枫桥经验”系列报道

何冰倩　徐锦萍　汪　婷

编者按

20世纪60年代，诸暨枫桥镇的干部群众创造了“发动和依靠群众，坚持矛盾不上交，就地解决”的“枫桥经验”。55年来，“枫桥经验”在浙江大地历久弥新，成为法治浙江建设的重要载体。今天起，浙江之声推出《走基层——见证新时代“枫桥经验”》系列报道，包括《新时代“枫桥经验”的法治实践》《新时代“枫桥经验”的社会共治》《互联网时代“枫桥经验”新发展》。

走基层——见证新时代“枫桥经验”之一

新时代“枫桥经验”的法治实践

“你们夫妻两个如果说能够好下去，还有点感情的话，最好我们能够调和。双方都能够相互让一让，好吧？”

上午10点，衢州衢江区法院家事调解中心，法官楼晓红和特邀调解员共同参与调解一起离婚纠纷案件。近几年，衢江法院平均每年受理婚姻家庭类案件450多件，存在家庭矛盾升级为故意伤害等刑事犯罪的情况。2016年7月，衢江区法院把“枫桥经验”引入司法调解实践，专门设立家事调解中心，组建由社会公益人士、道德榜样为主的特邀调解员队伍，在立案前提前对婚姻家庭案件进行调解。今年以来，衢江区人民法院家事中心调解撤诉率达到80%以上。

而在湖州德清雷甸镇中兴社区，法院则把法庭直接设在了社区，通过法官“送审下乡”的方式，和当地乡贤一起调解社区矛盾。中兴社区是德清县最大的农村拆迁安置小区，原属不同村的居民风俗习惯不同，居民间经常有矛盾摩擦。今年9月，德清法院在中兴社区设立法官工作室，一发现矛盾纠纷，提前介入调解，提供法律服务。

德清县法院法官顾敏芳：我们固定是每周五的上午过来值班。如果有紧急的事情，接到电话就过来了。可以调解的先进行调解一下。

省高院院长李占国说：“将‘枫桥经验’引入司法实践，为矛盾纠纷进入诉讼程序前提供了缓冲期和过滤网，减轻了司法的诉累。”

李占国：到法院诉讼是守护公平正义的最后一道防线，但并不一定是唯一的和最好的途径。倡导形成“调解优先，诉讼断后”的矛盾纠纷解决理念，建立递进式的矛盾纠纷分层过滤体系。

走基层——见证新时代“枫桥经验”之二

新时代“枫桥经验”的社会共治

杨光照是诸暨市枫桥镇老杨调解室主任。下午，老杨急匆匆赶到诸暨市交警大队事故中队。

一周前，电动三轮车主詹某为了避让小轿车，撞上一辆厢式货车，伤重不治。事故认定复杂，涉及三方当事人，冲突一触即发。在老杨的努力下，三方调解持续4个半小时，最终谈妥了赔偿条件。

老杨调解室在诸暨家喻户晓，这十多年来，退休后的老杨奔走在枫桥辖区的社区、农户、企业、机关，调解室先后受理各类纠纷1800多起，调解成功率98%以上。

老杨：作为一名合格的人民调解员，对待群众要真心，化解矛盾要热心，说服群众要耐心，服务群众要诚心。

在长兴县，为了更好地化解流动人口的矛盾，社区街道邀请热心的外来人员加入基层调解队伍。上午9点，长兴雉城街道二虎头社区，来自山东的调解员王磊正帮助同样来自山东的刘阿姨和邻居沟通："好了，你们也不要吵了，我们先去看一看，到楼上去查一查，现在吵是解决不掉问题的。"

王磊说，来到长兴6年，做社区调解员也有5年时间，每年他都要调解50多起各类纠纷。

王磊： 我本身不是长兴人，不至于偏袒哪一方，让一些外来的有纠纷的人员心里更加平衡一些，也对我们更信任。

二虎头社区常住人口中一半是外来人口，这些年，通过外来人员中党员、先进柔性调解矛盾，外来人口的矛盾纠纷逐年下降。

此外，大家耳熟能详的杭州武林大妈、洞头海霞妈妈、桐乡乌镇管家等社会组织也活跃在基层矛盾调解的一线。目前，我省有5.1万个各类社会组织，参与了社会、经济、文化等各领域安全风险化解。

走基层——见证新时代"枫桥经验"之三

互联网时代"枫桥经验"新发展

下午5点，从衢州来杭旅游的陈先生带着父母女友在杭州中天西城纪小区办理入住。陈先生说，虽然住的是全程线上交易的网约房，但安全感一点也不少。

陈先生： 进楼是刷脸进，进这个房间用身份证。有什么疑问，可以直接打电话给房东，住过一次感觉还挺好的。

中天西城纪小区位于杭州拱墅区祥符街道，1800多套房中用于日租或短租的网约房有400多套。小区对网约房实行"旅馆式"管理后，网约房大厅，也就是租客信息登记服务中心通过人脸识别、智能开门等方式，实现了入住人员的人证合一。同时，网约房入住人员的信息还实时上传到公安后台，和流动人口信息系统无缝对接。小区治安警情、非接触性诈骗案件同比下降8.9%、12.5%，其中盗窃案件同比下降100%。

杭州拱墅分局民警叶雯： 网约房大厅内的各种黑科技，能够协助公安机关去识别逃犯，甚至是各类违法犯罪前科（人员），一旦有异常，我们可以提前介入，采取行动，将案、事件化解在摇篮里。

而杭州互联网法院为了实现网上纠纷网上解，不仅设置了在线调解平台，开创性地增设15天前置调解期限；还整合淘宝、京东等多个电商平台的纠纷调解资源建立了专门调解室，实现在线调解与诉讼的无缝衔接。此外，该院还邀请知名律师担任特约调解员，通过对以往涉网纠纷的结果分析，给予当事人有效建议，预防矛盾纠纷进一步扩大。目前，该院立案调撤率79.3%，调解案件自动履行率则高达97.3%。

杭州互联网法院副院长王江桥：平台诉前调解，再加上这个特约调解，最后（是）我们法院的专职调解，三层调解机制，形成这样一个漏斗形的、以司法为末端、层层过滤的、在线大调解的格局。在立案之前把纠纷化解掉，其实矛盾并没有上交，所以它可以视为网上的、IP版的“枫桥经验”。

（浙江之声播出）

千里追机

唐　江　张笑颜　黄身清

主持人：法观天下，理说人间，欢迎收看全国十佳法制栏目《拍案说法》，我是主持人吴汀。都说法院执行工作难，为了找到那些拒不执行法院生效法律文书的“老赖”们，执行法官们那是踏破了多少双铁鞋，想尽了各种方法。找到这些“老赖”们已经很困难了，倘若执行的是正在奔跑的汽车，难度就更大了。那如果说执行的是四处飞行的飞机呢？这难度更是可想而知了。还在天上四处飞的飞机，找到它都十分困难，更别说是执行了。而今天我要给你讲的，就是执行法官们辗转7000多公里，去执行飞机的案例，这可是国内首次法院跨省异地执行固定翼飞机的案例。执行过程可谓是变化不断，一波三折，今天的节目就从这里开始了。

我们现在看到的（播放照片、视频），是执行法官们经过千辛万苦，跋山涉水最后找到飞机的情况。这是一架塞斯纳飞机，主要用途为测绘地理、勘查地形等工作，价值1000多万人民币。山西太原、甘肃敦煌、甘肃酒泉、新疆克拉玛依出现了多个疑似飞机落地机场，一时间寻找这架飞机犹如大海捞针。最后，法官们仔细排查、循线追踪，最终成功找到并执行了这架固定翼飞机。而要说起这起案件，我们就要从2016年12月30日两家公司签订的租赁合同说起。

重庆某公司的代理律师、重庆坤源衡泰律师事务所律师王琴：2016年，我们当事人重庆公司和山西公司签订了飞机的融资租赁合同，采取的是售后回租的方式，在重庆公司将飞机交付给山西公司之后，山西公司就一直逾期支付租金。

租赁合同主要约定：山西某公司将其名下的一架塞斯纳飞机出售给重庆某公司，再由重庆某公司出租给山西某公司使用。但是，合同签订后，这家山西公司多次逾期支付租金。随后，重庆某公司将山西某公司诉至重庆市江北区人民法院，在法院的主持下，双方就租金支付方式等达成了调解协议。

王琴：调解书对山西公司后期租金的支付方式进行了详细的约定，但是在调解书已经明确了后期租金支付方式的情况下，山西公司仍然没有按期履行，所以我们于7月向江北区法院提起了强制执行程序。

由于山西某公司拒不履行调解协议，重庆某公司向江北区法院申请强制执行租赁物飞机。在反复沟通无果的情况下，江北区法院启动强制执行。但是，此时一个难题摆在了执行法官面前，此次执行的标的物是一架塞斯纳固定翼飞机，执行固定翼飞机不仅在重庆法院，即便全国法院也尚属首次，具体如何执行，无经验借鉴，又是跨省执行，难度可想而知。更重要的是，飞机现在停放在哪里？会不会飞走？法院无法掌握。

江北区人民法院党组成员、执行局局长袁列彬：执行的标的是飞机，这跟我们以前在执行过程当中将房屋、车辆这一类物品返还给申请执行人是完全不一样的。飞机具有特殊性，它要么停放在机场，要么在空中飞行，一旦飞行的话，那么法官和执行干警就很难追上。所以说执行的难度非常大。

除此之外，这架飞机并不在重庆本地，这次执行将是异地执行，异地执行比重庆本地执行来说困难许多。同时，飞机这种特殊的标的物，会受到各种相应的管制，需要很多部门的配合，并不是执行法院一家就能解决得了的。

江北区人民法院执行局法官周俊吉：案子到了我手上之后，我一看是执行飞机的任务，心头特别没底，因为之前没有执行过类似的任务，飞机也比较特殊，在重庆法院没有经验可循，至于飞机具体停放的位置、准确的下落也无从得知。

江北法院执行局前期做了很多准备工作，今年8月18日上午，承办法官收到申请人提供的线索，涉案飞机停放在山西太原武宿机场。承办法官迅速将此情况向执行指挥中心进行了汇报。当日下午，执行局召集多名经验丰富的执行法官一起商讨执行方案，经过商讨，制定了详细的执行方案和突发情况应急预案，并指令承办人立即带领法警赶赴山西太原，同时通过执行指挥平台，向太原市小店区法院发出了协助执行请求。自此，法官法警们踏上了追机的行程。

周俊吉：执行法官在一起对案件进行了研判，制定了比较周密的部署，预测了各种可能性，也制订了相应的计划，购买最近的一班航班，飞往山西太原。我们心里的预期就是，飞机就停靠在山西太原，我们希望在当地就把飞机扣押，返还给当事人。

8月19日下午，执行法官周俊吉、书记员李文瑜，以及4名法警抵达山西太原。根据执行预案，周俊吉法官此前已经联系上太原市小店区法院，小店区法院已决定派出4名法警予以配合。

主持人：到了太原当地，执行法官们紧锣密鼓地开始了执行工作。由于执行飞机的特殊性，江北区法院还请到了一名飞行专家前往当地协助执行。当晚9时许，等到专家到来后，执行人员无暇休整，在被执行人山西这家公司外围，展开执行前期准备工作。一切准备就绪后，第二天就准备登门拜访。但路途的劳累仅仅是本次异地执行重重困难的开始。此时，执行法官收到了一条不好的消息，被执行的飞机已经从太原起飞了，而敦煌、酒泉、克拉玛依都有可能是它下一站，这又该何去何从呢？

前面我们说到，山西某公司将其名下的一架塞斯纳飞机出售给重庆某公司，再由重庆某公司出租给山西某公司使用。但是，合同签订后，这家山西公司多次逾期支付租金。在法院的调解下，双方签订调解协议，但是山西某公司拒不履行调解协议，重庆某公司向江北区法院申请强制执行租赁物飞机。在反复沟通无果的情况下，江北区法院启动强制执行。8月20日上午7：30，周俊吉一行在小店区法院协助下兵分两路，一路来到武宿机场对飞机停放的具体位置进行核查，一路来到公司楼下对现场进行布控。上午9：00，到机场找寻飞机的同事传来了一个不好的消息。

周俊吉：大概上午9点钟的时候，到达机场的同事给我发来消息，说飞机已经不在武宿机场停放了，具体停放位置，他们也不太清楚。

飞机已经不在太原了，对于这个结果，执行法官们虽然做了相应的预案，但是还是有点失望。而此时，在公司楼下布控的执行干警也未看到山西某公司法定代表人贾某的身影。

江北区人民法院执行局书记员李文瑜：首先我们看到疑似被执行人法定代表人的车是停在楼下的，我们就到那边进行了布控。

傅启源：我们以为开车的就是那个法人，准备把那辆车拦下，但是我们一看，开车的确实是他司机。经过查询，他们法人没在公司。

这里又出现一个变数，山西某公司的法定代表人贾某并没有在公司，这和之前收集到的情况有所出入。现在只能去公司了解情况了，周俊吉一声令下，一行人行动随之开始。

执行人员：这个案子已经产生了法律效力了，因为你们公司没有主动履行，所以申请人申请执行，我们已经立案了。这次我们来的目的就是责令你立即履行，交出租赁物以及相关的证件。

公司员工：这个具体的事情我不太清楚，我得请示一下我们领导。

执行人员：你赶紧联系，如果他不来的话，我们将进行搜查。

公司员工：今天是吧？对，你稍等一下，我打个电话。

执行人员一行赶到山西某公司，面对执行法官对飞机去向的询问，公司员工支支吾吾都不愿作答，都说要请示上一级领导。

通过公司员工，周俊吉法官和公司法定代表人进行了通话。对于飞机的下落，他也是支支吾吾拒绝答复。对于飞机的相关证件，公司老板也是答非所问。

执行人员：最后问一次飞机证件在哪里？如果不交出来的话，对你公司进行搜查，对你下监控，我们肯定对你下监控的，下一步进行拘留。

公司法定代表人：你拘留干什么都行，那行吧，我们现在进行沟通。

执行人员：好吧，你不交出来我们就直接强制执行了。现在对你公司进行搜查，因为你未能到场，现在对你的助理出示搜查令，这是重庆市江北区人民法院搜查令，给你看一下，这是搜查令，我们对你公司进行搜查。

公司法定代表人：这个我现在做不了主。

执行人员：不需要做主，告知你就行了，我们现在开始进行搜查。

同时，由于山西某公司法定代表人贾某拒绝履行法院生效法律文书确定的义务，江北区法院决定对他拘留15日。

因为被执行人没有主动履行生效法律文书确定的义务，现在本院决定对贾某实施拘留，拘留时间是15天转交。

陈科吉：然后我们就开始展开了搜查，对公司所有关于那架飞机的信息进行了搜查。

李文瑜：详密的搜查长达两个多小时，最终搜查到我们希望找到的飞机履历本和飞行记录。

好比驾驶汽车出行一样，要随车带行驶证。飞机如果要飞行，手续更是烦琐，随机文件，如适航证、电台执照、国籍登记证、飞行履历本、飞行记录本、维修记录一样都不能少。通过专家的协助，执行法官最终陆续找到分散隐藏的随机文件。下一步就是想方设法找飞机了。

周俊吉：飞机没找到，感觉心情挺低落的，但是找到相关证照之后，感觉有一丝欣慰，但随即也陷入了沉思，到底飞机去哪里了？下一步我们怎么做，我们不得而知。

主持人：相关证照虽然找到了，但飞机去向成谜，执行法官陷入了沉思。随行的专家介绍，找到了飞机的随机文件，执行也算是成功了一部分。因为对于飞机来说，这些文件就是它的户口本，那是相当重要的，接下来就是要想方设法找到飞机了。这飞机在天上飞，此时谁也不清楚飞机去了哪里。而根据之前收集到的信息，飞机曾打算去敦煌、酒泉、克拉玛依三个地方，那究竟又会去哪里呢？三个地方隔得可不近呀，必须找到飞机确切的飞行信息。对了，飞机要想飞行，一定需要向相关部门报批。执行法官们一边将执行情况向执行指挥中心汇报，一边来到飞行管理部门核查飞机下落，果不其然，有了消息。

当日下午2点，执行法官来到中国民用航空山西安全监督管理局核查飞机下落。通过询问得知，该局只负责对飞机年审，飞机飞行计划报批不由他们负责。

下午3点，执行法官一行又来到了中国民用航空华北地区空中交通管理局山西分局，通过询问得知，涉案飞机已在一个月前由山西太原飞往甘肃敦煌，现飞机已不在山西境内。飞机现在停在什么位置，他们无法查询。一时间，找寻飞机又陷入了僵局，而就在此时，执行指挥中心发来了一条消息。

周俊吉：这时候又收到一条短信，是执行指挥中心发来的，飞机现在停放在克拉玛依。看到这一信息，执行干警顿时兴奋了起来，终于知道了飞机的下落。

李文瑜：收到这个消息过后，心里面又是开心又是焦急，因为不知道我们飞到新疆克拉玛依那边是否能够找到飞机。

原来重庆的执行指挥中心通过和空管部门沟通后得到了一条信息，飞机在20日落地在了新疆克拉玛依机场。此刻，已是下午5点，距离山西飞往新疆乌鲁木齐最近一班飞机只有1个多小时了，如果不能确定飞机下落，此次执行就只能暂停了。这让执行人员犯了难。指挥中心最终决定，执行人员立即飞往新疆克拉玛依机场。

江北区人民法院党组成员、执行局局长袁列彬： 在搜查的过程当中发现了一些线索，再结合我们通过民航以及空管部门反馈回来的相应的情况，汇总之后，我们最终确定这架飞机已经飞往了新疆的克拉玛依，指挥中心也给执行法官和执行干警下了指令，立即飞往新疆克拉玛依。

主持人： 执行指挥中心通过和空管部门沟通后得知，被执行的飞机在20日落地在了新疆克拉玛依机场。也就是说，此时此刻，飞机就在克拉玛依。但是新的问题出现了，据最新的情报显示，21日一早，也就是第二天一早的8点，被执行飞机还有飞行任务，如果飞机这么一起飞，又不知道会飞去哪里，那么之前的努力将付诸东流。因此，必须要在飞机起飞前赶到克拉玛依，时间紧迫，法官法警们即刻动身，争分夺秒，执行行动紧张继续着。

前面我们说到，山西某公司将其名下的一架塞斯纳飞机出售给重庆某公司，再由重庆某公司出租给山西某公司使用。但是，合同签订后，这家山西公司多次逾期支付租金。在法院的调解下，双方签订调解协议，但是山西某公司拒不履行调解协议，重庆某公司向江北区法院申请强制执行租赁物飞机。在反复沟通无果的情况下，江北区法院启动强制执行。根据前期情报，飞机停放在山西太原武宿机场，但是等执行法官法警赶到太原的时候，飞机已经起飞。虽然在对山西某公司的搜查中，找到了飞机各类相关文件，但是最重要的飞机还是不知下落，而敦煌、酒泉、克拉玛依都有可能是它下一站。就在犯难的时候，执行指挥中心通过和空管部门沟通，明确得到了飞机此时此刻就在克拉玛依机场，于是执行法官法警一行人马不停蹄，立即赶往新疆克拉玛依。

8月20日下午5点，得知飞机停留在新疆克拉玛依机场的消息后，执行人员迅速赶往，在机场简单整理了相关文件后，乘坐最后一班去乌鲁木齐的飞机飞往新疆。

据可靠线索，我们执行的标的物——租赁的飞机停放在克拉玛依机场。为了确保它在天亮之前不飞离，我们要赶到当地。我们现在在乌鲁木齐，距离当地大概300公里，我们现在出发吧。

傅启源：在车上准备打个盹儿睡个囫囵觉吧，这个事情始终没有落实，睡不着。因为我们接到的消息是，它8点钟有飞行任务。

陈科吉：如果它早上出去执行任务了，我们就不知道它又飞往哪里了。

执行人员坐上租来的一辆商务车连夜赶往新疆克拉玛依机场，一路长途颠簸4个多小时后，于21日凌晨4时许赶到了新疆克拉玛依机场，而此时机场还在关闭状态。执行的法官法警们终于赶在飞机起飞前来到了这里。

执行法官在和克拉玛依机场派出所值班领导沟通后，派出所答复可以在早上7点到机场拦停飞机起飞。时间算下来，不到3个小时的时间。而此刻，克拉玛依的天色蒙蒙亮起，一行人睡意全无，看着机场的天空，想到辛苦一夜终于在飞机起飞前成功赶到机场，心里面的一块大石头也落了地。早上7点，执行人员进入克拉玛依机场和机场派出所协调执行。经过查询，该飞机确实在早上8点将起飞作业，机场派出所随即通知机场塔台，涉案飞机暂停起飞，如要起飞，需向机场派出所通报。

同时，让执行人员高兴的是，原定于早晨8时起飞作业的飞机因遇8级大风，不能如约起飞，只能停靠在停机坪。半小时后，克拉玛依市中级人民法院主要负责人闻讯赶到机场，在了解相关情况后，安排克拉玛依区法院配合执行。不一会儿机组人员姗姗来迟，在得知飞机将被法院扣留并返回给申请人后，很配合地交出了飞机钥匙。

中午12时许，执行法官周俊吉和书记员李文瑜在各部门的极力配合下，完善了相应的手续后，顺利进入机场停机坪进行执行，在专家人员辅助下，申请人的确认下，终于找到本案要交付的飞机，在8级大风的停机坪，周俊吉将飞机顺利地交付给了本案的申请执行人。

周俊吉：经过双方当事人的核对以及专家的协助，我们最终确定这架飞机就是我们要执行的飞机，然后把飞机交付给了申请人，本案得以执行完毕。

至此，历时马不停蹄、不休不眠的二十几个小时，辗转7000多公里，从重庆到山西，又从山西到新疆的跨省执行，终于画上了圆满的句号。看见飞机停靠在停机坪的那一刻，所有参加此次执行工作的法官法警无不感慨，自己的艰辛努力没有白费，一切辛苦都是值得的。

成功地找到了这架飞机，我们觉得这些艰辛的付出都是很值得的，心情一下子就踏实了，这样连夜奔波，从心理上我还是觉得很开心。

袁列彬：这个案子的成功执行，说实话，它充分体现了执行的最终效果意义，不光是兑现了当事人的合法权益，在案件执行过程当中，也充分体现了社会各界对人民法院执行工作的有力支持，最终使得法院的法官和执行干警顺利地将执行标的飞机进行控制，交付给了申请执行人。

重庆某公司的代理律师、重庆坤源衡泰律师事务所律师王琴：我们公司也是非常满意，同时因为整个案件的办理过程中辗转了多个地方，可以说是辗转了数千公里，我们也对法院工作人员的辛勤付出表示感谢。

国内首次法院跨省异地执行固定翼飞机告一段落，然而执行工作任重道远。就江北法院而言，截至今年6月，江北法院累计移送公安机关追究拒执犯罪13人，判处7人，司法拘留668人次，纳入失信黑名单12643人次，搜查732件次，限制高消费18160人次，限制出境902人次。

主持人：千里追机，虽然过程波折，但是结果还是非常完美的。近几年，为实现最高人民法院院长周强同志提出的“用两到三年时间基本解决执行难”的工作目标，坚决如期打赢“基本解决执行难”的决胜仗。我们看到，各级法院都做了非常多的工作。我们相信，通过不断优化执行流程、整合执行资源、提高执行效率，实现了执行工作模式的重大转变。我们也看到，执行工作质效有了很大提升，执行工作外部环境有了明显改善，“基本解决执行难”工作必将会取得阶段性重大进展。

（重庆广播电视集团播出）

昆山砍人事件始末

高 巍 吕 莹 关宏怡 陈 兵 刘 旸

2018年的8月27日，于海明挥刀刺向了正在行凶的刘海龙。当晚，他因涉嫌故意伤害被昆山警方刑事拘留。5天后的9月1日，昆山警方认定于海明的行为属于正当防卫不负刑事责任，依法撤案并将他予以释放。从被砍到反杀，从故意伤害到正当防卫，于海明经历了人生中最波澜起伏的5个日夜。

2018年8月27日晚上21:35，于海明像往常一样，从酒店里打卡下班回家，上了自行车，于海明骑行了几十秒，就到了事发地震川路和顺帆路的交界处。

于海明：骑了20米以后，我就在桥面的中间底下平台停下来了。

再过几个红绿灯，于海明就可以到家了。就在于海明等红绿灯的时候，突然一辆宝马车疾驰而来，强行并入非机动车道。在于海明还不清楚发生了什么状况时，宝马车上突然下来了一个穿白色T恤的人，来人冲到了于海明的面前。

刘强强（刘海龙的朋友）：他说撞车了，我下去看了一下，再看看自行车。

于海明和对方理论了几句。这时从宝马车上又下来了一个女的，或许是看到宝马车和于海明的自行车并没有发生剐蹭，就把于海明的自行车搬到了人行道上，挥手和于海明说着什么，事态应该是缓和了。可就在这时有人从驾驶室里窜了出来，意外发生了。

于海明：跑下来，冲着我打我，反正个子不太高，光头吧。

来者不善的人正是刘海龙，从监控视频中可以清晰看到双方的身影，刘海龙对于海明多次击打，于海明连连闪躲。

于海明：我想他打我两下，我推两下挡两下就算了。

这时刘海龙的朋友刘强强也加入了厮打，二对一，于海明见势不妙，开始反击。

于海明：我说你们太欺负人了吧，我就讲了这个话。

看着貌不惊人的于海明居然还手，刘海龙转身向驾驶室跑去。

于海明：他就回头，掉头就跑到车上去了。当时我想他回去了，是不是这事就算了，结果他拎把刀下来了。

看到长刀，于海明傻了眼，吓得都不敢动了。

于海明：我很害怕呀，本来是想跑的，那男的不肯让我走。

刘海龙用刀连续击打了于海明之后，于海明反应过来了，开始奋力抵抗。

于海明：就这一下把我砍得人都要疯掉了，当时要死了的那种感觉，就感觉头嗡了一下，什么都想不起来，那（种感觉）人都不敢想，真的。

就在这时，刘海龙的刀突然脱手了。于海明猛然醒悟，抢先一步从地上捡起了刀，一下、两下、三下，先是一刀刺中了刘海龙的腹部，第二刀正好刘海龙滑倒在地，第三刀于海明直劈刘海龙的胸部。短短7秒的时间，于海明挥出了5刀。

于海明：拿刀挥他，当时感觉人跟疯了一样，我说太欺负人了。

视频中的黑衣人是于海明的同事小柯，由于事发太过突然，小柯一直在旁边拉劝双方。于海明反击的间隙，小柯赶紧拉住了于海明。

小柯（化名于海明同事）：最后就没砍。

悲剧发生后，小柯第一时间想到了报警。

小柯：报警以后，我只想警察快点来。

因为太过紧张，小柯连打电话都不利索了。此时的于海明一只手紧紧地攥住刀，跑到刘海龙的车边，拉开车门把刘海龙的手机揣在自己兜里。

于海明：当时很害怕，就怕他再叫人过来。

当晚9点40多，昆山公安局青阳派出所接到报警赶赴现场。

王彦（江苏省昆山市公安局青阳派出所民警）：先看到有一辆宝马车停在震川路、顺帆路口的一个桥面上，斜着横跨着停着的，然后看到还有一个穿白衣服的男子就坐在桥面。

这些事都做完了，于海明蹲坐在地上给酒店老板打了个电话，告诉她出事了，让她赶紧报警。

接警民警：受伤比较严重。

于海明：他拿刀砍我，脖子上给我砍了一刀，但是没（砍伤）。

接警民警：应该是刀背打的，刀背弄的。

目击者：他没使刀背（刃），他是这样打。

出警民警迅速将现场控制住了，120赶到分别将刘海龙和于海明送到医院进行检查。

杜代东（江苏省昆山市急救中心主治医师）：看他（刘海龙）的伤口比较严重。因为胸部有一个伤口，然后肘部有一些裂伤，肚子的伤很明显，伤口处肠子翻出来比较多。

李晓龙（江苏省昆山市第二人民医院医师）：问他（于海明）哪边不舒服，他主要说是脖子痛，还有肚子痛，是被人家踢伤、踹伤的。

1个多小时后，刘海龙由于伤势过重不治身亡。昆山警方的法医立即对刘海龙的伤势进行鉴定。

华海（江苏省昆山市公安局刑警大队副大队长）：造成他失血性休克的主要原因，就是他全身多处的刀刺伤和刀砍伤形成的多处开放性创口。

事情发生之后，昆山警方立即成立专案组，以故意伤害对于海明进行刑事传唤。

吉强（江苏省昆山市公安局刑警大队副大队长）：于海明讲到了他当时脑中是一片空白，他感觉对方已经砍到了他的脖子，他感觉自己生命可能已经受到了严重的威胁。

事发第二天（8月28日）上午，昆山警方调取了监控对事发现场视频进行逐一分析。

办案民警：到目前为止，踢腿、打对方，还有踹的动作，于海明一直没还手，被刘海龙打了六七下之后，于海明才真正地开始还手，然后刘海龙就回手打了他一下。

8月28日下午，昆山警方对于海明进行刑事拘留，关押于昆山市看守所。在看守所里，于海明度过了一个不眠之夜。

于海明：被拘留这段时间，我心情很低落。

案发第3天（8月29日），一位现场目击证人来到了青阳派出所，说出了他所看到的惊心动魄的一幕。

目击证人：宝马车那个司机（刘海龙）突然间跑到车上面去，拿了把刀出来。一开始我看到那个刀是蛮亮的，反光，后来他就砍那个电瓶车司机，砍了几下。

这一天于海明是在提心吊胆中度过的。他不知道高墙之外，全国各大媒体蜂拥而至，他的案件已经牵动了全国人民的心。案发第4天（8月30日），昆山警方就掌握的证据继续对于海明进行讯问。

华海（江苏省昆山市公安局刑警大队副大队长）：在争夺的过程中，于海明捅刺了刘海龙的腹部、臀部，然后又对刘海龙的胸部、左肩、左肘进行了劈砍。

出现在讯问镜头前的于海明头发剃了，得知刘海龙死讯的他这一刻真真切切地感到害怕。

于海明：脑子一下就蒙了。我觉得我要死掉了。

警方：你觉得他要把你砍死是吧？

于海明：是。朝我后面那么一下，我脑子里嗡了一下。

警方："嗡"了一下是吧？

于海明：感觉就像死了，跟做梦似的。

2018年9月1日，对于海明来说是无比煎熬的一天。下午17:00，昆山警方宣告，于海明行为属于正当防卫无罪释放。

张刚（江苏省昆山市公安局副局长）：我们认为于海明的行为属于正当防卫，不负刑事责任。

主持人元元：今天我们请来的两位嘉宾，一位是中国政法大学的阮齐林教授，还有一位是刚刚从昆山一线回来的记者高巍。警方的调查结果出来以后，受到了公众的一致肯定。高巍，我们知道你是独家获准进入这个核心现场的视频记者，对吧？

记者高巍：对，没错。

主持人：能不能给我们描述一下当时现场是怎么样的？你在哪里？看到了什么呢？

记者：我是晚上8点多的时候接到通知的，说是几个小时就能知道结果，然后我就在那边等。当时里面坐了几十个人，有公安、法学专家，有刑警大队的，还有法医，他们都在针对每一个细节、每一个证据、每一段视频，仔细地在那边反复推敲、反复看。最初的通稿其实我看过，后来到了最后定稿的时候，可以说是五易其稿，每一遍我都看到了不同的地方。经过了10多个小时，早上6点多的时候，结果出来了，所以我觉得这份调查结论是在严谨、认真、严肃的气氛当中作出来的。

主持人：有人说这个结论应该载入司法史册，对未来也是一个标杆，但是也有人说，这是视频取得的胜利，是民意推动的结果，我不知道阮老师您怎么看？

中国政法大学阮齐林教授：这应该说是中国在适用正当防卫制度上一个具有里程碑意义的案例。这个案例的胜利应该说归因于法律的规定，还有司法实践逐渐地推进。因为我们国家的法律就规定了对于行凶、杀人、抢劫危及人身安全的暴力犯罪，致不法侵害人重伤、死亡，不属于防卫过当，不负刑事责任。这个案例是适用于此的典型案例。第二个有标志性意义的就是于欢案，于欢案过去一审判决不认（为）他具有防卫的性质，而且还判了无期徒刑，最后二审改判防卫过当判5年有期徒刑。因为有这样一个案例的基础，那么推进到现在，在昆山这个案件中我们得出一个结论：这是正当防卫不负刑事责任，因此它还是有一个立法做基础的，还有司法不断发展和推进的结果。当然了，这和视频也有很大关系。为什么呢？通过监控我们可以看出来，刘海龙也就是不法侵害人，他在机动车道上压实线进入非机动车道，并且和非机动车发生了纠纷，接下来对他人实施拳打脚踢进行暴力攻击，然后还心有不甘，从车子里面拿出刀子来打击他人。通过这个视频，案件的事实回放非常清晰、清楚。这种情况之下，司法工作人员敢于对案件做出正确的判断。

主持人：案发之后，人们对于海明的身份、职业有很多猜测，为了解开大家心里的疑问，高巍对于这些问题也做了采访，我们一起来看报道。

于海明今年41岁，陕西省宁强县人，2017年初来到江苏昆山，现在昆山一家餐饮酒店担任工程部经理，他的同事小柯也是现场目击者，当天他也在现场，小柯对于海明的印象就是对方比较老实，话也不多。

记者高巍：你觉得于经理这个人怎么样？

小柯：于经理挺好的。就是你有一些困扰找他，他能帮你解决的他都帮你解决，工作上的事情他都是冲在第一位。

当天晚上，于海明将刘海龙砍伤之后，第一时间打了一个电话，接电话的是他们的酒店老板。酒店老板介绍，于海明的家庭状况不是很好，近一段时间，家里最大的孩子得了重病，他们帮忙捐款和在网上进行众筹，只筹了几万元，作为一个40岁出头的男人，于海明上有老下有小，生活压力非常大。

小柯：他工作还不怕苦，每天早上6点多钟（就到了），我们是9:30上班，工作上有事的话，他都是早早就来了。

这一点昆山警方在询问中也了解了一些，平时在单位言语不多，少与人接触的于海明其实背负了沉重的精神压力。

吉强（江苏省昆山市公安局刑警大队副大队长）：于海明当时的状态应该是想防卫，自始至终都是为了保护自己不受不法侵害的一个行为。

于海明离了一次婚，育有一子，后来带着孩子重新组建了家庭，和现任妻子又有了两个孩子。为了减轻于海明的家庭重担，万般无奈之下，妻子只得找了离家比较远的地方打工，夫妻两人虽然见面少了，但感情一直很好。于海明说，他从来没想过这辈子会杀人，

在他看来，杀人是要偿命的，如果他因此要丢了性命，他的家人怎么办？一大家子以后的生活该怎么办？

主持人：高巍，你接触到于海明了吗？

记者：没有。但是我是离他最近的一个人，我接触了他的同事、朋友，包括他的老板，还有审讯记录我是看过的。

主持人：他给你留下什么样的印象？

记者：在生活当中，他其实是比较能够忍让、老实的这么一个人。那一瞬间是一个爆发点，他是觉得刀具已经割到他的脖子上了，威胁到他的生命了。他自己说的是他脑子突然就蒙了一下，然后就迅速地感觉自己的头掉了，他要保护自己，所以才去抢那个刀具，所以出现了跟他性格截然相反的一个行为，这个行为只有在那种高压的情况下才能表现出来。

主持人：有人说于海明从头到尾的行为应该是诠释了什么叫正当防卫的一个样本，那您觉得这个案子对于法律上有什么积极的意义？

嘉宾：具有特别重要的意义，我们在适用正当防卫制度的时候，开始或

者说重视从防卫人的角度来考虑问题。在过去我们对于正当防卫的适用，可能有一些保守，这往往以结果论。所谓以结果论就是最后双方争执的结果，一看不法侵害人死了，他的家属也很悲伤，人死的样子也很容易引起一些人的怜悯之心，反过来防卫人这边好好的，好像没有受到什么大的损害，因此在这种情况之下，可能司法人员从一种平衡、补偿的角度考虑，最后各打50板吧，你看人家都死掉了。因此往往是判防卫过当，总算把这个事情给处理了。从这个案件中就明显地看得出来，这种观念上的转变，不也就是斤斤计较地苛求防卫人，这个动作是必要的，那个动作是不必要的，不去苛求这些，而是从整体上判断他是连贯地反击不法侵害的一个过程。这也可以说，是有利于鼓励群众同犯罪做斗争，（对）类似案件的处理会产生重大的影响。

案发后，大家在关注于海明的同时也在关注着另一个人，他就是事件的另一方刘海龙，有传言说他涉嫌黑恶势力，那么刘海龙到底是个什么样的人呢？

刘海龙今年36岁，甘肃省人，案发前经营着一家典当行。2018年8月31日下午，记者在昆山市看守所见到了刘海龙的同车人刘强强，他回忆了当天晚上的情形，事发3个小时前，他们有五六个人一起喝酒，事后刘海龙约刘强强出去玩。

刘强强：他把我拉上车，去唱歌。我说走吧，还没去过呢。他说走，带你去玩去。

高巍：你跟刘海龙两个人，哪个醉得更厉害一些？

刘强强：我又没醉。

高巍：你没醉？

刘强强：对。

高巍：他呢？

刘强强：他醉得差不多了。

刘强强说，刘海龙有个特点，不喝酒的时候只是性格有些鲁莽，而一旦喝了酒之后就非常难以自控。

刘强强：我让他在小区门口找代驾，他不找。他喝酒谁都拉不住。

当晚，喝酒之后的刘海龙显得特别兴奋，开着宝马车，一路横冲直撞地来到了当地一家KTV。那家KTV正好和于海明服务的酒店处在同一栋楼里，不过这时候，他们彼此还没有碰面。在KTV 刘海龙接上了两名女士，两名女士上车之后，车拐弯出了路口，随后刘海龙就强行并入非机动车道打算右转，就在这时，遭遇了正在骑车正常行驶的于海明。

刘强强：他在里面手指着骂人家。

高巍：他在里面骂人?

刘强强：他女朋友拉着他，不让他下去。我就下去看了一下，我说没事。

高巍：是你自己主动下去的?

刘强强：他让我下去的。

刘强强和一名女士下了车，他们把于海明的自行车推到了一边的人行道上，本来两个人已经打算回车里去了。可就在这时，刘海龙直接从驾驶室里冲了出来。

刘强强：他们两个打起来了，怎么拉都拉不住，然后刘海龙去车里拿东西，打得蹦了起来。刀掉到地上了，那个人拿着刀就把刘海龙砍了几刀。

监控视频中的情形发生得非常快，看到身上流血的刘海龙，刘强强说他当时也吓蒙了，唯一的念头就是赶紧逃离现场。事发后第一时间赶到现场的昆山警方，对刘海龙这个名字一点不陌生，早在2001年那时候才19岁的刘海龙，就因为盗窃罪被北京警方逮捕，后来被判刑4年6个月。据警方介绍，刘海龙在北京服完刑之后，2006年来到了江苏昆山，一直也没有什么正式工作，就是在社会上闲混。直到案发前，刘海龙开了一家典当行。

刘毅（江苏省昆山市公安局有组织犯罪侦查大队副教导员）：他那应该是一个无牌无证的进行小额抵押的典当行吧。结合之前的案件，他可能就是参与民间纠纷，帮别人讨债、要债，就是一些比较小的案件，没有涉及重大的刑事（案件），也就是人数多规模大的涉黑涉恶案件。

张刚（江苏省昆山市公安局副局长）：根据我们目前侦查的情况来看，没有发现涉及刘海龙涉黑犯罪行为，刘海龙和“天安社”也没有联系。

不过，在2018年刘海龙曾经获得了一项正面的荣誉，他获得了昆山市见义勇为基金会的表彰，这是怎么回事呢?

张刚（江苏省昆山市公安局副局长）：2018年的3月，刘海龙向公安机关反映了一条线索，根据这条线索，我们抓获了贩毒的嫌疑人。根据相关的规定，见义勇为基金会对他发放了500元人民币的奖励和荣誉证书。

刘海龙身亡之后，记者在昆山市公安局见到了刘海龙的女朋友。

刘海龙女友：他对我对我家都还蛮好的。

记者：对你对你家（好）？

刘海龙女友：对，不然也不会处这么长了。

记者：他有没有你觉得不好的地方？

刘海龙女友：也都蛮好，就脾气有点大，其他都还好。

关于刘海龙所驾驶的那辆宝马车的来源，他的女朋友进行了这样的介绍。

记者：那个宝马车是谁的？

刘海龙女友：我的。

记者：你的？你为什么说是你的？

刘海龙女友：我贷款买的呀。

记者：什么时候贷款买的？

刘海龙女友：今年6月份，首付19万多，还有其他费用。

案发后，记者来到了刘海龙生前经营的典当行附近，打算向周围邻居打听一下刘海龙的相关情况。

刘海龙邻居：他从这边走能看见他，但是从来也不说话。

记者：也不说话？

刘海龙邻居：不说话。

刘海龙邻居：本人与他没有什么交往，他们做他们的生意，我们做我们的生意。

记者：他经常会在这边出现吗，在他们店里？

刘海龙邻居：我看到他的次数也很少。

刘海龙36年的人生中，有9年半的时间是在高墙之内度过的。2001年7月，因犯盗窃罪被北京市东城区人民法院判处有期徒刑4年6个月；2006年9月，因打架被昆山市公安局处行政拘留5日；2007年3月，因犯敲诈勒索罪被昆山市人民法院判处有期徒刑9个月；2009年5月，因犯故意毁坏财物罪被昆山市人民法院判处有期徒刑3年；2013年7月，因犯寻衅滋事罪、故意伤害罪被昆山市人民法院判处有期徒刑2年2个月。

主持人：再来说说刘海龙这个人，高巍，你通过对刘海龙身边人的采访，觉得他是一个什么样的人呢？

高巍：喜欢酗酒，脾气也是易躁、暴怒，为了一点小事，动辄就可以上来给人一刀。就在这个事发生的几年前，其实也出了一个事，他带了两个朋友去KTV唱歌，唱歌的（地方）人已经满了，KTV的一个男服务员就跟他说，麻烦您稍微等一等，但是他喝了酒一下子胆气就很壮了，上去就给人一拳，把人的鼻梁骨给打断了，最后被判了3年，所以他也是刚刚放出来不久。

主持人：公众对于这件事这么关注，而且对于于海明的这种做法这么认可，可能大家也是有一种担心，就怕这种动不动以暴力相向、以暴力去伤害别人的人得不到惩罚，而且也担心自己有一天遇上这样的人。

嘉宾：刘海龙随身携带管制刀具，一遇到细小的冲突就拔刀相向，确实，他这样的人在社会中对社会规则就是不尊重的，他这样一个惯常的习性，终于在这样的一个事件中爆发，最后酿成悲剧，所以这确实也是对那些平时耀武扬威携带刀具、横行霸道争强斗狠的一些人是一个很好的警示。如果有人企图不尊重规则而诉诸暴力来解决纠纷，合法、正义不能够向不法、非正义退让和低头，应该抱着不退让的精神，对这样的不法侵害给予迎头痛击。

在不法侵害来临的生死关头，于海明绝地反击捍卫了自己的生命权利。从昔日的于欢案到今天的于海明案，我们看到司法机关适用法律更准确，回应社会关切更迅速，执法更坚定、更理性。这一个个标志性的案件就是中国迈向法治社会的一个个坚实的脚步。

（中央广播电视总台播出）

杨帆：劝烟后的官司

丁　芳　古　兵　孟　克　杨　帆　刘洪波　张士峰　郭　佳

2018年1月23日，备受关注的“电梯劝烟猝死案”二审在郑州市中级人民法院驻郑州经济技术开发区综合审判庭公开宣判，法院不仅驳回了死者家属田女士的诉讼请求，一审中杨帆要补偿死者家属1.5万元的诉讼结果也被纠正，一审二审共计1.4万余元的诉讼费由原告田女士承担。

记者：您当时听到法官这个宣判之后，您内心第一感受是什么？

杨帆：第一个感受至少是相信法律是公平的，感觉找到一种归属感，心里很温暖，确实，但是这个事也不是个高兴的事，毕竟是个悲剧，对吧。

这起引起社会广泛关注的案件发生在8个月前，根据监控视频显示，2017年5月2日早上9:24，家住14楼的杨帆按开了下行电梯的门，与家住24楼的老人段某相遇。

记者：在进去电梯的那一瞬间，你感受到了什么？

杨帆：我进电梯的时候烟味很浓，我下意识地提醒老人，密闭空间，电梯太密闭了，烟散不出去，下意识地提醒他。

记者：具体的话还能记得吗？

杨帆：我记得当时我说，老先生别抽烟了，电梯空间太小了，我们小区住的有孕妇，还有很多小孩子。

杨帆是一名骨科医生，妻子也是医务工作者，而且当时正怀着第二个孩子，已经到了预产期。所以对于公共场所的吸烟行为，杨帆一般都会劝阻。在这部额定载重为10人、面积不足4平方米的电梯内，杨帆习惯性地让老人把烟掐了，但这一次，劝阻变成了两人的争执。

记者：您当时注意到老人手里拿有烟吗？

杨帆：有，我进去他正在抽，手上夹着根烟。

记者：您提出来这样的一个建议之后，对方语言上的回应是什么？

杨帆：对方认为我管得有点多，管得有点宽。

记者：老人说这儿也没有孕妇和孩子，当时我说是没有，我说我们下去之后，孕妇和孩子会乘坐的，烟味不可能很快散出去，因为这个话题，我们在电梯里有了一些争执。

记者：争执的焦点是什么？

杨帆：争执的焦点是公共场所不允许抽烟，我们走了之后烟味还散不出去，抽烟是不对的，是吧？

记者：在争执的过程中，你注意到那位老人情绪有变化吗？

杨帆：当时在电梯里老人情绪变化也不大，但是到了一层的时候，他情绪有点激动了。

那一天，杨帆本来要先到负一层的车库取东西，再到一层小区门口取快递，段某的目的地是一层，但当电梯到达一层时，段某并没有出去。

记者：他在一楼没有下去，你没有问他吗？

杨帆：当时我提示了一下，我说一楼到了，老人没下，他没下我得走，我得去负一楼。

记者：在从一楼到负一楼这个过程中，你们俩还有其他的交流吗？

杨帆：当时也交流了一个争辩的点，就是我不尊重他，再一个就是电梯里没有孕妇和孩子。

记者：他等于一直在重复这个话？

杨帆：对，重复这个话。

杨帆：他说我不尊重老先生，不尊重他。

两人一同下到负一层，杨帆欲走出电梯，但争执并未结束，大约一分钟的时间里，电梯门几次自动闭合，也未能阻断两人的对话。

记者：当时站在电梯口那儿跟您怎么讲？

杨帆：他觉得我不尊重他，你这小伙子咋这样，我抽个烟也没啥，我说老先生我是出于好意，我也没有说你什么，你不能一直追随我，不行去物业。

记者：是谁提出来的？

杨帆：我提出来的。

记者：您提出来的？

杨帆：对。

记者：为什么当时提出来去物业这样的方式？

杨帆：因为我要走，老人追随我，不是个办法吧？

因为电梯里的监控只有画面没有声音，虽然杨帆和段某明显没有身体接触，但在两分钟的时间里两人到底说了什么，如今只能是杨帆的一面之词。在一层物业办公室门口，两人继续争论了约两分钟时间。

记者：是直接到物业公司的门口，还是在路上又发生这样的争执？

杨帆：到门口以后，老人情绪很激动了。

记者：你从哪儿能感觉出来他激动？

杨帆：因为他的肢体动作不一样或者语调不一样。

记者：他的肢体怎么了？

杨帆：他说你这小伙子咋这样，指指点点。

记者：老人出了电梯口之后为什么会有这种您刚才讲的情绪上、肢体上这样的一种变化？

杨帆：因为我说去物业，老人的意思是你别说去物业，去哪儿都行，我抽根烟是没有多大错误的。我说是没有多大错误，老先生，但是我的出发点也是好的，老人觉得你去物业能咋着，对此就很反感。

物业人员将两人劝离，杨帆去小区门口拿快递，段某被领到办公室内休息，事情到此似乎平息，但是，6分钟后，拿着快递回来的杨帆再次路过物业办公室门口时，却听到物业工作人员在叫喊：有人心脏病发作了。

杨帆：我第一反应是赶紧去看看，我不知道是那位老爷子，我不知道是谁。

记者：为什么第一反应会想去第一现场？

杨帆：可能是职业敏感性吧。

杨帆怎么也不会想到，倒下的，正是几分钟之前和他有过争执的段某。

杨帆：脑子一片空白，想不了那么多了。

记者：为什么是一片空白？

杨帆：当时也没想到会这样，因为我劝他别吸烟，老人情绪激动，想到自己会不会惹上啥麻烦。

记者：你那时候就有这种预感？

杨帆：对，肯定有这种预感，但是也来不及想那么多，赶快救人吧。

在物业办公室，杨帆对段某进行了心肺复苏。物业人员也已经拨打了120。

记者：做了多长时间的心肺复苏？

杨帆：大概做了有十几秒钟。

记者：当时他的状况呢，从您职业判断？

杨帆：情况不太好。

记者：不太好指的是？

杨帆：他当时嘴唇发紫、呼吸困难，瞳孔稍微有点散大。

120急救车很快到达现场，开始接替杨帆急救，但段某最终没有被抢救回来。根据急救中心出具的证明，急救人员到达时，段某意识丧失，双侧瞳孔散大固定，颈动脉搏未触及，各项生命体征均测不出，经积极抢救，病情无变化，心电图示全心停博，宣布临床死亡。当天回到家一个多小时后，杨帆接到了物业打来的电话。

杨帆：说老人去世了，家属报案了，你来一趟派出所调查一下情况。

记者：你听到这个消息是什么反应？

杨帆：我内心也很难描述的一个词，感觉自己很倒霉，又感觉很恐慌。

记者：恐慌是？

杨帆：因为老人去世了，毕竟人不在了，他家属一直纠缠，这也不是个事。

事实上，段某已有多年的心脏病史，2007年还做过心脏搭桥手术，放置了5个支架。这一切，杨帆事先并不知道。杨帆和段某的家属住在同一栋楼，但第一次见面，却是在派出所。可想而知，这是一场并不愉快甚至有些失控的见面。

杨帆：录完笔录以后，派出所说不属于刑事责任，你们自己协商，或者是经过司法程序，然后他家属就跟我协商，让我赔偿20多万。

记者：你对这个赔偿数额怎么看？

杨帆：我对这个肯定不认。

记者：您怎么反驳？

杨帆：我说第一我没有辱骂，第二没有肢体接触，就是一个正常劝阻行为，你让我赔20多万，这不合理也不合法。

记者：对方对你的回答怎么看？

杨帆：对方很激动，对方认为我应该赔他。

记者：在这个过程中有争执或者有肢体冲突吗？

杨帆：中间有一点。

记者：什么样的争执？

杨帆：应该是他女儿一直对我辱骂了一个多小时，骂一个多小时我也没吭声，毕竟老人去世了。

记者：一个小时之后呢？

杨帆：一个小时之后她就踢打我一脚。

记者：踢到你什么位置？

杨帆：踢到我腿上，然后被人拉开了。

段某去世后的第12天，杨帆的小儿子出生了。两个月后，杨帆收到了段家的起诉状和法院传票，段家要求他支付死亡赔偿金、丧葬费、精神抚慰金以及医疗费共计40余万元。

记者：那个阶段内心会怎么想？

杨帆：压力很大，比较倒霉吧，劝个烟之后出这么大的事。

记者：这种压力来自于哪里？

杨帆：毕竟老人去世了，外界舆论说啥的都有。

记者：说一些什么？

杨帆：说好像我多管闲事一样，或者说你不劝老人，就不会出现这个悲剧。

记者：那时候后悔过自己当时的举动吗？

杨帆：也想过自己是不是不应该劝老人，或者是自己多管闲事了，要是我不劝他不问他，也不会出现这样的情况，是不是？他抽烟我不管我不问，我也不会惹这么多麻烦。

记者：那段时间一直在矛盾和纠结着。

杨帆：当时心里也是这么想的，但是我认为我做的是没错的。

记者：很多人会质疑，如果说没有一些刺激到老人的言语或者是举动的话，老人会有那么大的情绪变化吗？

杨帆：我没有啥言语上的刺激，我只是给他讲公共场所不能吸烟，吸烟是不对的。因为电梯监控里是没有声音的，在电梯里就两分钟左右。第一，老人我不认识；第二，我不可能上去侮辱老人，骂老人也不现实。

因为是民事案件，一审期间，法院安排双方进行调解。

杨帆：调解就是看我们补偿给他多少钱，我补偿赔偿我都不认。

记者：所有赔偿不认？

杨帆：对，我一分钱也不认，因为从法律角度上讲我的行为是正确的，不能让我赔钱，对吧？我说出于对老人的同情和关心进行人道主义捐赠，5000到1万块钱是我最大的努力了。

记者：您为什么会用“捐赠”这个词？

杨帆：因为捐赠是我个人的意愿，跟法律上没有什么关系。

记者：对方家属呢？

杨帆：他们不接受。

调解失败，双方不得不对簿公堂。2017年9月4日，河南省郑州市金水区人民法院对此事作出一审判决，认为杨帆的行为与段某的死亡没有必然的因果关系，但老人确实是在与杨帆发生言语争执后猝死，依照《中华人民共和国侵权责任法》第二十四条的规定，受害人和行为人对损害的发生都没有过错的，可以根据实际情况，由双方分担损失。根据公平原则，法院酌定杨帆向死者家属补偿1.5万元。

记者：一审判决出来之后你个人能接受吗？

杨帆：从内心来说我不接受。

记者：原因呢？

杨帆：原因是让我捐可以，赔我不愿意。

记者：你纠结于必须要放在捐赠这个含义里？

杨帆：对，我自愿的我可以，但是你让我补偿或者赔偿，我内心来说是不愿意的。

记者：为什么一直纠结在这个点上？

杨帆：因为劝阻是一项公民应尽的义务，我把这笔钱给你了，这对我也不公平。

记者：你是很轴的人吗？

杨帆：不是很轴吧，就是感觉我做得没错，你让我再赔钱，以后碰见这样的事我不管了吗？是不是？都不管了吗？也不合适。

一审判决结果在社会上引发广泛争议。有一种说法认为一审判决是在和稀泥。因为法院肯定了杨帆劝阻吸烟的行为未超出必要限度，属于正当劝阻行为，但最终依然要承担损失，对此杨帆不能接受，但他没有提起上诉。提起上诉的是死者的家属。

记者：既然不满意，为什么对这个结果没有上诉呢？

杨帆：怎么说呢？第一，上诉费还得出，我还得去，再说我经济情况也很拮据；第二，家属肯定会又受到伤害或者刺激。

记者：你说是对方的家属？

杨帆：对，毕竟人不在了这是客观的事实。

记者：但对方提出了上诉。

杨帆：那是他的事情，我没办法，我只有应诉。

记者：你那时候想的结果会是什么样？

杨帆：我想的是我不应该给他出钱，不应该赔偿给他。

记者：你还那么坚持？

杨帆：对。

2017年11月1日，该案二审于郑州市中级人民法院驻郑州经济技术开发区综合审判庭开庭，未当庭宣判。2018年1月23日，法院作出终审判决，一审判决被撤销，死者家属田女士的诉讼请求被驳回，并且要承担一审二审共计1.4万余元的诉讼费用，判决结果出现逆转。

记者：为什么会有这么大的变化？

姚振勇：一审判决的法律依据就是我国的侵权责任法24条公平责任原则，侵害行为与损害结果之间必须有因果关系，这是最重要的一点，这是适用24条公平责任原则的前提。经二审审理查明，杨帆的劝烟行为与段某某的死亡是没有法律上的因果关系的，所以说二审判决中表述了一审认定事实清楚，但适用法律错误。

根据《郑州市公共场所禁止吸烟条例》，公民有权制止在禁止吸烟的公共场所的吸烟者吸烟。而相关的视频显示，在杨帆和段某交集的几分钟时间里，双方没有肢体冲突，二审法院再次认定，杨帆的劝止吸烟行为和段某的死没有法律上的因果关系。

记者：一审的判决可能是为了更让双方平衡，但是在二审的时候不但没有给对方一些补偿，甚至还要承担相应诉讼费，有一些人可能会认为整个判决过于严苛了。

杨相峰：法律永远是法律，法律就要解决是非问题，解决对错问题，弘扬正气，弘扬正能量，这是作为法律人必须坚守的底线，对就是对，错就是错，这是原则。这个案件虽然杨帆不上诉，但是他是合法地制止别人的违法行为，这是很传统的一种民事行为，应当受到保护，应当弘扬，也应当支持。

杨帆等到了自己坚持的判决结果。虽然胜诉了，但他还是决定履行自己当初的承诺，向死者家属捐赠一万元。然而截至目前，死者家属并未接受捐赠。

记者：这笔钱您拿出来了吗？

杨帆：交给律师了，让律师转交给他们。

记者：怎么筹的这笔钱？

杨帆：借的。

记者：为什么叹气？

杨帆：因为我说过这个话，我借也得给，对吧？

记者：您认为这个事到现在算是尘埃落定了吗？

杨帆：只能说是官司胜了，也不能说是一个高兴的事情，因为老人去世确实大家心里都很难过，我的本意是好的，没有坏的心思。确实，我这个时候摊上了只能认了，没办法。

记者：对于这个结果，现在网上有很多声音是支持的，你看到一些评论，这些评论对你有影响吗？

杨帆：我感觉大众大部分还是都能理解的，还有一部分人是不能理解的，对不能理解的，咱们也能理解，这个事毕竟关系到一条人命。

一场不到5分钟的交集之后，段某失去了生命，杨帆官司缠身。二审的判决结果，既是给杨帆正名，也保护了公民依法维护社会公共利益的积极性。

记者：因为每一次舆论关注的热点案件都会成为全民共享的一个法治课。通过这次判决，你们更希望传递出怎样一种理念？

杨相峰：公民守法、知法，遵照公序良俗，是起码的道德底线，（这）是核心价值观的必然要求或者基本要求，遵守法律、遵守法规是公民的义务。劝阻他人或者制止他人的违法行为，是每一个公民应该做到的义务或者是权利。

记者：现在反过头来看，有没有可能这个悲剧会被避免？

杨帆：我不劝他或者是不给他讲，这个事肯定跟我没任何关系，也不会惹上这个官司，对吧？或者是当时我应该提醒他一下，他接受不接受，就是我提醒一句，不再往下给他说这么多，然后不可能出现这个悲剧。

记者：以后再碰到类似这样的问题和现象，您会怎么做？

杨帆：还会提醒他，该提醒还得提醒，该劝说还得劝说，不能说把这一个意外归结到这个多一事不如少一事的概念里，我感觉这也不合适。

记者：但是会让你内心有那种阴影吗？

杨帆：阴影我感觉只能是对老人去世惋惜和同情，但是我的做法我认为是没有过错的。

记者：对你而言，这个官司结束了，你的生活能否再回到正轨上？

杨帆：过一段时间再说吧，刚结束。

（中央广播电视总台播出）

版权？版权！媒体之争

叶长青　宋宗英　王可儿　陈幼幼　张　衡　化定杰

《现代快报》诉“今日头条”所属北京字节跳动科技有限公司的侵害著作权纠纷案，历时3年终于在今年获得终审判决。这是迄今为止，网络违法转载传统媒体原创新闻稿件判赔金额最高的案例。那么这起诉讼经历了哪些风波？近年来传统媒体和新媒体之间又有哪些纷争？

2018年12月11日，南京铁路运输法院判决：江苏省信公用信息有限公司赔偿江苏现代快报新媒体公司1500元。

这已不是《现代快报》对网络新媒体第一次采取著作侵权追责行动。时间回溯到三年前。2015年6月起，《现代快报》刊发了4名记者署名的6篇文章，而未获《现代快报》授权，“今日头条”即予以转载。2015年9月，江苏现代快报传媒有限公司以侵害著作权为由，将“今日头条”所属的北京字节跳动科技有限公司起诉至无锡市中级人民法院。2017年，无锡中院判决字节跳动公司赔偿《现代快报》、《现代快报》无锡分公司经济损失10万元，以及赔偿相关合理费用1.01万元。一审判决后，被告不服，提起上诉。2018年10月8日，江苏省高级人民法院作出终审判决，驳回上诉，维持原判。至此，历时三年多的《现代快报》起诉“今日头条”非法转载案尘埃落定。作为原告，任职《现代快报》副总编辑的梁波感慨万千。

《现代快报》副总编辑梁波：首先第一个是时间成本，就像我们诉“今日头条”这么一个官司，我们2015年开始提起诉讼，一直到2018年才结束，整整花了三年。还有一个是费用成本，也就是说传统媒体以往在维权的时候第一步要做的就是对证据进行固定，对证据进行固定就必须要到公证处去公证，单篇公证的费用就在一两千。

未经授权转载6篇文章，被告“今日头条”付出了10万元的代价。业内认为，这是迄今为止网络违法转载传统媒体原创新闻稿件判赔金额最高的案例。

《现代快报》代理人无锡海辉律师事务所律师朱佳丹：以前我们了解过，《楚天都市报》是起诉过（“今日头条”）的，后来应该都撤诉了，可能是他们内部和解了。法律对知识产权的保护其实并没有规定惩罚性的原则，一般还都是补偿性的，这个判决判得这么高，其实就是有惩罚性的意义，我觉得对于其他的类似侵权行为有一个标杆性的（作用）。

法院二审结束后，诉讼双方在等待二审裁决的这段时间里，被告“今日头条”方面希望调解，但原告《现代快报》的态度很明确，一定要在法律的框架下宣判，一定要有惩罚性赔偿。

梁波：中国在加强知识产权保护方面，法治建设的力度在加大。从传统媒体的角度而言，我们也通过这样一个案例看到了一点信心或者一点希望。《现代快报》诉“今日头条”，单篇稿件能够获赔2.5万元，它可能不会成为所有法院都会遵从的一个判例，但至少有了这么一个判决的先例，其他法院在作类似判决的时候，有一定的参考，或者借鉴的价值。

此案胜诉后不到一个月，《现代快报》一鼓作气，相继将侵犯其著作权的江苏苏讯网、江苏省公用信息有限公司、北京搜狐和北京百度四家新媒体告上法庭。

南京市中级人民法院知识产权庭庭长姚兵兵：现阶段大家的权利意识都比较强，特别是对自己相关的著作权的内容很关注。一旦有这种侵权的行为，一般权利人都会利用法律武器来维护自己的合法权益。从这两年的情况来看，是有上升的趋势，类型上有一些改变。特别是传统媒体告新媒体，比如互联网环境下的转载这类行为，现在相对来说多一些。

实际上，放眼全国与全网，传统媒体与新媒体或明或暗的版权战，近年来一直是硝烟不断。其中，2014年是个重要的节点。2014年3月12日，《重庆日报》报业集团发表版权声明称，除法律、法规规定可以合理使用范畴外，未经书面授权许可，其他任何网站无权使用该集团享有版权所涉内容。2014年3月至5月，《新京报》连发4期反侵权公告，公布多家涉嫌侵犯其著作权的网络媒体名单。同年6月，《广州日报》报业集团下属公司提起诉讼，指称移动客户端“今日头条”侵犯其新闻作品著作权。随后多家传统媒体发声，支持《广州日报》维权。新老媒体双方的剑拔弩张强化了职能主管部门的“剑网行动”。“引导报刊社与大型商业网站开展版权合作，完善网络转载许可付酬措施”是“剑网行动”的一个目标。

江苏省版权局版权管理处副调研员袁学术：“剑网行动”从2005年开始，今年已经是第14次，当初一共是三个部门，国家版权局、公安部，还有当时的工信部，后来又增加了一个部门，是网信办，每年我们的“剑网行动”都有一个重点的领域。

2018年，江苏省版权局共办理177起侵犯著作权案件，其中行政处罚74起，刑事案件23起。

袁学术：国家版权局主要采取的是部署和约谈的方式。地方局一般采取执法的方式，它主要针对的是一些中小网站，侵权盗版隐蔽得比较深，所以通过执法的方式定点清除。另外一个重要的手段就是司法的手段。

在我国，版权又称著作权，具有创作、文化和财产属性，是媒体赖以生存和发展的基础资源。在知识经济时代，无视或轻视版权，媒体就会是无源之水、无本之木。当前，新锐的网络媒体在技术创新和模式实现上颠覆了原有的版权授权规则和模式，产生很多新的版权问题。

梁波：新媒体不能无偿地把传统媒体耗费大量精力和心血生产出来的稿件或者产品无偿使用，因为在市场经济下，它也是一种违法的行为。

那么作为门户网站，他们在发展中是如何规避侵权的呢？记者先后联系了腾讯江苏、新浪江苏的相关负责人，但是都遭到了拒绝。这几年，“今日头条”异军突起，“今日头条”的口号是“我们不生产新闻，我们是新闻的搬运工”。但事实上，其搬运的不仅是新闻，更是版权。而对于整个新媒体行业来说，未经许可的网络转载，更是一度成为“行业惯例”，实际上这种行业惯例堂而皇之地一直处于违法状态。

梁波：实际上《现代快报》不单纯是一个传统媒体，它也是一个新媒体，也是互联网的结构。我们的网站、微信、微博、APP，也存在使用别人稿件的问题，所以现在我们的做法就是：第一，我们在内部有严格的要求，必须要采用已经授权我们使用的稿件；第二，我们对外有很多的合作伙伴，也就是说，我们作为一个主流媒体，我们在维权的同时也确保不侵权。

实际上，在版权之争中，传统媒体一直处于维权的劣势，传统媒体维权难，既有法律法规、网络技术等客观原因，也有传统媒体自身的主观原因。

从客观上说，第一，法律判决标准过低。我国一般纸媒转载的法定价格在每千字50元左右，而法定网络非法转载的赔偿最低30元，最高100元。第二，起诉过程漫长，举证烦琐，工作量非常大，如果没有专业机构介入，常常是胜诉的钱还不够相关经费，因此无法从根本上遏制网络非法转载的冲动。第三，互联网的外部环境使得信息产品的复制变得轻而易举，大量无新闻资质的网站、论坛、贴吧转载、粘贴新闻内容，报刊版权不再依附于纸质报刊本身，因而变得难以保障。

南京爱信律师事务所律师廖志平：你要有权利意识，不要短视，要认识到自己作品的价值，要注重相关作品产生之后的权属的存证。在维权的时候要跟相关专业机构进行合作，尤其是网络的著作权侵权，它的形态还是比较复杂的。目前单纯靠自身的力量去进行大规模维权应该讲难度还是比较大的。

2006年，最高法院删除原网络著作权司法解释第三条。原第三条内容为："已在报刊上刊登或者网络上传播的作品，除著作权人声明或者报刊、期刊社、网络服务提供者受著作权人委托声明不得转载、摘编的以外，在网络进行转载、摘编并按有关规定支付报酬、注明出处的，不构成侵权。但转载、摘编作品超过有关报刊转载作品范围的，应当认定为侵权。"这条内容的删除在当时被认为是对传统媒体的利好，意味着"根据2006年出台的《信息网络传播权保护条例》，只有新闻性作品，包括政治、经济等时事性文章可以不征得作者同意进行转载，网络如果想转载报纸杂志的其他普通作品，必须经过作者同意。这些时事新闻作品以外的普通作品包括，记者采写的个人专访、记者自己进行的调查性报道、深度报道、新闻图片等"。

姚兵兵：《著作权法》中相应的权利内容很多，署名权只是著作权中人身权的一部分，同时还有保护作品完整权以及最重要的获得报酬权，这些都是著作权人专有的权利。仅仅表示作者和主体，还不能够体现作品的真正价值，真正的价值除了标识作者之外，更主要的是获得报酬的权利。

根据最高人民法院的统计，每年全国法院审理的版权纠纷案件占知识产权案件的一半，而网络版权纠纷案件更占版权案件的六成以上。采访中，业内及法律人士都强调，除法律规定的少数例外情形外，任何包含了独创性劳动的作品均受著作权法保护，均要遵循"先授权后传播"的原则。这一原则在网络转载中应该得到足够重视和充分体现。与此同时，网络及新技术的迅猛发展，对现行法律也提出了挑战。比如作为版权保护大法的《著作权法》

应当与时俱进，跟上形势，不断完善。

南京市律师协会副会长汪旭东：《著作权法》总体来说可能在有些方面与现在整个社会发展、技术进步有些不太适应，处罚标准不光是在互联网环境下显得低，就是在实体环境下，一般在著作权当中都显得偏低的情况已经表现得比较突出。我个人认为从针对著作权侵权的角度来说，单靠处罚标准的提高还是不行的，还必须要有其他的手段。

《信息网络传播权保护条例》明确规定了信息网络传播领域的“避风港”原则，条例中很多内容都参考国际通行做法，而传统媒体大都对“避风港”原则有意见，认为这个规定过于原则，往往被网络企业滥用。

汪旭东：考虑到媒体平台方便人们的交流，因为“避风港原则”主要针对的是，我不是平台的实际经营者，我仅仅是平台的提供者。历史地看，当初设定有合理性，但现在看，这条条款应该加以完善，因为平台的提供者在方便别人交流的同时，可能还要承担起监管的责任。

同时相关人士直言，目前，对加强版权保护，传统媒体呼吁的多，真正拿起法律武器维护权益的少。建议传统媒体首先要建立健全内部的版权管理制度，加大维权力度，坚决追究侵权者责任。对新媒体而言，要针对互联网传播的特点，积极处理投诉，建立快速处理机制；同时，探索符合网络使用需求和传播规律的授权模式。

袁学术：传统媒体的传播优势在逐渐丧失，但是内容生产优势还是比较明显的。互联网媒体的传播优势是比较强的，媒体的发展需要内容生产和传播相结合。从版权的角度来说，内容生产者要敢于拿起法律武器维护自己的合法权益，网络媒体的传播者也要形成行业自律，遵守那条“先授权后传播”的铁律。

目前网络版权领域的矛盾纠纷依然严峻，保护知识产权、打击侵权盗版仍然是一项长期、复杂、艰巨的任务，无论传统媒体，还是数字新媒体，都应该有较高的版权意识和社会责任意识，都应该在现有的法律框架内彼此尊重，制定科学的版权资产管理规范，加强行业自律，积极推动《著作权法》的修订完善，努力实现融合发展。而当下，新媒体更应该做遵守《著作权法》的典范。

（南京广播电视集团播出）

生死五小时

杨亚军　胡顺江　路晓丹　王昊旸

每个人都有可能成为英雄，欢迎您收看今天的《平民英雄》。我是昊旸，今天我们要介绍的平民英雄是一位基层民警——湖南娄底市娄星公安分局涟滨派出所的民警黄其焕，前段时间他的照片出现在网络上，引发了网友的强烈关注，照片中的他衣衫不整，形容憔悴，身上有26处刀伤，位于太阳穴、咽喉、后脑和大动脉等要害部位。为什么会出现这种情况呢？原来就在拍下这些照片的5个小时前，娄底一居民楼内发生一起持刀砍人事件，民警黄其焕为了确保群众安全，用自己替换下人质，之后经历了常人无法想象的生死5小时。

黄其焕：被挟持的那5个小时是我从警以来最危险的，也是最惊心动魄的5个小时。……我当时感觉到这5个小时在那里面是度秒如年。……当时心里只有一个念头，就是想尽一切办法要活着出去。

2018年8月30日，这天零点刚过，湖南娄底市娄星公安分局涟滨派出所正在值夜班的民警黄其焕接到了110指挥中心转过来的警情。

黄其焕：在我们辖区桑塘街一个小区附近，有一个男子拿了把菜刀要行凶砍人，要求我们赶紧出警。

情况紧急，黄其焕马上带着两名辅警火速赶往现场。

黄其焕：现场有一栋3层楼的小楼房，楼房下面那个坪里面站了五六个人，……有一个老头，……他说是他报的警，……他儿子可能精神有点不是很稳定，拿了一把菜刀要砍人，还在砸东西。

湖南娄底市娄星公安分局涟滨派出所辅警曹凯风：当时他（报警人）的手的虎口已经被那个嫌疑人砍了一刀，当时他就跟我们说，让我们马上去制止一下。

就在黄其焕刚到现场了解情况的时候，一名拿着菜刀的男子出现在三楼的阳台。

黄其焕：他就是赤裸着上身，穿了一条短裤，手里面拿了把菜刀，面对着我们这边的三楼阳台来回转了几趟，还不停地在那里高声大叫。

突然持刀男子边喊叫边向三楼最右边的房间走去。

黄其焕：这时候，他父亲在楼下讲，不得了了，这个房间里面有两个小孩，他可能会杀人了。

听到父亲的叫喊，犯罪嫌疑人的哥哥最先冲上楼，黄其焕和同事紧随其后。

黄其焕：当时他哥哥在我们前面，大概早五六秒钟，在一楼楼梯间，我就顺手拿了根棍子。

曹凯风：马上就往上面冲嘛，那个时候很慌张。

还没冲到三楼，黄其焕和同事就看到了惊险的一幕。

黄其焕：跑到二楼跟三楼的楼梯间拐角处的时候，看到犯罪嫌疑人一脚把他妈妈从三楼那个楼梯间踹下来了。

踹倒了自己的母亲后，犯罪嫌疑人戴某又挥刀逼向了赶上来的哥哥。

黄其焕：走到这个地方就看到这个男子对着门口还站着的穿黑灰衣服的男子，拿着菜刀乱比画，……对着他哥哥就是一阵乱砍、乱挥。当时他哥哥距离他大概有一米，他哥哥就被他逼得往后退，退到那个墙角下面，就没地方退了，两只手就这样在自己身前，一直在那里拦。

形势紧急，黄其焕立即劝阻戴某。

黄其焕：我就跟他说，兄弟你把刀子放下，不要伤人。有什么事情我们可以谈。戴某就讲，好，我可以跟你谈。你一个人上来，你把你身上的东西都扔下放到一边，其他人可以让他们走。我说好，然后我就把东西放在这个边上。

听到戴某说可以放人，黄其焕按照戴某的要求，放下了手中的木棍和身上的全部装备，独自一人走上楼梯。

黄其焕：不管那个角落里那个男子是什么人，我作为一个人民警察，在现场的时候我一定要想方设法，不能使群众的生命安全受到威胁。……尽快让他哥哥脱离危险，剩下的事情由我们警察出面去处理。……往这边走的时候，他哥哥就从我身边右后侧绕过去，然后往楼下跑了。

此时三楼只有黄其焕与犯罪嫌疑人戴某，戴某情绪很不稳定，不停地大喊大叫，随时有可能持刀伤人。

黄其焕：他哥哥走了，已经跑下去了，我要是再趁机跑下去的话……这个危险没有排除的话，他的刀子没有放下来……他要是窜到那个房间里面发现那两个小孩，真的要对那两个小孩做出了过激的行为，那我也对不起那两个小孩，对不起他们的家人。

此时的黄其焕有机会离开，但他没有走，他开始安抚戴某，试图劝说戴某放下手中的菜刀。

【实况】

黄其焕：我也是当兵的。

戴某：有枪吗？你要是有枪的话最好拿出来。

黄其焕：你看看有枪吗？

戴某：后面。

黄其焕：没有吧？你摸，没有吧？把刀放下。要不你下去，把刀子放下，我跟你聊。我跟你两个人坐下来聊，要得吗？抽根烟。你有什么要求跟我说，我能做到的，我尽量给你做到。

黄其焕：我想凭我的处置经验，应该可以做他的工作，安抚一下他的情绪，他有什么诉求、有什么想法跟我们讲出来，看我们能不能给他解决好。

戴某这时突然提出要和黄其焕进屋谈。

黄其焕：这个男子要我打开门，进这个房子里面来谈。我就进到房子里，他马上跟过来把门锁了。

屋内一片漆黑，黄其焕心里一惊，但戴某接下来的举动更是完全超出了黄其焕的预想。

黄其焕：因为不晓得电源开关在什么地方，我就在墙上到处乱摸，在摸的时候，他突然就在我后面，因为他块头比我高大，他的肘部就压在我肩膀上，右手拿菜刀就抵在我喉咙上面。……就在这个地方，就拿刀架在我脖子上面，开始挟持我。我就问他：“你要干什么啊？你把刀放下，把灯打开，你有什么事情跟我讲。”他就回了我一句：“你不要动，不要乱讲话。你听我的。”

戴某身高一米七五左右，体重有180斤，他抵着黄其焕往房间内移动。没拿菜刀的左手开始在房间里面到处乱摸。

黄其焕： 刚开始还不晓得他要摸什么东西，后面才晓得他是要摸绳子。……他摸了一根烧热水的电热水壶的线，下面有底座，插在上面烧热水的，那根线大概是50~60厘米长，他一下拽下来之后，用左手把这个线递给我，右手就一直拿刀子架在我脖子上面，他说：“你自己把自己捆起来。”

黄其焕留了个心眼儿，象征性地将线在手上绕了两圈，并没有捆得很结实。

黄其焕： 他左手在我两个手上一摸，说：“你忽悠我啊，你还糊弄我啊，这个绳子是这么捆的？”“哐”一下就拿刀子使劲抵在我脖子上面，我就明显感觉到疼。然后，他自己又把这根线穿过来穿过去反复卷，又打了结，把我两个手固定好。

锋利的刀刃在黄其焕的喉咙上留下了一道血痕。此后，只要黄其焕稍有动作，犯罪嫌疑人就会朝他挥刀砍去。

黄其焕： 我就又跟他讲：“你到底是什么想法，你要把我的手捆起来干什么？”他就讲：“你闭嘴，你不要讲话，你今天碰到我了，你点儿背，你背时，你运气不好。”我讲：“我有什么运气不好，我到你家里来出警，给你处理事情，你为什么这么说我呢？我又没打骂你。”他就不跟我讲话了，他说：“你闭嘴，不要讲话。”

之后戴某一直拿刀抵着黄其焕，两人坐在地上，戴某没拿刀的左手一直在房间里面到处乱摸，摸到什么东西就砸到地上。

曹凯风：（听到）类似东撞西撞的那种乒乒乓乓的声音。……不知道到底是黄警官把他制服还是什么情况，因为隔着一扇门，里面的情况不清楚。但是过了两三分钟，听到是他（犯罪嫌疑人）在说话了，就是他一直在那里发出怒吼声，说的什么也听得不是很清楚，反正就是很激动。

门外的辅警曹凯风马上将情况向上级进行了报告，请求增援。此时，房间内戴某又有了进一步的举动。

黄其焕： 他左手把净水器的线扯断了，结果导致净水器里面的水一直往客厅里面流。然后他就叫我躺在地上，两个手放在胸前。刚开始我是躺在客厅里面，他自己坐在我的头顶上方，还拿菜刀放在我的脸上。

房间大量积水后，戴某突然抓起黄其焕的衣领，把他往阳台上拖。

黄其焕：他就把我往外面拖，导致我上半身在阳台下半身在客厅。我们俩一直在这里，我一直跟他做工作，他不听，左手拿刀抵在我脖子上，右手在放杂物的地方拿了一桶植物油，把盖子拧开，然后把植物油倒在我身上，除了脸部没倒油，我全身都是油。

紧接着戴某做出了更危险的举动，他摸到一条毛巾和一个打火机，并试图点燃毛巾。幸运的是由于毛巾吸了水，戴某点了五六次火，并没能将毛巾点燃。

黄其焕：我就问他："你点这个毛巾干什么？"他讲："如果外面的人要冲进来，我就要把你烧死，我们两个人同归于尽。"

此时距离黄其焕被挟持已经过去了一个多小时。其间，黄其焕多次尝试与犯罪嫌疑人沟通，都没有成功。

黄其焕：我给他做工作，问他到底想要干什么，问他家里面的基本情况。反正我说两三句话，他就不要我说了，要我闭嘴，然后拿着刀平摆着"啪"一下在我嘴巴上使劲拍。

事发之后，娄底市公安局赶来增援的民警和特警们很快就位了，他们伺机寻找救援的机会。在这里我们看一下事发的这栋房子的布局情况，这是一栋自建的单独的三层楼房，黄其焕被劫持的房间是一个厨房，厨房的这边是杂物间和卫生间，同时厨房还与一间卧室相连，卧室的外面是阳台。在这样的一个环境里，戴某处在暗处处在高处，他可以随时掌握外面的形势，但是外面这些警察完全看不到屋内的情况，那特警和民警该如何解救黄其焕呢？黄其焕接下来又会经历什么呢？

娄底市公安局巡特警支队巡逻处警大队教导员彭云：我抵达现场以后，犯罪嫌疑人时不时地大喊大叫，情绪很不稳定，把现场房间的窗户玻璃都敲碎了。

一片漆黑中，对于房屋结构、家具摆放以及人质位置等，警方都无法判断。为了摸清楚黄其焕的安危和位置，看是否有强攻的可能，同事们决定先给黄其焕发一个暗号。

湖南娄底市娄星公安分局涟滨派出所所长王新杰："黄哥，你要喝水吗？我们给你送水来。”意思就是说“我们有机会可以进来吗”，这是第一层意思。第二层意思就是“你还安全吗”，他（黄其焕）完全听懂了我们这句话的意思。

黄其焕：一听到他们问喝水，他马上又在我脖子上砍了一刀，又切了一刀，然后我就赶紧回了一句，我说：“不要，不要！”他们可能就明白过来了，知道我情况比较危险。

强攻的机会不成熟，现场开始对嫌疑人进行情绪安抚。

彭云：当时我跟娄星分局的领导也进行了沟通分工。现场稳定犯罪嫌疑人的情绪，和他进行沟通，由娄星分局负责；市局巡特警负责制定强行处置的一些预案。把他所有的亲属都喊过来了，包括父亲母亲嫂子哥哥叔叔还有他一些较好的朋友，喊过来不停地做工作，吸引他的注意力。在此期间，我们也采取了一些试探性的措施，安排我们的特警往里面推近。但是推近以后就使犯罪嫌疑人更加激动了。

黄其焕：对外面的人大声喊：“你们如果想冲进来的话，我就一刀杀了这个警察。”后面讲：“如果你们要冲进来的话，我就要点煤气，要把这个警察炸了，我们两个人同归于尽。”他只要听到阳台上面或走廊里面有人说话的声音，就拿菜刀砍我，我就使劲顶，他就使劲往下压，导致我的太阳穴和脖子有七八道伤。

面对犯罪嫌疑人疯狂的举动，躺在地上的黄其焕拼命抵挡，并极力劝说。

黄其焕：我就跟他讲：“戴哥，你也没必要害我吧，我今天到你家里来出警，我也跟你无冤无仇，帮你处理事情的，你还要伤害我干什么呢？”我讲了这句话之后，他马上就松开了。

2点半左右，忽然，嫌疑人感到僵持越久越发不利，于是，他进行了更危险的行动。

黄其焕：他又把阳台上面一桶液化气罐一下子就拽过来了，拽到他身边，把液化气罐阀门打开就放气，大概是每隔10分钟到15分钟就要放一次气，每次放气5~10秒钟。

【实况】

民警1：你看到他了吗？

民警2：开了个小缝，我不敢再往里面看了，万一他看到我怎么办？

民警1：煤气又打开了。

民警2：把煤气瓶给打开了。

民警1：你没听到声音？

民警2：没，估计是放完了。刚开始声音很大，现在不晓得到底是放没放完，因为现在听不到了。

黄其焕：放完气之后应该是点了两次（毛巾）火。点第一次火的时候确实比较担心，因为当时房间里面到处是煤气，煤气味还挺浓的。……因为怕一下子炸了，但是点了第一次之后没炸，我心里还能够稳定一点。

时间一分一秒过去，房间内气氛异常紧张。虽然现场前来营救的特警们已经做好了各种部署，但屋内一片漆黑，空气中还弥漫着刺鼻的味道，他们不敢贸然行动。

彭云：现场没有灯光，一片漆黑，你无法观察到犯罪嫌疑人的位置，不知道人质的位置在哪儿，这是一方面。另一方面，还有个很重要的原因，就是犯罪嫌疑人把液化气罐打开了，房间里面有液化气，我们跟消防部门也沟通了，在这种情况下如果使用武器是否会发生意外事件，消防部门给我们答复说不能保证，没有百分之百的把握。在这种情况下，我们不到万不得已也不会使用武器。

漆黑的房间里不时传出犯罪嫌疑人的叫喊声和砍砸东西的声音。凌晨4点钟，犯罪嫌疑人用菜刀将黄其焕逼到窗口，让他对外面喊话。

黄其焕：我喊话的内容基本是："对面楼房里面如果有我们公安系统的同事，请你们先离开。"这样的话喊了五六次。他那个刀子就都抵在我后脑勺上面，所以我后脑勺上面也有六七处刀伤，这应该是他抵在上面划的。

彭云：犯罪嫌疑人非常狡猾，反侦查意识很强，他为了防止可能有狙击手对他进行狙击，就把人质推出来，他把人质当成人盾，躲在人质的背后，几乎没有把他的要害部位露出来，让我们没有任何狙击的可能。

与此同时，戴某要求警察全部撤离，见要求没有达到，戴某又对黄其焕举起了菜刀。

黄其焕：他一下子就发飙了，拿着刀子就在我右边大腿上面砍了两刀，我根本没有反应过来，没防备他砍下来，这两刀就挨了，他砍了两刀，有一刀伤口还比较大，裤子上面留了两道这么大的（破口），都砍破了。

凌晨4点40分，黄其焕已被挟持了近5个小时，两人都已精疲力竭。

黄其焕：中间我其实已经找了四五次机会，想要寻找机会摆脱他的控制。其实他这个人的心理素质包括反侦查能力都很强，他每隔4分钟到5分钟就要检查一下电源线是不是松了，……感觉到机会都不是很好。……那个时候考虑到还是减小受伤害的程度，我也想着反正是尽量安抚他的情绪，尽量把时间拖到天亮。

眼见着天色慢慢亮起，黄其焕顾不得身上多处伤痛，他抓住时机，对犯罪嫌疑人再次进行劝说。

黄其焕：我说："戴哥，天马上要亮了，咱们尽量争取在天亮之前把事情处理掉，天亮以后可能对你不利，对我也不利。你今天目前对我也没造成很大的伤害，我都是一些皮外伤，你把我放了，我也保证我的同事不抓你。"他就讲："你保证得了吗？"我说："我保证得了呢。"他父亲跟我们公安局的同事马上在外面也配合我讲，他说："戴志勇，我们保证不抓你，你把这个黄警官放了就得了。"他这个时候才答应放我。

戴某终于有所松动。他挟持着黄其焕将防盗门打开了一条缝。

黄其焕：我反复跟他做思想工作，要他把我放开，让我们两个人都出去。他态度有所松软，让我起来，带我到卧室里面，他仍然是右手拿菜刀架在我脖子上面，左手揪着我的衣服，人躲在我的身后。来到卧室以后，他看到阳台上站满了他的家人和我的同事，然后他就叫嚣着让他们滚下去，他才会放我出去。

娄底市公安局巡特警支队巡逻处警大队三中队负责人邹八一：这个门只开了这么一点点，我走到这个地方看到了他们，包括嫌疑人也看到了我们，他马上就把黄其焕往回拽。

正在这时，黄其焕也奋力反抗，但是他打着赤脚地上都是油，黄其焕脚下打滑一下子摔倒了，这正好给了特警机会。

【实况】

特警：我用叉子进来的时候，从底下把门逼开，人就能进来，叉的时候里面比较滑，我冲进去，把叉子扔开，去控制他，他就一拐弯往厕所去了。我们趁机夺掉他手里面的刀，便于控制他。我在厕所里面拿手铐把他铐起来。当时主要是快，第一是果断，第二是快，如果他再缩进去，再把门一关，就回到原来那个位置了，僵持下去就很麻烦了。

凌晨5点05分，黄其焕被劫持近5个小时后，被成功解救。犯罪嫌疑人戴某38岁，湖南娄底人，现已被刑事拘留，正在做精神司法鉴定，目前案件也在进一步侦办中。犯罪嫌疑人的作案动机还需要公安机关进一步调查。

面对持刀歹徒，黄其焕只有一个信念，只要犯罪嫌疑人没有放下菜刀，警情就没有解除，他出警就是来解决这个问题的，再危险也要上，谁让自己是人民警察呢。今年45岁的黄其焕能够扛下这高压下的5小时，真是好样的，靠的就是身为警察的强烈的使命感和过硬的心理素质。

黄其焕：说句实话，倒一直没有绝望。如果我自己绝望了的话，可能也坚持不到5点钟，反正一直努力使自己保持清醒的头脑。

邹八一：他在里面自始至终没有喊过一句“救命”或者怎么样，一直是在做他的工作，跟他在周旋。

所长：在里面是斗智斗勇斗体力，体现了我们人民警察的综合素质。

在被劫持的5个小时里，黄其焕说自己做好了牺牲的准备。

黄其焕：那一刀子割我喉咙的时候，我确实已经做好了要牺牲的准备。如果他继续用力，我只能是说不管怎么样，也只能跟他拼命了，只能是奋起反抗他了。

被救后，拖着疲惫的身体，带着满身的伤痕，黄其焕给住在双峰县的妻子打了一个电话，电话里黄其焕说昨晚出了点小事。

黄其焕妻子刘昭霞：当时就跟我说出了一点小事，然后就问他啥事，他就讲被人挟持了。我立马就惊起来了，问他什么事，他说没什么事，反正现在没事了，然后就挂电话了。

原本第二天就是黄其焕休年假的日子，他和妻子早已约好，要一起陪刚考上大学的儿子去学校报到。

刘昭霞：你想想当初那个心情，作为妻子，特别是孩子还没成年，我家孩子才17岁，你说他真的要那个（牺牲）了，父母怎么办？我怎么办？孩子怎么办？但是话又说回来，这就是他的本职工作。

黄其焕：人民群众的生命安全受到威胁的话，我作为警察，会毫不犹豫冲上去，会尽自己的所能保护人民群众的生命财产安全。

因为经常要值班，黄其焕将家安在单位宿舍里，长期与在双峰县的妻子分居。为了弥补对妻子的愧疚，黄其焕每次出差回来都会送妻子一把牛角梳作为礼物。

之前因为不能陪伴儿子高三复习，黄其焕就将家里贴满了鼓励儿子的小纸条，用这种特殊的方式陪伴儿子。

娄星区涟滨派出所，位于娄底市城乡接合部，辖区内有1.7万常住人口、15万流动人口。地广人多，民警却只有16人，甚至派出所是由居民楼的车库改建的。2006年，刚从部队转业的黄其焕加入了这个集体，一干就是12年。工作以来黄其焕参与侦破10余起大案要案，破刑事案件240余起，接处警12000余起，调解各类纠纷矛盾9600余起。2017年，他被娄底市公安局授予“破案能手”称号。

黄其焕的事迹被报道之后，网友们都纷纷为他点赞，称赞他是“好警察、真英雄”。因舍身置换人质，黄其焕荣立个人一等功，并入选10月份“敬业奉献”中国好人榜。

（湖南卫视播出）

网络新媒体类作品

坚　守

孙　韵　张慧芳　仲兆丰　加木布拉提·马那尔别克　张新军

作品简介

报道充分展现主人公对工作的热爱与执着，成功塑造了一个坚守边疆，一心为祖国服务、为人民群众服务的司法鉴定工作者形象。采访深入扎实，细节丰富生动，视频材料使用得当，具有很强的感染力。在表现形式上，综合运用了文字、图片和短视频等手段。同时，遵循网络传播规律，通过网站、客户端、微信公众号等不同平台进行传播，受到网民的欢迎。

使用手机扫描上方二维码，即可获得本条获奖作品的新媒体展示。

（天山网刊载）

昆山砍人事件始末

朱海峰　王秀敏　宋小军　黎　意　郑俊宇

作品简介

在“昆山反杀案”的全媒体报道中，《今日说法》第一时间发声，接连发布5套《昆山砍人事件始末》融媒体产品，真正做到法治热点不缺位：①制作最新进展公告，占据首发话语权；②上线记者采访关键证人的独家短视频，呈现核心情节；③发布深度文章，全景式呈现案件细节；④采访中国政法大学曲新久教授，专家权威声音解读案件核心法律问题；⑤多渠道、差异化上线4条事件细节短视频。

使用手机扫描上方二维码，即可获得本条获奖作品的新媒体展示。

实时关注法治热点事件，权威解读法律内核。关键词“今日说法　昆山事件”位列微博热搜第二，微博话题#今日说法#阅读量4天上涨2亿。短视频全网播放量突破1亿，图文全网阅读量过亿。《人民日报》《人民公安报》《检察日报》、正义网等数十家媒体在“两微”平台报道、转载，产出多篇10万+文章，为公众翔实、通俗地讲述案件细节，解读法律硬知识，积极、正面地影响舆论。“昆山反杀案”入选最高人民检察院第十二批指导性案例。此案也促使最高人民法院发布《关于在司法解释中全面贯彻社会主义核心价值观的工作规划（2018—2023）》对正当防卫进行鼓励。

（《今日说法》微博刊播）

聊聊破产那些事儿

集　体

作品简介

“僵尸企业”是我国社会经济发展中一个突出问题，其占用大量经济资源，却无法产生效益，不断蚕食社会财富，是去产能的重点对象。如何理解和处理“僵尸企业”不仅是一个经济问题，更是一个法律问题。2015年11月，习近平总书记指出，在适度扩大总需求的同时，着力加强供给侧结构性改革，着力提高供给体系质量和效率。因此，彻底清理“僵尸企业”成为产业结构调整、供给侧结构性改革成败的关键。然而，“僵尸企业”的成因和所涉及的问题十分复杂，处理难度巨大，成为公众关注的焦点。而清理“僵尸企业”最有效的办法就是“破产审判”。因此，《中国经济大讲堂》栏目发挥专业优势，特邀最高人民法院咨询委员会副主任、最高人民法院民法典编纂工作研究小组副组长、中国法官协会副会长杜万华围绕破产审判深度解读“僵尸企业”怎么“破”？。节目的播出在经济界和司法界产生了广泛影响，成为2018年“两会”期间公众热议的焦点话题。

“聊聊破产那些事儿”系列新媒体报道依托节目内容，创新表达方式，贴合网络传播的受众和特点，精准提炼节目核心观点，化整为零，重点突出，分七个主题，以“文＋图＋短视频”的形式，将嘉宾解读的核心内容、主要观点一一展现。整体制作精良，视频资料运用生动而准确，把枯燥的破产审判专业问题表现得既有深度又接地气，准确而生动阐释了破产审判的历史、功能、现状和当下亟待解决的一些问题，就未来如何加强破产审判，以及破产审判对于深化供给侧结构性改革，清理“僵尸企业”的重要意义向广大新媒体端受众进行了系统阐释和知识普及，对帮助公众理解中央政策和专业经济、法律知识起到了很好的引领作用。

该系列新媒体报道一经发布，广受好评。一位法律专业人士反馈：“处理‘僵尸企业’真正的法治化手段就是破产审判，强烈建议把本系列节目推荐给中央党校，作为地方领导干部的课程，这是普及破产审判知识的最好的教材。”据不完全统计，《中国经济大讲堂》自有微信、微博端阅读量超过20万，后经各媒体渠道联合转发，在网络上迅速发酵，全网阅读量达到200余万。

（《中国经济大讲堂》微信公众号刊载）

使用手机扫描上方二维码，即可获得本条获奖作品的新媒体展示。

我愿继承你的精神，继续前行！

唐　澄　韦　伟　郑玲玲　徐　玲　董　双

作品简介

使用手机扫描上方二维码，即可获得本条获奖作品的新媒体展示。

2018年9月30日，公安部宣传局组织全国公安机关开展“忠诚颂英雄赞”主题宣传活动，充分展示公安的感人事迹，《交汇点新闻》客户端积极配合，制作推出互动H5作品《我愿继承你的精神，继续前行！》，通过“烈士”这个特殊群体的精神特质和丰富内涵，展现他们在不同年代里的不屈斗志和无私奉献精神。作品通过几个简单的小问题设置，增加群众参与的热情，最后总结出“求真”“奉献”“英勇”等英雄特质，对应不同的烈士形象，将他们的英勇事迹展现给读者，产生强烈共鸣。

作品一经推出，在广大网友和民警的微信朋友圈刷屏，总阅读量突破280万，数万网友纷纷留言，致敬和缅怀公安英烈，取得良好的宣传效果。

（《交汇点新闻》客户端刊载）

宪法“速”描

徐　隽　倪　弋　魏哲哲

作品简介

宪法，是国家的根本法，是治国安邦的总章程。宣传宪法、弘扬宪法精神是政法新闻报道的首要任务。十三届全国人大一次会议修改宪法，这是中国人民政治生活中的一件大事。什么是宪法？宪法与百姓生活有什么关系？我国宪法是怎样制定和修改的？还有不少网友对这些宪法知识知之甚少。在全国“两会”前策划推出该新媒体产品，用通俗易懂的语言、生动活泼的画面介绍宪法基础知识，有效宣传了宪法，为宪法修改营造了良好舆论环境。该新媒体产品是《人民日报》2018年全国“两会”唯一一个有关宪法的新媒体产品，一经推出，便在网络上广泛传播，特别是在年轻网友中广泛传播，起到了良好的普法效果。

使用手机扫描上方二维码，即可获得本条获奖作品的新媒体展示。

（“全国党媒信息”公共平台刊载）

《二喜警官的日常》系列网络防范短视频

于喜山　张瑞鑫

作品简介

《二喜警官的日常》系列网络防范短视频系天津市公安局指挥部新闻宣传中心原创拍摄，2018年度共更新4集。该系列视频紧贴时下热点事件，以风趣幽默的拍摄手法进行普法演绎宣传，在“平安天津”微博微信发布后，引起广大网友热议，先后被共青团中央、新华网、中国长安网、中国警察网、爱奇艺等媒体进行转发，并在天津市各大地铁公交商场LED大屏幕进行投放。视频拍摄人员受邀参加江苏卫视《一站到底》，讲述短视频拍摄背后的故事并现场讲解防诈骗知识点，受到广大市民朋友喜欢。

使用手机扫描上方二维码，即可获得本条获奖作品的新媒体展示。

（“平安天津”微博刊播）

摄影类作品

万人泪别英雄——颜曰春烈士！

孙金标

玉环市殡仪馆内，颜曰春的遗像高高挂在墙上

颜曰春烈士的遗体躺在白色菊花中，身披党旗，警帽放在胸口

天阴阴的，玉环市殡仪馆门口，警察们占成两排手拉着“人民英雄永垂不朽”等横幅

颜曰春烈士一路走好

前来送行的各级人员向颜曰春默哀鞠躬

公安局领导慰问颜曰春家属

亲人们坐在颜曰春的遗体前，悲伤痛苦

玉环市殡仪馆外，警察同事们表情严肃，沉痛哀悼

玉环市殡仪馆外，警察们列队送行

前来送行的公安同事，人手一朵白菊花

在场送行的警察留下了热泪

颜曰春烈士的骨灰在车队的护卫下缓缓从殡仪馆驶往革命烈士陵园

玉环人民自发前来为烈士送行

（中国台州网刊载）

旱獭洞里挖出执行款

潘 静　虎文心

4版 【综合新闻】 人民法院报

劈波斩浪 行稳致远

——江苏南通法院推进船舶海工企业破产审判工作纪实

旱獭洞里挖出执行款

挽回一个家庭 增添一分和谐

案例9

浙江省宁波市中级人民法院——

依托微信小程序 打造移动电子诉讼新模式

人民法院司法改革案例选编（三）

送必达 执必果

（《人民法院报》刊载）

“虫草季”单程巡山就要五个小时

温　凯

4　要闻

内蒙古：打好“三大仗”　全力铲除黑恶势力

武汉一起危害长江流域环境资源保护涉黑案终审宣判

两名头目被判20年有期徒刑

扫黑除恶进行时

探访德钦县公安局羊拉派出所驻山民警

“虫草季”单程巡山就要五个小时

四川“逆向查毒+AR智能”创新堵源截流战法

（《人民公安报》刊载）

长大后我就成了你

温　沁

（《安徽日报》刊载）

派出所的“扫黑”先锋

郝鑫城

派出所的“扫黑”先锋

（《济南画报》刊载）

三等奖
作品

Third Prize Works

03

报刊类作品

一线探访·今天我当班

彭　波　张　洋　徐　隽　倪　弋　魏哲哲

作品简介

国家的根基在基层，基层的和谐稳定，关乎国家的长治久安；基层的幸福安康，关乎国家的繁荣兴盛。基层政法干警，是化解基层社会矛盾的主力军，是维护基层治安的桥头堡，是服务基层群众的贴心人。

《人民日报》策划“今天我当班”系列报道，通过记者深入一线进行体验式采访，全方位体验基层一线政法干警（包括公共法律服务者、派出所民警、网格员、基层法官、检察官、一线消防员）日常工作中的酸甜苦辣，展现了一线政法干警在打击犯罪、维护正义的危急时刻奋勇向前、舍生忘死，在走街串户、定分止争的平凡工作中兢兢业业的群像，讴歌了他们用辛劳汗水和默默奉献守护着民众的幸福安宁的为民情怀。

（《人民日报》刊载）

使用手机扫描上方二维码，即可获得本条获奖作品的新媒体展示。

“我就是胆子大一点”

徐艳红

作品简介

6月26日是世界禁毒日。为此，记者将笔墨放在了一位女子强制隔离戒毒所的女副大队长身上。在常人眼中，这种高风险高暴露的工作只能由男性来做，杨晓蕾不仅做了，还做得非常出色。

文章选取了两则有代表性的故事来说明：一是刚进戒毒所一次夜晚值班时训斥戒毒人员的故事；二是陪着一位没有确诊的戒毒人员看病的故事。如果说第一个故事是初来乍到的懵懂胆大，那么，第二个故事则是明知危险又必须冲在最前面的责任担当。两次境况虽不同，但高危险情却是一样的。

此文文字不多，却能通过两则有代表性的事例很好地将典型人物杨晓蕾的形象勾勒出来，一位胆大心细、爱岗敬业、责任心强、雷厉风行的女警官形象跃然纸上。

（《人民政协报》刊载）

使用手机扫描上方二维码，即可获得本条获奖作品的新媒体展示。

一起家事案背后的司法关怀

张 君 韩中青

作品简介

2018年8月1日，作者获悉：河北青县法院历经两年多时间，先后经过4任法官，6次开庭，终于圆满地将一起仅有3万元标的额的姐弟财产纠纷案件审理并执结完毕，感觉到是一篇司法为民的好素材。作者多次阅宗，采访法官、乡村干部和当事人。青县法院法官善于在司法的公平与公正中更多地注入一些理性和人文因素，用法理来排解纠纷、化解矛盾，用情理来消弭裂痕、唤回亲情，真正做到“法与情”的和谐共存、有机融合，实现执法结果与效果的相得益彰和“对立”统一。

使用手机扫描上方二维码，即可获得本条获奖作品的新媒体展示。

（《民主与法制周刊》刊载）

美国又“甩锅”？对不起，我们不接

李 刚

作品简介

针对美国媒体报道称“新的合成毒品是从中国跨境进入美国的‘杀手’”这一歪曲事实的言论，评论用事实说话，逐一反驳，立场明确、论点正确、论据准确，鲜明提出“美国的毒品问题，其根源还在美国人自己”，说理明晰，批判性强，完整准确地阐明我们党和政府的禁毒方针政策，以及中国国家禁毒委和各有关部门在习近平新时代中国特色社会主义思想指导下，坚决贯彻党中央决策部署，推动禁毒工作取得的重要阶段性成果。通过众多媒体广泛传播，提升了主流声音影响力，具有较强的政策性、针对性和指导性。

使用手机扫描上方二维码，即可获得本条获奖作品的新媒体展示。

这篇有关中国禁毒的新闻时政评论在禁毒公众号刊发后阅读量迅速突破10万+。共青团中央、“今日头条”、澎湃新闻、搜狐政务、新浪亚洲军事等媒体平台及多家禁毒官方媒体转发。评论高举旗帜、围绕大局，发好政法公安声音、讲好政法公安故事，突出反映了政法公安工作的禁毒新成果。众多国内媒体转发外，有多家境外媒体转发，进一步增强中国声音，表达中国立场，有效影响国际舆论，向广大受众展示了真实立体的中国禁毒成就。

（《人民公安报》刊载）

彰显产权司法保护鲜明态度
依法营造创新创业法治环境

杨建文

作品简介

评论是新闻的眼、报纸的旗。张文中案由最高人民法院再审并改判无罪，具有极高的新闻价值、法律价值和社会价值。本评论紧紧配合这一新闻事件，不仅发声及时，且直陈要义：充分体现了党中央全面依法治国的坚定决心；充分彰显了人民法院司法为民、公正司法、有错必纠，努力让人民群众在每一个司法案件中感受到公平正义的责任担当；充分体现了国家贯彻新发展理念、完善产权保护制度、依法平等保护非公有制经济的政策精神。

使用手机扫描上方二维码，即可获得本条获奖作品的新媒体展示。

该评论字里行间既贯穿党和国家发展大计，又饱含公平正义、服务大局的司法审判情感，给新闻增添了厚度，让事件有了高度。

该评论第一时间由《人民日报》百家号转载，随后，人民网、“今日头条”“一点资讯”、中国经济网、凤凰资讯、网易、搜狐、首都政法综治网、法治参考网、“快手”等新媒体迅速转发，迅速及时的传播效果起到了正确舆论引导作用。

（《人民法院报》刊载）

喷涂“涉毒家庭”与法治精神背道而驰

李国民

作品简介

使用手机扫描上方二维码，即可获得本条获奖作品的新媒体展示。

文章针对广东省惠来县鳌江镇政府在10户村民家门口喷涂“涉毒家庭”的做法提出批评，对网络上两种具有代表性但似是而非的观点进行了澄清。评论立场鲜明、逻辑严密，深入浅出、切中肯綮，专业但不晦涩，理性而不失犀利。文中警句频出，处处彰显法治精神，体现出法治媒体的责任担当、专业水准和作者的法律功底、论辩能力。文章发表后，被多家媒体、网站和自媒体转载转发，及时澄清了谬误，有效引导了舆论，事发地也很快作出回应，对错误做法进行了纠正。

（《检察日报》刊载）

永茂，挺住！

马 超 蔡长春 王志堂

作品简介

王永茂，山西省阳泉第一监狱副监狱长。2017年5月，在党中央的号召和司法部部署下，在新疆监狱最困难的时候，山西司法行政系统首批援疆团千里驰援新疆和田监狱。身为领队的王永茂，带领29名队员在和田监狱监管一线奋战了180个日夜，战胜了诸多常人难以想象的困难，确保了监狱的绝对安全。只是，不曾想到，这位曾经雷厉风行、斗志昂扬的领队，竟身患癌症躺在了病床之上！

使用手机扫描上方二维码，即可获得本条获奖作品的新媒体展示。

在王永茂同志癌症扩散的情况下，《法治日报》记者深入阳泉第一监狱，采访王永茂及他的战友、同事，还原了他在援疆及在阳泉一监工作的点点滴滴，反映了新时代山西政法队伍新形象。

王永茂的事迹经《法治日报》报道后，数十家媒体纷纷进行转载。随后，司法部组织多家媒体对王永茂的先进事迹进行采访。山西省委政法委及省司法厅专门下发通知，要求学习王永茂同志的先进事迹。

2018年9月，司法部授予王永茂同志司法行政系统二级英模称号。11月，王永茂同志入围“CCTV2018年度法治人物”候选人。2019年6月25日，王永茂荣获第九届全国“人民满意的公务员”称号，受到习近平总书记亲切接见。

（《法治日报》刊载）

查办黑恶犯罪与深挖“保护伞”并举

周 斌 张 昊

作品简介

2018年是全面贯彻落实党的十九大精神的开局之年，十三届全国人大一次会议对现行宪法进行第五次修改，是改革开放第40个年头……这些国家政治生活中的大事，赋予当年的国家宪法日、首个宪法宣传周以特殊的内涵。

记者从获得“CCTV2018年度法治人物”奖项的高璇、参观司法部开放日活动的刘红宇、律师集体宣誓的一个个现场和故事入手，展开报道。

在报道内容上，记者选取了“开放”“入心”“创新”三个角度，分别写了政法机关的公众开放日、司法所所长赵永进的普法工作、宪法宣传地铁列车等内容。在写作手法上，记者通过个人故事和视角，讲述宪法宣传周期间的一些创新工作，贯彻习近平总书记关于国家宪法日的重要指示，使得报道既有深度又有可读性，既有较高站位又有新颖视角。在采访对象选择上，记者采访了司法所工作人员、全国政协委员、高校教授等，使得报道通过多个视角呈现出现场感。

稿件生动地报道了宪法宣传周，很好地宣传了宪法和普法工作。

（《法治日报》刊载）

使用手机扫描上方二维码，即可获得本条获奖作品的新媒体展示。

接续发力深耕细作　将司法体制改革进行到底

集　体

作品简介

改革开放40周年之际，党的十九大后首次全面深化司法体制改革推进会2018年7月在深圳举行，最高人民法院、最高人民检察院、公安部、司法部也相继在此召开会议，对新时代司法体制改革作出全面部署。

此稿立足司法体制改革从深圳再出发的历史性定位，系统梳理解读政法机关提出的一系列进一步深化司法体制改革举措，深入揭示全面深化司法体制改革已进入系统性、整体性变革的新阶段，改革的内涵外延、目标任务、模式方法发生重大变化。

稿件定位权威、立意深刻，有力向社会各界昭示：全面深化司法体制改革，是完善中国特色社会主义制度、推进国家治理体系和治理能力现代化的应有之义。踏上新征程，政法机关将以更强定力、更高标准、更实举措，将司法体制改革进行到底。

（新华社刊载）

使用手机扫描上方二维码，即可获得本条获奖作品的新媒体展示。

红星，永远闪耀在青格里上空

樊 蕊

作品简介

青格里的风，吹不干涟涟泪水；青格里的水，带不走绵绵悲伤。新疆阿勒泰地区青河县原县委副书记、政法委书记王红星离去了，却留下了不平凡的足迹，他的精神流淌在青格里清澈的河水里。

事发当天，本刊记者赶往新疆阿勒泰地区，深入王红星的办公地点、家里，实地采访王红星同志一起战斗过的同事、儿子，撰写出这篇感人至深的文章，记载了这位人民的好公仆、祖国的好卫士短暂但伟大的一生。

使用手机扫描上方二维码，即可获得本条获奖作品的新媒体展示。

（《长安》杂志刊载）

看司法所如何“小马拉动大车”

靳 昊

作品简介

司法所是司法行政系统的最基层单位，是全面依法治国的基础平台。文章通过生动的案例和实地采访，介绍了司法所的主要职能，分析了司法所工作面临的薄弱环节，结合2018年9月召开的全国首次司法所工作会议精神，阐明了如何进一步推进司法所工作，推动改变司法系统长期“头重脚轻”的问题，拉近人民群众与司法所及司法行政工作的距离，有利于引发全社会对司法所工作的关注和支持。

邻里间闹矛盾、被包工头欠薪、没钱打不起官司……都可以找司法所求助。虽然地儿不大、人不多，但遍布全国的4万多个司法所，每年能为群众提供法律服务达540万人次。

（《光明日报》刊载）

使用手机扫描上方二维码，即可获得本条获奖作品的新媒体展示。

法不责众是公共安全管理的大敌

杨金中

作品简介

2018年5月19日晚，四川成都举办草莓音乐节。散场后，成都地铁4号线非遗博览园站拥进了数千名乘客，因地铁方预估不足、应对不力等原因，导致出现近千人滞留。112名乘客因不愿等待，未购票直接翻闸进站，当时场面极其混乱。近年来，类似大规模活动后群死群伤事件屡有发生，引起人们的普遍关注。一方面，是相关部门、单位不敢管、不会管、不善管；另一方面，经济高速发展背景下，部分市民的法律意识、安全意识普遍不强，在群体哄闹氛围下，容易导致群体情绪失控。究其原因，法不责众意识还有相当大的市场，导致一些人带头肆意妄为。此评论从一起险些发生拥挤踩踏的公共安全事件出发，阐述了公共安全事件与法律意识、规矩意识不强之间的关系，呼吁相关部门、单位打破陈规，破除法不责众的落后观念，通过必要的惩处，倡导敬畏规则、敬畏生命的理念，在全社会树立遵纪守法、共佑平安的新风尚。

（《中国应急管理报》刊载）

使用手机扫描上方二维码，即可获得本条获奖作品的新媒体展示。

大学生如何辨别不良校园贷？

焦以璇

作品简介

近年来，非法校园贷引发学生被暴力催贷、泄露隐私等事件时有发生，对校园安全构成威胁，非法校园贷因而成为监管机构重点打击的对象。2018年秋季学期伊始，记者调查发现，为逃避监管，一些不良网贷公司换上了“新马甲”，打着回租贷、培训贷、美容贷的旗号重新回到校园，向在校大学生违规放贷，令许多大学生掉入高利贷的陷阱，其危害性不容小视。

如何帮助大学生远离非法校园贷，提高风险防范意识，是本文主要回应的问题。记者第一时间采访了受骗大学生、高校团委书记、网贷机构工作人员、有关专家等，剖析了非法校园贷的几种“变种”类型和特征，识别其骗术所在；分析了大学生上当受骗的主要原因是缺乏金融和法律素养，进一步普及了相关法律和金融常识。文章最后从公安部门、金融机构、学校等角度给出了解决对策，提出应该建立起学校、教育主管部门、公安部门、金融监管部门共同参与的协同共治体系，提升监管合力。

稿件刊发后，人民网、新华网、央广网、千龙网、凤凰网、网易新闻等十几家媒体纷纷转载，取得了较好的传播效果。很多高校的公众号也摘取了文章的部分内容，向大学生发出提醒。

（《中国教育报》刊载）

使用手机扫描上方二维码，即可获得本条获奖作品的新媒体展示。

文化市场综合执法周记系列报道

集　体

作品简介

中国文化传媒集团《中国文化报》2018年度重大选题之“文化立法与文化法治”系列，共刊发地方部分基层文化市场综合执法机构的13篇稿件，生动讲述基层文化市场综合执法队伍的执法故事，充分展现了基层文化执法队伍的良好精神面貌和突出工作业绩。

（《中国文化报》刊载）

使用手机扫描上方二维码，即可获得本条获奖作品的新媒体展示。

硬仗130天

——湖南查处“4·04”生产销售假冒化妆品案纪实

张小岑　易叶舟

作品简介

本文记叙的案件入选国家药品监督管理局2018年全国化妆品典型案例。作者用生动的语言还原了案件查处过程，展现出湖南省药监部门与公安机关通力合作、不畏艰辛的专业水平和敬业精神，体现了药监部门在新一轮机构改革期间积极作为、严查大案、坚决维护公众健康安全的决心和意志，也为其他地区加强行刑衔接、侦办大案要案提供了成功经验和参考。

使用手机扫描上方二维码，即可获得本条获奖作品的新媒体展示。

“4·04”生产销售假冒化妆品案是一起典型的黑窝点生产销售假冒化妆品案件，是由一个小线索通过不断追根溯源查出的一起大案件。2018年4月4日，原湖南省湘潭市食药监局稽查支队接到湘潭市公安局雨湖分局治安大队的电话，称群众举报有人在路边售卖国际大牌化妆品，怀疑是假冒产品。原湘潭市食药监局稽查支队立即前往现场检查，配合公安民警抓获犯罪嫌疑人韩某某、魏某某，扣押了涉嫌假冒的化妆品。

确定产品为假冒后，原湘潭市食药监局没有就此结案，而是决定顺藤摸瓜，捣毁假冒产品生产窝点。

原湖南省食药监局稽查局与公安机关联合办案，从2018年4月5日到8月12日，辗转湖南株洲、河南平顶山，以及广东珠海、汕头、广州多地，经过130天的摸排、蹲守、跟踪，依法捣毁生产销售窝点15个，查获大量违法化妆品，抓获犯罪嫌疑人19人，涉案金额达1.3亿元。

（《中国医药报》刊载）

张文中案再审公开庭审：改判无罪

曹　音

作品简介

2018年5月31日，最高人民法院对原审被告人、原物美集团创始人张文中诈骗、单位行贿、挪用资金再审一案公开宣判，撤销原审判决，改判张文中无罪。该案的改判充分体现了以习近平同志为核心的党中央加强产权保护、加强企业家合法权益保护的坚定决心；充分体现了党中央对各类所有制经济平等对待，鼓励支持引导民营经济发展的政策精神；充分体现了党中央全面依法治国、尊重和保护人权的战略要求。

张文中案是人民法院落实党中央产权保护和企业家合法权益保护政策的一个“标杆”案件。案件改判不仅洗刷了张文中及物美集团长期背负的罪名，恢复了他们的名誉，也让广大企业家看到了党和国家依法保护产权和企业家合法权益的坚定决心和实际行动，为营造依法营商环境，让企业家安心经营、放心投资、专心创业提供了有力保障。

使用手机扫描上方二维码，即可获得本条获奖作品的新媒体展示。

改判当天，《中国日报》记者就在最高人民法院宣判现场，见证并记录法官依法审判、公开宣判的全过程。记者通过对庭审现场的描写，向读者生动展现了翻案后张文中的激动心情和他对依法治国的信心。同时，记者也通过采访最高法相关负责人和法律专家对该案改判的分析解读，由点及面、由表及里地阐述了此举对于中国产权保护和企业家合法权益保护的重大意义。

《中国日报》作为国家级英文媒体，一直是对外“讲好中国法治故事”的窗口。一个个鲜活的案例其实就是生动的法治故事，呈现故事的同时解读好故事背后的法治意义，是帮助西方读者了解中国及中国司法制度的途径之一。从这点上看，该报道完成了一次有效的对外传播。

（《中国日报》刊载）

锻造新时代军队政法工作过硬队伍

——全军新体制下首届师旅级单位党委政法委书记培训班侧记

姜　欣　张文杰　欧阳浩

作品简介

该作品以新闻综述的形式，对全军和武警部队79名师旅级单位党委政法委书记进行了深度采访。作者在跟班学习的15天中，坚持问题导向，从部队党委政法委书记了解掌握第一手资料，深入分析挖掘当前部队政法工作面临的新情况新问题，为读者呈现出新时代军队政法工作的崭新面貌和取得的丰硕成果。作品语言平实、观点鲜明、论述精当，做到了深度、广度和准确度的有机统一。

（《解放军报》刊载）

使用手机扫描上方二维码，即可获得本条获奖作品的新媒体展示。

“企业代表能提出这样的法律问题，很好很专业啊”

——首席大检察官与全国人大代表学习班上互动纪实

姜　洪

作品简介

2018年5月9日，十三届全国人大举行第一期代表学习班，最高人民检察院党组书记、检察长张军为参加学习的人大代表作专题报告。共和国首席大检察官为人大代表授课，这还是第一次，体现了检察工作向社会公开、接受人大监督的诚意。活动的新闻性很强。

专题授课的互动环节尤其精彩，写作中突出了这一环节，以大量直接引语、直接对话集中展现，突出了现场感、故事性。提问和回答都是紧扣检察业务工作，语言生动，在突出政法新闻专业性的同时，兼顾社会性、可读性。

整篇报道主题鲜明，语言生动，行文简练，详略得当。

（《检察日报》刊载）

使用手机扫描上方二维码，即可获得本条获奖作品的新媒体展示。

上海金融法院首日立案20起
诉讼标的总额超过10亿元

严剑漪　郑　倩　沈竹莺

作品简介

使用手机扫描上方二维码，即可获得本条获奖作品的新媒体展示。

2018年8月20日，上海金融法院在沪揭牌成立，此举是党中央作出的重大决策部署，是上海司法体制改革的重要成果，也是国内外媒体高度关注的新闻热点。

为第一时间报道好这条消息，作者提前两周对接上海高院、上海金融法院相关部门进行策划，多次参与上海金融法院成立的前期筹备会，走访相关金融界专家，最后形成了以上海金融法院揭牌日为时间节点，聚焦成立、首案、工作机制的新闻报道计划，并对金融法院的立案部门提前进行采访，对预期受理的案件情况有了理性的评估。

同时，为了让新闻主题更加鲜明，新闻现场感更强，作者与上海金融法院法宣、立案部门保持密切沟通，最先采访了第一位来到立案大厅的律师，全程跟踪其立案过程，并与该律师交流了体验感受。

8月21日，作者在《人民法院报》头版头条刊发上海金融法院揭牌仪式报道，22日，在头版首发《上海金融法院首日立案20起》《上海高院召开新闻发布会通报上海金融法院成立背景案件管辖等情况》消息稿2篇，最高法院官微转发了上述报道。此后，《人民日报》《法治日报》、新华社、中新社、东方卫视、SITV、澎湃新闻、律新社等各大媒体也相继发布相关内容共3292篇（条），该新闻报道取得了良好的传播效果。

（《人民法院报》刊载）

天使的翅膀

柴雪琴　石情情

作品简介

人物特写《天使的翅膀》以一个个感人至深的故事展示了哈萨克族女法官，新疆生产建设兵团巴里坤垦区人民法院党组成员、副院长佳孜拉·努尔达汗与她的汉族“儿子”陶武俊之间通过6年时间建立起的跨越民族的浓厚亲情，以细腻的文字描述了新疆生产建设兵团法院系统开展“民族团结一家亲”活动中涌现出的优秀代表。

（《哈密开发报》刊载）

使用手机扫描上方二维码，即可获得本条获奖作品的新媒体展示。

行走“疍家渔排”的海上网格员

肖　瀚　连　蒙　赵世馨

作品简介

记者通过走访陵水海上网格员、渔民、综治中心负责人等，多角度、深入地报道了陵水在推进社会治理工作，特别是推进综治中心、“雪亮工程”、网格化服务管理“三位一体”新机制建设方面的好经验、好做法，以及海上网格员服务群众的感人故事，为推动海南加强基层社会治理工作提供可推广可复制的经验。

该篇报道刊发后，被中国长安网等网站媒体转载，中国长安网、“中央政法委长安剑”分别报道了陵水海上网格员的典型经验，引起社会一致好评。

使用手机扫描上方二维码，即可获得本条获奖作品的新媒体展示。

2018年9月，全国省级法治媒体海南采访行陵水站活动中，来自全国29家省级法治媒体来到新村码头，实地采访了解陵水海上网格员经验，并通过报刊、网站、微博、微信详细报道了陵水海上网格员的经验做法，向全国有力宣传了海南社会治理的先进经验，将其称为海上“枫桥经验”的海南新范例。

2019年，该作品获评海南新闻奖二等奖。

（《法制时报》刊载）

公证书里记录的40年生活变化

戴　钢

作品简介

稿件通过公证书里公证内容的变化，反应了改革开放40年来百姓生活发生的巨变。

改革开放之初，百姓生活水平不高，在公证处办理的公证内容大多都是收养、继承、涉外婚姻等国家政策、法律要求的公证事项。改革开放中期，人民生活水平有了一定提高，人们开始追求更美好的生活，出国留学所需的各种公证内容开始在公证处里多了起来，这反映人民的生活开始富裕起来。

如今，随着个人私有财产不断增加，越来越多的老人开始关注遗嘱公证。他们希望能够按照自己的意愿来分配遗产。

使用手机扫描上方二维码，即可获得本条获奖作品的新媒体展示。

从公证书里内容的变化可以看出，改革开放40

年给人们的生活和观念带来了翻天覆地的变化。

（《哈尔滨日报》刊载）

再问电信诈骗

洪奕宜　吴　珂　汪棹桴

作品简介

电信诈骗是近年来社会治理的新课题，也是重点难题。广东自2016年起启动“电信诈骗防火墙”工程，并先后成立了省市两级反诈骗中心，联合多部门合力反诈。两年过去了，反诈工作步入“深水区”，在成效彰显的同时，也暴露出一些深层次问题，成为难啃的深水区“硬骨头”。

《南方日报》连续数年对电信诈骗开展监督报道，继此前“八问电信诈骗”之后，再追“三问”：实名制为何成了“伪实名”？第三方支付平台如何助攻“钱跑跑”？反诈直通车如何破解“最后一公里”？以上问题直指痛点症结所在，通过暗访、调查、采访等形式所披露的现象在社会上引发强烈反响。报道推出后被多家中央、省、市媒体转载，引起有关部门高度关注，推动多部门更高效地凝聚合力，齐心寻求治理该社会顽疾的有效处方，并先后探索“反诈直通车”“精准滴灌”“快侦快破”等创新做法，助力“电信诈骗防火墙”工程往纵深推进。

（《南方日报》刊载）

使用手机扫描上方二维码，即可获得本条获奖作品的新媒体展示。

“墨冲经验”与“枫桥经验”融合发展创新的社会治理新样本

罗 翔 杜 明

作品简介

20世纪50年代，时任都匀县第五区（墨冲镇）公安特派员吴金荣在充分调研的基础上，结合墨冲治保会工作实践，撰写题为《必须和反革命的破坏活动作斗争》的调研报告。1955年，该调研报告被中央办公厅编入《中国社会主义高潮》一书中。毛泽东同志阅后给予充分肯定，并作出重要批示。

随着新时代“枫桥经验”“墨冲经验”不断深化和拓展，都匀市依托110深厚的社会基础和群众根基，以“大数据+”为支撑，以“多中心合一”为突破口，统筹群众工作中心、综合治理中心、矛盾调处中心、法律服务中心、法律援助中心等优势资源，整合各类民生服务热线电话，创建政务110服务平台，实现一个号码、一个手机APP客户端联通56个职能部门，全天候服务群众，并延伸成为今天家喻户晓的黔南州政务110服务平台，从而实现群众诉求“事事有回应、件件有落实”。

（《法制生活报》刊载）

使用手机扫描上方二维码，即可获得本条获奖作品的新媒体展示。

149个“红手印”

郭玉强　谢　青

作品简介

2017年12月16日，自治区“访惠聚”考核工作督导组来到克拉玛依市克拉玛依区银河路街道和谐家园社区，指导考核克拉玛依市委政法委驻该社区“访惠聚”工作。在督导组即将离开之际，收到社区149名居民鲜红手印的一封联名信——“访惠聚”工作队的故事。

这封联名信是和谐家园社区义务联防队队长图地巴克·拜代力向居民们发起倡议并主笔写的。谈起写信的缘由，1998年从和田地区皮山县来到克拉玛依务工的图地巴克说，居住在和谐家园社区的400多户居民以前都生活在克拉玛依区西大沟和大西沟（简称“两沟”）。2015年4月，克拉玛依市委安排市委政法委、市委党校等部门人员组成“访惠聚”工作队进驻“两沟”开展拆违动迁。年底，“两沟”居民搬到专门为外来务工人员新建的和谐家园公租房小区，生活条件和生活质量得到了极大改善，让这些在和谐家园生活居住的外来务工人员真正享受到了“市民待遇”，感受到来自党和政府的温暖和关怀。

（《新疆法制报》刊载）

使用手机扫描上方二维码，即可获得本条获奖作品的新媒体展示。

94份检察建议关停51家非法黏土砖厂

杨　静

作品简介

在新余，共有51家非法黏土砖厂，长期以来，砖厂生产所带来的植被破坏、毁林毁田、水土流失等环境问题，曾一度威胁着这片土地的美丽和安宁。

难题的破解，缘于94份诉前检察建议。2018年以来，新余市检察机关主动介入，启动行政公益诉讼诉前程序，督促整改。在检察机关的推动下，51家非法黏土砖厂被关停，大部分被拆除。公益诉讼是维护国家和社会公共利益、推进法治政府建设的一把利剑。如何充分用好这把利剑，成为检察机关的当务之急。非法黏土砖厂数量众多、情况复杂，调查取证工作量巨大，该院组成7个办案小组，统一调度，统一办案场所，统一吃住，统一分工，统一制作调查提纲，统一调取核实各砖厂在行政机关的登记审批手续，不仅减少了办案阻力，还优化了办案资源，办案效率得到大幅提升。

（《江西日报》刊载）

使用手机扫描上方二维码，即可获得本条获奖作品的新媒体展示。

年过半百　水淹半身　新时代太原交警温暖全城

杨　沫

作品简介

这是一篇暖人心扉的好文章。我们的身边从不缺少感动，“最美交警”刘慧泉在太原人的朋友圈刷屏正是体现了这一点。当前，太原正在创建全国文明城市，刘慧泉的故事也正体现了太原这座城市的温度。“刘慧泉”不是一个人。在每一次群众需要帮助的时候，正是有无数“刘慧泉们”坚守岗位，尽职尽责，才造就了我们这座奋斗之城。

本文讲述了“最美交警”刘慧泉救助群众的故事，文章结构层次分明，语言生动，融合了各方声音，既有中央政法委为刘慧泉点赞，也有网友发自肺腑的感叹，读来令人信服。作者第一时间采访刘慧泉及他的家人、同事，通过不同角度客观还原救助现场。本文一经刊发，中央、省、市媒体纷纷转载。

（《太原日报》刊载）

使用手机扫描上方二维码，即可获得本条获奖作品的新媒体展示。

深情难舍“检察蓝”　壮怀再迎新挑战

——内蒙古自治区人民检察院监察体制改革转隶人员座谈会侧记

段兴宇

作品简介

2018年年初，随着国家监察体制改革的一声号角，检察机关反贪污贿赂部门干警面临转隶，即将成为纪检监察战线上的“新兵”。在这样的特殊时期，作者将笔端聚焦这群特殊群体，试图探寻反贪检察官们面对角色和工作岗位的转换，将会有怎样的心理感受和精神状态。

文章主题鲜明、结构严谨，内容生动翔实、语言精练流畅。作者着眼于监察体制改革这一重大主题，高屋建瓴地将新闻素材一一浓缩、提炼，重点突出，引导有力，通过充分挖掘转隶干警细数工作中的所感、所思、所悟，充分揭示了转隶干警不忘初心、牢记使命，努力在新的岗位上开启新征程、展示新作为、再做新贡献的铮铮誓言与坚强决心。同时，通过新闻事实揭示出文章的主题：国家监察体制改革是事关全局的政治改革，转隶是党的要求，是改革的呼唤。从法律卫士到纪检铁军，岗位和角色变了，但从事反腐败工作的根本没变。波澜壮阔的国家监察体制改革，正等待着壮大后的纪检监察铁军再立新功。

（《内蒙古法制报》刊载）

使用手机扫描上方二维码，即可获得本条获奖作品的新媒体展示。

江津“黑家军”覆灭记

谭　遥

作品简介

这是重庆市开展扫黑除恶专项斗争以来，在媒体上刊发的第一篇详细报道。记者深入一线，采访办案民警以及受害者，并在庭审现场蹲守，获取了大量一手资料。

稿件中，对于涉黑团伙行径的描写，让广大市民对于黑恶势力对社会造成的危害有了更清晰的认识，也对扫黑除恶专项斗争有了更多了解。

使用手机扫描上方二维码，即可获得本条获奖作品的新媒体展示。

稿件刊发后，在全国范围内都引起了强烈反响，体现出重庆市在扫黑除恶专项斗争中行动迅速，让广大老百姓了解了党和政府扫黑除恶的决心。

（《重庆日报》刊载）

改革开放40年，吉林政法新征程

赵宏凯

作品简介

2018年是中国改革开放40周年，40年来，中国的法治建设取得了令人瞩目的成就：中国特色社会主义法治体系逐步建立，司法体制改革与时俱进，人民群众在每一起案件中感受到公平与正义……为集中展示宣传40年来吉林省政法各条战线的显著成就，《北方法制报》从6月起至年底，推出了共30期“改革开放40年，吉林政法新征程”专栏。

使用手机扫描上方二维码，即可获得本条获奖作品的新媒体展示。

本系列作者既是栏目的策划者又是主笔人，在30篇系列报道中承担了14篇报道任务，采访范围涵盖省、市州及县区各级公检法司机关。系列报道的开篇为展现全省公安机关推进新型警务建设工作的《科技强警扬警威》，中篇为反映边陲小镇集安市检察院亮点工作的《“集检精神”奏响和谐曲》，尾篇为总结东辽县委政法委扶贫路径的《精准扶贫的“东辽答卷”》。各篇平均字数2600字，用精练的笔法、鲜活的事例，准确抓住了各政法领域的亮点工作。

记者充分践行“走转改”精神深入基层采访，以《精准扶贫的“东辽答卷”》为例，在两个扶贫村蹲点两天，与扶贫对象和扶贫干部密切接触，获取了大量一手素材。本系列稿件得到了全省各级政法部门主要领导的充分肯定，《精准扶贫的“东辽答卷”》还荣获吉林日报报业集团好新闻系列报道（通讯类）一等奖。

（《北方法制报》刊载）

广播类作品

性侵害未成年人违法犯罪信息库和入职查询制度

余玉婷

作品简介

使用手机扫描上方二维码，即可获得本条获奖作品的新媒体展示。

2018年5月29日，最高人民检察院召开新闻发布会，主题为“依法惩治侵害未成年人犯罪　加强未成年人司法保护”，通报了检察机关依法惩治侵害未成年人犯罪、加强未成年人司法保护工作情况，其中提及上海市检察机关正在联合有关部门，积极推动建立全市性侵害未成年人违法犯罪信息库和入职查询制度，引起社会关注。6月1日，上海人民广播电台《法眼看天下》节目与长宁区检察院围绕“性侵害未成年人违法犯罪信息库和入职查询制度”合作策划专题节目，该院副检察长黄冬生作为嘉宾参与直播讨论。

节目中，黄冬生副检察长结合性侵未成年人案件特点、现行法律规定，介绍建立该制度的工作背景与契机，针对如何建立违法犯罪信息库、提高制度执行力等方面对该制度进行解读，并对比国外相关法律、惩罚措施进行剖析，为听众答疑解惑，不仅体现了检察机关积极参与社会治理、推动社会治理法治化，同时也彰显了检察机关在未成年人保护方面的职责担当。直播期间，线上平台讨论热烈，检察机关的工作做法受到众多网友的正面评价和点赞。

（上海人民广播电台播出）

全省首例重大刑事案件 适用认罪认罚从宽处理制度　当庭宣判

罗怡鹏　王田甜

作品简介

该作品有如下特点：

第一，选题意义重大。2016年9月，全国人大常务委员会通过《关于授权最高人民法院、最高人民检察院在部分地区开展刑事案件认罪认罚从宽制度试点工作的决定》，授权两高在包括武汉在内的18个城市开展刑事案件认罪认罚从宽制度试点工作。这起案件又是首例重大刑事案件适用认罪认罚从宽处理制度，对于提高诉讼效率、节约司法资源、提升司法效果有着重要意义。报道播发后，起到了较强的示范意义。

使用手机扫描上方二维码，即可获得本条获奖作品的新媒体展示。

第二，作品文字精练、结构清晰、细节突出。作品通过完整地展现审判过程和法官对于这种审理流程的阐述，让公众一听便知。

第三，作品注重移动端传播，扩大影响力。作品在多个平台同步传播。

（湖北广播电视台播出）

重庆市江津区法院首尝“替代性修复措施”为绿水青山保驾护航

王浩然　江亚军

作品简介

2018年12月18日，在庆祝改革开放40周年大会上，作为“张高平叔侄案”重审无罪的幕后推动者，新疆维吾尔自治区石河子市人民检察院原检察员张飚荣获“改革先锋”称号。

因为先期有准确的预判，主创人员提早策划，提早沟通，在庆祝改革开放40周年大会举行前夕，即张飚动身前往北京前，记者在其家中做了专访。后来，又委托央广记者在会后于北京对张飚进行了深入细致的采访。

报道突破常规，用以张飚为原型拍摄的电影《无罪》拉开讲述人物故事的序幕，将一个毕生追求公平正义的模范检察官形象立体生动地呈现在听众面前。相较其他媒体早先关于张飚的采访报道，该作品既做到了复杂事件交代清晰，又做到了篇幅内容简洁明了；既做到了“旧事”重提彰显新意，又做到了着眼时事关切民意。

作品选题重大，策划周到，切入点新颖，叙事有技巧，音响丰富，具有重要的社会价值和现实意义。

（重庆市江津区广播电视台播出）

使用手机扫描上方二维码，即可获得本条获奖作品的新媒体展示。

谁动了我的地？

眭晶晶　葛文鹏

作品简介

山东籍群众王树敏通过网络查找到昌广行风热线节目，反映他所持股公司的法人代表在未经得股东同意授权的情况下将公司土地担保抵押，侵害股东权益。围绕这一线索，记者采写了连续报道“谁动了我的地？”。因涉及很多具体法律法规，记者向昌吉州中级人民法院法官、律师等专业人士请教，查阅学习《合同法》《公司法》《担保法》《民事诉讼法》《流动资金管理办法》等多部法规相关条款。

作者采访了交通银行昌吉分行、昌吉银监分局、昌吉市公证处、昌吉市人民法院等所涉单位，依据大量采访对象录音、和记者的对话，历时近10天写出《一宗不知情的担保》《谁来审查？谁能负责？》《谁都有责任，谁都没责任》三篇报道，层层递进，展现该事件过程，突出了事件完整性。

（新疆昌吉人民广播电台播出）

使用手机扫描上方二维码，即可获得本条获奖作品的新媒体展示。

网上智斗“老赖” 司法拍卖“触网”

——湖南省法院借助互联网推动解决执行难

钟 林

作品简介

使用手机扫描上方二维码，即可获得本条获奖作品的新媒体展示。

2018年是“基本解决执行难”决战之年，湖南省法院系统不断创新方法，向“执行难”全面宣战，充分利用互联网、大数据便是其中一大利器。记者精心选择典型案例，记录邵阳市中级人民法院、株洲市天元区人民法院、长沙市开福区人民法院的有益探索实践，报道以小见大，以点带面，用生动案例展现湖南省法院借助信息化、大数据等新手段，创新财产处置工作机制，变革执行工作模式，形成解决执行难的合力，为湖南经济社会发展提供更加优质高效的司法保障，具有启示借鉴意义。

（湖南广播电视台广播传媒中心播出）

张保国：一个退役军人的生死选择

邵 群 陈万里

作品简介

19年前，他从部队转业，做起了和平年代最危险的职业：公安排爆警察。如今，快到退休年龄的他，可以选择安逸的生活，但他毅然选择了继续战斗在排爆工作最前沿。

从警19年，张保国先后鉴定排除爆炸装置和爆炸可疑物130多个，排除和销毁各类炮弹、炸弹4000多枚，完成奥运火炬传递、第十一届全运会、上合组织青岛峰会等重大活动防爆安检任务1200多次，经受住了一次又一次生与死、血与火的考验，擦亮了退役军人这块金字招牌。

使用手机扫描上方二维码，即可获得本条获奖作品的新媒体展示。

（山东人民广播电台播出）

电梯劝阻吸烟猝死案二审宣判：被告无责，不用赔钱

杨 扬　薛博文　穆 迪　杨 鹏

作品简介

在郑州中院“电梯劝烟猝死案”改判的报道中，记者通过记录庭审现场，采访主审法官、专业人士与市民，客观清晰地呈现了案件的全过程与公众态度，条理清晰，逻辑严密，现场感强，音响丰富。该报道一经播出，引发社会强烈反响。

“电梯劝烟猝死案”发生后，社会上反响强烈，法院如何判决，必将对今后类似的案例具有很强的示范作用。记者以高度的新闻敏感性意识到这个案件的特殊性，于是就紧紧抓住案件改判这个典型事实，进行大力报道，以期通过对这个案件的判决报道，来引导社会的公平正义、价值判断和社会道德风向。

使用手机扫描上方二维码，即可获得本条获奖作品的新媒体展示。

这一案件入选“2017年度河南十大社会热点问题”“2018年度人民法院十大民事行政案件”。

（河南广播电视台播出）

全区法院诉讼服务中心建设

黄　婉

作品简介

诉讼难、诉讼累、诉讼贵长久以来困扰群众，广西自2015年开展诉讼服务升级版建设后，法院服务水平大有提高，更多纠纷止于诉前，“诉讼”逐渐瘦身，群众得以“减负”。2017年6月，最高人民法院院长周强到广西考察时，对各级法院诉讼服务升级版建设表示肯定，称广西诉讼服务中心升级版建设创造了可以复制和推广的经验，是全国法院未来的发展方向。

该系列报道中，记者充分发挥“脚力”，采访南宁、桂林、柳州、梧州、崇左等地市的法院诉讼服务中心，并运用“眼力”“笔力”，选取典型的、具有代表性的法院，报道其在诉讼服务中心建设中各有特色的做法及群众的各种反响，体现出广西在司法建设中牢记“司法为民”宗旨，发挥司法职能作用，突出实干担当精神。

（广西广播电视台播出）

使用手机扫描上方二维码，即可获得本条获奖作品的新媒体展示。

吉林省成立涉黑涉恶线索核查管理中心

姬 楠 赵孟秋

作品简介

2018年，扫黑除恶专项斗争开展以来，吉林省委省政府高度重视，多次提出具体工作要求。省扫黑除恶专项斗争领导小组出台系列文件，将专项斗争引向深入。为进一步做好扫黑除恶线索管理和核查工作，提高线索质量，省扫黑除恶专项斗争领导小组决定成立由省扫黑办牵头，省纪委监委、省委组织部、省委政法委等多部门共同参加的涉黑涉恶线索核查管理中心。

使用手机扫描上方二维码，即可获得本条获奖作品的新媒体展示。

作品报道了涉黑涉恶线索核查管理中心的职能、受理举报线索的方式和举报电话及电子邮箱地址，直接受理和接待人民群众对涉黑涉恶犯罪线索的举报，真正做到对群众举报的线索“件件有登记、件件有核查、件件有结果、件件有回音”。

作品播出后，社会反响良好。

（吉林广播电视台播出）

电视类作品

危情谍影

集 体

作品简介

该专题新闻报道集中反映了近期台湾间谍情报机关瞄准大陆赴台青年学生群体，利用两岸扩大交流交往的有利条件，派遣大批间谍情报人员在高校活动，以各种掩护名义哄骗利诱大陆赴台学生，利用学生从事间谍情报活动，性质极为恶劣。有些大陆学生在不知情的情况下，被台湾间谍利用，但是及时被国家安全机关发现，悬崖勒马，才没有铸成大错；而有些人在与台湾间谍交往中，发现对方可疑，却心存侥幸为对方做事，这样的行为会导致非常严重的后果，值得警醒深思。

（中央广播电视总台播出）

使用手机扫描上方二维码，即可获得本条获奖作品的新媒体展示。

高墙里的红丝带

——指导员成长记

孟小曼　周仁杰　郎天辰　张卫强

作品简介

浙江十里丰监狱第九监区，是浙江省唯一关押男性艾滋病服刑人员的监区。这里长期关押着300多名艾滋病服刑人员。相较于一般的服刑人员，艾滋病服刑人员极其敏感、易怒和自卑。在与他们进行交流时，除了耐心和细心外，更多地需要的是对细节的处理，而浙江省十里丰监狱第九监区的50多位狱警则需要承担起这样的重任。

使用手机扫描上方二维码，即可获得本条获奖作品的新媒体展示。

本专题拍摄以浙江十里丰监狱第九监区的指导员李永剑为主人公，讲述他从门外汉的好奇到入行后的害怕、懵懂以及完全融入的转变。通过不断的自我突破，让艾滋病服刑人员及家属完全信任的过程。

本作品在拍摄剪辑中，采用全纪实、多方位的拍摄手法，通过采访艾滋病服刑人员以及李永剑同事，客观反映艾滋病监区所面临的各种问题，作品引起了社会的各方关注。作品聚焦艾滋病监区狱警，用镜头关注这群被大众忽视的人群，节目用生动的画面讲述中国法治故事。

作品在中国教育电视台一频道《e视界》电视新闻节目播出，引起社会各方关注，多家省市媒体进行转播。浙江省监狱管理局组织全省狱警收看，并通过“浙江监狱”“浙江十里丰监狱”“泰顺青年”等众多微信公众号进行了播发。

（中国教育电视台播出）

让爱继续

肖建国　董　雪　赵　杰　刘思洋　王子剑　李书航　石晓晨

作品简介

被国务院授予“人民满意的派出所”称号，作为全国“公安战线永不褪色的一面红旗”、全国公安机关爱民模范集体，哈尔滨市公安局道外分局东莱街派出所先后荣获300多项荣誉，成了全国公安机关学习的榜样。这个光荣集体的代表之一、优秀共产党员马颖同志做客演播室，挥泪讲述了历届东莱人与群众之间的深情厚谊，多角度展现了新时代政法工作者全心全意为人民服务的精神风貌。

使用手机扫描上方二维码，即可获得本条获奖作品的新媒体展示。

本片主题鲜明、以小见大、结构精巧，用温暖的基调、写实的手法、丰富的镜头语言和深刻的演播室访谈，全景展现了新时代下，基层派出所民警执法为民的点点滴滴，薪火相传的“东莱精神”喷薄而出。本片画面精美、剪辑流畅，演播室访谈内容环环相扣，催人泪下。和谐的警民鱼水关系，在本片中展现得淋漓尽致。不堆砌、不生硬、接地气，水到渠成，令人感动。

在朴素处用情，在洁净处用力，是本片的最大特色。本片也是政法题材报道中探索性的走心之作，播出后引发社会强烈反响。在省公安厅的推动下，掀起了新一轮“学习东莱精神”的热潮，还得到省委政法委领导的点名表扬。

（黑龙江广播电视台播出）

“村霸”覆灭记

刘大为　马晓文　刘君哲　吉敦峰

作品简介

在全国扫黑除恶专项斗争全面开展背景下，报道紧扣天津市认真贯彻落实党中央决策部署，在全市范围内掀起浩大声势。报道采用专题报道方式，深度报道天津市第一起村霸恶势力案件，突出在扫黑除恶专项斗争中，天津坚持以人民为中心，对村霸恶势力进行深层次打击。片子内容丰富，采访角度全面，突出维护基层政权稳定，展现天津深入推进扫黑除恶专项斗争，对黑恶势力严格依法打击。

（天津广播电视台播出）

使用手机扫描上方二维码，即可获得本条获奖作品的新媒体展示。

致敬英雄系列报道

蔡培刚　陈　阳　韩　磊　罗建坤　李松霖　马树群

作品简介

近年来，网上屡屡出现诋毁英烈、虚无历史的事件。2018年5月1日，英雄烈士保护法实施后，这一现象依然时有发生，这些哗众取宠、曲解历史、调侃英烈的恶劣行为，受到了绝大多数网民的谴责，更让烈士家属和社会各界痛心。

作品报道了谢勇烈士牺牲，数千群众送别烈士，网民曾某发布诋毁污蔑烈士言论后被提起民事公益诉讼，市中级人民法院公开开庭审理并作出判决。作品主题鲜明，作品文字精练；同期声自然准确；新闻时效性强，符合系列（连续）报道特征。

作为英雄烈士保护法实施后全国首例民事公益诉讼案件，该起案件的审理判决起到了很好的教育示范作用，以法律武器有效保护了英雄烈士的名誉，为全社会学习英雄、尊崇英雄营造了良好氛围。

使用手机扫描上方二维码，即可获得本条获奖作品的新媒体展示。

（淮安市广播电视台播出）

小伙高速玩“直播”　交警“直播间”普法

李颖颖　边鹏飞

作品简介

《小伙高速玩“直播”　交警“直播间”普法》是2018年10月26日新疆电视台汉语经济生活频道《直播民生》节目播发的新闻。内容讲述的是一名“网红”不顾危险，用自己组装的手推车，徒步从山西走到新疆。在途经吐乌大高速南线后沟路段时，将车辆推到了高速公路上行走，并且一直在“直播间”通过手机向广大粉丝直播自己的行走过程。执勤交警发现了该男子的行为后，立即上前询问情况，及时制止了男子的行为，并帮助男子将车辆移至高速公路外，对男子进行了安全教育。考虑到男子粉丝众多，当时正在收看直播，民警马上利用“直播间”向所有正在收看的粉丝进行了道路交通安全法相关内容的讲解。民警讲述有理有据，语句清晰易懂，收看直播的粉丝纷纷给民警点赞。

（新疆人民广播电视台播出）

使用手机扫描上方二维码，即可获得本条获奖作品的新媒体展示。

生死救援

王殿喜　申富强　辛爱兰

作品简介

从2018年7月23日凌晨开始，巴彦淖尔市乌拉特前旗大部分地区降下大雨，后山大佘太镇、小佘太镇突发山洪，洪水淹没了输电塔四周的区域，最深处达到了2米左右。当时8名电力工人正在输电塔上抢修输电线路。而输电塔距离岸边有50米左右，工人无法安全撤离。

使用手机扫描上方二维码，即可获得本条获奖作品的新媒体展示。

当日下午4点30分左右，巴彦淖尔市公安局、巴彦淖尔市消防支队接到政府通知：位于大佘太镇二合公社的一处泄洪槽输电铁塔上有8人被困。一场生死救援迅速展开。

为争取救援黄金时间，乌拉特前旗公安局立即向旗委、政府报告，联系驻地某部队启用直升机赶赴现场施救。但由于事发地点特高压线路密集，直升机无法靠近，于是向被困人员空投补给和救生衣后返航。

针对天色晚、水位高、水流急、输电铁塔距离远等情况，救援人员经商讨后决定采用大绳横渡的方式进行救援。24日凌晨，民警在现场架起应急照明灯。通过救生抛投器将大绳固定到输电铁塔后，救援人员利用滑轮向被困电力工人输送防护头盔和对讲机，并指导他们佩戴好安全带等相关设备。在确保无误后，公安、消防等部门通力协作，以定滑轮为枢纽，齐心协力将被困人员逐一拉到对岸。凌晨5点30分，救援结束，无一人受伤。

（内蒙古广播电视台播出）

记者调查：垃圾分类制度形同虚设 谁在背后为他们兜底

集 体

作品简介

高速发展中的中国城市，正在遭遇“垃圾围城”之痛。据住建部统计，目前全国有三分之一以上的城市被垃圾包围。有数据表明，北京市日产垃圾1.84万吨，如果用装载量为2.5吨的卡车来运输，长度接近50公里，能够排满三环路一圈。目前，全社会都在积极展开垃圾分类，可有的地方仍存在垃圾不分类处理直接堆积的现象，这将直接导致环境污染和生态安全。

2018年，《法治进行时》栏目接到观众举报：银河SOHO、三里屯SOHO存在餐厨垃圾与生活垃圾混装、混运的违法情况，对此，记者展开了近两个月的调查。通过走访、跟踪、记录拍摄，发现这两个地区都存在一系列的违法行为，SOHO商场的数百家商户垃圾未分类，每天混装到商场垃圾房，商场也未履行垃圾分类的职责，直接将混装的垃圾拉到东四环外的一处黑垃圾场。据调查，这个村用的垃圾场不具备消纳外部垃圾的功能。同时，记者还在东五环外发现了一个露天垃圾场，餐厨、建筑、生活垃圾都有，同样没有取得任何资质。记者将这一情况反映给了相关部门，市政市容委、城管委等相关部门高度重视，第一时间对银河SOHO、三里屯SOHO、露天垃圾场展开了调查，在取得有力证据后，对相关单位进行了处罚，并下了整改通知。

使用手机扫描上方二维码，即可获得本条获奖作品的新媒体展示。

北京广播电视台将调查过程、执法部门处置结果进行系列播报，并邀请了环保专家、律师、政协委员等进行了时评。同时，记者也走访了正规垃圾处理厂、小区垃圾回收站，多方采访市民，目的就是让更多观众认识垃圾分类的必要性。

一系列节目播出后，在社会上引起了很大的关注度，收视率达到3%，并得到了阅评员的好评，同时，也推进了本市垃圾分类领域法律法规的完善。

（北京广播电视台播出）

新时代“枫桥经验”的浙江实践

赵 敏 张 寻 焦征远 李哲颖

作品简介

2018年，是毛泽东同志批示学习推广“枫桥经验”55周年暨习近平总书记指示坚持发展“枫桥经验”15周年。源于浙江诸暨的“枫桥经验”，作为中国基层社会治理的重要实践，在全国得到广泛推广。

电视专题片《新时代“枫桥经验”的浙江实践》在中央政法委和省委政法委的指导下，提前策划，从全省200多个示范点中，筛选出近30个典型进行立体呈现，辗转全省11地市30个县市，深入海岛山村进行拍摄。通过生动的故事、鲜活的人物，高度浓缩并展示了浙江多年来坚持和发展新时代“枫桥经验”的生动实践和经验成果。经过各级领导20多轮的审片、近30轮的修改，最终获得了中央政法委和浙江省委的肯定。

（浙江电视台播出）

使用手机扫描上方二维码，即可获得本条获奖作品的新媒体展示。

扫黑飓风

集　体

作品简介

2018年是中央部署扫黑除恶关键年，地方政府将铲除黑恶势力以及背后“保护伞”作为重点工作。本期节目主要报道了两起全省极具影响力的案件，分别是洪湖市打击长江流域非法采砂全国第一案以及鄂州江某涉黑涉恶案。湖北公安不断强化打击力度，严格责任追究，坚持专门工作与群众路线相结合，举全警之力，在全省范围内掀起了一场除恶务尽的扫黑旋风……

（湖北广播电视台播出）

使用手机扫描上方二维码，即可获得本条获奖作品的新媒体展示。

民警漫画家

彭景晖

作品简介

北京市公安局东城分局安定门派出所民警李劲松，在公安岗位上工作了25年，守护居民的平安。这位认真负责又英勇的民警，还有一个群众赋予的名号——“民警漫画家”。

具有绘画特长的民警李劲松，让警察的工作生活增添了艺术气息。2016年至2018年底，有关民警工作和群众生活的钢笔淡彩画，李劲松已作了130余幅。

老北京的风物、小巷的春夏秋冬、街巷整治的故事、民警的工作生活，活灵活现地记录在水彩画和钢笔淡彩画中。

本视频囊括全景、特写、对话，生动讲述这位民警的工作生活，展现他的人格魅力和服务为民的情怀。

（《光明日报》官方微信刊播）

使用手机扫描上方二维码，即可获得本条获奖作品的新媒体展示。

以人民的名义@你，什么是检察官的终极目的？

田　昊　杨　柳　叶　嘉　王　倩

作品简介

党的十九大提出“中国共产党人要不忘初心，牢记使命”，在2018年全国“两会”上，最高检工作报告提出了要“为人民司法”的理念，那么检察官的初心是什么？检察官心中的“人民”又是谁？他们究竟是怎么为人民司法的？对这些问题的解答，就是《以人民的名义@你，什么是检察官的终极目的？》的创意来源。

让老百姓在每一个案件中感受到公平正义，是检察官的初心。采访中问杜亚起检察官什么时候最有自豪感时，他的回答是：“我第一次见到那些申诉人时，他们都在监狱的铁栅栏后边，而当我办完他们申诉的冤案之后，再次见到他们时，他们就已经在社会上自由地生活了。”这番话令人动容，检察官们如此质朴地把人民谨记于心。将这种情感经过数字编码，转化成一段视听语言，并呈现于大众眼前，是这个短视频作品的目标。

最终这个不到5分钟的短片，集结了检察机关侦查监督、公诉、未检、申诉、刑事执行、民事行政等检察职能，并将检察官的初心与坚持展现给了公众，作品情感饱满，对检察工作内容作出了别样的解读。在兼具情怀的同时，也把检察职能的内涵传递给了网友，广受好评，也获得了中央网信办的全网推广。作品在各平台上线24小时，收获了全网700多万次的点击量。

（“检察日报正义网”微信公众号刊播）

使用手机扫描上方二维码，即可获得本条获奖作品的新媒体展示。

“安小全”小朋友的一天

曾　星　安盛崑

作品简介

为加强消费者对产品质量安全、食品消费品安全、特种设备安全的认知，不断提升质量安全意识，国家市场监督管理总局制作《“安小全”小朋友的一天》科普动漫系列视频片，面向社会广泛开展“三大安全”的科普教育与宣传。动漫视频片以“安小全”小朋友的日常生活为切入点，展现在面对质量问题时，消费者如何维权以及自我保护，牢固树立质量安全意识。

（“中国市场监管”微信公众号刊播）

使用手机扫描上方二维码，即可获得本条获奖作品的新媒体展示。

“张文中案”依法改判彰显中国司法保护企业家权益之决心

高　洁

作品简介

最高院依法判决张文中等无罪。张文中案的宣判，影响必定是深远的。记者在文中表示，在改革开放40周年之际，这起案件的改判更显现出深远的意义，演变为一起具有标杆性意义的法治事件；遥想当年，“傻子瓜子”一案为改革开放廓清了思想迷雾，“改革的春天”为民营经济发展打开了空间；今日，张文中等重大涉产权案件的依法纠正，对于落实党中央部署、加强产权保护、激发企业家精神也将具有重大示范意义。在推进全面依法治国、加强产权保护背景下，在改革开放40周年的今天，这起案件必将成为依法保护产权和企业家合法权益的“标杆”案件，镌刻在共和国法治建设史上，让法治的阳光照亮企业家的心田。

使用手机扫描上方二维码，即可获得本条获奖作品的新媒体展示。

（新华网刊载）

福州一电动车女骑手载人闯红灯被撞索赔，交警“怒怼”获赞

冯　运　黄　珂

作品简介

福州火车站北广场红绿灯处，一位电动车女骑手载人闯红灯过马路时，被正常通行的出租车撞到。女骑手称电动车后座所载的女乘客被撞伤，要求出租车司机带伤者去医院。福州市公安局交警支队秀峰中队民警王玉熙接到指令后迅速赶到现场，了解得知事情经过后，“怒怼”女骑手，并发出“灵魂三连问”：“法律在哪里？公平在哪里？正义在哪里？”相关视频经网络传播后，引发网民广泛热议，视频播放量470万余次，点赞13万次，评论1.2万余条。网民纷纷对民警执法点赞。

使用手机扫描上方二维码，即可获得本条获奖作品的新媒体展示。

（福州市公安局官方抖音刊播）

长大后我就成了你

温　沁

作品简介

该作品展示的是公安部一级英模之女在父亲牺牲后，毅然选择女承父业，接力奋斗在公安一线岗位，继续为人民服务的感人故事。

视频选材真实、制作精良，故事催人泪下、感人奋进，很好地表达了人间至深父女情，也很好地展现了新时期广大公安民警不辱使命、接力奉献的家国情怀。

（《安徽日报》微信公众号刊播）

使用手机扫描上方二维码，即可获得本条获奖作品的新媒体展示。

为什么认定于海明的行为属于正当防卫？

——关于昆山“8・27”案件的分析意见

集　体

作品简介

2018年昆山“8・27”案件举国关注，影响空前。江苏省检察院主动回应关切，适时精准发声，正确引导舆论，于9月1日在“江苏检察在线”微信公众号发布四点分析意见，从查明事实、法律适用、立法原意理解、正当防卫制度价值等方面进行了详尽阐释和充分释法说理，表明检察机关的态度和立使用手机扫描上方二维码，即可获得本条获奖作品的新媒体展示。

场。四点分析意见被认为是对该案认定正当防卫的权威解读，其传播力和影响力超乎寻常，被各大网站、媒体平台转发、转载总计达45000多次，获得了社会公众的高度认可，他们称赞昆山案件是一个具有里程碑意义的标杆性案件，不仅推动了刑法司法理念的进步，而且树立了一个以案释法的样本。

中央政法委相关部门评价：该案是具有教科书式意义的典型案例，体现了政法机关应对疑难复杂问题的智慧和舆论引导艺术日臻成熟，打出了一套漂亮的组合拳，既获得了舆论点赞，又适时开展了一堂全民法治公开课。

（“江苏检察在线”微信公众号刊载）

我们在平均海拔4000米以上的西藏，向公安英烈致敬！

董　宇

作品简介

为深入学习贯彻习近平新时代中国特色社会主义思想和党的十九大精神、全国“两会”精神，大力弘扬公安英烈牺牲奉献精神，激励引导广大公安民警不忘初心、继承英烈遗志、传承英烈精神，全力做好维护国家安全和社会稳定各项工作，进一步争取社会理解支持，营造自觉维护法律尊严、尊重民警执法权威的良好舆论氛围，展示公安队伍良好形象，清明节期间，我们面向全区公安民警发起“敬礼·公安英烈”传递活动，号召全区广大公安民警在各辖区内的地标建筑或办公区、警区等标识前，向公安英烈敬礼致敬，并征集“敬礼·公安英烈”主题照片。通过制

使用手机扫描上方二维码，即可获得本条获奖作品的新媒体展示。

作易于网络传播、抓人走心的图文、H5等新媒体作品开展宣传。

（《平安西藏》刊载）

红墙意识新实践

集　体

作品简介

北京市西城区是首都功能核心区，是党中央所在地，这里时时都是重要节点，处处都关乎国计民生。在西城，有一群把平安看作最高信仰，用奉献和忠诚坚守红墙的人，他们是公安民警，他们的名字叫“红墙卫士”。西城公安分局设立10个“红墙卫士先锋岗”，包括规范执法先锋岗、为民服务先锋岗、民族和谐先锋岗等，具体工作内容涉及巡逻防控、执法办案、社区警务、为民服务等公安工作的方方面面。凌晨抓捕吸毒人员、一大早绕红墙巡查、全天调停邻里纠纷……时间的指针向前走，红墙卫士们全天24小时在线，一刻不停地忙碌着。

千龙网将笔锋及镜头聚焦在这些红墙卫士身上，以文字、图片、漫画图标、微视频等多种形式，带领读者看看红墙卫士们的“时间都去哪儿了”。

（千龙新闻网刊载）

使用手机扫描上方二维码，即可获得本条获奖作品的新媒体展示。

800克早产儿病危赴京抢救，京冀豫交警接力护卫生命通道

朱清河　汲　瑞　李俊晓　杨　勇　林　栋

作品简介

2018年12月13日中午，《河南法制报》跑线记者从河南省高速交警总队得到线索：郑州一800克早产儿感染罕见病菌，病情危急，急需转院北京。河南省公安厅高速交警总队接到求助后，当天13时许，作出大胆决定：与沿途高速交警接力护送，为生命保通。

得知这一消息，《河南法制报》直播团队前方记者立即带上直播设备赶往医院与警方会合，后方编辑同时着手搭建直播间，并发布预播消息。

当天15时许，急救车从郑大一附院出发，沿线河南省公安厅高速交警总队二、八、三、九、四支队警车一路保通，直播团队与高速交警协作，号召全社会联动开辟“应急绿色通道”，呼吁京港澳高速郑州到北京段通行车辆为急救车让行。

直播一开始，大量热心网友进入直播间，纷纷互动留言，或对公安机关点赞，或呼吁高速路上的司机为救护车让道，或对病儿治疗情况提出建议。针对网页留言，直播团队及时给予回复和沟通。当天18时，在沿线高速交警的接力护航下，急救车顺利通过京港澳高速豫冀省界，将车队交接给正在等候的河北高速交警继续护送生命接力到京，直播结束。

这次直播全网超过200多万网友观看，并荣登“今日头条”第65期全国媒体直播榜。

（《河南法制报》刊播）

使用手机扫描上方二维码，即可获得本条获奖作品的新媒体展示。

“刀锋”舞者——王厚鑫

黄　鹤　何　立　蒋　震　潘林峰

作品简介

赢了，可以回家；输了，就是绝唱。

浙江省金华市公安局特警支队三大队拆弹专家王厚鑫，就是这样时时行走在生死一线的铁打硬汉。

16年来，他排爆58次，成功处置各类爆炸物1000多枚，被评为“全国模范军队转业干部”“金华市第二届道德模范”“公安部二级英模”，事迹得到浙江省委主要领导高度肯定。

然而脱下防爆服，老王却说他是一个“老顽童”“孩子王”，陪妻子买菜，逗小外孙玩，信奉“平平淡淡才是真”。

截然不同的两面，拼成的却是一个真实的王厚鑫——用生命守护生命，一个伟大的平凡人。

节目播出后，在社会上引起了较大反响。王厚鑫先后获得了公安部二级英模、年度法治人物、2018年浙江骄傲人物奖等荣誉。

（“无限金华”客户端刊播）

使用手机扫描上方二维码，即可获得本条获奖作品的新媒体展示。

摄影类作品

丝绸之路经济带“钢铁驼队”守护者

陈路坤

作品简介

作为“丝绸之路”经济带上的重要货运通道，中欧班列承载着沿线国家和地区的贸易互通重任。乌鲁木齐是中欧班列经由阿拉山口出境之前必经之路和重要桥头堡，乌市西郊的中欧班列乌鲁木齐集结中心是列车的停靠站也是货物的中转站，几乎每天都有列车和大量货物出入。乌鲁木齐铁路公安处乌鲁木齐西站派出所民警日夜守护着集结中心的安全，护航“钢铁驼队”的安全运营。

2018年9月，记者来到乌鲁木齐西站派出所，走进中欧班列乌鲁木齐集结中心，随警作战，用镜头记录下民警开展巡逻检查，不畏艰苦、辛勤细致工作的一个个瞬间。

（《人民公安报》刊载）

使用手机扫描上方二维码，即可获得本条获奖作品的新媒体展示。

群众之事无小事

张梓望　吴　珂

作品简介

该组作品通过长时间蹲点基层派出所，记录基层民警日常工作中的“小事”，为读者呈现警察“惊心动魄”外的另一面，展现新时代基层民警在严格执法和服务百姓时的责任感、使命感和荣誉感。

（《南方日报》刊载）

使用手机扫描上方二维码，即可获得本条获奖作品的新媒体展示。

为农民工讨薪

王建军

作品简介

2018年2月2日，江苏省南京市栖霞区司法局法律援助中心律师茆海宁陪同被欠薪的农民工到法院立案。近5年来，全国法律援助机构共组织办理法律援助案件633.6万件，受援人达695.7万人次，提供法律咨询超过3652万人次。

（《法治日报》刊载）

使用手机扫描上方二维码，即可获得本条获奖作品的新媒体展示。

公诉人王月平：不让案件“带病”上庭

程　丁

作品简介

“我受任县人民检察院指派，代表国家出庭支持公诉。”河北省任县检察院公诉科科长、员额检察官王月平告诉记者，每次在法庭上说出这句话时，她都感到无比光荣和自豪。王月平从事检察工作26年，在公诉岗位工作21年。同事们说，她性格倔强，为人正直。当事人说，她说的话让人服气，案件办得公平。记者跟随拍摄王月平一天的工作，这也是她26年检察生涯的一个缩影。忙碌的一天结束后，王月平在接受记者采访时说：“我决不让案件‘带病’上法庭。”

使用手机扫描上方二维码，即可获得本条获奖作品的新媒体展示。

（《检察日报》刊载）

那一刹那交警扑了上去

张　健

作品简介

2018年10月7日17时左右，一辆满载货物的电动三轮车行驶在威宁县城外贸站路口时，因路面陡峭，三轮车突然后退，驾驶人紧急刹车，导致车辆后仰。就在那一刹那，威宁县交警大队城关责任区

使用手机扫描上方二维码，即可获得本条获奖作品的新媒体展示。

中队民警立即扑向三轮车，用双手死死拽住三轮车龙头。在交警的倾力帮助下，避免了一场恶性事故的发生。

（《法制生活报》刊载）

重返阳光下

尹　钢

作品简介

6月26日是国际禁毒日，记者走进绵阳市强制隔离戒毒所，用镜头记录了这个外人眼中的禁忌之地。8张拍摄角度巧妙的照片将这个兼具科学戒毒、身心康复、就业扶持、融入社会“四位一体”的戒毒所宣传推广给社会大众，让大众重新认识了解“这里是一所教人重生的特殊学校”。

在全国禁毒日，该组视觉报道起到了耐心教化大众“远离毒品”的良好宣传作用。

（《四川日报》刊载）

使用手机扫描上方二维码，即可获得本条获奖作品的新媒体展示。

意大利警察在上海

王　湧　季张颖

作品简介

中意警方第二次在华警务联合巡逻（上海站）启动仪式2018年7月18日在

上海外滩举行，上海市公安局领导和意大利国家警察副司令出席仪式并致辞。

使用手机扫描上方二维码，即可获得本条获奖作品的新媒体展示。

7月18日起至7月29日，2名意方警员将与2名上海公安民警编为一组开展着装联合巡逻，陆家嘴、外滩、豫园、新天地、静安寺等上海地标所在地以及轨道交通人民广场站、徐家汇站，浦东国际机场航站楼等人员密集的重点区域都将出现他们的身影。巡逻中，意大利警员将观摩中国警员接（处）警，并协助交流与意大利游客相关的警务信息等。

据了解，2017年4月，中国公安部邀请意方4名警员来华，在北京、上海开展首次在华警务联合巡逻。联合巡逻期间，中意警员深入交流工作经验，共同提高执法能力和水平。

（《上海法治报》刊载）

人民用药“把关人”

栗世民

作品简介

长春长生疫苗事件引发人们对疫苗安全性的关注。2019年12月1日起疫苗管理法正式施行。这是世界上第一部疫苗法，也是我国出台最快的一部法律。

作为疫苗检测的“国家队”，中国食品药品检定研究院如何检测疫苗等药品，从未有媒体前往拍摄报道过，这又是公众关注的话题。

作者抓住这一热点，在多次沟通联系后，获准拍摄，记录下药品检验人员尽职尽责守护药品安全

使用手机扫描上方二维码，即可获得本条获奖作品的新媒体展示。

的故事。作品在市场监管总局微信公众号、《中国市场监管报》微信公众号及网站刊登，反响较好。

这组作品聚焦热点，长春长生疫苗事件出现后，社会上出现了对相应机构的信任缺失。作者带着思考走进实验室，记录下检验人员认真负责，为人民用药安全所做的努力，某种程度上挽回了社会对药品安全的信心，有效地发挥了新闻作品鼓舞人心、提振士气的作用。

同时，组图的图像语言简洁鲜明、构图合理、细节捕捉到位，创新采用多张特写聚焦焦点，手法新颖。

（《中国市场监管报》刊载）

记者直击：17年改造，囚子“离监团聚”初踏家门

杨 艳 陈 杰

作品简介

时隔10年，离监探亲在全国范围内重启，这是新时代司法行政系统践行总体国家安全观和监狱治本安全观的生动体现。

作品以湖南试点单位郴州监狱为切入点，全程报道了一名服刑人员在春节期间离监探亲的经历，它更像是一场刑满释放的“预演”，温馨感人，有助于激发“囚子”认罪悔罪、积极改造的内生动力。

（红网刊载）

使用手机扫描上方二维码，即可获得本条获奖作品的新媒体展示。

全军首个军法诉讼服务中心在南京揭牌运行

杨建魁

作品简介

2018年3月1日，由东部战区军事法院建设的全军首个军法诉讼服务中心在江苏南京市玄武区龙蟠中路28号建成运行。军法诉讼服务中心立足于审判公开、方便诉讼，着眼打造展示部队军法工作的窗口，其投入使用填补了部队军法诉讼服务的一项空白，极大地方便了部队和官兵诉讼活动，将有力推动部队军法工作在新时代跨越发展。

（《长安》杂志刊载）

使用手机扫描上方二维码，即可获得本条获奖作品的新媒体展示。